平和のために捧げた生涯
ベルタ・フォン・ズットナー伝

世界人権問題叢書 96

ブリギッテ・ハーマン 著
糸井川修
中村実生
南守夫 訳

明石書店

Bertha von Suttner
Ein Leben für den Frieden
by Brigitte Hamann

Japanese edition published by arrangement through The Sakai Agency

まえがき

これは一九世紀に生まれた一人の女性の伝記である。彼女はほとんどの同時代人から夢想家扱い、それどころか愚か者扱いされていた。そして彼女の願いは、ついに聞き入れられることがなかった。よく知られてはいたが、ますます絶望的な響きを増していった彼女の叫び、「武器を捨てよ！」[*1]は、国家主義に煽動されたヨーロッパの中で成果を上げることなく、次第に消えていった。ヨーロッパは大戦争を望み、「平和のベルタ」[*2]が発する警告は、女性特有のヒステリーが現れた「余計な口出し」として嘲（あざけ）られた。

それでも一九世紀終盤における平和の呼びかけは、モラリストたちが個別に発していた単なる世間知らずな主張では、決してなかった。彼らはむしろ、近代兵器技術の恐ろしい発達に対し徹底して現実的な答えを示したのである。ノーベルが発明した爆薬、新しい毒ガス兵器、Uボート、それに一九一一年トリポリ戦争において初めて導入され成功を収めた空軍は、わずか数年のうちに戦争の破壊能力をほとんど理解不能なまでに増大させた。「速度、照明、生産力、そして破壊力、これらすべては一〇〇倍に、いや一〇〇〇倍になる」、とベルタ・フォン・ズットナーは雑誌『武器を捨てよ！』の中で書いた。「一〇〇〇時間の手仕事と頭脳労働の価値はほとんど一秒の内に威力を表し、一〇〇〇もの死の苦しみは――一発の爆弾の中に圧縮されうる」[1]。

こうした武器を用いる近代戦争では、もはや勝利する側など存在しない、と彼女は警告する。「未来の戦争は終結に向かう、あるいは雌雄が決するということはない。両陣営の疲弊、壊滅があるだけだ！」[2]。こうした認識からズットナーが導き出した要求は、徹底的に考えを改め、政治的手段としての戦争開始を――人類壊滅を主張する政治目標など存在しないのだから――放棄すべし、というものだった。「少数の者による多数の者のための自己犠牲、それは徳の高い望ましいことと思われていたのかもしれないが、すべての者による誰のためでもない自己犠牲だったのではないか？　これは狂乱の極致ではなかろうか」[3]。

このような予測がされるからには、平和をもたらす状況を作り出すことに人は精力のすべてを集中させねばならない、と彼女は言う。このことはベルタ・フォン・ズットナーにとって、ヴィルヘルム二世[*3]の艦隊計画と空軍創設に対してだけでなく、とりわけ国家主義的、宗教的狂信と、女性に負わされた不利益をも含む、あらゆる社会的不正と人権侵害に対する断固たる闘いを意味した。彼女は、有力者や個々人が徹底的に考えを改めるよう要求した。数千年もの古くから理想と崇められ続けてきた「戦争の英雄」は、もうそろそろ「平和の英雄」にその地位を譲らねばならないのだった。

人類は道徳的領域においても常に高貴なものへと変化し続け、より良き存在へと向かって進歩して行くだろう、というベルタ・フォン・ズットナーの（ダーウィンの自己流解釈に基づいた）信念は、確かにいくらか素朴なものだった。しかしこの信念は、あらゆる幻滅を味わったにもかかわらず、平和は可能であるという確信を彼女に与えた。一九一四年六月の死によって、彼女は第一次世界大戦という苦い体験を免れた。この戦争は、彼女が二〇年もの長きにわたって虚しく警告し続けてきた「未来の戦争」そのものだった。

四カ月のち、若きシュテファン・ツヴァイク[*4]が友人ロマン・ロランに宛てて書いた手紙は、悔恨に満ちている。「私もあなたも、そして誰もが、この戦争は防ぎうるだろう、と信じていました。そしてただそれ故に、私たちは時至ってもなお、この戦争と十分に闘いませんでした。私は幾度も、あの善良なベルタ・フォン・ズットナーと直接会う機会がありました。彼女は私に言ったものです、『あなた方が皆、私のことを滑稽な愚か者と思っているのは知っています。本当に、あなた方が正しいままでいられればいいのですが……』」[4]。

一九一八年、この戦争が一〇〇〇万の人命を奪ったあと、ツヴァイクは公の場で次のように告白した。「しかしまさにこの、世間に向けて『武器を捨てよ！〈Die Waffen nieder!〉』という三つの単語しか口にしないと思われていた婦人は、今という時代についての根源的な見解を力強い手で摑んでいたのです……彼女は尻込みせずに、達成不可能と思えることを要求しました。実は彼女自身ほかの誰よりも、自分が唱えていた理念の深い悲劇性、平和主義の、ほとんど致命的な悲劇性に気づいていました。つまり、平和主義は決して時代に相応しいと思われることがないのです。平和にあっては余計、戦争にあっては愚か、平時にあっては無力で、戦時にあっては為す術がありません。しかしそれでも彼女は世界のために、あの風車と戦ったドン・キホーテの役回りを、生涯、己が身に引き受けました。しかし今日私たちは、彼女が前々から分かっていたことを戦慄とともに知ることになりました。この風車が引きつぶすのは風ではなく、ヨーロッパの若者たちの骨なのです」[5]。

ベルタ・フォン・ズットナーの生涯の記録には、むろん平和への取り組み以外にも、波瀾万丈な経歴を始めとする他の側面も多く見られる。彼女の人生が辿ったのは、軽佻浮薄な伯爵令嬢だった青春期から家庭教師時代、ロシアでのつらい貧困から作家としての最初の成功、そしてついに平和運動という人生の課題を見つけるまでの道筋だったが、これは一九世紀から二〇世紀への転換期と没落しつつあるドナウ王国[*5]の社会的、文化的現実をも反映している。ほかでもない、この主題の広範な多様性——政治、平和主義、文学、ジャーナリズム、女性運動、リベラリズム、オーストリアの貴族政治、それに国際的支援活動――に刺激されて、私はベルタ・フォン・ズットナーの人生と彼女が生きた時代をあますことなく照らし出そうとしたのだった。

　このもくろみにとって有利だったのは、資料が非常に良好に残されていたことである。ベルタ・フォン・ズットナーと彼女の最も身近な協力者アルフレート・ヘルマン・フリート[*6]の内容豊富な遺稿は、数十年前からジュネーヴの国連図書館に手つかずのまま保管されていた。このコレクションを管理する司書ヴェルナー・ジーモン博士の弛(たゆ)みなく忍耐強い援助に、私は格別の感謝を捧げる。彼とウィーンにある国立文書館長のアンナ・ベンナ博士は、私のために貴重なジュネーヴのコレクションの一部をウィーンに貸し出す便宜を図ってくれた。おかげで、私の旅程は大いに短縮された。

　また、本書末尾に記載した他の文書館や収集室で働く方々にも謝意を表したい。中でもとりわけオーストリアとソビエトの科学アカデミーは、私がジョージア[*7]へ二週間の研究旅行に赴くことを可能にしてくれた。心のこもった歓待と親切な援助を頂いたトビリシのショタ・ルスタヴェリ研究所長G・ツィツィシュヴィリ博士と彼の同僚であるグラム・チョホレニゼ博士、タムナ・マミサシュヴィリ女史に、私は感謝している。私の娘たち、原稿を最初に読んでくれたジビレと、索引制作を手伝ってくれたベッティーナにも、もちろん感謝を捧げねばならない。

一九八六年夏、ウィーン

ブリギッテ・ハーマン

目次◉平和のために捧げた生涯　ベルタ・フォン・ズットナー伝

附録

【凡例】

1　本文中（　）、［　］は原著中のものである。

2　本文中の〈　〉は、日本語訳のドイツ語、その他の欧文の表記、またはドイツ語、その他の欧文の新聞名、雑誌名などの日本語の意味を注記したものである。

3　1、2、3……などの注番号は原注を、＊1、＊2、＊3……などの注番号は訳注をあらわす。

4　なお「ジプシー」などの差別的語句は、原著の表現を尊重しそのまま訳した。

平和のために捧げた生涯　ベルタ・フォン・ズットナー伝

1

キンスキー伯爵令嬢

「若い頃のベルタには、まったく何の価値もなかった」、有名な六四歳の女性平和運動家は日記にこう書いた。当時『回想録』を執筆していた彼女は、人生を振り返っていた。倦むことなく平和のためになしてきた仕事のほかに、彼女が認める功績は何もなかった。平和運動への関わりによって、「世界が関心を抱く本当のベルタ・フォン・ズットナーが、ようやく生まれた」、彼女はそう考えていた。[1]

もっとも平和運動に関わり始めた当時、ズットナーはすでに四〇歳で、もう人生の半分以上が過ぎていた。彼女自身は青春時代の自分を無邪気なオーストリアの伯爵令嬢と蔑んではいるが、しかしながらこれらの年月は、彼女がのちの仕事に手をつけるようになった、その独特な道筋を理解するのに重要であることは否定できない。

プラハ[*1]の旧市街広場に面して建つキンスキー宮殿は、このボヘミアの首都における最も美しいロココ風城館の一つである。一八四三年六月九日、この宮殿でベルタ・ゾフィア・フェリツィタ・キンスキー・フォン・ヒニック・ウント・テッタウ伯爵令嬢は生まれた。侯爵家および伯爵家だったキンスキー一族は、かつてボヘミアにおける最も身分の高い家系であり、今でもそうである。皇帝の権力に対する謀反、陰謀、非業の死が連続するその歴史の中で育まれたのは、貴族としての不屈の自尊心だった。

一族にとって最も激動の時代だったのは、一七世紀初頭である。ウルリヒ・キンスキーは一六一八年、皇帝に抗い、皇帝側役人をプラハ城の窓から放り出したプロテスタント派貴族の一人だった。歴史に残る「プラハ窓外投擲事件」[*3]は三十年戦争[*2]の発端となった。ヴィルヘルム・キンスキーは、この戦争においてヴァレンシュタインから最も信頼を置かれた側近であり、その代理人をパリのリシェリュー枢機卿のもとで勤めた。ヴァレンシュタインとイロ、トゥルツカ、ノイマンら将官とともに、一六三四年エーガーで彼は暗殺された。詳細についてはシラーの戯曲でも知ることができる。

続く一〇〇年の間、キンスキー家は若干勢力を弱めた。彼らは皇帝に仕えて使節、宮廷宰相、大臣を勤めた。しかしとりわけ功績を上げたのは、プロイセンのフリードリヒ二世とナポレオン一世との戦争においてだった。

ベルタの父も、この軍人一家の伝統に連なる一人だった。彼は「帝国の中将兼侍従長」だったが、名を成すには至らなかった。やはり将官だった三人の兄弟も、同じく名を残していない。

キンスキー家のこの四人の将官は、古い方の家系、すなわち伯爵家（フォン・ヒニック・ウント・テッタウ）に属していた。この系統は新しい侯爵の家系より、はるかに色濃く戦士の伝統を受け継いでいた。前者、すなわちベルタの一家にはとりわけ多くの「勇猛なキンスキー」がいたが、プラハでは彼らをめぐる実に荒々しい出来事がいくつも語り種（ぐさ）になっていた。

侯爵の家系の居城だったプラハのキンスキー宮殿は、静かな隠れ家とはほど遠かった。それはむしろ巨大なホテルと呼ぶに相応（ふさわ）しく、そこには目下プラハに滞在している一族の成員が多く投宿し、「シーズン」になると宴を催していた。しかし本当の居城は、ボヘミアの領地にキンスキー家がいくつか有する壮麗な城だった。もっともベルタの父は城を一つも所有していなかった。長子相続者、つまり主相続人ではなく単なる「三番目の男子」に過ぎなかった彼は、地方の領地も都市の宮殿も持たず、ただ軍務に就くだけに甘んじなければならなかった。彼は家族とともに、プラハの宮殿の中にあった多くの住居の一つに暮らしていた。この城で、しかしながらすこぶる高貴な主側翼とは違う場所で、ベルタは生まれた。

このような名前を持ち、このような場所で生を受けることは、大いに有利で幸先の良いことだ、一般にはそう思われるだろう。実際はその正反対だった――というのは、この新生児には父親がいなかったからである。フランツ・ヨーゼフ・キンスキーはベルタが生まれる直前、七五歳で死んでいた。残されたのは、およそ五〇歳も年下の未亡人だった。彼女はベルタのその後の人生とって、消しがたい汚点となった。ゾフィー・キンスキー伯爵夫人は、要するに、オーストリア貴族の話し言葉で今日なお、ときおり用いられる言い方をすれば、「生まれではない」あるいは「卑しい生まれ」の人物だったのだ。これは、彼女がいわゆる高位貴族の祖先を一六人証明できなかった、ということを意味している。その証明だけが、彼女に対等の地位があることを意味し——そしてそれがあれば、ウィーンの宮殿において催されるあらゆる大きな祭典への参列を許されるのだった。ベルタの母の旧姓がフォン・ケルナー[*4]で、有名な自由詩人テオドーア・ケルナー[*5]の親戚であっても、ボヘミアの一流社交界が彼女に下す評価には何の関係もなかった。

　尊崇の念を持って接するよう要求していた夫の存命中、若い母親は多少なりとも敵意から守られていた。しかし今、夫の死を境に彼女は孤立する。平民扱いされた彼女は、自分が侯爵や伯爵の親戚から軽蔑され、異分子の立場に追いやられていると感じていた。一族の一員としては受け入れられなかった。一族の中で置かれていたこの苦境について、ベルタはのちに沈黙を通した。父親についても、母親のことを物語るときでさえ、何も伝えていない。彼女は『回想録』の中で、プラハの「マリーア・シュネー」小教区に残されていたみずからの洗礼証明書だけを引用しているが、貴族の習慣に詳しければ、一族の中で彼女の置かれていた立場がどれほど難しいものだったか、この証明書から読み取れる。侯爵家、あるいは伯爵家の親戚からは誰一人、生まれたばかりのベルタの洗礼で代親になる者はいなかった。代親を務めたのはベルタの兄、つまり父亡き後の今、いわば家長となっていた当時六歳のアルトゥーア・キンスキーと、侍女バルバラ・クラティチェクだった。[2]ボヘミア高位貴族が伝統的にその子女の受洗聖堂に用いていたのはタイン教会だったが、ベルタの受洗聖堂である美しい「マリーア・シュネー」は修道院所属教会だった。ここで洗礼を受けたのがキンスキー一族の「庶子」であり、他の家族と対等の一員ではなかったということは、否定しがたい事実だった。

この素性は、ベルタ・キンスキー伯爵令嬢の社会的評価における消しがたい瑕（きず）だった。一方では貴族、もう一方では市民であるという分裂を、彼女はその死に至るまで克服できなかった。彼女は自分の名前に誇りを抱き、のちに、ズットナー男爵夫人として有名になってしばらくしてから、伯爵という自分の出自について、「ズットナー男爵夫人、旧姓キンスキー伯爵」という付記を名刺に印刷した。伯爵だった親戚の一人が彼女を「ドゥー」*6と呼んだとき、彼女は誇りと喜びに満ちあふれながらそれを日記に書き記し、母親や彼女と付き合いを持ち続けたキンスキー家の人たちのことは『回想録』の中で褒めそやしもした。というのも、このような交際は親戚たちにとっても彼女にとっても、当たり前のことではなかったからである。

「純血の」キンスキー家の人々との関係が話題になるとき、ベルタの日記からは常に劣等感が感じ取れる。親戚と顔を合わせるたびに彼女は引け目を覚えたが、それは個人的な怠慢ではなく、不十分な系図にのみ起因していた。彼女は受け入れてもらえなかった――生涯にわたってどれだけ働き詰め、どれだけ多くを成し遂げようとも。こうしたカーストにとって重要なのは業績ではなく、ただ一つ、血筋だけだった。

ベルタは後年、このことについて書いている。「オーストリア貴族は……近代によっても微塵も弱体化されていない。それはイギリス貴族階級のように、市民階級を仲間に加えることはない。オーストリアの上流階層は、階級である以上にカーストなのである。血の高貴さは彼らの金科玉条である。一つの溝が彼らと中間階級の間にある。しかし――それが手仕事であれ頭脳労働であれ――労働にいそしむのは中間階級であり、そして文化的進歩はどれもただ労働の成果であるが故に、時代を動かす思想が中間階級から現れるのは明らかだ。この階級の彼岸にいる上流階層に、その思想がはっきり伝わることはない。それは彼らには、ただ何か――脅威であるが故に――不快な音を響かせながらにじり寄る、ざわめきのようなものだ」。一般に言って高位貴族のほとんどは、「この世紀を揺り動かすあらゆることに対して、知らぬが仏」を決め込んでいる[3]。

生涯にわたってオーストリアの貴族に容赦ない批判を浴びせ続けていたにもかかわらず、貴族が体現する古い価値に対して彼女が抱いていた感嘆は、隠しようがなかった。たとえば、貴族の居城の一つについて、彼女は次のように書いている。「そこには冠を戴いた祖先たちの肖像が飾られるギャラリーがあり、軍勢を率いたこの家の住人が身につけた武具を収める武器庫、客として訪れた王たちが泊まった部屋々々、この家の歴史における栄華を示す装飾品や羊皮紙や文書の所蔵庫がある。そこではすべてが権力、栄光、名声を語っている。上は色鮮やかに紋章が染め抜かれた旗が風になびく塔の上端にある凸壁から、下は何百年も前の遺骨が石棺に眠る霊廟(れいびょう)の丸屋根の下に至るまで、すべてはここを治める一族の威光を告げ知らせている。歳月が呼び起こす敬意、遠い昔に過ぎ去った時代の名残が誰の魂のうちにも呼び覚ます敬虔な畏怖、憂愁を漂わせながら畏敬を求める過去の荘重さに対する敬意――壮麗で伝統の重みを感じさせる城館が見学者の一人ひとりに要求するこうした尊敬の念、それを城主は、自分を館の継承者、そして積み重ねられたあらゆる栄誉の代弁者と定めた自らの血筋に対して示している。こうした自敬の念は高慢と呼ばれることもある――しかし、そこには敬虔さもあるのではなかろうか?[4]」。

すでに世界中に知られた平和運動家となっていた六四歳のとき、ウィーンのキンスキー宮殿に招待された彼女は、感激して日記にこう書いた。「カールとリリーのキンスキー夫妻のもとで朝食、そして宮殿で芸術品めぐり。これは封建的壮麗さというものだ。彼らが保守的なのは、もっともなこと！」[5]。

だが彼女は生涯のあいだ、この愛憎相半ばした貴族階級には決して受け入れられなかった。（こうした事実からすれば逆説的なのは、キンスキー家の近代史について――一九六七年、リヒテンシュタイン公子とマリー・キンスキーの婚礼の際――書かれた中で、よりにもよって、かつて一族からほとんど顧みられなかったベルタが「一家の最も有名な一員」と呼ばれたことである[6]。遅ればせながらの名誉回復ではあるが、間違いなくノーベル平和賞よりもベルタ・フォン・ズットナーを喜ばせたであろう。）

外界とはあらゆる敵対関係があったにもかかわらず、母と娘はとても親密な関係で結ばれていた。ベルタは述べている。「母は私に対し当然のこととして大きな愛を注ぎ、私も母を愛していたが、その愛はあまりに大きかったので、母が二、三日ウィーンへ出向くとき、私はまるで胸が引き裂かれたように何時間もすすり泣いた[7]」。

ベルタによると、ゾフィー・キンスキーは「いささか夢想的で常軌を逸した性質」だった。一八歳の時、帝国の騎兵大尉の娘は老キンスキー伯爵と結婚し、それによって「玉の輿（こし）」に乗ったのではあったが、人気歌手になるという人生の大きな夢をあきらめた。このうら若い少女に向かってイタリアのある有名なマエストロは、「グリシやパスタ、マリブラン以来、耳にすることがなかったほどのソプラノである」と断言していた。しかし彼女の両親は、実直な市民から「罪の温床」と呼ばれていた舞台への道に娘が進むのを禁じた。それゆえゾフィー・キンスキーは、オペラのプリマドンナになる夢を果たせなかったことを生涯嘆き続けた。彼女は繰り返し、マエストロから習った『ノルマ』*7の入場の叙唱をベルタの子供部屋で歌った。このアリアは子供心に、「女性のヒロイズムとオペラ芸術の珠玉」と思われた。「ドルイド教巫女とヤドリギの枝、情熱、崇高さ。私の想像の中にいるノルマは、このような姿で輝きを放っていた。この上なく甘い旋律の魔法と、この世のものとは思えない声量のざわめきに包まれて」。ベルタはこう書いてはいたが、ずっとのちになると、愛する母はおそらくずば抜けた才能には恵まれていなかった、という認識に至っている。というのも、ノルマの叙唱といくつかの軽い「お涙頂戴もの」の歌から先には、彼女は決して進まなかったからである。

ベルタ誕生から程なくゾフィー・キンスキーはプラハの宮殿を去り、わずかな財産とキンスキー家の寡婦扶助料を与えられてブルノへと移った。いくらか病弱な少年アルトゥーアは貴族の習慣に従って幼年学校に入り、母と妹から離れた。

転居の理由はキンスキー家との難しい関係ばかりではなく、ブルノに居を構えていたベルタの後見人フリードリヒ・フュルステンベルク方伯が、被後見人とその若い母親を引き取ったからでもあった。ベルタが『回想録』の中で愛情込めて「フリッツェルル」と呼んだ彼は、父親の友人であり同僚であった。父と同様、彼は帝国の侍従長や中将、のちにはブルノの師団長を務めた。フュルステンベルク方伯家のモラヴィア系の子孫である彼は、モラヴィアに農場と城館を持ってはいたが、そこで過ごすのは、いつも夏のほんの数週間だけだった。

フュルステンベルク方伯はベルタが生まれた当時五〇歳、すなわちベルタの父親よりも二五歳若かった。「私には彼はとても年寄りに思えたが、彼のことはとても好きだった」、とベルタは書いている。「私は彼を慕い、より気高い存在と見なしていたので、無条件に彼に従い、崇め、愛さなければいけないと思い、事実また喜んでそうしていた」。彼の姿は「子供時代のすべてと思春期を……温かな光で満たした」。彼女はまた、なぜ自分の後見人が生涯未婚のままであったのかを明かしている。「その理由は、彼がある婦人に対する愛を心に秘めていたからである。その女性はやはりある貴族の未亡人だったが、その生まれ故に宮中参内資格がなく、それゆえ彼女との結婚はどうしても不可能と思われた。こうしたことで自分の家族の気持ちを損なうことを彼は望まなかった。また結局のところ、これは自分自身の気持ちも損なうのだった。というのも、道から外れたこと、伝統から外れたこと、『完全』でないこと、そうしたことはすべて彼の性分ではなかったからだ」。おそらくは、この婦人がほかでもない自分の母親ゾフィーその人であったということについて、ベルタは慎重に黙している。

ここブルノでの子供時代、ベルタはたしかに孤独ではあったが、守られながら過ごした。英語とフランス語の家庭教師、侍女であり代母であったバベッテ、いくらか夢見がちで歌うことを好んでいた母、そして結構な身分のフュルステンベルク方伯が、自分以外の子供を知らない彼女の交際範囲だった。気晴らしとなったのは、田舎でのちょっとした遠足、ピアノ演奏、歌、そして彼女も見物を許された、週に二度の、母と後見人のトランプ勝負だった。会話の相手は「ソシエテ」、つまり身分の高い貴族社会の中に限られていたが、それは方伯にとってこの社会が、「その人々の生活と運命が興味を引く唯一の階級」だったからである。

この閉鎖的世界の中で、少女時代のベルタは幼いながらも正真正銘の典型的伯爵令嬢へと成長した。彼女は一三歳年上のフランツ・ヨーゼフ皇帝[*10]にすっかり夢中で、常に服装が悩みの種であり、そして世界は「おとぎ話のような幸せ」を自分に用意してくれていると信じて疑わなかった。外の世界を彼女は気にも留めていなかった。「世界の歩みとは、私に輝かしい幸福をもたらすために、あらゆる歯車を噛み合わせて動く機械でしかなかった」。

ベルタの子供時代は、変更の余地のない、後見人によって定められた枠の中で過ぎて行った。彼の生活は依然として完全に一八世紀の規範に従っていた。「旅に出ようと考えることは皆無だった。オーストリアの境界標柱の向こうで彼の世界は終わりを告げていた。敬虔さ、そして教会に対する信仰と軍に対する信仰が、彼の、性格的徳目とは私は言いたくないが、階級的徳目だったのである。日曜日のミサや教会の式典、閲兵式には欠かさず出席した。個人的に良く知っていたラデツキー元帥[*11]を熱烈に崇拝していた。オーストリア軍の名誉は、彼の目からすれば、世界秩序全般における最も美しい構成要素の一つだった」。

一二歳になるかならないかのとき、ほぼ同い年の従姉エルヴィーラがベルタの仲間となった。二人の母は姉妹であり、どちらも寡婦だった。このときから彼女たちは一緒に住むことになった。ほとんど同時期、少尉となっていたベルタの兄アルトゥーアは兵役不適格と判定され、肺病を理由に家族のもとにいた。しかしながら、兄妹の間に心からの関係が生まれることは決してなかった。病気のため働くことのできなかったアルトゥーアは、のちには変わり者となった。「人付き合いをすっかり拒み、ダルマチア[*12]の小さな町に引きこもって暮らし、花作りとチェスに精を出していた。彼の交際範囲にいたのはたくさんの山の猫だった。彼が情熱を注いでいたのは、海辺の散歩と、植物学や鉱物学の著作を読むことだけだった」[8]。

ベルタが大きな愛情を向けていたのは、友人であり従姉であるエルヴィーラただ一人だった。エルヴィーラの父は裕福な在野の学者で、この少女は「いわば父親の図書室で育った」のであった[9]。エルヴィーラは子供時代からカントやフィヒテ、ヘーゲルなどの偉大な哲学者の著作に親しんでいた。彼女はシェークスピアを同時代の作家と同じように読んでいた。「こうした教育の結果生まれたのは、もちろん、小さなブルーストッキング[*13]だった」、とベルタは書いている。彼女は友人のことを、まさにその博識と思慮分別ゆえに熱愛し、崇拝していた。

エルヴィーラは八歳の頃から、みずから詩作にも取り組んでいた。「彼女が世紀最大の詩人になることを、彼女自身や叔母のロッティ、それに私も確信していた」、とベルタは書いている。一方ベルタが望んでいたのは、「偉大な婦人になり、みんなの心を一挙につかむ」ことだった。人生における役回りがこのように割り振られていたので、嫉妬の起こりようはなかった。今やベルタは、エルヴィーラと一緒に読書をし勉強をした。彼女を通して偉大な作家たちを知り、彼女とともに未来を夢見た。エルヴィーラとともに、ベルタも初めての大旅行を経験したのだが――その行き先はヴィースバーデンだった。

この旅の意味は、母親二人が後見人フュルステンベルクに言っていたような、温泉保養などではなかった。彼女たちの本当の目的は、ヴィースバーデンのカジノを訪ね、そこで幸運をつかむことだった。彼女たちは当たり番号を千里眼で見抜けるものと信じて疑わず、儲けた数百万の金で何を始めるか妄想を膨らませていた。よりにもよって、大金持ちのリヒテンシュタイン侯爵からモラヴィアの城館を買い取るつもりになり、すでに調度品のことまで考えていた。

二、三〇〇万グルデンほどを元手にし、彼女たちは――娘たち抜きで――午前中カジノのルーレットとカード・ゲームで「働き」、午後は四人そろって保養地の社交生活を楽しんだ。ベルタは一三歳、エルヴィーラは一四歳で、生まれて初めての舞踏会をヴィースバーデンで体験した。一週間後、ベルタはダンス相手の一人フィリップ・ヴィトゲンシュタイン公子に求婚されたが、少女がまだ若すぎることを考慮して、慇懃に拒絶された。ベルタはこう述べている。「私にとって、心地よい、ささやかな勝利だった。だが、私はそれを真剣には受け取らなかった[10]」。婦人たちは、自分たちの軽率さから一つの世界観を得た。ベルタの母は、この軽率さを詩にして称えてさえいる。

汝、軽率さ！　他に比ぶるものなき美しき才よ、
我が歌を褒め称え、永遠(とわ)に伝えよ！
死を定められし人、たとえ何を望むとも、
彼に天恵より与えらるるは、神々の子たる汝なりや？[11]

持参した資金と、あとから送らせた資金は、ヴィースバーデンで間もなく使い切ってしまった。二人の婦人はブルノに戻らねばならなかった。「フリッツェルル」ことフュルステンベルクがこの脱線にどのような態度を取ったのか、ベルタは『回想録』で沈黙している。確かな事実はただ一つ、二人の婦人が娘たちを連れてブルノからウィーンに移り住んだことである。

少女たちの夢は――母親たちの夢とは反対に――実現したかに見えた。エルヴィーラはすでに詩人として名を知られはじめていた。老グリルパルツァーや若きマリー・フォン・エーブナー＝エッシェンバッハも、直接エルヴィーラに賛辞を贈るため、彼女の住居に通じる階段を登るのを厭(いと)わなかった。文学の世界に迎え入れられたと感じていたエルヴィーラは、友人ベルタの熱心な支えのもと、倦むことなく書き、読み続けた。ベルタの方も大きな成功を誇示できた。彼女はすでに最初の肘鉄を喰らわせていたのであり、しかも相手はまぎれもない公子なのだった。人生はこのように進むだろう、と思われた。「労せずしていくつもの心を虜(とりこ)にし、求婚を受けて、それからかけがえのない一人と出会い、その人は誰よりも身分が高く、誰よりも立派で、誰よりも思慮深く、誰よりも裕福で気高いので、私の心も虜になる。彼が私に与えるもの――そして私も彼にたっぷりお返しするもの――は、完全な、そして生涯にわたって続く幸福なのだ[12]」。伯爵令嬢の思い描きそうな夢である。

三年が過ぎ、母親たちは改めてヴィースバーデンのカジノで運試しができるようになった。またもや彼女たちは、娘二人――このとき一六歳と一七歳――を旅行に同伴させた。それは一八五九年夏のことで、この夏はマジェンタとソルフェリーノで繰り広げられた血なまぐさい戦い[*14]によって歴史に刻まれたのだが、その戦いの結果オーストリアは豊かなロンバルティアの支配権を失うこととなった。ベルタの言葉である。「しかし私ははっきりと憶えている。当時の私にとってこの出来事は、今日の私にとって西インドの一度も名前を聞いたことのない島での火山噴火を知っても気にならないのと同じくらいに気にならず、同じくらいに存在しないも同然だった。はるか彼方で起こった天災――それが私にとってのイタリアにおける戦争だった。戦場には、私たちがその身を案じるような身近な人間は一人もいなかった[13]」。

ヴィースバーデンの社交界と祝宴は婦人たちの興味を引いた。ベルタは「上流世界」の生活を知り、それを重んじたが、それは彼女がその世界の中に自分の将来を夢見ていたからだった。ひたむきな熱心さで彼女は一流社交界を観察し、のちには「国際的ハイ・ライフのグループ」を、「自分の天幕をあらゆる娯楽場へと引きずり運び、自分の同類と出会えて『豪勢に』暮らせる場所ならどこでも自分の故郷のように感じる遊牧部族」と特徴づけた。「彼らは贅沢のジプシーである。オペラ音楽や馬蹄の音、シャンパンを注いだグラスとグラスが触れる音、いちゃつく男女のくすくす声が響くところ、紋章や冠、扇子、乗馬鞭、おしろい刷毛、猟銃が職業のしるしとなっているところ、バカラ遊びをするところ、剣を手に決闘するところ、二〇〇〇フランの晴れ着をまとい、鳩を撃ち、花馬車の行列が通り、顔を隠して逢い引きへ急ぎ、先祖が十字軍から始まり、あるいは負債が数百万になると見積もられるところ、そこで贅沢のジプシーたちはキャンプを張る[14]」。

しかし待望していた儲(もう)けをカジノでは得られず、こうしたサークルへの入場は、女性たち四人組には拒まれたままだった。「あらゆる方式、方法、予知と予感の才は偽物だったと証明された。そしてたった今、絵空事を思い描くのは永遠に終わったということが、厳然たる事実となった」[15]。

大金が失われた。ベルタの母は生活を厳しく切り詰めねばならず、ウィーンの住居を手放し、首都郊外のクロースターノイブルクの安くて小さな田舎家に移り住んだ。「そこで二年間、極度に引き籠り、倹約した生活を送らねばならなかった」。

少女たちは満足していた。エルヴィーラは執筆し、ベルタは彼女と同じことをしようと試みた。こうして、のちのベルタの告白によれば「羨望と模倣本能」から、短編小説『月で見る地球の夢』が誕生した。彼女はこの小説を小さな雑誌『ディ・ドイチェ・フラオ〈ドイツ婦人〉』に送ったが、驚くべきことに、この物語は本当に印刷された。編集部は一六歳の少女を称え、さらに書き続けるよう励ました。「才能を埋もれさせてはいけない、と私は言われた」。しかし、ベルタはこの小説を評価せず、のちにはこれを「地に足の着いていないナンセンス」と呼んだ[16]。

ベルタが成人するまでの二年間は、孤立した田舎で——可能な限り出費を切り詰めて——過ごさねばならなかった。というのも、一八歳になって初めて少女はウィーン社交界にデビューできるからだった。こうしたことにベルタほど誇大な妄想を抱かないエルヴィーラは、そのあいだに帝国の定期航路に乗るプーラ[*15]の若き士官候補生と文通によって愛を育み、結婚していた。

一八六一年、ついにその時が来た。ベルタは一八歳、まもなく「人生の幸福」は、裕福で身分が高く、そのうえ美男の若い貴族の姿となって現れるはずだった。この時点でまさに核心的重要さを帯びていた衣装の問題は、十分に検討された。のちにベルタは、若かりし頃の自分や同じ階級の人々にとって当たり前だった、極度のお洒落願望を批判した。「当時の女性たちが、美しくなる、あるいは少なくともそう見せるという、報われることの最も多い栄誉ある目的を達成しようと、どれほど時間や精神力という宝を浪費していたか、計りがたいほどである。『身仕舞』とはある礼拝の全体を意味し、常に守られねばならず、常に移ろい行くその儀礼は『モード』と呼ばれ、女奴隷、女神官、女大司祭の大群は、それに仕えることが役目だった。この礼拝は、かつてモロク[*16]が人身御供を呑み込んだのと同じく、祭壇で数えきれないほどの財産を煙に変えて天に昇らせ、その礼拝のために健康と清廉さは犠牲に供された」。

しかし、うら若い乙女たちには、あらゆる手を尽くして自分の美に磨きをかけるよりほかに、ほとんど何もやることはなかった。なぜなら、「人であれば誇りにするのが普通であるすべてのもの――身分、名声、威信、地位――に、女性はただ夫として選んだ男性を介してのみ手が届いたのだ。さらに美は、女性に夫を得る機会を最も多く与える特性だった。それゆえ、自分に身分と威信をつけるのに役立つ特性や功績に男性が誇りを感じていたのと同じく、女性が自分の美に誇りを置いていたのは、まったく自然なことだった」。そしてさらに、「そうなのだ、魅了すること、すなわち情欲を燃え上がらせること、……これが女性の最高の功績だった。そして、このようなオダリスク[*17]相応の尊厳で、美しき性である女性は満足していた[17]」。

一方で、彼女は次のように理解を求めた。「気に入られるのを望むことで手厳しく非難されたのは、気に入られる必要があるように育て上げられた者たちなのだ[18]」。というのも、女性に与えられた職業はただ一つ、「認めてもらうという職業」、すなわち結婚だけだからである。

ベルタのデビューに選ばれたのは、ある「ピクニック」、つまり比較的小さな舞踏会だった。この舞踏会に参加していたのは貴族の廷臣だけでなく――彼らの間に入ることは市民的な母を持つ彼女には許されなかっただろう――、「上流階級」の隣には「より下層の構成員」、つまり非の打ちどころのない系図を持たない若者たちも姿を見せていた。市民的な母に同伴されたキンスキー伯爵令嬢にとって、ここはうってつけの舞台だった。

どれほど注意深くこの舞踏会が選び出され、どれほど長い年月のあいだ母と娘がこの重大な瞬間を待ちわび、どれほど過大な期待をそれに寄せていたかを考えてみれば、奈落に落とされたかのようなベルタの失望が理解できるだろう。ずっと後年になっても、彼女は繰り返し苦々しさを滲ませながらこのことに触れた。「期待に胸を弾ませて、私は広間に歩み入った。手ひどい失望に胸を締め付けられながら、私はそこをあとにした」。バラのつぼみをあしらった白い舞踏会服に身を包み、目にも綾な出立ち（いでたち）で登場した彼女は、ほとんど一人のパートナーも見つけられなかった。「高位貴族の母親たちは一緒に座り、私の母は一人で座っていた。かたまって立っている伯爵令嬢たちは一緒にお喋りをし――私は誰一人知り合いがいなかった。晩餐では楽しそうな小さなグループがいくつもできていたが、私は相手にしてもらえなかった[19]」。

のちになって、彼女はこの屈辱的敗北について説明しようとしている。「生まれてから一度も社交界に近づいたことのない人間は、いきなりその中心に入り込もうとしても無理である。作法、隠語、身仕舞の技術――すべてが欠けているのだから。その姿は場違いで、あるいはもっとはっきり言えば、その姿は滑稽なのだ」。――そしてこれは高位貴族のもとだけではなく、「家名についての誇りはより少ないが、その代わり財産により多くの誇りを持っている集団」である下級貴族のもとであっても同じだった[20]。

高く飛翔した夢から現実への失墜は過酷だった。ベルタは生涯にわたって、この敗北を完全に克服することができなかった。この瞬間、彼女があまりにはっきりと思い知らされたのは、世間は「財産のない、身分違いの結婚から生まれた少女を、とりたてて親切に歓迎してはくれない」ということだった。

財産もなく、定めとなっている一六人の貴族の先祖を持たない彼女には、あれほど熱望し、夢にまで見たウィーン最上階層の社交界への仲間入りは断じて不可能なのだ。母親も「屈辱感とないまぜになった罪の意識」を感じていた。「まぎれもなく彼女には、伯爵令嬢として生まれなかったという、そして自分が間に入ったことで系図を……台無しにしてしまったという、良心のやましさがあった」。

すでに舞踏会から帰る道すがら、失望を味わった少女は、直前に求婚をしてきていた中年男性との結婚を受け入れる気持ちになったことを伝えた。ともかくその男は、ウィーンで最も裕福な男の一人であり、彼の約束は魅力的だった。「別荘、屋敷、館――ありったけの豪華さで私と母の暮らしを飾り立てよう、と彼は言った。目がくらんだ私は、『はい』と言った。私はこの事実について弁解するつもりはない。一八歳の少女が、愛してもいない、はるか年上の男の求婚を受け入れる、ただその男が百万長者であるというだけの理由で。これは醜い事実だ！　これは――単刀直入にそれを言い表すなら――自分を売ることだ[21]」。

最初の婚約者が誰だったのか、ズットナーは伝記の中でその名前について慎重に沈黙を通している。のちの日記への書き込みから、我々は初めて彼が誰であったか知ることになる。その人物とは、当時五二歳のグスタフ・フォン・ハイネ＝ゲルデルン男爵であった。彼はウィーンの新聞『フレムデンブラット』を所有する大金持ちで、ハインリヒ・ハイネ*18の弟だった[22]。

ハンブルクでの運送業で成功を収められなかったグスタフ・ハイネは、その後、若いうちにオーストリア軍で兵役に就いた。ここで彼は最終的に竜騎兵士官にまで出世した。彼が『フレムデンブラット』の所有者にまで上り詰めたのは革命期*19だった。政治的には兄ハインリヒと正反対であり、「追従的な考え方によって世を渡り、金を儲ける」術を心得ていた彼は、革命家たちからは「秘密警察の不潔なお気に入り」として憎まれていた。政府の機関紙と見なされていた彼の新聞は、相当な補助金を受け取っていたと言われている。[23]

たちどころに裕福になった彼は、政府と良好な関係を持ち、公益のために気前よく寄付をしていたおかげでいくつも勲章を授与され、ついには男爵の称号も手に入れた。それにより北ドイツのユダヤ人家庭の子であった彼は、ウィーン社会の「第二階級」の列に加わった。新しく列せられた貴族、つまりリング通り時代[*20]の産業男爵たちからなるこの階層は、ウィーンの精神生活を帝国崩壊[*21]に至るまで支配し、この時期の経済的、芸術的偉業の数々を成し遂げた。グスタフ・フォン・ハイネ゠ゲルデルンは、公的生活における有力人物だった。多くの読者に読まれ成功した新聞は彼に政治力を与え、金で築いた依存関係は経済力を与えた。

ハイネ゠ゲルデルンに若き伯爵令嬢ベルタ・キンスキーを紹介したのは、ほかでもない、当時有名だったブルク劇場付き詩人ヨーゼフ・フォン・ヴァイレンだった。グスタフ・ハイネにとってこの少女は、まぎれもなく良い選択だった。彼女は若く美しく、よくあるように修道院で偏った教育を受けたのでもなく、本をたくさん読み、世の中に通じていた。彼女が無一文であることは、男爵には障害にならなかった。

彼は若い婚約者に贅沢をさせようと、あらゆることをした。高価な装飾品を贈り、母子を馬車に乗せて町中を走り回り、華美な晴れ着や高級馬車、住居用の家具調度を買った。

婚約者と初めて二人きりになったときのことを、ベルタは『回想録』の中で記している。「『ベルタ、君は自分がどれだけ魅力的か、知っているかい？』」。彼は私を抱きしめ、その唇を私の唇に重ねる。それは男性からの、初めての愛の口づけだった。年配の男、愛していない男。――嫌悪の叫びを押し殺しながら、私は身を振りほどく。すると、私の内に抗議の激情が沸き上がる――嫌、絶対に……」。

　母の抗議もむなしく、ベルタは次の日には婚約を解消し、贈り物をすべて返却した。少女はこうした状況の中で不屈の意志を示した。「まもなくこうしたエピソードはすべて過ぎ去り、この悪夢から目覚めたとき、私は救われたように感じた」[24]。


　それに続く夏の日々は、ウィーン近郊の温泉保養地バーデンで多彩な交際をしながら過ごした。「世界はまるで、私たちの楽しみの場所となるためだけに創造されたかのようだった」。

　まもなく彼女は二度目の求婚を受ける。前回と同様高齢な求婚者はナポリの王子で、前王妃マリーアの宮内大臣としてバーデンのヴァイルブルク城に滞在していた。さらに彼は、キンスキー母子をローマに招待した。ベルタはのちにこう語っている。「恥ずかしいことではあるが、はっきりさせておかねばならない。私を魅了したのは、歴史の記憶という魔力を備えた永遠のローマではなく、ローマの社交生活の描写だった」。母子はこの生活を心置きなく楽しんだ。しかしながら求婚は拒絶された。

　再び夏をバーデンで過ごし、その後一冬はヴェニスで過ごしたが、それは「そこでもう一度『社交界に』入るため」だった。当時ヴェニスはまだオーストリアに属し、「その社交生活を演じていたのはオーストリア人だった」。ベルタは次のように言っている。「私は私の精神ゆえに賛美され――その賛美は、おおむねヴェニスで過ごしたこのシーズンのあいだ続いた。それゆえ私は、自分がこのシーズンに君臨した王女の一人であると感じていた。なんといってもそれは悪くない気分だったので、私はすっかり有頂天になり、調子に乗っていくつもの求婚に対しきっぱりと肘鉄を喰らわせたのだった」。

　ベルタと同年代の少女とを区別していたのは、とりわけ彼女が受けた教育だった。ふつう伯爵令嬢は修道院付属学校で教育を受けたが、彼女は一度もそうした場所では教育を受けなかった。彼女には何人かの家庭教師が付き、そのもとで幼少の頃からフランス語、イタリア語、英語を学び、その後はさらに文学も勉強した。伝統的な「伯爵令嬢文学」は、聖者物語と、清らかな少女たちがみだらな考えに至ることがないよう「好ましくない」箇所を取り除いた古典から成っていたが、それは彼女には無縁だった。ベルタは古典と現代の作品を削除なしの原典で読んでいた。

本は彼女にとって生涯を通じて慰めであり、常に教養の源だった。「そもそも記憶にある限り、私はいついかなる時も常に二つの人生を生きていた。すなわち自分自身の人生と、読書による人生とである――私が言いたいのは、体験された出来事と言葉で描かれた出来事は、記憶という私の財産を同時に豊かにしているということだ。私と付き合いのある知人は、私が読んだ作家の主人公の数だけ増えた[25]」。『回想録』の中で、ベルタは誇らしげに自分が読んだ本の一覧を挙げている。とりわけ彼女が気に入ったのは、「シェークスピアの全作品、ゲーテの全作品、シラーとレッシングの全作品、ヴィクトル・ユゴーの全作品」だった。それに次ぐのは、「詩人ではアナスタージウス・グリューン、ハーマーリング、グリルパルツァー、バイロン、シェリー、アルフレッド・ミュッセ、テニソン。小説家で私が知っていたのは、ディケンズの全作品、バルワーの全作品……フランス文学では、ジョルジュ・サンド、バルザック、デュマの小説――コルネイユ、ラシーヌ、モリエール、小デュマ、オジエ、サルドゥの劇作品」、それと並んで「民族誌、化学、天文学、哲学の作品」といった学問的文献があった。「彼らと、さらにここではその名前すべてを挙げることができない他の作家たちは私の精神的同志であり、彼らと共に私は自分個人の体験から離れた幸福な二重生活を送り、のびのびと魂を拡大させた」。

それに対して、たとえばダーウィンのような現代自然科学の文献の代表者についてはまだ何も知らず、「そして社会状況は変えねばならず、その闘いに知識人が寄与できるという考えは、私には文字どおり欠落していた」[26]。

もっとも彼女の博識は、彼女があれほど賛美していた「上流社会」での結婚の見込みを改善するものではなかった。この時代、「学問のある」女性は、どれほど見た目がよく、どれほど気だてが快活であったとしても、「ブルーストッキング」扱いを受けた。「頭がよわい」女、「美しい」女が望ましく、それはすなわち「従順な」「男性を仰ぎ見る」女性なのだった。無教養と愚かさは悪いことではなかった。というのも、そうしたことは魅力的で、女らしく、徳があり貞潔であると見なされていたからである。

のちにベルタは伝統的女子教育を執拗に糾弾し続ける。彼女は、この歪んだ教育が子供の知力と心を狭めると非難した。彼女は飽くことなく言った。「向学心は子供が本来そなえている本能で、それが満たされれば子供はこの上もない喜びを感じます——ところが現実は違うのです。一般に行われていた拷問のような勉強は、子供をどこへ導いたのでしょう。この拷問は、子供たちの頭の前に栄養ではなく石を置き、子供時代の勉強時間を人生で最も残酷で、まったく無用なものにするのです——というのも、学校を出てから自らの意志で学んだものでないならば、それはほとんどすべてガラクタなのですから」[27]。ベルタが成長したのは、学校のあらゆる授業について教会が指導と管理を行使していた政教協約の時代だった。頑迷な教育の責任を、彼女はとりわけ——同時代の他の自由主義者と同様——教会に負わせた。「それゆえ未来の世代の教育を徐々に聖職者から奪い取り、『科学という宗教の高位聖職者』の手に委ねるべきです……ドグマの盲目的な信仰が永遠に必要であるとは、信じません——道徳的敬虔さの必然性は——信じます」[28]。

ベルタによれば、間違った道徳体系は不自然で内気な少女を生み出す。ある小説に登場させた修道院付属学校の生徒に、彼女は次のように嘆かせている。「愛という言葉を——隣人愛の意味以外で——口にすることは、私たちには決して許されていませんでした。その言葉が本に出てくると、そこは飛ばされたのです。そして、もし誰かが朗読の時にそれを読んでしまうと、私たちはみな、修道女でさえ、すっかりどぎまぎしてしまいました。女生徒たちの多くは、気まずさのあまり引きつったような笑いの発作に取り付かれました[29]」。

六〇年代に入ると、すでに外国では大学で勉強する女性が現れていた。たとえばフランスでは一八六三年以来、神学部を除くあらゆる学部が女性に門戸を開き、四年後にはチューリヒ大学がそれに続いた。ところがドナウ王国では、この革新の波は依然として届いていなかった。女子ギムナジウム[*22]さえ存在せず、大学で学ぶ女性には道徳的憤激が向けられるのが常だった。「呆(あき)れられ、嘲笑され、誹謗され、嘲(あざけ)られる——それが女子大学生だった。女子志望者はほとんどの場合ロシア出身だった。そして、かの国はニヒリズムの由来する国であったがために、多くの人がニヒリズムという概念と女子の大学教育を混同して考える事態となった。この連想は、両者が解放という原理に基づき、この二つの主義を信奉する女性がどちらも短髪であるのが常なだけに、なおさらもっともらしく思われた。その結果、古いしきたりにしがみつく人たちが大学で医学を受講する女性の姿を見ると、絞首台に吊るされる女の姿を見るのにも似た戦慄を、その不安げな心に引き起こされることとなった[30]」。

若い頃のベルタは、彼女自身が属する階級と時代とが抱いていた少女の理想像から、徐々に遠ざかっていった。そして、憧れの「縁組」を結ぶチャンスは、ますます少なくなっていった。

一八六四年の夏、母と娘は——オーストリア・プロイセン連合軍がデンマークと交えていた戦争[*23]など気にも留めずに――ホンブルク・フォア・デア・ヘーエで過ごした。当時そこのカジノはギャンブルの中心地として知られていた。その地で彼女は、ミングレリア[*24]の女侯と知り合った。この女性はベルタにとって、のちにとても重要な役割を持つことになった。

当時四八歳のエカチェリーナ・ダディアニは、ミングレリア侯の未亡人で、ジョージア侯の娘だった。彼女に備わる魅力は、ベルタを強く惹き付けた。「東洋的なもの、異国的なものが、ロシア風でありパリ風でもある世慣れた態度と混じり合い、それはロマン的な風味が加えられ、富という輝きに縁取られていた。私はその独特な魔力の虜になった。私は実際、彼女と交友を持てたことにすっかり満足していた。彼女はいわば、私が漠然と長いあいだ抱き続けていた夢を叶えてくれたのだった[31]」。

ミングレリアはロシアの庇護を受けてはいても、六〇年代までは小さな独立国だった。未亡人エカチェリーナが領邦君主として支配していた当時、この国は激動の時代を経験していた。

「トルコから戦争を仕掛けられたとき、この活力みなぎる女性は自ら部隊を率いてトルコと戦ったが（この遠征について初めて聞いたとき、どれだけ私が感嘆したことか！）、それに対して保護者であるロシア皇帝は彼女に勇敢褒章を授与した。だが、それだからといってミングレリアの女侯のことを、若い頃から槍投げばかりにいそしむ伝説のアマゾンのように想像してはならない。エカチェリーナはフランス人家庭教師から教育を受け、ペテルスブルクに長く暮らした、女性らしい優雅さと気品に満ちた上流階級婦人そのものだった。内外の敵によって苦境に立たされた若き女君主はロシアに助けを乞わざるをえなかった。彼女は幼い三人の子供たちを連れ、今やロシア側から任命された後見人によって管理されていた国をあとにしてペテルスブルクに赴き、そこで宮廷から元首に相応しいあらゆる礼遇を受けた。長い年月のあいだ、この女侯はヨーロッパに滞在した。夏はペテルスブルク、イタリア、あるいはパリで過ごし、冬はドイツの湯治場で過ごしていた[32]」。

若かりしキンスキー伯爵令嬢は熱狂的に崇拝しながら彼女に従い、彼女を通して「上流社会」を知るようになった。このようにして彼女は、たとえばツァーリ[*25]のアレクサンドル二世がホンブルクを訪ねた際、同席を許されたのだった。彼は女侯の腕をとりながらカジノをそぞろ歩き、ルーレットで金貨を賭け、それを擦った。

ベルタは女侯のメランコリックで美男子の従弟、ジョージアのヘラクリウス公子に夢中になった。彼はチフリス[*26]に宮殿を、山あいには古い王城を持っていた。ベルタは熱心にコーカサス[*27]の歴史を学び、求婚を待ちわびたが、もちろんそれは無駄だった。何の告白もしないまま王子は旅立ち、恋い焦がれる少女はホンブルクに残された。またしても、ベルタは夢を見過ぎたのだった。

ベルタ・キンスキーは今では二一歳になったが、まだ「玉の輿」はやって来なかった。その見込みはなくなっていた。というのも、結婚適齢期——一八歳——はとっくに過ぎ去っていたからであり、依然として母娘二人はカジノ台で財産を築いてはいなかった。やることなすこと失敗が続き、それに今度は、厳しい節約で賭事の損失を埋め合わせる必要が加わった。

こうした数々の失望を経験するうちに、ベルタは人生が「社交界」と「玉の輿」だけでないことに気付き始めた。「衣擦れの音が聞こえない者、泡真珠の髪飾りに陶然としない者、幸せを願う情熱に身を焦がさない者——所詮そのような人間は、むろんこうしたすべてを退屈でつまらぬことと思い、それらに身を捧げる馬鹿女たちを浅はかだと非難する。しかし幾シーズンかが過ぎれば、誰でも現実に引き戻される。もう若くはなくなり、約束は叶えられなかったのに、いつでも宴の社交で満足するような者、そして別の目標、新しい義務、真面目な行為の中に『大切なもの』を見つけられない者、そういう人間であるなら確かにその軽薄さは救いがたい[33]」。齢を重ねれば重ねるほど、彼女は社交の楽しみをますますつまらないものと思うようになった。そして、ますます自意識を育てていったのである。

もっともベルタが今──母親の強力な支持のもと──見つけ出した「大切なもの」は、またしても夢のようなものだった。かつて母親がそうだったように、彼女は歌手になろうとしたのだ。バーデンのある老音楽教師は、「今世紀の最も偉大な歌手」になるという彼女たちの期待にお墨付きを与えた。

今や祝宴とお楽しみは終わりを告げたが、そもそものための資金がもうなかった。世間から身を引き、ベルタは毎日四時間、歌のレッスンに集中し、みずから固く信じていた偉大な栄達を目指して、さらに何時間もレッスンを追加した。「朝から晩まで、秋から冬、春の何カ月もの間、ひたすら楽譜のみ──楽譜を歌い、演奏し、読み、書くことのみに専念し、だがそれでも──それは一つの完璧な世界だった──恍惚と美、熱狂、誇り高い達成感に満ちていた。プリマドンナとしての成功に恵まれた経歴（私がそれを達成することは、むろんまったくなかった）が、練習に没頭し、成功を確信しながらその準備をしているときに感じる幸福と、同じほど豊かな幸福を本当に宿しているのか、私は知らない[34]」。

一年半、勉強に集中した後、有名な歌の大家に修業の仕上げを頼むことになった。選ばれたのは、バーデン・バーデンのポーリーヌ・ガルシアだった。ベルタは熱狂的な手紙をしたため、彼女の前で歌う許しを得た。この試験に彼女は落ちた。「実際のところ、あなたにはまったく何もできていません」とこの大家は言った。「声は悪くありません。でもずば抜けてはいません[35]」。ベルタはのちに、もっぱらこの失敗を克服しがたいあがり症のせいにした。

彼女は今や二三歳になったが、まだ結婚していなかった。偉大な歌手になるという願望には影がさした。このように暗澹とした気分の中で、彼女は従姉であり友人でもあったエルヴィーラが「肺病」で死んだという知らせを受けた。そしてまた、後見人だったフュルステンベルクの死の知らせも。ベルタには彼の遺産として六万グルデン以上が残され、毎年三〇〇〇グルデンの収入が保証されることになったが、この額は大学教授の給料に匹敵した。それとは対照的に、母と兄について遺言に言及はなかった。

だが政治的、軍事的な最大の悲劇は母娘の目に入っていなかった。それはすなわち、ケーニヒグレーツ[*28]である。プロイセンに対するオーストリアの敗北という恐ろしい知らせは、またしてもホンブルクで夏を過ごす二人の婦人にまでは届かなかった。ベルタは、「むしろ憂愁を帯びて、もう人生に多くを期待するのを諦めた女」を気取ってはいたが、毎日をいつもどおりに過ごしていた。すでに二三歳にもなっていた自分が戦争を気に留めていなかったということを、彼女は『回想録』の中であからさまに強調し、自分自身を、悪気はなしに特定の認識にいまだ至ることのない多数の人々の一例と見なしている。「私は今日、特定の人々の間に根強い平和運動に対する無理解と遭遇したり、戦争という災厄の自明性と歴史的必然性についての私の論拠が反駁されて、怒りや徒労感に襲われそうになることがある。そんな時、私はただ自分自身の過去を思い起こすだけでよい。そうすれば怒りは消え、再び勇気が湧いてくるのだ[36]」。

懐疑論者に対して常にたいへん理解があった彼女は、次のことを強調している。平和という理念に出くわしたとき、「私と同じような人たち（つまり、当時、一般的教育と社交生活の産物として生まれた、階級や人生観を私と同じくしている人たち）が見せる無理解は至極もっともで、つまるところ至極当たり前なのだ[37]」。

冬になると二人の女性はパリへ移り、そこに小さな住居を得た。そしてベルタは大家デュプレのもとで歌のレッスンを続けた。当時、デドパリ[*29]一家もパリに暮らし、またその上、万国博覧会が開催されていたので、楽しみや気晴らしに事欠くことはなかった。

パリ滞在のクライマックスは、デドパリの娘サロメと、ボナパルト王朝[*30]の末裔で「当時パリで最も美形で最も奔放な道楽者と評判の[38]」アシル・ミュラ王子との結婚式だった。ベルタは三度の婚礼のすべてにおいて、すなわち戸籍役場で執り行われた市民的婚礼、チュイルリー宮でナポレオンやウジェニー臨席のもと執り行われたカトリックの婚礼、そしてギリシャ正教の婚礼で、「花嫁の介添人」を務めた。それに引き続いた祝宴と舞踏会は、この若い女性に強い印象を与えた。

歌という芸術に対する彼女の熱中は、目に見えて冷めてきた。彼女は自分の才能を疑っていた。「母だけが、私の勇気と私の野心を繰り返し焚き付けていた」。そうして次の夏も、またそれに続く冬もパリで歌のレッスンをして過ごしたが、それは多大な出費をともなった。

一八六八年夏のシーズンを、二人の婦人は再びバーデン・バーデンで迎えた。ベルタは世界的に有名なマダム・ヴィアルド[*31]から歌のレッスンを受け、社交生活を楽しんだ。「温泉場の社交界は、考えうる限り最高のまばゆさだった」。彼女は高齢になってからも、このように感激を語った。「とりわけフランス人が沢山いたが、彼らは当時『バーデ』はまだパリ郊外の町だと見なしていた。ヴィルヘルム一世[*32]とアウグスタ王妃。フォン・ハミルトン公爵夫人と、その娘でモナコ皇太子と婚約したばかりの美しいレディ・メアリー。弟子たちに囲まれたポーリーヌ・ヴィアルドと、長年の恋人で『煙』を書いたばかりのイワン・ツルゲーネフ。当時結婚したばかりで、際立った美貌で人目を引いたイタリア王妃マルゲリータ[39]」。

プロイセン王ヴィルヘルムは保養のためバーデン・バーデンに滞在していたが、二五歳のベルタは王のお気に入りの話し相手となる栄に浴した。「本当なら、オーストリア人である私は自分たちを打ち負かした相手に対して愛国者的憤懣を抱いているはずだった。しかし実を言うと、私はそのようなものはちっとも感じておらず――まさにこうした勝利に対してただひたすら深い尊敬の念を抱いていた。『戦勝者』『征服者』という概念は、いまだ歴史の授業の影響から抜け出ていなかった私にとって、あらゆる偉大さの最高形態だった」[40]。

三年後、彼女は普仏戦争に勝利して帰還したドイツ部隊のベルリン入城に居合わせたが、今や皇帝となったヴィルヘルム一世を前に反プロイセン感情がきざすことはやはりなく、戦争に対する嫌悪どころか、まったく逆のことを感じていた。「私は深く感銘を受けた。歓声、旗、きらびやかな軍服――そして『これは歴史的瞬間なのだ！』という意識。このような死と殺人の上に打ち立てられた凱旋門などなければ、実は世界はもっと美しいのかもしれない、といった考えは一度も兆すことがなく、そもそもそのような別の世界が可能である、という考えがよぎることすらなかった。実際のところ――聖書の言葉どおりなのである。耳あれど聞くことなく、目あれど見ることなし*33。さらに、脳あれど考えることなし、と付け加えてもよかろう。当時誰かが私に、平和協会に加入しなさい（というのも、すでにそうしたものはあったので……）と迫ったとしても、私はどうでもよさそうに肩をすくませ、無理解な顔つきをして背を向けたであろうが、それは今日、私が――勧誘者となって――あちこちで遭遇しなければならない顔と、さほど違いはない」[41]。平和理念に対する賛同者と敵対者とを分け隔てているのは、「卓越した世界知と根本的に異なった性質」などではなく、ときに「当該問題についての無知だけ」なのである。

一八六八年冬、またもパリ、そしてまたも婚約。今回の相手はオーストラリアの途方もない大金持ちだった。そのことは、婚約相手の若者のひどい虚弱体質を忘れさせた。大金持ちというふれこみの父親は、ベルタとその母を誘いシャンゼリゼで馬車を走らせ、そこで売りに出ていた館を物色した。ベルタが選んだホテル・パイヴァは、かつてヘンケル゠ドナースマルク家の伯爵が愛人のためにしつらえたところだった。続いて向かったのはペ通り[*34]の宝石商だった。しかし陳列されていた高価きわまりない装飾品は買わなかった。というのも、花嫁用ティアラに飾る宝石なら、もっとずっと美しいものを父親が持っているという話だった。

ベルタはのちに書いている。「パリで馬車を走らせた経験を、私は今日でもなお、よかったと思っている。私はそのとき、一握りの人たちにだけ味わい尽くすことを許された感覚を知ることとなった——つまり、途方もない富を意のままにでき、金で買えるものなら合図ひとつだけで、すべて手に入れられる、という意識である」。母親同様、彼女もまた生涯にわたり、豊かになりたいと切望していた。たとえ『回想録』ではこうした印象を懸命に弱めようとして、富を「恍惚感」と呼びながら、すぐそれを「一種の高慢さ」と言い換えてはいるが、有名になった後でさえ依然として彼女の心は金の魅力にとらわれていた。「あたかも過労のようにそれは人を襲う。望むものすべてをたちまちのうちに手に入れられるのなら、そのあとになお望むものは残っているのだろうか？」[42]。

こうした熟慮は、むろんまもなく不要であることが明らかになった。父親と息子は突如、跡形もなく姿を消したのである。巨万の富など存在していなかった。またもや、かつてグスタフ・ハイネ゠ゲルデルンのときそうであったように、金持ちの、愛してはいない男に自分を「売る」ところだったことを、彼女は恥じ入りながら認めなければならなかった。

歌のレッスンは、今度はミラノの大家ランペルティのもとで続けられた。ついに——ベルタが二九歳となった一八七二年夏のヴィースバーデンで——新たな婚約者が現れ、そして今度は本当のロマンスへと発展した。というのも、ザイン＝ヴィトゲンシュタイン＝ホーエンシュタイン家[*35]の公子アドルフは歌手であり、長子でなかったため財産はなく、ベルタ同様、自分に富をもたらすことになる出世を求めていたのである。この二人は愛の二重唱を歌ったのをきっかけに親しくなった。

しかし事態はすぐにもつれ始めた。この若者は結婚を決断できなかったのだ。長い躊躇(ためら)い、愛の苦しみ、約束、それに慰めの希望があった。彼はアメリカに行き、そこで手っ取り早く出世して、大金を得たいと思っていた。

ベルタは自分も付いて行くと訴えた。「そしてそのとき内なる声が私に言うのです、あなた一人を私たち二人の未来のために戦わせてはいけない、自分の芸術と語学力で私はあなたが企てておられる計画のお手伝いができる、と」[43]。公子と婚姻を結ぼうとするに相応しい乙女が公子と二人きりで旅立つなど、まったく考えられないことだった。それゆえ彼女は母親に、自分をアメリカに連れて行ってくれるよう懇願した。しかし母は、この極めて不確かな計画に加わるのを拒んだ。

アドルフがアメリカに行きたがった本当の理由を、ベルタは少しも知らなかった。彼はザイン＝ヴィトゲンシュタイン侯爵家の異端児であり、七年前から後見人の監視下に置かれていた。あまつさえ一八六五年、ドイツの大手新聞に次のような小記事が載った。「ツー・ザイン＝ヴィトゲンシュタイン＝ホーエンシュタイン家のアドルフ公子は、一八六五年七月四日の判決によって、浪費家であると認定された」。一八七二年六月、カッセルにおいて今では三四歳になっていた彼に逮捕状が出されたが、それもまた莫大な借金が理由であり、父親はもはやそれを肩代わりする意志を示さなかった。アレクサンダー・ザイン＝ヴィトゲンシュタイン侯爵は、その後ある親族に手紙を書いた。「最善の策は、彼自身もそれを望んでいるように、できるだけ早くアメリカに行かせることであるのは明らかです。オーストラリアへ行ったきりになるのなら、さらに都合がいい[44]」。

こうした状況の中でベルタとアドルフは恋に落ち、結婚の計画を練った。九月になるとアドルフはバート・ホンブルクから父に報告した。「私はここで、またすでにヴィースバーデンにいた時から、ベルタ・キンスキー伯爵令嬢とお付き合いをしています。この方は中将キンスキー伯爵の御令嬢で、やはり芸術に一身を捧げておられます。彼女もアメリカに行く決心をしました。そしてまた当地でロチルド男爵[*36]から、ニューヨークでの仕事のための、とても立派な推薦状を戴きました。キンスキー伯爵令嬢は優れたピアノ演奏家であり、同時に歌手でもあります。ミラノのランペルティのもとで修業し、完璧なイタリア語、英語、フランス語、ドイツ語を話します。この婦人は三〇歳で、今でも母君と暮らしていますが、母君は一人残って暮らせるほど矍鑠としておられます。キンスキー伯爵令嬢は財産も五万グルデンお持ちで、そこから毎年利息を受け取っておられます！　親愛なる父上、私がキンスキー伯爵令嬢を愛し、また私は愛でもって報われていることをお伝えするのは、私の神聖なる義務であります。――父上と愛する母上が私たちの結びつきにお許しを与えて下さるならば、キンスキー伯爵令嬢とこれよりアメリカに旅立つことは、私にとって必ずや大きな幸せとなるでしょう……そうして私たち二人は、自分たちの才能を用いて財産を生み出すこととなりましょう」。さらに追伸では、花嫁の重要さを次のように強調している。「我らが王［ヴィルヘルム一世］は、自ら極めて心の込もった手紙を認めて、彼女に送られたことがあります[45]」。

息子が語る夢物語を数多く聞かされてきた父親は、心動かされることもなければ、結婚について関知しようともしなかった。こうなるとアドルフは事情を知らない婚約者に、自分一人でアメリカに行くつもりである、と伝えるほかなかった。ベルタは言った。「ああ、あなたがそんなつもりでおられるとは！　お恨みする気持ちを心のうちに抑えておくことは、私にはこれっぽっちもできません」。彼女は、「あなたのご計画が成功したときよりも、失敗したときにあなたのお側にいて、沈んでゆく気持ちをお慰めしたいと私は強く感じていましたし、さもなければ締念の苦痛をやわらげて差し上げたかったのです」と言い切った。「芸術家としての経歴について少なからず洞察してきた私は、それほどまばゆい幻想に身を委ねたり、輝かしい夢をともに見ることはありません——一人の努力する芸術家、そう、とりわけ二人の努力する芸術家であれば、命をつなぐことは可能であり、少しずつ名声を得て、そうして財産をつくるという幸運も微笑みかけます。でも、短い間に富［を築く］という例は聞いたことがありません。たとえどれほど偉大な才能に恵まれていても不可能です。私がこんなことを言うのは、いとしいアドルフ、あなたが高望みをし過ぎたあまりに苦い失望を味わうことがないよう、願うがゆえなのです」[46]。

アドルフはこれを自分の能力に対する疑念と受け取り、ベルタは、成功はなかんずく幸運に左右されるのだと答えた。というのも、「これだけが、流行だけが評判を呼ぶのです。そしてただ名声だけが豊かな利益を保証するのです。それゆえこの計画は、別なやり方でも準備しなければなりません——宣伝と肖像画、そしてそれと同じようなものを何カ月も新聞雑誌に載せ続けなければなりません。アルノルト・ヴァルトマン［アドルフの芸名。同様にベルタは時おりエリーザ・アルノルトと名乗った］の名前をすっかり根付いた言葉同然にするのです」。彼が「人生の幸福」を「輝かしい夢」の実現と結びつけることに対して、彼女は警告した。のちになって彼女は実際に、かつてないほど巧みに宣伝を駆使したが、その重要さについて若いベルタはすでに通暁していた。「半年の間に財産を積み上げるのは、強力で持続的な宣伝によって知れ渡った名前があって初めて可能です。今、海の向こうにいるルッカとルビンシテインは、瞬く間に莫大なドルの記念碑を打ち立てました。しかし彼らはそのために、ヨーロッパで一〇年にわたる苦労を重ね、基礎を築いていたのです[47]」。

その間に、アドルフの父は同じく長い警告の手紙を息子に送っていた。「おまえはいつも、灯火に飛び込み、羽根を焦がして地面に落ちる蚊と同じだ」。父親は一等の渡航券の代金を支払う一方で、最大限に節約するよう忠告し、はっきりと次のように断言した。「おまえが計画し、しかし賢明にも元どおりに解消した結婚について言えば、被後見の立場にある者は何人であろうと結婚することはできない。そのような計画をアメリカで企てることがないよう心せよ。私はきっぱりと、あらゆる結果を拒絶する[48]」。

『ズットナー全集』第1巻に掲載されたズットナーの1872年の肖像。訳者所有。

アドルフはベルタと会う機会を減らした。彼女は彼の手紙の一つから引用している。「見込みはどれも消え失せ、両親は同意を与えない。そして彼はもう、それを得るために力を尽くすとは約束しない」。同じときに発せられた愛の言葉が、彼女の心をさらに逆なでしたのは当然だった。「『僕を受け入れて、ベルタ』、手紙にはこう……書いてある――なんと甘く、なんとうっとりとこの言葉は響くことか――ああ、しかし、これはまたしても、なまぬるい月夜に風に運ばれてきたかのような、無思慮で、信頼の置けぬ、心地よい囁(ささや)きであるに過ぎない。『僕を受け入れて』――ああ、いまわしき支離滅裂な熱狂よ！　どうすれば私は彼を受け入れられるというの、この意志薄弱な夢追い人を……？」。彼が自分の母親に彼女の恋文を読ませたことを、彼女は知った。「私があなたをドゥーと呼んでいることを、彼女は悪くとりませんでしたか？」と彼女は書いたが、それは自分の貞淑についての評判を心配してのことだった。

アドルフの心は揺れ動き、ベルタは嘆いた。「いわゆる『考えられないこと』がなんと私を厭わしい心地にするか、筆舌に尽くしがたい――発つのか、残るのか、またも発つのか、だが残るのか、それでも発つのか――そのとき、私の心は拷問にかけられている――というのも、旅立ちは私をすっかり不安にさせ、別れは私を苦しみで満たすから」[49]。

一八七二年一〇月半ば、彼は本当に旅立って行った――もう一度会いたいと懇願したベルタを残して。彼女は苦い失望を詩に込めた。

彼が私をかくも冷たく避けようとしたのは、
口づけも別れの言葉もなく去って行けたのは、なぜ？
私の懇願、望み、願いのすべてを、
彼が一顧だにせぬままだったのは、なぜ？……
これは、愛が死を迎えたときの苦しみなの、
美しい夢の翼はこうして力を失うの？
そうしてきっと私たちの愛に終わりが迫り、

そしてこの問いに――答えが出る……[50]

アドルフはアメリカに渡る航海の途中、おそらくは絶え間なく続いた船酔いによる衰弱で、命を落とした。彼の遺体は水葬に付され、遺産は破産処理された。

こうしてベルタの伯爵令嬢としての青春は終わりを告げた。彼女は驚くほどあからさまに、このほとんど不名誉とも言える青春時代を『回想録』に書き記している。彼女の最も身近な協力者アルフレート・フリートは、のちに伝記のこの章を原稿で読んだとき、非常に不満に思い、また、こうした記述は「平和のベルタ」の名声にとって、それと同時に平和運動にとっても有害であると意見を述べた。しかしベルタはきっぱりと答えた。「あなたが、この第一章が気に入らないのは当然です。これはしかし、真実なのです。私はこのように中身のない、上辺だけの、取るに足らない青春時代を過ごしたのです。カジノ目当ての温泉地旅行や、金目当ての婚約のような醜い事柄が、ここには書き記されています。私はこうしたことを語らなくてもよかったのかもしれません――しかし執筆の間、私を捕えていた一つの方針がありました。それは、真実であること、完全に真実であること、です！――ただ真実からのみ、人は何かを学ぶのです[51]」。

2 家庭教師と秘書

ベルタ・キンスキー伯爵令嬢は、玉の輿を熱心に追い求め、偉大な栄達という幻想を抱き続けたあげく、「オールドミス」となった。彼女は三〇歳で、夢は灰色の現実と入れ替わった。母が相続していたわずかな財産は使い果たされ、ベルタがフュルステンベルクから受け継いだ遺産も同様だった。残るは母の寡婦手当だけだった。こうなった以上、ベルタはどうするべきだったのか？　この時代の観念からすれば結婚はほとんどもう考えられなかったため――どんな男が財産のない三十女と結婚するのだろう――、彼女は人生のこれからの道について熟考しなければならなかった。

当時、ベルタ・キンスキーのような教養ある婦人にとって考えられる可能性は二つしかなかった。一つは、母のもとに留まり、慎ましく母親の寡婦手当で暮らすこと。ベルタはその場合、ますます常軌を逸してゆく母親に引き続き依存し続けることになる。母親はこれまでほとんどベルタの助けにはならず、むしろ――非現実的で高望みし過ぎた計画によって――重荷となっていた。とはいえ彼女には、二人の婦人が働かずとも暮らせるくらいの収入はあった。ベルタと同じ状況にあれば、女性の多くはこの平穏で引きこもった生活を選び、読書やピアノ演奏、手芸をしながら日々を過ごしただろう。伯爵令嬢としての評判を考えれば、従属的な立場に身を置いて金を得る仕事を受け入れるより、これは間違いなく穏当な道だった。たとえベルタにフュルステンベルクの遺産がまだあったとしても――そうすれば彼女が階級相応に暮らす保証はされただろう――、彼女の時代の道徳観念からすれば、どこかで一人暮らしをするのは不可能だった。それというのも、未婚女性は名誉を失わないために母や叔母、あるいは他の親戚の「庇護」の下にいなければならなかったからである。高い教養を備えた女性であっても、その多くはこのほとんど堪え難いならわしに従い、独立を諦めていた。ベルタはのちに、次のように嘆いた。「すでに世界は、――夫のいない――精神的に優れた女性が、他の精神的に優れた人々、つまり作家や男女の芸術家たちと自由に交際すれば自分の評判を落とし、名誉に瑕が付くようにできている。そうしたことは気高い女性には堪え難い――彼女は因習の壁の中に留まり、縮こまることになる。名誉という掟を踏みにじるべしとは、むろん私は求めない。しかし、この掟は変えねばならない」[1]。

　もっとも彼女は、さしあたり「社会」の掟に従った。もし母親とはこれ以上一緒に暮らしたいと望まなかったのなら、第二の可能性として彼女に残されたのは、ほかの家庭に移り、自分の生計を立てられる仕事を見つけることだけだった。

　もちろん彼女の手に職はなく、このジレンマをベルタはのちに繰り返し弾劾した。「仕事はないのか？　経歴を積むことはできないのか？」。その答えは、「あなたはどこに向かおうとしているのか？　私たちがそこまではまだ到達していなくとも、私たちの娘が博士や弁護士、あるいはそのようなものになる可能性はある。そして、仕事？　一体このような伯爵令嬢が、どんな仕事の仕方を学んだことがあるというのだろう？　学んではいない、女性の自立は私たちにとってまだ遥か彼方にある」。そして小説の登場人物の一人に、ベルタは自分自身の告白を代弁させている。「私は自由を人間にとって最高の財産と見なし、それゆえ私の共感はまた、人間の半分を占める女性すべてのために自由を――働く権利と自立が保障された自由を獲得しようと努力する者たちの側にある」[2]。

　キンスキー伯爵令嬢の置かれた状況は、ほかの大抵の少女たちよりずっと良かった。彼女は何年もの間、絶え間ない読書を通して非常に多くの知識を身につけ、さらに三つの外国語を完璧にマスターし、巧みにピアノを弾き、そして――素人レベルではあったが――抜きん出た歌唱力があった。

　これは家庭教師の職を見つけるのにもってこいの前提条件だった。伯爵というベルタの身分は、さらに雇い主の声望を高めるのに役立ち、ベルタの職探しを容易にし、当時の家庭教師がよく置かれた悲惨な状況に彼女が陥るのを防ぐはずだった。それというのも、教育係の置かれた状況はとうてい羨むべきものとは言えなかったからである。教育係は一切社会的保護を受けられず、突然解雇される可能性におびえ、雇い主の気まぐれのなすがままになっていた。

今は妹とグラーツで慎ましく暮らす母は、もっともなことではあるが、このように頑固で自立心ある娘を心配した。

ベルタへ。
ああ、彼女が幸福の戸口への小道を、
人生の迷宮での道筋を見つけんことを。
彼女のやさしき星が、彼女がため、明るく照らし、
彼女を己が幸運児と選ばんことを。

そして彼女の目を涙に曇らせ
生命の樹より悲しみつつ花落つるさま見せることなかれ、
はげしき嵐によって、その樹を吹き払うことなかれ、
彼女をしていかなる生の苦しみからも守らんことを。[3]

ベルタは二番目の、より普通ではない、より困難な道を選んだ。一八七三年、彼女はカール・フォン・ズットナー男爵家の、大人になりかけた娘たち四人の家庭教師兼お相手役という職に就いた。

彼女はたいへん運が良かった。というのも、雇い主の家で彼女は人生に新たな方向性を見出したのだが、それは母親が「人生の迷宮での道筋」と名づけたものだった。「私がこの家に導き入れられた日の、祝福されんことを。その日は蕾（つぼみ）だった。そこから私の幸福がバラのように花開いたのだ。あの日も門が開き、それを通って、今日の私が自分自身であると感じている……ベルタ・ズットナーが通り抜けることとなった。一方、これまで私が物語ってきたベルタ・キンスキーは、まるで絵本の登場人物であるかのように私の脳裏に浮かぶ。確かに、彼女の体験——その輪郭は模糊としている——を私は知っているが、それが私の心を動かすことはない」[4]。

ベルタの新しい教え子たち——そしてさらに三人の年長の息子たち——の父であるカール・グンダッカー・フォン・ズットナー男爵は、裕福で名望高い男性であり、その保守的な政治姿勢によって皇室においても大いに寵愛を得ていた。というのも一八四八年の革命のさなか、皇帝はウィーンからオルミュッツへ避難を余儀なくされ、国民のあいだに渦巻く反感と対峙することになったが、そのときズットナーは揺るがぬ忠誠心を証明した。彼は怯えながら逃げてきた皇帝一家を自分の領地であるツォーゲルスドルフで鐘を鳴らしながら迎え、さらに数百を数えた武装した護衛を手厚くもてなした。

イタリアでの戦争が勃発した後の一八五九年、ズットナーはウィーンで「愛国救済協会」を設立し、その副会長を長く務めた。ベルタはのちに小説『武器を捨てよ！』において男爵のこの行いの価値を認め、次のように解説した。「当時はまだ『ジュネーヴ条約』も『赤十字』もなく、この救済協会はこうした人道支援のさきがけとして作られていました。金銭、下着類、ガーゼ、包帯など、ありとあらゆる寄付を受け付け、戦場にいる負傷兵のもとへ送る活動をしていました」[5]。この功績により、それまでの「リッター〈騎士〉・フォン・ズットナー」は一八六六年に男爵へと列せられた。

彼の政治的信頼や慈善活動は経済的にも有利に働き、彼は宮廷から多くの用命を受けた。このような経緯（いきさつ）で、たとえば当時リング通り沿いに建設された二つの宮廷博物館[*1]の建築で使われた石材はズットナー家の石切り場からもたらされたものであり、新築された王宮の入口であるミヒャエル門両翼に並ぶヘラクレスの石材も同様だった。

子沢山の一家は、ウィーンのカール教会近く、カノーヴァ通りに所有する邸宅に住んでいた。ベルタはこの邸宅を『回想録』の中で描写し、新たな主人の裕福さをも描いている。「この住居は――いまだに私の目に浮かぶ。ゴブラン織りで壁を覆われた玄関の間、一続きとなった緑、黄そして青色の三つの広間、ママの藤色の寝室、壁は板張りで革の家具が置かれていたパパの書斎は喫煙室としても用いられていた。それからさらに、女の子たちの二部屋があり……、その隣が私の部屋だった」。

これは二階だった。階の間にあった中二階には、長男カールと若妻の夫婦、それに末の弟アルトゥーア・グンダッカーが住んでいた。アルトゥーアは、まがりなりにも法学生だった。次男リヒャルトは同じく結婚し、シュトッケルン[*2]の領地に暮らしていた。

ズットナー家の家政をきりもりするために、身分相応の召使いたちが揃っていた。近侍、猟師、召使い、侍女、小間使い、料理人、料理手伝い、御者、門衛、それに今、伯爵身分の家庭教師が加わった。その他のステイタスシンボルは馬車と歌劇場の桟敷席であり、ベルタはこれらを教え子たちと週に二度用いることで、少女たちを偉大なオペラ作品へと導いた――これはベルタが毎日少女たちに行っていた音楽の授業の補習だった。

ズットナー家が夏を過ごしたのはウィーンではなく、領地にあったハルマンスドルフ城だった。それはウィーン北方約八〇キロ、ツォーゲルスドルフの採石場近くにあった。

一七世紀に建てられたかつての水の館は、ズットナー男爵によって四四部屋に増築されていた。古いフランス庭園には小さな個人劇場と美しいオランジェリー[*3]が建ち、この庭園は英国庭園へ、そしてその先ではついに森や原野へと姿を変えていた。

ベルタが仕事に就いた一八七三年は、ウィーン万国博覧会[*4]の年であり、多額の投機[*5]がなされた一年であり、そして大規模な証券恐慌[*6]の年でもあって、大もうけの期待は当て外れとなった。「産業男爵」の多くは一夜にして財産を失った。ズットナー男爵も巨額の損失を被り、彼の財政はもはや気前のいい暮らしぶりとは相容れなくなったが、ベルタは当時、男爵の妻子たちとまったく同様に、そのことをほとんど知らなかった。一八七三年は一家の富の堅固な土台を掘り崩し、経済的に憂慮すべき時代をもたらしたが、男爵はこの憂慮について家族に決して明かすことはなく、家族は何年もたってから男爵の残した遺産によって初めてそれを知ることになった。割の合わない採石業については、その責任は常に不誠実な管理人が負わされた。今後数十年続き、ベルタの後の人生にとって著しい重荷となった深刻な財政問題は、しかしながら証券投機を通して事業の保証資金が大幅に減少したことに本当の理由があった。しかし老男爵の時代においては、「生活態度の外面的な輝きが制約されることはなく、楽しげで、陽気な生活は変わることなく続いた[6]」。

ベルタには年若い少女たちを教育した経験がなかったにもかかわらず、困難は少しもなかった。勉強、とりわけ外国語と音楽の授業は毎日数時間を要したが、二〇、一八、一七、一五歳の四人姉妹が自分たちの新しいお相手役を大好きになったことは間違いなかった。「三〇という年齢の持つ威厳を私はひけらかさなかった。私の職務にともなう権威も同様である。私たち五人は遊び友だちだった」、そしてまもなくベルタは「キンスキー伯爵令嬢」と呼ばれることもなくなり、彼女のあだ名「ブロト[*7]」、つまり

「太っちょさん」と呼ばれるだけになったのだが、これは彼女のぽっちゃりした体型をからかっていた。

時には兄のアルトゥーアもこの陽気な輪に加わった。アルトゥーアは妹たちのお気に入りで、まもなく、教育係ベルタのお気に入りにもなった。アルトゥーアの死後に書いた『回想録』の中で、ベルタは思い出に浸っている。「アルトゥーア・グンダッカー・フォン・ズットナーに魅了されないような人間に、私はただの一人も出会ったことがない。老いも若きも、身分が高くとも低くとも、あらゆる人を捕え、抗しがたい『魅力』を放つ人間は、白いカラスと同じように稀である。アルトゥーア・グンダッカーはそういう一人だった……彼は不思議で抗しがたい、人の心を引き付け痺れさせるような力をそなえていた……彼が歩み入れば、部屋はすぐにまた明るく、暖かくなるのだった」。

これはつまり、ベルタは自分より七歳年下の、教え子たちの兄に心を奪われ、彼はその愛に応えた、ということである。「姉妹たちはその愛を笑いながら祝福した。両親はそれについて何も知らなかった――結婚については、彼らは事をすぐさま終わらせようとしただろうから、話題にも上りようがなかった……それゆえ私たちは二人の秘密を守り、姉妹たちもそれを一緒に守ってくれた」。

この牧歌的な秘め事は三年間続いた。日曜の遠足、週に二度のオペラ、ほとんど毎日のお茶会や正餐の訪問者、打ち解けた明るい雰囲気の中での授業――そして皆の楽しみに繰り返しアルトゥーアが加わった。一年のクライマックスはハルマンスドルフでの夏の滞在で、狩猟やダンスの楽しみ、収穫やブドウ狩りのお祭り、大きなピクニック用籠を携え驢馬の引く車に乗って出かける遠足、お芝居遊びがあった。「庭園には舞台と楽屋をそなえた大きな芝居ホールがあった。そこで私たちは様々なシャウシュピール*8や喜劇を上演したが、それはハルマンスドルフや近隣の村の観衆のためだけではなかった。周辺の村々から農民たちも押し寄せ、客席を満たした」。そしてほとんど三年にわたって繰り返されたのは、「わずかな時間をやりくりした親密な逢い引き」だった。「私とアルトゥーア・グンダッカーとの間に悲しい時が流れたのは、もうすぐ離れなければならないということを、頭から払いのけられなかったときだけだった」。

ベルタの計画では、家庭教師の職務を果たすのは当面の間だけにして、その後はコーカサスに赴くつもりだった。ミングレリアの女侯は今ではパリを離れて故郷に帰り、ベルタを招いていた。ミングレリア侯一家から届く長い手紙は、いつもズットナー家の人たちの前で朗読されていた。そして誰もが、家庭教師が準備しているコーカサスのとても風変わりで変化に富んだ生活に興味を持った。

しかし、三年近く秘密が守られたのち、アルトゥーアの母親は三二歳の家庭教師と二五歳の息子のあいだで起こっていることに気づいた。「氷のように冷ややかに、しかし思いやりは込めながら、彼女は私に理解させた。両親の側から結婚の許しを得るのは望むべくもないことを、私とて常に分かっていた。私自身にしても、そのことは考えていなかった」。決心した彼女は男爵夫人に言った。「私はこの家から出て行きます。ミングレリアへはまだ行けません、お城が完成するのは一年先ですから。ロンドンでの推薦状を頂けないでしょうか。それまでの間、私はロンドンで勤め口を見つけます――ウィーンから離れた場所で」。

男爵夫人はすでに同様のことを考え、用意していた。彼女はベルタに次のような文面の新聞の求人広告を見せた。「パリ在住の非常に裕福で教養の高い初老の紳士が、語学に堪能な、同じく分別ある年配の婦人を秘書兼家政婦長として求める」。

新聞の求人広告に応募するなど、ウィーンの一流社会ではもちろんありえないことだった。しかしここでもまたベルタは、いともたやすく上流社会の規則を飛び越えた。四〇年後、「人」が為し難いことをまたも為したこのエピソードを、彼女は回想した。彼女はこう説明している。「そういうことだ。しかし、果たしてどうなっていたのだろう？——広告に応えるべきではない——これも一つの規則である。しかし、もし私がノーベルの広告に応えていなかったなら？」[7]。

　こうした状況にあってもアルトゥーアの母親が公正な態度をとったことは、注目に値する。彼女はベルタを決してすぐさま家から追い出そうとはせず、落ち着いて新しい働き口を選ぶ機会を与えた。こうした寛容さの理由として、この関係が本当はどれほどのものだったのか彼女が知りえていなかったということが考えられる。こうしたことをベルタは、「秘密は」ただ「半分しか露見して」いない、という言い方でほのめかしている。

　いずれにせよ、これに続く数週間、男爵夫人は自分が雇った話し相手を実に積極的に手助けした。彼女はノーベルという名前のパリの紳士について調査し、彼が「世間から尊敬されているダイナマイトの有名な発明者である」ことが分かった。

　こうしてノーベルとベルタとの間の文通が始まった。「彼の筆致は才気と機知に富んでいたが、その調子は憂鬱げであった。この男性は自分を不幸と感じ、人嫌いであり、だが広い教養と深い哲学的世界像を持っているようだった。第二の母語がロシア語であるこのスウェーデン人は、それと等しい正確さと優雅さで、ドイツ語、フランス語、英語を書いた」[8]。これらの言語をノーベルが用いたのは、おそらく応募者の語学力を試す目的でもあった。

　残念ながら、アルフレッド・ノーベルとベルタとの最初の往復書簡は残されていない。しかし、ベルタより後の個人秘書に宛てた一通の手紙から、失われたベルタ宛書簡の調子をひょっとすると再現できるかもしれない。「私は人間嫌いではありますが、それでも善意の者です」と彼は書いている。「私には悩みの種がたくさんあります、それに私は人並みはずれた理想主義者です……食べ物よりも哲学をこなす方が得意です……私の要求は非常識です。つまり、巧みな英語、フランス語、ドイツ語、スウェーデン語、速記術……等々、しかし私は不可能を求める人間ではなく、誰かが私にとって好ましくあれば、私の要求のうちのあれやこれやはカードの家のごとく壊してしまいましょう……それは、私自身はくよくよ思い悩む一種の無価値な器械に過ぎませんが、他人の価値を認識し評価することはわきまえている、ということです」[9]。

ベルタ・キンスキー伯爵令嬢の価値を、ノーベルはすでに彼女の手紙から認識していた。彼女は実際、生涯を通して、まさに天賦の才を持った手紙の書き手であり、機知と才気に富み、そしてとりわけ自分のその後の人生を決定づける手紙においては特別の労を惜しまなかった。こうして働き口を得た彼女は、一八七五年の秋、ズットナー家を離れた。

涙に暮れた最後の密会でアルトゥーアは彼女の前にひざまずき、恭順としてドレスの裾に口づけしたと、ベルタは『回想録』に書いている。「かけがえのないひと、王のように気高いひと。感謝しているよ、魂の底から、感謝しているよ。君の愛が僕に教えてくれた幸福は、僕の全人生に厳粛さを与えてくれるだろう。さようなら！」[10]。

別れの痛みと愛の苦しみに心を満たされつつ、ベルタはパリへと向かった。アルフレッド・ノーベルは彼女を駅で出迎えたが――それは産業界の大物が新米女性秘書に対して取る態度としては、まったく常識はずれだった。彼が彼女を連れて行ったのはキャプシーヌ通りのグランド・ホテルだったが、「そこに……数部屋が予約されていた」、つまり一部屋ではなく少なくとも二部屋で、これもまたおそらくは普通でなかった。残念ながらマラコフ通りの新しい邸宅は内装工事がまだ終わっていないため入ることができない、まずはホテルに滞在してほしい、ということだった。

　新しい雇い主についてベルタが抱いた奇異の念は、『回想録』からも窺える。「アルフレッド・ノーベルはとても感じがよかった。広告に書いてあったのは、そして私たち皆が彼について想像していたのは、白髪で耄碌（もうろく）した『老人』だったが、彼はそうではなく、一八三三年生まれで、当時四三歳［つまりベルタより一〇歳年長］の、中背で、顔一面に黒い髭を生やした、醜くも美しくもない容貌の、いくらか陰気な人物だったが、柔和で澄んだ眼差しだけはその印象を和らげていた。声にはメランコリックな響きがあり、時にそれは辛辣（しんらつ）な響きになった。悲しげで嘲弄（ちょうろう）的、それもまた彼の気質だった。彼のお気に入りの詩人がバイロンだったのは、そのせいだろうか？」[11]。文学については、すでに二人の手紙の中で話題になっていた。

　これらの手紙のおかげで、彼らは会った時から見知らぬ者同士ではなかった。ノーベルが短い休憩ののち再びホテルに来たとき、会話は「すぐ活発に弾んだ」。ノーベルが伯爵令嬢に見せた共感は、いつもの彼が控えめで人見知りなのを考慮すれば、普通なことではなかった。ベルタは当時、写真から推測するに、とても美しく、ただすでにいくらか豊満な女性で、人の心を奪うような朗らかさと、彼女自身の名づけた言葉によれば、一種の「磁性」を備え、それらを彼女は幾度も、非常に意識して、他人と向き合うときに利用した。

　ノーベルは一八三三年にストックホルムで生まれたが、同じ年、工業分野の発明家だった父は破産していた。父はロシアへ移住したが、三人の小さな息子を連れた母親はスウェーデンに残った。彼女は雑貨商で生計を立て、長男はマッチを売った。ノーベルがのちに慈善活動を行った土台も、この非常につらい貧困の経験の中で作られた。

アルフレッドが九歳になったとき、一家は父のいるサンクトペテルブルクへ移った。ツァーリ・ニコライ一世の統治下にあったロシアは外国人にきわめて友好的で、莫大な財産を築く機会を与えていた。ノーベル家の父は地雷と機雷の発明で幸運をつかみ、それらを一〇〇〇人以上の労働者が働く自前の工場で生産した。彼は、ついにはロシア初の蒸気機関軍艦さえも建造した。ノーベル家の息子たちはロシア人家庭教師から類いない教育を受けたが、その際、非常に繊細なアルフレッドはとりわけ英文学に魅了された。大学教育を受けることはなかったが、最終的に彼は化学者になった。一七歳にして西ヨーロッパと北アメリカへ二年間の修業旅行に赴いたとき、彼はすでにコスモポリタンであり、スウェーデン語、ロシア語、ドイツ語、英語、それにフランス語の五カ国語を操った。

　この旅の途上、アルフレッドは当時最も著名な科学者たちと繋がりを持った。パリでは、爆発性の油（ニトログリセリン）を発明したイタリア人ソブレロと面識を得た。この発明を土台に、ノーベル自身はのちにさらなる研究を続けた。サンクトペテルブルクに帰ってからアルフレッド・ノーベルは兄弟と父親の工場で働いた。クリミア戦争後、今では二三歳になっていた彼は、今度は信用貸しを調達する目的で、再びヨーロッパへ送られた。それにもかかわらず、大企業ノーベルは一八五八年に倒産した。二人の兄はロシアに残り、バクー[*9]においてロシアの石油産業を打ち立て、そこで裕福になったが、アルフレッドはスウェーデンに移り、故郷で実験を続けた。ストックホルムで起こった大規模な「ノーベル爆発事故」では、ノーベルの末弟エミールを含む五人が命を失った。この事故や、のちに起こった幾つもの事故は、ノーベルの憂鬱な気質に少なからぬ影響を与えた。

　一八六七年、つまりようやく三三歳になったとき、彼は三五五を数える彼の特許の中で最も重要な特許を申請した。すなわちそれはダイナマイト、あるいは「ノーベルの安全火薬」である。自前工場におけるこのダイナマイトの製造によって、彼は当代きっての大富豪の一人となった。というのも、この新しい爆薬の登場により、パナマ運河や多くの鉄道トンネルのような一九世紀の重要な建造物が、初めて可能になったからである。

ノーベル企業体は短期間に国際企業へと成長した。ノーベル自身は、絶えず世界中の工場と実験施設を行き来する生活を送った。彼は「世界で最も裕福なヒッチハイカー」として有名になったが、プライベートも社交の付き合いもなく、人間嫌いで懐疑的だった。

四〇歳になった彼は、初めて住宅を購入した。それは凱旋門とブローニュの森近くのマラコフ通り（今日のポアンカレ通り）に建つ壮麗な邸宅だった。この屋敷は最高に贅沢な調度を備え、とりわけ華麗な冬の庭園は有名だった。屋敷の中庭にノーベルは実験室を設置したが、近隣に及ぼす危険から、そこで実験を行うことは許されなかった。それでも彼はパリの邸宅を愛し、そこでは、少なくとも旅と旅に挟まれた短い滞在ごとに、くつろぎを感じていた。

これがベルタ・キンスキー伯爵令嬢と知り合った当時のノーベルの状況だった。これまで働き通しの人生を送ってきた彼は、今、家と家庭への憧れを抱くようになっていた。そしてベルタは――美しく、高い教養を身につけ、一〇歳年下で、心根が温かく率直で、こういう女性こそ、この深い孤独にあった人間を不信の中から救い出すことができたのかもしれなかった。

ベルタがパリに到着した最初の晩、ノーベルは彼女を自分の馬車に乗せてシャンゼリゼを走った。そこはまさに、ベルタがかつてオーストラリア人の婚約者と購入する邸宅を気ぜわしく探した所だった。

彼女は今、世界で最も裕福な男性の一人の隣に座り、しかもその男性はおずおずと彼女の機嫌をうかがいながら気に入られようとしていた。以前の考え方であれば、彼女は願いが叶ったと感じることができきただろう。しかし、彼女は若かった頃の理想からあまりに遠い所にいた。愛を知る今となっては、彼女をアルフレッド・ノーベルと結びつけた非常に大きな共感を前にしてさえ、もはや「玉の輿」は彼女にとって何の魅力もなかった。

アルトゥーアのことは、ノーベルと一緒にいる時でさえ、忘れられなかった。ここパリでの多くの自由時間、彼女は悲しみに沈んでいた。「私は不幸だった。ただひたすら不幸だった。郷愁、憧憬、別離、これらの痛みは、私が信じていた苦しみの限界よりも、さらに私を苦しめた……私は一人になると、泣くか、あるいは家［ハルマンスドルフ］に宛てて手紙を書くか、あるいは心痛のあまり呻くことしかできなかった[12]」。

毎日一、二時間、ノーベルは新しい秘書と過ごすことができた。彼はきわめて多忙な男だった。彼がそもそも毎日この時間をおしゃべりのために——そして決して仕事のためでなしに——使っていたという事実は、ベルタに対する特別な個人的関心としてしか説明できない。彼女と会話するとき、この人見知りの男はすっかり自分の殻から出ていた。「彼は魅力的におしゃべりし、物語り、思索する術を心得ていたので、彼との会話は完全に精神を捕えて放さなかった。世界や人間について、芸術や人生について、時代や永遠の問題について彼と話すのは、精神にとって無上の楽しみだった」。

ノーベルはまた、自分の発明——ますます性能を上げていく爆薬——によって何を成し遂げたいか説明した。「戦争そのものを不可能とするような、大量破壊の威力を持つ恐ろしい物質、または機械を作れるようにしたい[13]」。ノーベルは当時すでに——彼が手本としていた詩人シェリーに触発され——平和主義に関わり、自分の発明を、それがどれほど逆説的に響こうとも、平和確保のために用い始めていた。ベルタはそれとは反対に、この頃は平和主義運動についてほとんど何も知らず、これらの問題にことさら関心を抱いてもいなかった。彼女はノーベルに反論しなかったと思われるが、要するに、のちに自分を強く突き動かすこのテーマに対し、彼女は明らかに何の意見も持ち合わせていなかった。

平和活動に決定的な刺激を与えたのはノーベルなのか、ベルタなのか、という繰り返し投げかけられた問いには、はっきりと答えられる。一〇歳年上で、すでに子供時代から軍拡問題と向き合ってきたノーベルは、たとえそれが一般的な問題としてであり、「組織化された」平和運動は顧慮されてはいなかったにせよ、早くも一八七六年から精力的に戦争と平和という問題に取り組んでいた。ダーウィンの進化論とまったく同じ意味で、彼の念頭には「人間社会の高貴化」があった。「新しい知識、新しい発見、理想的創作物は世界を豊かにし、良きものにするはずだ。あらゆる繁栄にとっての、これらすべての財産を守るために必要な基本条件とは、平和である」[14]。

この平和を作り出すためには、次のようなことが寄与するに違いなかった。「一つは、芸術と知識による人間の愚昧(ぐまい)と野蛮の一掃と、良きものを生産する技術の進歩による悲惨の克服、そしてもう一つは、戦争自体の展開を地獄さながらにしてその矛盾を論証することだ」。

ベルタはノーベルの理想主義に深い感銘を受けた。「人間性はより高い段階に到達するという観念的理想を、彼は完全に信じていた――『いつか人間がより進歩した頭脳を持って生まれるようになれば』――しかし、現在の人間のほとんどに対しては不信感に満ちていた。というのも、彼は実にたくさんの卑劣で利己的で不誠実な人間に、幾度も出会ってきたからだ」。

非常に敏感で繊細なノーベルは、他人に食い物にされていると繰り返し感じていた。他人の示すどの好意の内にも金への下心を想像し、彼の自意識は傷つけられていた。

「彼は自分自身に対しても不信感を抱いており、臆病と見えるほど内気だった。自分のことを嫌われ者と思い、共感を呼び起こすことができると考えてはいなかった。常に恐れていたのは、自分がただ巨万の富ゆえに取り巻かれ、媚びへつらわれることだった。彼が独身を貫いたのも、おそらくそれ故だった。研究、書物、実験――それらだけが彼の人生を満たしていた。彼はまた作家であり詩人でもあったが、詩作から何かを出版することは決してなかった。一〇〇ページにも及ぶ、英語で書かれた哲学的内容の詩を彼は原稿のまま読ませてくれた――私はそれをただただ素晴らしいと思った」[15]。

それは、ノーベルが一八歳のときシェリーを真似て書き――この時代の他の大抵の詩作品と同様に――処分されることのなかった、『なぞ』と題した詩だった。この詩は自伝的特徴を濃厚に示し、アルフレッド少年のひ弱な子供時代、とりわけ死によって引き裂かれたある少女への愛を描いている。すでに当時から彼は人付き合いと空疎な娯楽を避け、そして「これからは人生をより高貴な義務に捧げること」を決意した[16]。この長編詩は、時としてことさらに強調されたシニシズムと、彼が「化粧した茶番」と看破した軽佻浮薄な社交生活に対する嫌悪感の背後にあった、ノーベルの生き方、感受性、そして繊細さを示している。

この個人的な詩を新しい秘書に見せ、それについて彼女と話し、おのれの理想と望みを彼女と分かちあう、これは並はずれて大きな信頼を証明している。

二〇年後、ノーベルに宛てた手紙で、ベルタは二人が知り合ったこのパリでの日々に言及している。「何と不思議な掌編小説だったことでしょう――それは長編小説ではなかったですもの――むしろそれは心理学的研究の一資料でした。一人の思想家、一人の詩人、一人の人間、辛辣で善良で、不幸で朗らか、天才的なひらめきと苦々しい不信を抱き、人間が思考する世界の広大さを愛し、人間の愚かさの矮小さを深く軽蔑する、一人の人間、すべてを理解し、待ち望むものは何もない、私には、あなたはこのように思われました。そして二〇年を経て、この姿には何も変わりはありません」[17]。

『回想録』の中でベルタは、ノーベルに関する部分ではことのほか細心になっている。いずれにせよ彼らは親密になり、彼は彼女が「秘めた苦しみ」を抱いていることに気付き、単刀直入に尋ねた。「あなたの心には、何かがつかえているのではありませんか？」。

ベルタは否定した。「彼はさらに私を問いつめた。そして私は、私の愛、そして私の締念のすべてを物語った」。

それに対してノーベルは言った。「あなたは立派に振る舞われました。でも、どうかお心を強くお持ちください！　文通もおやめなさい――そうして時の過ぎるのを少し待てば……新しい人生、新しい思いが訪れます――そしてあなた方お二人は忘れるでしょう――ひょっとすると、彼はあなたよりもっと早く忘れるかもしれません」[18]。だが、まさにこれ――この最後に残された接点を諦めること――は、ベルタにはできなかった。

ベルタ到着から一週間後、旅立つ必要のあったノーベルが彼女を一人パリに残して去ったとき、彼女は心痛に打ちのめされていた。「私の心の人への憧憬は堪え難いほどに大きくなった」、彼女は『回想録』にこう書いている。彼女はズットナー家の娘たちを通して、アルトゥーアもひどい状態であることを知った。「妹たちは、アルトゥーアが茫然自失の状態であると書いてよこした。彼は一言も話さず、ふさぎ込んでいるということだった」。

そのとき彼女は、二通の電報を受け取った。一通はストックホルムのノーベルから、「無事到着、一週間後パリに戻る」。もう一通はウィーンのアルトゥーアから、「君なしでは生きてゆけない！」。

ベルタはノーベルを拒み、アルトゥーアを選ぶ決心をした。彼女は「玉の輿」を拒み、不安定で波乱に富んだ人生を選ぶ決心をした。というのも、両親の意志に逆らって結婚すればアルトゥーアは無資産になるばかりではなく、彼には職もなかったのである。このような男性と結婚すれば、一九世紀の一般的な女性の人生を送ることは不可能だった。この結びつきでは七歳年長の彼女が主要な責任を引き受けねばならなかったが、それを彼女は選んだのだった。

彼女は友人アルフレッド・ノーベルに手紙を書き、「お示し戴いた信頼と友情に」感謝を述べ、秘書の職に就くことはできないと告げた。

ノーベルのベルタとのロマンスは一週間も続かずに終わった。ほかのどの女性に対してよりも彼女に心を開いたノーベルは、期待を抱いていた。だがそれが失望に終わったにもかかわらず、ノーベルの彼女に対する結びつきは、信頼と尊敬によって変わることがなかった。二人のあいだには数十年に渡って明らかに強い緊張があり、それはすでに平和の闘士として有名になったベルタに宛てて、ノーベルが死の僅か数日前に書いた最後の手紙まで続いた。

ベルタが逃亡してから数週間後、アルフレッド・ノーベルはウィーン近郊のバーデンで二〇歳の花売り娘との情事に耽った。これは何年も続く関係の始まりだったが、この関係で彼は、疑り深い彼が常に他人に予期していたことそのものを経験した。彼とその金を厚かましく食い物にしたゾフィー・ヘスは、常に怒りと失望の源となった。ノーベルが結婚を決意することは、ついになかった。

ノーベルに断りを入れたあと、ベルタはパリで高価なダイヤの十字架を売ったが、それは代父フュルステンベルクから受け継いだものだった。ノーベルに借りを残さぬよう、そうして得た金で彼女はホテル代を払い、そして乗車券を買うと、次の急行でウィーンへ向かった。「夢の中で抗いがたい力に突き動かされているかのように、私は動いた。これは愚かなことだ、ひょっとすると私は幸福から不幸の手の中へと飛び込むのだ、そうした考えは、おそらく私の脳裏をよぎっていた。しかし私は、こうする以外なかった、他のことはできなかった。そして私が思い描いていた再会の瞬間の至福は、訪れるかもしれないあらゆること――たとえそれが死でも――を覚悟するだけの価値があった」。アルトゥーアを驚かせようと、彼女は嘘の手紙で彼をウィーンのホテルの一室に呼び出した。彼女の幸福には欠けるところがなかった。

ズットナー家からの許しは期待できなかったので、彼らはひそかに結婚する決意をした。「そしてそのあと世界へと出て行きましょう！　私たちはきっとやっていける。働いて、自分たちの才能を役立てて――仕事を見つける……コーカサスへ行きましょう！――私はこう提案した。そこには有力な友人たちがいるの」。ベルタはミングレリア侯一家だけでなく、同様にツァーリの宮廷にも期待をかけていた。「ロシア皇帝との関係を通して、ロシアの宮廷か国の役所に勤め口を見つけられるかもしれないわ」。

アルトゥーアは極秘裏に準備をした。彼は書類を手配したが、とりわけ金貸人を捜すのが最も難しい課題だった。というのも、彼には担保はなく、彼の家族にはこの借金のことを知られるわけにはいかなかったからである。二人の駆け落ち後、少なくとも六人の債権者がアルトゥーアの父親に、合わせて四二五〇グルデンに上る金額を請求した。[19]

金のための絶望的な努力に、若い夫婦は半年以上の長い時間を費やした。このことについてベルタは『回想録』で、手早く、詳細な言及ぬきに通り過ぎている。この長い期間、ズットナー家はベルタがパリから帰って来たことについて、おそらく何も知らなかった。彼女がこの間、仕事についていたのかどうかは分からない。彼女はのちに、この期間モラヴィアの小都市ルンデンブルクのある家族のもとに隠れていたと、手短に書いている。そこから彼女はミングレリアの女優に「私たちの物語のすべて」を書き送り、訪ねて行く旨を伝えた。「友情のこもった『歓迎』という言葉が、電報で返信されてきた」[20]。

自分たちがひどく貧しいことは、彼らにはほとんど障害にならなかった。しかし老婦人になってからもなお、ベルタは親戚の若夫婦の豪華な嫁入り支度を見ると、いくらか羨ましげにため息をついた。「私はこの人たちの嫁入り支度が羨ましいのです……あらゆる品が揃っています。とてもたくさんのものが――装飾品、ドレス、小間使い、花婿、自分自身の若さ、そうしてたちまちに妻となる、そして白い引き裾と、甘く震える声の『やっと二人きりに』……ああ、私たちは彼らのことを喜びましょう」[21]。

一八七六年六月一二日、アルトゥーアとベルタは人里離れた町外れの教会で、口の堅い立会人のもと結婚した。もっともベルタが教会の儀式にほとんど価値を置いていなかった――新郎新婦はそこに早くも旅装で現れた――ということは、彼女が『回想録』で間違った教会を挙げているという事実に示されている。つまり彼女が結婚したのは、彼女自身が書いているようにグンポルツキルヒェンの教区教会ではなく、グンペンドルフ*10のザンクト・エギト教区教会だった[22]。

ベルタもアルトゥーアも信仰心という意味では宗教的ではなく、彼らにとって結婚式は形式に過ぎなかった。（役場での結婚式は帝国兼王国*11君主政体には存在していなかった。）

ベルタの母でさえ、この日は招待されていなかった。しかし、ベルタは母親に花婿を紹介してあった。そして母は「その一部始終も波瀾万丈の駆け落ちも了解して」はいなかったが、娘に物悲しい「婚礼に寄せる言葉」を贈った。

然（しか）り、夫が手に導かれし汝の人生が

汝が花嫁の冠の花のごとく美しくあらんことを
真の共感が汝に与えられんことを
汝の望みという花々は結び束ねられし

汝の明るき生の地平
群雲(むらくも)の影に隠さるることなかれ
天使のごとく穏やかに汝の心に住まうやさしき愛の
彼に喜びを与えんことを

汝が快き喜びの天空で
幸福に恵まれし時
我、静かなる憧憬と共に問う
汝、愛を持ち果たして我を思い出すや否かと。[23]

3 コーカサスにて

大きな夢と冒険心に胸膨らませ、若い夫婦は旅に出た。「そもそも私たちは一緒にいられることですこぶる有頂天だった。私たちの電光石火の愚行は、このような凝縮した喜びの感情をもたらした。すべてはそれまで『すらすらと』事が運んだので、私たちは自分たちの幸福な体験が引き続き高まっていくと予想していた。大成功を収めて自分たちはいつか故郷に帰るだろう、でも帰郷を望むのはまだしばらく先にして、さしあたりは広く、美しく、豊かで、不思議な世界へと出て行き――金羊毛皮[*1]を手に入れるのだ。だが、私たちはそれさえ必要としていなかった――最も素晴らしいのはこのことだった」[1]。

これはアルトゥーアにとって初めての大旅行だった。ベルタは次のように書いている。「彼の若者らしい歓喜に私は有頂天になり、私のはしゃぎようも彼と同じく子供っぽかった」。この時代、鉄道はまだ敷設されていなかったので、旅はドナウ川を下ってガラツィ[*2]に至り、そこからは郵便馬車でオデッサ[*3]に向かった。そこで二人は船に乗り込み、バトゥミ[*4]めざして黒海を渡った。ここで彼らはアジアの、そしてジョージアの地に足を踏み入れた。

伝説によれば、ジョージアはかつて楽園のあった場所であり――非常に豊かな地下資源と自然美に恵まれている。穏やかな亜熱帯気候のもと、肥沃な土地にはマンダリンやブドウ、茶、糸杉、それにヤシが茂る。ベルタはのちに熱い思いで、並木道いっぱいに咲き誇るミモザを回想した。

古代、コルキスと呼ばれていたジョージアはメディア[*5]の故郷であり、金羊毛皮の国である。古代の見事な黄金や七宝の品々は、今日もなお、毎年発掘される。女侯エカチェリーナが極めて私的に招いてくれた、いにしえの文化と豊かな伝説に彩られたこの国では大きな幸福が待っている、熱く愛し合う二人はそう信じていた。

もっとも新婚旅行の目的地として、当時のコーカサスはあまり相応(ふさわ)しくなかった。というのも、ここは第一級の政治的危険地域だったからである。数百年前からロシア、ペルシャ、トルコの間の不和の種であったこの国は、キリスト教徒とイスラム教徒間の、とりわけペルシャによって支援されていた戦いによって不穏な状況にあった。イスラムの動向に対抗するため、ジョージアとミングレリアの最後の領主たちは、多くのドイツ人を含む大量の外国人をコーカサスに移住させ、自国内のヨーロッパ文化拡充を促進しようとした。しかしながら領主たちは結局、政治的独立を放棄せざるを得ないと認めるに至った。

未亡人「デドパリ」の息子で後継者のミングレリア侯ニコライは、一八六七年、古い条約に基づきみずからの国をロシアの支配に委ねた。この放棄の代償として、彼は「君主」の称号を得た。彼は領地の所有を許され、一〇〇万ルーブルの補償金を受け取り、ツァーリ・アレクサンドル二世の側に仕える副官に任命された。

ダディアニ家の領地はミングレリアの国土のほぼ半分を占めていた。ベルタの記述によれば、そこにあった「鉱山や樹齢何百年もの樹々に覆われた森という資源は、管理が行き届けば一〇〇万ルーブルの収入をもたらすことができたほどだった。しかし残念ながら、それらは――ミングレリアの役人たちの手中にあり――十分な管理がされているとは言えなかった[2]」。若い夫婦は、ここで高位の職に就ける機会を当て込んでいた。

ロシア化によってさらなる宗教闘争は強引に押さえ込まれ、比較的しっかりした法的安定と急激な経済発展がもたらされた。だがロシア化は本当のところまだとうてい完了していなかったので、直面せねばならない新たな危機が常に存在していた。ロシアの帝国主義は、他のヨーロッパの強国においてとはまったく別の性格を帯びていた。ロシアにとって拡張すべき領土は海外の土地ではなく、東方（シベリア）、南方（アムール川とウスリー川の方向）[*6]、そして中央アジア（カザフスタン、トルキスタン、サマルカンド、タシュケント）[*7]を意味していた。このようにして、一九世紀半ばには世界最大の、地理的に繋がりあった植民地帝国が誕生した。

若いズットナー夫妻にとって、コーカサス政治に対する憂慮は余計なことだった。ミングレリアの女侯の故郷以外に、彼らの避難場所はなかった。勇気と好奇心を持って、彼らは自分たちの冒険を進めていた。

ベルタがのちに述べたこの国全体の特徴のように、始まりは「絵のようで――東洋風で――いくらかお芝居じみて」[3]いた。女侯の使者が彼らを船着き場に迎え、まずは沼地のような港ポチ[*8]へと連れて行き、そこから旅は陸路となった。使いの者は「民族衣装を着ていた。長いカフタン[*9]、胸の薬莢（やっきょう）、頭のバシュリック[*10]、帯に差した短剣」。

コーカサス最初の宿は、女侯の使いに負けず劣らず冒険じみていた。ベッドは虫でいっぱいだったので、若夫婦は肘掛け椅子で夜を過ごさねばならなかった。この建物にあった唯一の錫（すず）の洗面器「とハンドタオル（何という状態でそこにあったことか！）は、求めに応じて一つの客室から隣の客室へと運ばれた」[4]。

それでも「曇りない上機嫌で」、彼らは酷暑の中、旅を続けた。「しかし私たちには、見るもの聞くもの、それに――鼻を刺激するもの、すべてはとても豊穣な異国情緒に彩られていた。異国の人々、異国の衣装、異国の建築様式、そして――嗅覚に関して言えば――まったく独特で、太陽で乾燥した不快ではなくもない水牛の糞の臭い。この地で水牛は荷車曳きと乳搾りに使われる……、その水牛そのものが私たちには異国情緒ある現象だった」。

ポチからは第二の使いがジョージアのイメレティの州都クタイシまで導いた。そこでは侯一家の友人でブルターニュ出身のド・ロスモルデュ伯爵に出迎えられた。

彼は夫妻をクタイシの上流社会に導き入れた。「ここで私たちは民族衣装に身を包んだ婦人たちを目にし、初めて民族舞踊――レズギンカ[*11]――の上演を見物した。また初めて祝宴にも加わったが、そこではほっそりした銀のポットから火のようなカヘティ[*12]・ワインが大きな角杯に注がれ、名誉職として選ばれた『一番飲み手』が健康を祈って乾杯し――このとき真っ先にオーストリアからの客人の健康に乾杯が捧げられた」。ついにはアルトゥーアがピアノに向かい、「そして自分で作曲したワルツをいくつか演奏した……祝宴の最後に、私はイタリアのブラヴォー・アリア[*13]と、さらにオーベルの笑いの歌[*14]を披露し……歌の中の笑いは皆に伝染して、宴は笑いの合唱ですべての幕を閉じたのだった」。

コーカサスの木の家の前に立つ若妻ベルタ。
United Nations Archives at Geneva

ひどい乗り心地で悪名高いロシア郵便の三頭立て馬車、トロイカに乗り、彼らはついにクタイシから侯の夏の離宮があるゴルティへと向かった。大勢のお供を従えたニコライ侯御(おん)みずからが、客人たちを早くもミングレリアとの境である「ポンペイウス橋」で出迎えた。そこに張られた天幕で朝食をとり、それから馬に跨がり七キロの曲がりくねった急坂を進んだ。「領主を護衛する一団が取り囲み、彼らは絵のような衣装に身を包み、高い鞍の上でありとあらゆる騎乗曲芸を披露し、急な山の絶壁を駆け上がり駆け下り、実に素晴らしい出し物を見せてくれた」。
ゴルディで過ごす夏のわずか数週をのぞいて、ニコ侯はツァーリの副官としてサンクトペテルブルクで暮らしていた。彼はロシアの大臣の娘と結婚し、ツァーリの宮廷で、みずからの領土と同じく次第にロシア化していた。[5]

客人たちは侯の居城近くの小さな木造の別邸に暮らすことになった。晩には、女侯が花で飾られた大変エレガントな部屋でのディナーに招待したが、それはパリとまったく変わりがなかった。「同じ優雅さ、同じ芸術的無頓着、象牙、磁器、ブロンズの置物の同じきらびやかさを、私はミングレリアの山中で再び見出した。そしてまた女侯の持ち物のどれからも、彼女の暮らす部屋のどれからも漂う、オレンジの花の同じ香りを[6]」。ディナーの後で、彼らは「月に明るく照らされた台地に出たが、すると今度はダンスが上演され、花火が空に打ち上げられ、合唱が響き、そしてようやく夜半過ぎになってから就寝した。これがゴルディでの私たちの歓迎会だった[7]」。

放棄宣言にもかかわらず、ミングレリア人たちは侯一家を相変わらず自分たちの支配者と見なしていた。「ミングレリア人は一般に従順さと忠誠心を持っていた。私は、ニコライ侯やその母親に対し、その国の身分の高きも低きも深い敬意を示すのを目撃した……、こうした敬意は、ヨーロッパの君主にはそうそう示されることがない……侯の母には、誰もがジョージア語で女王ほどの意味の『デドパリ』という称号で呼びかけた。古典悲劇の女王たちがたくさんのお付きに伴われずに舞台に現れることが決してないように、ミングレリアのデドパリも、恭(うやうや)しく距離を置いた宮内官数名を引き連れずに宮廷から出ることは、一歩たりともなかった」。ニコ侯がいたのも常に「現地人からなる大きな一団の真ん中で……彼らは、領主が口にするどんな言葉も歓声とともに受け取った[8]」。

しかし、ツァーリの宮廷で高位に就くというズットナー夫妻の期待が砕け散るのは早かった。そして侯の夏の離宮での生活は大変快適であったが、それはわずか数週間後に終わってしまった。ニコ侯はサンクトペテルブルクへ、女侯はパリへと戻って行った。

後に残った若夫婦はクタイシへと移った。そこには幾家族か知り合いの貴族が暮らしており、彼らのところで、二人のオーストリア人は授業を持つことができた。ベルタは音楽とフランス語の授業、受けた教育がはるかに少なかったアルトゥーアはドイツ語だけを教えた。

アルトゥーアの両親からの財政支援は期待できなかった。「私たちの軽はずみな愚行を彼らは許すことができなかった。また私たちも許しを求めなかった。自分でやって行けると反抗的に見得を切った私たちは、今やそうしなければならなかった」。家庭内のもめ事が過ぎ去った数年後でも、両親はこの夫婦に何もしてやれなかった。というのも、その頃には両親自身がたいへんお金に窮していて、彼らはウィーンの邸宅さえも売り払い、ハルマンスドルフの夏の屋敷を本宅にしなければならなかったからである。

家庭内での争いについて、個々の詳細は分かっていない。夫妻がジョージアからアルトゥーアの家族やベルタの母、それに「ロッティおばさん」に書き送った数多くの手紙は見つかっていない。ジョージア時代についての記録が欠落しているという奇妙な事実は、ただベルタ自身にだけその原因があると思われる。『回想録』を書いたとき、彼女は記録文書をふるいにかけ、みずからがしたためる、相当に牧歌的な描写に役立つものだけを取り上げた。彼女は非常に意識的に、後世の伝記作者が利用せざるを得ない素材を用意した。ジョージア時代の苦しみの一つひとつ——あまりに高望みし過ぎたあとの幻滅、生活の不安、郷愁——を、彼女は手紙や日記の直裁な記述のまま明かしたくはなかったのである。彼女の伝記を書くにあたり、私はベルタの筆によって美化された二つの資料（『回想録』と結婚小説『エス・レーヴォス』）に向かうより他に術はない。しかし私には、もっと陰鬱な姿が描き出されていたに違いない第一次資料が欠落しているという事実を、指摘する義務がある。

確かなことが一つある。何の義務も伴わない招待の他に、彼らはコーカサスの友人たちから何も、本当に何も期待してはならなかった。しかし嘆きや非難、失望の言葉は、ベルタの『回想録』には一言も見当たらない。

「こうして私たちの人生の学校が始まった」、と彼女はのちに、たいへん誇らしげに書いている。「労働、勉強、不自由さの混じった簡素で世俗を離れた生活、だがそれでも自分たちなりの朗らかな満足があった。ここで私たちは人間の問題に関心を抱くことを学び、ここで私たちの内に知識を集めようという意欲が目覚めた[10]」。

不安はあったにもかかわらず、彼らは――少なくとも『回想録』によれば――幸福であり続けた。「しかし私たちの心の朗らかさに影が差すことはなかった」。

彼らがやって来て一年も経たぬうちに露土戦争が始まった。コーカサスは戦争の舞台となった。「私たちが不安を感じていた記憶はない。戦争一般に対する抗議の感情も感じなかったのは、一八六六年や一八七〇年の時とまったく同じだった。また私のひと［彼女はアルトゥーアをこう呼んでいた］も、ちょうど勃発した戦争を天変地異の一つとしか見なしていなかったが、それには特別な歴史的重要性が備わっていた。その真ん中いる者自身にも、この重要性の放つ輝きの一筋が当たっていた[11]」。

彼らの共感はロシア側に向けられていた。「『スラブの同胞』を解放する、これには説得力があった。私たちの周りで持ち出されていたこのスローガンを、私たちは信じ込んだ」。これは、この戦争において初めて明瞭な姿をとって現れた汎スラブ主義のスローガンだった。もっともコーカサスにはもう一つ別の標語もあり、それはイスラム教徒に支持されていた。「反乱せよ——ロシアの軛を払い落とせ」。国語——ジョージア語もしくはミングレリア語——と国家語であるロシア語の両方に不自由している外国人にとって、状況はとりわけ危険だった。

「もちろん銃後に残った周囲の人たちは皆、赤十字熱に取り付かれた。包帯の材料を作る、茶やタバコの蓄えを送る、通過する連隊に食事や飲み物をふるまう、金を集める、慈善行事を立案し遂行する——すべては気の毒な戦士たちのための最善の行いだった」。三〇年後、ベルタは当時の自分の行為について注釈を加えている。「今日なら、こうした最善の行いよりもっと善きことがありうるように思えてくる。そもそも、彼らを送り出してはならないのだ！」[12]。

若い夫妻は野戦病院の看護士を志願したが、そこで一緒に働くことは許されないと分かり、それを取り下げた。こうして、怪我人看護は未経験に終わった。そのかわり、気の毒な戦士のための慈善行事には熱心に参加したが、それはたとえばとあるガーデンパーティーで、そこには提灯の灯りとオーケストラ音楽（ツァーリに神のご加護を、グリンカの『ツァーリに捧げた命』からのメドレー、バルカン・マーチ、スラブ歌謡等々）、売り物屋台、それに福引きがあった。二本の木の間には大きな絵が飾られ、明るく照らされていたが、それには感動的な戦場の場面が描かれていた。前景には、頬を涙で濡らしたとても美しいロシア人の慈悲の修道女[*15]が一人、傷ついたトルコ兵の上にやさしく身を屈め、元気づけに何かを口に含ませようと、その頭を支えていた。背景には天幕、砲煙、死んだ馬、破裂する榴弾が見えた。その絵の前で、私自身、一滴の涙を流した……」[13]。

ベルタは『回想録』の中で、無知で信じやすい「臣下たち」がいかに政治家たちに騙されるかを描いている。彼女は次のように告白している。自分自身、長いあいだ無邪気にこのスローガンを信じ、その上それを広めてさえいた、ようやくずっと後になってからトルストイの本『キリスト教信仰と愛国主義』によって大政治の裏面について目を開かされた、と。トルストイは、表向きの「スラブの同胞の解放」は軍事的実力行使とトルコ打倒の単なる口実であったに過ぎない、と書く。新聞によって喧伝される愛国主義的決まり文句の目的は、好戦性を強めることだ。「たいてい大衆の熱狂は、それを必要とする者たちによって人工的に引き起こされ、大衆によってこれ見よがしに示される感激の程度は、彼らの技術の洗練ぶりを理解する鍵に過ぎない。この技術はすでに長きにわたり行使され、それゆえ専門家はその点で偉大な熟練の域に到達した[14]」。ベルタは引用する。「そしてそのあとで起こったことを、我々は知っている。数十万の無辜の者たちが破滅し、数十万の人々が野蛮へと引きずり降ろされ、そしてどんなキリスト教的感情も奪い取られたのである[15]」。

コーカサス滞在中、ベルタはトルストイという名前に言及していない。当時すでに有名であったトルストイのことを、驚くべきことに、彼女は明らかに知らなかった。一八八八年――すなわち露土戦争から一〇年のち――その頃は故郷に帰っていたズットナー夫妻に、トルストイについて詳細に伝えたコーカサスの友人、ロシア将校ニコライ・アスタフィエフは驚きを持って書き加えている。「あなた方が今までレフ・トルストイと彼の作品を知らずにいたなんて、あり得るのですか![16]」。もっとも一八八八年からは、ズットナー夫妻は二人とも集中的にトルストイ作品に取り組み、彼と書簡による接触も持つようになった。

戦争の時代は若い夫婦に劇的な影響を与えた。ほとんど誰も、もう音楽やフランス語のレッスンに興味を抱かなかった。金が底をついた。「私たちは当時、『飢え』という幽霊と顔を合わせる日さえ、幾日かあった[17]」。だが、彼らの愛は不安に打ち勝ち、すべてを福と変えた。

アルトゥーアは、今度は文筆業に挑戦した。彼は『ノイエ・フライエ・プレッセ〈新自由新聞〉』にコーカサスで起こった戦争にまつわる出来事について記事を送った。この記事は果たして印刷されたが、その次は拒絶された。アルトゥーアはロシア贔屓が過ぎている一方、『ノイエ・フライエ・プレッセ』はトルコ側についていた。しかしいずれにせよ、彼は自分に物書きの才能があることを発見したのだった。

戦争は一年間続いた。ロシア軍部隊はコンスタンチノープル間近にまで迫った。トルコの支配体制は大きく揺らいだ。サン・ステファノ条約*16で、ツァーリの帝国はアルメニアとカルス、アルダハン*17、バトゥミを含むいくつかの地域を獲得し、そうしてその力をアジアにまで広げ、コーカサスの強力なイスラム反対勢力に対しても勝利を収めた。

アルトゥーアは新聞記事のために新しいテーマを探し、身近な素材を選んだ。コーカサスの生活についての報告、風土描写、民族習慣、細々した日々の出来事である。こうした記事のいくつかはヨーロッパでまたも実際に印刷され――家計にどうしても必要な報酬を得た。

「羨望だったのだろうか、模倣欲だったのだろうか？――私は自分にも何か書けるかどうか試そうという気になった[18]」。ベルタは『扇子と前掛け』と題した文芸欄向けの読み物をしたため、ウィーンの『ディ・プレッセ』へ送った。折り返し、著者用見本と二〇グルデンが送られてきた。「そこで私は、家庭紙向けに第二の読み物（『変わり者』という題だった）を書いた。それも同様に採用された。その時から私は――初めは長めの間隔で、次第に間隔を短くして――次々と書き続けた[19]」のだが、その送り先を列挙すれば、『ノイエ・イルストリールテ・ツァイトゥング』『ユーバー・ラント・ウント・メーア』『ディ・ガルテンラウベ』『ベルリナー・ターゲブラット』『ドイチェ・ロマーンビブリオテーク』『ドイチェス・モンタークスブラット』『ザローン』等々であった。

　終戦後の夏には、若夫婦は保養に出かけることができた。彼らは再びゴルディで侯一家の客となり、ここでロシア高位貴族流の、気苦労のない贅沢三昧の生活を送った。ベルタはゴルディの劇場のためにフランス語で脚本を書いた。それは一幕物の社交喜劇で、四人の俳優、すなわちズットナー夫妻、ミングレリア侯御みずから、そしてロスモルデュ伯爵によって演じられた[20]。

　夫妻は次に、ゴルディから一〇〇キロ離れ、領主一家が冬の離宮を構えていたミングレリアの首都ズグジジで運を試した。ここではミュラ家も別荘を所有していた。ベルタはデドパリの孫ルシアン・ミュラにドイツ語の授業をし、アルトゥーアは領主の新しい宮殿の建築現場の監督をすることになった。

　その他にもまだ大きな計画があった。アルトゥーアは知人と共同で、ミングレリアの周辺に農業開拓団を設立し、その土地に外国人農民を入植させ、より良い農地を拓き、現地の農民たちには近代農法を習得させるつもりだった。だが、またしても彼は思い違いをしていたようである。その土地を自由に使わせてくれるはずだったミングレリア侯は、アルトゥーアの緊急の問い合わせに対し、サンクトペテルブルクから非常に素っ気なく、それどころか無愛想に、入植地化について法的に有効な契約は存在しない、と返事をした。侯は、とりわけロシア語やジョージア語、ミングレリア語の無知を原因に起こる外国人とのあいだの障害を指摘し、適当な領地を使用することは認めなかった[21]。アルトゥーアから書面を受け取ったジョージア総督ミルスキ侯爵は、初めに地価について交渉しようとしたが——そのことをアルトゥーアは明らかに考慮に入れていなかった——、それ以外に障害はないと見なしていた[22]。アルトゥーアは熱中しきっていた。あらゆるものに多大な金が掛かるということを考慮するのが、あまりに遅すぎた。ロシアの大地主たちや彼の「友人」であるミングレリア侯からの財政援助は、期待できなかった。

次にアルトゥーアが試みたのは木材取引だったが、これでも成功は収められなかった。大変なお人好しだった彼は、生涯、有能な実業家にはなれなかった。

二人の生活は相変わらず家庭教師と新聞記事が頼りで、子供はいないままだった。「それで本当に良かった」のだと、ベルタは告白した。「というのも、空き腹を抱えた子供の群れの面倒を見なければならないとしたら、私たちの二人暮らしから決して消えることのなかった上機嫌は、ひょっとするといつか損なわれていたかもしれない[23]」。

自分たちが力ずくで手に入れた愛がいかに揺るぎなかったかを、彼女は繰り返し強調している。「自分たちの生活を手に入れるために私たちが厳しい闘いを乗り越えてきたことを、世間の人たちは皆知っていた。悲嘆や不平、非難、文句、不満の理由を、私たちは本当に十分なくらい運命から与えられていた。しかし状況が悪くなればなるほど、私たちは互いに身を寄せあって――一方は他方を慰め、元気づけ、気を引き立てていたのだが――本当は慰めを必要とはしていなかった。というのも、私たちはたくさんの不幸に見舞われていたとはいえ――、不幸だったことは絶対になかったのだから[24]」。

「幾日か――多くはないが数日は――、昼に食べるものが何もないという日があった。しかし、お互いに冗談を言い、愛を語り、笑い合うことがない日、そうした日が私たちに訪れることはなかった」。そして、「私たちはひどく貧しく、その日暮らしができる以上のものを持っていることは、もはやほとんどなかった。それでもしばしば私たちは裕福で華やかな人々と一緒になることがあった。しかし、誰や彼やと立場を交換したいなどと感じることは、一度たりともなかった[25]」。

もっともベルタは次のように説明せずにはいられなかった。「私たちの愛情は完全に分別のある、静かな、落ち着いたものだった。官能は、もはやそこでは何の役割も演じていなかった」、忘我と「歓喜の恍惚」は、「若くはない夫婦」である彼らにおいては、とっくに静かな幸福に席をゆずっていた。[26]

彼らの共同生活の仕方は、当時一般的だった家父長的なそれとは違っていた。結婚生活で主導的役割を担っていたのはベルタで、それは彼女の年齢や教養のためばかりではなく、そのエネルギーと強固な意志ゆえでもあった。だが彼女は、この優位があらわになり過ぎるようなことは極力避けた。「ほとんどすべての夫婦は常に一方が他方を暴君的に支配しているということに、私たちも気が付いた。夫の意志、あるいは妻の意志のどちらかが勝っていた。彼か、あるいは彼女のどちらかが、常に正しくあらねばならなかった。私たちの場合、一方は他方の意志を受け入れた。そして『正しい』か『正しくない』かという争いは、そもそも起こることがなかった。なぜならば私たちは、すでに言ったように、考え方ではいつも一致していたのだから」[27]。

もちろん、完全無欠な結婚の幸福を描いたこれらの美しい描写を読むとき、ベルタはこうした事柄に関して、不都合なことは決して明かさなかったのではないか、と考えてみる必要がある。この結婚生活を得るために、彼女はあまりに厳しい闘いを経なければならなかった。彼女が後日譚（ごじつたん）も良きものとなるよう気にかけていたのを、悪く取ってはいけないだろう。我々がこのコーカサスでの結婚牧歌を知ることができるのは彼女の記述からだけであり、彼女が次のように書くとき、信ずるよりほかはない。

「それは豊かな生活だった。私たちが暮らしていたのは人里離れた小さな農家だったが、その周囲では夜になるとよくジャッカルの遠吠えが聞こえた。私たちの収入は最低限ではあったが、それでも豊かだった。私たちの所帯はとても小さかったので、（たった一人の女中が病気になると）自分たちで昼食の用意をし、一度はまた――大いに面白がりながら――自分たちで砂とブラシを使って床磨きをすることもあったが、それでも豊かだった。何週間も誰にも会わず、そもそも何も経験しなくても、それでも豊かな経験の数々に恵まれていた――つまり私たちの経験の源は、自分たちの読む本であり、自分たちの心であったのだ。この世では最も稀なものを、私たちは手に入れた。欠けることなく、揺らぐことのない幸福である[28]」。

彼らは以前のきらびやかな生活を失ったが、それを嘆かなかった。「当時の私は楽しむという能力をいくつか持っていたが、青春時代の楽しみのためにその一つでも諦めようとは思わなかった。送られて来る新しい書物や雑誌が、孤独に暮らす私に外の世界の広大な思想世界を知らせ、そうした思想のどれか一つが、私自身の精神の内部に――まるで新しい地平を照らす稲妻のように――突如光をもたらすとき、私はこの上ない喜びを感じる。この喜びを、私は［かつての］楽しみと引き換えに手放したりはしない……いわゆる『金持ちの道楽息子たち〈jeunesse dorée〉』のまわりでは、大掛かりな馬鹿げた輪舞が目まぐるしく繰り広げられている。ジャラジャラいう金貨や回転する馬車の車輪の音と、はしゃいだ哄笑（こうしょう）や金で買った接吻の音が呼び起こす陶酔、明かりの灯ったシャンデリアや黒く縁取った眼、それにシャンパンが泡立つグラスのきらめき、劇場のガス灯と厩（うまや）、トリュフソース、温室植物、そして白檀（びゃくだん）の扇子の香り、これらがまつわりついたこの輪舞は、今日の私には一瞬の羨望を引き起こすほどの価値もないように思える[29]」。

彼らの収入は、家賃とつましい食事代、それにピアノの分割代を支払うのがやっとだった。ピアノなしで生きていこうという気は、彼らにはなかった。音楽はほとんど唯一の楽しみだった。コーカサス滞在の終盤、またもやピアノの金が足りなくなると、彼らはツィターで音楽を奏でた。ベルタがツィターに合わせて感傷的な歌を歌い、アルトゥーアは「靴踊りレントラー[*18]」を演奏し、ワルツをジョージア風にアレンジしてみた。

しかしながら一番大事だったのは、西ヨーロッパの雑誌や書物を取り寄せて読むことだった。書物は彼らの故郷であり慰めだった。「一緒に読書をし、一緒に勉強をし、天と地の間に存在するあらゆるものについて長く話すことに費やす時間もあった。そうしたとき、他の生活条件や一人でいたのでは決して到達できなかったような人生哲学と世界観を、私たちは発展させた――調和という真の楽園を、私たちは新しくて広い、明るい地平とともに自分のものとした[30]」。

「同時代への情熱」を持っていることを、ベルタは認めた。彼女は古典よりも現代作家とその新作の方をはるかに好んでいた。「私は同時代人を愛している――たとえばそれは、人が一般に同国人を愛するのと似ている。故郷を作り上げているのは空間だけではない。我々が生まれた時代もまた、故郷である。土地と同じく時代の中に、我々が慣れ親しみ、愛着を持つ千もの仕来り、習慣、話し方が根ざしている。そしてそれゆえ私は自分の同時代人が著した書物の中にいるとき、私と同じ方言を話し、私と同じ故郷を持つ同国人たちの間にいるかのような、心地よさと慣れ親しみを感じる……一方、偉大な死者たちは多少の差こそあれ気高い友人であり、彼らが自分たちの国から――つまり彼らの時代から、ということだが――物語る内容は大いに興味深いのは確かだが、心地よい親しみには欠けている[31]」。

彼らは新しく登場した進化論の偉大な著述家たち、とりわけダーウィンとヘッケルを読んだ。彼らは当時生まれたばかりの科学である社会学に取り組み、ハーバート・スペンサーの著作に没頭した。「そしてとりわけ私にとって啓示となった書物は、バックルの『文明の歴史』だった。すでに結婚する前に私はこの本を……読んでいた。そして私はそれをトランクに入れて持ってきた。今それを、私のひとにもぜひ教えなければならなかった[32]」。

バックルのこの書物は、一九世紀の六〇年代と七〇年代、知識層に大きなセンセーションを巻き起こした。それというのも、ここでは理論的、そして唯物論的に、進化論の法則が歴史上の出来事にまで援用されていたからである。

彼らの偉大なお手本たちと同様に、ベルタとアルトゥーアも人間が「気高い人間」へと不断に進歩していくと確信した。いわば人間が自然法則のとおりに、悪徳から美徳へ、憎しみから愛へ、獣性から人間性へと絶え間なく発展していくという確信は、ベルタにほとんど揺らぐことのない楽観主義を植えつけたが、懐疑的同時代人たちは、のちに大抵はあまり好意的な意味ではなしに、それを素朴と片づけた。

夫妻は常に共同で読書をした。「自然科学の著作をより多く読んでいたという点で、私は彼に勝っていた――自然をより情熱的に愛していたという点で、彼は私に勝っていた……私たちはお互いを高めあっていた。彼は私に自然を楽しむことを教え、私は彼がそれを理解する手助けをした。二人で一つの真実を我が物にすれば、それは二重に確実になり、それは二重に明瞭になる」[33]。そして別のところではこう言っている。「私たちは二つの喜びを知り、それをもう手放そうとは思わなかった。すなわち、共にくつろぐ喜びと、知的研究の喜びである」[34]。

高齢に至るまで、ベルタは非常に実り多かった知的共同研究を称賛した。「二人の知的研究者が並びあう――これがどれほど日々を充足させるか、私は自分自身の経験でそれを知っています」、彼女はある若い男女の結婚式に寄せてこう書いた[35]。

同様に共同で、そして――生涯を通じてそうであったように――共同の机に向かって、彼らは金のために執筆した。初め彼らは本名を隠していた。アルトゥーアは「M・A・レライ」、ベルタは「B・ウロ〈Oulot〉」という筆名を名乗ったが、これは彼女のあだ名「ブロト〈Boulotte〉」を縮めたものだった。

ベルタにとって執筆は、初めからアルトゥーアよりも容易だった。しばしば冗長になるアルトゥーアと比べて彼女の書く文章は、はるかに生き生きとして機知に富み、的確だった。文芸欄向け記事の次に彼女は連載物語に挑戦したが、それは当時一般的だった女性文学の様式に忠実に従い、貴族社会を舞台に、真実と偽りの愛をお決まりのテーマにしていた。典型的なのは連載物語『社交界から。X伯爵夫人の日記の数ページ』で、そこには辺鄙（へんぴ）な田舎領地の一日の経過が詳細に描写されていた。カード遊び、刺繍、敬虔な書物の読書、うわさ話、ピアノ演奏、そしてクライマックスは遠足と舞踏夜会。心の問題が、いくらかの緊張を添えていた[36]。

『ガルテンラウベ〈園亭〉』に連載されていた『ハンナ』が処女長編として印刷されことは偉大な勝利であり、それによって八〇〇マルクがもたらされた。「しかしながら、栄誉と並んで少なからぬ喜びとなったのは、金だった。耐乏生活を知らぬ人たち、明日はどうやって食べていけばいいのか、どうやって期限の迫った借金を返せばいいのか分からない状況に一度も陥ったことがない人たち、そういう人たちは、このような状況で思いがけず金銭が手に入ったときの歓喜はまったく理解できない。しかもこれは何ら恥じることのない、みずから稼いだ金なのだ！」[37]。

アルトゥーアはジョージアの風土を自分の小説に取り入れたが、ベルタはそのようなことを決してしなかった。簡素なジョージアの木造小屋に住んではいても、彼女が生きていたのは記憶の中であり、おそらくはまた郷愁の中であった。ただそう理解する以外、彼女に似つかわしくないこのテーマ選択は納得できない――というのも、心を動かしたものすべてを自分の文筆稼業に取り込むのが、まさに彼女の習慣だったからである。そうした中でジョージアは大きな例外だった。この国は、後年の新聞記事を除けば、ベルタの書物にまったく登場しない。なかんずくこのことは、どれほど彼女がそこで自分を取り巻く生活から孤立していたか——ひょっとすると、どれほど彼女がみずから意識的に孤立していたかを示している。ジョージアは、ほとんど東洋と呼んでもいい国である。活動を家に縛られている女性は、とりわけ息子を育て上げることを自分の使命と見なしていた。そういう場所に、文筆稼業のベルタが馴染めるはずがなかった。付き合いは西ヨーロッパ出身の数家族に限られた。彼女がほとんど家で一日を過ごし、自分の幸福にとって重要だった仕事と結婚生活に専念するのも、やむを得なかった。「私たちは、心の共同生活に関して言えば、一種の島に、つまり美しく、花が咲き誇り、朗らかな愛の小島に暮らしていたのだが、沖の大洋を渡る船乗りたちはこの島の生活について、まったく何の理解もしていなかった」[38]。

アルトゥーアは現地の人間——農民、職人、商人、芸術家と、はるかに多くの接触を持っていた。男性である彼には、仕事に専念し邪魔されずに国内を移動する機会があったが、それは彼の妻には拒まれていたのだった。

本当の友人は外国人の中にしかいなかった。たとえばジーベンビュルゲン[*19]出身の人類学者フリードリヒ・フォン・バイエルンがその一人で、彼は数十年トビリシに暮らし、当地で（今日のジョージア歴史博物館の土台となる）コーカサスの先史時代と民俗学に関する貴重なコレクションを蒐集していた。あるいはベルギー人ジャン・ムリエはコーカサスの歴史と芸術を研究し、幾冊もの書物を書いた。彼のためにアルトゥーアはコーカサスの芸術品のスケッチを仕上げ、それらはムリエの著書『コーカサス芸術』（一八八六）の中で印刷された。

例外は、ジョージア人ジャーナリスト、ヨナス・モイナルジアだった。ダディアニ家の親密な交友範囲にいた彼は、旅行経験が豊富でフランス語を話した。彼はアルトゥーアの友人になった。たとえ貴族家庭との間にいくつか社交上の接触があったとしても、そうした貴族家庭におけるベルタの地位は語学教師という、むしろ従属的なものであり、この接触を考慮にいれたところで二人はジョージアで孤立していたと言える。

ジョージアの知的生活には、いずれにせよズットナー夫妻はほとんど何の痕跡も残していない。ベルタが何年もコーカサスに暮らしていたことをジョージア人が知ったのは、ようやくのちに、彼女がノーベル賞によって世界的有名人になってからのことだった。

文筆稼業ではベルタは順調に成果を上げていた。勤勉な彼女は、毎日常に数ページ執筆していた。しかしながら新聞社や出版社を探すのは困難であることが明らかになった。西ヨーロッパの編集者との間では郵便のやり取りに長い時間がかかり、また個人的接触も不足することになる。それは甚だしい忍耐や、粘り強さと楽観主義を大いに要求したが――いずれにしてもベルタには、そういうものなら必要以上に備わっていた。文筆稼業だけでジョージアで生計を立てられるということを、彼女は十分理解していた。それゆえ彼女は拒絶にあっても意気消沈せず、繰り返し新たな挑戦をした。後年彼女は、拒絶を受け意欲を失いそうになっていたある同業の女性に、次のように助言した。「でもこれは『意気阻喪する』理由にはなりません。その反対に、粘り強く立ち向かっていくのです。勇気を失わない、それがまさに本物の才能のしるしです……一つの寄稿文が五つや六つの新聞雑誌に断られたとしても、それでもやはり七番目のところで受け入れられる可能性があるのです。私は大変な賛辞とともに短編小説が採用され、出版された経験がありますが、その小説はいくつもの編集部から送り返されていたものでした[39]」。

長編小説『ダニエラ・ドルメス』や『ゴータ幻想』も、最初は『ユーバー・ラント・ウント・メーア』

に連載小説として発表され、そしてベルタ自身の結婚にまつわる私的な自伝『エス・レーヴォス』は、M・G・コンラートによって『ゲゼルシャフト』に掲載された。（レーヴォス〈Löwos〉とはベルタのあだ名で、アルトゥーアがライオンのたてがみ〈Löwenmähne〉と呼んだ彼女のボリュームある剛毛の頭髪にちなんでいる。）この本は「労働と愛」の内に過ごす幸せな結婚生活への讃歌である。彼女は後年になってもなお、好んでこの小説を贈り物にしたが、それは友人たちに「私の運命、私の心、私の幸福を理解してもらう」ためだった。「すべてはとても未熟です。しかし、『エス・レーヴォス』に書かれていることはすべて真実です……そして荒野の獅子とは私のことで――初めにおいても、今日においても、私はそうなのです[40]」。

長年続いた失望、生活苦、そして厳しい労働の代償を、ついに支払わねばならない時が来た。ベルタは重病になり、――少なくとも安心して振り返ることのできた『回想録』の中では――人生の芸術家になった。彼女は病気でさえも幸運と感じたのだ。「だがこれは、間違いなく、至福に満ちた時間だった。私は半ば麻痺したような疲労の中にいた。横臥する私は心地よい休息に満足し、私のひとの看護と配慮、優しさは私を慰撫し、静かで深い幸福感で満たした。私が癒えるまで、こうした状態はおよそ六週間続き、そして私たち二人はまたおおいに愛を深めたのだった[41]」。

こうした年月のどこかで、アルトゥーアもまた病を得た――マラリアである。一九〇二年の死の二週間前においてもなお、彼は自分の病気の原因を「昔ミングレリアで罹ったマラリアの類い」のせいにした[42]。この自己診断は正しいのか、アルトゥーアは本当にコーカサスで罹った病気の後遺症によって死んだのか、証すことはできない。

共同の研究と徹底した議論がベルタとアルトゥーアにもたらしたのは、きわめて自由でリベラルな世界観だった。「私たちの合言葉は、どんな思想的テーマにおいても、何に対してであっても、『自由』だった。あらゆる狂信的愛国主義を私たちは憎んだ——愛、進歩、幸福が私たちの信条だった[43]」。

こうした姿勢は、ジョージアの極端な国際性によってさらに強められた。この国際性は、そこに根付いていた寛容の上に成り立ち、さまざまな宗教に対する非常に開放的な考え方にも現れていた。ジョージアの首都トビリシには当時七六の教会があったが、そのうち三六はジョージアとロシアの正教会、二六はアルメニア教会、プロテスタントとローマ・カトリックの教会が二つずつ、モスクが二つ、それにいくつかの寺とさまざまな僧院だった。「いくつもの世界の神秘を前に、私たちは非常に謙虚だった。いくつもの世界体系が、あらゆる謎の答と称してさまざまに宇宙を説明し、私たちを改心させようとしても、私たちがそのどれか一つを受け入れることはない。少なくとも私たちが志したのは、独自の答えを発見することだった。私たちは自分を蟻と同じと見なしている——肉体の儚さにおいてしかり、精神の弱さにおいてもしかり。人間はある問題を前にして感嘆し、問いかけることができる、それを私たちは人間の持つ最高の特権だと見なしている——しかし答えや説明は、人間の理解が及ぶ地平の、はるか向こうにある[44]」。

ローマ教会の唯一成聖[*20]という主張——ともかくそれはオーストリア＝ハンガリーでは当然のこととして重んじられていた——に、ズットナー夫妻はなじめなかった。彼らはむしろ、自分たちはすべての宗教に対して十分な敬意を抱いた無神論者である、と公言して憚らなかった。この頃、アルトゥーアはフリーメーソン[*21]に加入した[45]。

ベルタは、聖職者はみずから理解すらしていない教義を信者に強制し、本当はまったくありえない信仰にまつわる無謬性をまことしやかに見せかけているとして、教会を非難した。「目の見えない人は緋色の存在を信じているのだろうか、疑っているのだろうか？　耳の聞こえない人は音楽を信奉すると公言するのだろうか——二歳児はカントの純粋理性批判の価値を認めるのだろうか？　まったく同じように、最も賢明な人間の思考からはるか離れたところに神性はあるに違いない。それゆえ人が神について『私は神を思い浮かべることができない』と語るとき、それは尊大でも不遜でも悪魔的傲慢でもなく、謙遜なのだ。心底からの、率直な、真実の謙遜なのである[46]」。

彼らが無宗教であることを遺憾に思う人たちすべてに宛てて、彼女は書いた。「私たちが天国を望んでいないからといって、私たちのことを嘆いたり、哀れで不幸であると言ったりしないようにしてほしい。私たちは天国を望まぬかわりに、地獄を恐れてもいない。私たちが見出したのは、ひとたびこの知恵の樹の果実を味わえば、もう二度とそれを手放すことはできないような安息と、世界を見るにあたっての十分喜ばしい明晰さなのである[47]」。

当時、教会と科学が不倶戴天の敵のごとく繰り広げていた戦いにおいて、ズットナー夫妻はきっぱりと、形而上学に対しては科学と「真実」の側に、不可解なものに対しては証明可能なものの側に立っていた。

「光が見えるところでは、それを見開いた目で見ないようにすることは、私にはどうしてもできない。その反対に何も見えないところでは、視神経を酷使してまで見ようとはしない[48]」。

政治的にも彼らはきっぱりとリベラルな陣営の側に立っていたが、それは制度の問題やさらなる民主化の必然性に関してだけではなく、古くから上流社会が持っている特権に関してもそうであった。彼らは貴族だったが、業績、教養、能力といった市民的美徳を尊重した。彼らは言った。「王や農民は、他の階級と感覚を共有し、進歩に従事するためには、どちらも市民にならなければいけません……劣等人間のような粗野な振る舞い（農民に留まる農民）や、優越人間のごとくに傲慢な振る舞い（横暴な行いをする貴族）は、どれもこれも私たち普通の人間の役には立ちません」[49]。

一八八二年八月、ゴルディでミングレリアの女侯エカチェリーナが死んだ。マルトヴィリ修道院にある古くからの侯の墓所に、彼女は壮麗に葬られた。ベルタは彼女の死を心から悼んだ。侯一家の、より若い世代とはあまり付き合いがなかったので、「デドパリ」は最後の庇護者だった。

ズットナー夫妻は、今度はミングレリアから三五〇キロ離れたジョージアの首都トビリシへと移ったが、そこは当時、さまざまな国籍の一〇万の人口を擁していた。多くの他の西ヨーロッパ人と並んで、ここにはドイツ人も二〇〇〇人、独自の入植地で伝来の習慣に従いながら暮らしていた。ざっと六〇もの言語が当時のトビリシでは話されていた。

ベルタがかつて崇拝したジョージアのヘラクリウスの末亡人もトビリシに暮らし、ここで彼らはきわめて親切に迎え入れられた。「トビリシは半ば東洋的で、半ば西ヨーロッパ的な町だった。ヨーロッパ的な地区では私たちの大都市と同じ生活が支配していた。ヨーロッパ風の晴れ着、ヨーロッパ風の礼儀作法、フランス料理、イギリス人家庭教師、客を迎える特定日、夜会、ロシア語やフランス語で交わされる会話があった」[50]。

アルトゥーアはフランス人の壁紙工場主兼建設業者のもとに職を見つけ、毎月一五〇ルーブルの報酬で帳簿を付け、壁紙のデザインと、さらに最終的には建築設計図を描いた。「どうやって彼にそんなことができたのか、今でも私には見当がつかない」、とベルタは誇らしげに書いている。というのも、トビリシ周辺のいくつもの建物は、実際にアルトゥーアの設計に従って建築されたからである。

早朝五時に、「故郷ではとても甘やかされ、もともとはとんでもない怠け者だった」アルトゥーアは起きなければならなかった。彼が工場で働いている間、ベルタは勉強を教えた。しかし晩の六時になると彼らは上流社会の一員となり、晴れ着をまとって、少なくともトビリシ滞在の初めは、上流階級からの招待に応じて出かけた。

「人々は私たちの小説と、ダディアニ家と私たちの親密な関係を知っていた。上流社会では、私たちは工場従業員や音楽教師としてではなく、一種の貴族的亡命者として扱われた。対等の関係だっただけでなく、著名な異邦人に対してよくあるような、特別な丁重さも示されていた[51]」。

どれだけ長く「この特別な丁重さ」が続いたのか、我々には分からない。ズットナー夫妻はこの当時、いずれにしても極貧状態だった。そして優雅な招待も、まもなく魅力を失った。「私たちは招待に応じた――それは、自分たちが粗野になるのを防ぎ、繋がりを持ちたいからだった。私たちが上流社会へ出かけた理由はさまざまだったが、楽しみたい、という理由だけはそこになかった[52]」。

あいかわらず障害となったのは、言葉だった。ズグジジでミングレリア語に苦労したのとまったく同様に、彼らはジョージア語に苦労していた。ロシア語も苦手なままだった。そのうえトビリシのロシア人たちのほとんどは軍人か役人で、そうした人たちはズットナー夫妻の興味を引かなかった。

彼らがジョージア文学やロシア文学についてほとんど関心を抱かなかったのは、驚くべきことである。ロシアの『ヨーロッパ通信』[*22]を除けば、彼らがイギリス領事やスウェーデン人の友人から借りて読んでいたのは、とりわけフランスやドイツの雑誌だった。

作家としての野心は大きくなっていた。ベルタは今や、浅薄な恋愛物以上の作品を書きたいと思っていた――とはいえ彼女はのちになっても、どうしても金が必要なのにあいにく取り立ててテーマがなかったとき、繰り返しこの種の文学を生産した。彼女は前進し、書きながら、書くために学び、自分自身と自分の教養を豊かにしようとした。一八八四年に『ノイエ・イルストリールテ・ツァイトゥング』に書き送った自画像の中で、彼女は次のように告白した。「たった一つのことを、私ははっきりと意識するに至りました。作家という職業に就くと、不断に進歩し、思考の幅を広げるという難しい課題が生じるのです。一言で言うなら――いい年になってはいますが――学んで、学んで、学ぶのです！」[53]。彼女がまさにこれをやり遂げたということは、彼女の著作の多様さと質の向上、そしてますます野心的になっていった著書のテーマに現れている――まったく対照的にアルトゥーアの数多くの小説は、相変わらずテーマがコーカサスに限られていた。

ベルタは写実主義の現代文学、とりわけゾラの著作と集中的に取り組んだ。現代における芸術の課題について論じた彼女の論文（『真実と虚偽』）は、ミュンヘンの作家ミヒャエル・ゲオルク・コンラートによって彼の新しい雑誌『ディ・ゲゼルシャフト　文学、芸術、公共生活のための写実的週刊誌』の巻頭に掲載された。ベルタはそこで、「古い」芸術を虚偽の芸術として批判した。「そこにおいては、キャンバスの色、舞台上の表情、書物の言葉、それどころか庭園の樹々や花々さえ虚偽である。これら偽物を完成させる者たちは、自分は芸術家であると鼻にかけている。それに興じる者たちは、自分の芸術センスをおおいに自慢している」。

醜悪なことについて沈黙しないという真実性は、ズットナー夫妻にとっても新しい芸術の試金石となった。写実主義が彼らの理想となった。「道徳の最高原理はたった一つしかない……そしてそれはまさに何かと言えば、真実である。あらゆる栄誉と誠実は、真なるものを保持するところにある」[54]。

八〇年代初め、ベルタは野心的な著書『ある魂の財産目録』の執筆に取りかかった。そこで彼女は自身の世界観について説明し、また哲学的著作のごとく、彼女の偉大な教師たち、とりわけバックルとスペンサーを引用した。ここで自己の魂について徹底的に調べ上げながら、彼女はみずからの人生と仕事におけるいくつかの原則を確認した。「堅固で喜ばしい進歩信仰。宿命論に対する断固たる拒否。私にとって十分すぎるほど明らかなのは、喫煙しながら火薬の入った樽のかたわらを通り過ぎるとき、火のついたパイプを消すか、あるいはそれを樽の中に投げ込むか、どちらも可能であるということ、そして──変えがたい予定ではなく──この私の行動に爆発が避けられるか誘発されるかがかかっている、ということ……観念的世界と物質世界を支配する法則の──同一性、とまでは言わないが──類似性についての確信……」[55]。

彼女は熱狂的な進歩讃歌を飽くことなく歌い続けた。「どこに視線を向けたとしても、いたるところで確認できるのは、この輝かしい原理である。人の手の入らない野バラから香しいマルメゾン[*25]が生まれる自分の庭に、私はそれを見て取る。まわらぬ舌で初めて発せられた言葉から力強い詩文学へと成長した作品を生み出した、私の敬愛する古典作家たちの内に、私はそれを見て取る。宇宙の薄霧が凝縮し恒星が誕生する天空に、私はそれを見て取る。永遠の生成は同時に永遠の高貴化である。あらゆるものに内在する活力は、拡大、美化、完全化をめざす力となる。今日我々をある程度の完成状態で取り囲んでいるいくつかのものが、どのようにして高みに通じる梯子を登り、そこまで到達したか、我々には分からないのだろうか？　何が我々に、何かが最高の頂点に達したと考える根拠を与えうるというのだろう？」。

彼女が進歩に対置させたのは、「残虐な古代」にあった苦しみだった。「その時代、我々の哀れな先祖たちは土の小屋に住み、精神を闇に閉ざされ、感受性は未熟で、棍棒を敵の頭蓋に打ち下ろす以上の気高い喜びを知らなかった[56]」。こうした領域において、彼女はまさに疑うことを知らぬ時代の申し子だった。「ところで私は、存在するあらゆるものが不断により良く、より完全になっていくことの必然性を信じて疑わない。それゆえ、我々という種族が死に絶えた場合があるとしても、葬られた種(しゅ)の灰から、より気高く発展する能力を備えた新たな種が誕生するだろうと私は思う[57]」。

この進歩というイデオロギーから、戦争と平和という問題へのベルタの取り組みも生まれた。すでに『ある魂の財産目録』において、進歩一般の当然の帰結として、彼女は軍縮の要求を提示した。戦争は人間の本性のうちにあるとする考え方に対して、彼女は反駁した。「これは単なる言葉の誤解である――人間に内在するのは闘いの原理であり、戦争のそれではない」。そして闘いは大砲によってだけでなく、「そもそも精神、美、巧みさ、洗練という武器」によっても可能である。「そうしていずれは、ますます堅固なものとなっていく人間性が野蛮に対して挑む闘いを、実に明瞭に思い浮かべられるようになる。平和を愛する国民によって、戦争を行う部族は次第々々に駆逐される。コスモポリタン的理念が拡散し、民族間の憎悪が根絶やしになる。知識と芸術への賞讃が大きくなる一方で、軍事的栄誉は縮小する。世界的利害の同盟がますます密接に結びついていくのに対して、思慮の浅い個別の利害は消滅する。このようにして、原理に則った不断の闘いは永久平和という目的を達成しうるし、達成するだろう[58]」。

もはや名誉を得るために戦争を必要とする者は誰もいない、と彼女は言う。「しばしば我々に敵対する自然力を克服し、病気と貧困を克服するためにも、英雄が必要である。山を崩す、ダムを築く、火災を消す、入院患者を見舞い、癒し、助ける――これらは臆病な行為ではないだろう。号令一下(ごうれいいっか)打ち合わずとも、闘う相手は十分ある。病気、洪水、雪崩、貧困、狂気、野獣――そして野蛮な人間、これらはみな、敵として相手に不足はない[59]」。

「技術、芸術、科学、慈善、どこででも、戦場にあるよりも素晴らしい目的が名誉心を手招きしている。私はハンニバルであるよりはむしろエジソンである方がいい、ラデツキーよりもピーボディ、ウェリントンよりもニュートンである方がいい[60]」。

バックルによれば、来たるべき人類平和は「数学的に並べた事実を計算した結果」であり、ベルタはそこから、平和とは「文化の進展から必然的に帰結する」状態であると結論づけた。[61]

ではいかにして現実に平和という目的に到達しうるか、それについてはさまざまな理論が存在していた。ベルタはバックルのテーゼに依拠しながら、正義と穏健以上に、「平和の利害とならんで、見かけ上は関連のない動機」が平和を促進すると考えたが、たとえばそれは高性能火薬の発見である。「そうして望まれるのは、いつかますます強力になる破壊機械の発明によって、ついには――私には何であるかは分からない――一つの電気力学的あるいは磁気爆発性の装置が全軍を一気に殲滅させることを可能とし、それによってあらゆる戦略は破綻して、戦争遂行そのものが不可能になるということである[62]」。

この箇所には、はっきりとアルフレッド・ノーベルの影響が窺える。そして当然のごとく、ベルタは彼にも自著を献呈した。心のこもった礼状は、ノーベルの変わらぬ友情を彼女に示した。「私はいまだに、あなたの価値ある御本にすっかり魅了されております。深い心情に抱かれているのは、何と素晴らしい様式と哲学的思考でしょう！……消えることなく、また消すことのできない思い出と感嘆に満たされている私の、尊敬のこもった忠誠と心からの敬服の念をお受け取りください[63]」。

一八八三年、ライプツィヒで出版された『財産目録』は、いくつかの好意的書評を受けた。『ノイエ・

イルストリールテ・ツァイトゥング』は次のように書いた。「言葉を多く費やすかわりに、一つの事実をお知らせします。この本は私たちを魅了し、著者の才能に対する敬意を抱かせました。その印刷は二、三カ月以内に始めるつもりでおります。このことは、私たちがなし得る最高の批評でもあります[64]」。よって私たちは、同じ著者の筆によるさらに大きな作品の約束を急ぎ取り付けました。

『ノイエ・イルストリールテ・ツァイトゥング』は、ズットナー作品の信頼できる引き受け手となった。その編集者である作家バルドゥイン・グロラーは、あえて批判も辞さないような、ズットナー夫妻の生涯にわたる友人となった。彼はベルタの本を紙面で好意的に論評しても、プライベートでは彼女の問い合わせに対して懐疑的に答えた。「本を書いてお金を稼げるかどうかですか？　いいえ、まったく無理です。少なくともあなたは無理ですし、少なくともあなたが考え、あなたが世に出したいと思っている本では無理です。ドイツの文壇には、本の売り上げだけで暮らせる作家は一〇人もいません」。

彼は『財産目録』を賞讃したが、しかしながら、財政的収穫という幻想はきっぱり捨て去るよう、その著者を説き伏せた。この本は、と彼は書いた、「本来は──お気を悪くなさらぬように……失敗作のように私には思えます。発行者が二〇〇部以上売り上げるとは思いません。これは批判ではありません。私同様あなたはよくご存知ですが、どうしようもないガラクタがしばしば何度も版を重ねることがあります。あなたは、本によってもお金を稼ぐ能力がありますし、そうなるでしょう。でも、それにはまず、名前を広く知らしめる必要があります──あなたは有名になるでしょう！[65]」。

いずれにしても、最高度の哲学的、芸術的要求にはまったく不十分な哲学書より、連載小説で金を稼ぐ方が容易だった。デンマークの著述家ゲオウ・ブランデスは著者に宛てた手紙の中で、『財産目録』を非常に率直に批判した。この本に多くの卓越した内容が含まれるのは間違いない、だが、「これらの思想は、高い教養を持つ人たちには広く知られています。しかしこれらの思想について探究できるのは、一部のエリートだけです。そしてこの本は彼らにとっては物足りません。私が思いますに、男爵夫人、あなたはあまりに信じやすいのです」。ブランデスはとりわけ、ベルタの「子供のように熱狂的な楽観主義」に批判の矛先を向けたが、この批判は彼女の死に至るまで当てはまることとなった。彼は、ニーチェを読むよう彼女に勧めた。というのも、「彼は、あなたを害している物からあなたを解き放つことができるでしょう。それはすなわち、自由思想というドグマに寄せる、あまりに熱烈な信仰です[66]」。

ベルタが称揚する絶え間ない人類の進歩についても、ブランデスは異論を挟んだ。「私は、あなたがドグマに陥っていると責めようとしたのではありません。問題はもっと根深いのです。この進歩とは何でしょう？　進化、あなたはそうおっしゃります。ダーウィンが動物世界において証明しようとしたこの進化を、精神世界においても証明したとハーバート・スペンサーが考えるとき、彼は間違っていないとあなたは確信されるのですか？　私が思うに、彼は間違っています。そして彼の知識は無尽蔵でも、頭脳は凡庸です[67]」。

だが、ブランデスのように大いに尊敬された著述家であっても、ベルタの進歩信仰を改めさせることはできなかった。

ズットナー夫妻は、西ヨーロッパの作家たちと関係を築こうと力を尽くした。彼らは手紙の中で、自分たちは同業者であると自己紹介し、少しばかり経歴について話題にし、とりわけ――たいていはかなり独特に――連れ合いの仕事に対する尊敬の念を示した。このように言葉をかけられた人たちのほとんどが返事を書き、幾人かとは、そこから書簡の往復が始まった。その相手は、たとえば自分自身も数年コーカサスで過ごした経験のあるフリードリヒ・ボーデンシュテット、ローベルト・ハーマーリング、コンラート・フェルディナント・マイアーらであった。特に重要だったのは編集者を兼ねている作家との結びつきで、レーオポルト・フォン・ザッハー゠マゾッホやバルドゥイン・グロラー、M・G・コンラートがそうだった。ズットナー夫妻がこうした手紙を書いたのは、間違いなく彼らに感激する素質があり、コーカサスで孤立している彼らには是非とも必要な知的接触を持ちたいと願ったからでもあった。しかしなかんずく、自分たちの原稿を採用してもらうにはコネが必要だったのである。

一八八二年、住所はコーカサスのまま、彼らはベルリンのドイツ作家同盟に加入し、機関誌に掲載されているヨーロッパの同業者についての情報を、くまなく熱心に読んだ。

作家としてのアルトゥーアは、ベルタの後塵を拝したままだった。ドイツやフランスの雑誌に宛てて彼が書いた手紙の多くは、成功した人気作家の手紙というより、むしろ懇願のそれに等しい。一例を挙げれば、一八八三年、当時ライプツィヒの雑誌『アウフ・デア・ヘーエ』の編集者だったレーオポルト・フォン・ザッハー゠マゾッホ宛の手紙で、アルトゥーアは新作小説『ダレジャン』を原稿料なしで印刷してもらえないかと提案している。「それは、上述の雑誌と結びつきが持てるなら、私にとって非常に望ましいからです[68]」。そのほかの、たとえば『ノイエ・フライエ・プレッセ』のような新聞は、その作品の印刷を、特にその公序良俗と相容れない性的場面ゆえに拒否していた。（「たいへん素晴らしいものですが、私たちの女性読者のことを配慮して[69]」。）

そして一年後、ザッハー゠マゾッホの雑誌で印刷され書評されたことに、彼は実に大げさに感謝の言葉を並べた。「『アウフ・デア・ヘーエ』が、心のままに書きたいと欲するあらゆる者にとって拠り所であることを、私はこの先、決して忘れないでしょう――『ダレジャン』が復活を果たすことができたのは、ただただひとえにあなたのおかげです[70]」。

この小説が雑誌に掲載されたおかげで、実際、アルトゥーアの名前は知られるようになった――彼はこのとき、筆名は使わなかった。この頃になると、すでにズットナー夫妻は帰郷を計画していたので、どうしても印刷物の形となった身分証明が必要だったのである。

まとまった金を稼ぐという望みは、何度も失敗を繰り返したあげく、とっくに断念されていた。一八八三年、最後の試みとして、ベルタはあるオーストリア外交官に、帝国兼王国の領事館をトビリシに新設し、アルトゥーアを領事に任命してはどうか、と提案した。返答は彼女を失望させたに違いなかった。アイデアは結構である、しかし領事の仕事は一種の名誉職であり、多大な出費が伴う、ということだった。給与を得るなど、考えられなかった。[71]

そしてもう一つ、本当に最後の計画が持ち上がった。彼らはショタ・ルスタヴェリによるジョージアの民族叙事詩『虎皮の騎士』を、フランス語とドイツ語に翻訳しようと考えたのである。これは明らかに、アルトゥーアの友人モイナルジアの発案だった。彼のフランス語はほんの片言で、ドイツ語はまったくできなかった。彼らは、まずモイナルジアがジョージア語の詩句を字義どおりフランス語に置き換えることで合意した。ズットナー夫妻はそれをフランス語とドイツ語の詩文に直すつもりだった。アルトゥーアのもう一人の友人ジャン・ムリエが手伝い、そして当時トビリシに暮らしていたハンガリー人線描画家ミハーイ・ズィチ伯爵が挿絵を提供した。

この企画は大々的に告知された。アルトゥーアは、ジョージアの雑誌『ドロエバ』にルスタヴェリとその翻訳計画について六回にわたる特集記事を書き、ロシア語誌『イヴェリア』には同じテーマで四〇ページに及ぶ記事を書いた。アルトゥーアのこれらの仕事は、現代のルスタヴェリ専門家の見解によれば、今日なお学問的とも言える大きな価値があり、ヨーロッパ人によってこのジョージア詩人に下された最初の正当な評価の一つである。[72] ジョージアの物語や文学に対し、アルトゥーアは豊かな感受力を発揮したのだった。

ベルタはこの翻訳作業について次のように書いている。「そこに開けたのは、はるか昔に過ぎ去った世界――一三世紀、この地の果てにあった世界だった。この国の黄金時代であるがゆえに、ジョージア人が誇りを持って振り返る時代――偉大な女王タマラが治めていた時代だった」。[73]

この仕事に取り組んでいた一八八四年、ベルタの母が孤独の中、ゴリツィア*[24]で息を引き取った。ベルタは、同年ライプツィヒで出版された小説『ある原稿』を母に捧げた。その中で、一人の母親が結婚し異国に暮らす娘に手紙を書くが、ベルタははっきりと良心のやましさを吐露している。「別離がもたらす本当の苦しみを知っているのは、ただ残された者だけです。外へ出て行く者は、つらい別れを乗り越えれば、一人残され孤独になった人間のことなど何も分からないのです」。ベルタは自分と母との関係を称えている。それは、「まるで姉妹のようで、激しいほどの愛情に満ち、そして果てしなく信頼に満ちて」いた、と。[74]

遺産を整理する必要があったが、借金よりほかに受け継ぐものは何もないことが明らかになった。母が署名した手形と、それに加わっていく利子は、何十年にも渡って夫妻を苦しめる重荷でありつづけた。一〇年後になっても、彼らはゾフィー・キンスキーが残した二四〇〇グルデンの借金を返済しなければならなかった。[75]

母の死によってベルタの郷愁は強まった。翻訳の仕事は予想より長引いた。最大の問題は、またしても金だった。彼らは発行者を見つけられなかった。モイナルジアはフランスの作家エルネスト・ルナンに仲介を頼んだ。ルナンは、自分はほとんどジョージア文学を理解していない、と答えて拒否した。[76] べルタは独訳に関して、ともかくもルスタヴェリの重要性を正しく評価できたフリードリヒ・ボーデンシュテットに手紙を書いた。彼はベルタの計画に賛同の意を述べたが、発行者探しの手伝いは申し出なかった。

挿絵をすでに仕上げていたズィチは、出版を強く求めた。一八八四年一二月、モイナルジアは同じく待ち切れずにいた文芸学者ニコ・ニコラーゼに宛てて、あと少なくとも二、三カ月は必要である、と書いた。さらに、クリスマスにはアルトゥーアと（ズグジジ近郊の）ザイシにある自分の別荘に引きこもり、そこで何にも邪魔されずに働くつもりである、と伝えた[77]。この手紙の中でベルタの名前は挙げられていないが、彼らよりフランス語の知識が豊富だったベルタも、無論一緒に働くことになっていた。しかし彼らが勤勉であっても、この企画は実現不可能であることが明らかとなった。きわめて複雑な詩句をこのようなやり方で翻訳するのは、どだい無理な話だった。

ベルタとアルトゥーアは何カ月もこの仕事に費やしたあげく何の報酬も受けられず、生活費を賄うあてがなくなった。彼らがこの時期、モイナルジアの家に住み、彼に頼って暮らしていたのは明らかである。

二月七日にシュトゥットガルトで預けられた四四〇フランの報酬が届くのを期待して、彼らは三月半ば、バトゥミに赴いた。しかし三月二三日、そこからモイナルジアに助けを求める急ぎの手紙を送った。金は届かず、乗り物代にも事欠く彼らは、身動きできなくなっていたのである。アルトゥーアのこの狼狽した手紙に、ベルタはフランス語訳を三行書き加えた——彼女が翻訳家であった明白な証拠である[78]。そしてベルタのモイナルジアとの関係は、理由が何であれ、緊張を孕んでいた。

さらに加えて、バルカンからは不穏な知らせが届いた。オーストリアの支援を受けブルガリアの王位に就いていたアレクサンダー侯が、国を追われたのである。ブルガリアで権力を握ったのはロシアだった。オーストリア＝ハンガリーとロシアの間に戦争の危機が迫った。もっぱらロシアからもたらされる報道の反オーストリア的論調に、郷愁にかられていたズットナー夫妻の憂慮はますます深まった。彼らが恐れていたのは、これから敵性外国人と見なされることだった。状況は猶予なしに思われた。

ジョージアで生活基盤を見出そうという、実に多くの、何年にもわたる、しばしば絶望に終わった試みを、彼らはついに断念した。大急ぎで彼らは住まいをたたんだ。どのみち荷造りする物は多くなかった。コーカサスの習慣に従い装飾としてソファーの上に掛けられていたコーカサス製絨毯と武器が数点。後年、彼らが故郷で作った「コーカサスの間」に誇らしげに置かれた記念品が数点。そしてもっとも重要だったのが、本箱だった。

アルトゥーアがモイナルジアに宛てて書いた、悲痛な別れの手紙が残されている。「ああ、ヨナス――君の近くにいるのは、僕らにとって大きな喜びだった。だが僕たちの帝国は、それを荒らす敵の手中にある」。この（ここで意図された）敵がロシアであることを、アルトゥーアは細心の注意を払って沈黙したが、良きもののための共闘を呼びかけ、それゆえ一語一語に力を込めながら、こう続けた。「無知は……終わる……科学……そして芸術に……よって……コーカサスの地で！……僕たちは、僕たちの悲しみが君を震撼させると思っている。僕たちは去らねばならない、あまりに長くここにいるのは、僕たちにとって害となり、君にとっても大きな重荷となるからだ。神よ、願わくば、僕らが君に再会せんことを……」[79]。

彼らの状況がいかにひどいものだったかは、考古学者フリードリヒ・フォン・バイエルンの別れの手紙からも読み取れる。彼はこう書いた。「美しいコーカサスを忘れないで下さい。もちろんあなた方は、とても美しい自然以外のものは見なかったのですが[80]」。

ズットナー夫妻とモイナルジアによる、ルスタヴェリのフランス語とドイツ語の翻訳は、世に出ぬままに終わった。アルトゥーアの死から一〇年後、ブリュッセルに戻っていたムリエはモイナルジアに原稿を渡すよう強く求め、その印刷に尽力すると約束したが、うまく行かなかった[81]。ベルタが所有していたいくつかの断片を除いて、原稿は失われてしまったのだった。

帰郷したとき、ベルタは四二歳、アルトゥーアは三五歳だった。彼らは幾冊も本を書き、文学の世界で名を成していた。「それでも私たち二人は、まだまだ言いたいことがたくさんあり、創作の泉はまだたっぷり湧き出るだろうと感じていた――この新しい職業は私たちにとって『重要なもの』となっていた[82]」。彼らは、求めていた財産と待望していた宮廷での働き口は得られなかったが、健全な自負心を手に入れ、それを今では誇っていた。「両親はついに、私たちがいかに誠実に、そして幸せそうに支えあい、いかに勇敢に、彼らの助けを求めることなく、困難を切り抜けてきたかを理解した。すると彼らは執拗だった怒りを収め、私たちをハルマンスドルフに呼び寄せた。私たちは今では独立した人生を手に入れていたので、何の屈辱も感じることなく帰郷できた」。

帰国の旅について、私たちはベルタが『ノイエ・イルストリールテ・ツァイトゥング』に寄せた報告から知ることができる。「私たちが船上の人となったのは素晴らしい春の午後だった。私たちのために送別の晩餐会を開いてくれたバトゥミの副総督E侯爵とその夫人が、甲板まで付き添ってくれた。甲板にはその他に何人もコーカサスの友人たちが集まり、旅の幸運を祈ってくれた。まったく言葉どおりの意味で、私たちのこの旅は『幸運』である――何年も帰らなかったあとで、ついに故郷へ――『家へと帰る！』、二人はこう考えることができるのだから」。

バトゥミを出航し黒海を渡ってオデッサに至る船旅に、ロシアの蒸気船『コツェブー将軍』は、小さな港すべてに寄港しながら五日を要した。彼らが訪ねたのは「ロシアのニース」ことヤルタ[*25]と、三〇年前のクリミア戦争[*26]でフランスとイギリスの部隊から残虐な攻撃を受けて壊滅し、その痕跡が今なお残るセヴァストポリ[*27]だった。「セヴァストポリはとっくに再建されていたにもかかわらず、今なお悲しげに見えた。そこにあったのは、砲撃で破壊され記念物として保存されている兵舎と、広大な墓地の光景で、ここでフランス、イギリス、ロシアの戦いに倒れた兵士たち数千の躯が朽ちているのだった」。

そのあと彼らが立ち寄ったのは、かつてポントス王国の都で、ミトリダテスの墓所があるケルチ[*28]だった。ベルタは「大王」と呼ばれたこの支配者の重要さについて注釈を加えている。「そう、おそらく『大王』が――ローマ支配下の小アジアを征服し、八万を数える全ローマ人を殺させた。これが尺度なのだ。つまり、殺された大群、屈従させられた数々の民族、破壊された国と焼き払われた町、古代ではそれらによって王の偉大さが測られ――ちょうどそれに見合うだけの称賛と賛美が、恐怖と戦慄を引き起こした強大な征服者に与えられたのである」。この頃ベルタが、影響関係はないにせよ、どれだけトルストイの平和思想に近づいていたか、これらの文は明らかにしている。

旅行記の中で彼女は戯画的なユーモアで船上の旅行客を描写しているが、一方で、一等船客なら見過ごすような人々についても言及している。「外は寒く雨が降っていた。広間は――紅茶とグログ酒、カード・ゲームといちゃつく男女で明るかった。三等船客たち――ギリシャからの移民家族、貧しい修道士、兵士、農民――がひしめきながら暗く冷たい夜を耐え忍ばねばならない狭い上甲板では、おそらく幾人ものため息が冷たい風と混じりあい、かすかな声が生きていくことの堪え難さを嘆いている」[83]。

コーカサスで送った非常につらい年月は、ベルタの社会に対する意識を目覚めさせた。彼女は今、ウィーンで伯爵令嬢として送った生活から遥か彼方にいた。「このように飢えに苦しんでいるのは」少数の人ではないということを、彼女は今、理解していた。「むしろ一人ひとりは、私たちの理解しているところに従えば、人間に相応しい生活を送ることができたはずの人たちだ」、そしてそれはただロシアだけのことでは決してないのであった。[84]

あらゆる窮乏にもかかわらず、ベルタにとってコーカサスでの九年間は、彼女が回顧の中で書いたように、「幸福の大学」だった。そしてまさに彼女がそれほど幸福であったがゆえに、彼女は自分より不幸な人たちを助ける義務を感じた。「より良きものになった世界を見たいという憧れを心に抱き、そして――あらゆる行為実行に不可欠なことだが――良きものに変えられる能力を自分は持っているという信念を持つためにも、この幸福の大学で幾学期か学ぶことが必要だ。威光や、地位や富の享受から生まれる幸福ではない。というのも、この幸福は他者の貧困や隷従という犠牲の上にのみ成り立ちうることを、誰もが本能的に感じざるを得ないからである。そうした幸福は、あらゆる改善の理念と改革計画、そしてそもそも変革を嫌う。――私が考えているのは、謙虚な、内面の幸福であり、それは温かな心からの愛、家庭の平和、芸術や自然の享受から生まれる高揚、新たに見出された眩（まばゆ）い真実の認識から成り立つ。というのも、そうした幸福を通して――なかんずくその幸福が心からのかけがえのない愛に基づくところで、人は優しく温和になるからである。他者の苦痛、困窮、非業の死を考えることは、耐え難い。なぜなら、人はいつも無意識に、そうした『他者』の内に愛すべき性質を想像するからである」。[85]

それから数年続いたバルカン危機のあいだ、ロシアは常にオーストリア＝ハンガリーの敵であったが、ベルタは非常に精力的に、ロシア民族をオーストリアの不倶戴天の敵とする誹謗中傷に立ち向かった。「汎スラブ主義に現れている民族主義的狂信は、まさに他のどの人種的慢心とも同じもので、そして他の人種的慢心と同様に危険だ。人々は互いのことを知ってはいない。ロシア民族は戦争を仕掛けるにふさわしい民族だという考えは、完全な誤謬にもとづいている。反対に彼らは、この世に存在する最も平和的で温厚な民族の一つなのである」[86]。

4 作家生活

一八八五年、作家としての地位を築いたベルタとアルトゥーアはオーストリアへと帰った。森に囲まれたハルマンスドルフのズットナー家の屋敷に落ち着き――これまで世間から隔絶された気楽な二人きりの暮らししか知らなかった彼らは、今度は大家族の中の暮らしに馴染まなければならなかった。

ハルマンスドルフに暮らしていたのは、両親と二人の未婚の妹だった。結婚していた四人の兄や妹は、同じように大所帯だったそれぞれの家族を引き連れ、頻繁に訪れていた。ズットナー家の暮らし向きは、かつてベルタが家庭教師として勤めていた頃と比べれば慎ましくなっていた。しかし比較的小さな館（やかた）であっても奉公人は必要であり、それゆえここには少なからぬ人数が住み込んで、共に暮らしていた。大きな台所、共同の食事、共同の自由時間、つまり共同の生活があった。

ベルタは母親の妹でその賭事仲間だった「ロッティおばさん」を、近くのエッゲンブルクに呼び寄せた。ベルタは彼女を定期的に訪ね、経済的に支えたが、それは彼女も賭事熱のせいで貧しくなっていたからだった。彼女はベルタにとって、身近で親しい心の友だった。

『回想録』の中で、ベルタはハルマンスドルフの生活をとても肯定的に描いている。「家庭内のうち解けた生活は、この上なく快適で交流は活発だった」、と彼女は書いている――ただし次のような重要な加筆を忘れない。「それでも私たちは多くの時間、自分たちだけで仕事に励むことは譲らなかった。というのも、私たちは引き続き科学的研究にいそしみ、常に一緒に同じ本を読み、そしてまた一緒に執筆していたからだった」[1]。

ある訪問者による、この仕事部屋の描写がある。「切妻窓がいくつもある天井の高い堂々とした部屋。調度品は相続したものではなく、彼ら自身の人生に由来し、その細々（こまごま）した一つひとつが一つの章である。作家夫婦が通り抜けてきたトビリシの一〇年間は、この偉大な創作の静かな片隅に、一番の特色を与えている」。窓辺に並びあう二つの仕事机が言及される。「一つのランプの明かりが二つの仕事場を照らしているのは、象徴的だ……そして仕事机の隣には本棚がある。豊富な蔵書ではない……しかし選り抜かれている。バックル、ダーウィン、マルクス、ベーベル、ここにある精神の傾向は実に色とりどりだ」[2]。

とりわけベルタは大きな幸福感とともに、みずから選んだ放逐の辛い年月を経てようやく故郷を取り戻した喜びに浸った。ハルマンスドルフで祝うことになった九回目の結婚記念日に、アルトゥーアはベルタに次のような祝いの言葉を贈った。「砂漠をさまよって来た君は、今ようやく自分のオアシスを見つけ、そしてずっとそこにいるだろう、――君のひとに、これからもっともっと好きに〈kerner〉(『好きに〈gern〉』の比較級の代わりにズットナー夫妻が用いた隠語*1)なってもらいながら[3]」。

コーカサスから帰国した頃のアルトゥーア・フォン・ズットナー(Carl Pietzner 撮影)。ÖNB/Wien

もちろん文筆業は裕福な地方貴族の道楽ではなく、これまで同様、生きて行くのに不可欠な生業（なりわい）だった。というのも、この夫婦の稼ぎは、ズットナー家にとってどうしても必要な副収入だったからである。ツォーゲルスドルフ採石場の損失は以前より大きくなっていた。「管理人を替え、場長を替え、代理人と事業について話し合ったが――事態は好転しなかった。その逆に、常に甘い期待を抱かせたビジネスの計画はリスクを孕み、それが結局水泡に帰すると、またもや事態はもう一段階悪化し、しかしそれだけよけいに盲信的に次の計画に飛びついた。そして――相当に軽はずみなのはズットナー家全員の性分だった――気がかりは振り払い、一日の内のいいことだけを頂戴するのだった」[4]。

ハルマンスドルフの現実の生活は、ベルタが『回想録』で描いたほど牧歌的ではなかった。彼女の日記や友人宛ての手紙には、それとは違った、もっと厄介な様子が描かれている。居心地良さの一方で、常に逼迫（ひっぱく）していた家計や信仰の問題（「祖父母[*2]は文字どおり反動的に信心深いのです」、とズットナーはある友人に書き送った）[5]をめぐって、あるいは政治、戦争と平和というテーマ、その他多くの問題について、たくさんの衝突があったのである。自分は「恐ろしいくらい非現代的な環境にいます。私のひとを除けば、まわりすべてがこの上なく中世的です。もし私たちが――私のひとと私です――二人一緒でなかったら――息が詰まるに違いありません」[6]。

館は寂しい場所にあった。小さな町であるエッゲンブルクまで、馬車で一時間、徒歩では三時間半を要した。エッゲンブルクからはウィーン行きの鉄道があった。外の世界から隔絶された、この寒冷な土地では、長い冬はとりわけ耐え難かった。アルトゥーアの両親は老いとともに変わり者になった。「両親は……振る舞いがいくらか幽霊じみている」[7]。そして不幸を嘆くようになるまで、時間はかからなかった。「そして本当にここの生活は退屈だ。普段の私はそうそう退屈を感じないが、この家族の暮らしの退屈さはなかなかのもの」[8]。

早くもコーカサスから帰還した一年後に、どうすればスイスの市民権が手に入るか、アルトゥーアは友人にアドバイスを求めた。彼らは明らかに移住を望んでいたが、ベルタは『回想録』でそれに触れていない。だが、この計画はうまく行かなかった[9]。

ありとあらゆる厄介事があったにせよ、それでもハルマンスドルフは彼らの我が家となった。彼らはコーカサスで、文筆稼業だけで暮らしを立てねばならないことがいかに難儀なことか、嫌というほど経験していた。それゆえ彼らはハルマンスドルフに留まったが、みずからと友人たちに次のように誓った。「今、私たちを囲んでいる人々は私たちの理念に共感を持っていませんが、それは私たちが臆することなく真実の側に立ち続ける妨げとはなりません」[10]。

つまり彼らは、敬虔なカトリック信仰という雰囲気の中、反教権的かつ自由な考えを保ち、政治的にきわめて保守的な環境の中、進歩的かつリベラルであり続けた。そして労働問題に言及することは「神の与えたもうた世界秩序への不遜な介入」を意味していたのを物ともせず、引き続き社会参加を続けた[11]。

ズットナー夫妻は二人とも、生涯を通して確信的自由主義者だった。しかし、アルトゥーアは自由主義政党のどれにも正式に入党しなかった――ベルタは女性だったので、入党はもとから禁じられていた。彼らは懐疑的であり続けた。ベルタは――小説の登場人物の口を借りて――次のように言っている。「私と理想を共にする既存の政治集団はありません。むろん私は『自由主義』の内に組み入れられても、この標語が自由原理に対する信念の表明を意味している限り、拒否はしません」。自由よりも「もっと尊く、もっと求めるだけの価値がある」ものは存在しない。「しかし、政治的合言葉は普通、現実においてはその語源に相応（ふさわ）しい意味を失います。党派精神というものは、いたるところで見るも哀れなほど偏狭ですが、それなのに誰もが普遍的な最上の状態や国家の安寧を促進していると称し、でも誰もが多かれ少なかれ自分あるいは国家の利益の維持を考え、そして本当に公共の利益に熱中している少数の者も、今日の政治状況の中ではそのために働く機会を与えられず、自分の全精力をまずは立ちはだかる特殊権益との戦いに注がねばならないのです。敵対者たちは彼の意見と目標をまったく理解できず、そして自分自身が抱いているのと同じ動機を彼に押し付けます」。

こうした状況のもとでは、社会進歩という崇高な理想は到達不可能だ。「政治家たちが目標をはっきりと認識し、一致してそれをめざすかわりに攻撃し合っている間は、あまりに個人的な目的に用いられた抜け目なさが国家的見識として通用している間は、議会によって国民のための利益が勝ち得られることはないでしょう」。政治的思考と行動の根拠となるのは（依然として）真理ではなく、「認識された事実という客観的真実でもなければ、個人的誠実さでもありません、そしてこれらが欠けていれば、すべてはただの――混沌です[12]」。

むろんハルマンスドルフの家族共同体は自由主義にも作家夫婦の仕事にも興味がなく、ベルタは日記で時おりそのことを嘆いている。その一方で彼女は、次のように自分を慰める。「同居人たちの関心を……諦めねばならないのは、辛くない。それどころかこの人たちが私の創作を完全に無視するほうが、彼らが――私とは正反対に懸け離れた彼らの観点から――意見や忠告、質問、議論で私を煩わすより、ずっといいくらいだ。文学は彼らにとって、クレーターに覆われた月面よりも縁遠い領域だ。とりわけ、現代的精神に貫かれた同時代の著作が存在しうることを、彼らは知らない。彼らがご存知なのは、ホメロスは偉大な詩人で、シェークスピアには天賦の才があり、そして感嘆すべきドイツ古典作家がいて――たとえ自分は読んでいなかったとしても――おおいに読む価値がある、ということだ。その他では、ときどき新聞の文芸欄で新作小説を目にすることもあるだろう――だが、作家はありきたりな暇つぶしの欲求をしずめるためにこれらを供していて、パン屋が空腹をしずめる目的でパンを提供するのと変わりない。このような作品も芸術に――それどころか天才に分類されるべきである、その作者には月桂冠が与えられて然るべきこともある――そうしたことは、彼らには見当もつかない。それを否定するわけではなく――それを思いつきもしないのだ……しかし本を書く人たちがいて、それらの本を読み、そこにある時代精神の表現、進歩の推進力を好意的に受け取る人たちがいる――そうしたことは、彼らにとって理解の域を超えている」[13]。

彼女によれば、オーストリア貴族の教権主義は一つのポーズであり、「儀式道具である。それは今やこの国では、信心ぶるというエチケットの一部だ。まめに教会に通い、聖職者と付き合いを持ち、あらゆる『無神論』を軽蔑し、遠ざけることで、上流社会の一員であることが証明される。それは体裁以外の何物でもない。しかし体裁を守ること以外、何によって紳士淑女は自分を下品な大衆から区別するのだろう？　ごく最近、貴族家庭では食卓に着くとき十字を切る姿が見られるようになったが、それは敬虔な仕草などではなく礼儀作法であり――宮廷で女性が膝をかがめて恭しく（うやうやしく）お辞儀するのと同じである」[14]。

外国にいたとき、彼女はきわめて保守的な貴族たちの生活様式と世界観から距離を置いていたが、今やおおいに関心を抱き、それらをテーマに次の長編小説を書くこととなった。『ハイ・ライフ』の中で、彼女はオーストリア貴族階級の暮らしぶりを批判的に描き、心からの憤りをいくつも書き込んだ。「ここでは、この世紀を揺り動かすあらゆることに対して知らぬが仏を決め込もうという雰囲気が支配的である。社会科学に起こり始めた発展は『社会主義』として犯罪の範疇に入れられ、一、二の特例法でそれは片づいたものと決めつけられる。あらゆる側面でダーウィンの方法を応用しようと努力する科学の動向は、学者たちの突飛で馬鹿げた思いつきとして相手にされない。抗い（あらがい）難い破壊力で信仰という古い慣習に迫る批判活動は、『神聖なことを議論してはならぬ』という口実によって話題にすることを許されぬまま反駁さえされない。ますます偉大さを増している写実主義へと向かう文学と芸術の傾向は気付かれない。それは読書の時間があまりないからで、新聞やカンバスの殴り書きや、『三文文士やペテン師』たちと彼らの騒ぎとは、そもそも誰も関わらないだろう！……世界を少しでも変えようとする――なんという冒瀆だ！　世界はこんなにも美しく、秩序正しく、調和し、神聖な伝統があり、神意にかなっている！　そして美徳！　私たちは満たされていないか――私たち、現状の代表者――、私たちは美徳に満たされているのではないか？　忠誠、敬虔、勇気、犠牲心、祖国愛、これらはすべて私たちに馴染みのものである……ならば、あなた方は変革への永遠の欲求と非難で私たちを煩わすのはやめてほしい……」[15]。

彼女は仮借なく、この階層の誤りと不当な特権を批判し、君主国の主要な官職を自分たちで分け合う古い世代の代表と若い世代の代表を非難した。「騎兵少尉、競馬クラブメンバー、バレエのパトロン、そしてスポーツ愛好家」、彼らは「政治や社会の理論以外の……もっと面白いことを考えていられる恵まれた境遇にある。彼らが保守的でもあるのは言うまでもない。というのも、これほど素晴らしく特権を与えられた人生をそのまま保守しようとしない者など、一体いるのだろうか？」。

そうして彼女は結論に達する。「オーストリアの貴族は、実際いまだに極めて特権的な地位を占めている。つまり、名望に関して言えば、自分より下の階層からそれを享受し、恭しい態度は、自分で自分に示している。私が思うに、イギリスの貴族階級は誇り高い、フランスの貴族は見栄坊だ――ところがオーストリアのそれは高慢なのである」[16]。

この小説の中では現代という時代をアメリカ人が代表しているが、彼女はそのアメリカ人に宮廷生活について次のように言わせている。「いまだに自分が選りすぐりの人間であると見なしている人間がいます。彼らがそうする理由は、自分たちが宮廷官職の肩書きを世襲しているからであり、王が狩りをするか食事をするとき、先祖が行っていた奉公を今日もなお行う権利を生まれながらに持っているからです。一体いつ人々は理解するに至るのでしょう、崇敬より高貴なもの、すなわち名誉があることを、位階より良きもの、すなわち気高さがあることを――そしてあらゆる権利よりも犯しがたいもの、すなわち正義があることを！」[17]。

古いヨーロッパの「きらびやかな王冠と教皇冠」は、アメリカ人から見れば「東洋風の装具のようです。野蛮な要素、残酷で粗野な要素もこの仮装には欠けていません。ヨーロッパ現代史と呼ばれる贅沢な祝祭劇の主人公と端役が、盾型紋章、大綬（だいじゅ）*3、ダイヤモンドが輝く勲章やその他の無邪気な金ぴか飾りをまとっているだけではありません――そう、背景では引き抜かれた剣や殺傷力のある火砲がかすかに光り、剥き出した歯や血に飢えた目が光を放ち、虎視眈々と身構えた軍勢が配置され、殺人を仕込まれているのです」[18]。

ベルタはまた、皇帝みずからが非常に重んじていた大演習を「ぶざまな喜劇」であると非難した。そこでは「王侯と将官は……兜を羽で飾り、金モールを下げ、波紋模様の肩帯を掛け、びっしりと大十字勲章を付けて颯爽（さっそう）と駿馬にまたがり……さまざまな殲滅（せんめつ）機械とその操作兵たちを間近で行進させます。――これは単なる芝居の通し稽古です。しかし、流血、苦しげな苦痛の叫び、蹄（ひづめ）に踏みにじられる頭蓋、膨れ上がるはらわた、乾きに苦しみながら塹壕（ざんごう）で息絶える者たち、そして生きながら穴に葬られる者たちを想像すれば、こうしたことがどういう結果に行き着くか、想像するのは容易です」。「兄弟のような親密さ」の中、この演習の祭日は「愛らしい王女たち同席の晩餐会で」締めくくられる。そして小説の登場人物は、ベルタが生涯のあいだ愛憎半ばしていたウィーン最上流階級と相対（あいたい）したときの告白と同じことを、頻繁に口にしている。「もし私もそういった晩餐会に招待されたなら決して悪い気はしないだろう、ということは否定しません。私は身分や権力の威信を感じるに十分なほど、古い伝統とはさまざまに結びついているのですから」。彼女は分かりやすいキツネとブドウの比喩を用いつつ、あくまで自分の考えを主張する。「それはすっぱく、苦く、毒のあるブドウです。ひょっとすると、それを味わった者には甘いでしょう。しかしそれそのものは、野蛮というベラドンナ*4の、血に飢えた、死を招く果実なのです！」[19]。

これらの引用はまた、ベルタがこれ以降、作家としての自身の課題をどのように見ていたかを示している。彼女が望んでいたのは「現代的」であること、当時においてそれは、すでに「時代遅れ」となった古典古代の素材から離れ、写実主義様式で書くことだった。彼女にとって現代作家とは、「踏みならされた流派の道筋から離れる者のことであり、書物の中からつぎつぎと書物を書き、昔読んだものを新しく書き直すのではなく、人生をみずから学び、そこから感情、細部、印象を――あるがままに、まざまざと、そのまま紙の上へと解き放つ者」だった。[20]

彼女がこの理想に忠実に書くことができたのは、自分が完全に熟知しているものについてだけだった。つまり、「主人」から召使いに至るまでの、オーストリア地方貴族の生活と生活状況である。というのも、これが彼女にとって「現実生活」を意味していた世界だったのである。ベルタの詳細で写実的な描写は、今日の我々にとって、一九世紀オーストリア貴族の日常を知るための重要な資料であり、社会学者にとっての宝庫である。

しかしまた、彼女の長編小説には自伝的素材もそのまま豊富に含まれているが、それは彼女が自分自身のあらゆる問題をそこでほとんど手を加えないまま、「現代的」写実主義文学へと加工したからである。のちに『回想録』を書いたとき、彼女は日記からも小説からもまったく同じように引用できた。つまり、どちらも人生の経験なのだった。

彼女が選り（よ）によって、「自分の」階層をとりわけ批判的に断罪し、そのあらゆる欠点を容赦なく暴いたとしても、彼女がどれか別の階層をより道徳的と考えていたことにはならない。これはただ、写実主義の基準に従えば、自分が本当に良く知っているものだけを批判できたからである。

現実性と真実味は写実主義文学の掲げた理想の一部であり、この理想をベルタはとりわけ彼女の『作家小説』で喧伝した。現代文学に存在するのは「解放への欲求、つまり紋切り型、美的偽善、ハイミス風の澄ましぶり、マンネリ、そして欺瞞からの解放である。必要なのは、ありのまま大胆に書く権利である。読者として求められるのは、男性たち、そして知的な女性たちである。しかし、刺繍靴下をはいて澄ました淑女サークルや、お嬢様学院上級クラスは必要ない。描き出すに望ましいのは、ローマ人やエジプト人、慣習どおりにイタリア旅行*5をする画家や、『小さな城』の『城主』だけではない。よく知り、目にしている人々、ウィーンやベルリン、ミュンヘンに暮らしている人々、私やあなたと同じように話し、感じ、人間らしく誤り、迷い、あらゆる美徳のお手本ではない人々を描き出すことが望まれている」[21]。写実主義文学の偉大な模範はエミール・ゾラだった。まさにゾラの本を家の中で発見したことが、アルトゥーアの母に焚書をするきっかけを与えた――このことは家族不和の挿絵として付け加えよう[22]。

写実主義者が用いたのは、「簡明で即物的な言語です――ですから私には簡明かつ率直に話して下さい。尊重すべき現実のかわりに、模糊としたロマン主義だけがいつも私たちに模範として示されていることを、あなたは我慢しがたい障害とは感じないのですか?」。写実主義は現代における真実への渇望に対応する、「というのも、科学の時代である現代では、それは最高の精神を持つ人々を満たしているからです。この方法には、これまでのがさつな理解力では捕えられなかった物事や人間の様相を発見するための鋭い観察力や感受性が必要です。現代人の心の最も秘められたところで演じられる微妙で刹那的な感情を跡づけ再現するための繊細で鋭敏な神経の生活も必要です。このようにして看取したものを口にするためには、写実主義者は表向きの矛盾や表向きの無恥（むち）に尻込みすることは許されません。何かを真実と思うならば、しきたりに反しても反していなくても、すぐさまそれを口にしなければなりません」[23]。

「粗野なもの、醜いもの、不適切なもの」を仮借なく描くという、写実主義者に対する一般的非難は、この芸術様式における最重要の要素ではまったくなく、単に才能ない作家でさえ到達可能な、最も素朴な特徴であり、「そして本物の写実主義を誤って判断する者は、そこに大胆不敵さ以外は見出せず、恥知らずと弾劾するのです」[24]。

それとは反対に終わりにしなければならないのは「古典作家崇拝」だ、「……私たちは過ぎ去ったものへの崇拝をやめました。私たちは今や、世界は前進していること、その中のすべても、すなわち芸術家や詩人も前進していることを知っています。私たちはその上さらに、芸術をより高い領域の顕現と見なすことをやめ、芸術を時代精神の放つ光線が一つの精神の焦点の中で集束し、投げ返された像と見なします」[25]。ベルタは、世人の多くは相変わらず古い趣味に忠実で、現代文学を評価しない、と嘆いた。「死んでいる、ということは、私たちの国では、文学的名声に到達する最も重要な要件の一つです。生きている作家は、この国の『手堅い』批評家や新聞雑誌にとって、それだけで、何かいかがわしいものなのです」[26]。

一九世紀終盤の唯美主義[*6]や、ましてや「芸術至上主義[*7]」の立場を、ベルタはほとんど気にも留めなかった。彼女の野心は、みずからの著作によって啓蒙し、教育し、思想を伝え、何事かを動かし、芸術の美以外も享受することだった。「あなたは本当に」と、彼女は登場人物の一人に言わせている、「作家は――たとえば舞台装置の成功や、あるいは舞踏会のきれいな婦人夜会服で――好評を得れば、十分に事を成し遂げたのだとお考えなのですか？ 作家は役に立ち、心を高め、喜びを与えねばいけません――作家は真実、正義、美に奉仕したと言えなければいけません、喜びを阻む偏見を取り除かなければいけません、迷信と蒙昧を打ち壊す手助けをしなければいけません[27]。一人の同僚に向かって彼女は率直に告白する、「もはや小説にさえも自分の考えを潜ませられる見込みはありません[28]」。こうしたすべては傾向小説へと至るこれからの道のりをほのめかしているが、かつてそれをアメリカのハリエット・ビーチャー＝ストー[*8]は、反奴隷制を訴えた本『アンクル・トムの小屋』によって大きな成功とともに示していたのだった。

まさにウィーンの芸術生活において『天才』が話題となっていた時代、ベルタ・フォン・ズットナーと彼女の作品は、堅実な、どちらかといえば職人的仕事に留まった。彼女は、そこここで天才的着想を生み出していたボヘミアン的生活をまったく評価せず、規則的かつ規律的に毎日数時間仕事机に向かって働いた。「芸術は手仕事ではない。規則どおり、毎日一定量の『傑作』を作り出すことなどできる訳がない」という異議に対して、彼女は『作家小説』の中で反論した。「毎日一定量の仕事時間を使い、この時間に最善を為すという誠実な努力を傾けることは可能である。Nulla dies sine linea［一行も書かぬ日のなし］」、これはヴィクトル・ユゴーのモットーであり、彼はいくつもの傑作からなる巨大な山を創造した。寡筆は作家の優秀さを少しも意味しない。ほとんど才能に恵まれていない多作作家がいるのは確かである。しかし、全生涯の間に価値ある作品を二、三冊以上は生み出さないような、中には処女作だけで終わってしまうような筆無精の能無しは、さらに多い」[29]。
しかし一つのことは、はっきりしていた。今ではアルトゥーアは時間の一部を領地と採石場の管理のために充てていたにせよ、それでもズットナー夫妻は以前より家族たちを疎遠に感じるようになっていたのだ。彼らはもうかつての生活に戻りたいとは思わなかった。彼らは作家であることを望んでいた。ベルタは『作家小説』に、ニーチェの『人間的な、あまりに人間的な』[*9]からの引用をモットーとして掲げたが、それは彼女の仕事作法にぴったりと合致していた。「初めての執筆を終えて、書くことの情熱を己が身に感じている者は、自らが為し、体験するほとんどすべてのことの中から、さらに作家として伝達可能なことだけを学びとる。彼はもはや自分自身のことは考えず、作家と読者を考える。彼が求めるのは認識だが、それを用いるのは自分のためではない」。

ベルタは自分の環境、ハルマンスドルフの出来事、読書、さらにもっと沢山のことを著作の中で利用した。作家仲間との文通でさえ、彼女には下心があった。たとえば彼女はそれを、イルマ・フォン・トロル＝ボロスチャニに対し、率直に次のように打ち明けた。トロル＝ボロスチャニには毎月一日に定期的に手紙を書いてほしい、自分は毎月一五日に返事を書こうと思う。「数年後には、この往復書簡は一冊の面白い本になることでしょう。――このメモは、どうか処分して下さいね」[30]。（この手紙の受け手は、もちろんそうはしなかった。また彼女は手紙を書くつもりがなかったので、ベルタの願いにも応じなかった。）

ズットナー夫妻は、志を同じくする仲間と接触を持ちたいという欲求を感じていた。上流社会への関心は、ますます小さくなっていた。

長年書簡を交わしてきた相手の何人かと、彼らは今、実際に対面し、友情を深めた。その中には、たとえばバルドゥイン・グロラーがいた。哲学者で自由主義的政治家バルトロメーウス・フォン・カルネーリを始めとする幾人かとは、ベルタはすでにコーカサス時代に力を発揮していた尊敬の手紙によって接触を得ていた。カルネーリは、自分が読んだベルタの『ある魂の財産目録』に対する賛辞とともに、返事を書いた。当時ベルタは四六歳、七〇歳になろうというカルネーリは身体が不自由で病気がちな男やもめ――こうした不釣り合いな二人の間には深い友情が育まれ、それは膨大な数の往復書簡の中に映し出された。ベルタは、生涯続いたカルネーリの病気と、彼女に深い印象を与えた彼の生きる喜びについて、言及している。「本当の秘密は、おそらく次のことであった。彼は哲学を生業にしていただけではなかった――彼は本物の哲学者であった、つまり、人生の悲惨を乗り越え、人生の美しさを感謝しつつ享受する、そういう術(すべ)を心得た人間だった」[31]。カルネーリはそれからの一〇年間、一貫して批判的な、しかし深い愛情と敬意を捧げる友人としてベルタを助け、いくつかの重要な人生の決断において彼女に力を貸した。彼がシュタイアーマルク選出議員として国会のためウィーンにいるときは、彼を中心にホテル「マイスル・ウント・シャーデン」で「議員仲間」が集まっていたが、そこにはズットナー夫妻も加わっていた。このようにして、自由主義的な帝国議会議員たちとの接触は増え、まもなく彼らは列国議会同盟の組織化に際してベルタに多大な支援をすることとなった。

ルドルフ・ホヨス伯爵も親密な友人となった。自分と身分を同じくする人々とはあまりそりが合わなかった彼は、すっかり自分の芸術的興味に打ち込み、詩を書き、極端で非常に反教権的な自由主義者、そして民主主義者であった。そうしたことは、ズットナー夫妻の共感を呼んだ。

ルドルフ・ホヨスやバルドゥイン・グロラーといった友人たちは『挿絵入りオーストリア民衆暦』の寄稿者でもあったが、ベルタは『娯楽と教訓のための民衆本』との繋がりで、それの編集者をしていた。非常に伝統的で、それどころか時代遅れな構成だったこの大衆向け刊行物に、彼女は自分や友人たちのさして中身のない短編小説を、『ガルテンラウベ』[*10]風のこぎれいな挿絵を添えて、掲載していた。

またこうした機会を幾度も利用して、彼女は人間の高貴化、進歩、そして正義の発展について、自分の考えを広めた。またもや彼女は陰鬱で不公正な過去に、「現代」という改善された時代を対置させたが、それは「民衆」の評価にも当てはまった。「もはや『民衆』は芸術家や学者、政治家にとって、眩惑させられ、飼いならされ、おもねられ、あるいは脅かされねばならない部外者ではありません。この概念は復活しました。私たちはみな人間という一つの種に属します。私たちの誰もが――所属する階級によってではなく――資質と運命に定められただけの知識、名声、幸福を手にいれる権利を持って生まれるのです。同胞の誰に対する意図的な差別であっても、自分自身に対する辱めと感じるだけの公共精神が目覚めました。すべての人の尊厳には、ただ一人ひとりの尊厳に敬意を払うことを通してのみ気づくことができるということを、私たちは認識したのです[32]」。

この仕事によってベルタは多くの作家仲間との密接な共同作業をすることになり、雑誌をつかさどる上での組織力を身に付けたが、それはまもなく彼女の役に立つことになった。

ズットナー夫妻はまた、ドイツの同業者とも面識を持とうと務めた。一八八五年一〇月、すなわちコーカサスからの帰郷直後、ドイツ作家同盟の会議がとり行われていたベルリンへと彼らは赴いた。

参加者紹介のときに受けた第一印象を、ベルタは『作家小説』を引用しつつ、『回想録』に記している。「文学界に響いている一人ひとりの名前が呼ばれるたび、福引きで当たりを告知されたときに感じるような喜びが私を捉えた。ただ一つ、時々ひどい幻滅をもたらすことがあった。その外見と、頭の中で思い描いていた姿とが、まったく一致しない作家もいたのだ。もちろんその姿はおぼろげで、はっきりとはしない、いわば輪郭を欠いたものだった――それでも、それが掻き消されてしまうのは残念なものだ。この香しい愛の歌を、この夢見心地の空想を、太っちょで、野蛮人のようなあの男性が、どうやって詩にしたの？　それにあのエレガントに洗練された上流社会の群像を描いたのは、ぎこちない身振りの、俗物のようなこの小男なの？　何ですって――経験と叡智によって深められたあの随想は、雑貨屋の店番みたいなこの青二才が書いたの？」[33]。

　これはズットナー夫妻が初めて参加した協会会議だった。「そこで私は、人類の未来においては、ある一つのことがますます深く包括的に広がってゆくように定められているのを、はっきり理解した――すなわちそれは、連帯という意識だ。これは『汝自身と同じ様に隣人を愛すべし』という掟より、いっそう強く働く意識である。というのも本当の連帯であるなら、隣人は最初から自分自身と同一だからだ。すべての人々の利害は同時に一人ひとりの利害であり――そして逆も然り――、こうしたことは個々人に、己すなわち全体であるかのような、生きる上で非常に高揚した感情を与える。人は己の自我をもう全体と分け隔てることはできない、なぜなら、これは――協会という言葉が表しているように[*11]――一つであり、それゆえ、そもそもは分割不可能なのだから」[34]。

　協会活動の現実は、たとえそれが作家同盟であったとしても想像とは異なっていたことを、ベルタは苦い思いとともに知る。驚きと怒りを覚えつつ彼女が目にしたのは、ここでは作家の生活を改善するためには何もなされず、そのかわり基本綱領や規約、会費の支払いについての問題が討議され、最後には同盟機関誌の廃刊が決定されたという事実だった。この雑誌は、コーカサスにいた当時ズットナー夫妻が今か今かと常に待ちわびていたものであり、ドイツ語文学の世界との重要な絆だった。「私はすべてにひどい幻滅を感じた。私たちが期待していたのは、この協議によって豊かになることだったが――私は自分が貧しくなってしまったように感じた」[35]。

年会費が一五マルクから一〇マルクに減額されたが、とりわけこの決定の理由が負担軽減によるさらなる会員獲得だったので、それも彼らの慰めにはならなかった。「私が三つ目のものを失った、つまり幻想を失ったのを、今はご存知ですね。私たちは自分たちの質の偉大さに誇りを持っていますのに、何よりも求められていたのは人数を増やすことのようです。アカデミー・フランセーズには常に一四人の会員がいるだけで――彼らはそれで十分です……一〇〇人の小物を獲得するより一人の偉人を招くほうが、私たちの名望には効果的なのです」[36]。彼らの考えによれば、作家から成る組織が特に努力しなければいけないのは、作家を自称していてもほとんど何も業績がない人々と拘(かかずら)うより、能力のある作者が正当な報酬を得られるよう務めることだった。

作家が求めているのは慈善ではない、彼らが求めているのはとりわけ権利であり、たとえば、報酬は翻訳に対しても必要だ、このようにズットナーは同業者であるコンラートに宛てて書いた。「私たちドイツ語の作家は、アメリカに対してはまったく何の権利もないのですか？　私が聞いたところによれば、ミルウォーキーの雑誌に私の『ダニエラ・ドルメス』が印刷されています、そして最近私に再びボーデンシュテットが送って寄越した新聞には、『悪人』が掲載されています。アメリカとの協定をめざすこと、これはあらゆる作家同盟に求められる、特に重要な課題でしょう――これは私たちに、永遠に提案され続ける年金共済金庫や廃疾保険組合とは別の利益をもたらすでしょう！」[37]。

「いったい人はなぜ、どの協会も全力で慈善施設に変えようとするのだろう？　その施設では、最良の者たちや最強の者たちが功績に応じて報われるのではなく、最も非力な者たちや最も無能な者たちが支援されることになるのだ」。同盟の主要課題は次のことであらねばならない、すなわち、「才能ある人材を助けて、ふさわしい報酬と名声を得させること、作者と発行者や読者との関係を整えて、本当に才能があり勤勉な書き手が十分な富を得られ、本当に天才的な書き手が十分な賞讃を獲得できるようにすることだ。年金共済金庫創設では、この目標に一ミリも近づかない。やるべきことは私たちが金を得られるようにすることだ――だがそれは、私たちの仲間内からではなく、私たちの作品を買う読者から得られる金でなければいけない。慈悲心によって開かれた私たちの財布からではなく、私たちが正当に得た報酬によってでなければいけない。私たちが労働によって得たものを自分たちで分け合うのでは、私たちは一文も豊かになれない。こうしたことではせいぜい……、有能な者の稼ぎが無能な者に振り向けられるという結果で終わるに過ぎない」。作家同盟を「実力不足の三文作家たちの扶助施設」にすることは許されない[38]。

こうした意見が招くのは社会性がないという非難であることを、ベルタは十二分に理解していた。「それに対して私はこう反論する、人間から成る一つの協会がいつか貴族的特権性という権利を持つのであれば、それは作家から成る協会なのだ、と。なぜなら、作家は最も高貴で最も豊穣な未来を持つ貴族階級の一員である、つまり精神の貴族の一員であるからだ……後から来る者が――それは言うまでもなく、後から来る能力のある者のことである――障害のない道を見出せるよう先行者は手助けするべきだが、それは無力な者たち、つまりここでは道を進むことのない能無したちに、施しで寝床を準備してやるためではない。無能な者は、そもそも決して作家とは呼ぶべきでない。絵筆を走らせれば画家になれるわけではないのとまったく同様に、ペンを走らせるだけで作家という肩書きを持つ権利は与えられない。芸術家の協会なら国中の日曜画家が入会しないよう、おそらく用心するだろう、そしてもし、さまざまな芸術家組合が失業したペンキ屋の共済金庫に変貌することになるなら、絵画の理想的、経済的目標に近づくことは、ごく僅かであってもないだろう[39]」。

孤立していたコーカサスで、ベルタが作家という職業についてあまりに理想主義的イメージを抱いていたことは、まったく疑いようがない。今、ウィーンでの編集の仕事や、またベルリンでの会議で出会う多くの同業者は、その高尚なイメージにまったく合致せず、彼女は失望した。「一人仕事机に向かっている私には、自分の職業はより高い精神世界に属する何かであるように思えていたが、作家商売という雑踏の真ん中に暮らしながら私がここで目にするのは、あまりに多くの不快で愚かしく軽蔑すべきことなので、嘔吐の発作に襲われた私は、いっそのこと筆を投げ捨ててしまいたくなる」。

こうした失望感を味わっていた彼女は、次のことを浅ましく思っていた。「文学という宝を増やす使命があると感じているのは、よりによって精神が歪み、思考力を欠き、半ば狂気に陥った人間たちだ。さらにそれに加わるのは凡庸で浅薄な人間たちで、彼らも首尾よく私たちの同業者組合に潜り込む。そこでは自分が分からなくなる。ひょっとすると自分もこんな薄ら阿呆なのだろうか、こんな凡人なのだろうか？　要するに、作家であることの誇りも喜びも、すべて消え失せる」[40]。

ズットナーは生涯を通してますます熱心に、真に優れた作家を支援し、彼らにより良く、より然るべき生活環境をもたらそうと努力した。作家の連帯は、より良い環境を実現し、そしてまた職業意識を高めるために重要だった。「作家という肩書きにはもっと高い名声が与えられ、この肩書きを背負う者たちがもっと誇り高い自負心を持てるようにするべきだろう。この職業の要求と権利は確かなものにされねばならないし、弾圧と搾取には対抗せねばならない。報酬、出版契約、複製や無許可の翻訳からの保護といった事柄において、要するに、あらゆる金銭的問題において、作家には有利な権利が与えられねばならず、理想に仕える詩人は生活上の現実的関心から距離をとるべきだとする――まるで金銭的報酬の要求が精神的労働の価値を損なうかのような――時代遅れの先入観は排除されねばならないだろう」。人は次のことを理解する必要がある、すなわち、「富を獲得しても、それは職業の栄誉と名声を高めるだけである。文学者が社会の頂点に立っている国々――フランスやイギリス――においては、文学者はそれ相応の高い報酬を与えられているため、かの国々では百万長者でない有名作家はありえない」[41]。

ドイツ作家同盟を現代化させようというベルタの試みは、まもなく失敗した。一八八五年、ついに彼女とアルトゥーアは脱会を通告した[42]。直後に彼らはウィーンで「オーストリア文学協会」を設立し、ベルタの長編小説『雷雨の前』がその最初の刊行物となった。「この事業の今後の大いなる発展を予見しつつ、私たちはシャンパンで乾杯した――しかしほんの数年後に、この企ては失敗した――オーストリアは、文学で何かを始めるには不向きな土地だった[43]」。

ある程度重要な、そしてさほど重要ではない長編小説がいくつか続いたあと、いよいよベルタは再び野心的な著作（『機械時代』）に取り組んだが、この執筆は「大きな喜び」をもたらした。「それというのも、現在の状況に対する苦悩と憤懣、そして約束された未来を求める熱い思いに駆られている私の内面に蓄積していたもののすべてを、私は自分の魂からこの本の中へ注ぎ込んだからである[44]」。

彼女はこの本に、『私たちの時代についての未来の講義』という副題を付けた。これは九つの講義の舞台を未来に設定し、そこからの視点で一八八五年と八六年という時代を、多岐にわたる分野のあらゆる時代錯誤を含めて描写した、ということである。そうした悪い状況の背後に、しかしながら彼女はより良い世界への徴候を見出し、そしてそれに対して「四月の黄葉」という比喩を用いた。なるほど、四月の樹々はまだ萎（しお）れた葉ばかりである。しかし若々しい新芽はすでに今にも成長を始めようとしている。これが自然界における移行期だ。「歴史においてもまったく同じであった。私たちの講座が対象とする時代は、秋の葉をまとった四月である。……当時のヨーロッパ全体に広がっていた時代遅れの慣習、法律、考え方は、おずおずとした緑色の小さな若芽をその全体に広がる黄色い覆いで隠しているが、それらを観察する私たちには思い浮かぶものがある――四月の黄葉だ！」[45]。

誇らしげに彼女は機械時代の進歩を賞讃する、「この時代、民主主義の原理は専制君主崇拝に対抗し、ヒューマニズムの原理は振り回される戦斧（せんぷ）に対抗し、科学的な原理は奇蹟物語に対抗していた」[46]。「愛国主義」を自称する八〇年代の国家主義を、彼女はとりわけ激しく非難した。「当時愛国主義は、あらゆる徳の中で最も気高いものとされていた。国民という次元の利他主義はまだ知られていなかった。国家自我をあらゆるものの最上位に置くこと、その称揚を崇拝にまで徹底し、隣国の人々を見下し、蔑み、そして――必要とあれば――殲滅（せんめつ）することでこの自我を高めることが市民の第一の義務だった……個々人の利己主義は、道徳的、宗教的な掟によって抑制されていた隣人憎悪や自己崇拝という本能ともども、すでに昔から抑え込まれていたが、国民という次元の利己主義は、邪魔されぬばかりか賛美されながら存在し続けた……個々人の場合、隣人への配慮が一人ひとりの私利私欲以上に高貴であるのと同様に、国民の利他主義は国民の利己心より進歩したものであるという認識は、いまだ熟していなかった」[47]。

同時にズットナーは――当時はまだ躊躇（ためら）いがちではあったが、今後の見通しからすれば確実な――進歩に注意を向けさせた。科学は、「国籍という束縛のすべてから身を振りほどいた」最初のものだった。真実の探求は国籍とは結びつきようがなく、「イギリスの物理学と矛盾するドイツの物理学や、ラテン系の解剖学と矛盾するスラブ系の解剖学は存在したことがない」[48]。

交通制度の改善が見せているのも、「絶え間なく障壁を取り壊し、国際化を促そうという特徴」[49]である。

ズットナーは、学校制度は完全に時代遅れであると激しく論難した。なぜなら、学校制度は現代科学を取り入れるどころか受け付けようとしなかったからである。ここでも、彼女が支持したのは自由の拡大だった。「強制は成長を不可能にする。決まりきった繰り返しが阻むのは、新たな生の展開だけではない。さらにひどいのは、朽ち衰えるものが死に行くのを阻み、死に行くものが死に絶えるのを阻むことだ。死んだ言語、死んだ定説、死んだ神話——これらが教育課程においては最も多くの場所を占めていた。現代における知の動向のための場所はまったく残されていなかった」[50]。生徒たちの知の欲求は促進されるかわりに阻害され、その上あまりに膨大でとっくに時代遅れとなった教育内容によって疲弊させられ、「そしてじきに子供時代や青少年時代は、人生で最も苦痛と苦悩に満ちた時代となった。過労によって一〇〇もの肉体的精神的欠陥が引き起こされた——曲がった背中、病みがちな胸、近視の目、うつろな精神……この悲惨さは我々を戦慄させる！」[51]。

歴史の授業に対する追及は鋭い。「些細極まりない出来事、無内容の発言、王侯貴族の私生活に繰り広げられた恋愛や結婚、殺人の物語を喧伝する歴史のおしゃべりを観察すれば、それは愚かな茶飲み仲間の忌むべきおしゃべりにもまったくひけをとらない」[52]。

しかしながら彼女がとりわけ批判したのは、性的な領域における過度に上品ぶった澄ましぶりだった。「生徒たちが生殖をつかさどる自然の働きについて聞き知ることが何もないよう、生殖に結びつく現象である官能について聞き知ることが極力少ないよう、この上もなく厳格に監視されていた。——しかし、苦しみと痛みを与えながら生命を抹消する多様な方法については、生徒にいくら物語ったとしても十分ではなく、残酷さに伴う快楽の細部は、いくら技巧を凝らしても太古の戦いの記録を飾るには不十分だった。ここに一つの反道徳性が隠れていること、『獣のよう』であるとして忌み嫌われる官能の領域の反道徳性より、確実に人間性を奪う反道徳性が隠れていること、それについて当時は依然として認識されていなかった。性生活に属することはすべて品位を落とすものと――豚にお似合いなことと――説明されていた。しかしながらその際には、野蛮な殺意による行為が本当は猛獣に似合っているということが、見過ごされていた」[53]。彼女はさまざまな非難をしながら、歴史書から引いた際立った残虐行為を例に、それを裏づけた。

このような調子でつぎつぎと告発しながら、彼女は時代遅れの国家形態、女性の地位（一三章を参照）、教会、芸術、科学、その他に立ち向かい、そしてあらゆる場所で自由と真実を擁護した。

この原稿を仕上げたあと、ズットナー夫妻は報酬を使って一冬パリに滞在することにした。当然のごとく、彼らは自分たちの到来をアルフレッド・ノーベルにも知らせた。非常に残念だったことに、コーカサスから帰ってすぐ、ウィーンを訪ねた彼と会う機会を、彼らは逃していた。ノーベルは二人とウィーンでは会えず、また出し抜けにハルマンスドルフに現れるのも遠慮した――「こうした点で、私は感じやすいご婦人に負けぬほど内気なのです」、と彼は書いた。「あなたがお幸せで満足されていると知り、私はどんなに幸福でしょう。あなたは愛する国にお帰りになり、そして、あなたを敬愛する私にはその全容が推し測れるのですが、あらゆる戦いを乗り越えて来られたのですね。私については何をお話しすれば良いのでしょう――失敗した青春、喜び、希望？　私の魂は虚ろ（うつ）で、その中身は白い紙です――あるいは、灰色の[54]」。

疑いようもなく――アルフレッド・ノーベルはその成功にもかかわらず以前よりも不幸に、そして憂鬱になっており、ベルタは彼に再会したいと望んでいた。ノーベルとキンスキー伯爵令嬢が親交を結び、離れればなれになった、あの波乱に富んだ日々から一一年が過ぎていた。今、ベルタはマラコフ通りのノーベルのもとへ夫を連れて行った。「私には彼は変わってないように思えた。ただいくらか髪に白いものが混ざっていたが、仕事と発明に以前よりも没頭していた」[55]。ノーベル自身はすこぶる慎ましかったが、客たちを歓待することにあくまでこだわった。ベルタは「吟味された晩餐」に感激した。「たとえば果物は――アフリカ直送だった――名前を聞いたこともなく、その他には極めて珍しいシャトー・ディケム[*12]とヨハニスベルガー[*13]のワインがあった――彼自身は、ほんの少し『赤くした水』を飲んだだけだった」。夫妻は邸宅の調度品やマラカイト[*14]の家具を備えた応接間、赤を基調とした音楽室、とりわけノーベルの仕事部屋に驚嘆した。「本棚は哲学書や文学書ばかりでいっぱいだった。特等席はバイロン全集が占めていた。お気に入りであるこの詩人の全ページを、彼は暗唱できた」。ノーベルとの会話は、「無上の知的楽しみ」だった。

「彼が迎え入れる人間は多くなく、彼が世間に顔を出すことも滅多になかった。彼は働き者ではあったが、いくらか社交嫌いの人間だった。サロンで繰り広げられる空虚な会話は、彼にとっては身の毛のよだつものだった――そもそも、人間の抽象的理想像に対する彼の大きな愛には、現実の人間一般に対する軽蔑や皮肉、不信が多く混じっていた。何らかの形で陳腐、迷信、軽薄が現れれば、彼は嫌悪のあまり、まさに怒りに駆られるほどだった。彼の書物、彼の研究、彼の実験、これが彼の人生だった」[56]。

ノーベルは彼らを、ジュリエット・アダムの有名なサロンに導き入れた。彼女は重要な文学雑誌『ラ・ヌーヴェル・レビュー』の編集者であり、それゆえ「小さな権力者」だった。「若い才能たちが彼女のもとに押し寄せている」、とベルタは書いた。「彼女のサークルで原稿を朗読することに成功すれば、すでにある種の名声が得られる」。

優雅な服装に極めて大きな価値を置いていたベルタは、アダムがパリで最も優雅な着こなしをする女性の一人であることにも気付き、満足を覚えた。「一つの属性に、そこでは大きな価値が置かれ、その属性は、とりわけ一人の女流作家に利益をもたらしている。なぜなら、ブルーストッキングであれば、女性的優雅さという魅力を欠いているという評判にさらされてしまうのだ[57]」。しかしアダムの積極的な政治参加は、ベルタをいらだたせた。「そもそも女の身で、一体どうしたらこうもたくさん政治に関わることができるのでしょう、私は当時こう考えた。彼女はそうすることで、どれほどたくさんの不快事や、時には――滑稽さを自分の身に招いていることかしら！　それにどうやって、その上さらに雑誌の編集に骨を折ることができるの！[58]」。

このサロンの特色は、「政治的サロンと同時に世俗的サロンでも」ある、ということだった。「そこに集うのは指導的政治家たち、議論されるのは共和国の運命である」。女主人は情熱的な愛国者であり報復主義者だったので、ここで話題となるのは、もっぱら一八七〇、七一年にフランスがドイツに喫した敗北の復讐だった。

八〇年代、フランス人だけでなく他のヨーロッパの諸国民も、新たな独仏戦争勃発が近いと信じていた。ブランジェ戦争大臣の煽動運動は大きな成果を収めていた。他方ビスマルクは、フランスに対する憎しみの炎を焚き付けていた。彼は、七年間有効の新たな軍事法を求めた。「そうしてドイツ議会では、こうした機会にお馴染みの、『戦争迫る』という手法が用いられた。この手法の効果にはお墨付が与えられている。その後は、あらゆる軍事的要求は滞りなく承認される」、ベルタはこのように書いた。それに加えて、まさにこの時代、独仏間に新たな国境問題が突発した。シュネーベレ事件*15である。ベルタはアダム家での会話について伝えている。「これは素人政治談義だった！　どこに行っても、『勃発するのだろうか？』という質問ばかりだった。新聞には、そしてそれ以上に空気の中には、何か偉大な出来事への期待があった」。

ジュリエット・アダムのもとに集まった人々は知的輝きを放っていたが、ベルタを眩惑させることはできなかった。このサロンで沸騰している愛国的熱情に対して、彼女は十二分に距離を置いた。「来年春、確実に何かが起こるだろうという予言が自信たっぷりに述べ立てられたが、それは上機嫌な雰囲気を損なわず、また祖国の栄光に夢中になっている女主人の胸の内に、おそらく美しい希望を呼び起こした。私にとってこうした事は、若かった頃とは違い、もはやどうでも良くはなかった。すでに私は激しく戦争を憎み――そして戦争の可能性をもてあそぶこの軽率さは、見識がないと同時に無責任であると思えた[59]」。

ビュロ夫妻のサロンにも、ズットナー夫妻は受け入れられた。ここでは名高い月刊誌『レヴュー・ド・ドゥ・モンド』の寄稿者が集まっていた。この雑誌は「評論雑誌の始祖」であり、野心的な見出しにもかかわらず二万五〇〇〇部という非常に多い発行部数を誇り、所有者ビュロに富をもたらした。このサロンの訪問者の中には、アカデミー・フランセ会員が数多く見受けられた。それゆえ、ここの雰囲気は政治的というより学術的であり――堅苦しく、純粋主義的で、学者風だった。「古い評論雑誌の、しばしばページを切られないままである論文に漂っているのと同じ雰囲気だった[60]」。

ベルタが苦々しい思いとともにパリで認識したのは、ウィーンの知的生活がいかに貧しいか、ということだった。ウィーンには、パリのサロンに匹敵できる大サロンは、ただの一つもなかった。「ウィーンには、才能の貴族たちが集まる場所はなかった。高貴な生まれの貴族は自分たちの仲間内に固く閉じこもり、より低位の貴族は第二の階層を作り、そこにはやはり、芸術家の入る余地はない。さらにその次には役人や、金融家、市民の社交界がある――しかし、精神の貴族として際立つ芸術家や学者、外交官といった、あらゆる分野の偉人たちが引き入れられる一つの家は、ウィーンには存在していない」[61]。いつか十分な財力を手にしたらウィーンに本物の大サロンを開きたい、これはベルタの、実現されることのなかった生涯の夢の一つとなった。

だが彼女は、本当の障害が何であるかは非常に良く理解していた。その障害とは貴族階級と知的エリートとのあいだの深い溝であり、この溝は彼女には克服しがたいように思えた。ある長編小説の中で、彼女は一人の貴族女性にこうした困難について嘆かせている。「私たちのいつもの社交界の人々は、もし私のサロンで貴族ではない人物と出くわしたなら、どういう調子で交わればよいのか見当もつかず、しごく居心地の悪い思いをしたことでしょう。そしてまたこの人たちにしたところで、『伯爵令嬢』や運動好き、老将軍や女修道会員でいっぱいの私のサロンは、どうにも耐えがたいくらい退屈に違いありません。学者や作家、芸術家といった人たちは、十年一日のごとくの単調なおしゃべりに、どんな関心を持てるというのでしょう。それがシュヴァルツェンベルク家であろうがバラヴィツィーニ家であろうが宮廷であろうが、昨日は誰某のところ、明日は誰某のところで舞踏会があるといった話題や、パッハー男爵令嬢は誰に熱を上げているのか、パルフィ伯爵令嬢はどんな縁談を突っぱねたのか、クロワ侯爵はどれだけ領地をお持ちなのか、お嫁に来たばかりのアルマジー夫人はどんな『生まれ』であるのか、フェステティクスなのかヴェンクハイムなのか、ヴェンクハイムなら母親はケーフェンヒュラーなのかどうなのかといった噂話などなど、ようするに、私のまわりで話題に上るのは、たいていこうしたことばかりなのでした」[62]。

ズットナー夫妻と作家マックス・ノルダウとの関係もパリで始まった。のちにシオニズム指導者の一人となるノルダウは、八〇年代には『ノイエ・フライエ・プレッセ』の通信員で、とりわけ『文明人の因習的な偽り』によって、すでに著作家として有名だった。「壮大な神の世界と因習的で偽りの人間世界について語り合いながら過ごした幾時間かは、私には忘れがたい」、ベルタは彼との出会いをこのように書いている。[63]

パリ滞在の頂点は、エルネスト・ルナンとの出会いだった。この『イエス伝』の著者は、教会からは異端の烙印を押され、しかしながら自由主義派からは大いに尊敬されていた。ルナンへの表敬訪問は同時に自由主義への信仰告白でもあったが、それはオーストリアであったなら保守派の同意をほとんど得られなかっただろう。一つの典型例を、ベルタは志を同じくする友人カルネーリに報告している。「あなたはボヘミアでの裁判の記事をお読みになりましたか？　飲み屋でルナンとシュトラウス［ダーフィト・フリードリヒ・シュトラウスは、ルナンと同様に、あらゆる神話を剝ぎ取った『イエスの生涯』を著し、教会から破門された］について一言言ってのけた貧しい農民についてです。この男はその後、両手を上げて慈悲を乞うたのも空しく、有罪の判決を受け――投獄され――身を滅ぼされ――故郷を失いました……これは腹立たしくはありませんか――これは胸が締め付けられるほど悲しいことではないですか？そして、こうしたことは司教の訴えによって始まって、瀆神（とくしん）についての中世的な法律条項に基づいて裁かれたのです。――判決を下されて号泣したこの哀れな男のために、今、すべての無神論者たちは――貧しい農民ではない彼らは、この法律では裁かれないのですから――募金活動を始めるべきでしょう」[64]。パリでのルナンとの出会いを見るとき、背景にこうした世界観があったことを念頭に置かねばならない。

「ルナンは醜い外見をしていると私は想像していた。それというのも、これはよく知られたことだったからである。しかし、実際は想像を凌駕していた。小さく、太って、青白く、髭のない大きな顔……

禿げ上がった頭――これまで出会った中で一番醜い人間だ、これが私の、『イエス伝』の著者を初めて見たときの印象だった。彼が話を始めた一〇分後、この印象は掻き消された。そのとき私は、彼の姿がまずまずに見えただけでなく、彼が本物の魅力を備えているように思えた」。

ルナンとの間でも、当時宿敵同士だったドイツとフランスの間に「迫り来る戦争の影」について、議論が始まった。一八七〇、七一年の戦役の史料を編纂した有名な愛国者で、アカデミー・フランセ会員のルドヴィク・アレヴィは、「ひょっとすると近づきつつある報復の日を、熱っぽく」歓迎した。彼に向かってルナンは激しく異議を唱えた。「彼は国民同士の殺戮行為に対する嫌悪の念を一切隠し立てしなかったのだが、思索家たる彼を特に悲しませたのは、自分の国と『思索家の国』との間にある敵意だった。彼はドイツ哲学から多くを学んだことを告白し、最大級の敬意とともに、古今の代表的ドイツ哲学者について語った[65]」。

詩人アルフォンス・ドーデの家で、ズットナー夫妻は同じように心からの歓待を受けた。ドーデの場合は、とベルタは書いている、「精神の力と、炎のように熱く、軽やかに流れ出る雄弁に、ことのほか美しい外見が加わっていた。彼の黒く輝く目、豊かにカールした頭髪、生き生きとした高貴な顔立ちによって、人はだれもアルフォンス・ドーデのことを好きにならずにはいられなかった。たとえそれがアルフォンス・ドーデでなかったとしても同じだろう[66]」。

子供たちとともにパリに暮らしていていたジョージアの侯女タマラも、ズットナー夫妻との再会を喜んだ。ここに集まる人々の中では、夫妻はとりわけロシアの上流階級と顔を合わせた。しかし、かつてのキンスキー伯爵令嬢とは違って、このパリ滞在で「社交界〈ソシエテ〉」は、もうとっくに一番大切なものではなくなっていた。今、重要なのは、とりわけフランスの文学者や知識人と交流することだった。そして関係を結ぶことに関しては、ベルタはお手のものだった。

　生涯のあいだ、ズットナー夫妻は旅の途上で新たな刺激を受け、交友を結んで、ハルマンスドルフの単調な家族生活から逃れるのを習慣にしていた。彼らは少なくとも時々は活発な知的生活を必要とし、そして国際的な繋がりを必要としていた。そうして彼らは、ベルタが繰り返し理想として掲げていたものになった。すなわち、世界市民、そして高慢な国家主義とは無縁の人間である。「旅を重ね、いくつもの言語を知り、これらの言語で読み、そしてこのようにしてさまざまな国民の精神と特性から最良のものを我が身に取り込んだ人たちは、それぞれの国民特有の欠点を外見的特徴においても脱ぎ捨てる。彼らは、イギリス人であっても形式的でなく、ドイツ人であっても鈍重でなく、フランス人であっても軽薄や見栄っ張りでなく、イタリア人であっても芝居がかっておらず、そしてアメリカ人であっても俗っぽくはない。彼らは誕生したばかりの、あらゆる面において高められた国民であり、いつの日かこの国民は世界を征服するに違いない。すなわちそれは、世界市民という国民である[67]」。

5 武器を捨てよ

「私はしばしば尋ねられたものだった。『どのように、どうして、あなたは「武器を捨てよ!」を書き、平和協会を設立しようと考えるに至られたのか、どうか教えて頂けませんか?』。私はいつも答えに窮した。せいぜい次のように応じるのが精一杯だった。私がその考えに至ったのではなく、その考えが私に訪れたのです、と。――しかし、どのように、なぜ? それは私にはまったく分からない。ある事柄をその起源までたどるほど難しいことはない。――起源のようなものが存在し、本で読んだ箇所のどこか、あるいは耳にした言葉のどれかが、私がこのように考えるそもそものきっかけを与えたのは確かだ――しかし、どの本にその箇所があり、いつその言葉が発せられたのだろう? それを私は覚えていない。私は断じて、完全なプランに従って進んだのではないし、衝動的な決断に従って進んだのでもない。すべては『おのずから』、徐々に展開したのであり、前もっての予想とはまったく異なった。すでに起こったことを後から語る物語であれば、どの作品も事実の再現から始まるので、多かれ少なかれ常に似通う語りになる。たとえばこうだ、『マリア・テレジアが七年戦争の開戦を決意した時』[1]」。

そしてベルタが――あらゆる伝説に逆らって――強調したのは、自分の平和運動との関わりは戦争体験にその起源があるのではない、ということだった。「私個人には戦争で何か苦しんだような経験はまったくない。私にとってかけがえのない誰かがその危険に晒されたことも決してない。また一度として戦争によって何か財産を失ったこともなければ、そうした苦しみのどれかを味わったこともない……それでももし、戦争に対する私の嫌悪感の起源を一つに帰そうとするのであれば、それは私の身に直接起こったことではなく、ただ私が読んだものだけである」[2]。

平和運動についての彼女の考えが一八八八年の段階でいかに成熟していたかは、パリ訪問以前に彼女が書いた『機械時代』の文章が証明している。熱烈に擁護していたダーウィン進化論との関連で、彼女は戦争を「あらゆる犯罪の中で最も非難すべきもの、最大の悪」と呼んだ。「一〇万倍になった殺人――この威力は殺人一つの一〇万倍だ――という点は除いても、戦争の内実は、あらゆる点で発展の否定である。それは新たな展開を妨害し、それまでに達成された文化的成果を破壊する。そしてその（新たに獲得された倫理原則に常に従えば）反道徳性の頂点とは、自然な発展を導く最も素晴らしい方法――すなわち、より優れたもの、より強いものが生き残るという選択――を、戦争が逆方向に反転させるということだ。戦争は最良の者たち、すなわち若者、強者、英才を拾い集めて死神に委ね、老人、弱者、片端者たちは残してその無能さを増殖させる。要するに、逆転した自然淘汰――人為的退化である。今日の人間が明日の人間に対して犯す重大な罪だ。同時に、反理性の極致でもある」[3]。

彼女は敵対者の持ち出す根拠、とりわけ「こけおどしの叡智によって打ち立てられた常套句、『昔からこうであり、これからも永遠にこうであり続けるだろう』」も俎上に載せた。この言葉は、「押し寄せる進歩すべてに対する最良の防塁の一つとなっている」。しかし進化論はこの教義を打ち消した、「というのも、『昔から』存在していたものに今日的なものはないからである――あらゆるものは時代の流れとともに変化してきた」、戦争であっても、「こうした兵器技術は、昔は存在していなかったのだから」同じである。これらの変遷が帰結するところにあるのは、かつて「人肉食、奴隷制、拷問」が、より良きものへの絶え間ない進歩の過程で廃絶されたのと同じく、戦争廃絶なのだった[4]。

組織化された平和運動の存在を、ベルタはパリのアルフォンス・ドーデの家で耳にしていた。「なんですって、そのような結社が存在しているの――国際司法権という着想、戦争廃絶への努力が形となって姿を現したの？　この知らせは、私を興奮させた」[5]。

さらなる情報を求めた彼女は、ハドスン・プラット*1率いるロンドン平和協会と、フレデリック・パシー率いるフランス平和協会、ルッジェーロ・ボンギ率いるイタリア平和協会、そしてデンマークの平和の闘士フレデリック・バイエルについて聞き知った。ドイツではヴュルテンベルク、フランクフルト、ベルリン（何といってもここには有名な医師フィルヒョー教授がいた）に、小さな平和協会があった。ハンガリーやノルウェー、スウェーデンにも小さな協会があり、ジュネーヴには「平和と自由の国際同盟」があった。もっとも、平和運動の先駆者はアメリカ人だった。一八八六年、アメリカには三六の協会があり、そのうち最古の協会は一八一六年の設立だった。[6]

運動は分散し、たいていは小さな私的協会からなり、中央組織はなかった。しかしズットナーはハドスン・プラットの、「一つの大きな、ヨーロッパすべての都市に支部を持つ同盟成立」への呼びかけを耳にした。その使命は、住民を啓蒙して平和運動の理念の側に付け、「十分に情報を与えられ、堅固に組織化された世論の抗しがたい力によって」新たな戦争を阻止することであった。[7] 国家間の軋轢を解決するために、国際仲裁裁判所の設置が提案された。

ベルタの心は熱く燃え上がった。出会うものすべてをすぐさま自著の中で利用する習慣があった彼女は、今回もすぐさまそれを実行した。パリから帰り、新著『機械時代』の校正ゲラ刷りを受け取った彼女は、それに国際的平和運動についての章を急ぎ付け加えた。「私がそのことについて知らなかったのと同じく、私の読者もこの時代現象については知らないと、私は決めてかかった」[8]。

次に彼女は、「汝平和を欲するなら、戦の備えをせよ」[*3]という古い命題、つまり、平和を威嚇と軍備の常設で維持するという原理を分析し、論駁した。すでにダイナマイト工場主アルフレッド・ノーベルとの議論において強烈な印象を受けたこの原理を、彼女は「古代ローマの妄言」と呼んだ。「この古く、下等な人間性に由来する戦争原理」は、ただ「新しい精神に媚びた言葉の中、つまり、平和を――表向き――守るために兵器は維持された、という衣の中に」身をくるんでいるに過ぎない[9]、のである。

国民が平和を愛するのとは対照的に、「軍国主義は……中世における教権と同じく、機械時代において絶頂と全盛に達した……膨張する国防という狂気が短期間のうちに崩壊するのは避けられなかった。世界にのしかかる兵器という負担が、存在するあらゆるものが停止する段階――つまり維持し難くなる段階――に達するのは、もはや遠い先のことではなかった。富のすべて、国民の力のすべては、今や一つの目標――殲滅（せんめつ）――のみに向けられた。そのような体制は、最終的に人類もしくはそれ自体を破壊し尽くさざるをえない。破壊能力の向上は、予測しがたいほどだった。太古の投石が最新の大砲に至るまでの間にあったのは、なんという長い道のりだったことだろう！――そこから、つまり、一分間に五〇〇発を浴びせる火砲から一撃で軍隊まるごと壊滅させる電動殺人機械まで――メリニット爆薬[*4]や、あるいはその他の、雲の高みから降り注いで数分のうちに一つの町を粉砕するであろう、まだ名を持たぬ爆薬に到達するまでの道のりは、もっとずっと短かった。

それでは、何のため？　どこに向かって？　それからはどうなる？　死へと追い立てられた者たちは、自分たちが互いを空中に吹き飛ばす前に、ひょっとするとこう疑問を抱くかもしれない。『人類の最高の宝のために』――戦争へと駆り立てるこのお気に入りの常套句は、戦闘のあと宝が消え失せただけでなく、もはや人間すら生き残らなかったとき、その意味を失っただろう。少数の者による多数の者のための自己犠牲、それは徳の高い望ましいことと思われていたのかもしれないが、すべての者による誰のためでもない自己犠牲だったのではないか？　これは狂乱の極致ではなかろうか！[10]」。

彼女は、近代兵器によって遂行される戦争は途方もない規模になると指摘した。「一つのヨーロッパ未来戦争が積み上げた殺戮、荒廃、野蛮化は、古代の一〇〇もの戦闘がもたらした規模にも収まらないほどだった」。そしてさらにこう詳述する。「少しの距離を飛ぶ投げ槍の代わりに、その後に登場した、数百歩離れた敵に命中する銃弾の代わりに、今や死をもたらす爆弾は、うなりを上げながら遠い彼方まで天空を飛んでいく。敵軍双方が目視可能になる遥か前に、すでに先行する兵器が戦場を覆っているのだ」。

それではいつ、こうした戦争は終わりを迎えることになるというのだろう？　誰が勝者で、誰が敗者なのだろう？「打ち負かされ、敗走する軍勢？　そのようなものはもはや存在しない。というのも、派兵された軍勢はそこにはいないからだ。そこにいるのは国民だ、諸国民みずからが総動員されているのだ。わずかな領土のために、彼らは互いめがけて出発した。だが、それによって全土が破壊される――双方で人口が減少し、荒廃が広がる。あらゆる国家が踏みにじられ、あらゆる活動が停止し、あらゆる家庭の団欒（だんらん）が打ち砕かれ、ただ国境から国境へ「一つの苦痛の叫びが響くだけだ――それでもまだ決着はつかない。どの村も焼け跡になり、どの町も瓦礫の山に、どの戦場も墓場となるが、それでもなお戦いは荒れ狂う。大洋の波の下では巨大汽船を水底に引きずり込もうと魚雷艇が魚雷を放つ。武装した有人飛行船団がもう一つの飛行部隊めがけて雲間へと昇り、一〇〇〇メートルの高みから手足をもがれた戦士たちが血を流す雪片のように舞い落ちる――地雷が爆発し、橋はそこを渡っていた人間、馬、車もろとも流れの中に崩れ落ちる、火薬庫は空に吹き飛ぶ、長い貨物列車は脱線する、野戦病院は赤々と燃える、それでもなお決着はつかない……軍勢、予備役、国民軍が――老人、子供、女性たちが――つぎつぎと殺戮される。生き残った者は、飢餓と避けがたい伝染病の餌食となり、戦争は終わる――だが、その決着はつかない」[11]。

続いて、世界中に存在するさまざまな平和協会が具体的かつ役立つように列挙され、そしてロンドンの協会からのアピール『国際平和を求めるすべての人々へ』が引用される。

本能的で嘘偽りない不安を語るズットナーは、同じように感じている多くの同時代人をここで代弁している。この不安を理解するには、一八八八、八九年当時の中央ヨーロッパの政治状況を考慮しなければならない。当時、大変動がいくつかあった。ドイツでは、癌に冒されていた自由主義的な皇帝フリードリヒ三世[*5]による九九日政権のあとを受け、一八八八年六月、当時二九歳のヴィルヘルム二世が、宿敵フランスに対する威勢のいい物言いと威嚇の身振りとともに即位した。フランスでは、再び戦争大臣ブランジェが「復讐」を呼びかけ、この呼びかけによって選挙戦での大勝利を手にした。知識人の間ですら復讐という考えが蔓延していたことを、ベルタはパリのサロンで十分すぎるほど思い知らされていた。バルカン地域では、ロシアとオーストリア＝ハンガリーの間に危険ないざこざが絶えなかった。いたる所に緊張した空気があった。大戦争への不安が広がり、際限なく拡大する軍国主義に警告を発するのは、ズットナーだけではなかった。当時、戦争への不安はオーストリア＝ハンガリーの皇太子ルドルフ[*6]をも激しく捕らえていた。不安に駆られたルドルフは、独仏戦争をオーストリアの同盟の枠組みを変えることによって回避しようという、捨て身の呼びかけを行った――絶望に突き落とされ、希望を失った彼は、一八八九年一月、マイヤーリングでみずから命を絶った。[12]

締念、絶望――言うまでもなく、こうした素振りはベルタ・フォン・ズットナーが見せることのなかったものである。彼女は行動力と楽観主義に満ちていた。この危険に立ち向かう方策を見つける必要があった。誰もが、とりわけ自分自身が、人類の安寧のために協力しなければならない、彼女はそう考えた。そのための道筋を、今や彼女は組織化された平和運動に見出した。軍国主義に抵抗するのは世人の義務であり、下からの広範な運動のみが政治家に考えを改めさせることができる、「不条理を黙って耐え忍ぶこと、そうすることによって常に不条理は存在し続け、成長していくことになるのです」[13]。

戦争に対する闘いの同盟相手としてズットナーが全幅の信頼を寄せていたのは、とりわけ社会民主主義者だった。というのも、彼らの綱領にあったのは「第一に諸国民友好。そしてドイツのベーベル、リープクネヒト——その他の国の党リーダーたち——は熱狂的に諸国民の平和という理念のため働いていた。だが、それが何の助けになったことか。彼らにはまだ影響力はなかった。それどころか、政府は彼らを疑いの目で見ていたので、彼らの干渉から身を守ることも、目下のところ軍隊を保持する主要な理由の一つだった」。彼女によれば、権力を手にしているのが依然として君主と議会だけである限り、なかんずくこれらに圧力を加えなければならなかった。もちろん彼女は、平和運動と社会民主主義の違いについて沈黙してはいなかった。つまり、一方において主要綱領であるものが、他方では「党綱領の付随項目の一つ」に過ぎないのであった。平和愛好家が望んでいたのは、「まず、他の諸々とともに軍国主義も廃絶される新国家を作ることではなく、目下存在する状況下で、ただ一つの——彼らからすれば諸悪の中で最大の——悪の廃絶を促進することだ」[14]。

アウグスト・ベーベルも、すぐさま『機械時代』の詳細な書評を社会主義雑誌『ディ・ノイエ・ツァイト』に載せた。平和問題に立ち入ることはなかったが、著者（ベルタは『ある人〈Jemand〉』という筆名を用いていた）に対し、その「批判的小論」が部分的に社会主義者とも重なり合うことを認めた。彼の意見によれば、確かにこの本に含まれる多くは「著しくブルジョア的傾向を帯び」、そして「ダーウィン的な、つまりまた唯物論的な解釈のすべてにおいて」「国家同士の態度、青少年教育、国家形態、女性の地位、愛情の価値判断、政治、文学、芸術、そして科学さえも、支配階級の物質的利害だけがその特徴を刻んでいるということ」が認識されていない。最重要の問題として認識しなければならないのは、

「不十分な選挙権、選挙権を持つ大衆の不自由な社会的政治的状況、そして支配階級の偽善や偽りの信仰」である。このことについて、しかし作者は「一言も」触れていない。結局のところ、ベーベルはこの本を恩着せがましく「わずかばかり進歩的な読者層向けの、できのいい宣伝書である」と判定した。[15]

よく似たもう一つ別の運動について、ベルタは同じくすでに『機械時代』において考察していた。それは、一八六四年、負傷者看護改善のためアンリ・デュナンによって設立された赤十字である。「赤十字の旗と平和の白旗の違いは何であったか？　負傷者全体のほんの一部を治療する、これは前者に可能なことだった――しかし、次の戦争の犠牲となって貧する者すべてを元どおり豊かに、病める者すべてを健康に、死せる者すべてを生き返らせる、これが可能なのは後者だった。そのために平和の白旗が為したのは、これから起こる戦争そのものをただ廃絶することだけだった。これは包帯を巻くより、いくらか内容豊かだった」[16]。彼女は本を執筆するかたわら、赤十字社の記録とフローレンス・ナイチンゲールが書いたクリミア戦争[*7]の描写を熱心に読み、自分自身の考えを強めた。[17]

『機械時代』は大成功を収め、好意的に批評された。ますます明らかとなったのは、いかにズットナーが宣伝の才に恵まれているか、ということだった。実に巧みに、そして臆することなく、自分の本を――そして本とともに世に広めたいと思っていた理念を――世に知らしめる術に、彼女は長けていた。たとえば帝国議会議員カルネーリに宛てて、彼女はこう書いた。「この機会に私は友人であるあなたに申し上げたいのですが、あなたはその気になれば私の機械時代にとても役立つことがおできになるのです。一度機会を捉えて、議会演説でこの本について触れて頂けますか。そうすれば、あらゆる新聞やレストランやカフェハウスでの政治談義を通して――この本の名前や、あるいは引用して頂いた箇所は人口に膾炙し、評判になります」。例として彼女は、議会で言及されて以降、すでに一五版を重ねたノルダウの『因習的な偽り』を挙げた[18]。

カルネーリは予算審議で自由主義派の反対演説をすることになった折り、彼女の願いに応えた。カルネーリはベルタに次のように書いた。「ご期待なさるのは程々にしておいて下さい。しかし、あなたにとって一番重要な、公の場であなたの考えが賛同を受ける、ということはお分かりになられるでしょう。いわゆる『ボヘミア和協』[*8]から『機械時代』へと私が話を移す箇所で、あなたはお笑いになることでしょう」。共犯者めかして彼は次のような満足感を書き加えている。「議会［帝国国会のこと］で私と『ある人〈Jemand〉』の関係を知っている人はいない〈niemand〉のです」[19]。

翌日、カルネーリの演説について報告した『ノイエ・フライエ・プレッセ』は、好意的論評も添えていた。「軍国主義の中に思想家カルネーリが貧困の主要な原因を見ているのは、誤りではない。この貧困に源を発する大きなうねりは、今日ヨーロッパを覆い、あらゆる場所に痛ましい痙攣を引き起こしている」[20]。

ベルタは歓喜してカルネーリに手紙を書いた。「可能なら、今月一七日付け『ノイエ・フライエ・プレッセ』の議会報告を読んで下さい――カルネーリ演説とそれについての論説です。これは平和理念と軍縮理念の勝利です！　そしてカルネーリ発言のきっかけは私の本だった、このことに私は満足と喜びを感じています」[21]。『回想録』でも彼女はこの議会での言及を誇らしげに取り上げているが、自分は予期していなかったかのごとくにこの件を脚色し、どれだけ巧みに彼女がこの全体をお膳立てしていたかについては沈黙した。

さらに彼女は他の同業者にも書評を頼んだが、モーリッツ・ネッカーが『ノイエス・ヴィーナー・タークブラット』紙上で、この作者は平和理念を振りかざして要りもしない大騒ぎをしている、と書いたとき、異議を唱えた。「本当にそうであればいいのに、と私は思っていました――しかし、私が戦おうとした軍国主義は、現代においては騒ぎ不要な相手ではありません――そうではなくて――残念ながら――要塞堅固に身を固めた手強い相手なのです！」[22]。

この手強い相手を攻撃するには、もちろん『機械時代』の一章では足りなかった。この本は知識人向きで、連続講義の体裁で執筆され、宣伝効果は期待できなかった。次にズットナーは、完全にこの運動に捧げる新作本のために、自家薬籠中にしていた物を用いた。彼女は長編小説を書いたのである。そのメッセージは知識人に向けてではなく、非常に意識的に広範な大衆に向けて、とりわけ女性小説の読者である女性たちに向けて発せられることになった。「論文では抽象的な思考の土台を築くこと、つまり、哲学し、議論し、学術的に書くことだけが可能だ。しかし、私が望んだのは別のことだった。私が望んだのは、自分が考えたことだけでなく、感じたこと――激しく感じたこと――を、本の中に書き込めるようにすることだった。戦争を想像したとき私が心に感じた焼けるような痛みを、私は表現したかった。――命、痛みにうずく命――現実、歴史的現実を私は描き出したかった。そしてこれらすべてが可能なのは小説においてだけであり、最も適しているのは自伝形式で書かれた小説においてだった」[23]。

Das Maschinenzeitalter.

Zukunftsvorlesungen über unsere Zeit.

Von

Bertha von Suttner.

Dritte Auflage.

Dresden und Leipzig
E. Pierson's Verlag
1899.

『機械時代』の第3版扉。訳者所有。

二巻本『武器を捨てよ！』は、戦争によって運命を翻弄される貴族女性（マルタ）の、自伝形式の物語である。一八五九年の北イタリアでの戦争[*9]では、ソルフェリーノの戦いで最初の夫が戦死する。一八六四年のオーストリア・プロイセンとデンマークとの戦争では、彼女は第二の夫（ティリング男爵――愛する夫アルトゥーアの似姿）の身を案じる――一八六六年の普墺戦争[*10]でも同様だ。小説の「男性主人公」である第二の夫は、最後には一八七〇年のパリ[*11]でドイツ人と間違われ、フランスの国家主義者に銃殺される。

「しかし挿入した歴史的事件を現実に合致させ、戦闘場面の描写に真実味を持たせるために、私は事前に研究をし、素材と記録を集める必要があった……私は分厚い歴史書を熟読し、通信員や従軍医師の報告を見つけようと、古い新聞や記録書類を読み漁らねばならなかった。私は戦場に立った知人たちに戦争のエピソードを語ってもらった。そして、こうした研究を続けているうちに、私の戦争に対する嫌悪は痛みを伴うほどまで強まっていった。私は断言できる。私は女主人公に苦悩を嘗めさせたが、それはまた、執筆のあいだ私自身が共に嘗め続けた苦しみでもあった」[24]。

十分な意図を持って彼女は戦争物語を語るが、その物語を「退役軍人がよく語る逸話と比べるのは……現実の悲惨な家畜番の生活をワトーの描いた羊飼いの絵画と比べるようなものです」[25]。真実を愛する彼女は、兵士の英雄的行為とありきたりな戦乱を並べるのではなく、人間的な苦悩を前面に置いた。たとえば、戦いから一夜明けた戦場は次のように描かれる。「そのとき初めて周囲に横たわる無数の死体を目にするのです。路上、畑の間、塹壕の中、崩れ落ちた壁の陰など、ありとあらゆる所に死体が転がっていいます。死体は身に着けていたものを奪い取られ、なかには裸のものもあります。それは負傷者も同じです。夜、衛生部隊が救助活動をしたにもかかわらず、まだ多数の兵士が取り残され、横たわっているのです。彼らは青ざめ、混乱しているように見えます。血色が悪く、目は無表情で虚ろです。またある者は猛烈な痛みに身悶えしながら、近づく者に殺してくれと懇願しています。ハシボソガラスの群れは木の頂にとまり、騒がしい鳴き声をあげて、美味しそうなご馳走を知らせます……飢えた犬が村々から集まり、傷口の血をなめています」[26]。

　死者たちがいかに慌ただしく、その場しのぎに埋葬されたか、彼女は描写する。「死体を山のように積み上げ、それを一、二フィートの土で覆うこともあります。そうすると塚のように見えるのです。二、三日後に雨が降ると、土が流れ、腐乱した死体が現れます」。硬直性痙攣に襲われた幾人もの負傷者が、生きたまま葬られる。偶然救われた者は自分の経験を物語った。「しかし何も語れないで生き埋めにされた人は、どれだけ多くいるでしょう？　ひとたび口の上に土を二、三フィートもかけられたら、誰だって黙らざるをえません」[27]。

　彼女には、「名声と名誉」や、喜ばしい英雄的死といった決まり文句は、いかにも忌まわしく思えた。「負け戦の後、手足にひどい傷を負って戦場に放置され、四日も五日も発見されないままそこに横たわり、昼も夜も渇きや空腹、言葉にできないほどの痛みに苦しみながら、生きたまま体が腐って死んでいくのよ――自分の死が、命を捧げた祖国には何の役にも立たず、愛する者たちを絶望に突き落とすと知りながら――そういう兵士が最期までずっとそんな叫び声『祖国のために！』をあげ、喜んで死んでいくのかどうか、知りたいものだわ」。

　それに対して、古い世代が異論を唱える。「冒瀆するにもほどがあるぞ……それに、そのような露骨な言葉を使うとは、婦人としての嗜みがまったく欠けておる」。

　そしてマルタ（すなわちベルタ）は激しく応じる。「ええ、そうよ、真実の言葉――曝け出された現実は、冒瀆的で、恥知らずだわ……何千回と繰り返されて認められた決まり文句だけが、『嗜みがあるのね』[28]。

悲惨な手足の切断について、それどころか性的不能になることについて、マルタは臆することなく口にする。そして、保守的な周囲の人々が道徳上の憤慨に駆られてそれに応じると、彼女の我慢は限界を超える。「あなたたちの気取りぶりったら――お高くとまった品の良さったらないわ！　どんな惨劇が起こってもおかしくないのに、それを口にしてはいけないのね。淑女は血なまぐさいことや汚らわしいことを知るべきでもなければ、話題にするべきでもない、でも軍旗のリボンに刺繍（ししゅう）はしないといけないというの。それが風で揺れる下では、血みどろの戦いが繰り広げられることになるのよ。婚約者が不能にされて愛の報酬を受けられなくなるかもしれないのに、それは娘たちに教えてはいけない、だけど娘たちはこの報酬を約束して、婚約者を戦いに駆り立てなければならないと言うのね。死と人殺しは、叔母さまのような育ちのいい貴婦人にしてみれば、道徳的に疑いの挟みようがないんだわ――だけど命を受け継ぐ、その根源の話題になると、ちょっと触れただけで赤くなって目を伏せなければいけないなんて。それは冷酷な道徳だと、お分かりになって？　冷酷で、卑怯（ひきょう）よ！　目を伏せるなんて、血も通ってなければ心もないわ。そんなことをしていては悲惨と不正はなくならない！」[29]。

きわめて写実的に描写されたこれらの戦争場面と類似するものが、絵画に存在している。一八八二年と一八八六年、ウィーンのキュンストラーハウスでロシア人画家ヴァシーリー・ヴェレシチャーギン*12展が開催されたが、そこに展示された露土戦争を描いた絵は、その仮借ない写実主義ゆえに、観覧者の間に動揺と憤激を引き起こした。これらの絵画がめざすのは、過ちを戒め、戦争への反感を呼び起こすことにあるのは明らかだった。ヴェレシチャーギンの傾向芸術は、少なからぬ人々を平和運動に目覚めさせたが、のちのノーベル平和賞受賞者アルフレート・H・フリートも他ならぬその一人だった。一八八六年のヴェレシチャーギン展でベルタはこの画家と個人的な面識を得たが、この展覧会が彼女の反戦小説に影響を与えたのかどうか、与えたとすればどれほどの影響なのかは、明らかとなっていない。

ベルタ・フォン・ズットナーからすれば、戦争のもたらす恐ろしさは戦場だけでは終わらなかった。疫病がそれに続き、兵士だけではなく、老人、女性、子供たちも犠牲になった。

戦争を男性の能力と勇気を証す場として問題を矮小化し、賞讃する社会の偽善を、ズットナーは容赦なく暴く。自分らが「名誉」と称するものを守るため戦争という危険を冒す列強諸国の無思慮ぶりを、彼女は糾弾する。武器を祝福する教会と、敵方も祈りを捧げている同じ神が戦争で救いの手を差し伸べてくれると信じる単純素朴ぶりを、彼女は批判する。高位貴族階級の将校たちの仮面を剝ぎ、その下に隠された偽善と傲慢を暴露する。「今なおいたるところで支配的な——そして軍国主義に支えられた——戦争と軍人階級の崇拝、戦争は不可侵で避けがたいという考え方のことを、私は言ったのです[30]」。

Bildnis der Verfasserin aus dem Jahre 1886

『回想録』に掲載されたズットナーの 1886 年の肖像。訳者所有。

彼女によれば、技術の発展によって根底から思考を転換する必要が生じていた。というのも、諸国民の間に不和をもたらし生命を奪うことに、新たな発明が誤用されてはいけないからだ。「『この鉄道を見るがいい、この電信機を見るがいい――我々は文明国の人間なのだ』。私たちは未開人に向かってこう自慢しながら、自分たちの野蛮性を一〇〇倍に広げるために、それらのものを使っているのだわ[31]」。

口をきわめて戦争を断罪したにもかかわらず、帝国中将の娘である彼女は、兵士を貶（おとし）めるようなことを何か言おうという考えには至らなかった。「兵士を軽蔑することを私は……厳に慎まなければならない」、彼女はすでに『財産目録』においてケーニヒグレーツの戦士にこう言わせている。「私のかたわらで倒れた、勇敢で哀れなオーストリアの兄弟たち――そして向こうの敵方の戦列で倒れた、勇敢で哀れなドイツの兄弟たち――そしてフランスやロシア、イタリアの戦場に眠る、私のすべての勇敢な人類の兄弟たち――あなたたちすべてを前に、私は敬礼しつつサーベルを降ろす。あなたたちの記憶、犠牲的に命を捧げた勇敢なあなたたちの記憶を、私は軽蔑の考えによって汚そうと望んだことは微塵（みじん）もなかった、――しかし抗（あらが）いがたい力で私たちを互いに向かってけしかけ、人間の尊厳に値しない義務を課したあの野蛮なしきたり、それに対する嫌悪が私の心に満ちていることを、私は声を大にして認めよう[32]」。

「お人好しな」兵士たちは、「祖国を守る人」という「美しい響きのある肩書き」によって眩惑される――そして防衛以外の別の目的に差し向けられる。ベルタは次のように非難する。「でもそれなら、どうして忠誠を誓った兵士に防衛以外のたくさんの義務を負わせるのでしょうか？　なぜ兵士は攻撃をしかけに行かねばならないのでしょうか？　どうして兵士は――祖国が侵略される危険はまったくないのに――異国の領主の領土欲と野心によって引き起こされた争いのために、自分の財産――命や家庭――を犠牲にしなければならないのでしょうか？　まるで危険にさらされた命と家族を守ることが問題であると言わんばかりですし、それに実際、戦争を正当化するためにはそう言われているのです[33]」。

非難されているのは政治家と高級将校であり、それはやはり彼らが軍の出動を必要と偽るからである。一八六六年の普墺戦争前夜は、小説でこう描写されている。「喜ばしいことに、オーストリアが、自国の密かな軍備について広まっている噂は、すべて偽りであると表明します。プロイセンへの攻撃など、まったく考えたことがないというのです。それゆえオーストリアは、プロイセンが進める戦争準備を中止するよう要求します。

それにプロイセンが返答します。オーストリアを攻撃する考えはまったくないが、オーストリアの進める軍備によって、攻撃を想定した備えを強いられているというのです。

このようにして両者による二重唱は、延々と続きました。

私の軍備は防衛のため
あなたの軍備は攻撃のため
私が軍備をせざるをえないのは、あなたが軍備をするから
あなたが軍備を進めるから、私は軍備を進める
それでは一緒に軍備をしましょう
ええ、一緒に軍備をし続けましょう[34]

こうした経験から小説の男性主人公は、これからは全力で戦争と闘う決意をする。「僕が加わるのは、平和の部隊だ。もちろん、それはまだほんの小さな勢力だし、その戦士には法の理念と人間愛以外に何の武器もありはしない。しかし最後には大きくなったものも、すべて小さく目立たないところから

始まったんだ」。

　それに続いて、作者は使い古された女性文学の様式に従い、マルタに気弱で女性らしい異論を言わせている。「ああ……まったく見込みのない闘いだわ。何千年も前からあって、何百万という人間が守るあの強固な砦に対して、あなたは――たったひとりで――何を成し遂げようというの？」。

　ティリングは答える。「成し遂げる？　僕が？……もちろん自分ひとりの力で変革できると思うほど、無分別じゃないよ。ただ平和の軍隊の隊列に加わりたいと言ったんだ。たとえば僕がかつて従軍した時、自分が祖国を救おう、自分が征服しようなどと望んだだろうか？　そうじゃない、一人ひとりにできるのは力を尽くすことだけさ。もっと言えば、力を尽くさなくてはいけないんだ。一つのことに心を燃やす人は――たとえ自分の命そのものが勝利にわずかしか貢献できないとわかっていても――そのために行動せずにはいられない、命を賭けるずにはいられないんだ。その人は尽力する、そうせずにはいられないからさ。国家は兵役を課すけれど、僕らに任務を課すのは、それだけじゃない――燃え立つ信念も人に使命を与えるんだ」。

　夫を愛し、誠実にそのかたわらで闘うことを望んでいる妻は、態度を和らげる。「あなたの言うとおりだわ。やがて何百万もの人が信念を燃やし、その使命を果たす十分な力となれば、数千年も続いたあの砦だって、守備兵に見捨てられて崩れ落ちるに違いないわ」[35]。

　この本の結びにある孫の洗礼式の場面で、マルタの息子は諸国平和のための闘いを引き継ぐ。「未来に著されるすべての歴史書において、最高の名誉と栄光に輝く行為、つまりあらゆる軍備の撤廃を成し遂げる君主または政治家が、もうどこかにいるのかもしれません。国家のエゴイズムはかくも欺瞞的に正当性を装いますが、それに力を貸しているあの狂気は、すでに崩れ落ちています――つまり、一方の損害は他方の利益を促進するという狂気です。正義があらゆる社会生活の基盤として有用であるという認識は、すでに理解され始めています――そしてこのような認識の中から、人間性が、あの気高い人間性が咲き誇るでしょう」[36]。

もっとも、原稿の印刷には困難が待ち構えていた。それまでベルタの長編小説を連載していた週刊誌は、遺憾の意を示しながら彼女に原稿を送り返した。その理由は、「私たちの読者の大半は、この内容に心情を害するでしょう」というものであり、そしてどれほど優れたところがあるにせよ、「この小説を軍事国家で発表する」のは不可能である、と指摘した。

同じように出版を躊躇した出版社は、原稿を「経験豊富な政治家に」読んでもらい不適切な箇所を削除してはどうか、と提案した。この解決策にベルタは抵抗した。「それでも心を熱くさせ、あくまでも誠実であるという取り柄がある……、そういう作品を抜け目なく日和見的に刈り整える、あらゆる芸術の中で最も厭うべき芸術――つまり、誰にも気に入られるような芸術――の規則に則って改作する。だめです、そんなことをするくらいなら火中に投じてしまう方がいい。それでは少なくとも題名だけでも変えてほしい、出版社は重ねてそう頼んできた。だめです！　題名の三つの単語は、この本の目的すべてを含んでいるのです。題名の一文字たりとも変えられません」[37]。生来の頑固さで、ベルタは最後まで意志を貫いた。『武器を捨てよ！』は一八八九年、ライプツィヒのピアソン出版社から出版された。

まさにこの本に関してベルタにとって重要だったのは芸術ではなく、とりわけ公衆に対する影響であり――それを彼女は気にしていた。それゆえ彼女は、たとえば同業者M・G・コンラートに宛てて、出版直後、次のように書き送った。「しかし、戦争を愛し、それをなくすことはできないと思っている人たちは、私をどう評価するでしょう？　おそらくは、軽蔑するように黙殺するでしょう。私にとってより好ましいのは――彼らが罵ってくれることです。何といっても一番大事なのは、変えねばならないこの状況を黙って甘受するのを終わらせることです[38]」。

彼女は、モーリッツ・ネッカーをはじめとする、親しいジャーナリストに助力を頼んだ。「この本を文学作品としてではなく、誠実かつ人間愛の意図を持った政治的行為として心にかけて下さるよう、あなたにお願いします。この本を嘲(あざけ)る人はたくさん現れるでしょう――その時は、私ではなく平和思想のために、この本を守って下さい[39]」。

「武器を捨てよ」という訴えは、戦争において重要な爆薬を発明した人間には奇異に映るのもお構いなく、彼女は古い友人であるアルフレッド・ノーベルにも、この訴えを広めてくれるよう頼んだ。はたして彼は即座に返答した。「『武器を捨てよ！』、それではこれが、私の好奇心を大いにそそる、あなたの新作長編小説の題名なのですね。しかしあなたは私に、この小説を宣伝するよう頼んでおられますが、それはいささか酷な頼みです。というのも、普遍的平和が訪れたとき私はどこで自分の新しい粉を売るよう、あなたは要求されるのですか？［彼は自分の爆薬のことを言っている］。少なくとも私は商品を『フェイスパウダー』に替えて［すなわち白粉(おしろい)］、いずれにせよすでに埃にまみれた者たちをさらに埃まみれにしなければならないでしょう。『武器を捨てよ！』の隣に、あなたは『悲惨とともに捨てよ』『時代遅れの偏見と時代遅れの宗教とともに捨てよ』『時代遅れの不正と時代遅れの汚辱、時代遅れのエホバとともに捨てよ』と書き加えるだけの小さな余白をとっておかれた方がいいでしょう。エホバはあまりに胸が悪くなりますし、あまりに買いかぶられた他の神、まったく霊が神聖でない聖霊、虫食いだらけの骨董品の寄せ集めも、一緒に捨てた方がいいでしょう[40]」。

だがこの本を一読した後、彼は熱狂的な手紙を書き送った。「私はたった今、あなたの驚嘆すべき傑作を読み終えました。聞くところによると、二〇〇〇を数える言語が存在しているそうですが――そのうち一九九九は私には荷が重すぎます――、あなたの素晴らしい作品が翻訳されず、読まれることも思索の対象にもならないままでよい言語は、間違いなく一つもありません。どれほどの時間をあなたはこの奇跡のために費やされたのですか？　あなたの手を、つまり、抜かりなく戦争に対して戦争を挑むこのアマゾネス[*13]の手を握らせて頂く栄誉と幸運に私が恵まれた際には、どうかそれを教えてください。とはいえ、あなたが『武器を捨てよ！』と叫ばれるのは正しくありません。なぜなら、あなたご自身が武器をお使いになっておられるからです。しかしもちろん、あなたの用いられている武器は――すなわち、あなたの魅力ある文体と偉大な理念は、レーベル［銃］やノルデンフェルト［砲］、ド・バンゲ［砲］やその他すべての地獄の道具とは違ったやり方で、それらより遥か彼方にまで影響を届かせていますし。フランス語で書かれたこの手紙は、英語の挨拶で結ばれている。「永遠の、そしてこれまで以上の敬意を込めて。Ａ・ノーベル[41]」。

大成功への突破口となったのは、『ノイエ・フライエ・プレッセ』に載った書評だった。その記事を執筆したのはバルトロメーウス・フォン・カルネーリだった。「軍国主義がいかに悲惨をまき散らすか、軍国主義が軽んじる生命がいかに素晴らしい可能性を秘めているか、今までこれほど劇的な方法で明らかにされたことはない」、こう彼が賞讃した「この本は、あらゆる方向へと、言葉の最も美しい意味で、人間を高める」。この本の自然主義は作者の理想主義から生まれた、それは「社会の欺瞞に対する道徳的憤激である……彼女は当然のことながら世間一般の道徳について憤るが、この道徳はきわめて忌まわしい過ちを前にしても、それが上流社会に通用する名前を持つものなら喜んで目をつむる。しかし、できるなら自然という語を自分の辞書からすっかり削除してしまいたいと望んでいるこの道徳は、自然が最も神聖な感情を表現する言葉を見出すや、すぐさまきわめて厳しい破門を行使する用意ができている」。カルネーリはこうも言った。軍縮は、「より良い時代の始まりである。このことを理解する人間は、今日では数百万を数える……時機を捉えて勇気を奮い起こし、白旗を手に取る君主万歳！　一人の高貴な女性がその旗を彼に持って行くとき、彼が騎士的であればあるほど、それを手にする勇気を持つことはますます容易となるだろう。だが、あえて白旗を手にする者が現れなかったとしても、この旗ははためき続ける。というのは、その旗がはためく高みに人類の安寧があるからだ[42]」。

注目を集めたこの評論に続いて多くの書評が現れたが、その多くは攻撃だった。しかし、そうしたことは議論をよりいっそう加熱させるばかりだった。ドイツの社会主義機関誌『ディ・ノイエ・ツァイト』ですら、詳細な論評を加えながら、留保付きではあったが、この本をかなり好意的に評価した。「オーストリア貴族の……お気楽で享楽的な生活態度が頻繁に現れるが、高慢さはなく、気さくな感じよさも多々見受けられる。しかし、こうしたことはごく小さなおまけに過ぎない。というのも、ここに繰り広げられる思考全体から現れているのは、真摯な誠実さと優れた理想主義であり、それは戦争に対する闘いという崇高な目標をひとたび捉えるや、そこをめざして突き進み、足にぶつかるものが小石なのか岩塊(がんかい)なのか、気にかけることもない」。

もっともこの機関誌は、平和運動を組織化するというズットナーの結論には賛同できず、それを批判した。「全編はいささか締まりのない幕切れを迎える。結局そこで著者は有名なロンドンの平和同盟と同じ土台の上に立つのだ。確かに、この結社の目標は崇高で美しい。ただ、実際の成功は今のところあげられていない[43]」。社会主義者がこの運動に加わることはベルタの願いだったが、それは決して実現することがなかった。

このあと彼女は――今回は本当に思いがけなく、何の予備工作もなしに――満足できる体験をした。財務大臣ドゥナイィェヴスキーがこの本に、しかも議会で、言及したのだった。「実に衝撃的なことに、先ごろ戦争の物語を書いたのは――代議士ではなく――一人のドイツ婦人でありました。私はこの本を読むために数時間捧げられることをお勧めします。その後でもなお戦争に熱狂される方がおられるなら、その方はまことに同情すべき方であります」[44]。

この文をズットナーは誇らしげに『回想録』に引用している。もっとも財務大臣がこのあとさらに何を言ったのか、彼女は私たちに伝えていない。つまり彼はこの平和の本に、ベルタが信じさせようとしているほどには大きな意味を認めておらず、ただ簡単に、戦争に対する反感は「周知の感情で、これはヨーロッパのあらゆる国で活発になる」と言っただけなのである。平和を確かなものとするためオーストリア＝ハンガリーにとりわけ必要なのは、しかしながら十分な軍備を持つことである、と彼は言った。「巨大な大陸の中央に位置し、あらゆる潮流と情熱、公衆のあらゆる精神活動、互いにしばしば矛盾するあらゆる物質的現実的潮流の影響に晒されている我々の国家は、現下の状況のままに、平和を欲し、それを得んがために努力しなければなりませんが、もちろん現実には、戦いに備える必要があります。他に選択肢はありません」。

帝国議会で自分の本が言及された事実は、おそらく彼女を喜ばせただろう。しかしそこに政治的意味は、間違いなく、なかった。

『武器を捨てよ！』は一九世紀において最も成功を収めた本の一つとなり、その影響力で比せられるのはハリエット・エリザベス・ビーチャー＝ストーの『アンクル・トムの小屋』だけである。この一冊の本が、あらゆる学問的論究を集めたよりも多くの貢献を奴隷制廃止に果たしたのと同じように、ズットナーの本は平和思想の世界中への拡大を促した。この本はあらゆる文化言語に翻訳され、いたるところで大いに議論された。一夜にして「国際的平和運動」は人々の知るテーマとなったが、これによって平和愛好家たちが数十年にわたって空しく願い続けていたことのいくらかが達成された。

ベルタ・フォン・ズットナーは国外の平和愛好家に個人的な知己がいないまま、平和運動の中心人物となった。国外の平和愛好家から認知され賞讃されることは、彼女には格別の喜びだった。ベルタはM・G・コンラートに次のように書いた。「ハドスン・プラットは私にイギリスの仲裁裁判所協会からの謝意を伝えて、英訳の委任を求めてきました[45]」。

驚き、呆気にとられながら、彼女はカルネーリに書いた。「異常であるほどの成功です。このことは誰しも認めるに違いありません[46]」。しかし彼女もよく分かっていたように、「寄せられた喝采の九割は私の本の傾向のおかげです[47]」。

そしてまたアルフレッド・ノーベルに向かっても、彼女はこの本の成功は理念の成功であると認めた。「人口の半分以上が好戦的な意見を持っていたなら、『武器を捨てよ!』という題名を持った小説が評価されることは決してなかったでしょう」、慎重な懐疑論者に宛てて、彼女はこのように書いた[48]。

生きている間、彼女はこの本への共感について時代の追い風を引き合いに説明し、そこから自分自身の平和の仕事に対する楽観主義を作り出した。「つまり私の考えでは、もし一冊の傾向本が成功を収めるとすれば、これはその本が時代の精神に及ぼす働きに依るのではありません。事実は逆で、その成功は時代精神の働きなのです。もしある人が偶然、空気の中に漂い、無数の人々の頭の中で確信として、無数の人々の心の中で憧れとして微睡んでいる理念を的確に表現すれば、その人の書く本は評判となり、世間の口の端に掛かるのです……落雷が起こる可能性が生じるのは、ただ大気中の電気が飽和状態になったときだけなのです」[49]。

ドイツにおける社会主義のリーダー、リープクネヒト*[14]が、この小説を社会主義の機関紙『フォーアヴェルツ〈前進〉』に無償で印刷する許可を求めたとき、彼女は大いに喜んだ。彼女は誇らしげにカルネーリに宛てて書いた。「もちろん私には何も反対することはありません……それどころか、これまで平和協会を、ブルジョアだ、無力だ、と蔑むように脇へ押しやっていた社会民主主義者たちを、今、私の本が私たちの方へと近づけていることに――マルタが征服した中に大きな国民政党党首も含まれていることに、大きな誇りを抱いています。こうした観点においては――つまり諸国民の平和という問題においては――私たちとこの政党は共に歩むのです。そしてもし私たちの立場にすべての政党（反動的政党は除いて）が現実に集結するなら、本当に素晴らしいことでしょう」[50]。

オーストリアの社会民主主義者エンゲルベルト・ペルネルシュトルファーも、友好的な賞讃の言葉を寄せた。「私のように公的生活を送る人間にとって、このような本は楽しみであるばかりではありません。これは大きな慰めであり、鼓舞と新たな激励を意味しています」[51]。

平和に対して社会的問題の持つ意味は、すでに以前からベルタの関心を引いていた。「ええ、私にはそれは分かっています」、と彼女はカルネーリに書いた。「社会についての問題は、それがその他のあらゆる事柄にも浸透することで、戦争や平和の問題をも解決に導くでしょう。他方ではまた、軍事的負担の解消は経済的公正性実現の可能性を高めるでしょう。このように、まさしくすべてが一緒に、互いに作用するに違いありません――どんなものも、『それぞれの光源から中心点をめざして飛んで行く』に違いありません」[52]。

しかし結局のところ、この際立った成功は彼女にとって気味の悪いものになったようである。そして彼女は正しい関係を再び構築し、沈静化させようと試みた。彼女は認めた。「私の最近の二冊[*15]はすでに（他のドイツ語の本と比べると）、それに内在している価値に相応（ふさわ）しいよりも大きな、非常に大きな騒ぎを引き起こしました。ここに見られるのは、雪崩（なだれ）の引き起こす様にも比せられます。どんどんと雪崩（なだ）れ落ちていきながら、とめどもなく大きくなっていくのです——もう私は終わりにしたいのです。そして赤面しながら皆に頼みたいのです。どうか私を買いかぶらないで！ と[53]」。

突然の名声に彼女が慣れるまで、しばらくの時間がかかった。一八九一年になっても彼女はヴェニスから友人カルネーリに宛てて次のように書いた。「たった今、まったく偶然に、あの時代［独身時代］の友人たちに出会いました——彼女たちは皆、今では私が——彼女たちの言葉を借りれば——『有名女流作家』になったことに驚嘆していました。いったい私は本当にそういうものになったのでしょうか？私には解しかねます[54]」。

どれだけ成功を収めたとしても、翻訳権について国際協定がなかったことは著者を憤らせた。外国の出版社は印税を一銭も払わないまま彼女の本を印刷した。腹立たしげに彼女が非難したのは「海賊行為です……私たちの子孫の時代には、精神的財産も国際的に保護されるでしょう[55]」。彼女には何も支払わないままドイツ系のアメリカ誌がこの小説を連載したときも、彼女はカルネーリに手紙を書いた。「腹立たしくはないでしょうか？ アメリカや北欧諸国との協定があれば、エス・レーヴォス[*16]はもうとっくに屋敷を構えていたでしょう。それなのに、あの愚かな作家たちはいくつも協会を作って、週七五ペニヒの老齢年金を得ようと苦労しているのです！[56]」。

ドイツ語圏でも何年にもわたって新版が発行され続けた。ズットナーは一八九三年、すなわち初版発行から四年後、次のように驚きを語った。「それにしても、今なおこの本が売れ続けているのは、不思議なことです。この本が、時代の心の中に息づく渇望に合致している証（あかし）です[57]」。

彼女は注意深く、自分の小説と、それと歩調を合わせて広がって行く、みずから情熱的に唱えた平和理念への国際的反響を見守った。アメリカや西ヨーロッパ諸国でこの本が議論されただけでなく、帝政ロシアでさえ五種類以上の翻訳が出たことを知り、彼女は満足を覚えた。「ペテルスブルクの新聞の文化欄に平和についての記事が載ったのは、喜ばしいことです」、そう彼女はカルネーリに書いた。「そしてそれは、かの地にも理性的な人がいる——戦争廃絶という理念が阻（はば）みようもなくさらに遠くへと広がっていくことを、示しています[58]」。

世界中の平和愛好家との広範な文通を通して、彼女はこの運動の次なる計画について十分情報を得ていた。彼女は思いがけず平和という理想の告知者になっただけでなく、彼女にとってまさに目新しいこの運動の組織のため多忙になった。

一八九一年秋、ローマで開催されることになった第三回国際平和会議への参加を、彼女は望んだ。彼女はこの大事件に出席するよう友人たちを促し、さらに自著のロシア語訳を通してロシア人をこの会議に誘い込みたいと考えた。彼女はカルネーリに次のように書いた。「結局、あと一人の全権使節がロシアから次の会議のためにローマを訪れます。私はそのために、聞いたところではペテルスブルクで一番影響力のある批評家と、連絡を取りました[59]」。

彼女にとってロシアで良い反響を得たことがとりわけ重要だったのは、まったく疑いようがない。レフ・トルストイとも彼女は関係ができた。彼女は彼に自著のロシア語版を献呈し、巨匠に宛てた手紙の中で、平和運動の意義と、その中で自分が占めている位置について説明した。「この運動は効率的で効果的な形態をとっています。しかし大衆の反応はたいへん鈍く、不信者たちからの皮肉は厳しく、好戦派からの抵抗には激しいものがあります……私たちは目標を達成してみせます。また、偉大な人々と良き人々は、そして同時に有力者たちも、私たちの前進を速めるために手助けすることができます」。そして当然のごとく、続けて彼女は次のように頼んだ。「巨匠であるあなたは、そのお言葉にヨーロッパが耳を傾ける、そういう人物のお一人です」。どうかお願いだから、「二行を、いえ、一行だけでも書いて、そこであなたが平和同盟の目的を支持し、同盟の願いが実現する可能性を信じておられると表明して」ほしい。自分はこの「価値あるお言葉」を公にするつもりで、それによって多くの支持者をこの神聖な目的は獲得できるだろう。「そして重要なのは——この原理の表明が影響力を得るには多くの人数が必要だ、ということなのです[60]」。

トルストイは実際に返信を寄せ、それをズットナーは誇らしげに幾度も引用した。「私はあなたの作品を高く評価しています。そしてあなたの小説の出版は幸福の予兆です。奴隷制の廃止には、ビーチャー＝ストー夫人という一人の女性の有名な本が先触れとなりました。願わくば、戦争の廃絶があなたの御本に続きますように」。その後、彼はベルタが褒め称えた平和運動に言及し、異論を挟んだ。「私は、仲裁裁判所が戦争を防ぐ効果的な手段とは思いません」。しかしローマにおける会議は、「広く一般大衆に、ヨーロッパが置かれている明らかな矛盾——つまり諸国民の好戦的状況と、大衆が信じているキリスト教的人道主義的諸原理との間の矛盾を意識させる」ことに貢献するだろう[61]。

これこそは、ベルタが期待していた、著名な巨匠からの共鳴の表明であった。

しかし、どれほど賛同が大きかったにせよ——芸術的価値という観点からトルストイがこの本に魅了されることはなかった。彼は日記にこう書いた。「晩、『武器を捨てよ!』読了。巧みな表現。深い確信が感じられる、しかし才能はない[62]」。

ここでのトルストイの評価と同じく、ウィーン文壇においてもズットナーの本は、芸術的にはほとんどその価値を評価されなかった。まさにウィーンで唯美主義が華々しく勝利を誇っていた時代に、ベルタ・ズットナーの作品のような「実用芸術」は、ほとんど顧みられなかった。しかし他方において彼女は、みずからを芸術家というよりは啓蒙家と理解していると繰り返し明言していた。彼女にとって文筆稼業は、ほとんど目的を達成するための手段以上のものではなく、それゆえ、彼女には芸術家としての野心は乏しかった。それでも、文学畑の同業者が示す高慢な侮蔑は、死ぬまで彼女の心を傷つけた。一九〇二年に『武器を捨てよ！』の続編（『マルタの子供たち』）を書いたとき、彼女はあらかじめ批判を予想していた。「傾向小説作家への恐ろしい罵倒が、再び私に襲いかかるでしょう。良きことを為すという意図は、まったく非芸術的なのです」[63]。とりわけカール・クラウスからは、続く十数年間、幾度も様式についての嘲笑を浴びせられることとなった。

『武器を捨てよ！』ピアソン出版社（左・1893年版、右・1899年版）。訳者所有。

　しかし、ズットナーの本が繰り返し拒絶されたのは、文学的観点からだけではなかった。自由主義かつ反教権の立場であり、ダーウィン進化論の支持者であることがあまりに公然と知れ渡っていた彼女は、多くの保守主義者を苛立たせていた。よりにもよって一人の女性がこのような文化闘争的かつ攻撃的な姿勢をとっているという事実は、いっそう――もっぱらほとんど男性の――敵対者たちの怒りを煽った。古びた保守的オーストリアの典型的代表であるヨーゼフ・アレクサンダー・フォン・ヘルフェルトは、小説『武器を捨てよ！』を読んだあと、日記に次のように書き込んだ。この女作家は「あらゆる機会を捉えて、宗教的なものと教会的なものに対して嘲りを帯びた疑いを言い立てる。宗教を持たない、あるいは宗教に対する敬意を持たない女に私は我慢ならない。オーストリア人である私に、嫌悪か、少なくとも憂慮を起こさせるものすべてに対して、彼女は共感し感嘆する。ハンガリー人しかり、プロイセン主義しかり」。もっとも後者に関してヘルフェルトは、この女流作家について思い違いをしたが、その代わり、続けての非難は間違っていなかった。自由主義的な作家アナスタージウス・グリューンは「彼女にとっては名誉ある軍司令官よりも高貴である――よろしい、勝手にせよ！　彼女が夢中になるのはダーフィト・シュトラウス、ダーウィン等々。こういう調子で、内心の嫌悪を感じながら、妻のため第一巻を最後まで読んだ。だがこれでもうたくさん。これ以上、この御婦人に拘（かかずら）うのはまっぴら[64]」。

そして、ある帝国兼王国軍医少佐はこの女流作家にあからさまに言った。「ええ、ご存知ですか、人々は言ってますよ、しかしこうしたものの影響は大衆を堕落させる――あなたは戦争をあまりに邪悪なものとして描いている――それでは民衆は恐怖を抱いてしまう――それゆえ、かような本は危険なのだ、と[65]」。

当時、非常に有名だった作家フェーリクス・ダーン（『ローマをめぐる戦い』）の作った詩には、嘲笑的な言葉が連なっていた。

武器を取れない腰抜けの女と男へ

武器を掲げよ！　剣は男(おのこ)だけのもの
男たちが闘うところ、女は口をつぐむべし
だがむろん、男たちにもこのごろは
ペチコートが似合いの輩もいる[66]

ズットナーの崇拝者であり協力者であったモーリッツ・アードラーから咎(とが)められたダーンは、自分の「歴史的哲学的に非常に深く根拠づけられた確信」を変えることはできない、と答えた。「戦争は不可欠であります。戦争には悪しき効果があるばかりでなく、人を慈悲深く高め、道徳的に導く効果もあるのです。しかしながら、あなたの、そしてあの婦人の書かれた内容は、それが義務観と祖国愛、そして英雄的心情を徐々に破壊するが故に、国民の魂を損なうのです[67]」。

一七歳のライナー・マーリア・リルケでさえ、『武器を捨てよ！』の名声に対する返答を詩にした。

いつの時代も、気高い男たちの
めざす最もうるわしく高貴な報酬は
祖国のために戦うこと
完全なる男として、忠実なる息子として

そして火急の事態が彼らすべてに武器を取れと呼びかければ――

勇ましい列に欠ける者はいない
彼らは誇り高く名誉の戦場に立ち
その身と血を祖国に捧げる

だがきょう日、戦いの歌は鳴り止み
突如、新しい小心な時代が始まる
嘆かわしくも彼らが口ごもるのは『武器を捨てよ！』
結構、結構、我らは戦いを求めまい

これは、大砲が轟音を響かせたとき
砲煙の中、喜ばしき気力を漲らせて立っていた
そして、常に屈することなく、多くの戦いで
敵の群れに見事打ち勝った、あの国民なのか？

勇気を奮い起こせ！　常に祖国を愛していた
仲間よ、友よ、兄弟よ
武器を捨てよ、は許されぬ
なぜなら武器のない平和はないから！

それゆえ右手にサーベルをかたく握れ
君たちの手は決してそれを落としてはならぬ
そして火急の事態が呼べば、その時は戦う用意をせよ
祖国のために命を捧げる用意をせよ[68]

フェーリクス・ダーンやカール・クラウスと同様に、たいていの批評家は、よりにもよって女性が新しい平和運動を喧伝している事実を嘲った。非常に悪意ある「平和のベルタ」の風刺画がいくつも残されているが、平和問題と関わるがゆえに公然と笑い物にされることに、ズットナーはすぐに慣れる必要があった。ほとんど耐え難いような嘲弄（ちょうろう）が絶え間なく続き――無駄ではあったが、彼女はこの攻撃の奇異な側面を際立たせようと、常に苦心した。それゆえ彼女はまさに誇りを持って、次の文をある新聞から引用した。「『武器を捨てよ！』と叫んでいるのは誰か？　ヒステリックなブルーストッキングが一人、金切り声を上げ始めたのだ[69]」。そして一八九二年、カルネーリに宛てて次のように書いた。「最新の風刺新聞に、私はまたも巧みに指弾されました――でもこれは私にとって面白いだけのことですし、それに問題を一般に知らしめるのに役立っているのではありませんか？　最も危険な段階――黙殺段階――は、もう平和運動には過去のことです[70]」。

他方で、ただ彼女が女性であり、また女性であるためどのみち真面目に相手にされ得ないがゆえに、彼女は寛大さを期待できた。「『武器を捨てよ！』か『機械時代』の著者が男性で」、彼女はカルネーリにこう書いた、「もしなにがしかの身分であったなら、事態はどうなっていたでしょう？　そう、出過ぎたブルーストッキングが著者ならば、呆れて無視することができるのです[71]」。

ズットナーは、とりわけ親戚とハルマンスドルフ近隣の貴族たちに、よそよそしさを感じていた。彼女は友人カルネーリに、自分の小説が「特定の集団の中で」非難されたと告白した。――「私たちがかなり頻繁かつ親密にお付き合いしている当地の隣人グーデヌス家（彼らはコロレド一族です）は、口をきかないというやり方で、私の恥ずべき行為をなじりました。別の隣人トラウン下士官長も同様です。この意図的で不自然な沈黙はというと、あの人たちの間でこの本の悪口が言われているせいで、今あの人たちは、それについて私と話すのは、ばつが悪いのです。ええ、そうです。軍国主義と一緒に、彼らにとって神聖で貴重なもののいくつかは終わりにしなければなりません。洗足式やそれに類する場面も、ご立派な高位貴族階級からご不興を買ったことでしょう[72]」。[*17][*18]

著者は宮廷の宗教儀式である洗足式を描写した有名なくだりで、この場の芝居がかったもったいぶりと「昔ながらの下層階級と特権階級を、謙虚を象徴する祭典を機に」批判的に強調した。「私はといえば、劇場で内容の分かっている活劇が始まるのを待っているような気持ちでした[73]」。当然のごとく、この大いに敬意を欠いた暴露的描写は幾人もの貴族の心証を害し、彼女が次のように嘆いたのももっともなことであった。「特に私が一員である貴族階級の中で、私は背教者と見なされ、『武器を捨てよ！』は悪しき危険な書物と言われています[74]」。

平和運動においても、彼女は貴族の親戚からの支援を期待できるどころか――その正反対だった。のちに彼女はこう嘆いた。「不幸なことに、依然貴族は平和運動における敵です。私のいとこたちの中には、私の宣伝活動に対する最大の抵抗勢力がいます――将軍、廷臣、侍従、それに将校夫人たちは、古いしきたりの変革を語る平和運動はニヒリズムや無政府主義のことであると信じています。彼らにとって、上流階級が支配する今日の国家（この国家は彼らにとてもたくさんの特権を与えています）を改革しようとする者たちは皆、犯罪者か狂人なのです」[75]。

本の成功は、ズットナー夫妻の経済状況を著しく改善させた。不遇な生活に慣れていた夫妻は、新しく手に入れた豊かさを存分に楽しんだ。彼らは昔からの願いを叶え、一八九〇年から九一年にかけての冬をヴェニスで過ごした。彼らはカナル・グランデ[*19]に面した小さな屋敷と月極のゴンドラを借り、二人雇ったゴンドラ船頭のうち一人は近侍を兼ねた。彼らは料理女と侍女も一人ずつ雇った。「私たちは満ち足りていた」、彼女は『回想録』にこう書き、それ以後、いつかヴェニスに屋敷を構えて落ち着くことを夢見た[76]。だが、それに足りるほどの金銭的余裕は決して持てなかった。

午前中、夫妻はいつものように仕事机に向かって働いたが、午後と晩は社交界に加わった。ジョージア侯女タマラが、ちょうどヴェニスに滞在していた。ベルタの昔なじみである若き日の友人は、ベンジャミーノ・パンドルフィ侯爵と結婚し、豪勢な暮らしをしていた。パンドルフィはイタリア議会議員で、平和協会のローマ支部と列国議会同盟（IPU）[*20]の一員だった。ベルタはここで、平和協会と近い関係にあるこの運動の詳細について、聞き知ることとなった。

イギリスの国会議員ランダル・クリーマーとフランスの代議士フレデリック・パシーという平和運動のリーダー二人は、三年前の一八八八年、国会議員からなるこの特別な同盟を設立した――この同盟は平和運動と同様に、国際仲裁裁判所設立を推進し、軍備制限に尽力することを最大の目的としていた。「諸国の議会は、今や国民の運命を左右している――もしあらゆる国で議会が軍縮を強く迫れば、政府はそれに従うほかないだろう」、ベルタは希望に満ちてそう考えた[77]。

以前のパリ滞在と同じように今回のヴェニスでの冬も、ベルタ・フォン・ズットナーが歩んだ平和の闘士への道筋の、重要な里程標となった。今や有名作家となっていた彼女は、お望みの人物との連絡やさまざまな情報を容易に得られるようになっていた。女性である自分には、いずれIPU内部で働く可能性がまったくないことを、一言も嘆かなかった。（というのも、女性にはいまだ選挙権がなく、ましてや被選挙権もなかったのだ。）常日頃からそうしていたように、彼女は自分が置かれた状況下でできる最善のことをした。彼女は完全に個人として協力し、とりわけ自家薬籠中の物としている活動をした。つまり、人々を結びつけ、そして宣伝をしたのである。

ここヴェニスで彼女は、イギリスの平和主義者フィーリックス・モシェレズの訪問を受けた。彼が彼女を訪ねたのは、「第一に平和愛好家として、この女流作家に感謝をするためであり、第二は人間として、気の毒な、心傷ついた未亡人にみずから同情を示すためだった」。彼は彼女が書いた小説を自伝と思っていたので、アルトゥーアを見てベルタの三番目の夫と勘違いし、いささか非難めいた反応をした。「私たちは笑いながら、二人の死した兵士はまったくの想像の産物であると彼に説明した[78]」。これは、生涯続く友情の始まりだった。

モシェレズはヴェニスに平和協会の支部を置く計画を抱いていたが、それに相応しい人材が見つけられなかった。失意のうちに、彼はヴェニスを後にしようとしていた。だがここで、ベルタが活動を始めた。彼女はモシェレズを社交の席でパンドルフィに紹介した。「上品なヴェニスの社交界と陽気な若者たちが大きな食事の間で踊り楽しんでいるあいだ、当主の仕事部屋では、侯爵とモシェレズ氏、それに私たち二人による長い話し合いが行われていた。その結果、パンドルフィが間近に迫った会議の準備を手伝うと約束しただけでなく、ここヴェニスの平和協会設立のため、直ちに招聘状と回状が用意された[79]」。

わずか数日後には集会が招集された。パンドルフィが加わったおかげで、すべては面白いようにうまくいった。「翌日にはイタリアのすべての新聞がこの出来事を報じ、そしてしばらくの間、上流階級ではこの話題で持ち切りだった」、そうベルタは書いたが、しかしその後では控えめに、次のように続けている。「もちろん、どこかで大きな変革をめざす新しい運動があると、それを噂するサロンの会話は常に同じであるように、口にされたのは、この高貴な目標に対する賢明な懐疑や異議、ひそかな嘲笑、崇高な目標への慇懃無礼な礼賛だった――そしてこれらすべての背後にあるのは、動かしがたいほど硬直した無関心だった」[80]。

フィーリックス・モシェレズは、ベルタを組織化された国際的平和運動へと完全に引き込んだ。彼女は積極的な共闘者になった。ウィーンに戻った彼女は早速その晩、「体験によって呼び起こされた感激に浸りつつ」、自由主義的帝国議会議員の集会が持たれたホテル・マイスルで、ヴェニス平和協会と列国議会同盟について語ったが、もちろんそこには、ウィーンにおいても列国議会同盟のグループを組織したいという意図があった。友人たちは「関心を持って耳を傾けていたが、表情は大いに懐疑的だった。自分も加わろう――そう考える者は一人もいなかった」[81]。

ベルタは、そうそう容易く挫けるような質ではなかった。彼女はそうする間にも世界中の指導的平和主義者と活発に手紙で接触し、平和運動についてますます詳しく知るようになった。彼女は徐々に、ペンによってだけでなく、組織的活動においても同じように協力する義務があると感じるようになった。友人カルネーリは強く警告し、払拭しがたい疑念を示して思いとどまらせようとしたが、無駄だった。「お書きになられた小説と、平和のために払われた犠牲とによって、あなたは不滅の存在になられています。仲裁裁判所のために奔走するのは、他の者たちにお任せなさい。仲裁裁判所は、現下の国家的諸問題が解消して、初めてそのめざす姿での実現が可能になりますが——それは一〇〇年後のことです……そうです、永遠平和の前提条件となるような人間の存在が可能になってから、なのです！」。そしてダーウィン的進歩に関して我々は楽観し過ぎてはいけない、「良き人間たちだけからなる世界はナンセンスです。そのために世界はますますより良くなっていくのでしょうが、それは測りがたいほどゆっくりなので、人々に気付かれることはほとんどないのです[82]」。

しかし、ズットナーの進歩信仰に迷いはなかった。彼女が最初に立てた具体的目標は、オーストリア平和協会の設立と、列国議会同盟に賛同するオーストリア国会議員の活動を促進することだった。瞬く間に、ベストセラー作家は国際的平和運動の活動家になった。彼女を世界的有名人にすることになったこの課題のために、彼女は最高の条件を備えていた。抜きん出た語学の知識、貴族の出自、非の打ち所のない社交の振る舞い、自信と楽観主義——これらすべては、今や豊かな財産となった。

ウィーンの著述家フェーリクス・ザルテンは、のちにこの成功現象の説明を試みた。「下層階級出の女流著述家の誰某(だれそれ)であっても——多少の芸術的才能があれば——戦争の恐怖と不条理を描き出し、永遠平和を説くため情熱的に言葉を語ることはできたであろう。著作は成功する。だが、それで終わりだ！　高い身分の生まれである大臣、君主、外交官のうち、いったい誰が小市民出の女の言葉に耳を傾けるだろう？　誰が彼女に目通りを許すだろう？　こうした有力者たちの誰某に会いに謁見の間に入るためには、分刻みで割り当てられ認められた対談を持つためには、そうした長編小説を三冊書くよりも、もっと多くの活力、労働、精神力を費やしただろう……しかし彼女がどんなに機転が利いて、どんなに雄弁であったとしても、どうすれば影響を、すなわち小市民女の作法、礼儀、しぐさをその言葉の内容よりも敏感かつ面白半分にうかがう高位貴族に、どうすれば影響を与えられただろう？　その点、ズットナー女史はもっと有利な位置に立っている。彼女は男爵夫人であり、生まれは伯爵で、それに加えて女流作家なのだから」。

ザルテンはベルタ・フォン・ズットナーを、同じく一冊の本（『ユダヤ人国家』）によってシオニズム運動を開始したテオドーア・ヘルツル[*21]と比較した。「熱狂家たちは（ズットナーもヘルツルも）書物に取りかかり、常に自分自身の作品を越えて、自分の作品に高められ、魅了され、運ばれて行く。彼らは自分の作品を流れの中に投げ入れ、その後を追って飛び込み、それに追いつき、それを押しのける[83]」。疑いもなく、ベルタはこの数年間、創造力と、より良い未来への確信の絶頂にいた。そして、その未来を形作ることに協力したいと考えていた。彼女は四七歳のとき、作家ヘルマン・ロレットに告白した。「ところで、私自身は――（誰にも畏敬の念を抱かせない）中年女ですが――自分は二五歳であるとしか感じられません[84]」。

彼女は自信たっぷりと、またしてもふさぎ込んで自分の年齢――まもなく六〇歳――を嘆いたアルフレッド・ノーベルに手紙を書いた。「私たちのような者は多少とも長生きをしていますが、老いることはありません。私はもうまもなく五〇です――これは過去の時代であれば、女性なら魔女として火あぶりになる危険を孕んだ年齢です――でも今、本当のことですが、私は生命力と行動力を大いに感じ、仕事を大いに楽しんでいます――今、私が肩に負っているのは、ぞっとするほど困難な仕事であり、私にはあまりに多くの気苦労と、あまりに多くの闘うべき相手があり、そしておそらくこの仕事は、じきに私には力が及ばないほど山積みになるのでしょうけれども[85]」。

6 平和協会の設立

「四六歳になって初めて、彼女は自分の人生の課題を見出し、自分の中に眠っていた力を解き放ち、遊民は時の人になった」。アルフレート・ヘルマン・フリートは後年、『武器を捨てよ！』成功後のベルタの人生に起こった変動についてこう書いた。彼の指摘によれば、ベルタは「あの燃えるような戦争反対の訴えを書いたとき、まだ平和主義者ではなかった。彼女自身の本によって初めて、彼女は平和主義者へと生まれ変わった。この本が引き起こした運動は、作者をも複雑に歯車が噛み合う仕掛けの中へ引きずり込み、もう二度と離すことがなかった」[1]。

ズットナー自身は平和運動に対して突如感じたことについて、「天職」や「招命」という言葉を好んで用いた。「偉大さにおいて、この運動に匹敵するものは世界中どこにもなかった……この確信は、あまりに深く、あまりに厳粛に私の中に根を下ろしたので（人は常々それを招命と呼ぶ）、この確信について私は幾度表明しても、どれだけ声を響かせても、十分ではなかった。教養世界の九割はこの運動をまだ過小評価し、無視している――そのうえ一割は敵意さえ持っている――ことを、私は完全に理解していたが、それは関係ない――私は未来に向けて訴えるのだ。二〇世紀が終わるまでに、人間社会はこの最悪の災厄――つまり戦争――を合法的制度と見なす習慣を断ち切らずにはいないだろう」[2]。

長い道のりに記された彼女の第一歩は、オーストリア平和協会の設立と、一八九一年ローマで開催される次の国際平和会議にこの協会が参加することだった。ローマでは同時に列国議会同盟の会議が開かれるので、彼女は――国会議員ではなく、ヴェニスでのごく個人的な活動を除けば、厳密にはＩＰＵと何も関わりがないにもかかわらず、同じくこの会議にも協力した。

ローマへの道には少なからぬ障害が立ちふさがっていた。最初の――そしてベルタにとって生涯にわたり最も面倒な――障害は、金銭問題だった。首尾よくオーストリア平和協会を設立し、会長に就任し、代表としてローマに招待されたときでさえ、事態は困難だった。どうやって自分とアルトゥーアのための旅費を工面すればいいのか？　どうすれば金を使わずに他の代表たちをローマに連れて行けるのか？　この旅行の参加者を募る前に、少なくとも補助金を出せるかどうか、はっきりしておく必要があった。

こうした状況に置かれたベルタは、一八九一年一月、友人アルフレッド・ノーベルに支援を求めた。何といっても彼は、彼女の小説について感嘆の手紙を書き、彼女に対して好意と友情に溢れていたのだった。戦争と平和という問題に彼がいかに徹底して取り組み、自分の発明によって彼がどのように突き動かされていたのか、彼女は知っていた。「あなたがこのような［戦争に重要な］装置を発明されるとしたら、**戦争を不可能にする**、ということだけを目的にそれをなさるのだと、私にはよく分かっています。そしてこれは、あらゆる発明の中で最も気高い発明です」[3]。自分は平和へのあなたの愛と好意に揺るがぬ信頼を寄せており、この友情が金銭に関しても変わらぬことを期待している、彼女はこのように書いた。

彼女が失望することはなかった。二〇〇〇グルデンという大金を送ったノーベルに、ベルタは心から感謝した。「そして、あなたが次にウィーンにいらっしゃる際には、必ず私に連絡くださるよう、本当にお願い致します。私には、あなたと会いたい、あなたと直接お話したい、じかに顔を合わせたいと思う十分な理由があるのですから。あなたが私に表明してくださった、とてつもなく大きなご支援に、重ね重ね、感謝致します」[4]。

アルフレッド・ノーベルは個人的な寄付をしてくれるだけで、宣伝に名前を使わせてくれなかったにもかかわらず、このとき以来、彼女は彼を自分の側の支持者だと思うようになった。彼女の目標と願望は、まさに彼、世界的に有名な火薬工場主を、戦争に反対する闘士へと変えることだった。「私たちの側から離れないで下さい。戦争で使われる爆薬の発明者が、平和運動推進者の一人であったなら、とても素晴らしいことでしょう」[5]。

そしてノーベルは鷹揚であり続けた。ベルタには続く数年間、相当額を出してくれるこの友人に感謝する機会が幾度もあった。たいていは旅行や特別の必要によって送られたこれらの金は、オーストリア平和協会に入れるか、あるいは直接ベルタが受け取った。彼女は彼に情報と新聞の切り抜きを届けたが、「少しずつです。というのも、あなたにはゆっくり一つのものをお読みになる時間がないのを、私はよく存じ上げているからです……一つだけお願いしてよろしいでしょうか。（でもこれは心からのお願いです。）これらの報告をゴミ箱に投げ入れたりはしないで、そこから知識を得て頂きたいのです」[6]。

ノーベルからの資金という後ろ盾を得た今、彼女は列国議会同盟の宣伝キャンペーンに乗り出すことができた。彼女は実に沢山の手紙を書いて、自分が一番よく知り、ＩＰＵのオーストリア議員団結成に加わってもらえそうな自由主義的国会議員に、仲裁裁判所と軍備制限を支持するよう、強く訴えた。彼女が受け取った返事は、丁重な拒絶だった。たいていの国会議員は懐疑的であり、そもそも仲裁裁判所が国際問題において機能する見込みがあるとは思っていなかった。好意的なマックス・キューベック男爵でさえ、重要な問題が扱われた際、おそらく列強は仲裁裁判官に従う可能性はほとんどないだろう、と書いた。「そのとおり、小さな領土問題（ルクセンブルク、サモア諸島、カロリン諸島、等々）では適切な中立的立場にある仲裁裁判官に従わせることは可能であり現実味があります。しかし、世界を揺るがすような問題では……おそらくそうすぐには、一〇〇〇年先まで、おそらく無理です」[7]。

社会民主主義者エンゲルベルト・ペルネルシュトルファーは、平和の誓いに注意するよう党議員に促した。「だがこの友情がきわめて抽象的でしかないのは確かであり、大仰な誓いと感傷的決まり文句の域を出ていない」。苦々しい経験を踏まえて、彼はズットナーに行き過ぎた楽観主義に陥らぬよう説いた。「あなたは明らかに、オーストリア議会のことを好意的に評価し過ぎています――この議会を支配している思考は、純粋に実利的で、しばしば非常に利己的な性質を持っています。理想をめざす努力は、ここではイデオロギー的なものと見なされます。そして道徳的な憤慨を真に受ける者はいません」[8]。仲裁裁判所のための宣伝活動は、こういう国会議員たちにはほとんど期待できない、彼は彼女にそう伝えた。

しかし粘り強いベルタは、次から次にたくさんの拒絶を受けた後、ついに成功を収めた。満足感に浸りながら、六月、彼女はカルネーリに手紙を書いた。「そして、ここにびっくりする報告があります。私はへこたれることなく、元帝国顧問官氏と現役帝国顧問官氏［ズットナーは『元』という言葉で、今は国会の議席を失っていたカルネーリのことを言っている］に意気消沈させられることなく、さらに別の方々にも手紙を書きました。パンドルフィにも、公式な招待を促しました。ところで昨日は、私に苦しめられているうちの一人［彼女は執拗で情熱的な手紙で代議士たちを相当悩ませていたので、『苦しめられ』という表現は正鵠を射ている］ピルケ男爵から一通の手紙を受け取りましたが、その中で彼は、私の願いが叶った――つまり、ローマ行きの公式議員名簿に自分の名前を記入したと伝えてきたのです――宮廷顧問官エクスナーとキューベックも同じことをしました。他の方々もあとに続くでしょう。女性たちが自分たちに先んじ、かくも果敢に、武器を捨てよ、と我々に呼びかけているとき、『私たち男性が後ろに留まっているわけには参りません』、こう彼は付け加えています。――本当に、よかったです！　オーストリアからも代表者が出るのです。ドイツも同様に約束しました――フランス議会には支持者が七〇人います」[9]。

懐疑的であるのを常としたカルネーリに、彼女が誇らしげに送ったローマのIPU会議参加者名簿には「三五六人の名前が載り、そこではクリスピ、ルディーニ、教育大臣、農業大臣、そして法務大臣が名を連ねています。願わくば、この前例が刺激となって、来年はターフェ、カロリュイ、シュタインバッハ、シェーンボルン［オーストリアとハンガリーの首相、財務大臣、法務大臣］が、今日はまだ二五の名前しか……数えられない議員団に加わってほしいものです」[10]。

オーストリアIPU議員団が設立されたのち、ベルタは次の目標に向けて努力できるようになった。すなわち、オーストリア平和協会の設立である。公式な設立の呼びかけは一八九一年九月三日、『ノイエ・フライエ・プレッセ〈新自由新聞〉』に掲載された。誰との申し合わせもないまま、ベルタは長文の文書を認め、公にしてもらえる望みをあまり抱かずに、新聞社に送っていた。彼女は間髪入れぬ活字化に驚き、編集部の注釈に大いに喜んだ。「平和愛好家の名のもとに声を上げるのに、現下のオーストリアでは『武器を捨てよ！』の著者以上に相応しい人物はいない」。

ズットナーはこう書いていた。「事態は次のようになっている。数百万の軍勢がいる――二つの陣営に分かれ、武器を鳴らしながら――互いに向けて襲いかかろうと、ひたすら一つの合図を待ち構えている。しかし途方もない惨劇を前にした双方の震えるような不安によって、多少とも、その先延ばしが保証されている。しかしながら、延期は廃棄ではない」。

彼女は、真の平和にはほとんど関係のない「武装不安体系」と引き換えに必要なのは、戦争の先送りではなく廃絶によって平和を保障することだ、と書いた。戦争は「文化の発展過程において道徳的物理的に不可能になった。道徳的に不可能なのは、人間が野蛮と人命蔑視を失ったからである。物理的に不可能なのは、ここ二〇年間にスケールを増した破壊技術が」次の出兵を「もはや戦争という名前では言い表し得ないような、何かまったく新しい別物に」するかもしれないからである。「あと二、三年の間、このような平和が『維持され』、殺人機械――電気爆弾、エクラジット空雷[*1]――が発明され、その後、宣戦布告がされた日には、すべての二国同盟、三国同盟、四国同盟は空中に吹き飛ぶ。いつ何時、その瞬間が訪れてもおかしくない。

導火線を握っている者たちは、幸いにも用心している。彼らは、もし――このように火薬が蓄えられているなら――不用心に、あるいは傲岸不遜に火をつけたとき起こりうる恐ろしい結果を知っている。このありがたい用心をますます深めるために、火薬はますます備蓄される。もし自発的かつ合意の上で導火線を捨て去れば、言い換えると、軍縮をすれば、もっと簡単なのではないだろうか？　国際的な法の支配を導入し……そしてヨーロッパ文明諸国の同盟を結成すれば？」。今こそまさに、平和を愛する大衆は平和のために尽くす時だ――それは「びくびくと延長された平和ではなく、確実に保障された平和」のためだ。「そこで白旗を振る者の後ろには、数百万の信奉者が続いている」。

次にズットナーは、外国における平和運動の活動と間近に迫ったローマでの平和会議について報告した。広範な平和運動を作り上げるには、次のことが必要である、すなわち「平和の支持者がいる場所ならどこであっても、彼らは自分の支持するところを公にし、自分の力に応じて活動に貢献することだ……仲間に加わりたいと望む者たちはすべて、名前と住所を筆者に送って頂きたい」。

この行動は華々しい成功を収めた。数百にのぼる賛同の表明が届いた。すっかり驚きながら、ベルタはカルネーリに書いた。「私が九月三日にあそこでやったことがどうなるか、まったく予測がつきません。全ヨーロッパであの論文は印刷され、論評されました……私はとんでもないことをやってしまいました！」[11]。アルフレッド・ノーベルでさえも、いつもどおりの懐疑を挟みつつ、反応を示した。「親愛なる友人へ！　恐怖の中の恐怖、戦争に反対するあなたのアピールがフランスの新聞に掲載されているのを目にするのは、私にとって喜びでした。しかし私が危惧しているのは、フランスの読者の九九パーセントは狂信的愛国主義という病に冒されているという事実です。確かにフランス政府は、おおよそ正気を保っています。反対に国民は、成功と虚栄心に酔っています。好ましい中毒の一種です――アルコールやモルヒネより害は少ない――それが戦争に繋がることがなければ。そして、あなたの筆はこれからどこをめざして進もうとしておられるのでしょう？　その筆は戦争の殉教者の血で文字を記したあと、今度は私たちに未来のおとぎの国を展望させてくれるのでしょうか、それとも、より空想的でない、思索家たちの国の姿を示すのでしょうか？……私の共感は後者に寄せられますが、私の思考はもっぱら、傷つけられた魂がそこで不幸に耐え抜いている、そういう別の国へと漂って行きます」[12]。

やはり懐疑的なままだった友人カルネーリに、ベルタは次のように弁解した。「私たちがカピトリーノ丘[*2]へ赴くのは、ヨーロッパの政治を主導するためでも、軍の廃絶を布告するためでもありません。私たちはただ平和への決意を一般に知らしめに行くのです――非愛国的にならずとも、誰でもこうしていいのです、こうしたことは君主自身も式辞の中で行っています……時代はまさに変化しつつあり、そして平和の決意はますます堅いものとなっています……今日のところは『女々しい』アピールで十分で、国を代表する一流紙が段を割いてくれています」[13]。活動の仰々しさと虚栄心を非難する声に対しても、彼女は弁解の必要を感じていた。「私は今、はなはだ仰々しく（政治の）表舞台に登場したわけですが、私が感じているのは心地よさではありません――そして、さらなる行動の義務という重荷は、私の肩にも重くのしかかっています。しかし、私はそれを為さねばなりませんでした。ローマは私にそれを要請しました――私は他に何ができたでしょう？　こうやってみるよりほかに？」[14]。

当時四八歳だった婦人に課せられた細々（こまごま）した仕事の重荷は、想像がつかないほどだった。いまだ組織は存在せず、助手もいなかった。ズットナーはあらゆる仕事を、いわば一人でこなさなければならなかった。大量の文通、それに代議士たちがローマに同伴させようとした妻や娘の割引切符調達に至るまでの現実的用件が、みるみるたまっていった。

新聞相手の仕事も彼女は一人で片付けた――驚くべき成果があった。彼女は、『ノイエ・フライエ・プレッセ』の編集長から全面的支援を得ることに成功した。これが意味していたのは、このオーストリアの高級日刊紙は、これからは平和のアピールと協会のニュースを印刷する、ということだった。根気強く、彼女は著名な同志に援助を要請した。それまで個人的にはまったく知らなかったペーター・ローゼッガーに手紙を書いたのは、この頃だった。

「尊敬する詩人さま。

ヴィクトル・ユゴーは彼の時代、平和運動の頂点に立っていました。スウェーデンではビョルンスティエルネ・ビョルンソンが戦争に対する戦争を導きました――そして今、オーストリアの平和愛好家たちが自らの意見を述べていますが、それならばここでも先頭に立つ者、頂点に立つ者の名が呼ばれなければなりません。あなたがあなたのお名前をお貸しくださる、というのは本当ですか!?――そしてその上――あなたのご協力も？　もしあなたが、あなたが愛しておられる国民に語りかける講演をもう一度して下さるなら、もしあなたがそこでローマにおいて追い求められる目標のために一言おっしゃって下さるなら――私たちの活動にとって、それは何という援護になることでしょう。私は『私たちの』と申します。なぜなら、私はあなたが野蛮の敵であることを、もちろん存じ上げているからです。――

ひょっとすると、私があなたのお名前をお借りしたいとお願いする論文は、あなたの目に触れなかったかもしれません。それゆえここに、もう一度それを添付致します。ご厚意を頂けることをお待ちしております。

あなたを崇拝する、ズットナー

P・S　私には、たいへん沢山の賛同が寄せられております。教授、弁護士、学者、貴族……しかし、詩人が必要です。私たちの詩人が必要なのです[15]」。

ペーター・ローゼッガーは折り返し、返事を送った。「敬愛する奥さま！　何かが私の心を熱くするならば、それはあなたが傑出した働きを見せておられる偉大な活動、戦争に対する戦争であります！この活動のためなら、私の僅かばかりの作家としての力に応じて幾度も示してきましたように、そしてまだ何度も示そうと望んでいるように、私もまた喜んで戦争に加わります。ええ、もちろんあなたは、尊敬する奥さま、私の名前をお使いになれます。これから私の名前は平和の愛好家の中に数えられることとなりますが、それほど名誉に満ちたところで私の名前が挙げられたことは、おそらくまだ一度もありません。戦争廃絶は、見たところ最も遠くにある理想の一つですが、到達することは可能です。なぜならそれは連帯した人間たちの力の中にあるからです。彼らがそれを望むなら、人間は平和を我がものにするのです[16]」。

ベルタは詩人に『武器を捨てよ！』を献呈し、それに対して彼はすぐに感謝状を送った。「一時間前、郵便で『武器を捨てよ！』を受け取りました。もう六九ページまで進みました。あなたは素晴らしい女性です！　私はきわめて感嘆しております！　ローゼッガー[17]」。

そして数カ月後、彼は次のように書いた。「敬愛する奥さま、私はあなたに感嘆しております。私が直接このように無作法な物言いをしても、どうかお怒りにならぬようお願いします。思ったことすべてをすぐ言わなければ、私はたちまち窒息してしまいます」[18]。

むろんローゼッガーは、自分が平和協会の理事としてみずから協力できるとは思っていなかった。しかし、「詩人として、そして作家として私の筆はいつも平和に捧げられていますし、そのことを今後はさらに頻繁かつ盛んに強調することにします。……あなたが果敢にオーストリアで目覚めさせておられる理念ほど、私をかくも激しく感激させたものは、私の人生にはありませんでした」。彼はまた、平和協会に自分の雑誌『ハイムガルテン』を提供し、ズットナーには自分の名前をアピールに用いる許可を与えた[19]。

幾重もの賛同に勇気づけられ、ベルタは九月末、ロンドンの国際協会に「正式に届け出可能なオーストリア支部協会」のための定款を準備するため、とあるレストランに自分の支持者を集めた。

このヴィーナー・シュテファニーケラーでの晩は、むろんまだ非常に小さな集いではあったが、ベルタにとって初めての公的舞台への登場だった。「全員の敬意が私に向けられており、これには参りました。席から立ち上がるよう促され——イニシアチブに対する感謝演説に耳を傾け、等々、等々……今、私はぞっとする課題を与えられました」、彼女はカルネーリにそう嘆いた。「全会一致の信任投票で、私は仲間たちと一つの……委員会を組織するよう委託されました」[20]。「名前は全部で一〇人だけですが、優れた人たちです。この委員会が働く必要はありません——それはエス・レーヴォスとその秘書［おそらくアルトゥーアのことを言っている］だけで片付けます——そのかわり、信望をもたらすでしょう」[21]。これは選出されることになった友人を、すぐに安心させようとして言ったことだった。彼は名誉ある地位を引き受けた。他には、ペーター・ローゼッガー、著名な地理学者カール・リッター・フォン・シェルツァー、医学教授フォン・クラフト＝エービング男爵、帝国議会議員ピエール・フォン・ピルケ男爵、ズットナー夫妻自身（ベルタは、ズットナー＝キンスキーと署名した）、そしてあと二人の貴族、カール・コロニーニ伯爵とルドルフ・ホヨス伯爵がいた。

ベルタは生涯、平和運動の宣伝にあたって著名な貴族の名前をおおいに重んじた。これには社会的名誉欲が一つの役割を演じていたのは確かだが、それだけではなく、ロンドンの前例にも起因していた。新設されたオーストリア支部と関係を持つロンドンの「国際平和協会」の理事会には、最上の称号が並んでいた。ハドスン・プラット会長の隣ではウェストミンスター公が副会長を勤め、そして彼の他には伯爵と侯爵が一人ずつ、さらにダラム[*3]の主教がいた。イギリスの平和運動は「上流社会」が強力に牽引していることを、のちにベルタは繰り返し模範として褒めそやした。しかし、彼女のたぐいまれな活動力を持ってしても、ウィーンの「上流社会」を同じくらい平和運動に熱中させることはできなかった。貴族の友人がほんの数人、協力してくれただけだったが、その中の一人、引退した高位軍人エリマール・フォン・オルデンブルク公爵から協力を得た喜びを、ベルタはカルネーリに宛てた手紙の中で綴った。「オルデンブルク……考えても見て下さい——随員付きの大佐——これで退役軍人の三分の一は味方に付けました。どのようにすれば自らのより善き感情に従うことができるか、彼らにその道が示されています——公子にして大佐である人物が公衆に範を示したのです」[22]。

オルデンブルク公爵と並んでヴレーデ侯爵も、あとから委員会に迎え入れられたが、二人には積極的に協力する用意はなく、その輝かしい名前を提供しただけだった。彼女は社会民主主義者からの支持を心から望んでいたが、委員会のこのような構成は、まさにその社会民主主義者からの支持獲得を妨げていたことを、貴族の名の放つ輝きに眩惑されたベルタは考慮しなかった。彼女の楽観主義はとめどなかった。「会議が素晴らしい成果をあげるようにという私の望みは、間違いなく叶えられます――一八九二年にはウィーンで会議が開催され、九三年に各国政府は条約を締結するためシカゴに集まります。私は絵空事を言っているのではありません。私はいくつもの計画に通じているのです」[23]。

それから数カ月、カルネーリはさらに多くのこうした成功報告を受け取った。「まもなく私たちはヨーロッパの精鋭になります！　ヨーロッパだけではありません。仲間はアメリカやリビア、ボヘミアからも来ています」[24]。

そしてさらに彼女のもとには運動に対する共感の証(あかし)が、寄付金、入会声明、そして運動の宣伝という形で寄せられた。彼女は親しい作家たちに、目的のために公開することを了解した上で賛同の手紙を書いてくれるよう頼んだ。幾人かは、彼女の頼みを受け入れた――そうした中には、レフ・トルストイ、ルートヴィヒ・フルダ、マックス・ノルダウ、M・G・コンラート、フリードリヒ・シュピールハーゲン、エルンスト・ヘッケル、そしてコンラート・フェルディナント・マイアーがいた――彼らの手紙は誇らしげに『回想録』でも再録された。

しかし中には、アルフォンス・ドーデやパウル・ハイゼのように、懐疑的な手紙を寄せる者もいた。ハイゼによれば、自分が抵抗感を抱くのは、「より高貴で人間的な少数派にとって自明である敬虔な願いを、仰々しい抗議の形で表明するというやり方です。そういうものに実際の成果は望めません。仲裁判定には決して従わず、暴力にのみ屈する半ばアジア的な野蛮がヨーロッパの文明的礼節を相変わらず脅かしている以上、こうした会議の持ち出す論理は、我々の平和に不可欠である武力を損なうあらゆるものと同様、危険であるとさえ私は思います」[25]。

それとは反対に、おぼつかない古風な字体で書かれた長い手紙の中で、一八四八年のウィーン革命における偉大なリーダーの一人で、当時七五歳になっていた「エマースドルフの賢人」ことアドルフ・フィッシュホーフは、完全な賛意を明らかにした。彼はみずからの重要な二つの著作（一八七五年の『大陸における軍の縮小』と一八七〇年の『オーストリアとその存続の保証』）を同封していた。その中で、彼はすでにズットナーのはるか前に国際的平和運動と軍備縮小のために取り組んでいたのだったが——もちろん成果はあげられなかった。今、彼は自分よりも成功に恵まれ、活動的な後継者に手紙を書いた。「同封の二冊をお読みになれば分かるとおり、一八七五年、私がその旗手たらんと志した理念は、尊敬する男爵夫人、あなたがこの数年間、文学とジャーナリズムにおける言論活動を通じ、傑出した才能をもって擁護しておられる理念そのものであります。私の野心は満たされぬままに終わりましたが、私は今、一人の気高く天才的な女性が担う旗に従うことを、私にとっての栄誉といたします」。フィッシュホーフは手紙を次の言葉で締めくくった。「心からの尊敬を抱きつつ——あなたの忠実なるフィッシュホーフ」[26]。まさにこれは、ズットナーの平和活動に対する叙勲書だった。

彼女は、反撥は跳ね返し、不平はめったに漏らさなかった。たとえばカルネーリには次のように書いている。「ああ、何という重荷がなおも私の肩にのしかかっていることでしょう。でも、私は挑んだのです——最後までやり切らねばなりません」[27]。そして別のときにはこう書いた。「私が今どれだけ悩まされているか、友人であるあなたも、漠然と分かっておられるだけでしょう。私は九月三日のこの記事［設立のアピール］で雪崩を引き起こしたのですが、それはいずれ私を呑み込むことがあるかも知れません。今、私を支えているのは、責任感と義務感です。私たち個人にとって目標は達せられないままであるとしても、私や友人たちがこれに貢献しているということは確かです。この目標へと、私たちは同時代の人々をずいぶん近づけたのです」[28]。

また彼女は、気弱になり、不安に襲われたときは、この友人に心を打ち明け、次のように頼んだ。「カルネーリさん、私のカルネーリさん、私を見捨てないで下さい！　たくさんの人たちが私を嘲り、憎むでしょう、――私には、私を愛してくれる人が必要なのです」[29]。

そしてこれは事実だった。老練な懐疑家カルネーリが予言していた困難が、平和会議が始まる前からすでに現れた。結構な平和の訴えといった「政治を超越したこと」ではなく、国家間の具体的政治衝突が俎上に載せられると、同様の問題は後年になっても繰り返し浮上した。ドイツとオーストリアの国会議員たちは、会議出席のためローマへ赴くことを拒んだのである。なぜなら、IPU議長で有名な学者でもあるイタリアの元文部大臣ボンギが、「とある雑誌に発表した論文の中で、アルザス＝ロレーヌ問題*4に関して、フランスの立場に共感した発言をしていた」[30]からだった。

激高したオーストリア帝国議会議員ハーゼは、ズットナーに手紙を書いた。「ボンギ氏は、アルザス＝ロレーヌに関するフランスの立場について述べたことによって、もしフランスがドイツに宣戦布告した際、少なくともこの戦争を是認しなければならなくなりました。この点で、彼が戦争一般を弾劾するのは論理的に不可能であります。にもかかわらず彼は戦争を弾劾し、それゆえ自分自身に対する矛盾に陥っています」。ハーゼはボイコットを支持し、オーストリア＝ハンガリーとドイツ帝国は友好関係にあると請け合った[31]。

似たようなことはイタリア議員の間にも起こっていた。彼らが危惧していたのは、ローマでオーストリア代表と顔を合わせたあげく、「イッレデンタ」*5を火種に軋轢（あつれき）が生じることだった。国家主義的摩擦は、この会議の参加者全員が本来は基本的に平和と軍縮を望んでいるというだけで、急に解決できるものではなかった。先行した二つのIPU会議に参加していたのはもっぱらフランス人とイギリス人だったので、それまで軋轢が表面化することはなかった。しかしながら今回は――ベルタの行動力も相俟って――参加者の範囲はずっと広がった。IPUメンバーの大半が、市民的で、どちらかといえば愛国的な政党に所属していたこと、一方で国際的な考え方をする社会民主主義者は最初からIPUに反対し、参加していなかったことは、状況をより困難にした。公衆の目に晒されることとなった平和愛好家たちのこれらの争いごとは、当然のことながら、物笑いの種となった。ベルタ・フォン・ズットナーは、自分の活動が危機に陥っていると感じた。次第に彼女の支持者たちは、口実を設けて身を引こうとし始めた。

こうした事態にベルタは震撼し、次のように嘆いた。「ああ、なんということでしょう！　国際的理解が問題となる場所で愛国的偏屈ぶり、政治を超越したことが扱われるべき場所で政治的斟酌をするなんて！」[32]。しかしその後、彼女は活動を始めると反撃に打って出た。彼女は設立したばかりのオーストリア平和協会についての音信を、会員名簿とともに『ノイエ・フライエ・プレッセ』に送った。動揺する会員の退会をこうして不可能にすると、ズットナーはカルネーリ宛の手紙の中で次のように快哉を叫んだ。「ご覧になって下さい、私は過度に控えめでいるつもりはありませんし、私がある種の天才であるということは認めてもらわないといけません。私が――一人また一人と離反者を出したボンギ騒動の最中に――コミュニケを『ノイエ・フライエ・プレッセ』（私の味方です）に送ったことによって、オーストリア支部協会は誕生し、現に存在しているかのように世間には見え、いくつもの素晴らしい名前と共にお披露目されました。今、私の元には再び賛同の嵐が押し寄せて来ています……もし私があの瞬間に躊躇していたら、私のまわりに群がっていた一群を連れ出さなかったら――この件は失敗に終わったでしょう……この件は見事に前進しています……私が今どう活動しているか、モルトケであっても想像はっきません……時間は全然足りません。『我が安らぎは失われり』[*6]。でも、私の心は躍っています[33]」。

善意からの批判（平和運動は非現実的で見込みがない、そのことは、すでに会議以前に起こった揉め事を見ても分かる）に対して、彼女は返答した。「会議の目的は、仲裁裁判所協定の原理が諸政府によって認知され、これらの政府によってその後に実行されるよう、準備することだけです。もし、いつかあらゆる国家が共同で軍縮を決意すれば、おそらく愛国者であっても軍事予算に賛成する必要はもはやないでしょう。共同性なしでは、当然のことながら、誰に対しても自分の祖国の無防備化は要求できません[34]」。

長きにわたった公の場での論争を経て、ボンギはIPU会議の開幕前、会議の場では「イッレデンタ」の問題やアルザス＝ロレーヌについては触れない、という声明を出さざるを得なかった。その上、彼は議長の座を譲り渡したが、平和会議の議長の座は保持した。

こうした国際的な騒ぎの真っ只中、そしてこの騒ぎにもかかわらず、一八九一年一〇月三〇日、ウィーン旧市庁舎において「オーストリア平和協会」が設立された。会長はベルタ・フォン・ズットナー、会員は二〇〇〇を数えた。

月桂冠を戴いたベルタではあったが、休息は与えられなかった。彼女は、ローマの会議に派遣する代表団を組織し、準備する必要があった。そうしてまたしても、アルフレッド・ノーベルに無心状を送らねばならなかった。「私があなたを友人と呼べるのか呼べないのか、そのことをあなたが示すのは今を措いて他にありません。人生の中で最も情熱を注ぎ、最も高い価値を与えている課題に私が取り組んでいる今、あなたは友人として、道徳的かつ実効的援助［これは金銭のことである］を私に与えて下さいませんか？[35]」。

彼の返答はかなり懐疑的だった。「私は納得しかねているのですが、どのような偉大な課題を、連盟あるいは平和会議は担わねばならないというのでしょう」。それにもかかわらず、彼は英貨八〇ポンドを同封した。しかしながら平和運動の実際的有用性について彼はあまり評価せず、女友達に次のように警告した。「私が思うに、欠けているのはお金よりもむしろプログラムです。願望だけでは平和を確実なものにできません。同じことは、仰々しい挨拶付きの盛大な晩餐会についても言えます。必要なのは、善意ある諸政府に対して受け入れ可能なプランを提示できる、ということです。軍縮を求める、これはややもすると、誰の役にも立たないまま自らが笑い物になる、ということです。仲裁裁判所の迅速な設立を求めるということは、一〇〇〇もの先入観に突き当たり、あらゆる野心家たちの矢面に立つ、ということです」。

その頃、アルフレッド・ノーベルがどれだけ良心的に平和運動と関わるようになっていたかは、次のような彼の提案に窺うことができる。「成果を得るためには、初めはあまり欲張ってはいけません。成功が疑わしいときにイギリス人がすることを真似てください。つまり、有効期限が二年、乃至たったの一年に限られるとしても、暫定的な法令の公布で満足するのです。私が考えるに、もしこの提案が声望ある政治家に支持されるなら、このように控えめな提案の検討を拒む政府は、ごくごく僅かでしょう。自分たちの間に出来した衝突を、そのために設置された裁判所に持ち込む、あるいはそれを拒む場合は、あらゆる敵対行為を条約の期限が経過するまで先送りする、そういう義務をヨーロッパの諸政府に一年間負わせるのは、過ぎた要求と言えるでしょうか？　こうしたことは物足りなく思えるかもしれませんが、少しのことで満足してこそ偉大な成功に到達するのです。国家の命脈にとって一年は僅かなものなので、非常に好戦的な大臣であっても、このような短い期間についての合意を力ずくで破る価値はない、と言うでしょう。そして期限が経過する時は、自分たちの平和協定を一年延長しようと、あらゆる国家が急ぐでしょう。動揺も、気づかれることもなく、平和の時代は延長されるでしょう。そのようにして初めて、すべてのまっとうな人間とほとんどすべての政府が望んでいる軍縮にだんだんと到達するという考えが、意味を持つようになるのです。それでも、二つの政府間に争いが勃発したと仮定します。その一〇のうち九つの場合では、自分が受け入れた拘束力ある停戦状態の間に彼らは気を落ち着けることになると、あなたは思いませんか？」[36]。

これらの異議すべてに、ベルタは返信で立ち入らなかった。「本当にありがとうございます！ あなたは私にとても大きな支援を与えて下さいました。これで私は何の障害もなしに旅ができます」。彼女は自分と同じようにローマに来るよう彼を誘い、設立したばかりの協会が収めた成功について語り、どのような目的で常に資金が必要なのかも説明した。「盛大な祝宴がイタリアの委員会のために企画されています。それには大金が必要です。また参加するすべての協会は、一定の基準に応じて寄付金を拠出しました。そして私は、私たちの協会も一部貢献できたことに、とても満足しています。その他に、広報、通信、回状、等々のために支出する必要があります」[37]。

明らかに、ノーベルの援助がなければベルタの成功はあり得なかった。というのも、会員による協会分担金では、必要なだけの金額が集まる前に、会議はとっくに終了してしまっていたはずだからである。

ＩＰＵ会議と第三回国際平和会議は、一八九一年一一月半ば、ローマで開催された。ベルタは新しくできたオーストリア平和協会の会長として、そして世界的に有名な、平和に貢献する作家として会議に参加し、こうした日々を存分に楽しんだ。「かつて、はなはだ好戦的だったローマが私たち平和の立会人のために用意した歓迎は、荘重かつ厳粛であった。会場には旗が掲げられ、屋外階段の壇上ではミケランジェロの手になる剣を引き抜いた門衛が、二列になって控えていた。さらに、『ローエングリン』

の結婚行進曲が響き、従者は見事なルネサンス風衣装をまとっていた。

予想される異議に先回りして、彼女はこう言った。「これは芝居がかったつまらぬ虚飾である、とは言わないで欲しい。どんな虚飾も、捧げられた敬意を表している。儀式があまりに古くさい習慣となり、それが本来帯びていた精神が時代遅れとなった場所では、儀式はしばしば無意味な華美になり下がるが、これまで――軽蔑とは言わないまでも、無視されたままだった平和の会議に対して表明された、このような公的敬意が意味する時代の徴候を、見くびることはできない[38]」。

会議が開かれたのはカピトリーノ丘の巨大な市会会議室だった。誇りに満ちあふれながら、金の刺繍を施した肘掛け椅子、国の内外から集まったジャーナリストの大群、荘重な演説について、ベルタ・フォン・ズットナーは報告した。ローマ市長代理とボンギ会長に続いて、彼女が言葉を述べたが――それはイタリア語だった。これは彼女が公の場で行った最初の演説であり、しかもその場所は、それ以前に女性は一人も話をしたことのなかったカピトリーノだった。

ほんの数年前――一八八五年、ベルリンで開かれたドイツ作家同盟の会議のおり――彼女は演説する同業者を見て次のように思ったものだった。「信じられない――どうすれば、こんな公衆の面前で演説する勇気が持てるの？[39]」。

今、こうした懸念はすべて雲散霧消した――そして同時に、かつての歌手としての経歴を阻んだあがり症も。「落ち着き払い、のびのびと、喜びに高揚しつつ、自分が語らねばならないことを私は語った……不安は一切抱かず、確実な朗報を携えた使者のごとく自信にあふれて。私は次のように語ることができた。六週間前まで平和協会が存在していなかった中央ヨーロッパの大国で、今日、一冊の本を真摯に著した他は何の功績もない無力な女性の最初の呼びかけに応えて、自分たちの代表をローマに送ろうと、すでに二〇〇〇もの人々が集まった。そして僅かな日数で二〇〇〇人の共闘者が手を上げたのであれば、次の会議でオーストリの平和団体は早くも二万の会員の代表を送ることができるだろう、と」。ベルタの楽観主義は、前々から度を超していた。[40]

オーストリア平和協会を紹介した後、ズットナーはドイツの知識人たち――シュピールハーゲン、ボーデンシュテット、フルダ、ヘッケル、その他――の賛同表明を読み上げ、そして間近に迫ったドイツ平和協会設立を告知したが、これはオーストリア人の彼女にとって、おそらくいささか異例なことだった。彼女に続いて、他の国々の平和協会代表が演説をした。

得意気に、彼女は『第三回ローマ国際平和会議』とイタリア語で表題を付けた短い手紙を、ローマから友人カルネーリ宛に書き送った。「ここ、会長の右隣りに座っているのは、エス・シュトルツェスです」、「エス・レーヴォス」と署名する代わりに、彼女はこう書いた。[41] そして、ローマで経験した圧倒されるほどの有名ぶりを伝えた。「あらゆる形式――社説、パンフレット、回状、報道、戯画、演説、小冊子、名簿、彫像――でいつも登場しているのは、平和の吠え声を上げるパクス・レーヴォスだけです！　そしてそういうものとして、私はまたあらゆる形式で扱われることになります……私に与えられた課題はとても大きく、私の力に余るのではと恐れています……夜中、私は頻繁に目覚め、考え続けずにいられません――今までは正体なく眠り込むのが常であった私が、です」。[42]

ベルタは「二人の平和の古参兵」フレデリック・パシーとハドスン・プラット、それにフレデリック・バイエル、エリー・デュコマン、モネータ、そしてその他、さまざまな国々の多くの指導的平和主義者と知り合い、友人関係を結んだ。再燃したアルザス＝ロレーヌ問題は、あらゆる事前の申し合わせにもかかわらずＩＰＵ会議に暗い影を投げかけていたが、彼女はあらゆる手を尽くして、それを「自分の」平和会議から遠ざけた。カルネーリは彼女の功績をもっぱら彼女が女性であるということに帰そうとしたが、彼女は自負心を滲ませながら、このことについて旧友に報告した。「この獅子［つまりエス・レーヴォスとしてのベルタ］がそこにいなければ、会議は（先に開かれていた会議や、おそらくまだ他も）イッレデンタ主義者とアルザス主義者とアルザス返還要求者の示威行動の場の様相を呈していたでしょう。どれほど私は会議の前に、これらアルザス主義者と交渉し、おだて、しくじり、威嚇したことでしょう。そしてついに彼らを『説き伏せた』のです。でも、使ったのは女の手管ではなく――あなたはとびきりの懐疑屋ですね――エス・レーヴォスは老いたる獅子ですよ――、論理の力、真摯に、率直に、誠実に語った言葉――もちろん心を込めて語った言葉なのです[43]」。

一七カ国から集まった代表の間にほとんど意見の相違はなく、討論は順調に進んだ。平和愛好家たちは互いに励まし合い、経験を交換し、結びつきを広めた。たとえかなり限定された人々の間であったとしても、国際的な連帯感はベルタに強い印象を与えた。「おお、共にあること……一つの共同体に――人間愛と人間の尊厳という共同体の内にあることとの至福よ」。「『現実的』政治家たちに甚だ嘲られた会議」は、彼女の考えによるならば、「現代において初めて現れた多民族共同体の予感を育み、鍛える場所」なのである[44]。

組織と宣伝活動を強化するため、本部ビューローをベルンに開設することが決議された。これはスイス政府とノルウェー政府、それに個人の寄付によって資金が賄われた。事務局長であるフランス人デュコマンの下で副局長のズットナーが職務についた――この任務はさらなる仕事を彼女に課したが、満足と世界的な賞讃ももたらした。

国際的平和活動を盛り上げるための提案が、数多くなされた――たとえば大学では、国際親睦祭といった形が考えられた。支援を訴えるアピールが、婦人団体、教師、労働者協会そして学生に向けて発せられた。彼らには――おのおのが自分の力に応じて――戦争に反対し、平和のために働き、平和運動の仲間に加わるよう求められた。協会や会議にできるのがわずかであることは、ベルタも認めていた。「［戦争の］廃絶は、その手に権力を握っている人々の意志行動にかかっている。そういう人間ではない我々にできるのは、この廃絶を求める声が存在している証を提示することより他にはない――それゆえ我々の最も重要で、我々のほとんど唯一の義務は宣伝活動なのである」。

そして、平和運動内部における国家間の対立に愕然としたベルタは、こう付け加えた。「そして何よりも、政治を持ち込まぬこと！　党派を持ち込まぬこと！　政治は分断する。我々が求めるのは一つになることだ――党派には、さまざまな色、調子、濃淡、そして明暗がある。我々の色は、屈折することのない光の色、我々が掲げる旗の色、白である。――我々が見据えねばならないのは、不動の導きの星であるたった一つの目標、すなわち、戦争に代わる仲裁裁判所、である。いまだあらゆる諸国民に下されたままの途方もない死刑判決を撤廃させよ！……我々の目的は表明することだ。声を大にすること、平和への意志が臆病なままに散在している所では、それを集めること、存在しない所では――それを育むことである」[45]。

仕事は山のようにあったが、同時にこの会議は国際的社交的大事件でもあり、ベルタはそれをアルトゥーアとともに楽しんだ。ナポリやポンペイ見物の特別列車が運行し、歓迎の宴や特別記念公演が開催された。「高揚した気分が支配する非公式な集会、それに向かって民衆は歓声を上げ、旗はたなびき、楽団は音楽を奏でた。これらすべてがもたらした親睦と協調は、ほとんど進行中の交渉事にも勝るほどであった」[46]。

この旅行に多大な貢献をしたアルフレッド・ノーベルは、感激の知らせを受け取った。「私は成功を収めました——完璧な成功です。カピトリーノを埋め尽くす人々の前で話をし、議論に口を挟み、そしてアルザス＝ロレーヌ問題まるごとや他の問題をうまく棚上げさせる勇気がどこから湧いてきたのか、自分でも分かりません。議題にされるところだったアルザス＝ロレーヌ問題は、人々の心を静めるどころか、敵対させます。こうした勇気、それはおそらく私が大きな責任を負っているという意識なのです。もし私がカピトリーノで失敗していれば、生まれて日の浅いオーストリアの協会も同時に立ち行かなくなっていたでしょう。この責任、この重荷を私はこれからも背負わねばなりません。そしてそれゆえに、私に勇気を与えてくれた友人すべてに対して、心から感謝しているのです[47]」。

気前よくあり続けたアルフレッド・ノーベルは、すぐまた公式に、かなりな金額をオーストリア平和協会に寄付した。「あなたが私たちの活動に関心を向けて下さるので、私はとても幸せです！[48]」、とベルタは答えた。

ローマでの会議によって、彼女の目にははっきりと見えてきたことがあった。今から自分は平和の闘士——しかも最前線の——になる、ということである。他のすべては、作家稼業すらも、背後に退いた。また彼女の講演は好評だったので、たとえまだ、いかに経験不足であったとはいえ、この分野での活動を続けようと考えた。彼女はカルネーリに宛てて書いた。「さて——私は怖いくらいです。私は今、講演をするという義務を背負おうとしています。それというのも、生きた言葉は書かれた言葉より、さらに多くの改宗者を生むからです[49]」。「レーヴォスはどんなものにでもなれます！　平和のために蒔くことのできる種子すべてを、私は今、自分が蒔かねばならないと感じています[50]」。

次の課題は、新しい平和協会の機関誌を発行して、会員に情報を提供し、その関心事について宣伝することだった。ベルタはまず試みに、ローマ会議閉幕後に簡素な冊子『オーストリア平和愛好家協会報告』を出した。だが、まもなく別の可能性が現れた。ウィーンに生まれベルリンで書籍販売業に就いていた、当時二八歳のアルフレート・ヘルマン・フリートが、『武器を捨てよ！』を読んで熱烈な賛美の手紙を著者に書き送って以来、彼女と文通を続け、さらにこれからは平和運動の仕事に打ち込むことを決意したのである——彼はまず雑誌の刊行から始めた。その雑誌は『武器を捨てよ！』という名前で発刊され、編集責任者にはベルタ・フォン・ズットナーの名前が記されることになった。

　ズットナーとフリートの関係は諍(いさか)いから始まった。どちらも相手は裕福だと思っていた。フリートが驚いたのは、ベルタが雑誌刊行に際し報酬を求めたことだった。「あなたは紙代と印刷代として三〇〇〇マルクを見積もりました」、立腹した彼女はベルリンにいる彼に、こう書き送った。「あなたはさらに二四〇〇マルクを編集者と執筆者のために加算しなければなりません。こうした人たちに一銭も出さないのは、正当ではありません[51]」。そして、わずかな財力しかなかったフリートがそれを受け入れようとしなかったとき、彼女は次のように固執した。「私は裕福ではありません——私たち、つまり夫と私は、自分の筆で稼いだ金だけで暮らしているのです[52]」。結局彼らは月五〇マルクの報酬で合意したが、これもまた間もなく滞ることになった。ベルタは次のように書いた。「どういうことでしょう。私はこの件のためにじつにたくさん犠牲を払いました

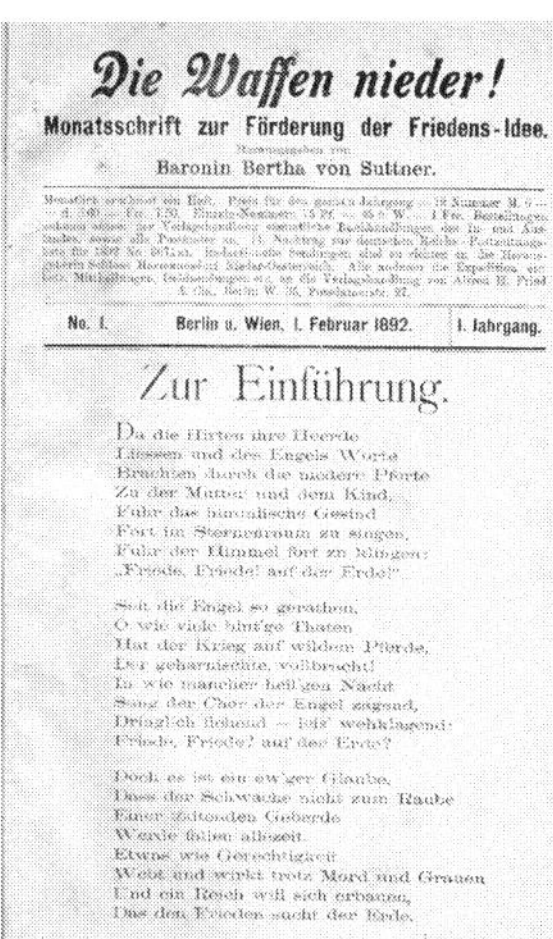

Die Waffen nieder!

Monatsschrift zur Förderung der Friedens-Idee.

Baronin Bertha von Suttner.

No. 1. Berlin u. Wien, 1. Februar 1892. 1. Jahrgang.

Zur Einführung.

Da die Hirten ihre Heerde
Liessen und des Engels Worte
Brachten durch die niedere Pforte
Zu der Mutter und dem Kind,
Fuhr das himmlische Gesind
Fort im Sternenraum zu singen,
Fuhr der Himmel fort zu klingen:
„Friede, Friede! auf der Erde!"

Seit die Engel so gerathen,
O wie viele blut'ge Thaten
Hat der Krieg auf wildem Pferde,
Der geharnischte, vollbracht!
In wie mancher heil'gen Nacht
Sang der Chor der Engel zagend,
Dringlich flehend — leis' wehklagend:
Friede, Friede! auf der Erde?

Doch es ist ein ew'ger Glaube,
Dass der Schwache nicht zum Raube
Einer zürnenden Geberde
Werde fallen allezeit.
Etwas wie Gerechtigkeit
Webt und wirkt trotz Mord und Grauen
Und ein Reich will sich erbauen,
Das den Frieden sucht der Erde.

雑誌『武器を捨てよ！』創刊号。訳者所有。

最も親しい同志にして後継者アルフレート・H・フリート。ÖNB/Wien

……要求どおりの金額であったとしても、私は報酬を受け取った気にはなれないでしょう」[53]。

その後、フリートも自分の苦しい懐具合を打ち明けた。自分はユダヤ人で、貧しい境遇の生まれであり、そのため大学で学ぶことはできなかった。自分にツテやコネの類いはないのだ、と。それに対しベルタは励ましの手紙を書いた。「まさにあなたがこのようにお若いということが、情熱と行動力への期待を抱かせるのです――そしてあなたがあなた自身〈self〉であるということが、やがてまた成功〈made〉となって現れるのです。成長――これはあらゆる偉大さと強さの根底にあります。天から与えられた（生まれや富による）強大さは、もしそれが減らないとしても、往々にして成長もしません」[54]。フリートの骨身惜しまぬ献身と疲れを知らぬ活動は、いずれにせよすでに非常に勤勉だったズットナーをその後数十年間いっそう鼓舞し、二一歳年長の婦人にとってまさしく真の原動力となった。

ウィーンで編集されベルリンで印刷された雑誌は単なる機関誌に留まらず、「平和理念促進のための一般誌」、そして設立に向け努力が払われ、フリートもまた力を尽くしていたドイツ平和協会の先駆けとなることをめざしていた。ズットナーとフリートは予約購読分として五〇〇部を見込んでいた。だが、この高望みはすぐに失望へと変わった。ベルタはフリートに次のように書いた。「総じて予約購読の問題について、私は非常に恥ずかしく思っています。私たち二人は、どうやらあまりにも楽観的だったようです……誰も彼も、とても関心の薄い傍観者ばかりです……素晴らしい協力者について、私に気がかりはありません――気がかりは一つだけ、十分な予約購読者です。それは達成しがたい目標です[55]」。

一八九二年一月、最終的にフリートは第一号として三七〇部だけ印刷した。そしてこのわずかな部数でさえ売れなかった。ズットナーは若い発行者を激励した。「赤字というわけですね？『レヴュー・ド・ドゥ・モンド』も最初は赤字でした。苦しくても、私たちは仕事を続けていきましょう……それに、この雑誌にまったく独自の価値を与えているのは、それはまさにこの雑誌がベルリン〈軍国主義の砦〈la citadelle du miritarisme〉〉で発行されている、ということです[56]」。

ベルタはまたしても、この雑誌に協力してくれる名士を見つけることに成功した。カルネーリ、ローゼッガー、トルストイ、その他多くの平和主義者が、執筆者として口説き落とされた。しかしまた、拒絶されることも多かった――たとえばイプセンは、「自分は平和に関することはまったく何も理解していないので、それについて何も書くことはできません[57]」と率直に言った。ノーベルさえも平和運動への共感を公にするのは差し控え、金を出すだけに留めていた。

ベルタは毎号、比較的長い記事を執筆し、読者からの手紙に答え、平和運動の敵対者との論争に臨んだ。

まったくの素人仕事で編集されたこの雑誌は、ベルタの最も身近な友人たちからさえも批判を浴びた。たとえばバルトロメーウス・フォン・カルネーリは、この雑誌の楽観主義があまりに素朴に思え、不満をあらわにした。彼は友人ベルタに手紙を書いた。「もしあなたが、諸国民が平和を求めているのを国家指導者たちは知らないのだと考えておられるなら、あなたは大変な間違いを犯していることになりますし、あなたのこうした公言と結びついている期待は、根拠がありません。まず必要なのは、しっかりした平和の可能性を構築することです。そうして初めて仲裁裁判所が実効性を持つのです。そうなるのは決してそう遠いことではありません。しかし、二年の内に無理矢理達成しようとしてはいけません」[58]。

第二号に対しても彼の批判は明快だった。「あなたのために繰り広げられた宣伝のように事を見せてはいけません」。そう彼は友人に警告した。「しかしもっといけないのは、常に同じ事ばかり取り上げることです」[59]。ズットナーはこの異議に同意した。「私にとって腹立たしいのは、永遠なるベルタ・フォン・ズットナーについての広告や売り文句です。そうしたものは、今後、出されてはいけません。自分の家では、私は相応にへりくだった態度で賓客たちに礼を尽くさねばなりませんし、彼らにベルタ・フォン・ズットナーの文学作品の美点長所を鐘や太鼓で告げ知らせているようではいけません」[60]。

同様のことを彼女は、尊敬のあまり過剰に彼女を前面に押し出していたフリートに宛てて書いた。「この雑誌を編集者のための広告機関にしてはいけません」、自分の本のために数多く載っていた広告を、彼女はこのように咎めた。「この名前が連呼されることに、私ですら感情を傷つけられているのであれば、他の人たちはいっそう不快に感じるに決まっています」。次に彼女は、ベルタ・フォン・ズットナーは「運動の先頭に」立っている、というフリートの表現に抗議した。「私の側のこうした思い上がりは、プラットやフィルヒョー、ピルケ、バイエルのような人たちの気分を害するでしょう……こうしたことは、憎しみを引き寄せます。そしてほかでもない、この運動を先導したいと思うなら、愛されるようにしなければいけませんし、あまりにひどくその名が騒がれても大目に見てもらえるよう努め――いわんや自分も一緒に騒ぐことはないようにしなければいけません」[61]。

自分自身が仕事のテンポを速め、熱を入れれば入れるほど、ますます彼女は悠然とした平和協会のメンバーをもどかしく感じた。あらゆることが彼女には遅過ぎ、小心過ぎ、慎重過ぎた。

領収書等の細かい仕事は彼女には厭わしく、どちらかといえば大雑把な性格の彼女には合わなかった。再三再四、こうしたことで問題が生じた。そうすると、彼女は辛抱強い友人カルネーリに手紙を書いた。「ああ、どうか聞いて下さい。私の協会は、組織内のことに関しては、私に沢山の厄介事、ごたごた、心配、経理の混乱をもたらすのです[62]」。

協会内での長い議論は、もともと彼女は好きでなかった。「『協会』のすべてを誕生させた私の記事を、まずは二〇人からなる委員会に諮らなければならなかったとしたら、おそらくまったく何も生まれなかったでしょう」。そして彼女は、この雑誌を平和協会の公式機関誌と解釈しなかった理由を説明した。それは、「疑問を挟まれることも、他の人間に責任を負わせることもなく、これを独自に運営するため」だった。

雑誌の成功に自分は非常に満足している、と彼女は書いた。「ヨーロッパ中の新聞で論評され――その上パリでは記事がいくつか翻訳されます……すべての平和協会は、私がこの雑誌を発行したことに大いに感謝しています――イタリアやベルギー、フランス等々からは、感謝と歓喜の手紙が寄せられました。ついに、長い間待ちわびたことが実現しました![63]」。

この先走りぶりを傍から見て不安になったカルネーリは、平和に関して「事を急いてはいけない」と注意した。「私が人間について下す評価は、あなたとはまったく違っています。あなたが立っておられる立場は、人間は瞬く間に真の完成へと到達することが可能だと考える、あの社会主義者たちと同じです。戦争が廃絶可能となる時代からは、私の確信に従えば、我々はまだ遥か遠い所にいるのです[64]」。

常ならぬ激しさでズットナーは返答した。「今回、私はあなたの手紙によって本当に気持ちを傷つけられました。というのも、『あなたの仲間内』だけでなく、あなた自身の内にある運動への共感も強くないということが、そこには書いてあったのですから。私にとって『共感』とは、信頼を意味していま す。未来に起こる戦争が巨大な悲惨を招くより前に人間は健全な判断力を備える、そしてまさにこの悲惨を避けることを平和協会と会議に集った人々は熱望している、あなたはこういう可能性を信じてはいません。自分たちの目標が達せられるのはようやく六世代か七世代先の話だと私たちも考えているなら、私たちとてこの苦労をその世代に任せるのが賢明でしょう」。人は良きことのために戦わねばならず、疑り深げに傍観していてはいけない、さもなければ敵に正当性を与えてしまう、と彼女は主張した。「そうなると、二、三年ののちには、戦争は自ずと止むに違いありません。その時、私たちは活動力と判断力をわざわざ疲弊させる必要がなくなります――その時、あらゆる国民は軍備によって滅亡し、さらなる軍備は不可能になるのです。その時、電気仕掛けの殺人機械は完璧なものとなっていて、そもそも国民と国民の間の一対一の果たし合いではなく、もはや起こり得るのは国民同士の心中（しんじゅう）だけでしょう。そうなると――それより早く――兵士たちのストライキも突発するでしょう――私の親友や平和愛好家が私たちの活動をこのように激しく批判し、ほとんど信頼を寄せていないのであれば――それでは私は無関心な人たちから何を期待できるのでしょう、敵対者たちの何を恐れている場合でしょうか？」[65]。

カルネーリは非常にきっぱりとした返事を書いた。「あなた自身も、私たちの間では何よりも真実が優先されねばならない、とおっしゃっていますが、そうでない友情を私も理解することはできません」。七世代先、すなわち平和理念が現実となるのは遥か先の未来であると自分が言った理由は、「私が戦争を求める残虐な者たちの願望に従っているから」ではなく、「歴史と人間の性質という領域についての自分の知識に従うなら、それ以外の判断が下せないからです……そして私が望むことといえば、あなたにわずかにブレーキをかけることでしかありません。私はあなたのためを思っているのです。そして厳然たる真実は、勇猛果敢な獅子にとっても魂の試練となるのです」[66]。

これを読んで、ベルタは矛を収めた。「これですっかり元どおりです！」[67]。

そしてカルネーリは、なだめるように言った。「私は荒野の王者に仕える宮廷道化師となって批判を口にすることにします。そうすれば、王者は私に微笑みかけてくれるでしょう」[68]。

常々非常に懐疑的なカルネーリではあったが、ズットナーが打ちひしがれているとき、彼はまさしく心に響くような対応をした。「勇気をなくさないで下さい。あなたの使命は聖なる使命なのですから」[69]。彼は彼女をこう励ました。彼には分かり過ぎるほど分かっていたことだが、ベルタは時に疑念に見舞われることがあっても、さらなる活動がそれに邪魔されることはなかった。

有名人の中で、彼女の思いつきと無縁な者はいなかった。「最近私はヨーハン・シュトラウスと知り合いました」、彼女はこうカルネーリに報告した。「彼は、平和という理想（これに彼は夢中です）を暗示する曲名を持った次のワルツを私に捧げてもよいか、許しを請いました。初演はベルンで行われるそうです……これはこの理想を再び躍動させるでしょう」[70]。しかし、またしてもこれは行き過ぎた楽観主義だった。二年経っても彼女は、四方八方を崇拝者で取り巻かれたワルツの王に、願いを叶えてもらおうとしていた。自分が耳にしたところでは、と彼女は書いた。「あなたは今、新しいワルツ組曲を書いておられるそうですね。それが本当なら、私たちの神聖なつとめにとってとても有益な、あなたのお約束を思い出して頂たいのです。『椰子のざわめき』や『白鳩』*9は、すてきな曲名ではないでしょうか？さもなければ『新しき目標』はどうですか」。このあと彼女はいくらか悲しげに書き加えた。「『武器を捨てよ！』、あるいは『平和ワルツ』ではだめですね。それでは将校連は踊ろうとせず、軍楽隊は演奏しようとしないでしょうから」[71]。しかし、この巨匠は妻アデーレを通して次のように返答した。「彼は懸命な努力をし」、そして「自由な時間がとれれば、すぐさま」『平和ワルツ』に取りかかるつもりでいる。「しかしながら急を要する仕事の山に押しつぶされんばかりで……[72]」。

ワルツの王との件では不首尾に終わったにせよ、少なくとも「銀のウィーン・オペレッタ[*10]」を代表するフランツ・フォン・ズッペでは成功を収めた。彼は男声合唱曲『武器を捨てよ！』を作曲し、この作品はベルンでの会議開幕に際して披露された。ベルタはフリートに宛てて書いた。「これは傑作です！　ズッペの男声合唱は満足いくものです。これはきっと民衆に広く受け入れられる調べとなるでしょう！[73]」（とはいえ彼女はおそらく、この作品のひときわ単調なメロディーと調子を魅力的なものに改めさせたかっただろう。）

同じように粘り強く、彼女は他にも多くの有名人に働きかけ、ついには「警視総監本人」に、ウィーン楽友協会ホールで開かれた平和協会の集会への参加を要請した。自分がどれほど煩わしい存在であるかを十分自覚していた彼女は、つぎつぎと狙った相手の「首元から血を啜ろうと」食らいつく「吸血鬼」に自分をたとえた[74]。

ある程度志を同じくすると目されていた著名外国人がウィーンで講演をする際は、ほとんど全員、ベルタから公の場で平和について言及するよう頼まれた。たとえばフリチョフ・ナンセンは、実際、極地研究についての講演に次の言葉を付け加えた。「大規模な征服戦争の時代は過ぎ去りました――科学の大地、未知の大地を征服する時代は絶えることなく続くでしょう。そして我々は、未来が我々にさらなる征服をもたらし、同時に人類を前進させることを待望するのです[75]」。

一八九五年、新聞各紙は注目すべき事実を報じた。赤十字創設者で、すでに死亡していると思われていたアンリ・デュナンが、極貧の中、スイスで生きていたのであった。ズットナーはすぐさま彼と接触した。敬意を表す手紙を彼に書き送り、募金活動を組織し（その成果はきわめて不十分なものだった）、そして彼に自分の平和雑誌への寄稿を求め、彼は実際にそれに応えた。しかしながら、最初の手紙から彼女は彼に対し、次のことをはっきりさせようとしていた。つまり、あなたは私たちの仲間の一人である、「これは、平和主義者であるということ、戦争と軍国主義の敵であるということです……あなたの運動は私たちの運動の先駆けでした」。自分が望んでいるのは、赤十字の競争相手になることではない、その正反対に、共同作業をすることだ[76]。

同様に催促を受けていたマリー・フォン・エーブナー＝エッシェンバッハは、平和運動に公の場で参加することはなかったが、金を寄付し、詫びの手紙を書いた。「平和愛好家の協会には、これまでのように遠くから静かな信奉者としてのみ加わることをお許しください。私にとって最も親密で近しい人たちは、私の信念についてとやかく言おうとはしません。それは彼らと同じ信念であろうが、そうでなかろうが、関係ありません。しかし、個人的に私が目立つことを彼らに認めさせるのは難しいでしょう。そしてそれゆえ私はそういうことを、尊敬する男爵夫人、あなたはすでに何度もお気づきになったに違いありませんが、どのような機会においても控えているのです。こういった配慮を払うことは、私に対して常日頃から最大限に寛大さを示す人たちへの、私の義務なのです[77]」。ベルタ自身と同じように、彼女（伯爵家に生まれ、男爵家に嫁いだ）も常に地方貴族の親類たちと折り合いをつけてきていた。芸術家であるために、この小さな集団の中では危険な変わり者と見なされ、気を配らねばならず、そうしたことをベルタは誰よりもよく理解できた。

次に彼女が決意したのは、ウィーンで最も著名な俳優ヨーゼフ・レヴィンスキーを自分の活動に引き入れることだった。彼は「知的な」、非常に教養がある野心的な俳優であり、その上、皇妃エリザベートから称賛され、彼女のためにきわめて小さな集まりでハイネとゲーテを朗読することを許されていた。まさに衆人を熱狂させるこの人物が平和の集いに登場すれば途方もない宣伝効果がある、このことをベルタはとても良く理解していた——それゆえ当初レヴィンスキーが拒絶したときも、次のように粘った。「手に負えぬほど厚かましいと、あなたから思われる危険は覚悟していますが——もう一度、両手を合わせながらあなたの前に歩み出て、お願いを致します。私たちの平和の夕べ（二九日）に力を貸して下さい！　協会のためではなく、芸術家として講演して下さるだけでいいのです——しかしそれは私たちには新たな活気を、私たちのいくらか貧弱な金庫には潤いをもたらすことになるのです。もちろん、私のあなたへの要求は僅かなものでも慎ましいものでもありません——しかし、平和の活動における私は、慎ましくも遠慮がちでもないのです」[78]。

最後にはレヴィンスキーは承諾した。それどころか平和という理想のため、彼の妻である偉大な女優オルガ・レヴィンスキーを伴って登場し、大成功を収めた。

当時、病気だったペーター・ローゼッガーをグラーツから自分の集まりへと連れ出すには、一八九二年の五月、非常に長文の手紙を七通したためる必要があったが、彼はついに降参し、難儀な旅に出た。「私は我ながら自分のしつこさに驚いています」、と彼女は「崇拝する詩人」に宛てて書いた。「他のことであれば、病を患う尊敬する友人を、このような要求で苦しめたりはしないでしょう——しかし、私たちの尊く、正義に適い、しかし残念なことにいまだ軌道に乗ってはいない活動のこととなると——どんな躊躇（ためら）いも私には意味をなさなくなるのです」[79]。

ローゼッガーは本当にやって来て、「平和愛好家の正当性について私の考えること」[80]と題する講演をした。ベルタは、ホテル・インペリアルにおけるこの夕べとそれに続く打ち解けた集会で、彼女を賛美する者たちを文字どおり全員、自分のまわりに集めた。

重い病にかかり、七〇歳になっていたカルネーリさえも、この夕べに参加するためにズュートシュタイアーマルクからやって来て、後から次のような仮借ない批判を浴びせた。自分はこの夕べを確かに「奇抜で素晴らしい」と思い、ベルタは「殊に、この夕べの頂点に君臨して」いた。それに対し、「ローゼッガーはきわめて感じ良かったが、まったく平凡で」、ヴレーデによる協会の事業報告はあまりにも長過ぎた。「あなたには……何かしら人を魅了する力があります。しかし、私はあなたを愛し、あなたの未来を、素晴らしい未来を考えているのです。それは、あなたに手厳しいことをはっきり言う唯一の人物も含めて、誰彼といった小人物たちが遠の昔に地下に眠るようになってからも、なお続いて行くでしょう」。あなたは、どのみちあなたを崇拝し、あなたの為すことすべてに驚嘆する者たちの方を向いていてはいけない。あなたが気にかけなければならないのは、あなたが自分の理想のために味方に付けたいと望んでいる、志操を異にする人たちである。この人たちは、よりいっそう手厳しいが、しかしあなたの活動にとって遥かに重要な人たちなのだ。「私が思うに、あなたは大衆に向かって話すかのように話さなければいけません。そしてもしあなたが大衆を魅了しようとするなら、あなたは――一言で言うなら――女優のように振る舞ってはいけないのです。あなたが初めて集会に登場した時、あなたには当惑気味の謙虚さのようなものがありました。しかしそれは時おり真の温かみとなって、あなたは皆を魅了したものでした。早くも二度目の集会で、あなたの態度には気取りと思しきものが現れ、それがあなたから奪ったいくつかの特性は……私が最も重要だと考えているものです。なぜなら、それらが大衆を前に進めるからです。そして今回、あなたはあまりに多弁を弄し、それどころか、ほとんど美辞麗句を並べ立てただけでした。あなたは実に巧みに熱弁を振るいました。しかしこうした機会では、どんな熱弁もいりません」。あなたはまた、「きわめて専門的な場面で大役を演じること」も避けなければいけない。あなたはでき上がった原稿を朗読してはいけない。「あなたが以前そうであったように、テーマがひととおり頭に入っていれば、要点を忘れず、話の筋を外れないようにするには、見出しを記した小さな紙切れ一枚だけあれば足ります。すべてを丸暗記したように取り出すのではなく、再創出しなければならないのです」。

この手紙は、あり得る限りの批判を含んでいたにもかかわらず、温かな愛情と真の共感に溢れ、たとえば次のような文章にそれは現れていた。「あなたは真に偉大なことを成し遂げることができます……あなたに備わる素晴らしい自然さがあれば、集会を開くのに、最近の見当違いな大仰(おおぎょう)さは必要ありません[81]」。

ベルタは折り返し、返事を送った。「それでは今、私の真実の、私のかけがえのない、私の深く愛する友人であるあなたの手を、片手ではなくその両手を、握らせて下さい！　あなたが私に与えて下さった忠告のすべてを、私は未来のために心に留めておくことにします。本当にそもそもこれは今後も続くのでしょうか、つまり、私は本当にこの上なお頻繁にスピーチをすることになるのでしょうか。そう、とりあえずはベルンであります」。全体的に見れば、あの夕べはそれでも成功を収め、「大勢が新規に入会を申し込みました」。この催しは「『赤っ恥』に終わる可能性もありましたが、そうはなりませんでした[82]」。

一八九二年のベルンにおける国際平和会議での、次なる大舞台への登場を前にして、彼女は次のように書いた。「彼の地で私は、どうやら平和のプリマドンナとして期待されているようです――重い課題です。それゆえ私は、親友の忠告を忘れないことにします。飾り立てない――心が私に語る以上に誇張したり、大仰なことは口にしない」、こう彼女はカルネーリに約束し――そしてこれらの助言を生涯守り続けた[83]。

ベルタへの共感と、その一方で彼女の平和運動に対する懐疑に満たされていたのは、アルフレッド・ノーベルも同じだった。彼女は全力で彼の疑念を打ち消そうとした。「なべてこうした事は、種子のごとく小さいものです。それは認めます――一方、世界に巣食う戦争という怪物や、カプリヴィの演説、反ユダヤ主義の策動、そしていたるところにある反動的陰謀は巨大に見えます。しかし、種はたとえどんなに小さくとも、鬱蒼と茂る未来の森を宿しています。それに、朽ちゆく樹齢一〇〇〇年の巨木は、やがて訪れる倒壊の時をほのめかしています。下劣さとの闘いは厳しいものです。しかし、同時代に生きる最良の人たち、善意の人たち、判断力明断な人たちと共に一つの事を知る――これは、これ以上ない素晴らしい心持ちをもたらします。私たちにまだ力があり続ける二、三年は、私たちは竜退治の仕事に専念するつもりです――ひょっとすると私たちは、いよいよ勝利の日の夜明けを目撃するかもしれません！[84]」。

若いフリートと密接に働くようになればなるほど、彼女は――そもそも自分自身の行動力だけでも十分な彼女にそうしたことがあり得たとしたならばだが――彼の熱狂にますます感染するようになり、しかしながら常に懐疑的で、常に注意は促しても、称賛を送ることはきわめて稀だったカルネーリに対しては、ますます距離を置くようになった。自分より年少で、自分にはあまりに急進的過ぎた友人にカルネーリが繰り返しブレーキをかけようとしていたのなら、ベルタは同じことをやがて彼女の協力者フリートに対して行わなければならなくなった。彼は短気で、性急であり、人に対するその激しがちな態度ゆえに、同業者である書籍出版業者の中では非常に嫌われ、平和愛好家の仲間内ですら何度も悶着を引き起こした。ベルタは可能な限り手紙で彼をなだめたが、フリートが彼女の雑誌に無政府主義的な記事を掲載しようとしたときは、断固とした態度を取った。「これは、品位があり穏健な今までの私たちの態度とまったく相容れません」、こう彼女は抗議した。「私はルイーズ・ミシェルの役回りを引き受けるわけにはいきません、さもなければ信望をすべて失ってしまいます！……ですから、すぐさま記事を取り下げなさい[85]」。フリートは従った。それからすぐ、事務的な手紙の中にも、フリートに宛てた次のような文があった。「私はあなたをとても気に入っているということを、言い添えておきます[86]」。

この雑誌はそれ以降も問題の絶えることがなかった。予約購読の支払いは低調なまま、赤字は最初の一年でフリートがもはや雑誌を維持できないほどに膨れ上がった。彼はベルタに、金持ちの知人たちから金を融通してもらうよう頼んだ。しかし、自分自身おおいに金に窮していた彼女は、この屈辱的な提案に尻込みした。「自分の友人たちから小金を集める、こう言うと非常に簡単そうに響きます――しかし、これは簡単ではありません。これができない理由が――それ自体とは関係のない理由が――人にはあるかもしれないのです[87]」。

二人の間には深刻な意見の対立が生じ、ついにはアルトゥーア・フォン・ズットナーまでがそれに介入し、フリートに宛てて激しい手紙を書いた。「重荷はすべて私たちの背に載せられています」、と彼は書いた。「破綻が間近に迫り、今さらに二、三〇〇キロの重荷を負ってほしいと頼むのなら、自分の事として考えてみて下さい。あなたにこの事を説明するのは、自分の責務であると私は思います。というのも、ひょっとするとあなたは、私たちが全体として極楽のような生活を送っていると思い込まれているようだからです[88]」。

ハルマンスドルフは当時、フリートの知る由もないことだったが、深刻な金銭的窮乏状態にあった。とはいえベルタは、彼女と繋がりのあったライプツィヒの出版社ピアソンに働きかけ、フリートの雑誌を引き受けさせることに成功した。原稿料については、むろんピアソンからも受け取れなかった。

次なる目標は、ベルリンにドイツ平和協会を設立することだった。それ以前に存在していたのは、小規模な、どちらかといえば個人によるドイツ人平和愛好家サークルと、列国議会同盟の小さなグループだった。しかし、「ドイツ平和協会は実際のところまだ存在しません。フィルヒョーは当初誘いを受け入れましたが、それ以降は沈黙しています。帝国議会議員のマックス・ヒルシュ博士は目下、協会を設立しようとしています。『ナツィオーン』の発行人バルト博士は、私たちの同志の一人です。フランクフルトにも協会が一つあったはずです[89]」。

ドイツ帝国のための中央協会設立は大きな障害にぶつかっていた。『武器を捨てよ！』を著した有名な女流作家がベルリンで講演を行えば、計画が加速するはずだった。

ベルタをベルリンでできうる限り華々しくデビューさせようと、フリートはあらゆる手段を講じた。彼女の講演がクライマックスになるのは当然のこととして、ベルリンの偉大な知識人たちとの祝宴は、彼女に平和理念の先駆者として相応しい栄誉を与え、運動を一般に知らしめるはずだった。フリートの熱意が感染したベルタは、次のようにカルネーリに書いた。「ああ、私はベルリンへ行きます！――そもそも、我が安らぎは失われり、なのです！――座席は売り切れました。入場券売りは値をつり上げています。聴衆からは花束贈呈があります[90]」。

あり得る限りの成功にもかかわらず、まだまだ十分ではないという不安が残った。「私の名声は、私の功績を遥かに越えて大きくなりました――これは私には、かなりの重圧です。今私に向けられた期待に応えるには、哀れな獅子の力では足りません！」と彼女はカルネーリに向かって嘆いた[91]。しかし、直に彼女は落ち着きを取り戻し、夢を膨らませた。「もし私に向かってフィルヒョーが祝辞を述べれば――それはもちろん素晴らしいでしょう……ベルリンは成功して、ローマよりも影響を持続させねばなりません・・・」[92]。

フリートに宛てて彼女は書いた。「私の滞在中にドイツ平和協会の礎石を据える――これは素晴らしいことになるでしょう！　その折りにはフランス議会から寄せられた大いなる共感の表明を報告できるよう、私は手を尽くすことにします。願わくば、それまであなたの美しいベルリンで革命など起こりませんように」[93]。独仏関係が平和運動の内部においてさえ、いかに多くの摩擦の種を抱えていたか彼女が改めて思い知るのに、ほとんど時間はかからなかった。しかし依然として、自分の活動が間もなく勝利を収めるという確信は曇ることがなかった。「ところで、私の望みは、すべてが順調に運ぶことです」、楽観的に彼女はフリートに宛てて書いた。「平和運動には、特別な守護神がついています。私がこれに手を染めて以来、すべてうまくはかどってきました」[94]。

またも――オーストリアの協会設立時と同様に――彼女は平和の理想のために著名人を集めようとしたが、ヴィルヘルム二世治下のベルリンにおける真に著名な男性たちは、ほとんど彼女の理想に熱狂しないと認めねばならなかった。「グスタフ・フライタークは、その地位からすれば正しい男性なのでしょう――でも私の考えでは、志操からはそうではありません」[95]。

いずれにせよフリートは、平和の理念とベルタ・フォン・ズットナーに敬意を表する幾人かの名士を祝宴にかき集めた。作家フリードリヒ・シュピールハーゲンは「平和のジャンヌダルク」のために祝辞を述べ、「現実を自らの詩の影響圏の中へ」引き込むズットナーの「抜きん出た天賦の才」と、また同時に「深い心情」を称えた。[96] 祝辞のすべてで、ドイツ平和協会設立への希望が言及された。しかし、さまざまな努力が払われたにもかかわらず、このときベルリンで目標は達成されなかった。

こうして更なる仕事の糸は再びウィーンに収束した。フリートとマックス・ヒルシュ博士はベルタに定期的に今後の活動について報告し、彼女自身は熱心に手紙を書いて指示を出した。たとえばフリートには次のように書いた。「カルペレスをヒルシュと話させなさい。署名をもらうためには、まずは『一時的な』、そのうえ後々の活動の義務はないという留保つきの委員会を組織する必要があります。ウィーンではこの方法でやってきました。大物（シュピールハーゲン、バウムバッハ、デュ・ボア＝レーモンなど）は『名誉会長』でいてくれるだけでいいのです。――これでもう十分です」[97]。

国際平和運動において活躍するズットナー（Carl Pietzner 撮影）。ÖNB/Wien

そして再三再四、彼女はフリートを急き立てた。「ベルリン［次の平和会議開催地］の前にドイツの協会を発足させねばなりません」[98]。

最大の問題は、アルザス＝ロレーヌだった。平和運動はどうやって不倶戴天の敵同士、フランスとドイツの代表を共同の活動へと動かせばいいのか？　平和愛好家たちは自分たちの政府の政治的見解に従い、どちらの側もライン地方を要求しているというのに。

ズットナーは長い手紙の中でまさに懇願するよ

うに、ドイツを欠いた国際平和運動に価値はない、ドイツ政治こそが――とりわけアルザス＝ロレーヌがそうであるように――戦争か平和かという問題の中心にあるのだから、と力説した。「全世界が知っているとおり、あらゆる戦争の危険、あらゆる武装は、アルザス＝ロレーヌについてさまざまな見解があるということのみに起因しています。初めからドイツの見解が唯一正しいのだと見せかける「何人ものドイツの平和愛好家がこれを求めています」、それなら平和協会は必要ありませんし、そういうことは軍国政治だってやっています。そうであるなら、まずアルザス＝ロレーヌを返せ、平和はそれからだ、と言っているフランスの平和派も同じです」。

　平和運動において重要なのはまったく別のこと、つまり国民に平和への意志を示す機会を作ることであり、それによって国民は「政治的平和団体に力を与え、政府に一種の圧力を行使します」。それゆえ、必要なのは「ドイツにおいても連携する協会が存在することで、さもなければ、この運動の国際的影響は鈍らされてしまいます」[99]。ドイツ平和協会は、他の協会とまったく同じように、「政治を超越した」(つまり、なかんずく国家主義的ではない)ものでなければならない。

　この「政治を超越した」路線を無条件で堅持するよう、彼女は根気強くフリートに訴えた。「アルザス＝ロレーヌ問題を無視するのは、良いことです――しかし本当に必要なのは、このことについて沈黙することであり、この問題を認めないゆえに、それについて黙っていると公に言うことではありません。こうしたことをすれば、この新しい協会の国際交流を難しくするでしょう。解決策はこうです。この係争中の対立ではどこに権利があるのか、我々は言わない、法による秩序と裁きを作り出し、そこで係争当事者と権力者（これは私たちではありません）が武力に頼らず対立に決着をつける、これだけを我々は求めるのです……重要なのは――ますます明らかになっているように――現状を否定することでも肯定することでもなく、ただそれについて沈黙することです。この方法によってのみ、フランス人とドイツ人は究極の目標に向けて共に働くことができるのです」[100]。

第四回国際平和会議は、一八九二年、ドイツ代表を欠いたまま開かれねばならなかった。それでもここでは国家主義的問題が浮上した。オーストリア議会のポーランド系選出議員が、会議の中で、ポーランドが独立王国として復活することを要求したのである。平和愛好家たちは次のような声明を出し、彼の「出すぎた振る舞い」をたしなめた。「本会議がポーランド史の変更に取り組むことは不可能である。正義は未来のために準備されなければならない。歴史上の個々の不正義については、もはや逆戻りは不可能である。というのも、すでにあらゆる諸国の版図はすべて権力という土台の上に描かれており、新しい法、新しい秩序――これらは希求されるべきである――は、過去の事案に効力を持たない」[101]。

生涯を閉じるまで、ズットナーはあくまでこの考えを主張し続け、自分の協力者には繰り返し次のように言い聞かせた。「平和協会にできないこと――それはつまり、みずから平和を築くこと、戦争の政治的原因を取り除くことである」[102]。この課題を負うのはただ政府だけなのだ、と。

非政治的なドイツ平和協会を作るため、ズットナーは闘い続けた――それはフリートも同じだった。毎日、時には日に数度、彼女は彼や、もちろんさらに他のドイツ人平和愛好家たち、ズューデクム牧師、ヴィルヘルム・フェルスター教授、そしてマックス・ヒルシュ博士に手紙を書いた。

一八九二年一一月、ついに設立委員会発足の報がベルリンから届いたとき、ズットナーは有頂天になった。「私はもう長いこと、これ以上の喜びを感じたことはありません……」、彼女はこうフリートに書いた。「これは本当にすばらしい。この件でのあなたの功績は計り知れません――疲れを知らぬあなたの働きがなければ、委員会は発足できなかったでしょう――少なくとも、まだまだのはずです。――創設会員が一五人！――その内の、フェルスターとシュピールハーゲンだけでもう堂々たるものです」。自分はオーストリアの平和愛好家に、ベルリンでの設立集会宛てにお祝いのメッセージを送るよう促すことにする。「その時、ドイツ人とオーストリア人も『肩を並べて』働くことになります――しかし昔のごとくの、東と西で歯をむき出しあう流儀ではありません」[103]。

　しかしながらベルリンのドイツ平和協会は、憤懣と不満の湧き出るところとなり、そうであり続けた。アルザス＝ロレーヌは相変わらず平和愛好家たちのあいだで消し去ることのできない問題だった。国家を超越した、世界市民的平和思想といったあらゆる美しい理想も、ドイツ国家主義を抑え込むことはできなかった。フリートは激しく、時に我を忘れた無作法さで、ベルタの意向に従ってベルリンの「政治的」「国家主義的」平和愛好家と戦ったが、ついには異議を表明し、彼みずから設立したドイツ平和協会を脱退した。次に彼は、フランクフルトに新たな本部を作ろうと計画した――この計画は歴史的に見れば正しくはない。というのも、フランクフルトにはドイツ最古の平和協会が存在していたからである。一方、ドイツ帝国の首都であるベルリンはあらゆる活動の中心であり、そのベルリンをフランクフルトの本部に併合することは考えられなかった。

　この計画が意味するのは分裂であり、そのことをズットナーは激しやすい協働者に向かって強く警告した。彼女はフリートが敵対者たちと和解するよう促したが、彼がそうすることはなかった。ドイツ平和協会の活動は不徹底で何も実現させていない、というフリートの非難に対し、彼女は答えた。「オーストリアの平和愛好家の協会も――活動に関しては――ドイツの協会に及びません。私とカッチャーを除けば、誰も何もしていません」[104]。

　自分に敵対するヴィルトに向けたフリートの非難、「ドイツ平和運動の指導者であるヴィルトは今以上の成果は上げられないだろう――彼はすでに一日中働いているのだから」は、正当さを欠いている、と彼女は述べ、あらゆる手を尽くして、気難しい人間であるフリートをなだめようとした。「揺さぶりをかけたからといって、誰も熱中はしません」、彼女はこう警告した[105]。だが、すべては無駄だった。フリートは争い続け、みずから詫びようと考えることは、いかにズットナーが促したところで、まったくなかった。「私たちの活動においては……時機を見て和平を結ぶことも必要なのです」。

彼女は、どうか私のことを考えてくれるよう、フリートに求めた。「次に積まれる麦藁によって背骨を折られることになる駱駝[*11]、それが私です」[106]。

しかし、延々と手紙のやり取りが続いた後でこの個人的問題は収拾したにもかかわらず、依然としてアルザス＝ロレーヌという重大問題は残った。このことについて、ズットナーは一八九五年、次のように言っている。「ああ、アルザス＝ロレーヌ『問題』は、『問題』であるべきではないのに、昨今では何という不愉快事と不快な書き物を生み出していることだろう！――協調はあらゆる当事者にとって、そのために必要な代償はまったく考慮に値しないほど高い価値がある、これが理解できるところまで跳躍できるのは、こちらでもあちらでも、ほんの僅かしかいません！」[107]。だが、ドイツの平和愛好家もフランスの平和愛好家も、「平和のベルタ」の言葉に納得はしなかった。

フリートの敵対者ヴィルトもまた――フランス人とまったく同様に――何度でも、この争点に戻ってきた。どちらの側も、平和協会の利益のために自制しようとは考えなかった。フランス人が再三再四、「アルザスで三色旗[*12]がはためくまで」という決まり文句を口にするたびに、ヴィルトはドイツ平和協会の機関誌の中で返答した。「いずれにせよ旗ははためく、ただそれはドイツの三色旗[*13]である」。ベルタ・フォン・ズットナーは心を痛めた。「この勝ち誇ったような調子は、いったい何ということでしょう！

それに軍国主義の大教皇トライチュケの言葉まで借りて[108]」。

自分が思い描いていた政治的解決策を彼女は公の場で発言することができず、それを明らかにしたのは個人的な手紙の中だけだった。「アルザス人たちに選択の自由を」、これはイギリス人作家フォークスが自著『マーマデューク、ヨーロッパの皇帝』の中で述べていたのと同じだった。ズットナーはこの本をドイツ語に訳したが、改変を加えていた。彼女はフリートには原作の方がいいと説明した。「というのも、原作ではアルザスについての考えは、アルザス人に選択の自由を、ということで首尾一貫しているからです。私はこれを、中立的自治権に変更しなければなりませんでした。さもなければ、この本はそもそも出版してもらえなかったでしょう――それでも私は、思考と感情の種子はその中に含まれ、それを蒔くことで価値があると信じています。この仕事は、私には本当に（前書きの中で書いたとおり）自分に課せられた義務と思えたのです[109]」。

ベルリンの平和愛好家たちの国家主義はしばしば過激に走り、彼女はそれを厳しく批判した。「平和愛好家は、このように過激で威勢のいい物言いをしてはいけません。このドイツ流の無謬（むびゅう）と優越という思い上がりから、我らのヴィルヘルムが最近のメッス演説で述べた『容赦ない旧プロイセン式の攻撃』までは、ほんの一歩しかありません[110]」。悲しむべきことに、「たいていのドイツ人平和愛好家は、この運動がめざしていることは何か、つまり、それがめざすのは国際的司法の創設だということを知ってはいません。彼らは皆、多かれ少なかれ軍国人間なのです[111]」。

しかし彼女が心底怒りに駆られたのは、ついにはフリートまでもが負けじとばかりに敵を「モルモット」と罵ったときだった。彼女は彼に警告した。「しかし私たちは、敵の言葉を使わないようにしなければいけません。品位を備え、礼儀正しく、平和の使徒に相応しく……倫理的に非の打ちどころない振る舞いをし、美的にも隙のない話し方をしなければいけません。モルモットと罵るのは痛快です。しかし『福音文体』ではありません」。彼女はフリートに、態度を改め、次のように約束することを求めた。「将来、偉大な目標のための輝かしい盾を掲げるのです、それを手に、敵の打擲を跳ね返し、あらゆる反撃も無駄にさせるのです[112]」。

絶え間ない不愉快事に――しかもそれは「敵」である軍国主義だけでなく、みずからの陣営の中にもあった――腹を立てたベルタは、当時、この運動との関わりをやめて作家の仕事に戻ろうと真剣に考えていた。彼女を鼓舞するのに、フリートはおおいに苦労した。「いけません！　それはだめです！　あなたが逃げ出すことは許されません。あなたが弱気になることは許されません。あなたはご自分の責任を最後まで負い続けなければならないのです。もしかすると、これはあなたにとって呪いなのかもしれません。しかし、どれほど多くの良きことを、あなたはこの苦難によって作り出すことでしょう。もう一度快活に、もう一度自信に満ちて勇敢な獅子に戻って下さい[113]」。

そうして彼女は再び仕事に取りかかった。共に働くフリートを、彼女はこれまで以上に必要とした。なぜなら彼は粘り強く――そして無償で――平和運動のために働いたからである。彼の経済的窮乏の深刻さを知っていた彼女は、みずから窮迫した状況にあったにもかかわらず、彼を支援した。オーストリア平和協会の会員は、今では八〇〇〇人を数えていた。しかし、「会費を支払っているのは一〇〇〇人にも満たず、しかもたいていは三度目の督促状をもらってようやく支払うのです[114]」。

「私はオーストリアの協会が衰退するのを防がねばなりません」、このことに関して咎めるフリートに対し、ズットナーはこう答えた。「もちろん私はそうします――全力でそうする決意です。というのも、これは運動にとって大きな損失となるでしょうし、私にとっても特別の屈辱を意味するからです。

しかし、支援者となってくれた人たちは皆亡くなり、新しい支援者は見つかっていません。課題は山積みです。賃貸料、職員、書式用紙、郵送料——収入はわずかです。私たちに遺産を贈ろうと思いつく人はいませんし、どこにも熱狂はありません」[115]。最小限の資本がなければ組織を存続させるのは不可能だ、と彼女は書き、フリートに尋ねた。「フランクフルトの年次総会についての知らせを見ましたか？二三〇〇マルクかその程度の収支だそうです！——それならば私たちの協会も何とかなる、そう思われてしまうのです」[116]。

資金不足によって必要な平和活動が不可能になることは何度もあった。それゆえ、ズットナーは一八九四年、パリへ行くように促すフリートに宛てて、次のように書いた。「パリへ行くというアイデアは悪くありません。きっとそこに行けば何かができるでしょう。しかし、そのためにはそれが『できる』ことが必要なのです。はっきりと言います。お金がないのです、厄介な金が」[117]。

次に心惹かれたのは、近代平和運動揺籃の国、アメリカだった。「私はアメリカでは、贋硬貨のごとくに知られています」、と彼女は一八九二年、カルネーリに宛てて書いた。「シカゴ博覧会（会議部門）の代表から、平和会議を組織する仕事を引き受けるよう、依頼されました。——お断りさせて頂きます」[118]。彼女に組織の仕事をする気がなくなったわけではなかった。彼女に欠けていたのは旅費であり、そのことを彼女はこの友人に打ち明けず——同様に、まさに最初に平和協会に大金を寄付したアルフレッド・ノーベルにも打ち明けなかった。それに加えて、彼女はまたも大急ぎで長編小説を書かねばならず、それに対しては高額の報酬が約束されていた。このようにきわめて慌ただしく書かれる小説が年を追うごとにその質を落としたのも——そして作家としての彼女の名声がますます下がったのも——、そう驚くべきことではなかった。

しかし、たいていの場合、ズットナー夫妻は毎年の平和会議に赴く旅費を工面してくれる後援者を見つけることに成功した。ベルリンの新聞『ダス・ライヒ〈帝国〉』はこうした平和会議を、「ベルタ・ズットナーの頭から毎年生まれる怪物」と嘲った[119]。

その金はしばしば新聞社から支給され、ベルタは会議報告をその新聞のために書いた。時にはアルフレッド・ノーベルやライテンベルガー男爵のような友人たちから、その金が寄せられた。また時にはオーストリア平和協会の金庫に、会長を平和会議に送り込むのに十分な金があった。どこに行ってもベルタ・フォン・ズットナーは中心にいて、褒め称えられ、尊敬された。会議の記念撮影で、彼女は常に最前列の中央、たいていはフレデリック・パシーの隣りに座り――きわめて優雅で、たいへん上品な、まさに荘厳なまでの姿だった。

会議における彼女の使命は、代表の役割を遥かに越えていた。というのも、ほとんど常に諸国間には、たいていは現下の政治問題を原因とした、調停を必要とする争いがあったからである。それらは平和の闘士の陣営内部にも影を落としていた。「会議はつらい仕事です」、と彼女はフリートに書いた。「そこでは皆、すぐに我を忘れ、すぐに腹を立てます[120]」。彼女は頻繁に、あらん限りの力と信念を用いて喧嘩早い人々をなだめねばならなかった。彼女には権威があり、あらゆる方面から「助言者〈consiliatrix〉」と見なされていた――これは彼女の貢献と人柄、そしてまたベルン平和ビューロー副局長という国際的に重要な地位のおかげであった。

この国際組織のための活動は多岐に及び、いくつもの憤懣と満足をもたらした。ベルタはアルフレッド・ノーベルに宛ててこう書いた。「ベルンのビューローは他ならぬデンマーク政府の公的支援を受けていることを、もうご存知でしょうか？　これは一歩前進です。平和予算――こうしたものは、これまでありませんでした。私たちの組織は、『公益性』という性格を与えられ始めたのです[121]」。他方では彼女自身、集会の実効性に強い疑念を抱いていた。「私は、会議が何か建設的なことを実現するることは決してない、という認識に至りました。一人ひとりが行動する、それしかありません[122]」。

年月の経過とともに明らかになったのは、一八九一年に発足したオーストリア平和協会は、オーストリア＝ハンガリー全体を代表するには無理がある、ということだった。ハンガリーもボヘミアも（他の民族は言わずもがな）、ウィーン本部への帰属意識を持たず、それゆえ距離を置いている、このことはあまりに明白だった。それゆえベルタ・フォン・ズットナーは、少なくともさらに二つの平和協会を、つまりプラハに一つ、ブダペストに一つ、設立する必要性に迫られていることに気付いた。

一八九五年秋、彼女はプラハのコンコルディア記者クラブでの講演をきっかけに、ボヘミアのために抱いていた計画を実行に移した。たとえチェコ語は話さなかったにせよ、何といっても彼女はプラハに生まれ、ブルノに育ち、ボヘミア地方に個人的関係が多くあった。

講演は大成功だった。彼女はプラハの「ドイツ・ハウス」で、『ボヘミア』の報じるところによれば、「ドイツ系の最上流階級」を前に偉大な平和の闘士たちについて話し、また同時代のチェコ人作家スヴァトプルク・チェフとヤロスラフ・ヴルフツキーを称賛し、そしてみずからドイツ語に訳したヴルフツキーの詩を朗読した。これらの詩は「宝石のように輝く宝」である、と彼女は別の箇所で褒め称えた。「この本は、ここでスラブ人の『劣等性』という妄言を口にしている原始チュートン人たち[*14]の頭に、投げつけてもいいだろう[123]」。

彼女は、平和理念がドナウ王国の民族問題を橋渡しすると確信していたが、プラハのドイツ系住民たちからは猛反発にあった。間もなく彼女自身、ドイツ系とチェコ系の住民が一つになったボヘミア平和協会は設立の見込みがないと悟った――民族的対立と両者の憎しみは克服しがたかった。

このような事情で、プラハではすでに一八八二年から両民族共同の大学は存在せず、そのかわりドイツ系とチェコ系の大学が一つずつあったが、それぞれの教授と学生は互いに力ずくで争い、時にそれは流血沙汰となった。体操クラブから歌のクラブに至るあらゆるクラブも、チェコ系かドイツ系のどちらかで、「ボヘミア系」ではなかった。

ベルタは原則的に民族共同のボヘミア協会に固執していたにもかかわらず、暫定的解決策として、さしあたり二つの民族部局を提案した。「民族的に二つに分断された集団が宥和して共同作業を行う可能性があるとすれば、民族主義を超越した平和運動以上に相応しい領域があるだろうか？　実際、現下のプラハの状況では、さしあたり――言語闘争を回避するため――二つの部局に分かれて活動せざるをえないが、双方の会員は共同の目標を通じ、最高度の文化問題の一つにおける連帯を互いに感じるようになるだろうし、完全な調和のうちに協働し、会議には共同で参加し、そして……人間性という領域において意見の一致を見るであろう」[124]。

だがこれは、憎悪に満たされたプラハの現実とは一致しがたい願いだった。たとえば哲学者フリードリヒ・ヨードゥルや熱狂的な平和の闘士ヴルフツキー、小説家ゾフィー・ポトリプカのような、ズットナーの重要な友人がプラハに何人かいたにせよ、ボヘミアの平和協会は実現することがなかった。

ボヘミアとは反対に帝国内で強力な特権的地位にあり、民族的にはマジャール人が優位を占めていたハンガリーでは、一八九五年一二月、平和協会はすんなりと設立された。ベルタはブダペストで正真正銘の凱歌を上げた。「ブダペストの挿話はこれまでのあらゆる出来事を帳消しにしました、夢物語のごとくに、です!」、彼女はカルネーリにこう書いた。「ペスト[*15]の新聞諸紙では嵐が起こっています。どのハンガリー語紙もドイツ語紙も、四段から一〇段を割いています!——さらに執行部ですが、そこには二人の元大臣が……います」。そして、「ペストに対するウィーンは、炎に対する氷のようなものです」[125]。

ハンガリー平和協会の会長に就いたのは、ほかでもない、ハンガリーのきわめて有名な作家モール・ヨーカイだった。ハンガリー貴族はツィスライタニエン[*16]の貴族とは反対に自由主義的な伝統を根強く持ち、そこにはアルベルト・アポニュイ伯爵を始めとする傑出した代表者がいた。

ズットナー夫妻は首相バンフィ男爵からも招待され、最大級のもてなしを受けた。こうしたことすべては楽観主義と喜びの源となり、アルフレッド・ノーベルに成功を知らせる長い歓喜に満ちた手紙を書くきっかけとなった。その手紙によれば、ハンガリー政府は「私たちと行動を共にするばかりでなく、私たちの先を行く」ことになることを、バンフィは彼女に語った[126]。折り返しノーベルは、いわばお祝いとして、一〇〇〇グルデンを次の国際平和会議に寄付した。この会議は一八九六年にブダペストで開催された。

会議の議長は、国際的平和運動の草分けの一人、テュル将軍だった。ガリバルディ率いる「千人隊[*17]」の将軍だったとき戦争の恐怖を目の当たりにした彼は、すべての力を平和に捧げていた。ガリバルディの有名な平和宣言は、テュルの影響にその源があった。すでに一八六七年、彼はフレデリック・パシーによって設立されたフランス平和協会に参加していた。ハンガリー革命と国際的平和主義の偉大な先達として、彼は一八九六年のブダペスト国際平和会議の議長を勤めた。ベルタはフリートに宛てて書いた。「このように偉大な軍事的強者(つわもの)を味方に付ければ、おおいに役立ちます」[127]。

ズットナーは会議における基調講演をフランス語で行った。それは、自分自身にとっても残念なことに、彼女はハンガリー語が得意でなかったからだった——この講演はドナウ王国内におけるハンガリーの地位と、それによって明らかになるこの会議の国際性について説くものだった。こうした国際性あるいは国家を超越した性質を、彼女は講演の中で強調した。「一つの高度な文化を導くとき、すべての人々は国を同じくする人間となります。彼らは個別に存在する集団に分かれてまとまっているのではありません。人間愛、それに人間の尊厳という唯一の絆によって、一つにまとまっているのです[128]」。

まさにハンガリーにおいて平和運動が非常に活発だったということを、彼女は、いくつかの先入観を払拭させるきっかけにした。「マジャール人は勇ましく、誇り高く、好戦的だが、それでいて平等を熱望する民族である。平和同盟の基盤を作っているのは子羊のように柔順で闘いを恐れる精神であると誤解されているが、マジャール人が平和運動の味方となるとき、それは子羊の精神とはまったく別の精神による行いである——それは、野蛮で、古び、文化を抑圧し、人間を隷属させる慣習に対して、大胆に立ち向かう精神による行いなのである。ハンガリー人は戦争に対する闘いの本来の姿を正しく認識した。そして炎のような勇敢さでそれに加わった。すなわち、自由のための闘いである[129]」。

まさにブダペストの会議が示していたとおり、ベルタ・フォン・ズットナーが今や国際的平和運動の指導的人物になっていたということは、議論の余地がなかった。フレデリック・パシーは彼女を「我らの総司令官〈notre général-en-chef〉」と呼んだ。

しかし一八九一年に運動が大きく高揚したのは束の間の盛り上がりだったということも、ますます明らかになってきた。運動に興味を示すのは、ほんのわずかな人のみだった。みずからの意志を文書によって表明していた平和愛好家でさえ、もはや積極的に運動に尽くそうとはしなかった。会費は集まらなかった。ベルタがフリートに仕事の負担や財政的憂慮について嘆くのも、無理はなかった。「百万長者のことはさておき――あるいは、私たちに必要な数百万の支持者のことはさておき、あなたには、私の一日の労働時間を四七時間延長させ、精神的労働能力を一〇〇馬力向上させることはできませんか？そうすれば、私はもしかすると何がしか成し遂げられるかもしれません――そういう訳で、私はしばしば途方に暮れて座り込み、意気消沈しているのです[130]」。

彼女は当初、平和運動にとって協会の活動は大きな意義があると信じていたが、本当にそうだろうかという疑いが、ますます大きくなっていった。たしかに、平和協会は国際的な広がりを持つ組織であり、諸国政府に数多くの平和声明を発する舞台だった。協会は会員の活動に対して必要な財政支援をすべきはずだったが、ただしそれはたいてい不可能な状況だった。協会は負担を取り除くべきはずだった。しかし現実は、とりわけベルタにとって、さらなる負担と内輪での多大な不快事をもたらしていた。とはいえ、会議の折りに開かれる国際集会とベルンの国際平和ビューローは、実際に利益をもたらした。

ヨーロッパの平和運動における偉大な先達であるフレデリック・パシーは、平和の闘士の課題を次のように見なしていた。「国家間の同盟が制定されるまで、未来における正義と平和の国家のために働く者の同盟を、私たちが作るのだ[131]」。この仕事が発揮する最大の効果については――協会にせよ、あるいはたとえばフリートがそうしていたような、個人の働きを通してにせよ――さまざまな意見があった。ズットナーは年を取ればとるほど、ますます協会の効率を信じないようになり、ますます個人が果たす成果を確信するようになった。

一〇年に及ぶ平和活動ののち、彼女は次のように考えた。平和運動が「国民運動となるためには、協会という柵の中から外へ出なければならない。協会は――かつての女性運動や労働者運動におけるがごとく――始まりに過ぎない。目下、フェミニズムと社会主義はすでに勢力として存在している――今度は、平和主義の番である」[132]。

　成功という慰めが与えられることはなかった。というのも、どれほど多大な努力を平和愛好家たちが払おうとも——戦争はなくならないのだった。一八九八年の米西戦争[*18]の勃発はベルタを激しく震撼させ、彼女は二日間、病に臥せった。

　その直後、雑誌『武器を捨てよ！』に載せた政治論評を、彼女は黒枠で囲んだ。「私たちの苦悩を深めているものがある。それは、平和運動の揺籃の地、そしてその砦、アメリカ……軍国主義を知らぬ国、アメリカ——アメリカが、戦争勃発の国になるとは」。そして、もう一度彼女は、ひとたび始まった戦争を限定されたものに留めるのは困難である、と警告した。「世界戦争へと拡大させる合図が、そこで発せられた可能性がある。というのも、誰に結果が予見できるのだろう？　炎が上がっている。梁は燃え落ち、私たちの屋根はすべて藁で——石油を吸い込んだ藁で覆われている」[133]。

　まさに抗うかのように、彼女はフリートに宛てて書いた。「しかし私たちが旗を降ろすことはありません！　嘲る不信の者たちに、これ以

„Friedens-Versicherung."
Bertha v. Suttner: Ich möchte gern meine Kleine, die Frieda, versichern.
Der Vorsitzende der Versicherungsanstalt: Das Mädchen sieht aber recht schwächlich aus — da wird die Versicherung furchtbar viel Geld kosten!
(Lust. Blätter.)

「平和保険」
ベルタ・v・ズットナー：娘のフリーダを保険にかけたいのですが。
保険会社社長：この娘は実に虚弱そうに見えますな——これで保険をかけるには、ぞっとするほどの大金がかかりますぞ！　Abrüstungs-Bilderbuch, Berlin 1899
【訳注】「フリーダ」Frieda は「平和」Frieden のもじり。

上私たちのやることへの手出しを許してはいけません。世界解放と高貴化へ向けた進歩は、またも身の毛のよだつ螺旋（らせん）運動に巻き込まれ、後戻りしています。しかし、平和運動はひょっとすると危機のあとで力強く飛翔するのかもしれません。そうです、諦めて身を横たえたいという誘惑は抗し難いかもしれません……しかし、私たちはそうしてはいけないのです。小さな明かりであってもそれは明かりなのです。自分からそれを消してはいけません。私の戦友たちよ、勇気を持って。私たちに味方する義勇軍、私たちが使える数百万のお金は、そのうちにやって来るでしょう。ひょっとすると私たちが、いつかその時をむかえるのかもしれません……持ち場を離れてはならないのです！」[134]。

7
反ユダヤ主義との闘い

ズットナー夫妻、とりわけアルトゥーアは、オーストリアの平和運動の組織と並行して、もう一つの協会活動を強力に支持していた。それは「反ユダヤ主義防止協会」であり、平和協会の補佐役をもって自任していた。アルトゥーアはこう書いている。「しかしながら私たちは外に平和を達成する以前に、内に平和を生み出さなければならない。この仕事に、私たちとあなた方［平和愛好家］は従事し、互いに補い合っている」[1]。

八〇年代の反ユダヤ主義は、貧しいロシア系ユダヤ人が西ヨーロッパへ大量に移住したあと[*1]、突然始まった。ズットナー夫妻がこの野蛮な印象を与える時代の趨勢について最初に耳にしたのは、遠い地でのことだった。ジョージアにいた彼らは、ベルリンの宮廷教会説教師シュテッカーの演説と、この反ユダヤ主義者の誹謗が住民に巻き起こした反響を報じる記事に唖然とした。彼らはこの運動を「中世への逆行」と感じた。彼らにとって人種憎悪は、暗黒の、とっくに克服された時代の亡霊であり、その再来は、野蛮から「気高い人間性」への人類の進歩という彼らの信念と矛盾していた[2]。絶え間ない同化と混血婚によってユダヤ人問題はもうすぐ存在しなくなるだろう、人類の進歩は民族的な差異を消し去り、民族主義や宗教的不寛容を克服し、遂には無神論的世界市民という理想において頂点に達するだろう、多くの同時代人と同様にズットナー夫妻もこのように考えていた。

ツァーリの帝国におけるユダヤ人への恐ろしいポグロム[*2]は、彼らには過ぎ去った時代の遺物、ロシアのような時代遅れの国においてのみ可能な野蛮に見えた。しかしロシア系ユダヤ人の移住の流れは、ポーランドを経てベルリンに、ガリチア[*3]を経てブダペストとウィーンに向かった――そして突然これらの地にも、反ユダヤ主義の炎が燃え上がったのである。ズットナー夫妻は、全力で立ち向かえばこの運動はすぐに克服できる、と考えた。彼らは世論の有効性を大いに信頼しており、どのような不正に立ち向かうにも鍵となるのは世論の結集だった――哀れなユダヤ人移民に対する不当な扱いに立ち向かうときも、それは同じだった。

一八八二年、ドレスデンで「第一回国際反ユダヤ主義会議」が招集され、マニフェストの中でユダヤ人に対する闘いが呼びかけられた。諸政府に対して要求されたのは、今後のユダヤ人移民受け入れの拒否だった。ベルタは当時まだ目新しかったこうした出来事に憤慨し、反ユダヤ主義のマニフェストに対する反論書を起草した。彼女はその中で、反ユダヤ主義者の論証に言葉を尽くして反論し、「正義」を支持した――それはすなわち、彼女がその運命に心から同情している、哀れな人々の中で最も哀れなこの人々の人権を擁護することだった。「私の脳裏には、下層民に対する野蛮な迫害から逃れ、全財産を失った、この哀れな人たちの一群が思い浮かぶ。彼らは、ぐったりと疲れ果て、目を泣き腫らしている。なぜなら彼らの最愛の者たちの幾人かは――もしかしたら一番年下の子供かもしれないし、年老いた母親かもしれない――殴り殺されたか、道中で行き倒れたからだ。そうやって彼らは遠いドイツの国境にたどり着いたのであり、そしてここで新しい家庭を築こうとするだろう。立ち上がれ！　汝ら、キリストを信じる兄弟よ！　群れをなすユダヤ人を追い返さんと、槍を手にしている者がそこにいないか！――あるいは国境には、師イエスのこと、そしてサマリア人の譬え[4]のことを思い、不幸な人々の一群を受け入れ、食事を与え、慰めようとしているキリスト教徒が住んでいるのかもしれない。しかし、まさにそのとき国境警備兵が駆けつけ、アーリア化[5]した文化を救う！――不幸な人たちは、向こう側で泣き崩れながら互いに抱き合う。今や彼らに残された道はただ一つ、死のみである……しかし、これは、敵として押し寄せた集団の撃退ではなく、私たちの真っ只中で平和に暮らす集団の一掃なのだ。それゆえ、ここで唱えられている闘いを戦争と呼ぶことはできない。それは大虐殺と呼ばねばならない。

ああ、イエスよ――善き方、慈悲深き方、人間愛に輝く方よ――これはあなたの御名において為されているのです！」。

この犯罪の最大の責任は反ユダヤ主義の暴徒にではなく、高位の立場にあってそれを主導している者にある、とベルタは考えた。「彼ら、つまり発言の主導権を握る聖職者、騎士領領主、国会議員らは自ら手を染めることはないが、その言葉は狂信的な暴虐を解き放ち、投石や放火を引き起こしている。彼らはそれを『唯一無二の、完全に満足できる問題解決策』として、『キリスト教世界にとって不可避の文化課題』として、容認している。ここで引用された一節に書かれた残虐行為を目の当たりにしつつ中立的平静さを保つには、また、ここで閲された出来事を注視するには、幾許かの自制心が必要だ。脅かされた人々に対する同情と脅かす者に対する憤りに胸は締め付けられ、嫌悪感がこみ上げる」[3]。

こうした論説を数編、アルトゥーアとベルタは怒りに駆られて執筆した。そして熱に浮かされたように、この恥ずべき行為を新聞紙上で明らかにし、そうすることで反ユダヤ主義を打ち倒そうとした。ところが反ユダヤ主義に関する論説は、次のような理由をつけて、すべて印刷されぬまま送り返された。「この問題をあまりに過大評価されているのではありませんか……これは不快なテーマで……理性ある人々からはおのずと否定され……すでに耳にする機会も減り始めています……注目すればいっそう力を付け増長するでしょう……私たちは原則的にこの問題に立ち入ることはいたしませんし、玉稿においてはこれに関するいかなる当てこすりも避けられますよう、お願いいたします」。あるいは、「オーストリアには、反ユダヤ主義は存在しません。もしもプロイセンからそのいくらかが私たちの所に持ち込まれているとするなら、それに対する唯一正しい態度は、黙殺することです」[4]。

その後の事態の進展は、こうした論拠の誤りを明らかにした。オーストリア＝ハンガリーにも新しい反ユダヤ主義が生まれ、思いもよらぬ様相を見せるようになるまでに、さほど時間はかからなかった。ドイツ民族主義派（「全ドイツ主義者」ゲオルク・リッター・フォン・シェーネラーを中心とするものから、ドイツ＝オーストリア派の穏健な主張者を中心とするものまで）は、ハンガリーやポーランド、その他の民族主義者だけでなく、好戦的カトリック主義の指導者、とりわけ後のウィーン市長カール・ルエーガーとその同志を中心とするキリスト教社会主義運動の指導者とも盟約を結んだ。

ますます紛糾の度を深める対立は、ユダヤ人と反ユダヤ主義者との間だけでなく、次第にユダヤ人同士の間でも繰り広げられるようになった。ほとんど完全に同化し、多くの場合その信仰を失っていた西ヨーロッパ大都市のユダヤ人は、突然多数の貧しい正統派東方ユダヤ人と相対(あいたい)することとなり、反ユダヤ主義者からは十把一絡げに罵倒を浴びせられた。[*6] このような好戦的ユダヤ人憎悪が巻き起こった今、彼らの一部は、苦労してドイツ人やハンガリー人として受容され、獲得した地位を失うことを恐れて、無産階級のユダヤ人と対立した。そして、この数世紀に西方ユダヤ人と東方ユダヤ人の間ではあらゆる点で差異が拡大していたが、それにもかかわらず連帯し、精力的な支援をしてきた（それゆえ卑劣な反ユダヤ主義の標的となった）人たちですら、非常に動揺し、脅威を感じていた。

数世代前からオーストリアに定住しているこのようなユダヤ人の多くは、ウィーンの「第二社会」に組み込まれていた。この層――宮廷貴族からなる「第一社会」とのあいだには厳しい境界線が引かれていたが、市民階級と無産階級からなる「第三」と「第四」の社会に対しては開かれていた――を構成していたのは、「産業男爵」という新興貴族、官僚・将校の貴族、それに今日もなおこの輝かしいウィーン文化時代を特徴づけると見なされている、世紀末ウィーンの芸術家や知識人の大御所たちだった。

ズットナー夫妻が属するのもこの「第二社会」であり、彼らは今、最も親しい友人たちが俄(にわか)に蔓延した反ユダヤ主義にさらされているのを、目にすることとなった。コーカサスで純粋に人道的問題と見なしていた問題、そして正義感を深く揺り動かされた問題を、彼らはウィーンにおいて、まさに身を持って体験したのである。反ユダヤ主義を黙殺することはできなかった。攻撃的な空気が増すなかで、個々人は立場を明らかにするよう迫られた——賛成なのか、それとも反対なのか、を。

ズットナー夫妻の決断に迷いはなかった。彼らのコスモポリタン的、自由主義的、反教権的世界観は、民族主義的な反ユダヤ主義とも、カトリック的な反ユダヤ主義ともまったく相容れなかった。そして不当な言動をそのまま放置できないベルタとアルトゥーアは、このときもまさに非ユダヤ人として全力でこの野蛮と戦う義務があると感じたのである。「不正に対しては……戦わねばならない——この場合、それ以外の選択肢はないのだ。沈黙は——そうすることで軽蔑を示すと称しても——それ自体が軽蔑に値する。反応しなければならないのは、当事者だけではない。どこであれ不正を目にしたならば、関わりのない者も当然それに立ち向かわねばならない。沈黙する彼らは同罪である。それはたいてい当事者の沈黙と同じ動機、すなわち臆病に基づいている。たとえ見かけは上品で控えめな態度を装ったとしても、ただ顰蹙（ひんしゅく）を買わないように……ただ面倒に巻き込まれないように、というのがその根本動機である」[5]。

ベルタは、すでに『機械時代』のなかで——キリスト教社会党の指導者カール・ルエーガーをあからさまに当てこすりながら——反ユダヤ主義を政治綱領にすることの不当性を指摘していた。「いったいいかにして……一部の住民に対する敵意が、全国民の福祉のために行われるべき活動の旗印となりえたのだろうか?」。

そして、「『法の前では皆が平等である』という命題が法の基礎となっていた一九世紀の立法府の中心で、この概念「反ユダヤ主義を指す」は……何を求めることができたのか？」。機械時代の人間の幾人かは、「驚きと憤り」をもって自問した。「いったいなぜ、このようなことが人間的で啓蒙された我々の世紀に起こり得るのだろう？……これは我々の世紀の汚点……野蛮な未開と宗教的狂気の残滓である」。

ズットナーは次のように述べた。彼らは自分の見解を一種の啓蒙性と科学性によって装おうと、次の常套句を見つけ出した。すなわち、自分たちの攻撃対象は宗教ではなく民族である、というのだ。彼らの中の識者ぶっている者たちのために、この命題には際限のない民俗誌的美辞麗句がまつわりつき、そこではアーリア人やトゥーラーン人[*7]、インド・ヨーロッパ語族が入り乱れた。もっと単純な階層のためには、結構な民衆向けの詩句となった。

何をユダヤの民が信じるか問うのは無用、
この人種のなかにあるのは不浄。

「全ドイツ主義」の指導者ゲオルク・フォン・シェーネラーによるこの有名な箴言を、ベルタは次のような詩句に作り替えた。

なぜキリスト教徒が迫害するか問うのは無用、
この迫害のなかにあるのは――我らに言わせれば――非情。[6]

彼女は「上流社会」内部における反ユダヤ主義の発言に憤り、たとえば、「激烈なユダヤ人嫌い」の正体を現したある元帥を次のように描いた。「彼は、自分は人道的だと言っていますが、それは力ずくの迫害には反対だからです――しかし、すべてのキリスト教徒が――彼と同様――次のように誓うことを望んでいます。つまり、ユダヤ人からは絶対に何も買わず、彼らには何も売らないことを――彼らを空気のように、悪臭に満ちた空気のように扱うことを――けっこうな人道です。つまり、同じ権利を持った同胞が生きていけないようにする、ということです。なんという論理でしょう！[7]」。そして、「今や、ゲットーを封鎖してユダヤ人を飢えさせるのであろうと、（彼らから何も買わないとか、完全に締め出すなどして）生きていく術を組織的に奪うのであろうと、紳士であれば、サロンでユダヤ人某のことを話すのであろうと、あるいは下層民……に属す者であれば、殴りかかるのであろうと、それはすべて同じことです[8]」。

小説『雷雨の前』に登場する善良な市民に、彼女は宥めるように語らせている。「本当はユダヤ人を虐待してはいけませんね」。それに対する返答はこうである。「まるで鞭打ちだけが虐待であるかのような、まるで人間の自尊心と正義感に対する一撃が背中への一撃より大きな痛みを与えることはあまりないかのような――まるで殴る者はそれによって同じく残忍さを示してなどないかのような物言いでは？[9]」。

自分の仲間のユダヤ人が、あまりに鷹揚に、そして寛大に反ユダヤ主義を受け入れるたびに、ベルタは必ず異を唱えた。たとえば、彼女はモーリッツ・ネッカーにこう書いた。「反ユダヤ主義的であれば、私は初めから信用しませんでした」。「人種に対する不寛容は、宗教に対する不寛容と同様に非科学的であり、頭脳と心の小ささ、狭さを表しています。よって一人の人間が高潔な思想家であると同時に反ユダヤ主義者でもありうるということについて、私はあなたと考えを同じじゅうしません[10]」。

時をおかずに彼女は、ある論説のことで再び彼を批判した。「ただその中で、反ユダヤ主義的なものに対してあまりに寛大すぎるように、私には思えます。この傾向に対しては、きわめて熾烈（しれつ）な闘いを挑むべきです」。そのあと、彼女は彼にこう予告した。「私は、このテーマについて小説を書こうと考えています——その素材については、感謝しています……この野蛮について心の中に溜まった憤懣（ふんまん）を、私は一度あらいざらい書かずにはいられません」[11]。

ネッカーはこれに返事を書いたが、彼の論証はこの当時のウィーンのユダヤ人に典型的なものだった。自分はそのような反ユダヤ主義の小説執筆を思い留まるよう助言する、なぜなら「第一に、何と言ってもおそらく少し遅すぎました。しかし、この運動は終わったのです。第二に、この運動は挿話としてなら創作に用いることは可能です。しかし、創作の主題とするには、このモチーフでは不十分です。その言説がおおいに耳目を集めているとはいえ、反ユダヤ主義はあまりにも無知で馬鹿げていて、真面目に受け取ることはできません。詳細に描写をすれば、不快感すら与えかねません。あなたはさらにユダヤ人の欠点も、それにおそらく、奇異な特徴も描かねばならないでしょう。これは、ユダヤ人も反ユダヤ主義者も満足させせない、使い古しのテーマです。私が小説家ならば、完全に避けて通って反ユダヤ主義がインフルエンザのように収まるのを待つか、それとも、せいぜい付随的に描くかのどちらかでしょう。事実は、うんざりするほど語られたユダヤ人問題をあなたが扱っても、敵からも味方からも読者は得られないということです」[12]。

しかし、偏見にとらわれない人間は最終的に誰もが反ユダヤ主義への抵抗を始めねばならない、という考えをベルタに捨てさせることはできなかった。「当事者のみならず、自分たちと同じ権利を持つ同胞、同じ人間である仲間に起きている著しい不正に痛みを感じるすべての人々も、最後は勇気を奮って大きな抗議の声を上げねばならない。長く、あまりにも長く、彼らは沈黙したまま傍観していた。国家の基本法にも理性の法にも反する行為は自ずと消滅するに違いないという誤った思い込みゆえに、他の人々が激しく声高に急き立て、鼓舞すればするほど、彼らはいっそう静かに、蔑むようにして背を向けてきた。そして反ユダヤ主義者でない人々の態度は、侮辱された人々をなおも傷付けぬため、侮辱する人々に注目を集めないという一種の礼儀から、消極的だった」[13]。

彼女がとりわけ容赦なく暴いたのは、小市民、あるいはキリスト教社会主義者が抱く反ユダヤ主義の動機だった。「人をけしかけることほど容易いことはなく、教養のない大衆に憎悪と不信を目覚めさせることほど容易いことはない。それゆえ反ユダヤ主義が住民の間で、すなわち田舎者の間で得た大きな支持は、その正しさを証明するものではない。もう一つ付け加えることがある。ある集団を劣った二級の被造物だと見なすことができれば、人々は大喜びする。それによって彼らの目には高貴さが宿る。そうしてつましい職人や従僕は、四頭立ての馬車で通り過ぎる某男爵のことを『あれはただのユダヤ人さ』と言えるなら、ある意味、自分が貴族に列せられたように感じるのだ。さらに経済的窮乏に苦しむすべての人々にとって、自分の憤懣をぶつけ、抑圧する対象となる一群を思い描くのは慰めとなる。なぜなら、他者を抑圧すれば自らの救済が期待できるからである」。

一八九一年の帝国議会選挙では、反ユダヤ主義政党が輝かしい勝利を収め――自由主義政党は壊滅的敗北を喫した。バルトロメーウス・フォン・カルネーリも「無名の反ユダヤ主義者」に敗れ、帝国議会の議席を失った。ベルタは嘆いた。「ある程度分別のあるオーストリア人をすべて、それは自由かつ冷静に物事を考える人々すべてという意味ですが……私たちは失ったのです」[14]。

選挙戦のあいだ、ウィーンでは反ユダヤ主義政党支持者の暴力事件が起きた。「それに対する夫の憤慨は凄まじいものだった。『ここで何かを講じなくてはいけない！』と彼は決意した。そして机に向かい、規約と議案と声明を執筆した[15]。

反ユダヤ主義に反対する運動のために、協会が設立されることになった。アルトゥーアはルドルフ・ホヨス伯爵にこの計画を紹介し、彼を味方につけた。繊維工場の経営者ライテンベルガー男爵も即座に協力を決めた。翌日には、著名な教授ヘルマン・ノートナーゲルがそれに加わった。反ユダヤ主義を防ぐための協会の設立を呼びかける声明が日刊紙に掲載され――数百名のウィーン人が入会した。

この協会の設立は、明らかに一八九〇年に結成されたベルリンの「反ユダヤ主義防止協会」を範としていた。活動をより効果的にするために非ユダヤ人だけが所属していたその協会は、ベルリンの平和愛好家とほぼ同じ面々から構成されていた。著名な医学教授フィルヒョーも、両方の運動に関与していた。

かつてジョージアでともに著述業を始めたように、九〇年代の初め、ベルタは平和協会で、アルトゥーアは反・反ユダヤ主義協会で、ともに協会活動を始めた。当然のことながら、二人はお互いの協会に積極的に協力した。一時的な高揚が、二つの協会の設立に影響を及ぼしていた。「たくさんのユダヤ人を救済するために、私たちは多大な努力を傾ける必要があります――この運動は素晴らしい発展を遂げます」、とベルタは一八九一年五月にカルネーリに書いた[16]。そしてウィーンの活動について最初の新聞記事が掲載されると、彼女は次のように勝ち誇った。「完全な成功を収められたのは、本当に素晴らしいことです――誰もそれを信じていませんでした。おそらく、あなたもそうだったのでは？　私も同様にほとんど信じていませんでした。これ以上まったく何も起こらなかったとしても――このように名づけられた協会を誕生させたということ、その事実だけで十分満足です。これは全世界で反響を呼びました――昨日もちょうど『フィガロ』で取り上げられたところです。これは彼の力であることを、認めなければなりません。私のひとが立派に成し遂げたのです……まだまだ仕事があるでしょう――しかし、この満足感は心地よいものです」[17]。

次への夢を抱くことでみずからを支えていた青春時代、最悪の凶兆が現れたときでさえ常にすべてを楽観視してきたように、彼女はこの反対運動の成功について幻想を抱いていた。たとえば、協会設立からほんの数週間しか経っていない一八九一年六月、彼女は早々とカルネーリに書いた。「あなたは、反ユダヤ主義者に対するコロニーニの非難をどう思いますか？――協会の効果が早くもこうして現れました。以前は、反ユダヤ主義者について沈黙を守り、無視することが礼儀作法でした――今、協会員（コロニーニは最近入会しました）は大きな声をあげて主張することを、義務と感じています。黙殺するという因襲は打破されました」[18]。

協会は多くの名士を味方につけることに成功し――その名士の名前はさらにまた他の名士を引き寄せることになった。貴族のエドムント・ズィチ伯爵、一八八八年に反ユダヤ主義の暴動によってウィーン大学の学長職を辞さねばならなかった地質学者で自由主義派の元帝国議会議員エドゥアルト・ズュース、医師クラフト＝エービング、技術者ヴィルヘルム・エクスナー、建築家のハーゼナウアーとフェルナー、それにヘルマー、作家のペーター・ローゼッガーとルートヴィヒ・ガングホーファー、そしてエーブナー＝エッシェンバッハ夫妻、画家オルガ・ヴィズィンガー＝フローリアン、さらに――ワルツ王ヨーハン・シュトラウス。これらはオーストリア平和協会設立時に代表として連ねられた名前と、ほとんど同じであった。これは、反ユダヤ主義に対する闘いが平和運動といかに密接な関係にあったかを示している。

新しい協会の名称を巡り、いくらかの議論が交わされた。ペーター・ローゼッガーは、この協会は

「民族主義との闘い」に専念した方が良いという考えであったが、それはこの問題に彼がより大きな危機感を抱いていたからだった。しかし、ノートナーゲル教授は反対した。「反ユダヤ主義に的を絞ろう。この状況はまだ変えられる。民族主義の病は治療不可能だ[19]」。

協会員が自分たちの闘いをどれほど楽観視していたかは、フリードリヒ・ライテンベルガーの次の決意にも示されている。「ほとんどの国がすでにぬぐい去ったこの汚点を、我らがウィーンと美しいオーストリアからも消すために、私たちは病巣を一つひとつ無害化しなくてはならない。オーストリアの反ユダヤ主義は断末魔にある、と私は確信する。私たちは喜んでその墓を掘ろう[20]」。

ベルタは夫の功績をあらゆる機会を捉えて強調し、協会における彼の重要性を力説することに懸命だった。協会に非常に多額の寄付をしたライテンベルガー男爵が議長職に長く留まり過ぎだと考えると、彼女はカルネーリに宛てた手紙の中でくどくどと不平を並べた。「この運動を立ち上げたのは、実は私のひとであったということが、少々忘れられています。きっとそうです[21]」。

実際アルトゥーアがそれほど優れた能力に恵まれていたかどうかは、疑わねばならないだろう。この数週間後に彼が人生で最初の演説を行ったとき、普段は夫のどんな些細なことでも必ず大仰に褒めちぎるベルタが、珍しく躊躇いがちに記している。「最後に私のひとが初めてスピーチをした――つかえることなく話し、拍手をもらう[22]」。

アルトゥーアはこれまで小説を書いていたが、その売れ行きは悪く、彼は随分と苦労しながら、妻の陰の取りなしによって出版社を見つけていた。そのほかにも、ハルマンスドルフの管理人として懸命に働いたが、ここでも成果は上げられなかった。その彼が今や反・反ユダヤ主義協会で多忙を極めるようになると、ベルタはそれ相応の称賛を惜しまなかった。とりわけ、アルトゥーアにいつも冷ややかだったカルネーリに向かって、彼女は夫の功績を称えた。「反・反ユダヤ主義協会のために、私のひとは膨大な量の書きものをこなさなくてはなりません。手紙の返信などです。昨日は南アフリカから手紙が届きました。それからプラハのイスラエル文化共同体からの感動的な感謝の手紙――それと並んで、憤慨した反ユダヤ主義者のえげつない手紙も[23]」。

それどころか彼女は、協会に対して反ユダヤ主義の新聞が掲載した最初の中傷記事を見つけても――たとえば『ドイチェス・フォルクスブラット〈ドイツ民族新聞〉』は、この協会を「宗教に害をなす美辞麗句協会」と呼んだ――満足を覚えた。それは、敵の記事も宣伝効果を上げてくれたからだった。またしても最も悪意に満ちた批判をしたのは、全ドイツ主義的反ユダヤ主義者ゲオルク・リッター・フォン・シェーネラーによる『ウンフェアフェルシュテ・ドイチェ・ヴォルテ〈真正なるドイツの言葉〉』だった。ズットナーは書いている。「あの口調！　たとえばノートナーゲルは、まじない師呼ばわりをされています。これほど楽しんだのは久しぶりです」。そして、その二日後には同じ記事についてこう書いた。「爆笑ものです――激怒する気にならなければ。虚偽、罵言、卑劣、これはあの連中が闘いに用いる武器です――そして（カトリック要理をたっぷり教え込まれた）愚かな、愚かな、愚かな国民が協力するのです[24]」。反ユダヤ主義の新聞は飛ぶように売れた。シェーネラーとルエーガーは、大衆の間できわめて人気があった。ベルタは書いている。「ならず者があのように絶大な――支持を得ることに、どうして満足できるでしょうか？[25]」。

一八九一年七月二日、この協会は最初の集会を開いた。翌日の『ノイエ・フライエ・プレッセ』に掲載されたアルトゥーアの論文を、ベルタは誇らしげに自分の『回想録』に引用している。協会は「反ユダヤ主義の打倒、しかもそれは公開講演会の開催や啓発的文書の配布、討論会、場合によっては協会機関設立による打倒」をみずからの責務とした。なぜならアルトゥーアによれば、「動物を虐待から護るためにも協会が設立される時代――それは完全に正しい――に、ついに同胞への虐待に反対することも当然となった。それが名誉の毀損に留まらず暴力沙汰にまで嵩じて、同胞であるユダヤ人が生活を脅かされていると感じる理由の一切をもたらしているなら、なおの事である。私が想起しているのは、ユダヤ人女性の家の窓を割り、殺してやると大声で脅す町外れの英雄たち、老人を路上で打ちのめす兵士たち、ユダヤ人の学友の目をナイフで突き刺す生徒たちである。これらは数ある中のわずかな例に過ぎないが、その一つだけでも、正しく物事を考えるすべての人間に憤激の叫びを上げさせるには十分だろう」。

反ユダヤ主義者の新聞の粗暴な調子とは反対に、自分たちの陣営が守らねばならぬのは「品位を保つことである。……あらゆる攻撃に対抗するために私たちが携える二つの武器は、理性と正義感でなければならない[26]」。

反ユダヤ主義者の新聞が及ぼす大きな影響への対抗策として、防止協会は自分たちの雑誌を発行した。それはベルタが以前から夢見ていたことだった。「ビラではなく、大きくて文学的に洗練された日刊紙、これは(まさに『ドイチェス・フォルクスブラット』が私たちに敵対する精神に留まっているように)反・反ユダヤ主義の精神の内にのみ留めねばなりませんし、ユダヤ人を除いた編集者によるものでなければなりません。そうしてアーリア系の人間も、いわゆる『ユダヤ人的自由主義の』、すなわち進歩的で偏見のない感覚で考えていることを証明するのです[27]」。

小説『苦悩に王手』の中で、ベルタはこのような新聞の壮大な計画を描いた。それは毎日――しかも最初の一年は無料で――一〇万人以上の読者に平和の考えについて影響を及ぼす。この新聞の編集者は崇高な使命を担う。そう、彼らは「この職務に一種祭司の尊厳を認め」、そして「そのような力を行使すること」に責任を感じなければならない。なぜなら「一〇万人の精神に影響を及ぼすこと、それは計り知れないほど強大な力ではないでしょうか？」。そうしてついに、国家機関も法廷も介入しなかった反ユダヤ主義の煽動新聞に対し、効力ある対抗手段が誕生する。ベルタは怒りに満ちて書いた。「公衆衛生局は、たとえば市民に有害な……牛乳が売られていないかを、毎日市場に出向いて注意深く検査している。しかし精神と心を害する毒で満たされ、嘘にまみれた何十万部もの精神の食品は、毎朝なんの異論も差し挟まれることなしに、新聞の配送部から国民の間にばら撒かれている[28]」。

この素晴らしい計画のすべての鍵を握る問題は、またしても金であった。「そのような慈善機関の創設を、今日まで偉大な慈善家――たとえば、ピーボディ、カーネギー、ヒルシュ男爵――が一人も思いつかなかったというのは、実に不可解である。党派に左右されず、気高く、しかも輝きを放つような日刊新聞とは、まさにこうした機関であると明らかになるに違いない。病院、盲人施設、老人施設――これらすべては、世間一般に注ぎ込まれた毒素を無害化する精神的純化物を植え付けるそのようなものと比べれば、どれほどのものだろうか？　このような企てのために犠牲を厭わぬ人、雅量ある人、熱意ある人、勇気ある人は、一体この国にはいないのだろうか？[29]」。

最終的に繊維工場経営者のフリードリヒ・ライテンベルガー男爵が資金提供者として名乗り出た。彼はすでに一度、反ユダヤ主義に反対する新聞、すなわち一八八六年にジャーナリストのモーリッツ・セプスが刊行した『ヴィーナー・タークブラット』に、多額の寄付をしていた。当時は、ほかでもないルドルフ皇太子がセプスに賛同し、反ユダヤ主義に反対する活動に関わっていた。しかし、資金はまもなく底をついた。そこでライテンベルガーは、もう一度それをこの防止新聞によって試みたのだった。この新聞は、ベルタが夢見ていたような日刊でもなければ一〇万の発行部数でもないが、一八九二年四月から週に一回発行された。それは『フライエス・ブラット〈自由新聞〉』と呼ばれ、『ウンフェアフェルシュテ・ドイチェ・ヴォルテ』の様式、すなわち、大衆に呼び掛けることを意識して編集された。この新聞はしばしば非常に攻撃的な記事を掲載して、反ユダヤ主義と闘った。ベルタはカルネーリに書いた。「この新聞は、ライテンベルガーとノートナーゲルによって（つまり彼らの資金によって）創刊されました――いずれにしても、これは活動の徴です。そして協会はそれを示さなければなりません」[30]。

アルトゥーアは、活動の成功を確信していた。「私が期待するように、教養と礼節を要求する者すべてが喜び勇んで私たちのもとに集い、無分別に荒れ狂う精神の野蛮な振る舞いに対して一〇〇万人が抗議の声を上げる、それ以上に自然なこと、正しいことがあっただろうか？　権威ある指導者たちは、洪水を食い止めようとするとき、押し寄せる破壊的な大波に対する防壁として――念入りに守られ、支えられた防波堤として、我々を喜んで迎え入れるだろう。このような期待より、自明なことはあっただろうか？」[31]。

ベルタの平和誌のときと同様、このときも名士たちは協力を要請された。カルネーリとペーター・ローゼッガーは記事を書いた。しかし、事もあろうにユダヤ人ジャーナリストたち、とりわけ当時『ノイエ・フライエ・プレッセ』の通信員としてパリに暮らしていたテオドーア・ヘルツルからは断りが届いた。彼は防止協会の新聞を、手厳しく批判した。「『フライエス・ブラット』は新聞などではなく、回状です――しかも回し読まれることもありません。……実質的な価値は皆無である、と私は思います」[32]。そのような新聞がどのような印象を与えるに違いないか、ヘルツルが自分の考えを詳しく説明した手紙は二二ページに及んだ。

しかし、ヘルツルは新聞だけでなく、防止活動そのものをも批判した。自分は協会を非難するつもりはない、と彼はライテンベルガーへの手紙に書いた。「それどころか、私はこの努力を高く評価しています。あなたが健全な考えをお持ちになり、健全で公明正大な人間であられることは存じ上げております」。しかし、協会の誕生は一〇年、あるいは一二年遅かった。「穏健かつ遠慮がちな手段でそれに対して［反ユダヤ主義に対して］多少の成果が見込めた時代は、過ぎ去りました」。

まさにこの断りは協会の会員を深く失望させたが、勇気を挫くことはなかった。ライテンベルガーはこう書いた。「私は――たとえ小気味よくでも、驚異的でもないにせよ――前に進む。そして反ユダヤ主義を完全に打ち砕けなくとも、平凡な一国民として、自分の責任を果たす[33]」。

カルネーリも依然として懐疑的だった。それゆえベルタ・フォン・ズットナーは、自分の立場と活動を弁護し、協会の、まさに圧倒的な影響力を強調しなければならない、と何度も考えた。協会は、「高らかに抗議の声を上げ、大いに尊敬に値する人も大勢いることを証明しました……かりに協会がたった一人の反ユダヤ主義者すら改心させられなかったり、大人しくさせられなかったとしても、協会は反ユダヤ主義者によって謗(そし)られ、侮辱されたと感じている人々の心を癒しました[34]」。

この反ユダヤ主義の絶頂期、驚くべきことにキリスト教に改宗したユダヤ人がオロモウツの大司教になると、反・反協会はそれを新しい、より良い時代の兆候として、また協会の努力の現れとして言祝(ことほ)いだ。ズットナーは楽観的な手紙をカルネーリに書いた。「反・反協会がなければ、K博士［テオドーア・コーン］は新しい大司教になれなかったでしょう。反ユダヤ主義への屈従は、これによって時代遅れとなりました。世界には道が、まぎれもない道があるのです[35]」。これに対して聡明な哲学者のカルネーリは、冷静に、そして若干の揶揄(やゆ)を込めながら、彼女の熱狂を諫(いさ)めた。「もしもK博士の選出が反・反のおかげだとしたら、あなたは永遠の安息を得られるでしょう[36]」。

彼女はカルネーリに、根気強くアルトゥーアへの理解を、いや友情さえも求めた。「私のひとは、今とても熱心に反・反の活動に取り組んでいます。今日はノートナーゲルとライテンベルガーからなる小さな代表団の団長として、スモルカ［下院議会議長］の所へ行きました。私たち荒野の二人組は、本当に実直な古参の二人組です。この二人に好意を持ち続けて下さい。私は『二人』に好意を、と書きましたが――私が言いたいのは、二人とも、つまりアルトゥーアにも好意を持ってほしい、ということです！」[37]。

代表団は議長に対して、議員が行う反ユダヤ主義的アジ演説への積極的な介入を要請し、協会からの抗議書を手渡した。「真実と尊厳にまだ然るべき価値を置くすべての者は、ある運動が成長しつつあるのを見て、憂慮している。その運動は核心において悪質、不道徳であり、あらゆる暴力行為を標榜している……人間が人間に対し、これほど荒れ狂うことができるという事実に戦慄が走る[38]」。

帝国議会議員としての活動を通じて十分な経験を持つカルネーリは、この善意の活動に対して懐疑的な考えを述べた。「スモルカは何もできません、それに議会もあの徒党に対しては無力です。今日、反ユダヤ主義は隆盛を迎えていますが、それはドイツでも同じであり、私たちの所だけではないのです……この運動は国民の中にすでに深く根付いています。なぜなら、それが対象としているのは、もはや名前を貸して自分では仕事をしないユダヤ人だけではないからです。有産階級全体、さらには教養も対象となっているのです。この後者については幸運なことです。さもなければ反ユダヤ主義者は過激な社会主義者を補強することになっていたでしょう[39]」。カルネーリは正しかった――国会は、みずからの議員の反ユダヤ主義に対しても、無力であることを露呈した。

ニーダーエースターライヒの地方議会では、偉大な自由主義者エドゥアルト・ズュースが反ユダヤ主義者と激論を戦わせ、決着をつけねばならなかった。我が意を得たりとばかりに、『フライエス・ブラット』は一八九二年、フランツ・ヨーゼフ皇帝がズュースと交わした短い対話を掲載した。国家の頂点から反ユダヤ主義に対して断固たる措置が講じられることを、まだ期待していたのだった。皇帝はズュースに言った。「あなたはニーダーエースターライヒ議会で、困難な日々を切り抜けられたところです。そこで繰り広げられている様は、不名誉であり、醜態です。それに向かって何を言うべきであるのか、まったく理解されていません」。それに対してズュースは言った。「国会における防戦では、教養人にとって越えられない一線があります。私たちには自分の憤慨を表明することはできますが、醜態に対して醜態で応じることはできません」[40]。

地方議会でのキリスト教社会党員による反ユダヤ主義的な暴力行為に対し、反・反協会は抗議集会を開いた。「彼らはキリスト教的なるものを汚し、社会主義的なるものを悪用した」。しかしながら、ますます緊急の度合いを増している国家と教会に向けた要求、すなわち「自らの義務をはたして、国民の野蛮化、および人間性と正義のあらゆる原則の無視へと至る運動の拡大に、全精力を傾けて」反対するよう求めた要求は、聞き入れられぬまま忘れ去られた[41]。

ベルタはみずからの小説『苦悩に王手』の中で、ニーダーエースターライヒの地方議会を、実際の発言を引用しながら描いている。議題は、地区精神病院へのユダヤ人医師の任用についてだった。反ユダヤ主義者のグレゴーリヒ議員は、次のような根拠を挙げて反対した。「住民には、安全が提供されねばなりません。もしもそこでユダヤ人を雇うならば、この安全は提供されません。周知のように、ユダヤ人は常日頃、何でも受け入れます。狂っていない人たちが、収容されることになります。したがって、かような策動にキリスト教徒の医者よりも与しやすいユダヤ人を雇うのは、危険であります。ユダヤ人の医者は可能な限り排除するべきであり、キリスト教徒をユダヤ人の奸策とタルムード流[*8]の道義から守るべきなのであります」。キリスト教社会党党首カール・ルエーガー博士はこう言った。「反ユダヤ主義者であろうとなかろうと——ユダヤ人を精神病院で働かせることはできないと、認めねばなりません。教養を備えた人間であれば、それを疑うことは不可能であります」。

さらにシュナイダー議員は、ユダヤ人についてまことしやかに言われていた、その「背骨の特殊な構造」を論拠に、彼らが「特異な種類」であるとさえ立証しようとした。「ユダヤ人をよくご覧になってください。彼らは実際、私たちとは異なっています。長い腕、湾曲した脚、そして偏平足——頭のすわり、目のすわり……これらには完全な相違があります……私はその上、化学的な分析においてもユダヤ人と非ユダヤ人との間には別の多様性が現れるに違いない、という結論に至ったところであります」。（反ユダヤ主義者たちの爆笑。）最後に彼はこう言った。「もし、あるユダヤ人がユダヤ人の医者を望み、そのユダヤ人がその医者によって毒殺されても、私としては構いません。それは早ければ早いほど、好都合なのであります」。

グレゴーリヒはこう言った。「キリスト教徒の住民たちの堪忍袋の緒が切れる前に、彼らがユダヤ人を追放するよう、計らいたまえ……そうなのです、ユダヤ人を追放し、ユダヤ人の全財産を没収するのです。今すぐそれが行われんことを。神の御心のままに」。

このアジ演説を聞いていた一人、ベルタの小説の主人公ローラント公は唖然とし、それでも議員として反論を試みる。それは反ユダヤ主義者に対してではなく、反論をしないまま、この煽動的演説を許した人たちに対してである。「私を驚愕させ、憤りと非難の気持ちで満たしているのは、ここで語られたあらゆることに耳を傾け、それでいて——沈黙しているすべての人たちです。先ほどの演説者たちとは考えを同じくしないすべての皆さん——とりわけ困惑している人たち、この議会には『人間』と同席して幾人かのユダヤ人もいるのです——それに精神の水準が人種的偏見を越えている人たち——皆さん方一人ひとりが、このような憎悪の煽動を、このような威嚇を、このような——あるまじき言動を、反論されぬまま議事録に書き込ませ、否定されぬまま明日の新聞によって世に広めるのです」[42]。小説の中で、ローラント公はあまりに長々と語り続けたために、その演説は議長によって中断させられてしまう——小説の結末に、楽観的なところは微塵もない。

反ユダヤ主義者は、「ユダヤ人防衛部隊」との闘いに手段を選ばなかった。たとえばシェーネラーは、ハルマンスドルフの土地台帳の抄本を容赦なく自分の雑誌に掲載し、農場がどれだけの負債を抱えているかを暴露した。『ウンフェアフェルシュテ・ドイチェ・ヴォルテ』は、ズットナー家は「ユダヤ人防衛の任務に就くよう強要されている」*9、と偽善的に同情を示した[43]。ベルタはこの攻撃に冷静に対応し、カルネーリに手紙を書いた。「負債の大きさが証明するものは——何でしょう？　むしろ、彼らが証明しようとしているものとは反対のものではないでしょうか——防衛されているユダヤ人は、なぜ、すぐに負債を帳消しにしないのでしょう？　それにしても、あなたはこうした闘い方をどう思いますか？」[44]。

ノートナーゲル教授が公然と、反ユダヤ主義のことを「魂のペスト」、そして「人間の心に対する最も重大な攻撃」の一つと語ると、彼の講義の最中に騒動が起こった。闖入（ちんにゅう）してきた者たちが、「騒々しい抗議の叫びを発し、大きな音で足を踏み鳴らし始めた」のである。ノートナーゲルの学生たちはさらに大きな声をあげて、この妨害者たちを圧倒しようとした[45]。

どこであろうと反・反協会の会員が公衆に姿を見せるときは、そのような事件を覚悟しなければならなかった。ベルタも反ユダヤ主義者からの反発を感じないわけにはいかなかった。彼女はすでに一八九二年一〇月、カルネーリに宛ててこう書いた。「私は今、ときおり匿名で誹謗の手紙を受け取ります。多くは反ユダヤ主義の精神に満ちたものです……そのほかにもたびたび、ご親切に、おたまと毛編み靴下を勧めてくれるものも来ます[46]」。

これらの手紙の幾通かは現存している。そのうちの一つにはこう書かれている。「明らかにあらゆる他の民族を隷属させ、破滅させようと目論む民族の手先にまでなり下がったあなたの恥知らずな売国行為に、私は心の底から恥辱と苦痛を感じている[47]」。

みずからも同様の攻撃に苦しまされていたカルネーリは、友人を宥めた。「あなたが誹謗の手紙を気にしていたら、それは絶対になくなりません[48]」。

反ユダヤ主義に立ち向かう闘士たち、いわゆる「ユダヤの下僕たち」は、「彼らがその権利を守ろうとしている人たちとまったく同様に、庇護を受けず、あらゆる誹謗中傷に晒されている」ことがたちまち明らかとなった、とアルトゥーアは書いた。しかし、「正しく感じ、正しく考える人間であれば誰もがとるべき立場を代表しているという意識を、私たちは胸に抱いている。私たちが勇気を保ち続けるには、この意識があれば十分だ[49]」。

そして、ベルタはカルネーリにこう書いた。「これはまさにこの運動の試金石です。最終的な帰結が戦慄すべきもので、それを口にするのも憚（はばか）られるような場合、そのすべては排除されるべきです。それゆえ、反ユダヤ主義者は『ユダヤ人殺害』という最終目標については沈黙していなければなりません――でも私たちは、すなわち私たち平和主義者は、それとは反対にみずからの最終目標をいつでも堂々と口にできるのです[50]」。

反ユダヤ主義者の闘い方は、ズットナー夫妻を心の底から憤慨させた。無教養と卑劣の勝利は、幾度かの機会にベルタが書いたように、「嫌悪感」を催させた。「教養がこの程度の、0にもまったく届かない人々——考え方がこれほど野蛮な人々、こういう人々が歯車の一部となって、大帝国の運命を紡ぐ機械はできているのだ！」[51]。

「この道徳的な嫌悪感に、さらに生理的な嫌悪感が加わった。若者たちはヴァージニア産のタバコを吸い、のべつまくなしに床につばを吐いていた。彼らがビールのグラスを口元へ運ぶと、その手は洗われていないこと、爪は噛み癖のせいで短くなったまま磨かれていないことが見て取れた。——幸せな境遇と人間らしい存在をすべての人に？——そのとおり、それは目標だ。そこにはしかし、品位があって——道徳的、身体的に汚れていない人間を育て上げることも含まれる。換言すれば、美しくなければ幸せとなるに値しない、ということだ」。彼女からすれば、「憎悪と迫害のスローガンが政治活動の出発点と終着点になるならば」、それは「きわめて不幸な」ことだった[52]。

ベルタは『回想録』で、アルトゥーアがたった一人で、彼女の共感だけを支えに防止協会を組織したような印象を与えているが、実は彼女は陰で強力に関与していた。たとえば彼女は一八九三年、F・ズィーモンのかなり過激な著書『抵抗せよ！　ユダヤ人への警告』に前書きを書いたが、その理由についてフリートにこう説明した。「なぜなら私は戦争と闘っているように、反ユダヤ主義者とも闘っているからです。——彼らの精神は、戦争の精神と同じです」[53]。

今回、彼女が反ユダヤ主義の防止へと突き動かされた理由は、キリスト教徒にではなく、まぎれもなくユダヤ人、とりわけ大都市の同化したユダヤ人たちの方にあった。八〇年代のはじめ、反ユダヤ主義が瞬く間に広がったとき、ユダヤ人が平静を保ち、自己防衛は得策ではないと考えて正義に頼ったことは、ベルタによれば、まったく効果がなかった。

彼女はとても強い調子で問いかけている。「迫害される人々が平静を保っているとしたら、どうすれば進み出て、『そのような扱いはけしからぬ、これ以上は見ていられない』と言えるだろう？　そうなのだ、きっぱりと『私には我慢ならぬ！』と言うこと、そしてどのような違法行為も、たとえそれがきわめて軽微であっても、最終審、最高審まで『責任を問う』こと、それがどこかで喫緊必須のことであるなら、ここでもそうなのである。まだ法律は十分な保護を与えている。迫害する者たちはユダヤ人から法の保護を奪おうとしているが、しかし迫害する者も、迫害される者も、あたかもそれが既成事実であるかのように振る舞っている。そのようにしていれば、そのようになる可能性がある。すなわち適用されない条項は消滅し、はびこった慣習は法典に書き込まれることを要求し、それを達成するのだ」。

ユダヤ人は自分たちの権利を保障するよう断固として法に訴えるべきだった、と彼女は考えた。「『おまえはユダヤ人だ』という漠然とした侮辱を受けた者は、それを聞き流すのではなく、侮辱した者を退けねばならない。『そう、そのとおり、まさにお前がキリスト教徒であるのと同じだ……それがどうした？　お前はそのほかに私の何を非難するというのだ？　お前の侮辱については、審理と審問の必要がある』」。

防止協会は侮辱を受けたユダヤ人すべてに対し、無償で法律的支援を申し出た。それまでは、「ひどい仕打ちをじっと我慢することが……一般的な慣習だった……しかし、これ以上、打たれるままでいてはならない。今や、合言葉は決まった。抵抗せよ！」[54]。

もちろんズットナーは防止協会の会合にもすべて参加し、幾度か講演を行った。たとえば一八九四年、女性は生まれながらの正義感によって反ユダヤ主義への抵抗力があるという思い込みに基づいて、ノートナーゲル教授は女性を称賛したが、ズットナーはそうした理想化に対しきっぱりと反論した。彼女は平和問題と同様、反ユダヤ主義問題においても男女に違いはないと確信していた。「私たちに課せられた使命［反ユダヤ主義との闘い］を心に留めるよう、私は姉妹たちに強く求めたいと思います。しかしながら私は、私たち女性に与えられた称賛を、私たちすべての名において受けることはできません し、女性の非を訴える者としてここに登壇している私には、なおさらそれはできません」。

彼女は、多くの女性は「軍隊と戦争の熱烈な支持者」であり、決して生まれつき正義感をそなえているわけではない、と指摘した。なぜなら彼女たちは、キリスト教社会党議員リヒテンシュタイン公の、「ユダヤ人の店で買うべからず」という呼びかけをすっかり真に受け、この恥ずべきスローガンを「集会から自分の家庭へ」持ち込んだからだった。彼女は反ユダヤ主義者のスローガンに対し、それに劣らず明解なスローガンを果敢に対置した。「それでも私たち女性は大きな力を発揮することができる。私たちの手には選択という手段がある。私たちに選ばれるには、私たちの目標に賛成しなければならない。私はすべての姉妹に、もう一つ、次の言葉を心に留めてもらいたいと思う。反ユダヤ主義者を愛してはいけない！」[55]。この愛のボイコットの呼びかけは大いに注目を集め、それまでとりわけ「平和のベルタ」と呼ばれていたズットナーは、「ユダヤ人ベルタ」という名前も頂戴した。

ズットナーは、ユダヤ人全体に罪があるという反ユダヤ主義者の作り話に騙されないよう女性たちに訴えた。なぜなら、罪は「罪のある者にだけ帰する」ことが許されるからだった。彼女は、反ユダヤ主義のスローガンに対する反論を女性向けに用意し、支援活動を呼びかけた。とりわけ、女性は自分の子供を公正な人間へと育て上げねばならないとした。「とくに、自分の未成年の息子がこの毒素に感染するおそれがあることに気づいたときには、母親が彼らをその危険から守るのは当然である。なぜなら、自分の子供が心に抱き、口にする考えが、残虐と不正、不遜と慢心に基づき、気性を荒廃させ精神を狭量にしかねないとき、それに無関心でいてよい母親はいないからである」[56]。

一八九五年の聖霊降臨祭の日、ズットナーは勇気と行動力に強く訴えた。「勇気ある信念、そう、それは火を吐くような舌鋒のことを言う[*10]。そして、それによってしか理念は実現されず、運動は完遂されない……悪事に対して、加担しない、距離を置く、それは残念なことで認められないと遠くから囁く、それだけではその有害な力を少しも削ぐことにならない。迫害される者を迫害から守る誠実な方法は一つしかない、彼らと並んで立つことだ。分別を失った群衆の投げる石が飛ぶところ、そこに身を投げ出すのである。『さあ、投げなさい――私にも当てるがよい！』」[57]。

防止協会の活動に参加することで、まもなくズットナーは「女性を危険にさらす」人物と目されるようにになった。それは一八九六年の異様なエピソードに示されている。カトリック系の新聞『ダス・ファーターラント〈祖国〉』は、女性教師宿泊所のための宝くじの賞品として供された一〇〇作品の中に、『ブレーム動物事典』（何と言ってもブレームはダーウィン主義者だった）、『マイアー会話事典』、ハイゼとフランツォースの小説、それにまたズットナーとエーブナー＝エッシェンバッハの小説という道徳的に危険な著作があると激しく批判し、この最後の二人は「神から遠ざかった文化女の真の典型」であるとこき下ろしたのである。これを面白がったベルタは、友人ノーベルに新聞の切り抜きを送った[58]。

防止協会の会員は、反ユダヤ主義者の激しい怒りを買った――一方ユダヤ人の側からも、期待していた熱狂的な賛同は得られなかった。ここも闘いの最前線だった。シオニズムによって新たなユダヤ的自意識が強まり、『フライエス・ブラット』はそれを新しい民族主義として非難し、同化側に立って正統派の東方ユダヤ人と対立したのである。防止協会は支持者と説得力を失ったが、それは反ユダヤ主義に対抗した成果を示せなかったからであり――現実は、成果を上げるどころか失敗だった。

テオドーア・ヘルツルはこの経緯を非常に正確に観察し、日記の中で解説している。「紙上や非公開の集まりで熱弁をふるったところで、何にもならない。滑稽でさえある」。ただし、彼はこうつけ加えた。「それでも――立身出世主義者や愚か者のほかに――非常に有能な人たちも、そのような『救済委員会』の中にいるかもしれない。彼らは洪水が起きた後の――そして起きる前の！――救済委員会と同じで、おおよそ大成功を収めている。もしもそのような委員会が役立ち得ると信じているなら、気高いベルタ・フォン・ズットナーは誤っている――もちろんこの誤りゆえに、彼女はおおいに尊敬に値するのだが」[59]。ユダヤ人を苦しみから救うために彼が模索したのは、別の道だった。

一八九五年のウィーン市議会選挙は、カール・ルエーガー博士率いる反ユダヤ主義政党の完勝に終わった。しかし、皇帝フランツ・ヨーゼフはルエーガーの選出を承認せず、その市長就任を二年間妨げ――有権者から大きな怒りを買った。ベルタは『回想録』にこう記している。「オーストリアの高級官吏だったある貴族は、廷臣たちと一緒の席にルエーガーの承認拒否が伝えられたときの話を、私にしてくれた。『ああ、お気の毒な皇帝！』、とヴュルテンベルク公爵夫人（アルブレヒト大公の令嬢）が叫んだ。『お気の毒な皇帝――フリーメーソンの手中にあるのね！』。そして一年後［二年後の誤りに違いない］、私の情報提供者が偶然再び同じ面々と一緒のときにルエーガー承認の知らせが届くと、あの同じ領主夫人は手を合わせ、天を見上げて言った。『神様、ありがとうございます――ようやく皇帝もお分かりになられたのですね！』[60]」。

フランツ・ヨーゼフ皇帝の四度に渡るルエーガーの承認拒否には、皇帝はウィーンにおけるルエーガー人気に嫉妬して彼の邪魔をしようとしたのだ、という疑いが、当時と同様、今日もかけられている。しかし、この考えはあまりにも安易である。カトリック教徒であるという意識がことさら強かった皇帝が、このとき自分の周囲で支配的な教権的反ユダヤ的考えに背く決定をしたのは、むしろ彼の統治の根本原理に理由があった。すなわちそれは、権利を守ること――しかもそれは、ユダヤ人であれキリスト教徒であれ、自分のすべての臣民の権利を守ること――であった。ルエーガーは、この平等の権利をすべての国民には適用しない政治家だった。彼はユダヤ人に対する憎しみを説き、彼らを二級の人間にした。たとえこの男が賛同を得てカトリック教会の名の下に行動し、民主的に選ばれていたとしても、フランツ・ヨーゼフの政治的信念は、そのような男を支持することは許さなかった。

それでも皇帝は、公の場で反ユダヤ主義者を明確に断罪することを避けていた。アルトゥーア・フォン・ズットナーは、苦々しい思いで『ノイエ・フライエ・プレッセ』に書いた。「古の神託のように拡大解釈され歪められる、逃げ口上の婉曲な常套句ではなく、率直で毅然とした言葉が時宜を得て上から発せられていたら、今日起こらざるを得なかったこと――いや、起こらざるを得なかったのではなく、人が引き起こしてしまったことを防げただろう。そしてあらゆる国の定めに反するにもかかわらず、無防備のまままきわめて野蛮な中傷や威嚇に晒され、まさしく法の保護を奪われているあの同胞たちは、この断固として率直な、誤解を許さぬ言葉を聞く権利を持っている。その率直な言葉とはこうである。文書、言葉、行為における反ユダヤ主義は、公共の安全を脅かし、国家秩序の根幹、国家の基本をなす法律を著しく損なう運動だ。それは無政府主義や、国内の平和を暴力によって破壊し内戦を引き起こす他の動きと同様、政府は容認できぬ[61]」。

最終的に皇帝は譲歩した。ベルタは憤慨のあまり落ち着いていられず、ウィーン市の政治にはほとんど関心のないアルフレッド・ノーベルにさえも手紙を書いた。「信心ぶった反ユダヤ主義者たちの人気者で、まもなくウィーン市長になるルエーガーが皇帝に謁見し、一言で言えば勝利を収めたわけですが――本当に勝利を収めたのは、人間の愚かさです。そして、私はあなたがこの愚かさをどれほど嫌っているか知っていますから、すぐにあなたのことを思い出してサン・レモ［ノーベルの滞在地］の住所に宛てて私の怒りを吐き出しているのです[62]」。

後にルエーガーは若いアドルフ・ヒトラーに多大な影響を与え、この男にとって煽動政治家の模範となったが、ズットナーは彼を中心とするキリスト教社会党の運動にオーストリア国内の平和、とりわけユダヤ人に対する公正さの重大な危機を感じていた。彼女は日記の中で「ウィーンの主人」の驚くべき権力とその「反ユダヤ主義的暴政」を嘆き[63]、それと同時に、孤立無援の数少ないルエーガー反対者と、十分な支援を得られないユダヤ人とに胸を痛めた。

『フライエス・ブラット』は四年間刊行されたあと、一八九六年に廃刊した。同紙によって多額の金を失ったフリードリヒ・ライテンベルガー男爵が、刊行を断念したのだった。

後継の新聞は前任者と距離を保ち、「自由と権利の平等のための戦場では慎重さではなく力を以って対峙すること」を読者に約束した。「荒削りの丸太には図太いくさびを打ち込むのがふさわしい[64]」。「反・反協会」には受け入れ難いこうした闘い方は、当然、対立を招くことになった。アルトゥーア・フォン・ズットナーは抗議状を書かざるを得なかった。結局、この新聞も一年後には刊行を中止した。

どのような戦術を取ったところで、反ユダヤ主義の力に対抗する効果的な手段はなかった。

落胆したベルタは一八九七年の日記にこう書いた。「夜、反・反の年総会。私のひとはとても上手に話す、ノートナーゲルは少し悲観的。会合は気がめいるほど少人数。ルエーガーのところには数千人――

不可解！」[65]。

諦めに陥っていたこのとき、ヘルツルの著作『ユダヤ人国家』[*11]が出版された。ヘルツルは、残念ながら平和協会で一緒に活動することはできないという丁寧な断りを添えて、新著をみずからベルタ・フォン・ズットナーに送った。「あなたの高潔な努力を、もちろん私はすでに数年前から感嘆しつつ見守ってきました……それでも私が表立ってあなたに協力できないのは、私も今まさに『狂気の』戦争に引き込まれていることに理由があります。私が何のために愚か者じみた闘いをするのか、あなたはそれを、あなたに進呈させていただいた私の著作『ユダヤ人国家』によって、お知りになるでしょう。心からの敬意をこめて、あなたのTh・ヘルツルより」[66]。

『武器を捨てよ！』と同じく傾向的な著作であるこの本は、シオニズムを世界に知らしめた。ヘルツルが求めたのはユダヤ人の新しい自意識だった。彼が提案したのは、もはや同化でも、洗礼でも、謙虚な順応でもなく、ユダヤ人であることへの回帰だった。「ユダヤ人問題はさまざまな色を付けられているが、私はこれを社会的問題とも、宗教的問題とも思っていない。それは民族的問題である」[67]。そして、このユダヤ民族主義の目標は、「ユダヤ人の試練」[*12]がないユダヤ人国家、信仰を同じくする迫害された者たちのための避難所を約束の地パレスチナに建設することである、と主張した。著作の重版によって、ヘルツルは一八九七年に雑誌『ディ・ヴェルト』を創刊する考えに至った。

ヘルツルから『ディ・ヴェルト』への協力を依頼されたベルタは躊躇した。「『ディ・ヴェルト』の見本号、それにそもそもあなたの行動のすべてては、私に深い尊敬の念を抱かせます」、と彼女はヘルツルに書いた。「肝心なのはこれです。率直さ、明快さ、深く固い意志――偉大なものと有益なものに向けられた眼差し」。自分にとってのシオニズムは、いわばヘルツルにとっての平和運動である、と彼女は述べた。すなわち「尊敬と疑念です。『ご成功を祈ります』、そう船に向かって言っても――乗る船を同じくすることはできません、それは許されないのです。なぜなら私たちはどちらも、自分の航海に全身全霊を傾ける必要があるからです」。彼女は、コスモポリタン的で民族主義を超えた自分の思考では、新しいユダヤ民族主義の理解は困難であることを隠さなかった。「それに、同化が新しい国家と民族の創造よりも良くないことなのかどうか、私には実際分かりません。私が願っているのは、すべての理性ある人間が、今誕生しつつある、民族的、宗教的、社会的慢心と狂信を克服した、より気高いタイプの『ヨーロッパ人』『文化人』に同化することなのです」。

この新しく、めざすべきタイプであり、民族的倨傲（きょごう）のない「ヨーロッパ人」のために、まさにヘルツルと「同族の人々は、実に多くの価値ある役割を果たすはずです――この人たちを一つのエキストラベッドに入れてしまうのは、惜しいことではないでしょうか？」。しかし、自分の疑念を公に表明するつもりはない。「なぜなら、自分の方が完全に間違っているかもしれない、現段階における世界情勢と人間の進歩では、ひょっとするとあなたの計画こそが恵み豊かなものであるのかもしれない、と私は思っているからです」。ヘルツルはこの手紙を――ベルタの了解を得て――『ディ・ヴェルト』に掲載した。[68]

アルトゥーア・ズットナーは妻よりもはるかに心のこもった反応を示し、新しい新聞に祝辞を述べた。しかし、この好意的な言葉にもかかわらず、ヘルツルは『ディ・ヴェルト』第二号で防止協会に厳しい論難を加えた。「恥辱を与える救済がある。苦難の時代にあっても不屈の自意識に最後の避難所を求める、まさにこうしたユダヤ人を反ユダヤ主義防止協会は辱めている。こうした私たちの言葉を悪くとらないでほしい。ここにはズットナー、ノートナーゲル、ズューースといった男性たちや、その他の人々すべてに対してまったくふさわしくない驕りや無愛想は少しも含まれていない」。ヘルツルの考えによれば、ユダヤ人の中で気骨のない者に対して協会員が努力する価値はなかった。「しかし、毅然としたユダヤ男性であれば、自ら抵抗することを望み、それを実行しなければならない。そうすれば、それだけで少しは敵に尊敬を呼び覚ますことになるだろう。防止協会は私たちのために、まだ一つ良いことができる。もし協会が解散すれば……もし彼らが私たちのための集会をやめれば、私たちは初めて恥辱を受けることなく、この気高い思想の男性たちに感謝することができるだろう[69]」。

アルトゥーアは『ユダヤ人国家』を読んで完全に納得した。ベルタは日記にこう書いた。「私のひとが、ヘルツルに長い手紙を書く。すっかりシオニストになった[70]」。

この手紙の中で、アルトゥーアは当初の疑念を打ち明けた。すなわちそれは、「かつて逃げ去って行くユダヤ人を追撃したファラオが悲劇的結末を見たように、ユダヤ人が脱出すると破局が訪れることを理解しているヨーロッパ人の、利己的な闘いです。出エジプトの伝説[*13]は、今日のヨーロッパにとって象徴的な警告となるやもしれません。なぜなら私はユダヤ民族を、ヨーロッパと呼ばれるこの年老いた虚弱な身体の、最も大切な命の源の一つと考えているからです」。最後のユダヤ人がいなくなれば、「ヨーロッパにとって本当の退廃」が始まる。しかしながら今では自分は、この問題を「ヨーロッパ人の地域エゴ的な立場」からではなく、「世界市民の目」で見ている。「ヨーロッパのためにユダヤ人は酷使されねばならない、自然法則に照らせば、ヨーロッパにこうした特権が与えられているわけではありません。一〇年後にはパレスチナが現代文化の大地になると、定められているのかもしれません……率直に言います。もしも私がユダヤ人だったら、今日、私は全力であなたを応援したでしょう[71]」。

ベルタにとって、シオニズムは受け入れ難かった。「紛争、競争、自己崇拝をともなう国籍問題は、国家を超えた友好という理想とは根本的に矛盾する。もう一つの新しい国民がつくられ——もう一つの新しい遮断が行われ、新しい民族の誇りがかき立てられることになるのだろうか？　人間の種類が一つであり、一民族の利益ではなく、どこにおいても人類の利益だけを気にかけるに十分なほどコスモポリタン的であることを喜ぼうとするなら、私たちはユダヤ人を、他から分かたれた、ひょっとするとひどく好戦的かもしれない、もう一つの国民に変えたりはしない——私たちがユダヤ人を国民に変えようと努力すれば、私たちはみずからの平和理念の妨げとなる国家による分断、敵対、威圧の正当化に与することになるだろう！」[72]。

しかし、彼女もすぐに自分の疑念を振り払った。シオニズムは、「民族への所属を巡って人々を巻き込んでいる狂乱が伝染したもの」ではなく、「悲惨と迫害からの救済として、前代未聞の侮辱を加えられたことへの誇り高い反抗として、そしてとくに避難所の用意として——そのように私は今シオンの国の建設を理解している」。救いなのは、「反ユダヤ主義はシオニズムに敗れるだろうということ」である。

ズットナーによれば、平和運動がめざすのは国家の統合ではなく「同盟」や「独立した国々の連邦」であり、したがって、それが反対するのは国民的アイデンティティではなく狂信的愛国主義のみだった。「今日、世界市民たることを自認するユダヤ人は——ほとんどの進歩的ユダヤ人がこの段階にあるのは確かだ——世界市民という思想に、ほんのわずかしか貢献していない。それというのも、こうした考え方を持つのは祖国喪失の結果だと非難されるからである。しかし彼が祖国を、独立し、信望のある故国を持てば、そうすれば彼はこう言うことができる。私はもう自国の利害を超越している。私は自分をヨーロッパ人、文化人だと思っている」。シオニズムとは、「抵抗すること、さらには自己を高め救済すること」であり、それゆえに平和運動の性格を帯びている。

しかし、「国家主義的狂信、民族憎悪、荒れ狂う迫害と追放、これらはすべて戦争を形作る要素である」。

彼女はアメリカの外交官アンドリュー・ホワイトに、シオニズムを「行動に表された民族の誇り」と説明したが、それから「誇りというのは適切な表現ではありません――民族の尊厳――自尊心の肯定です」と修正した[73]。

ズットナー夫妻のシオニズムとの関わりは、とりわけ友人であり仲間であるテオドーア・ヘルツルとの個人的な関わりだった。一八九七年のバーゼルでの第一回シオニスト会議に寄せて、アルトゥーアはこの友人に対する次のような全幅の共感を示した。ヘルツルの感じているものは、「私たちが自分たちの会議に出席しているときに感じる高揚感とまさに同じものです。それゆえ、私はあなたに予言することができます。この素晴らしい感銘、この内なる連帯の意識は今後の数々の会議において高まるでしょう、なぜならあなたの活動は、私たちの活動と同様に、正しく、そして活力あるものだからです。心からの祝福を贈ります！　氷は砕かれました。この活動はこれから前進するに違いありません・・・・・」[74]。

一方ヘルツルは、夢想家呼ばわりされていたベルタを擁護した――こうした非難は、彼自身も常に浴びせられていたものだった。平和運動は「『現実的な』人々から、お遊びや愚行のように見なされている」、こう彼は『ノイエ・フライエ・プレッセ』に書いた。「この現実的な人々は、誰かが夏に暖房部屋を作ろうとすれば、どれほど馬鹿にすることか。しかし、冬が来たときに暖かい部屋がなければ、はたして本当の愚か者は誰なのだろう？」[75]。

オーストリアにおける反ユダヤ主義者の赫々たる成果に意気消沈させられているさなか、一八九七年に今度はフランスでユダヤ人憎悪をめぐる論争が巻き起こった。エミール・ゾラは、ドレフュス裁判の再審とこのユダヤ人将校の名誉回復を要求した。[*14] 彼は、ドレフュスに不当な判決が下されたと考えていた。新聞に発表した激越な論説で反ユダヤ主義を弾劾した彼は、反ユダヤ主義者たちの憎しみの的となった。

ベルタは、手紙、論説、そしてとくに日記の中で、パリにおける事件の経過と、パリに劣らぬほど憎悪に満ちたウィーンの新聞の反響を取り上げた。彼女はカルネーリに嘆いた。「ドレフュス事件にはぞっとします。ああ、反ユダヤ主義者と狂信的愛国主義者がテロと嘘の活動に励むところでは、人間性への希望が失われかねません。それゆえ肝心なのは——あの連中とは絶縁する、ということです[76]」。

国際的平和運動は、エミール・ゾラへの賛同を明確にし、反ユダヤ主義者と軍国主義者に反対した。ズットナーは誇らしげに、一八九三年にゾラから受け取った手紙を講演で引用した。「奥様、私はあなたに約束いたします。私の力の及ぶこのせせこましい一隅で、私は全身全霊をあげて民族宥和のために働きます[77]」。

懲役一年と罰金三〇〇〇フランという有罪判決がゾラに下ると、もちろん憤激はいっそう大きくなった。ベルタは書いた。「この世界は、居心地が悪くなりました」。「このドレフュスについてのでっち上げによって、無残にも現代のフランスは仮面を剝がされたのです。卑怯という病に、世界は冒されています[78]」。

「軍国主義が——反ユダヤ主義と手に手を組んで——たった今パリで収めた血まみれの勝利を目の当たりにして、私は人間というものが本当に分からなくなりました——私が考えていたよりも、ずっと、ずっと多くの人たちが、今も野蛮な状態にあることを私は知りました。正義と寛容を保証する人々は、いっそう固く、積極的に団結し、前進しなければなりません。松明を持つ人は、誰一人それを地面に下ろしてはいけません。この裁判にもおそらく良い所はあったでしょう。憎悪の構造が醜いことを、きわめて多くの人々の前で暴いたのですから」[79]。

まさにこうした反ユダヤ主義と軍国主義の結び付きを、彼女は何度も指摘した。たとえば、フリートに宛てた手紙ではこう述べている。「ああ、ドレフュスについてのこのでっち上げ。それはもう、すっかり別の問題へとすり替わってしまいました。つまり、軍国主義の熱狂的な賛美――そして軍国主義の神聖化です。ひょっとすると私たちの活動にとっては、このようになって良かったのかもしれません。最終的には、軍国主義が厳しく禁じられるに違いないのですから。なぜなら、厳しく禁ずる側で働いているのは正義であり、もう一方の側は法律の曲解と嘘だからです」[80]。

しかし、それでどうにかなるものではなかった。ルエーガーは「ウィーンの主」となると、次のように公言して支持者から喝采を浴びた。「ドレフュスは悪魔島[*15]に送られた。ユダヤ人はすべてそこに送るべし！」[81]。反・反協会によるこの発言への抗議は、効果を上げられぬままに終わった。

大衆からきわめて高い支持を得ていたウィーン市長のアジ演説に、ベルタは何年も憤慨し続けた。「ルエーガーが、また下劣な演説をした。彼と交際したり、握手したりすることをいまだに自分の名誉としている連中が、ユダヤ人の中にさえ、いる！」[82]。

一方で「反ユダヤ主義防止協会」は、事務所の家賃すら工面できなくなった。一九〇〇年一一月初め、ベルタは悲しげに日記に書いた。「瀕死の反・反協会が賃借解約を申し出て、これにより、まだ瀕死ではないが、すっかり疲弊した平和協会も居所を失う」[83]。

それでもなお彼女は論説や『ダニエラ・ドルメス』『苦悩に王手』などの小説で引き続き反ユダヤ主義と闘った。テオドーア・ヘルツルは彼女の善意を知っていた。彼は『苦悩に王手』を読み終えたあと、

「あなたの善意に、私は心打たれました」と書いたが、こうも付け加えた。「しかし、私が今また一つの危機を耐え忍んでいること、私には寛容と気高い思想によって人が良きものになるとは信じられないことを、あなたに伝えずにはいられないのです[84]」。

むろんベルタは相変わらず反ユダヤ主義の「終焉は近い」と信じていたが、反ユダヤ主義は進歩の法則には当てはまらなかった。「同時代人にとって彼らの目覚ましい興隆と見えたもの、つまりこの党の拡大と支配、パリとアルジェ、ガリチアとルーマニアにおける彼らの猛威――中央ヨーロッパ諸都市の役所や議会については一切触れないでおくが［彼女が言わんとしたのは明らかにウィーンのことだった］――侮辱し、卑劣に振る舞い、中傷し、迫害と殺害を呼びかけながらの、彼らの騒々しい闘い、そして憤激、これらはすべて熱に――四〇度を超える熱に――浮かされているかのようだった。以前は慢性疾患だった『世紀の病』は急性へと変化し――狂犬病になりかけている……そのあとには、思いのほか早く終わりが訪れる[85]」。

しかし反ユダヤ主義の野蛮は、発生学の規則どおりに進展しなかった。それは弱まるどころか強まり、ズットナーが嘆いたように「サロンや宮廷の話題としてふさわしい」「流行(はや)りの思想」となり[86]、ロシアからはユダヤ人を狙った身の毛もよだつポグロムの報が繰り返し届いた。「ロシアの大虐殺は、現代に生きていることを恥ずかしくさせる。そして今なおウィーンのキリスト教社会主義者は、学校で反ユダヤ主義者を育て上げようとしている――自分たちの教育の結末が実際にどうなるかを知っているのに。おぞましい！　ある種の卑劣な言動に対し憤りを感じぬ者は、自分自身卑劣であるに違いない[87]」。

ロシアのユダヤ人が置かれた凄まじい状況を目の当たりにしたテオドーア・ヘルツルは、ツァーリと直接接触しようとあらゆる手を尽くした。彼は「寛大な、尊敬する友人」ズットナーに対して、面識のある外相ムラヴィヨフに手紙を書き、ニコライ二世への謁見の仲介を乞うてほしいと頼んだ。彼女のツァーリに対する尊敬の念は十分知られていたが、彼女の実際の影響力は著しく過大評価されていた。ムラヴィヨフへの手紙で力説してほしいとヘルツルがベルタに求めたのは、次のような内容だった。「シオニズムはユダヤ民族のために、法的に保障された安住の地を作ろうとしています。私が思うに、この博愛的事業は、複数の理由からロシアの政治にも大いに有益です」。なぜなら、そこでは「ユダヤ人問題が未解決の非常に厄介な事柄として」存在するからである。「つい先ごろ、私たちは皆、ツァーリの偉大な心を知りました。彼が平和的かつ人間的な解決への関与を拒むことはありえません。ロシアでときおり突発し、同時に重大な公共の治安撹乱の様相も帯びているユダヤ人迫害は、これで永久に止むでしょう。ロシアから――同じように他の国々からも――ユダヤ人がすべて移住することは決してなく、移住するのは余剰となった労働者や将来への望みを失った人々だけで、彼らは裕福な同胞に支えられて新たな永続的故郷を創り出し、同時にオリエント文明の文化的財産を根本的に豊かにすることができるでしょう。こうして文化が豊かになり、秩序が増すにつれて、革命派は衰退します。とりわけ強調しておかねばならないのは、私たちが至る所で革命家と戦っていること、そして、より純粋な民族的理想を具体的に示すことによって、大学で学ぶ若者やユダヤ人労働者を実際に社会主義やニヒリズムから守っているということです」。シオニズムがなければ、希望を失ったユダヤ人は「すべてアナーキストになった」に違いない。ヘルツルは、さらにパレスチナの聖地ははたして誰に帰属するのかという問題さえ先取りし、この問題は「列強が協力して治外法権化することによって必ず解決されうる」だろう、と書いた[88]。

ベルタはみずから進んで約束した。「今日のうちにムラヴィヨフに手紙を書きます。もしツァーリがシオニズムを支持するならば、それは平和のツァーリに相応しい、素晴らしいことであるというあなたの考えに、まったく同感です」。彼女はさらに、ウィーンのロシア大使との面会をヘルツルに仲介しようと申し出た[89]。

ヘルツルのツァーリとの謁見は実現しなかった。ロシアにおけるユダヤ人迫害は激しさを増した。「ユダヤ人の試練」が収まる見通しはなかった。希望を失ったヘルツルは一九〇三年、キシナウで大量虐殺があったあと、新たな試みに取り掛かろうと友人ベルタに手紙を書いた。「私はロシアから痛ましい知らせを受け取りました。自分たちが守られてはいないことがキシナウで明らかとなり、ユダヤ人は絶望し始めています。恐怖に駆られたこの不幸な群衆は、常軌を逸した行いに出ようとしています。一五、一六歳の子供たちが、男子も女子もニヒリズムからの誘惑に耳を貸そうとしています」。彼は、ロシアの支配者が聖断を下すという希望を捨てなかった。「私の謁見が実現していれば、鎮静化に資するところがあったでしょう。ユダヤ人は、もはやそのように見捨てられたとは思わなくなり、そして下級官庁は、自分たちの悪業が通報されるかもしれないと悟ったでしょう」。「今、私はシオニズム運動の指導者という十分な資格によって、公式の謁見を求めています……なぜなら今日、それ［大量殺戮］は政府を大変困った状況に追い込んでいるからです。もし私が絶望した人々を安心させることに役立てれば、政府みずから私に感謝するに違いありません。七〇〇万の人を見殺しにはできないのです[90]」。

こうした公的な努力の傍ら、彼はベルタに対して、ツァーリに私信を書くように、そしてウィーンのロシア大使に添え状を書くように頼んだ。しかも、「ハルマンスドルフには文房具店がないかもしれないから」と、さまざまな大きさの封筒まで同封した。

敬愛するツァーリに私信を書くという考えに、ベルタは驚かされた。しかし、すでにその日の日記に彼女はこう書いた。「そうしよう。確かにこれ以上ない大胆なことだが、やってみよう[91]」。フランス語の手紙を認めた際、彼女は「七〇〇万の人を見殺しにはできないのです」という言葉に至るまで、ヘルツルの文案に従った。彼女はツァーリが追い求めているはずの平和の理想を引き合いに、「シオニズム運動の指導者テオドーア・ヘルツル」に謁見を賜わるようにと請うた[92]。

丁重な返信がロシア大使から届いた――謁見は認められなかった。ロシアのユダヤ人迫害は、さらに激しさを増した。

過労と激昂によって疲れ果てたヘルツルは、一九〇四年七月、四四歳で突如命を落とした。「ヘルツルはシオンの王になれたはずなのに、エトラッハで心臓の病によって死なねばなりませんでした。死神は――愚か者です[93]」。

ベルタは、ユーリエ・ヘルツル（「敬愛する奥様、苦難を分かち合うかわいそうな私の妹」）に宛てた哀悼の手紙の中で、次のように強調した。「彼の家族を打ちのめしたこの衝撃は、家族ばかりではなく、彼のことを知り、遠くから仰ぎ見ていた人々にも、どれほど深い痛みと、怒りにも等しい悲しみを与えたことでしょう。そうなのです、これからもなお、とても多くの利益、幸福、栄光をもたらしたであろうこのような人間を、こんなにも早く奪い去った、愚かで残酷な運命に対する――怒りです。……あなた方にとってだけでなく――私たちすべてにとって――かけがえのない、かけがえのない人。テオドーア・ヘルツル――シオンの王、文芸欄の王、この愛しく、善良で、高潔な人間を奪われてからというもの、私たちの時代は貴重な宝を失ったのです[94]」。

ベルタとヘルツルの二人は、より良い世界のため、未来を待たねば実現されない遥かな目標のために働いた。彼女がどれほど強い類似性をヘルツルと自分自身の間に見ていたか、当時すでに自分の遺産管理人および後継者として考えていたフリートへの手紙から、読み取ることができる。「いつか自分の遺体をパレスチナに運んでほしいというヘルツルの願いが、私にはよく理解できます。これは誇り高いシオニストの言葉です。私はこれをまねて、自分の骨壺はゴータ［彼女が火葬を望んでいた地］に留め置いたのち、最初に建てられた平和の殿堂に移すよう、定めておくつもりです[95]」。

ヘルツルの願いは、イスラエル建国の後に実現した。ベルタの平和の殿堂は、夢に見ていた平和と同様、現実とはならなかった。

彼女は繰り返し平和運動とシオニズムを比較した。「シオニズムの見事な拡大について理解できました……平和運動との類似点は沢山あります。世間からは誤解されているということも。――しかし、ヘルツルの死は大きな損失となります……一人ひとりの人間には、非常に多くのことが待ち受けています[96]」。

ヘルツル亡き後も、彼女は全力で反ユダヤ主義に立ち向かい、ユダヤ人の地位向上を求めて闘った。彼女は何度も、とくにロシアの「相変わらず暴力的で人命を奪い続けている政権」を論駁しなければならなかったが、そのときは慎重にツァーリその人には触れないようにした[97]。

彼女はヘルツルの後継者マックス・ノルダウとの関係はほとんどなかったが、シオニストに対して常に平和運動からの支援を申し出た。一九〇五年に再び反ユダヤ主義の血なまぐさい波が押し寄せたとき、彼女はフリートに書いた。「ヨーロッパの良心はどこに見出せるのか、とノルダウは問うています――兎にも角にも、それは平和主義者の演壇上にあるのです。良心を渇望している人々が仲間に加わらないのは、どうしてなのでしょう？[98]」。

彼女はオーストリアの政治家に反ユダヤ主義への精力的な抗議を期待するのはとっくに諦めていた

が、新世界に託した彼女の望みは揺るぎなかった。「アメリカはルーマニアのユダヤ人迫害に抗議した。『人間性』――初めて外交文書に記されたこの言葉。革命を呼ぶだろう」[99]。

ユダヤ人の学生たちからルーマニアのユダヤ人騒動に対抗する論説を書くよう頼まれると、彼女はすぐにそれを実行した。ユダヤ人問題は、「なんの隠し立てもなく、断固たる意思を持って取り組み、解決しなければならない。それは、文明化し、公正な、人間らしい人間に相応しいように、つまり、あらゆる地域に住むユダヤ人の法的に保障された平等な地位――そしてその結果としての平等な尊敬――が確立することによって、ということである。文明化された国々のどこかに、人としての権利を涙ながらに請い求めるだけで精一杯の人々がいるということは、その国々が――ここではロシアやルーマニアのことだけを言っているのではない――完全に文明化されたのではなく、多少なりとも中世の暗黒の影に覆われていることを示している。……もしある国の中心で、一つの住民層が法的保護を受けない階級であると烙印を押され、その結果、罰せられぬまま憎しみと誹謗を受け続けるようなことになれば、飢饉や疫病蔓延の時や、そもそも暴動が起こった時、彼らは罪を着せられ、真っ先に襲われるだろう。なぜなら、人々はすでにもう彼らを憎むことに慣れているからである」[100]。

数日後、『ドイチェ・ツァイトゥング〈ドイツ新聞〉』が掲載した反論は、ズットナーその人を容赦なく侮辱した。ベルタは日記にこう書き込んだ。「こんなことはどうでもいい」[101]。

軍国主義、それに反ユダヤ主義を黙認すれば、たとえばトルコでのアルメニア人大虐殺のような他国における人権侵害を調停する際、オーストリア＝ハンガリーの信頼が失われる、とベルタは考えた。「みずからが二つの陣営に分かれ、互いに不信を抱いて脅し合い、大量殺戮を礼賛することにあらん限りの力を傾け、国内では、アルメニア人ではないにせよ、ユダヤ人を迫害している、そのような国が、どうして人間性の名のもとに……権威を保ちながら介入できるだろう？」[102]。

ズットナーが反ユダヤ主義との闘いに関わったことによって、平和協会の評判は傷ついた。今や協会は、ますます「ユダヤ人協会」と、すなわち、非ドイツ的、非愛国的、国際主義的、不信心であると罵られるようになった。

ベルタは当初、ベルリンの同志カルペレスのようなユダヤ人平和愛好家に自重を促し、反ユダヤ主義が平和運動に関わるのを防ごうとした。一八九二年のドイツ平和協会設立の際、彼女はアルフレート・フリートに宛てて書いた。「入会を望まなかったカルペレスの判断は、まったく正しいのです。彼は、人々を委員会に誘うことには協力すべきですが、彼自身が加わるべきではありません。状況が示すように、あまり多くのユダヤ人が主導権を握ってはなりません――さもなければ、平和協会はすぐにレッテルを貼られてしまいます。同様に、たとえば社会民主主義、あるいはその他諸々に偏り過ぎてもいけないでしょう。そうでなくてもオーストリアの風刺新聞は、私をポーランドのユダヤ人指導者として描いているのです[103]」。

しかし、フリートもまた反ユダヤ主義者の攻撃の的だった。ほかでもないこの熱心な協力者抜きで活動することは、ズットナーにはできなかったし、そうするつもりもなかった。攻撃が常軌を逸すると――フリートの出版物は短絡的にポルノ呼ばわりされた――彼女は全面的にみずからの協力者をかばい、他のドイツ人平和愛好家に向かって擁護し、そして平和雑誌を廃刊しようとした彼の考えを思い留まらせた[104]。

しかしこれ以降アルフレート・フリートは、共通の目的のための犠牲としてキリスト教に改宗するよう、直截に、あるいは遠回しに平和愛好家たちから繰り返し求められるようになった。一九〇九年、シュトゥットガルトの平和主義者で、都市教区牧師であるウムフリートは、「宣伝にかかわる仕事においてユダヤ人であることは妨げとなる」からと、フリートにこの一歩を踏み出すよう「内密の提案」をした[105]。

この理不尽な提案に対して、フリートは毅然と答えた。「私をユダヤに繋ぎ止めているのは、信仰共同体ではありません。なぜなら、私の受けた教育ではユダヤ教の信仰についてほとんど何も聞いたことはなく、私の世界観はユダヤ教の信仰とは限りなくかけ離れているからです。私を留まらせている理由は、今日のユダヤ人が置かれた社会状況にあります。抑圧と迫害が行われているこの時代に、ともかく出生と血筋を通じて一員となっている共同体を離れれば、私には戦争から脱走することと同じように感じられるでしょう……知識人として、私は抑圧されている少数派のもとに留まる義務があると信じています」。彼は、改宗が平和運動にとって有益であるという考えに同意しなかった。「なぜなら、私はずっと洗礼を受けたユダヤ人、背教者であり続けることになるからです。私個人には、おそらくそこに利点はあるでしょう。というのも、ユダヤ人であることは私の経歴において常に妨げでしたし、今後も常にそうでしょうから。しかし、個人的理由による逃亡は、なおのこと非難されるべきだと私は考えます。そうなのです！　私たちユダヤ人が評価を得るためには、キリスト教徒の同国人の三倍も四倍も働き、より多くを耐え忍ばねばならないことを、私は知っています。しかし、もし私が闘うことに、流れに逆らって泳ぐことに大いなる喜びを感じなかったとしたら、もし私が自分たちの時代になお支配的な中世的なるものに抵抗するという使命を己が内に感じなかったとしたら、私は決して平和主義者になってはいなかったでしょう」。ところで指導的平和愛好家には、ただでさえユダヤ人は多くない。「私には、ハイルベルク以外まったく誰も思い浮かびません。フランスではモックだけであり、私が此の地で困難に向き合っているのと同様に、彼は彼の地で困難に向き合っています。私はそのほかに誰も知りません。それなのに、なぜこの運動を害することができるのでしょう。マルクスとラッサールが創始者であったことは、社会民主主義を害していないではありませんか。ズットナー女史にユダヤ人やユダヤの血筋であるとの疑いがまったくないのは、幸運なことです[106]」。

しかし、だからといって反ユダヤ主義者に「ユダヤ人ベルタ」への攻撃を手控えさせることはできなかった。あるとき、またもや激しい反ユダヤ主義の手紙を受け取ったベルタは、憤慨してフリートに書いた。「どうしてこの種の人たちはたいてい反ユダヤ主義者なのか、ユダヤ、ユダヤと言う以外に気の利いた主張はできないのか、不思議です。反ユダヤ主義者のなかで、戦争好きは平和主義をユダヤ的と罵り、平和要求人はユダヤ人投資家とジャーナリストに戦争煽動の罪を着せるのです[107]」。

彼女の小説『人類の崇高な思想』の中で、ある反ユダヤ主義者が平和協会について語っている。「これはすべてユダヤ人の陰謀ですな。幹部の中には疑わしい名前もいくつかあります。もちろん、狡猾なユダヤ人どもは国民としての感情を排除しようと目論んで、世界市民の友好などといったうわごとをいつも唱えているのです。しかし、私は騙されませんぞ」。彼女は、一人のユダヤ人にも、なぜ平和協会に入会しないかを語らせている。「私はもちろん喜んでそうしたいのですよ――何かが成し遂げられると信じてはいませんが、いずれにしても気高い試みです。しかしながら私が入会すれば、それは誤解されるでしょう。私たちユダヤ人は、慎重にも慎重を重ねて振る舞わないといけないのです――反ユダヤ主義者たちは、私たちを臆病だ、祖国喪失者だと咎めようと、汲々としているのです。寄付があなた方のお役に立ってくれれば――でも、名前を出すことだけは勘弁してください！[108]」。

8

ハーグ平和会議

ズットナーは――多くの同時代人と同様――取り憑かれたように、新しい、より良い時代の始まりとなるはずの世紀転換期を待ち望んでいた。二〇世紀には国際仲裁裁判所とすべての政府が参加する平和会議という大きな目標が達成される、彼女はそう確信していた。一八九四年、彼女はアルフレッド・ノーベルに宛てて次のように書いた。「私には確信があります。平和主義者が精力的に仕事をすれば、私たちと新世紀を隔てる六年の間に、ヨーロッパを平和にするための公式会議を開催できます」[1]。彼女は、この会議を一九〇〇年にパリでの開催が計画されていた大万国博覧会と結びつけた。「私は、新しくロシア皇后となったヴィクトリア王女と話をしなくてはなりません。それはすべて一九〇〇年に芽吹く種となるでしょう」[2]。

最大の好機は権力者が影響力を行使するとき訪れる、と彼女は見ていた。

彼女は自分が夢見ている会議を、正式な国家代表の参加によって政治力もそなえる機関となった、アンリ・デュナンの赤十字の組織になぞらえた。この野心的構想実現への貢献をノーベルに期待した彼女は、彼に手紙を書いた。「あなたは、私たちが平和と軍縮のための外交会議と国際裁判の機関を立ち上げることに成功するのを目にされるでしょう――列強すべての代表が加わったジュネーヴ会議を実現することに、デュナンが成功したように」[3]。

このような会議が国際的であることは――そもそも平和運動一般がそうであるのと同様――不可欠な前提である、と彼女はみなしていた。「平和運動は国際的であるか、さもなくば存在しないかである」、彼女は講演や新聞の論説で何度もこう繰り返した。「軍縮を語る一人ひとりが、『周辺国がすべて武装しているのに、自分たちの祖国の武装解除など到底できない――他国へ行って提案をしてくれ――彼らこそ、それを始めるべきだ』と非難を浴びるのはもっともである。――始める？　他国は同じ理由によって、恐らく始めようとしない。このような方策には、すべての国が同時に、結束して取りかかる必要があるだろう」[4]。

彼女の考えによれば、いずれにせよ「暴力は次第に制限される方向へ」向かっているが、その速さは十分とは言えない。「事を自然の成りゆきにまかせれば、予測できないほど長い期間がかかるだろう。その間、まだ支配的な、まだ十分に制限されていない制度は最後の最後に暴走し、その肥大化が限界を超えたあげく破滅するだろう。そして新たな法制度が設けられることになる。別の言い方をすれば、ますます巨大化する国家群の間で起こる、最も恐ろしい世界戦争の後に、かつてない革命と破滅の後に、悲嘆と恐怖が耐えがたいまでに積み重なった後に――ようやく『普遍的な、あらゆる国家を網羅する平和組織』が誕生するのである。それでも事を成りゆきにまかせるべきなのだろうか、そうなるのだろうか?」。彼女の努力はすべて、「この学説が実験的に試みられ」、そして最終的に平和の保障について公的かつ国際的な助言が行われるように、この進歩を早めることに向けられた[5]。

ベルタ・フォン・ズットナーは、平和運動に戦争の廃絶ができないことは、とてもよく分かっていた。「ただ権力を手にしている者だけが――平和愛好家は十分に理解しているが――これらの理念を行動に移すことができる。だが、理念にも力がある、すなわち――もしもそれがはっきりと、何度も、異口同音に示されるならば――権力者の意志に影響を及ぼす力があるのだ。そして、それが私たちの望んでいることである。私たちはみずから国際的な法律問題を解決しようとしているのではない。私たちは世界平和を構築したいと思っているのではない……私たちではなく、それをなすことのできる人に、それをしてほしいのだ」[6]。

国際的な司法組織を設置するという彼女の信念は、揺るぎなかった。「それぞれ――個人、氏族、城塞、都市、地方――が暴力で争いに決着をつけるという特権を放棄するまでには、確かに長い時間が必要でした。しかし文化が発展して行くにつれ、互いの安定と存在を守るため、隣の氏族、隣の城塞、隣の都市との戦争を放棄するまでに至りました。ただこの同盟形態は――北アメリカを除けば――まだ国家にまでは及んではいません。国家はまだ――心得違いの自尊心と反抗心を宿し――反文化的かつ野蛮で、『主権』という名のもとに美化された、敵対的分断状態の中にあります」。

他国の問題への「不干渉」を主張する側の論拠に、ズットナーは反論した。「何たることでしょう、確かに私生活でも自分の家の中ではある種の独立が守られ、他人の干渉は許されません。しかし隣家から助けを求める声が聞こえ、そこで狂乱者が家族を殴り殺そうとしていたら、助けに急がないでしょうか――それとも狂った隣人の内輪の問題を放っておいて平気でしょうか? そんなことはありません、警官を呼ぶでしょう」。「しかし、国家はどんな警察を呼べばよいというのだ? 兵士か? それならば武力介入だ、それは戦争だ。これは避けるべきではないだろうか?」という反論に、ズットナーは答えた。「防衛のために武装して戦った人間は、戦争の遂行者ではなく、救助にあたる警官です。同盟を結んだ文化世界は、もはや互いに攻撃を仕掛ける軍隊を差し向ける必要はありません、彼らに必要なのは、同盟で結ばれ、武装した防衛軍です。この派遣が可能になるのは、人を殺し、略奪を行うためではなく、人殺しや盗賊、狂人を鎮圧するためだけです……そうです、この将来の世界軍が介入するとき、そこに征服欲も、復讐欲もあってはなりません。それが行うのは救助と防衛だけでなければいけません。私が求めているのは、迫害された人々、虐げられた人々、飢える人々が悲嘆の声をあげるところに駆けつけ、介入することです。なぜなら、それは内輪の問題ではなく、人間の問題だからです」[7]。

彼女が要求したのは、「法的拘束の拡大」によって「あらゆる文化国民による、利害を共有する連帯」

がついには確固たるものになることだった。そして、それがキューバ危機であろうと日清戦争であろうと、あるいは一八九六年のイタリアによるエチオピア出兵であろうと、国際的な法概念に対する違反を彼女は休むことなく弾劾し続けた。「イタリアの愛国主義は、何と恐ろしい自己矛盾に陥ってしまったのだろう。他者のくびきを払うことを誇りとしていたにもかかわらず、今や、始まった冒険を終結させるために、きわめて残虐に全種族を隷属させねばならぬとは」。

この戦争に「道義的根拠がない」のは別として、この戦争は膨大な出費をイタリアにも強いるため、「征服した地域がいくら広大でも、その征服に伴う損失に、それは見合わない。暴力と多大な犠牲によって征服したものを維持するには、更なる暴力と更なる犠牲が必要となる。たとえイタリアがエチオピア全土をねじ伏せたとしても――その占領を安心して喜ぶことはできないだろう――ある国の広大なだけの占領地が本当に国民を喜ばせると仮定しての話ではあるが」[8]。

ズットナーはますます政治的良心の化身のように、政治における道徳の絶対的守護者となった。それは、非常に「現代的」で、賞讃の的だった帝国主義に対しても同じだった。「マダガスカルで戒厳令がしかれた――原住民が蜂起したのだ。これにより新たな出兵が必要となるだろう。ヨーロッパ諸国は、まず自らを植民地化し、再開発し、キリスト教化することだけしていればよいのに！」[9]。

そして彼女が待ちこがれていたのは、新しい時代と新しい世紀の兆候を見抜き、戦争と平和と法秩序について国際的協調を呼びかける権力者だった。当初、一八九八年一二月に即位五〇周年を祝ったフランツ・ヨーゼフに期待を寄せた彼女は、これを大きなきっかけにして何かまったく違ったことが起こるに違いない――もしかしたらそれは待望の「平和準備会議」かもしれない、と考えた。この「会議」を、彼女は一八九五年に書いた小説『苦悩に王手』の中ですでに夢見ていた。そこにはこう書かれている。「ヨーロッパ最強の国家元首の一人が提唱し、事前に他の全政府から開催目的について原則的な同意を得たあと、この会議は招集された――そして大国も小国も、ほんの僅かな例外を除き、ほぼすべての国が賛意を表明し、ここに代表を送っていた[10]」。

若いツァーリのニコライ二世にも、彼女は期待を寄せた。先代のツァーリに対して非常に懐疑的だった彼女は、一八九一年にはカルネーリに次のような手紙を書いていた。「あなたはロシアの姿勢をどうお思いになりますか？　因習、専制政治、国民性――そうです、この三つが見事に合わさっています。文化とは見事な対比をなしています[11]」。

彼女は一八九四年の帝位交代によって状況が改善することを期待した。「新しい理想も胸に抱いた『新しい人間』がここで権力の座についたことに、多くの人が賛成している[12]」。

まさにロシアにおいて、「戦争のための途方もない軍備と同時に、もしかしたらその軍備ゆえに、国際的法秩序の考えがすでにかなり進んでいる」こと、それがモスクワ大学の著名な法学者たち、社会学者であり平和主義者でもあるオデッサのノヴィコフ、そしてもちろん、なかでもロシアの枢密院会員であり鉄道事業家であり作家でもあるイヴァン・ブロッホの弛まぬ平和活動のおかげであることを、彼女はいくつかの新聞で称賛した。ブロッホはヨーロッパ平和運動の権威の一人に数えられ、いつもこの運動に多額の寄付をしていた[13]。ノヴィコフとブロッホという二人のロシア人、あるいはまたヴェレシチャーギンの存在も、若いツァーリにかけるベルタの期待を膨らませた。彼女は、ツァーリが平和愛好家の論拠に耳を塞ぐことはないと確信し、この君主と個人的に接触する機会を模索した。

一八九七年、皇帝夫妻がダルムシュタット[*1]の縁者を訪問したとき（皇妃はヘッセン・ダルムシュタット王女という生まれだった）、ベルタは皇帝の義母の知人に、ツァーリ訪問の際に自著『苦悩に王手』をこっそり渡すように頼んだ。この計画が成功したかどうか、それを知る手がかりは残されていない。ベルタは、もう一つの試みを行った。平和理念を称賛する絵画を皇帝に贈呈することが許されるかどうか、ダルムシュタットの式部局に問い合わせたのである。ツァーリは辞退したものの返答は好意的で、「世界平和という偉大な理念」にさえ言及した。それは、ベルタがフリートに向かってニコライ二世のことを「私たちの仲間の一人」と呼ぶ根拠として、十分だった。ヴィルヘルム二世については正反対だった。「ヴィリは陸海の軍隊に、あまりに陶酔し過ぎています。やがてついには平和創出への陶酔が生まれてほしいものです！　そのときも訪れるでしょう。それまで、私たちはそのためのアルコールを蒸留するのです」[14]。

自分の大きな期待が十分過ぎるほど満たされたことを彼女が知ったのは、一八九八年八月二四日、ロシアの外務大臣ムラヴィヨフ伯爵がサンクトペテルブルクに派遣されていた各国外交使節に、ツァーリの代理として平和のマニフェストを手渡したときだった――ズットナーによれば、それは「これまでに公布されたものの中で、最も輝かしい平和の文書……歴史の新たな一ページがめくられた」。その文書には、次のように書かれていた。「普遍的平和を維持し、あらゆる国家にのしかかる過剰な軍備をできる範囲で削減することは、世界全体が置かれている現下の状況を鑑みるに、あらゆる政府が努力を傾けねばならない理想であることは明らかである。我が高貴なる主君である皇帝陛下の人道的かつ高潔な御努力は、すべてこの任務に捧げられている」。軍備による財政的負担は、「国民の福利を根底から」揺るがした。「国民文化、経済発展、価値の生産は、成長途中で活力を失い、道を外れている」。ツァーリは、「この絶え間ない軍備に終止符を打ち、全世界を脅かす災いを阻止する手段を探求すること」を自らの義務とみなし、それゆえ、「神の救いによって、来る世紀の有望な前兆」となるであろう会議を提案した。彼は、「国家の安全と国民の福利が依って立つ、法と正義の原則を聖別するために結束する」よう呼びかけた[15]。

当時、経済的、個人的心労からすっかり塞ぎこんでいたベルタ・フォン・ズットナーは、このマニフェストがあらゆる逆境からの救済であり、以前から待望していた新しい平和な時代の幕開けであるように感じた。彼女は次のように日記に書いた。「そして今日、本当にとんでもない出来事――まるで落雷のよう――しかし素晴らしい。ツァーリが平和のマニフェストを表明！　これで私たちの運動はきっと一〇〇〇マイル前進する。嬉しくて興奮――今夜は眠れない！　一旦は、喜びのあまり寝つけなかった。だが今は、やるべきことが見つかった。電報だ[16]」。

「心奪われました、啞然としました、感動しました、歓喜しました」、とズットナーはベルリンのフリートに書いた。「これは素晴らしいことではありませんか？『苦悩に王手』の一九四頁には、すでにロシアの行動のすべてが描かれています*2」。自信ありげに彼女は次のような推測をした。「それをペテルスブルクで最も高貴な地位にあられる方が読まれなかったかどうかは、誰にも分かりませんよ……。国際会議において取り上げる議題として、いずれにしても、これは検討に値します」。もう一度その章を印刷する努力をするよう、ベルタはフリートに求めた[17]。

まもなく判明したのは、ニコライがある平和主義者の影響をおおいに受けていたことだった。影響を与えたのはイヴァン・ブロッホであり、そしてまた一八九二年の出版後、あらゆる文化言語に翻訳され、平和主義の模範となった彼の六巻本『未来の戦争、技術的かつ政治的観点からの考察』だった。著者はその中で、現代の戦争がまねく経済的および社会的結果を詳述し、こう結論づける。「軍事的機構は経済的かつ社会的理由によって機能不全に陥り、戦争は終わるだろう」。新たな戦争技術は、ノーベルの爆薬も含め、否が応にも国際的協調が求められる新たな状況を生み出した。とりわけ経済的理由によって、もはや戦争はどちらの側にも勝利をもたらすことはなく、したがって考え方を改めることが絶対に必要である、というのだった[18]。

ブロッホの著作について、ズットナーは次のように述べた。「このロシアの偉大な銀行家は予言者ではなく、思考し実践する人間であり、彼は事実から科学的方法によって結論を引き出し、それを世界に伝えたのである。彼は、自分の言葉を人々が信じることは求めず、こう言ったのだ。現場に行きたまえ、探究したまえ、研究したまえ、予測したまえ、そして、未来の戦争がもはや遂行不可能であることを認めたまえ、と。その理由は――第一に、目に見えない遠方に大量破壊をもたらす近代武器の威力に、人間の神経はもはや耐えられない……第二に、戦争のもたらす経済的な結果は、その終結よりずっと早く、一切の崩壊と没落となって現れる……そしてブロッホは、さらに第三の理由が加わると見なした。すなわち、大国間の未来の戦争に決着がつく前に、国内では革命と無政府主義者による殺人が突発するのである[19]」。

ツァーリのニコライは、ブロッホの著作を「詳細な研究の対象」とした。「彼は文書発表の直前に著者を呼び寄せた。著者が見たのは、その著作から抜き出され、いくつもの机の上に広げられた地図や図表に囲まれたツァーリだった。二時間のあいだ、ブロッホ氏は詳細な質問や意見に対して回答しなければならなかった。彼がすでに疲れ切ってしまっても、皇帝は根気強く、決して尽きることのない関心のままに質問と論評を続けた[20]」。

国際平和会議を招集するマニフェストは、ツァーリがブロッホの著作とこのように取り組んだ成果であるとされた。ズットナーはレフ・トルストイに手紙を書いた。「このツァーリの言葉は、何という北極光でしょうか！――あなたはどう思われますか？　きっとあなたの著作が揺り動かしたものの息吹を、ツァーリも感じとられたのです。私はとても幸せです。なぜなら――これはなんという世論の反転でしょう。はるかな天上から届いた、この素晴らしい言葉が全世界を動かしています――人々は考え始めています[21]」。

ベルタと彼女の友人たちは、平和運動の目標――戦争回避を目的とした国際仲裁裁判所――の実現が近づいた、それも魔力を秘めているかのごとく感じられる、一九〇〇年という年が訪れるより前に実現可能になった、と確信した。祝辞がいくつも届いた。地理学者カール・シェルツァーは、「あなたの長年にわたる世界平和のための弛まぬ努力が、ネヴァ河畔[*3]で発せられた一言によって、喜ばしくも、まったく突然に、かくも思いがけない輝かしい勝利への展望を得たこと」を祝福した。

ビョルンスティエルネ・ビョルンソンは、「ツァーリは素晴らしいことを成し遂げました。それがどのような結果になろうと――今日から平和思想は風となって音を立てるのです――昨日は吹き込むことがまったくなかった、そういう所でさえも」、と祝福した。

アンリ・デュナンは次のように祝福した。「これは非常に大きな一歩であり、そして何が起こるにしても、世界の人々が『ユートピア！[*4]』と叫ぶことはないでしょう。人々に、私たちの理念を軽視することはできません。そして、たとえそれが会議……直後に実現しなかったとしても、それが動き始めたことに変わりはありません。この提案は永遠に先例として残ります」。

皇帝と面識のあったロシア人作家ノヴィコフは、慎重に疑念を匂わせた。「しかし、私がこのことについて考えているのは何でしょうか？　第一に、マニフェストの精神に共鳴する私たちは皆、全力でニコライ二世を支えねばならないということです。それは、彼の敵だけでなく、彼自身の人柄とも戦うということです。これは非常に難しい企てです。彼は困難を前にして勇気を失うかもしれません。そのとき、ヨーロッパのリベラル派の言論と、とりわけ平和協会は、彼に粘り強く揺るぎない協力をすることが必要となります[22]」。

ベルタはフリートに宛てて書いた。「あまりに多くの手紙と電報を受け取って、舞い上がりそうです……世界が大きな歓喜に包まれるのを目の当たりにして、山ほどある自分の心配ごとさえ忘れています……私は安心して死ぬことだってできるでしょう。運動は現在、信頼できる人の手に委ねられていると思います。ニコライさんは自分の義務を果たすでしょう[23]」。

新聞記事に満足し、彼女は次のように書いた。「紙面がツァーリであふれているのは、ズットナーのおかげ。平和運動の星が、かつてないほど明るく輝いている[24]」。

彼女によれば、来るべき会議は新しい文化時代を導く「次世紀の吉兆」だった。「新しい年にはより良く、より素晴らしい人生が始められるように、年の暮れの数日間は家の中や書物を整理するものだ。それと同じように、次の世紀にはすべてが文化を発展させるという喜ばしい使命に捧げられるように、そして――大みそかに少なからぬ人々が、今からは新しい人間になる、と決意するのとまったく同じく――二〇世紀への敷居を越えるのも新しい人間となるように、今、すなわちこの過ぎ去り行く世紀の最後の年に、古い野蛮の最も忌まわしい残滓（ざんし）を排除する（少なくとも断固として排除に取りかかる）という機会が与えられたのである。その人間とは、すっかり変容して天使のごとくになった人間ではなく、ただ単に、はるか以前に耐え難いものとなっていた非人間性という重荷から解放された人間のことである[25]」。

腹蔵のない懐疑的な言葉を述べた友人カルネーリは、ベルタから怒りのこもった返事を受け取った。
「ツァーリの素晴らしい言葉に対するあなたの理解について、私はひどく悲しい気持ちになりました。あのマニフェストで用いられているような、そしてこれまでの外交や君主の文書では決して用いられなかったような言葉を使って、人は嘘をつくことはありません。そしてこれらの言葉が平和運動に与えた大きな刺激を――数百倍、数千倍になった反響を、あなたは無視するのですか？　もちろん軍国主義者は抵抗するでしょう――すでにヴィルヘルムも反対を表明しました――しかし前進を続ける人類は、これから遥かに大きな場を舞台にして闘い続けるでしょう。四〇〇万の兵士の上に立つ司令官と、その声に合わせて今、広大なロシア帝国の新聞すべてが『武器を捨てよ！』と叫ぶ――そうすれば、この叫びが完全に沈黙させられることはもう二度となくなるに違いありません。もちろん今はこれまで以上に世論を味方にして、ツァーリの願いが支持されるように――その願いが言葉どおりに受け取られるようにしなければなりません。組織的平和運動の活動と懸念は、今や払拭されたのではなく増大したのです。それでも内心の喜び、かくも権威ある地位から届けられたマニフェストを満たす気高い精神への満足感は、大きいものです[26]」。

しかしながら、政治家や新聞の反響は懐疑一色だった。ズットナーは失望した。「どの玉座のお仲間も、どの政府も、このマニフェストには慇懃（いんぎん）な返答をしたにすぎず――温かい言葉は一つも表明されなかった[27]」。ズットナーの考えでは、招集された会議に代表派遣の準備をするのは当然だった。それ以上の準備を期待できる政府は、しかしながら、ほとんど一つもなかった。「しかし、一般大衆の上層でも下層でも、『ツァーリの言葉は信じられない』という声が聞かれる。その背景には何があるのか？[28]」。

ツァーリのマニフェストを新聞各紙は嘲笑し、なかには小馬鹿にするものさえあった。たとえば『リンツァー・モンタークスポスト』は、次のように書いた。平和のマニフェストは、「現実離れした妄想、すなわち、血のめぐりが悪く、古ぼけて、無力で、女性化したズットナー的活動の領域」に委ねるべきであり、それを真剣に受けとめられるのは「夢想家のコスモポリタンだけ」である。なぜなら、それは「実にスラブ的な政略の、狡猾に仕組まれた駆け引き」にすぎないからだ。「それゆえツァーリと彼の外交担当大臣は、己の利害ではなく諸国民すべての安寧だけを慮った友誼という光りきらめく偽善的仮面を被って、あらゆる国に平和を提案し、ベルタ・フォン・ズットナーのさえずる憂愁に沈んだ嘆き節に見事に調和する伴奏を音符にする。そして皇帝仲間や国王仲間からの支持をあてにしている。羊の皮を被った熊だ！[29]」。

モルトケの有名な命題が、軍縮の努力に対抗するために繰り返し持ち出された。「永遠の平和は夢である、美しくすらない夢である。戦争は神の創りたもうた秩序の一要素なのだ」。この言葉と、「戦争という理想主義なくして、真の政治的理想主義はまったく不可能である」というトライチュケの言葉を引きつつ、たとえば作家のA・フォン・ボグスラフスキーは、平和運動の活動に反対する理由を次のように述べた。「戦争を大量殺戮として描写し、軍隊の英雄的行為を嘲れば、民族の戦闘精神の力は次第に毒され、破壊される。その結果、あらゆる平和会議が開かれたのも空しく戦争勃発に至った日には、戦闘的精神に満ちた民族に相対する我々はきわめて不利な状況に追い込まれる可能性がある。なぜなら最高度に訓練され、組織化された軍隊も、戦闘精神と軍人精神を欠けば、立派ではあっても動力のない機械にすぎないからである」。「戦争を世界から消し去るがよい、さすれば自分たちの文学がなんと軟弱で気の抜けた牧人文学となるか、あなた方は理解するだろう。その時、誰がなお『ラ・マルセイエーズ』[*5]のごとき歌を、誰がなお『ラインの守り』[*6]のごとき歌を歌うだろう？」。それから彼は、実際に国際的軍縮とその監視を行う際の困難を指摘した。この困難を克服することは、ツァーリのマニフェスト以降のおよそ一〇〇年間、実に多くの軍縮会議において不可能だったし、今なお不可能である[30]。

ヴィルヘルム二世は、平和の提案に彼流の答え方をした。ヴェストファーレンの地方議会で、彼はこう語った。「平和を保証するのに、機動力を備え、戦いの準備を整えたドイツ軍に勝るものはないであろう。今はそれを……讃嘆し、喜ぶべき時である。願わくは、この常に勇敢な、よく保持された武力によって、我々が世界平和の守護者であり続けんことを！　そしてまた、ヴェストファーレンの農民たちの安眠が守られんことを[31]」。

ズットナーは日記に書いた。「ツァーリの空が少し翳っている、新聞がまったくつまらないおしゃべりをするから[32]」。「ドイツの教授たちの書くこと、話すことは、恐ろしい。ツァーリを理解せず、邪魔しようとしている[32]」。

平和を求めるツァーリの意図を疑ったのがとりわけ社会主義者だったために、ズットナーはことのほか気分を害した。「社会民主主義がマニフェストに対して取っている態度は、なんと下劣で、自殺行為に等しいのか。党派的偏狭！[33]」。そして別の機会には次のように書いた。「悲しむべきは、社会民主主義者たちの敵対心です。最新号の『ドイチェ・ルントシャウ』で、リープクネヒトは平和愛好家を嘲笑しました――英露戦争を煽動し、ステッド［傑出したイギリスの平和主義者］をツァーリの誇大宣伝詐欺師呼ばわりしたのです。すべて党派根性が悪いのです[34]」。

カール・カウツキーも、この平和行動の背後に良きものがあるとは思わなかった。ロシアは、「平和の天使、軍縮の代表者を装っている。そうして敵の陣営を撹乱するか、少なくとも自分たちの軍備が整うまでの時間稼ぎをしようとしている[35]」。

他の著名人と共に「平和会議のための社会運動を促進する委員会」に加わってほしいとズットナーから求められたアウグスト・ベーベルは、こう答えた。社会民主主義はマニフェストの思想には好意的であっても、ツァーリという人物に対しては慎重である。「絶対的な統治者である皇帝といえども、全能ではありません」。社会民主主義は、「この訴えに協力して、皇帝のマニフェストへの賛同と称賛のために行われること、語られることに責任を負うことはできません……それゆえ、この事柄については別々に進み、それぞれ別個に独自の立場を取るほうが双方の利益に適っている、と私は思います[36]」。

「テノール歌手のツァーリ」
――その声には共感できる。けれどもこのオーケストラ相手ではあまりに小さすぎる。Abrüstungs-Bilderbuch, Berlin 1899
【訳注】ツァーリが持つ紙には「ベルタ・フォン・ズットナー作のワルツ『武器を捨てよ』」と書かれている。周囲は各国の軍人。

これは会議に対する明らかな拒絶であったが、少なくとも、市民階級による平和への希望を「世界の笑い物」呼ばわりした社会主義新聞『フォーアヴェルツ』の嘲笑よりは、丁寧に認められていた。ズットナーはこう書いた。「そのことを――世界の物笑いの中ではなく、世界の流す涙の中で――後悔する事態にならぬよう、あなた方には気をつけて頂きたいのです！[37]」。

社会民主主義の示した態度によって味わわされた失望からベルタが立ち直るには長い時間がかかったが、それというのも彼女は前々からこの党に特別な期待を寄せていたからだった。苦々しげに、彼女は次のように書いた。社会民主主義者は「おそらく軍国主義の終わりを望んでいたのだろうが――それがこちらの陣営からもたらされることを望んではいなかった。国際平和の達成は、新しい経済秩序を通して、すなわち彼らの考えに則し、彼らの党、なかんずく彼らの階級によって望まれた変革を通してでなければならないと、彼らは考えていたのだろう[38]」。

彼女はこうした考えに抗議した。「もしも……権力者自らが（彼らの中には思慮深く、感じる心を持った人間もいる）、軍国主義を抑え込む、手段と方法を模索する（仲裁裁判所、国際法廷など）、平和を揺るぎないものにするという意志と意図を表明すれば、どうなるだろう……権力者の行動より、大衆の暴力行使や権力者の根絶を待った方が、脱貧窮によって大衆に人間の尊厳を与えるという社会民主主義の掲げる目標は、より早く、より混乱を伴わずに達成されるなどと、どうして言えるのだろう？」。「戦争と平和は階級問題ではない」というベルタの信念は、その死に至るまで揺らぐことはなかった。皆が共同で働かなければならない、と彼女は言った。「農民、労働者、市民、貧しい者、富める者、政治家、そして（誰が一八九八年八月二四日以前に、このような大胆な望みを抱いたろう？）軍の最高司令官さえも[39]」。民主主義の達成まで待つ必要はなかった。「いずれにせよ、平和の理想の実現は、もしもそれを社会状態の完全な変革に頼って為すとするならば、果てしなく先延ばしにされることになるだろう[40]」。

ツァーリの平和への意志を信じる彼女の心は、揺らがなかった。「ツァーリのマニフェストは本当に素晴らしい！　それを疑う人は、ただ視野が狭すぎるだけです[41]」。彼女は、「哀れな」ツァーリをとても気の毒に思った。「彼の置かれた状況は、私たちの状況より、さして良いものではないでしょう――彼の提案は、私たちの提案と同様に、高飛車な扱いを受けています[42]」。「ツァーリが私たちのような者以外に協力者どころか理解者すら見つけられなかったのは、恥ずべきことです。本当に、もしも人間が自分の守り神を打ち殺すほど盲目で邪悪であるなら、人間が実際に弾丸を撃ち込まれても仕方のないことです。そのとき苦しむのは、ただ無辜（むこ）の者だけです[43]」。

外交筋や政界では、次のような考えが支配的であった。「ニコライ皇帝は……完全に大臣たちに操られているのだろう。彼らは主君の人道的理想に媚びながら、実際にはロシアがシベリア鉄道を完成させ、さらにいくつかの借款（しゃっかん）を受けることに成功するまで、他の強国を……動かして、軍備を止めさせようと目論んでいるのだ。最近、ロシアの資金調達の試みが数々の難題に直面したことが、軍縮を提案した本当の理由だろう[44]」。

もっぱらツァーリに対しては、彼自身の行動が——たとえばフィンランド政策において——決して平和愛好的ではないという非難が浴びせられた。これに対しても、ズットナーは次のように反論を試みた。まず始めに会議の席で議決されなければならない軍縮に、誰も単独では取りかからないのは明白である、それゆえツァーリが望んだのは、「他国と足並みを揃えて軍備を解除［しようと］する日には、強くあること——できれば最強であることだ。なぜな

「平和の使徒」
ズットナー夫人：わかりましたわ。あなたはご自分の銃剣を研ぐことが、平和だと言うのですね。
ロシア人：誓って言うが、銃剣を研いでいる間は、平和を願っているのだ。Abrüstungs-Bilderbuch, Berlin 1899

ら、まさにその強さによって、この提案は重みを持つからである。弱者であったならば、恐怖心が動機であると決めつけられるかもしれない」[45]。

一八九八年一〇月末、一通の電報が届いた。それは、ロシアの外務大臣ムラヴィヨフ伯爵がズットナーの率いるオーストリア平和代表団の訪問を待ち望んでいると伝えるものだった。「大事件」と、ズットナーは日記に書いた。「その結果は重要な意味を持つだろう――それにこれ自体、前代未聞――……なんという予期せぬ出来事だろう！」[46]。

この会見は、平和会議の見通しと予想される課題についての情報収集を目的とした、ムラヴィヨフによるヨーロッパ首都歴訪の旅の一環だった。

ベルタ・フォン・ズットナーとの会談は、彼女ができる限りの意義づけをしようと努力したにもかかわらず、ほとんど成果はなかった。ムラヴィヨフが客人に語った最初の言葉は、次のようなものだった。「ツァーリとその政府が目下提唱するに至った理念の熱心な擁護者と近付きになり、嬉しく思う。この理念は徐々に世界から支持を獲得するようになる、とツァーリは確信している」。赤十字のジュネーヴ協定もすぐには締結されなかったように、この理念の成功には、おそらく数年を要する。「当面は、軍備の停止、開発の中断が第一段階となる。軍備の完全撤廃、それどころか軍備縮小にも、各国の同意は期待できない。しかし、もし『破滅への競争』を中断することに合意できれば、それだけでも最初の成果としては上々だろう」[47]。

これについてベルタは次のように書いた。「戦争と平和について常日頃私たちの会合で語られているように語られるのを聞いて、私は不思議な気持ちになった。ここで半ば公式に――というのも、私は社交界の婦人としてではなく、平和運動の代表者としてそこにいたのだ――話しているのは私たちの協会の同志ではなく、最強の軍事国家の外相であることを思い出したからである。彼は次のように説いた。今後は世界平和の礎を堅固にするために働かねばならない、なぜなら未来におけるヨーロッパ戦争の勃発は、恐怖と破滅を招くという事であり、本来なら不可能な事だからである……現下の膨大な兵力が戦場にあったとして、彼らに糧食を支給することは不可能である――大国間の戦争が最初にもたらすのは食糧難である」。もちろん問題となったのは、もはや軍縮ではなく「軍備の停止」にすぎなかった。「さまざまな権力者や政治家との会談を通して彼が認識するようになっていたのは、軍隊と軍備の削減や、それどころか戦争と武力による威嚇の原則廃止ですら、同意を得られる気配は当面ないということだった[48]」。

「ロシアに平和協会を設立し、そこで会議を開催するのが得策ではなかろうか」、とアルトゥーア・フォン・ズットナーが尋ねたとき、ムラヴィヨフは実に変わった返事をした。まずツァーリに尋ねなければならない、と言ったあと、大臣はこう述べた。「そのようなものの設立は、望ましくないし必要もないだろう。望ましくないというのは、若々しい文化を持ち、血気盛んで激しやすい民衆の住む国では、未熟で過激な分子が多数口出しし、危険な事態を招きかねないからである」。ベルタは慎重に反論し、ハンガリー人の気性と平和活動に言及した。しかしムラヴィヨフは、ロシアに平和運動は必要ない、と

Bertha und Murawjeff.

Die Waffen nieder!

„Du ahnungsloser Friedensengel, Du!“

「ベルタとムラヴィヨフ」
――「汝、思慮浅き平和の守護神よ！」
Abrüstungs-Bilderbuch, Berlin 1899
【訳注】落ちた紙に書かれているのは「武器を捨てよ！」。

いう自説を譲らなかった。それは、「平和運動の頂点に、今はツァーリと政府が自ら立っている」からであった。すっかり信用したベルタは、こう付け加えた。「そのとおりですね。日差しが溢れている部屋に、なおも小さな明かりを一つ灯す必要があるでしょうか？[49]」。彼女は次のように総括した。「全体としては、私たちが歓迎されるのは、注目すべきこと。だが、残念なことに、外交的には後退が多い[50]」。ロシアの外務大臣と「平和のベルタ」の会談は世界中から大いに注目を集め、ベルタは満足してそのことを書き留めた。「そし全世界で（おそらくアメリカでも）、この会談のことは公表された。もっと大きなこと、もっと喜ばしいことが、そこで得られたなら良かった。だが、それでも実に素晴らしい[51]」。

再び多くの祝福の手紙が届いた。ベルタはフリートに書いた。「今日のあなたの歓喜の手紙は、私を喜ばせました。でも、私が『ヨーロッパの中心』にいるという捉え方は、どちらかと言えば心地良いものではありません。それが運動の役に立てばよいのですが。その一方で、こうした機会には私の良心がいつも話しかけてくるのです、この好機を十分利用し尽くさなかったのでは、と[52]」。

彼女は、ムラヴィヨフが自分に向かって「運動全体の頂点に立っておられるあなた」という表現を使ったことを、誇らしげに伝えた。それは、まもなくペテルスブルクに招待されるという希望を膨らませた。

とはいえ彼女はまたしても、重大な任務に押し潰されるという、昔からの不安に苦しめられた。とうとうフリートは、「世界を舞台にして極度の不安」に駆られる彼女を「叱咤した」。ベルタは書いた。「この表現は魅力的で、私にぴったり当てはまります。極度の不安に駆られるのは、分不相応の役回りを要求されたと感じるとき、すっかり暗記できてはいない何かをそらんじなくてはならないとき、そのさなかに自分の衣装やアクセサリーが不十分だと感じられるときです。今、いたる所で私に割り当てられているこの役回り、すなわち運動の指導者——ツァーリに着想を与えた者——弁士——文士——等々に対して、私はあまりにも弱く、それに年を取り過ぎています——自分自身も変えなければならないでしょう——私が望んでいたのは、要するに逃げ出すこと、世間から逃げ出すことだったのです。（世間の中へ入って行くことではありません。）そしてもし完全には逃げ出せないのなら、最初に与えられたような、自分でも果たすことができるかもしれないささやかな役柄が、誠実で、熱心で、感激した仲間の一人という役割が欲しかったのです」[53]。

ムラヴィヨフの情報収集の旅の成果は、諸政府への二度目の通達、それに会議のプログラムの提案を掲載した一八九九年一月一六日の新聞となって表れた。「どれだけたくさんの水がアルコール度数の強い火酒に注ぎ込まれたのか、これを見れば分かる」、とズットナーは論評した[54]。なぜなら今や、特定の爆薬の禁止を始めとして、期待されていた海難事故者救出に関する合意に至るまでの、戦争を巡る諸問題の整理が主な題目とされたからである。会議準備の段階でますます注目を浴びるようになったのは、赤十字だった。「戦争の慣習および戦争の人道化という問題が平和会議の協議に取り入れられたことで、（明らかに意図的に）この会議から本来の性格を奪うのに効果的なくさびが打ち込まれた」[55]。

憂慮したベルタは、アンリ・デュナンに手紙を書いた。「とても多くの善をもたらしてきたあなたの偉業は——時代遅れの人々によって——さらなる高みへと向かう途上に立ちはだかる障害物にされようとしています。あなたは私を理解して下さるでしょう。戦争の連鎖に終止符を打つということについて聞く耳を持たない軍国主義者、政治家、政府は、赤十字とジュネーヴ協定を盾に、こぞってハーグ会議全体を妨害しています。彼らはそこで、未来の大量殺戮を和らげるための追加条項について話し合っても、この大量殺戮を阻止するための手段には取り組まないでしょう。これはまた、世界に次のように告げ知らせるための一つの方便です。見るがいい、なんと我々は善良かつ人間的であることか、だが十二分に分別をそなえた我々には戦争は不可避と思われる、ゆえに我々はいかに戦争を和らげることができるかについて方策を整えることにする。そして、国家主義的新聞や政府系新聞は、この策動を支持しています。『ジュネーヴ協定の適用拡大のほかに、この会議に期待しうるものはない――それに、その成果は非常に素晴らしいものとなろう――それが達成されることを期待したい』」。

彼女は、この策動に抗議するようデュナンに呼びかけた。「何か反対行動をとらなくてはなりません。諸国民は善意あるものを期待していること、そして赤十字の創設者自らが進歩を望んでいることを、この紳士たちに教えてやらねばなりません。赤十字が白旗のために道を拓くことを、あなたは常に願っていました。一八五九年から一八九九年までの間に、世界は進歩したのです」。彼女は、戦争軽減派の努力を「平和主義者の足元に仕掛けられた罠(わな)」と呼んだ。[56]

ベルタは、戦争の廃絶と軽減は北と南のごとく逆のものであり、「目的地が南にあれば、北へ向かう道に石を敷いてはならない」ことを繰り返し強調した。[57] しかし、その努力はすべて泡と消えた。

会議の招聘状は、オランダから送られることになった。どの国を招聘するべきかという問題を巡って、すぐに諍いが持ち上がった。イタリアは教皇庁代表の招聘に抗議し、成功を収めた。南アフリカの二カ国トランスヴァールとオラニアは、イギリスの工作とオランダの不快感によって招聘を受けなかった。アメリカ大陸の国々では、合衆国とメキシコだけが参加を望んだ。こうした意見の相違は新聞で盛んに喧伝され、平和会議はますます嘲笑を浴びせられることになった。

開催準備の真っ最中、ズットナーの小説『武器を捨てよ!』がロシアで発禁になったという知らせが飛び込んできた。まさにあの、ツァーリの平和活動に多大な影響を与えたとみなされていた小説が、である。不安にかられたベルタは、フリートに手紙を書いた。「ロシアで私の著作が発禁になったのが本当なのか、依然として分かりません。敵対者にこのニュースが利用されたという証拠も、まったくありません――彼らはまさに白も黒も同じように利用します。もしもロシアが平和のベルタと手を組めば、それはロシアの真剣さを否定する論拠となり、もしもロシアがベルタを完全に無視したり禁止したりすれば、それはロシアの誠実さを否定する論拠となります[58]」。

平和愛好家に衝撃を与え、会議にとって不吉な前兆となったのは、ドイツ政府代表団の構成だった。代表団には、挑発的な反平和主義の小冊子で注目を集めたばかりの国際法学者シュテンゲル教授が加わっていたのである。ズットナーは憤慨した。「努力することを公然と『妄動』と言ったような人物が、妄動を共にするために来ることはない。……反対者ではなく、この運動の味方が送られて来たなら、一体どれほど事情は違っただろう[59]」。

ズットナーは対抗するために小冊子を出版し、そこに決然とした序言を書いた[60]。ドイツ平和協会はシュテンゲルのハーグ派遣に異議を唱えたが、無駄であった。

世間の嘲笑、社会主義者の拒絶、さらには最強国の代表団による会議の目標への明らかな抵抗、これらすべては平和愛好家の当初の高揚感に水をさした。

ズットナーは、「権力者と大衆の、冷淡な、時として敵意ある態度」を知り、落胆して書いた。「私は、始まりかけた運動の発展にあらゆる期待を寄せているとはいえ、少なく見積もっても支持者と同数の懐疑家、反対者によって構成されるこの最初の会議には」多くを期待しない[61]。フランス代表に任命された仲間エストゥールネル男爵は、彼女をもう一度奮い立たせようと手紙を送った。「ハーグに代表を送るどの政府も、失敗や惨めな見せかけの成功によって大衆の不評や不満、物笑いに身を晒すことを望んではいません。したがって自発的であれ、不承不承であれ、何か良いものを提供しなくてはなりませんし、一度はこの土俵に乗ったまま最後まで行かなければなりません。もう立ち止まることはできません、立ち止まることは許されないのです[62]」。

会議の先行きへの懸念が強まると、すべての平和の闘士たちは、さらなる積極的行動へと駆り立てられた。そうした一人、イギリスのジャーナリストW・H・ステッドは国際平和十字軍を結成し、ヨーロッパの大都市で、会議を準備するための大集会を開こうとした。ズットナーは次のように書いた。「ステッドの巡礼の旅は、きっと素晴らしいものとなるでしょう。それとは反対に、ドイツは今どうなっていることか。追放、投獄――恐ろしいことです![63]」。

ウィーンでの十字軍の歓迎はベルタが手配することになったが、この計画は失敗に終わった。ステッドが多数の聴衆を集められたのは、ロンドンだけだった。「他の国々では十分な協力と共感を得られなかったことが、これで判明した。とくにドイツ――そこでのスローガンは、拒否だった[64]」。

しかし、ステッドはたゆまず自分の活動を宣伝し続けた。教皇レオ一三世は、次のように答えた。教皇の座にある者の「切なる願いは、すべての諸国民が平和同盟によって兄弟のごとく結ばれること、そして国家間の関係に正義が行き渡ることに他なりません。戦争兵器の増加と改良のため実に多くのことを成し遂げた私たちの世紀によって、その幕切れ以前に何か気高いことが成し遂げられ、人類がこの世紀に感謝の念を抱かずにはいられなくなりますように。すなわち、国際紛争が生じた際、理性の声が容易に効力を発揮できるようにするための手段と方法が獲得されますように……」――この言葉を、以降ベルタは頻繁に引用した[65]。

ステッドを深く尊敬していた彼女は、彼を嘲笑する者には激しく抗議した。「キャンペーンを行うステッドは賛嘆に値します――私の目には、この運動の聖者に見えます、そのうえ仕事の能力は、人間業とは思えません。彼と並べば、自分がとても不甲斐なく感じられます」[66]。

しかしまた、会議は他の人々をも積極的行動へと駆り立てていた。ミュンヘンの教授夫人エレオノーレ・ゼレンカは世界中の一〇〇万を超える女性から署名を集めたが、その中にはルーマニア王妃エリサベタの署名もあった。そしてゼレンカは、その文書を会議の議長に届け、女性たちの信任を得た代表が送られるように求めた。

国際的平和運動の偉大な長老フレデリック・パシーは一八歳のオランダ女王ウィルヘルミナに手紙を送り、そこで率直に、ハーグの会議では意表をついた歓迎を用意するよう強く彼女を促した。プログラムの要は仲裁裁判所であり、ウィルヘルミナは会議が開催するよりも前に、たとえばベルギーやスイスとそのような仲裁裁判協定を結び、範を示すことができる、と七七歳のパシーは書いた。「もしも私が陛下の立場であったとしたら、もしも私が気品ある聡明なオランダ女王であったとしたら、私が名誉とするのは、これまで一度も王冠に飾られたことのない、もっとも輝かしい王冠にすら飾られたことのない、この何よりも価値ある宝石を自らの王冠に付け加えることでしょう」[67]。しかし、女王からの返事はなかった。

現下の政治的意見の相違によって平和会議が失敗に終わることを恐れ、何人かの平和愛好家は思いつくままに奇妙な提案をした。たとえばフリートは、列強は会議の前にまず中国分割についての合意を急ぎ、この問題までもが障害とならないようにすべきである、と大まじめに考えていた。

清王朝は日本との戦争に敗れたあと、ひたすら没落の一途をたどっていた。ヨーロッパ列強は繰り返し兵力によって干渉し、清の領土を占領した。ヨーロッパ列強諸国による清の分割が差し迫り、ズットナーはそれを犯罪行為であるとして、きっぱりと弾劾した。彼女はアンリ・デュナンと共同で、一八九七年八月、『極東の人々へ』というアピールを作成した。「私たちの、いわゆるヨーロッパ文明は、オリエントに由来します。あなた方は、私たちより数世紀先んじているのです。とりわけ私たちは、自分たちの祖先が数世紀の間、あまりにも頻繁にあなた方に対して未開人のごとく振る舞ってきたことを、深い悲しみとともに認めなければなりません」。彼女は仲裁裁判所と戦争反対のための国際活動に協力を求めた。[68] 実際に連携は実現し、彼女は幾人かの東アジア人と生涯文通を続け、この地域の出来事について常に詳しい情報を得ることになった。

こうした矢先、よりによって最も親しい協力者フリートが、清に対する帝国主義的な力の行使を説いてハーグ平和会議を救おうとしたことは、彼女を憤慨させた。彼女は抗議の手紙を書いた。「しかし、もしもヨーロッパを一つにまとめようとして、アジアとアフリカにおける略奪政策をよしとしてしまうのであれば、私は反対します。植民地化についても倫理的検証の対象としなくてはなりません。さもなければ私たちは自己矛盾に陥ります。そしてアルザス＝ロレーヌやバルカンのかわりに、清とエジプトという獲物を巡ってそのまま残虐行為が継続するだけのことになるでしょう……植民地争いに対しても、私たちの原則が適用されなければならないでしょう。野蛮な民族に対する防御、もちろんそれは販路獲得という口実のもとに進出し根絶やしにすることなのですが――それは私たちが闘っている野蛮と同じものです」[69]。「立場を異にする私たちは、私たち平和の使徒は、闘う相手に妥協する必要はありません。道徳は政治問題すべての領域に行き渡らねばなりません、そうなることでしか私たちに勝利はありません。それは、ツァーリがマニフェストの最後に表明したことでもあります――私たちは『現実主義的政治家』になってはいけないのです」[70]。

最後に彼女は、あなたの考えがハーグで清の代表から理解を得られることはおそらくないだろう、とフリートに指摘した。フリートがドイツのスローガン「海軍増強――軍縮への道」を戦略的理由から受け入れると、ズットナーも道義的な疑念を投げかけた。「これではあなたに歩調を合わせられません！……それはいかがわしい御都合主義の道です。時として世界史が陥る道ではありますが、そこに私たちの為すべきことはありません。私たちは、この真っ直ぐな道から絶対に外れてはいけません。たとえば海軍協会の目的が達成されたあとに軍縮が強力に押し進められるだろうからといって、私たちは彼らと手を組まねばならないのでしょうか？　いいえ、私が思うに、ヴィルヘルム皇帝の新しい思いつきは、ニコライ皇帝のマニフェストに対する露骨な対抗策の一つです。そして、海の軍備は経済的かつ道徳的に陸の軍備と同じくらい、またはそれ以上に有害、無意味であると指摘するのが私たちの義務であることに変わりはないのです」。

しかし政府がドイツ人を欺いて信じ込ませようとしたところで、海軍増強は経済の好転を保証しない。「もしも巨大な海軍力を保持しつつ戦争に突入すれば、あるいは戦争を仕掛けると威嚇する敵対状態に陥るだけでも、自国の産業は植民地獲得によって得られる利益以上の損害を被ります……ヴィルヘルム二世は征服欲に取り憑かれていて、ドイツの民族主義者も彼と一緒です」。

イギリスとアメリカに対抗する大陸同盟がおおいに議論されていたが、ズットナーは同じくこれにも賛同しかねた。「それは、一層恐ろしい破滅をもたらすだけに違いありません。私たちの活動は、広大な英語圏を形成する諸国民の中にいる平和的な人々を必要としています――それは常に、法の人間たちによるただ一つの同盟であり、至るところにいる暴力の人間たちに対抗するのです――この同盟は国や大陸によって分断されてはいません[71]」。

世界中から平和の闘士がハーグに集結した。彼らは少なくともオブザーバーとして、また情報提供者としてそこに参加し、平和運動や仲裁裁判所設立への努力について、たいていはほとんど無知である諸政府代表を啓蒙してその仕事を容易にさせるために、最善を尽くそうとした。彼らは、「聖人物語で描かれた、ベツレヘム[*7]へ巡礼するオリエントの王たちのように」ハーグへ向かった、とベルタは書いた。「何年も前から私たちの研究や宣伝活動の対象であり、私たちにとってきわめて大切な理想を始めとする諸問題が協議されている大会議室に最も間近な所に、私たちは留まるつもりである。私たちは派遣代表と直接、接触を持つつもりである……救いの子が生まれるとき、すなわち平和の法典が誕生するときに、私たちは少なくとも隣室にいて、喜びを交わし合いたいのだ！[72]」。

しかしベルタの前に、またしても以前と変わらぬ障害が立ちはだかった。彼女は旅費にも、六週間の滞在費にも事欠いていたのである。もちろん彼女は、どこかの安ホテルに宿泊するのではなく、客を招いて、平和のための働きかけを行うこともできるスイートを借りるつもりだった。彼女は、『ノイエ・フライエ・プレッセ』の新しい文芸欄編集長テオドーア・ヘルツルに手紙を書いた。「ハーグで会議が開催される六週間、私を現地に送る話があると『ノイエ・フライエ・プレッセ』の首脳部にそれとなく知らせていただけるよう、私はあなたにそれとなくお知らせしたいと思います。私は、そこに集うさまざまな政治家やロシア公使とコネがあります……会議のメンバーの幾人かを個人的に知っています。私なら、その仲間内に入り込み、さまざまなパーティーやレセプションに加わることができるでしょう――つまり、興味深い『ハーグからの書簡』を新聞に寄稿できるでしょう[73]」。

しかし、『ノイエ・フライエ・プレッセ』は平和会議にほとんど関心を示さなかった。そのことで、ベルタはヘルツルに苦情を訴えた。「どうか教えて下さい。いったい『ノイエ・フライエ・プレッセ』は、どのような戦争の狂気に駆り立てられているのでしょう?――全ヨーロッパの目を釘づけにしているハーグ平和会議の前夜、早々と『そこから生み出されるものは何もない』と臭わせる社説を書き――その反論として私が確かな専門知識に基づく論説を寄稿しても、それはゴミ箱行きです」。文芸欄ですら、掲載されるのは好戦的な論説ばかりである。「そして、その文芸欄の最高責任者とは、あなたなのです！――二〇世紀は目前です――新たな時代を画することになる政府間会議が告知されました――それでも、新聞購読者は戦争の栄光という古の追憶に耽っていなければならないのですか?」[74]。

一週間後、彼女は新たな攻勢をかけ、報酬について問いただした。「『デリケートな問題』についてですが（それはそうと、私はそれが扱いにくいとは思っていません。高収入の軍司令官から新聞配達人にいたるまで、仕事をする人は誰でも報酬を受け取るのですから）、今すぐお伝えした方がいいと思うのは、六週間をハーグで過ごし、現地でサロンを開いてさまざまな全権使節を招くことができるようにするには、少なくとも一〇〇〇グルデンの手当てが必要だということです。アメリカの新聞社ならば、おそらくそのような金額では少なすぎると思うでしょう」[75]。

ようやく三通目の手紙が功を奏したが、それは別の方法によるものだった。すなわちヘルツルはベルタに、彼が少し前に創刊したシオニストの新聞『ディ・ヴェルト』のためにハーグへ行き、そこから報告を送るように依頼したのだが、もう一方で、この国際的に重要な舞台でシオニズムのために働くことも求めたのだった。「シオンのインタビューに関しては、私はあなたからの依頼をとても雅量のあるものと感じており、それを遂行するためにあらゆる努力をするつもりです。さまざまな政治家が心の奥底に秘めているシオニズムについての考えを暴いてみせます。そして、もしも彼らにそれがないのなら、彼らはそれについて示唆を与えられるでしょう」。旅立つ直前、彼女は嬉しそうにヘルツルに手紙を送った。「それでは私はハーグへ行きます。あなたはいつエルサレムへ行くのですか？」[76]。

呼びかけ人に敬意を払い、会議はニコライ二世の誕生日である五月一八日に開会された。厳かな開会式に、ズットナーは女性としてただ一人出席を許された。「この特別な取り計らいに対する感謝の気持ちを、私は永久に忘れない。私がここで受けた感銘は、いわば長年の情熱的な努力の輝かしい頂点をなすものであり、遠大な理想の実現だったからだ」、とズットナーは夢見心地に書いた。「平和会議。この言葉と活動は、一〇年間も嘲笑の的だった。参加者は無力な私人であり、空想家や夢想家と見なされていた。それが今、地上で最も強大な戦力を持つ最高司令官の呼びかけに応えて集ったのは、あらゆる権力者の外交使節であり、彼らの会合が掲げているのは、同じく平和会議という名前なのだ[77]」。

そこに集ったのは平和愛好家ばかりではないことを、彼女は十分承知していた。「このホールには、無知な者、無関心の者、懐疑家、反対者の方が、目的意識ある支持者よりも多かったのは間違いない。だが、目標は定められていた。福音は告知されていた。語られた言葉は、たとえ今日、多くの人々から顧みられぬまま、その声の響きが消え去ることになろうとも、国家史を記す銘版に刻印されるのだ」。

第一回ハーグ平和会議は、一八九九年五月一八日から六月二九日まで開催された。ヨーロッパ諸国以外の参加国は、アメリカ合衆国、メキシコ、清、日本、シャムであった。ほとんどの国が、外交官や軍人、国際法学者を派遣していた。会議は三つの委員会に分けられ、軍縮、戦時国際法の整備、仲裁裁判所が議題となった。報道陣は議論の場から閉め出され、そのことをベルタはおおいに嘆いた。

最も高名な平和の闘士ステッド、ブロッホ、ノヴィコフ、フリート、ズットナーらは、舞台裏で活発に動いていた。しかしながら討論に加わることは許されなかったため、彼らが専念したのは、各国代表に、そしてまた世界中の新聞に、平和運動についての情報を提供することだった。親交のあった派遣代表からすべての速記議事録の入手に成功したステッドは、それをフランス語に翻訳させ、新聞紙上で公開した。

ベルタもまた、自分の主たる任務は報道と情報提供だと考えていた。彼女はハーグで最も多くインタビューを受けた人物の一人であり、後から訪れたテオドーア・ヘルツルの証言によれば、「全体の、いわば非公式な中心人物」[78]であった。彼女のもとにはあらゆる情報が集まってきた。ベルタ・フォン・ズットナーと彼女の友人の多くが宿泊していたホテルには、参加国の国旗と並んで平和運動の白い旗が掲げられた。

ズットナーがいるところはどこであろうと貴族風の社交場であり、平和主義による活気がスパイスを効かせていた。彼女のサロンでは、各国代表が世界中の平和の闘士と顔を合わせ、世界に開かれた国際的な社交が繰り広げられていた。多くの人が「そこで忘れ難いことを体験した」と感じ、後世のために国際的協調のきっかけを作りたいと望んだ。何をするべきか、最も独創的な思いつきをしたのは、平和のベルタだった。「訪問客が一人ずつ、蠟盤（ろうばん）蓄音機の集音器に向かって一言話すことになった。しかし、この気が利いた提案に、一同はひどく尻込みし、先陣を切ろうとするものは誰もいなかった。ついにイタリアの外交官が歩み出て、蓄音機に向かって女主人に対する賛辞を述べた。次の話し手はフランスの全権大使レオン・ブルジョワだったが、録音がうまくいかなかったことが判明した。それきり、録音できるように装置を直すことはできなかった。……ある男性が……言った。『手遅れになった今になって、自分がなんと吹き込めばよかったか分かりました。それはこうです。この蓄音機のせいで私たちは、後世に対するもっともな不安を抱いております！』」。

ベルタは常に社交の効用を唱えていた。会議の席よりもリラックスした雰囲気の中の方が議論しやすい話題はいくつもある、というのが彼女の意見だった。そしてハーグに集まった代表の多くが、この意見を正しいと認めていた。

もちろんイヴァン・ブロッホも多くの活動を繰り広げていた。彼は四冊のパンフレットを印刷し、会議参加者だけでなく報道関係者にも、平和運動とはいかなるものかについて情報を発信した。さらに彼は、講演会や討論会も開催した。

ブロッホとズットナーの見解の相違を、テオドーア・ヘルツルはこう特徴づけた。「つまり彼女は感情だけを拠り所に、彼は理性だけを拠り所に、戦争に反対している。たとえ一〇〇万の軍勢への糧食支給が困難でなかったにしても、彼女は断じて戦争を認めようとしない」。ブロッホの主張は対称的である。「できるものならば、互いに打ち掛かればよい！　だが、あなた方にはできない！」。それからヘルツルは、ある友人がブロッホに語ったという言葉を引用した。「この問題では、ズットナーの感情論の方が、それ自体はきわめて正確なあなたの推論より効果的でしょう。というのも、あなたは計算を用いることで理性を頼りにしていますが、それは間違っています。なぜなら戦争はふつう理性によってではなく、狂気によって導かれるからです。ところがズットナーは感情を頼りにしています、この点で、結局は彼女が正しくなるのです」。

ズットナーはヘルツルに反論した。「あなたはいつも、私が感情的な理由だけで戦争と闘っていると主張しますが、それは間違いです。でも、そのことは重要ではありません。ブロッホの鉄の頭脳との対比は、いっそうの効果をもたらしてさえいます[79]」。

当初、少なからぬ派遣代表が懐疑的だったが、議論の進展に伴い、彼らはより慎重に判断を下すようになり、さらには国際的協定が実現する可能性を信じ始めた。参加者全員の間には、六週間に及ぶ共同作業の中で、次第に国際的な連帯感が目覚めてきた——これはほとんどの人にとって、まったく新しい経験だった。なぜなら、これだけの規模の国際会議が開かれたことは、それまでの政治では、およそなかったからである。

この会議がある発展過程の出発点を意味していることを、ほとんどすべての人が認識していたが、その成果は内容的に乏しかった。軍縮委員会は不首尾に終わった——一五年間の軍備凍結というロシアの提案は否決され、具体的な取り決めには至らなかった。

二つ目の委員会は、ダムダム弾[*8]、毒ガス、そして気球からの爆弾投下の禁止を議決した。もっとも五年の有効期間が経過したとき、爆弾投下に関する禁止条項は延長されず、一九〇七年の第二回ハーグ平和会議でも更新されなかった——このとき、すでに最初の航空機が登場し、この問題の軍事的重要性は現実味を帯びていたのである。

注目を集めたのは赤十字だった。地上戦にのみ適用されていた一八六四年のジュネーヴ条約の諸原則が、海戦にも適用されることになった。

三つ目の委員会だけが、新しい、重要な意味を持つ決定を下した。国際紛争を平和的に仲裁するための協定が調印され、その結果、国際仲裁裁判所と戦時における中立国による調停作業のための道が拓かれたのである。派遣代表は、平和運動が進めてきた準備作業、とりわけ一八九四年の列国議会同盟ハーグ会議での仲裁裁判所案を叩き台に、議論を進めることができたのだった。

ズットナーは生涯倦むことなくハーグ協定を引用して、各国が自分たちの同意した義務を忘れぬように働きかけた。「国際関係における武力行使を可能な限り回避するために、調印国は国際紛争の調停を平和的手段によって実現すべく、あらゆる努力を払う義務を負う」。「平和的手段」とは、仲裁裁判所の設置、調停、調査委員会のことだった[80]。

討議においてドイツとその同盟国が演じた役回りについて、ズットナーは不満をもらした。「事実はこうである。仲裁裁判所の案件について、ロシア、アメリカ、イギリスの代表が前向きな提案を行い、フランス……それにいくつかの国々もそれを支持し、賛同が広がる。その一方で、ドイツ、オーストリア、トルコ、ルーマニアは反論に徹していた[81]」。

アメリカの代表アンドリュー・D・ホワイトは、回想録にドイツ政府の思惑を記している。ドイツ代表団の最重要人物ミュンスター伯爵は、彼にこう語った。「仲裁裁判所はドイツにとって有害でしかない。ドイツはどの国よりも戦争の準備が整っている。ドイツは十日間で軍隊を動員できるが、それはフランスにも、ロシアにも、それ以外の国にも不可能だ。だが、仲裁裁判は、敵対する各国に準備する時間を与えるだろう。ゆえに、仲裁裁判所はドイツに不利益をもたらすだけである[82]」。

ズットナーは、ハーグ会議がさしたる成果を上げられなかった責任はすべてドイツ帝国にあると考えた。

「ドイツが会議でどのように主張したのか、それは本当に信じ難いものです――そして今、ドイツの新聞は不成功を嘲笑ってさえいます。もしも不成功が本当であるとすれば、ひとえにそれはドイツの責任です。幸いなことに、それは本当ではありません――ドイツの邪魔立てにもかかわらず、何がしかの成果は上げられました。しかし、考えてみて下さい。もしも三国同盟の君主がニコライと同じ考えであったなら、もしも新聞が最終的に協力し、社会民主主義が嘲笑していなかったら、どのような結果になっていたでしょう！」[83]。

ベルタとシュテンゲル教授の論争は数年間続いた。「シュテンゲルには我慢ならない。第一に、彼はハーグの平和提案をすべて潰している。その上、平和愛好家がハーグでドイツ代表の姿勢を誹謗中傷した、と非難している」[84]。「いいえ、こうしたタイプのドイツの教授、四角四面の政治家や学者は……ひどい連中ですから、考えを改めさせるのは不可能です。……ドイツの利害を度外視した情熱が持てない人は、この偉大な国際文化運動から手を引けばよいのです」[85]。

ドイツの教授連が会議のあいだとその後に浴びせた嘲笑は、彼女をひどく傷つけた。彼女は生涯、ヴィルヘルム二世とその配下の軍人による政治に、そしてさらにドイツの学者たちの、彼女の考えからすればあまりに国家主義的な姿勢にも不満を述べた。彼らの振る舞いは「恐ろしく賢い」ものだった――それは「あらゆるドイツの社会民主主義者、ドイツの学者、ドイツの外交官も同じです――彼らは皆あまりに高慢なので、平和を求める『これらの人々』と共に――回り道せず、真っ直ぐ平和を準備する道〈para-pacem Weg〉

「この物件には難点あり」

ウルク博士：これはまあ、一体ここで何があったのですか。

平和：ああ、何でもありません。このハーグで軍縮会議が開かれているのですが、私はそこから放り出されたのです。

Abrüstungs-Bilderbuch, Berlin 1899
【訳注】地名の「ハーグ」Haag に「難点」Haken をかけた駄洒落。窓の上の看板には「協調のための家」とある。「ウルク」Ulk には冗談や悪戯の意味があり、「平和」Frieden とは手前の赤ん坊のことである。

を通って——何ごとかを為したりはしません[86]」。

また、ズットナーはハーグ会議のオーストリア＝ハンガリー帝国代表、とりわけ国際法学者ラマシュと数十年間共に働いてきたにもかかわらず、意見を完全に同じくしていた訳ではなかった。彼は平和運動に貢献することがあまりに少なく、それどころか、いつまでも法律上の小事に拘泥し続け、運動を妨げているようにさえ見えることを、彼女は苛立しげに批判した。諦め気味に、彼女はラマシュとその同僚であるドイツの教授たちのことを嘆いた。「そのとおり。徹頭徹尾、平和の邪魔立てをすることにかけて、ドイツ人とオーストリア人に勝る者はこの世にいません[87]」。

ラマシュは法律問題に口出しする身の程知らずの女性に対し、教授としての自負心をほとんど露骨に示した。戦争は常に存在し続けると確信する彼は、国際法学者として国際仲裁裁判所のような法律による調停方法に精力を傾けた——これはズットナーとラマシュの考えが一致する、おそらく唯一の領域だった。その後も、ベルタは頻繁に国際法の教授たちと論争を繰り返した。一九一一年、彼女はフリートに「そもそも法学の出しゃばりには用心しなければいけません[88]」と警告し、一九一二年には次のように書き送った。「いわゆる『国際法』——無味乾燥な法学——が平和運動と折り合いが悪いのは、おおよそ赤十字と同じです[89]」。

さらに死の四週間前、彼女は日記に「国際法学者は平和主義を圧殺するだろう[90]」と書いた。

この「平和主義〈Pazifismus〉」という呼称は、ハーグ会議以降の平和運動における大きな革新の一つだった。ベルタは一九〇一年八月、フリートに宛てて次のように書いた。「『平和主義者〈Pazifist〉』——この表現に注目し、これを用いるようにして下さい！　平和愛好家〈Friedensfreund〉や平和運動〈Friedensbewegung〉と言うのは、もうお終いにしましょう。これからは平和主義と呼ぶのです——社会主義や女性解放主義のような他の『主義』と同じです。E・アルノーによって得られたこの着想は、『アンデパンダンス・ベルジュ〈ベルギーの独立〉』を通して広がりました。この言葉は秀逸ですから、今後、私はもう平和主義者としか名乗りません。これはノヴィコフの提案した『連邦主義〈Föderalismus〉』よりも良いでしょう。このことは、まだすべての平和愛好家に理解されているわけではありませんが――きわめて政治的であるがゆえに、当局にも刺激を与えるでしょう[91]」。

フリートが躊躇いながらノヴィコフの「連邦主義」を用いると、彼女は自分の考えを説明した。「私は、連邦主義よりも平和主義のほうが気に入っています。もちろん前者は基本政策の一つですが、今は取り巻く環境が厳しすぎます。平和主義者と名乗れば、もっと強い姿勢で活動に臨むことになります」。この点ではブロッホもすでにノヴィコフへの反対意見を述べている、とベルタは書いた。「連邦制はまだずっと先で、未来のヨーロッパでは戦争が不可能であると理解されたのち、ようやくそれは実現できるだろう、と彼は言っています。したがって、彼は自分を連邦主義者と呼ぶことを拒むでしょう。それに彼は平和主義者の中で、最も偉大な人物の一人です。平和愛好家という呼び名は、彼に相応しくありません。平和主義という言葉は外来語ですが、国際的な事柄にはかえって外来語の方が良いでしょう……それに、『平和主義の〈pazifistisch〉』などのような言葉は名詞を形容するのに適しています。『平和主義の運動』『平和主義の通信』『平和主義のジャーナリスト』『平和主義の祭典』という表現が可能になるのです。この言葉は、新しい概念の運動と行動原理を包含しています。『平和〈Friede〉』という言葉は、〈戦争と戦争の間で〉もうさんざん使われて、いささか古びてしまいました[92]」。長い奮闘の末、ズットナーは目的を達成した。それ以降、フリートはみずから編集する雑誌『平和の守り』の中で『平和主義』という言葉を使用し、この言葉を普及させた。

古風な「平和愛好家」と現代的な「平和主義者」たちは、ハーグ平和会議が良い影響をもたらすことを長い間待ち望んだが、無駄だった。それを嘲笑うかのように、ドイツは艦隊計画を推進した。「私は艦隊計画に激昂しました。これはツァーリのマニフェストとは正反対です。販路は、良質で安価な製品によって獲得されるのであって、戦艦によってではないこと――自由な貿易が堅調な貿易をもたらすこと、そして海軍に費やす莫大な軍事費や情勢不安等によって生じる損失が、そこで望まれている利益にはまったく見合わないことは、いつになったら浮かれた国民に理解させられるのでしょう？ ああ、何と愚かな、誤った世界でしょう！[93]」。

「ドイツ側がハーグ平和会議を文字どおり計画的に圧殺したのは事実です……列強諸国による新たな会議が招集されなくてはなりません。一度の試みでは、このように偉大な事を成し遂げるには不十分なのです[94]」。

平和主義者からすれば、平和計画を立案したツァーリはヴィルヘルム二世の前に敗北したのだった。その上、いかなるツァーリとのつながりも途絶えてしまっていた。ニコライは、平和のマニフェストの着想を与えたのはブロッホの著作であると公言していたが、会議の後、彼を引見することは二度となかった。ズットナーはフリートに宛てて書いた。「それではニコライはブロッホを引見しなかったのですか？ おそらく彼は、自分の気高いひらめきが受けた扱いに、嫌気がさしたのです。彼もまた――私たちと同様に――平和思想の拡大や平和運動の評判を過大評価していたのです[95]」。

こうしたさまざまなことがあったにもかかわらず、彼女はツァーリが新たな平和行動を起こすことを期待した。彼が一九〇一年にフランスに外遊したとき、ズットナーはフリートに宛てて書いた。「ツァーリの旅がどうなるか、あなたはどう考えますか？ これは純粋に平和を目的とした旅です。そう、私たちには、私たちのニコライのことは分かっています！『高貴なるヨーロッパ政治』――ついに私たちのかつての言葉は、このようにして新たな姿を与えられ、広められるのです。こうして『ヨーロッパ連邦』は、再び新たな現実味を帯びるでしょう！」。そして、「ツァーリはもう一度会議を招集し、そしてみずから議長を務めるべきでしょう[96]」。

彼女は、ヨーロッパの新聞がツァーリの功績を黙殺していると非難した。「ニコライ二世は圧政と、とりわけ一切の体刑を廃止しました。それについて論評はありません。さらにロシアの聖職者は、説教ではユダヤ人憎悪に反対するよう求められました。ところで、当地のキリスト教社会主義の聖職者はというと、まだそこまでに至ってはいません」。そして、ビョルンソンがある新聞でツァーリを攻撃すると、彼女は憤慨した。「反ユダヤ主義者や暴力崇拝者は、どこか他の場所にも巣くっているのではないでしょうか――権力者の中にさえも？　このように、すべてをツァーリ一人の責任にするのは間違っています。それに平和愛好家たちは恩知らずです。彼が何をめざして努力し、そうして何を世界に与えてくれたのか、平和愛好家は忘れてはいけないのに。ハーグ――そして軍拡停止の提案のことです[97]」。

相変わらずベルタはドイツ社会民主主義の姿勢を嘆いた。「ええ、もしも社会民主主義者がツァーリのマニフェストと会議を支持していたら、会議を失敗させようと終始妨害していなかったら、状況はどんなに変わっていたでしょう！[98]」。

ズットナーはハーグ会議が開幕した五月一八日を「平和の日」と宣言し、以後、毎年その日に仲裁裁判権の行使について思いを致すよう求めた。仲裁裁判所を広く世に知らしめるために、そして国際紛争における調停の可能性に注意を向けるために、彼女はあらゆることをした。

平和のための諸計画に対する世間の無関心に、彼女はひどく失望した。戦争においてとりわけ苦しみを嘗めさせられてきた当の庶民が、国家主義の虜となり、仲裁裁判所や国家同盟を非愛国的とみなして拒否した。「しかし諸国民の役割とは、普遍的同盟を熱烈に要求し、戦争という不測事態のために結ばれた特殊同盟に抗議することのはずです。しかし、愚かな英雄たちは何をしているのでしょう？　彼らは嘲りの声を上げるだけです――たとえ政策、外交、報道、政治家の賢明な言葉が朗々と響き渡ったとしても――ただ嘲りの声が上がるばかりです[99]」。

もちろん新聞は、見るからに失望した「平和のベルタ」を辛辣な風刺画に描く機会を逃さなかった。嘲笑家たちの合唱に、カール・クラウスも『ファッケル』で加わった。「平和のマニフェストは、絶対君主の抒情的才能の無害な証明であり、そして同じくその効果も無害であった。新聞を騒がせ、外交官の休息を妨げたほかは、たとえば反動的法律のような、有害な影響は残さなかった[100]」。

落胆し、敗北を認めざるをえなかったズットナーは、ミュンヘンの講演でこう述べた。「さらなる嘲りが加えられるように、いたるところで軍備の強化が見受けられます。戦争への熱狂、艦隊への熱狂、これらすべてが、平和の闘士に厳しい敗北という現実を突き付けていることを、私たちは否定しません。今やこれは反動です。新しいものが広まりすぎました――今、古いものが復讐を始め、激しく、公然と、強力に活動しているのです」。

しかし、この責任を平和主義者に負わせることはできない、と彼女は言った。というのも、「平和協会は組織化され、自分たちにできることはしました。しかし彼らにできることは、多くはないのです。彼らは、自分たちの請願書と示威行動が、とどのつまり原理の主張でしかないことを知っています。これら嘆願書と示威行動が実効性を発揮するには、彼らは手段を持たねばならず、今よりも遥かに強く

——たとえば海軍協会のように——組織化されねばなりません。人々は平和協会の力不足を非難しますが、自分たち——その人々——もこれに責任があることを忘れています。なぜなら彼らは、協力をしなかったのですから」[101]。

平和主義者に対する嘲弄（ちょうろう）は、ハーグ平和会議から数カ月も経たないうちにボーア戦争*9が勃発したとき、頂点に達した。

イギリスの国家主義者は、トラファルガー広場で抗議する平和主義者に襲いかかった。またしても、平和を愛する人たちは愛国心がないと罵られ、物笑いの種にされた。「イギリスの国家主義者は、フランスの国家主義者とまったく同じように、野蛮で暴力的な輩です——そして、それは私たちの国の反ユダヤ主義者も同じです。同じ種類の徒党が、世界中に広がっているのです。杖や、鍵束や、ナイフを、彼らは演説人に向かって投げました。モシェレズが耳元に投げつけられたのは、広げた懐中ナイフです。新聞『サン』は……このデモを煽動し、それをロンドン世論の堂々たる示威行動であると書き立てました。うさん臭い平和人が密かにクリューガー資金から提供を受けているのは明らかだ……［つまり、ボーア人によって彼らは支援されていると、ありもしないことを言ったのです」。もし

「早すぎた葬儀」
（軍神の埋葬式の）会葬者：おやまあ、あれはまだ生きてるよ。死んだように見えただけだった。Abrüstungs-Bilderbuch, Berlin 1899
【訳注】先頭を行く女性はズットナー。「武器を捨てよ！」と書かれた旗を持っている。

もそこにいた警官がそれほど多くなかったら、数名の演説人は五万に及ぶ『愛国主義的』群衆によって血祭りに上げられていたでしょう。私たちの時代が文明化されている？　滑稽です！　二〇〇〇か三〇〇〇の文明人はいますが、それだけです。しかし、その人たちは団結しなければなりません――そうすれば勝利は彼らのものなのです」[102]。

イギリスの国家主義が再び噴出した後、ズットナーはこう書いた。「ところで、イギリス人が現在忌まわしい行動をとっているのは、本当のことです……またしても彼らはイギリスの平和愛好家の窓を割り、戦争に賛同しなかった教授を水の中に投げ入れようとしました」。それでも彼女は、次のように付言するのを忘れなかった。「もちろん帝国主義的な考えで艦隊に熱狂するドイツ人は、まったく同じように忌まわしいでしょう」[103]。

彼女は講演と新聞記事で嘲笑的な論評に立ち向かった。すなわち、ボーア戦争はけっしてハーグでの議論が無意味であったと証明するものではない。平和の闘士の活動も「見込みがないからと、やめてしまう」必要はなく、「その活動は倍の熱意、倍の速度で進めねばならない」。彼女は「ハーグで議決された国際司法強化のための」協力を呼びかけた。そのほかに、イギリスの平和主義者がトラファルガー広場の事件後も決して諦めなかったこと、それどころか彼らは、政府に次のように嘆願する声明への賛同者五万六〇〇〇人の署名を集めたことを伝えた。「我々は、ハーグ会議によって批准された仲裁裁判手続きの原則が行使され、その実効性がないと認定されるより前に、我が国とトランスヴァールとの意見の相違を武力行使によって解決せんとする呼びかけに対しては、厳重に抗議する」。「そのとおりである。仲裁裁判所*10、居中調停、周旋（しゅうせん）――ハーグ会議で取り決められた、これらの措置はどれもトランスヴァール戦争回避のためには試みられなかった。しかし、この場合、それがただ試みられなかったという理由だけで、このような手段は役に立たないと結論づけることはできない。それが行われなかったことは残念だが、その方法が無用で見込みなしと断言できるのは、それをあらゆる方面で真剣に用いたにもかかわらず成果が得られなかった場合である」[104]。

世界中の平和主義者が、トランスヴァール戦争に反対する国際世論を活気づけようと努力した。ベルリンでは「道徳協会」が、この活動に協力した。しかし、結果は芳しくなかった。作家のゲルハルト・ハウプトマン、ヘルマン・ズーダーマン、ルートヴィヒ・フルダが呼びかけのために名前を提供したが、平和主義者と倫理学者はドイツの教授たちの抵抗にあった。ヴィルヘルム・フェルスターはこう嘆いた。「教授たちの中で、偉大な民俗学者バスツィアンだけは、もしかしたら賛同したかもしれない。他の学者たちは一人残らず権力文化と国粋文化の権化であり、激しくイギリスに反対していても、大ドイツの問題ではチェンバレンのごとく野蛮な考えだった」[105]。

とりわけ活発に動いたのは、やはりイギリスの平和主義者だった。つぎつぎと多種多様な平和委員会が――教会や労働者階級、作家たちのもとに――結成された。ズットナーはこれらの活動をさかんに宣伝し、戦争の精神に対抗した。各国の平和主義者はこの戦争ではきっぱりとボーア人に味方していたが、それはズットナーが表明したように、ボーア人が「終始一貫して仲裁裁判を叫んでいた」からだった[106]。

しかしながら彼女は、この紛争が拡大した責任はイギリス政府だけでなく他の国々にもあるとした。「戦争は、あのときまったく必要なかった。すべての諸国民から上がった声がすべての国会でも上がりさえしたなら、すべての――すべてではなかったとしてもいくつかの――政府が和平の仲介に踏み出していただろう。その意志によって決定的影響を与えうる権力者が和平を勧告するため自らの血縁という特権[*11]を用いてさえいたなら。これらすべては役に立っていただろう……むろんハーグ協定は紙に書かれたものに過ぎない――しかし、それは現に存在している。それは一つの条約であり、それに基づくところによって、戦争の勃発を妨げる、ないしは戦争の継続を防ぐ権利、というより義務を誰もが有している」。

しかし、現実は嘆かわしいものだった。「暴力、親愛なる暴力、つまり際限なく濫用される主権、それは幅を利かせようとしています――それは先例が作られることを恐れています。明日、それがどこかで戦争をするのを良しとしたとき、人々は押し留めようとするかもしれません。……それゆえ、渋々ながら署名したハーグ協定についても、可能な限り黙殺しているのです[107]」。

絶望のあまり、反教権主義者であるズットナーは突飛な思いつきをした。「私がやりたかったこと。ローマに赴き教皇の足元に跪きながら懇願し、フランツ・ヨーゼフに対して影響力を行使してもらう（教皇にはそれだけの力があるだろう）、フランツ・ヨーゼフがベルリンを訪問する際、『これ以上、流血はさせない』というハーグの精神に則った調停のため行動するように。しかし、もちろんそんなことはできない、私には金がないのだから[108]」。

平和アピールはすべて徒労に終わり、中立の仲介者は見つからなかった。待ち望んでいた世紀転換期は、改善への変化をもたらすどころか、その正反対となった。「この最後の一年は、なんと手酷く私たちを未来とは反対の方向へ投げ飛ばしたことでしょう。ハーグ会議は、安閑としていた世界と権力の構造を戦慄させました。それはみずからが脅かされていることを悟り、動き出したのです[109]」。

戦争はボーア人が打ち負かされるまで続いた。ズットナーは講和条約締結後の一九〇二年九月、フリートに宛ててこう書いた。「今、物乞いするボーア人の行列は、戦争の結末が何であったかを示しています。もしもヨーロッパで大戦争が勃発したなら、どれほどの荒廃が広がることでしょうか？　そのような状態から、いつかは復興できるのでしょうか。アフリカの困窮を救うには、三〇〇〇万ポンド・スターリング[*12]が必要です。その困窮を防ぐために何かを差し出そうとするものは、一人もいませんでした。愚かな世界です！[110]」。

そうこうしている間に、中国の大きな火種からも再び炎が燃え上がった。義和団の暴動[*13]で、中国人は外国による統治に抵抗したのである。列強は、ドイツの将軍ヴァルダーゼーの指揮する連合軍をもって反乱に立ち向かった。彼らは、「一〇〇〇年経っても、中国人にドイツ人を軽蔑の目で見るような真似はさせぬ」、そして「ハーグでロシア皇帝が成し遂げられなかったことが、今、手にした武器によって成し遂げられるかもしれぬ」といったドイツ皇帝の威勢のよい言葉に鼓舞されていた。ベルタは次のように寸評[*14]した。「難しい。それにハーグの不成功の責任は誰にあったのか？　ヴィルヘルムただ一人に。竜の牙から生まれることができるのは、いつだって竜だけだ[111]」。

ベルタは初め、清に差し向けられたヨーロッパ「守護軍」を、ヨーロッパの連帯による新時代の前兆として好意的に受け入れる心積もりでいた。「このこと自体が、すなわちドイツ将軍指揮下のフランス人、ロシア人などの連合軍が、すでに新しい、その兆しの見え始めた状況の一部であった――だがその行いは、まだあの古い精神を示していた」。

この「古い精神」は、軍隊がまったく「守護」のために行動せず、「復讐と残虐行為と略奪」を繰り広げたことによって露（あらわ）となった。「彼の地でヨーロッパ人が非戦闘員や罪なき人々にも加えた残虐行為の描写は、人の血も凍らせた[112]」。

「平和のツァーリ」ニコライ二世は、彼の利害が絡む満州の地で、征服者としてとりわけ際立った残虐さを見せた。平和協会はこの点について批判を控えた――そして、そのことで多くの共感を失った。

平和協会発足当初からの会員の一人ヨーゼフ・ドブルホフ男爵は、一九〇一年、抗議とともに協会を脱会した。彼は次のように遺憾の意を示した。平和主義は「偽善者に対する抗議の会合を未だ開催せず、それどころか、ツァーリへの忠誠を保ち続けています！……ハーグの後にやってきたのは満州です！！かの君主のキリスト教精神は、トルストイのごとき人間の規範を承認しましたか?! それでも平和協会は今なお忠誠を保ち続けているのです?! 私には、それは承服しかねます。王冠を戴く平和の庇護者が敬虔な心で流させる血に、身の毛がよだちます。――願わくは、オーストリア平和の友の会からの、私の退会を承認頂きたい。私が忠誠を誓うことはありません」[113]。

帝国議会議員ユリウス・オフナー博士も、ニコライ二世に対するズットナーの盲愛に立腹し、後になってこう伝えた。「ツァーリの感冒はもう治っていた。当時、すでにフィンランドに対する圧政が始まり、ロシアの将軍は数千の中国人をアムール川で死に追いやっていた。それにもかかわらず、ズットナー男爵夫人は私の抗議を押し切ってツァーリに祝電を送ったため、私はオーストリア平和協会の役員理事を退いた[114]」。

ベルタ・フォン・ズットナーはこの数カ月の間に多くの共感を失ったが、それは、あらゆる残虐行為の責任を常にドイツ皇帝に負わせたからだった。彼女の憎しみはあまりに強く、ついにはフリートが、少なくともベルリンで発行している『平和の守り』の記事では、これ以上頻繁に皇帝に言及することは避けるよう頼むほどだった。彼がベルリンからの追放を恐れたのは、至極当然だった。それに対して、ベルタはこう答えた。「戦争の操り人形のひもをすべて握る人物に言及することなく、それも批判的に言及することなく、戦争と平和の年代記を書くのはまったく不可能です。そのような状況で、私は時代観察を書くことはできませんし、それにあなた自身が『平和の守り』を放棄しなければならないはずです。なぜなら、心地よいダモクレスの剣[*15]では『不快だ』と放り出されたりしません」[115]。フリートとの対立は深刻で、彼女は実際に数年間『平和の守り』への協力を中断した。

待ち望んでいた平和会議だっただけに、会議の期間とその後の失望は、ベルタの心に深い傷を残した。その上さらに、最も親しい同志フリートでさえ思いもよらない、過酷な財政不安と私生活の難問が重なっていた。（第九章参照。）

こうした逆境のすべてに追い打ちをかけたのは、自信を持って執筆した『ハーグ日記』の不成功だった。「平和文学は、今は——時事問題を追い回す私たちの新聞界でも、読者の間でも——人気のない商品です……」。ハーグ日記は「歴史的で、しかも退屈させない記録であり、ヨーロッパ中で、そしてヨーロッパの外でも有名な女性作家の最新刊です」、しかしまったく売れていない[116]、とズットナーはフリートに宛てて書いた。

好意的な批評家は、例外なくこの本の歴史文献としての価値を認めたが、形式と内容についてはもっともな批判をした。テオドーア・ヘルツルでさえ——平和運動にあらゆる称賛と理解を示していたにもかかわらず——異議を述べたが、それは同様にベルタの『回想録』にも当てはまることだった。そこには、「残念ながら、ありふれたものも少なからず見うけられる。数々の夜会、ディナー、言うに及ばぬ人々との会話、何の意味もない解説、内容のない手紙、読みもしないで署名された調書」。ヘルツルは、ハーグで過度の仕事を担った「哀れな女性有名人」をこう弁護した。「彼女は注視され過ぎたために、自分で正しく注視することができなかった」。彼は、ウィーン風の非常に繊細な、肯定的な否定表現を使った。「慌ただしく日記を綴るときも、彼女は常に社交上の義務を考えなくてはならなかった。ここそこへの訪問、全権代表との朝食、くだんの大使たちとのディナー、それから若い女王（ウィルヘルミナ）による歓迎、合間を縫っての二〇通の手紙、五〇枚の名刺の交換、『ミシシッピー・メッセンジャー』をはじめ、エスキモーの日刊紙や『コリエーレ・ディ・サン・マリノ』に至るまでのジャーナリストとの一九回のインタビュー、そして最後に自分で執筆した新聞記事の手つかずの校正刷り。そのほかに毎日何度も写真を撮影され、画家や彫刻家の前に座ったと言っているが、とても本当とは思えない[117]」。

これは、ベルタのことを良く知り、おおいに評価していた人物の証言である。ここで明らかになるのは、彼女の過剰な仕事熱心が短所にもなったことである。集中力を欠いた、きわめて表面的な書き物は、しばしば中身のない言葉の羅列に陥った。すでに言及した文学的な質の低下とはまったく別に――ズットナーの著作は人に訴える力と密度の高さが十分でないことも災いして、確かにあまり売れなかった。これらはすべて、もともと公然と嘲笑されていたズットナーを批判する恰好の糸口となった。

非常におずおずとしながらではあったが、彼女はもう一度、諦めの中から立ち上がり、あてどもない希望を抱こうとした。「真実で、確実で、疑う余地はないのです。私たちの時代は近づいています――それなのに、この発展の兆候に気づく同時代人は、なんと少ないことでしょう！　皆に聞こえるよう、声を大にしてそれを叫ぼうとしても、その声はか細く、日々の重大事件が響かせるナイアガラの滝のような轟音に掻き消されています[118]」。

彼女の楽観主義は、畏れ多くもツァーリが大使を通じて彼女の『ハーグ日記』を受け取り、さらに「心からの謝意」を伝えた、という些末なことにしがみついた。彼女はすぐまたそこに、ツァーリが新たな平和行動を起こすという希望を繋いだ。「ロシアの皇帝は、中国の賠償を巡って紛争が起こる可能性があるため、ハーグ仲裁裁判所を必要としています。そして、親愛なる新聞は、その提案を役立たずくない表現である[119]。この愚か者どもを叩きのめすことができたらよいのですが」。平和の闘士には相応しくない表現である[119]。

国際的な危機が訪れるたびに、ズットナーはハーグ仲裁裁判所の介入を期待し、そのたびに失望を繰り返した。ベネズエラ危機[*16]が調停を必要としたとき、彼女は嘆いた。「列強は、ベネズエラの件では、ハーグ仲裁裁判所を望んでいません。もっともなことです――彼らは、自分たちの権力から『暴力』を奪いかねないこの制度に、反対しているのです[120]」。

彼女は再びオーストリアのある政治家と面談を試みたが、あとから日記に憤りを書き記した。「法務省にシュタインバッハ博士を長時間訪問。臆病で優柔不断！『伯爵夫人』にはとても愛想がいい――しかし最高司令官を恐れる官僚に、ハーグを支持する勇気はない[121]」。

そして一週間後、気を取り直してこう書いた。「ベネズエラは調停されました――ハーグ抜きで――ヴィルヘルム二世はハーグを極度に恐れています。それは当然です。最初の機関車が駅馬車の終わりを意味したように、ハーグは軍国主義政治の終わりを意味しているのです[122]」。

フランスの行動的平和主義者であり、仲裁裁判所判事でもあるエストゥールネル・ド・コンスタン男爵が、ついに率先して行動を起こした。アメリカ合衆国で講演旅行をした折り、彼はルーズベルト大統領に謁見した。その機会を捉えて彼が大統領に懇願したのは、「何か未解決の紛争問題をこの法廷に委ねて審判を仰ぎ、ハーグのいばら姫[*17]を眠りから覚ますこと」だった。懇願の正当性を認めたルーズベルトは、「アメリカが所管する事項の中から膠着(こうちゃく)していたメキシコとの争点を探し出し」てハーグ仲裁裁判所に委ね、それは初めて機能した。

「こうして一人の個人の献身的努力により、一人の権力者の行動力に支えられて、あの機構は動き始めた。それが機能しうることが、世に示されたのだ。もちろん反対者は、委ねられた事例がまったく重要ではないことを引き合いに出した――重要でない案件はまるで戦争に至ったこともないかのように！重要なのは事例ではない、方法である」[123]。

このころ国際的平和主義者は、ハーグ仲裁裁判所の規定をさらに充実させる活動に全力を上げていた。国際的紛争問題における仲裁裁判所の決定の遵守を義務として宣言すること、法廷を世界中のあらゆる国家のために開くこと、法廷を常設にすることに、努力が傾けられた。ズットナーもこの目標のために必死に奮闘した――しかし成果は収められなかった。

そうした間、「平和のツァーリ」がその名にふさわしい行いをすることはなかった。ベルタは日記に書いた。「ツァーリは専制君主であり続けようとしている。皇妃は謎。警察国家。革命の法則」。しかし彼女は以前と同様、その主たる責任はツァーリにではなく、彼の保守的な側近にあると考えた。「私が敬愛するツァーリは……そこで暴君役を強いられたのだ。そして罵倒され、中傷されている」[124]。

西ヨーロッパの人々がロシアの残虐行為に対して上げた憤りの声は、ズットナーには独善的に思えた。「ああ、私の西ヨーロッパ、悔い改めるのです。至るところ、人種的驕(おご)りが、暴力と抑圧への崇拝がはびこっています……ユダヤ人虐殺について言えば、私たちの結構な反ユダヤ主義者は、ほくそ笑みながらその虐殺について読み、もしも同じようなことが私たちの土地で狂信的な群衆によって引き起こされようとすれば（煽動は十分ですから）、当局が治安攪乱者の側につくだけではないことを残念に思うのではないですか？　それに横暴なロシア化については？　ドイツ化、マジャール化、チェコ化が横暴に行われる国々で、誰にそれを咎める資格があるでしょうか？」[125]。

一九〇三年一二月、すでに長年くすぶり続けていた東アジアの対立が緊迫し、ロシアと日本の間で戦争の危機が高まった。ズットナーは躍起になってニコライを擁護し続け、「ロシア内の全戦争派に立ち向かう」彼の平和愛を請け合おうとした。彼女は世界中の平和主義者と共同で、ロシアと日本の対立の仲裁に入り、それによって戦争を回避するよう、諸政府に訴えた。[126]

ロシアと日本の外交関係は、一九〇四年二月に断絶した。このような状況の中、フリートの提案を受けたズットナーは破れかぶれの行動に出て、多くの嘲笑を浴びた。彼女はオーストリア平和協会会長としてアメリカのルーズベルト大統領に電報を送り、調停役となるよう呼びかけたのだ。「ヨーロッパの列強がそのような調停に乗り出す望みはほとんどありませんが――もしかしたら彼らにはそれをする能力もないでしょう――、連邦という現代的な国家組織は、この任務に対して傑出した適性を備えていると思われます。大統領閣下、ハーグ協定の実現をたいへん力強く支持して下さった、まさにあなたに、今、国際法の時代の到来を予感する人々の不安げな、しかし信頼に満ちた眼差しが向けられるのは自然なことです」。自分はベルンの国際平和ビューローの副局長としても語っており、また「数百万人の人間を代弁していると」信じている、と彼女は書いた。[127]

もっともこの電報は、送られた時点ですでに意味がなくなっていた。一九〇四年二月九日、日本は宣戦布告をしないまま旅順のロシア艦艇を攻撃したのである。友人エストゥールネルは、すっかり動揺したズットナーを宥めようと次のように語った。「この三〇年から四〇年、ヨーロッパは私たちの言葉を無視して、日本の軍事化を進めようと熱心に努め、日本人に戦術を教授し、一切の伝統産業を捨てさせ、彼らを武装させ、昂(たかぶ)らせ、巻き込み、そして今、この優秀な弟子が自分の師匠に名誉をもたらそうと熱望していることに、驚嘆しています。一つでないヨーロッパは、成長を続ける新しい世界に対して、無秩序と無政府状態という見せ物を披露することしかできませんでした。もしも現下の戦争に加えて、さらに英仏間で昔から続いている敵対が紛糾したら、そして、あなたのような使徒たちによって長い間ねばり強く語られてきた宥和と和解の言葉に、文明化した諸国民の大多数がようやく耳を傾けるということがなかったとしたら、私たちはどうなっていたでしょう[128]」。

戦争の阻止は失敗し、今度はその早期終結が焦点となった。再びヨーロッパの列強に調停への意欲を起こさせなければならなかった。ズットナーは、オーストリア平和協会の代表団と共にケルバー首相を訪れ、決議文を手渡した。その中で彼らは、政府が「従来の受身的態度から踏み出し、戦争当事国の調停を精力的に行って、平和と人道の問題に取り組むこと」を要求していた。そして、中立の立場にある列強はハーグ会議によって認められた「権利を真摯に行使」すべきである、と主張した[129]。

しかしオーストリア＝ハンガリー帝国では、平和主義者が働きかけを行った他の国々と同様に、成果は得られなかった。国際的平和協会は、自分たちにできることを行った。すなわち、戦争終結のための署名を広く求める声明を公表し、講演を行い、日露戦争に反対する記事を書いた。ベルタ・フォン・ズットナーは、自分が頼みとする権力者の理解を期待し続けた。「もしも君主や高位聖職者、王室の女性が署名をすれば、あるいは諸国民によって大いに支持されれば、かつてビョルンソンが『高くうねった大波は、玉座の間（ま）までその飛沫（しぶき）を届ける』と言い表したように、両政府に向けたこのような要求が成功を収めるのは間違いないだろう」。彼女は根気強く訴え続けた。「しかし、他の人々は何ができるのか、どれほど協力しようとしているのか、を問うてはならない。各人、自らの務めを為すのである[130]」。これらの活動で失敗を重ねるごとに、彼女はますます多くの嘲笑を世間から浴びせられた。

画家ヴァシーリー・ヴェレシチャーギンの死が伝えられると、平和主義者の間に大きな落胆が広がった。彼は戦争の残虐さをスケッチし、そうした戦争画によって世界を目覚めさせようとして、装甲艦

「ペトロパヴロフスク」に乗船していた。一つの機雷が八〇〇人の乗組員と共にその船を沈没させた。

ベルタの不安と憂慮はあまりに切実で、もはや彼女は他の人々の無関心を理解できなくなっていた。市立公園での散歩中に受けた印象を、彼女は日記に記した。「白鳥やその他の鳥たち。子供、小間使い……家族連れ、兵士、聖職者――ああ、なんてつまらない人たち。今、世界中に満ちている恐怖に、かくも無関心でいられるなんて[131]」。

彼女は愕然としながら、親戚の一人の政治的発言を日記に書き留めた。「自分がニコライなら、日本人を根絶やしにするために一〇〇万の兵士を犠牲にするだろう、と彼は言う。反ユダヤ主義的。ああ、狭い視野と野蛮な考え[132]」。

しかし、野蛮は「平和を愛する」ツァーリの側にもあった。「唯一『現実のこと』なのは、あかあかと炎上する旅順、埋葬されない遺体、猛り狂う軍隊について知らせる記事だけです――今や猛り狂う心に捕らわれた平和のニコライは、軍隊と艦隊を息子の名づけ親に指名しました。息子の誕生を利用して、戦闘を終わらせるかわりに[133]」。

彼女は、平和のための闘争では孤立していると感じ、しかもあるとき「人類への愛を失った――むしろ彼らの野蛮さと愚かさは私に嫌悪を抱かせている」ことに気づいた[134]。

しかし、この絶えまない恐怖についての報道が戦争をどれほど日常的なものにしてしまうかを、まもなく彼女自身が認めざるを得なかった。「東アジアの戦争は悲惨だ。しかし、人々はもうそれに慣れてしまっている。これは戦時における道徳的荒廃だ。私たちのもっとも気高い心――慈悲深い同情心の鈍磨[135]」。

フランツ・ヨーゼフ皇帝がロシアと日本の調停を計画しているという風評は、否定された。ズットナーは日記にこう書き込んだ。「あの兵士[*18]には、これほど興味深く、教訓的で、天職に適った出来事を中断することは、どうしたところで思い浮かばない。少なくとも大きな戦闘がもう一つある。そうして、ロシアは軍の栄光と威信をもうひとかけら手に入れられるかどうか試すために、あと五万人が犬死にしなければならない。これが私たちの指導者や紙面の心理状態だ。しかし、そこに今日ロシアから実に恐ろしい知らせが届いた。見出しに書かれているわけではないが、革命が猛威をふるっている。工場が炎上、二八〇〇人の労働者が判決もなく壁の前に立たされて銃殺、バクーの路上で大量虐殺、石油に放火……ウィーンとワルシャワ間の鉄道路線が遮断……政府側の対抗処置として、すべての外国新聞を禁止[136]」。

一月二一日、彼女は希望とともに、ロシアの労働者による大衆デモについて書き留めた。「憲法制定と停戦。皇帝との直談判を要求。これは革命だ」。「事件がつぎつぎと起きて、平和のための請願と活動がすべて手遅れになっている。ひょっとすると今から力尽くで平和が手に入れられるかもしれない、あるいは大混乱に陥るかもしれない。一昨日、散弾が冬宮に撃ち込まれた。ツァーリは生きて逃れたのだろうか。平和と自由の皇帝のままであってくれたなら！　彼は、これまでの君主の中で最も偉大になれただろう。彼の強さは十分ではなかった」。

一九〇五年一月二二日の「血の日曜日」に、ツァーリの政府はサンクトペテルブルクの冬宮前で起きたデモを銃撃によって鎮圧した。死者は一〇〇〇人以上にのぼった。

はかばかしくない戦争の経過に誘発された最初のロシア革命は、数カ月間猛威をふるった。ベルタは一九〇五年七月にこう記した。「今やコーカサス、ミングレリアなども完全に暴動の中にある[137]」。「私たちは従いません、従うことはありません！　オデッサの事件[*19]を前にしては、すべてがとるに足らない物になります。これが武力による体制のもたらす結果なのでしょうか？　そして、その上のお高いところで、どのようにして支配者になろうというのでしょう？　新たな武力措置によって、です。この予備兵たちは、満州行きは望んでいないのに、即座に連れて行かれるか、あるいは無理やり鉄道列車に押し込まれます。まったく屠殺場から逃げ出した獣と同じ扱いです。人間よ、私はお前が恐ろしい[*20]。ゆっくりと種を蒔き、それを育てる私たちは、この嵐、この暴風にどのように抗えばよいのでしょう。それに私たちが書くものはすべて、一時間後には廃れてしまうのです[138]」。

Russin: Der Lümmel da saugt mir das ganze Mark aus den Knochen. Geben Sie mir lieber das Friedensengelchen in Kost! (Der Floh, Wien)

「ロシア」
ロシア人女性：この野蛮な子は、私の骨の髄まで吸い尽くすんです。よろしかったら、私に平和の天使を預けて下さいません？　Abrüstungs-Bilderbuch, Berlin 1899
【訳注】左はロシア人女性で、抱いている赤ん坊には「マルス（軍神）」とある。右がズットナーで「平和」の赤ん坊を抱いている。

一九〇五年八月二〇日、彼女はようやく一つの成果を書き込むことができた。「ロシア憲法が制定」。国会、すなわちドゥーマ[*21]が一九〇六年五月一〇日に開催された――そしてその議員たちは、一九〇六年にロンドンで開催された、直後の列国議会同盟会議で希望に満ちた明るい歓迎を受けた。しかしながらロシアの議員が挨拶を述べる段となったとき、ドゥーマがまたも解散になったとの知らせが届いた。目的を果たすことなく、ロシア議員団はロンドンを去らなくてはならなかった。「これは、なんということでしょう――ドゥーマの解散と恐ろしい革命……せめてツァーリがすべてを救えたならよかったのですが、力という知恵（それは私たちの周りでも優勢です）が勝利しました――従うものは風に乗っていけばいい」[139]。

第二回ハーグ会議は、これら一連の恐ろしい出来事によって延期されていた。一九〇七年、アメリカ大統領セオドア・ルーズベルトが会議を呼びかけたが、公的な招集は再びツァーリに委ねた。ズットナーは、新たな活動意欲を沸き立たせた。彼女はマイノリティーの問題が――反ユダヤ主義、さらにアルメニア問題も――議題に取り上げられるよう力を尽くした。「このような悪夢は、私たちの心から追い出さねばなりません。こうした悪夢が私たちの時代においても依然として可能だという考えや、信仰と出自を異にするだけで何の落ち度もないのに名誉を傷つけられた不幸な人々を、野蛮な群衆が攻撃してもよいという考えがあります。こうした考えを、それと結びついた、圧政者のきわめて根深い野蛮、犠牲者の計り知れない絶望というイメージもろとも、私たちはようやく振り払えるに違いありません。ただし、冷たく、臆病な慰撫の言葉とは違う方法によって」[140]。

会議を宣伝する計画を実現させるために、彼女は広く募金を呼びかけた。その結果は惨憺たるもので――会議もまったく同じ結果となった。

すでに開会式から興醒めだった。ベルタは式典について日記に書いた。「そうしたものである以外の何ものでもなかった。スピーチが二つ、月並みな言葉と残念なことに平和を否定する月並みな言葉、それで終わり」[141]。引き続いてオーストリア＝ハンガリー帝国大使館でオーストリア代表との夕べが開かれた。「オーストリアは口やかましい将校のよう」。ある代表は、「ノルウェーに戦争を仕掛けないとは、スウェーデンは何たる恥さらしだろうか。ハンガリーに対しては、強襲すればそれで十分だろう。イタリアとは間違いなく戦争になる。平和主義はまったく何の役にも立たない」、とこき下ろし、別の代表は次のように言った。「しかし戦争が始まれば、それに乗じた中立国は、武器を供給するなどして、稼ぐに違いない。オーストリアはボーア戦争の時、フィウメ*[22]だけで八万頭の馬を売りさばいた」。ベルタは落胆した。「平和会議に送られた代表はこの程度!」[142]。

第一回ハーグ会議の時と同様、ズットナーは今回もジャーナリストや平和主義者を即席の「サロン」に招いた。彼女は、ウィリアム・T・ステッドが会議日報を発行するのを手伝い、一〇回以上の講演を行った。しかし外交官や法学者のやる事は、前回以上に彼女を怒らせた。「委員会で扱われるのは、戦争を和らげて段取りを整えることばかり。そして一つとして可決されない」[143]。ある女性の平和主義者が、「この会議を『平和会議』なんて名づけた人は、平手打ちされるといい」と罵ると、ベルタは同じように怒って答えた。「いいえ、会議の性質を歪めてしまった人が、そうされるといい」[144]。

軍縮問題は完全に握り潰された。それを主導したのは、またしてもドイツ政府と、ますますベルリンに政治的依存度を強めていたオーストリア=ハンガリー帝国だった。ハーグのオーストリア代表、メレイ男爵は、「全体会議では差し障りのない決議によって軍縮問題が処理され、その準備と経過が完全に我々の願望と一致するものであったこと」に対して、外務大臣のエーレンタール伯爵から感謝状を受け取り、さらにその功績によりレーオポルト大十字勲章を授与された[145]。

軍縮に寄せる期待が悉く崩れ去った原因は、ヨーロッパのすべての国家で進められていた戦争準備にあった。ほとんどの国は、戦争が本当に避けられるとは信じていなかった。そしてどの国も軍備を加速させていた。

ズットナーが抱いた印象はこうだった。「世界はこの代表者会議を一種の訴訟行為と見なしており、その中で四六の敵国、あるいはいくつかの敵対グループが策略と奸計を弄して互いに罠を仕掛け、多種多様な盟約を結び、場合によっては結び替えたり、解消することになる——すべて未来の戦争がいつ起こってもよいように、自分たちが力の優位に立とうとしてのことである」[146]。

結局ハーグ会議では、またも国際法と人道の問題が解決されるべきものとして残された。メレイはズットナーに向かって、言葉どおり次のように言った。「イギリスとドイツの間には、必ずや戦争が起こるに違いない」。これを聞いて驚いたベルタは、フリートに宛てて書いた。「そして、これが私たちのハーグ代表の言葉です!……ドイツ、オーストリア=ハンガリー、ルーマニア、トルコの四国同盟には、この平和会議を戦争利用会議に変える役目が最初から課されていました。多くのことで、彼らはすでに成功を収めました。平和と仲裁裁判所と組織の問題は、これら中央ヨーロッパの列強によって、あっさり黙殺されたのです[147]」。

ベルタは二度のハーグ平和会議を回顧して、こう名づけた。「戦争強化会議。なぜなら本当に、そうなのだから……第二回会議は台無し。今や平和主義者は、まったく違う土俵の上で、そして一〇倍の精力を傾けて、活動を始めなくてはならない。もはや重要なのは、諸政府の協力を示すことではない。彼らは(仮面をつけてではあるが)断固として反対したのだ[148]」。

第一回平和会議から第二回平和会議の間に、軍事費は五〇パーセント増加した——そして飛行機とともに、戦争は新たな局面を迎えた。「そして、その先にあるのは——悪夢、すなわち未来の戦争である。それがどのように布告され、どのように遂行されねばならないかを、人は自らこの会議で規定した。要するに、それがやって来るのを目にしながら、それがやって来るのを阻止するための『あらゆる努力』はしないのである[149]」。

9
人間的な、あまりに人間的な

小説『武器を捨てよ！』の大きな成功と平和協会の組織によって、ベルタ・フォン・ズットナーは著名な公人となった。彼女は尊敬され、嘲笑され、その人気の表と裏の両方にうまく対応しなければならなかった。「平和のベルタ」が最も大きな成功を収めていた当時、彼女の世間における名声と私生活の絶望的状況との間にどれほど大きな隔たりがあったのかを想像できた同時代人は、ほとんど一人もいなかった。彼女の日記だけが、この私生活の詳細を後の人々に明かしている。一八九七年、ベルタはその中で嘆いた。[1]「後の世の――名声――ああ、それは身近な人たちにはどう見えるのだろう」。

こうした大きな障害の一つは、ズットナー家の悲惨な財政状況だった。ベルタは、「ハルマンスドルフ城」が身分にふさわしい住居であると自慢し、常に――アルトゥーアと同様――はなはだ優雅で、きわめて上品な身なりをしていたが、実際は生活に困るほど貧しかった。この城はアルトゥーアの老いた両親のものだった。数十年来利益を生んでいない農場経営と採石場は、倒産によって破局と一家の汚名がもたらされぬように、依然として金を喰い続けていた――それは両親が工面できる額を越え、ベルタとアルトゥーアの原稿料を流用して賄わねばならなかった。ベルタが平和運動に打ち込むようになってからは、著述業による収入は激減した。協会活動も、金はかかっても収入はもたらさなかった。財政の圧迫はますます強まった。

それゆえベルタは――時間と神経を消耗する平和主義の活動の傍ら――週刊新聞のための短編小説や連載小説の執筆を強いられた。彼女は片手間に、慌ただしく、自分には関心のないテーマで書いた。彼女はこれら文学の仕事の価値について幻想は抱かず、それどころか厳しい批評家だったカルネーリには読ませまいとしていた。「この短編小説は、お粗末な『駄作』になりました。注文に応じて書くべきではありません、すべて心の衝動によってのみ書くべきです」[2]。

しかし、彼女には「心の衝動」を待つ余裕はなかった。彼女の作品はますます質を落としていった。そのため彼女は、一八九一年に出版された小説『ヘルムート博士の木曜日』について、「この善人は、私には言いようもないほど退屈です」[3]と嘆き、続けて「オーストリアの男性たちを従えて進むことに、これほど手間をとられることがなければ」、とおそるおそる弁解した。彼女は日記に書いた。「芸術はすべてを捧げるよう人間に求める」[4]。

ただし彼女がすべてを捧げたのは、平和という理想に対してだった。「私に書けたはずの小説を平和運動のためにどれだけ犠牲にしたか考えてみると、金額にして見積もれば毎年数千にもなります――そのほかに文学的成長も犠牲にしました。こうして私の文学的名声は下がっています。しかしこの理想に比べれば、どんな犠牲も大きすぎることはありません。せめてこのまま持ちこたえられたらよいのですが、私の心はもう幾度も重圧に潰されそうになりました。どうやら私を妬んで、私が世間に名前を売るために大騒ぎをしていると思っている人々がいるようです。ああ、この嫌な思いを、ビューロー、手紙、会議等々で想像する人はいません」[5]。

一八九二年に出版した小説『エーファ・ズィーベク』についても、彼女は同様に「駄作」という判定を下した[6]。そこに友人カルネーリは容赦なく追い打ちをかけた。「この作品はもう失敗に終わったのですから、頭を切り変えて、新作に取りかかって下さい!」。この女性小説は、「世にも忌まわしい『上流社会〈High life〉』の腐敗と麝香(じゃこう)」に満ちている、とカルネーリは書いた[7]。

しかし、一八九三年に出版された次の作品(『雷雨の前』)も良くはならなかった。このときズットナーは友人に先手を打って手紙を書いた。「この本は、もしかしたら退屈ではないかもしれませんが、良いものではありません。『武器を捨てよ!』より九九パーセント劣っています。なぜなら全体を貫く、説得力のある偉大な考えが欠けているからです。つまり、雷雨が来そうな私たちの時代を描くという考えは悪くないかもしれません――しかし芸術的にはなっていません。いま現在のさまざまな運動は、いつも話し合いばかりで、まったく行動が伴っていません……皆、口ばかりです。生の輝きに満ちた人物は、この本の中に一人も登場しません」。さらに彼女は後ろめたそうに、小説の唐突な結末（彼女は恋人同士をあっさりと落雷によって死なせた）について説明した。すでに予定のページ数に達していたため、自分は話を締めくくらなければならなかった――「描かれていた対立の数々に決着を付けるのは、もはや不可能でした。それで雷がそこに落ちなければならなかったのです。少なくとも、この解決は全体のテーマと一種の詩的関係があります」。この新しい本の「価値は長く続かないでしょう……私の心を捕えることもありません――しかし（教権主義者、反ユダヤ主義者等の中から）多くの敵を生むでしょう」[8]。

金を稼ぐため、ベルタは自分の古い作品を再版させたが、それらにも、とりわけ昔の恋愛小説には、もはや喜びを感じなかった。毎年、新しい本の執筆を強いられた彼女は、友人のカルネーリに嘆いた。「これからせっせと新作を完成させるつもりです。世間がもはや本を必要としていないという一点は、私にはよく分かっていますが。本を理解している人たちには、読書の時間はないのですから」[9]。

新しい小説はどれも彼女を苦しめた。金銭的に逼迫し、たいてい原稿料を先払いで受け取っていた彼女は、締め切りに追われ、「日々の課題を片付けること」で精一杯だった。「もちろん、それは芸術的行為ではありません――ですが、もしも義務が課されなければ、私はもはや娯楽小説を書くことすらできないのです。書き物のために席に着くと、現実的政治と理想的政治、ステッドとムラヴィヨフなどについての考えが浮かんできます、そして娯楽物のことは遥か遠くに消えてしまいます」[10]。

それでもなお彼女が一番書きたかったのは、本当は新聞の論説だった。そうして、平和運動の見地から時事問題を描出し、ますます大きくなってゆく己(おのれ)の政治的関心に身を任せたいと思っていた。だが、そのような論説は十分な金にはならなかった。そのうえ彼女は、自分のジャーナリストとしての能力を疑っていた。「私は書くことが速くありませんし、簡単にできません。もしもそれができたとしたら――私はベルタ・フォン・ズットナーとは違う別の誰かでしょう」[11]。「『創作の喜び』が訪れる……そんなことは、もうめったにありません、疲労、落胆、無能な自分に対する軽蔑――これらすべてが執筆中に私を襲うのです」[12]。「長い臨時記事を即興で書く能力は、私にはありません――私はジャーナリストではありません」、と彼女は弁解するようにフリートに書いた。「この才能は、あなたには高いレベルで備わっていますが、私には欠けています」[13]。

作家としての失敗は窮乏に拍車をかけ、窮乏は平和活動を困難にした。一八九五年、ズットナーは同様に窮乏していたフリートに書いた。「そうです、戦争大臣たちはいかなる財政的憂慮もなく、楽しい仕事に全力で向かうことができます。平和のために働こうとする私たちは、彼らと違い、あらゆる局面で不足と個人的な面倒に悩まされます」[14]。

急場を凌ぐための金銭を何度も求めてきたこの若い友人に――彼女はみずから窮乏していたにもかかわらず、ほとんどそれに応じていた――彼女は打ち明けた。「私たちも――あなたは恐らくご存知ないでしょうが――ズットナー家も、深刻な経済的不安を抱えています。それだけに私はいっそうありありと、あなたが今苦しんでいると思われる状況がいかなるものか、あなたとともに実感し、理解するのです」。

原稿を吟味しなければ印刷しようとしない新聞に、彼女は不快感を抱いていた――時が経つにつれ、印刷を拒むところがますます多くなった。「教えてください」、と彼女はフリートに尋ねた。「そもそも有名とは、無意味な戯言なのでしょうか？ 私の名前は有名ですよ、それなのに！ それに私の名前は、私からすれば、吟味せずとも感謝を持って受け取られる仕事を保証しています。次の本を手に入れようと、編集者たちは我先に争っていたのに」[15]。

アルトゥーアの小説については、状況はさらに悪かった。彼はもはや出版社を見つけられず、一九〇一年には匿名で懸賞小説に応募する――そして不首尾に終わる――ところまで追いつめられた。しかも彼が書いた新聞記事は印刷されないまま、もはや返送すらしてもらえないことが多くなった。ベルタはこのような扱いについて、苦々しげに『ノイエ・フライエ・プレッセ』の文芸欄編集長テオドーア・ヘルツルに不満を述べた。「仮面をつけた人たちの中で、唯一あなたは同情心を持たれている人です。それゆえ私は、あなたに向かって嘆き訴え、鶴の一声で問題を一掃して下さるようお願いします。著作物の一つひとつはまったく別にして、私たちはやはり上流社会の一員として、いくらかの礼節をもって遇されることに慣れているのです」[16]。諦めのついたアルトゥーアは文筆業をやめる決断をした。「今は実際ひどい職業――人があふれている」、とベルタは日記に書き込んだ[17]。

ウィーンでは新しい世代の作家たち――フーゴー・フォン・ホーフマンスタール、アルトゥーア・シュニッツラー、ペーター・アルテンベルク、カール・クラウス――が注目を集めていた。ズットナー夫妻はウィーンの潮流について行けなかった。それはただ書き方が「時代遅れ」であっただけでなく、芸術的にもこの若者たちより遥かに劣っていたからだった。ズットナーの――純粋な「実用文学」である――傾向小説は、ウィーン世紀末の新しい審美主義とはまったく相容れなかった。

「私たち二人が文学界から締め出されたのは当然のこと。若者のための場所」、またしても出版社が小説を送り返してきたあと、ベルタはこう嘆いた[18]。

　彼女は「新しい」文学を読み、シュニッツラーの芝居を鑑賞し、イプセンの『野鴨』[*1]に熱狂し、そしてアルフレッド・ノーベルには次のような手紙を書いた。「あなたは同国人のストリンドベリの小説を読んだことがありますか？　私は、ちょうど『痴人の告白』[*2]を通読したところです。ともかくこれにはぞっとさせられます[19]」。

　彼女は日記に記した。「奇妙だ、新しい人たちの書き方は、私たちのどれくらい先を進んでいるのか。これが美しい？　私には分からない。魅力的？　確かに[20]」。

　まさに絶望の中にあったアルトゥーアは、編集者として定職を得ようと努力した──女性であるベルタには、この道は初めから閉ざされていた。安定した収入があれば、彼らは協会の仕事をもっと楽に進められるはずだった。しかし、どれも成功しなかった。

　九〇年代の半ば、アルトゥーアは自由主義政党から帝国議会議員候補者として指名されることを期待した。ベルタはカルネーリに書いた。「私のひとの立候補がどうなるか、私にはまだ分かりません。おそらく、また負担と不安と怒りが増すことでしょう。なぜなら私たちの議会の今の状況を見れば、これは冗談どころではありません。もうあなたがそこにいないのは、喜ばしいことです[21]」。

　その頃にはハルマンスドルフの状況はさらに悪化して、絵画から家具にいたる貴重品を売却しなければならないだけでなく、絶えず差し押さえの危機に晒されていた。ベルタは、自分の仕事の成果いかんにすべてがかかっていることを知っていた──なぜなら他の家族に、金を稼ぐ能力はなかったからである。「私は誰に不満か？　ベルタ・ズットナーに。彼女は手早く仕事ができないから。それが唯一の救済、解放、充足となるのに[22]」。

平和活動は当時、彼女には不十分であるように思えた。「私がすべきでありながら、できていない活動、そもそも『眼前の人生の中にいない』という感覚。常に未来のために何かをしなくてはならない――しかしながら、悪夢を見ているように、それを成し遂げられない」[23]。

それに加えて、いくら彼女が休みなく働いたとしても、ハルマンスドルフの領地の破産を防ぐに足る金が絶対に工面できないことは、間違いなかった。「いったい、今からどういうことになるの？　支払い日を失念。でもどうやって、どんな方法で？」[24]。

ベルタはすでに一八九三年、慎重にではあるが、はっきりとアルフレッド・ノーベルに相談していた。「私たちは、おそらく自宅を失うことになるでしょう。ハルマンスドルフは売却されることに、さらに付け加えて言えば、強制的に売却されることになるのです。不運なことです。そうなれば、いずれにしても売値は実際の価格を大きく下まわるでしょう――そして活用されていない大きな産業（採石場、セメント）は、見積もりに含まれていません……私があなたにこの話をするのは、もしもあなたが近々オーストリアに来られたときに、このことをお聞きになって、あまり驚かれないようにするためです。それに、もしかしたら、あなたがオーストリアで不動産の購入を望まれることがあるやもしれません。これはお願いでも、提案でもありません。ただ、突然お会いするかもしれない場合のために、そのときあなたが『どうして私にそれを話してくれなかったのか』と言われることのないように、お伝えするのです」[25]。

ノーベルがどう答えたかは分からないが、彼がハルマンスドルフを購入しなかったことは確かである。しかしながら彼は、他の数え切れないほど多くの機会に、窮地の際の頼れる救い手であることを示した。一八九六年に彼が亡くなったとき、ベルタは真の親友を失った。

アルトゥーアも自尊心を抑え込み、友人ノートナーゲルに財政支援を頼んだ。この人物は深い情愛に満ちた手紙で応え、すぐに金を郵送した。「あなたと敬愛する奥様が、類まれな精神と心をあらゆる理想と崇高さのためだけに燃え上がらせながら、いかに日常生活の悲惨な困窮と苦闘せねばならないでいるかを、私は深い同情を感じつつあなたの手紙で知りました」。彼は、アルトゥーアが提案したように、「多くの裕福な知人に」貸し付けを頼むつもりはない、と答えた。「この点においては……非常に多くの人が紳士らしく受け止め、振る舞うというわけではありません。しかしその代わりに、あなたが六〇〇〇グルデンという希望の金額を用立ててほしいと私に個人的に求められるのであれば、私をそのように高く評価して下さる男性に友情の気持ちをこのような形でも証明できるのは、私にとってまことの喜びです」。彼は利子をつけることを拒んだ。「あなたに重くのしかかる懸念がじきに取り除かれることを、私は心の底から願っております」[26]。しかし、この高額のお金も焼け石に落ちた一滴の水でしかなかった。

ハルマンスドルフの大家族の生活は、家計のやりくりに使える金が少なくなるにつれて、いっそう厳しさを増していった。老いた両親、叔母、義妹、姪のマリー・ルイーゼ、使用人たち――人間関係、そして好感と反感が絡まりあい、最後は罪のなすり合いとなった。あまりにも気前のよい生活を送った義理の両親は、ハルマンスドルフをこの悲惨な状況へと陥れた。アルトゥーアに管理人の能力はなかった。結婚して家族の一員となっても、地方貴族の婦人に求められる振る舞いをしないベルタは、結局のところ、よそ者のままだった。

もはや彼らの状況は、たった一度のウィーン行きもできないほど厳しくなっていた。郵便の連絡も悪く、費用が嵩んだ――郵便物はエッゲンブルクの郵便局を経由して届けられたが、冬場には道も悪く、郵便配達人は――特に電報のような急な配達に対して――チップを期待した。そして一グルデンのチップが、もはや手痛い出費だった。

ズットナー夫妻は、ますます知的生活や社会生活から断絶されていると感じるようになった。行き来に難儀するため、訪問客は稀だった。たとえばアルフレッド・ノーベルの甥で、ウィーンを訪れたエマヌエル・ノーベルが彼女に会おうとしても、ハルマンスドルフまで赴く時間が取れなかったようなとき、彼女は腹を立てた。こうした出来事は、ハルマンスドルフという不便な場所に対する漠然とした不快感を生み出していた。「私たちは、この土地に繋がれた奴隷だと思う」、ベルタは日記の中でこう嘆いた[27]。

旅行と会議では、彼女はいつも自分の出自に相応しい、非常に贅沢な生活スタイルを通したが、それは彼女には不可欠であるように思えた。なぜならベルタには、自分は平和運動の女性代表者としての役割も果たさねばならない、という固い信念があったからだ。当時、国際的平和運動の活動をしている女性はほとんどいなかった。そしてベルタが現れると、どこでも彼女は注目の的となった。彼女はそれを喜び、みずからの勝利を日記に書き込んだ。たとえばバーゼルの平和会議についてはこう記している。『あらゆる国のプロレタリアが著名な平和運動の先駆者である婦人の講演に耳を傾ける』とのポスターが貼られた[28]」。身だしなみの水準を下げれば運動の評判に傷をつけることになる、と彼女は考えていた。

そのような旅行から戻ると、彼女は再びハルマンスドルフの現実を思い知らされた。「一一時に思いがけない結構な客人……差押え人。――それでも私は時評を書き続けなければならない……ペーターの法律事務所員が……用件をかなり快適に処理する、それからさらに私たちの家でパイを食べる。ズットナー家も破産[29]」。

窮乏があまりにひどく、耐えがたく思われると、彼女は白昼夢に逃避した。「私たちの将来計画として（文学賞のようなものを受賞した場合に）、ヴェニスに邸宅を購入することを決めた」[30]。「物を持つ喜び・・・・も、やはり本物の喜びです。肌着の蓄えなどをもう一度取り揃えられるのなら、それは私にとってどれほど素晴らしいこととなるでしょう」[31]。

しかし財政上の心配事のほかに、はるかに深刻な、私的な心配事が存在した。それはアルトゥーアのことである。彼には、途方もない成功を収めた女性との結婚生活は容易でなかった。二人の年齢差は、徐々に問題となっていた。ベルタは五〇歳に近づき、アルトゥーアはようやく四〇代の初めだった。非常に控えめにではあるが、ベルタは古くからの友人カルネーリに自分の苦悩をほのめかした。「憂愁夫人は今もいます」、と彼女は早くも一八九一年に書いている。「しかし、私を信頼する同時代人たちから託された職務を退くことは、もはや許されません」[32]。そして、表向きにはアルトゥーアの体の弱さを気遣っている。「ああ、愛する人がいるとは、なんという恐ろしい仕打ちを受けることなのでしょう！」[33]。

常に愛情に満ちた批判をしていたカルネーリに対し、彼女の口調はいちだんと苛立ちを増していった。彼女がいかに不幸であるか、彼は十分過ぎるほど感じてはいたが、彼女の私的な苦悩についてては何も知らず、彼女の悲しみは世界が平和を求めていないことへの諦めから来ている、と考えていた。彼は、平静、忍耐、待つことを彼女に説いた。しかしながら、彼女はすべてにおいて物事を疑うばかりで、この古い友人に対して以前は異議を述べながらも素直に受け入れていた多くのことを、今では悪く取った。カルネーリは説明しようとした。「あなたを、あなたの任務から逸らすためではありません、ただ、あなたの苦しみが少なくなるように、私は少しだけあなたを私の考えに引き寄せたいのです」、と彼は気遣って書いた。「あなたがいくらか、ほんの少しでも朗らかになれたなら！　私の残りの日々をそのために捧げられれば、と心から思います！　しかし、あなたのような砂漠の神からは何も生まれません。その神は獅子となってすべてを引き裂こうとし、ラクダとなってすべてを運ぼうとします！　それではうまくいきません……あなたはこの愚かな世界を丸ごとすべて、今あるままにしておけないのですか？……少しだけ私の安らぎの世界に近づいて下さい！　人々はただ、私たちに何かを望んでいるような振りをしているだけです。彼らは何も私たちに望んではいません。愚かな彼らの好きにさせておきましょう、彼らは自分たちだけでやっていけます」[34]。

一八九八年の初め、ベルタがきわめて大きな心配ごとをいくつも抱え込んでいたとき、それまでの深い愛情に満ちた関係を決定的に壊してしまうカルネーリの手紙が届いた。カルネーリはまたしてもオーストリアのドイツ系住民に賛同し、その他の少数民族に反対する立場をとったのだった。そのことに苛立ったベルタは日記に書いた。「カルネーリの不愉快な手紙、彼もドイツ系の自由主義者だ」[35]。

彼らが交わす手紙は少なくなり、短くなった。ベルタは、カルネーリが平和運動に示す批判的態度を完全には受け容れられず、一九〇五年にはフリートに宛てて非常に冷淡な手紙を書いた。「カルネーリは平和運動を実際にはまったく理解していませんでした――そうした無理解の根底には、常に疑念と否定という彼の思考がありました。それなのに、彼は戦争を忌み嫌っているのです」[36]。

長らく抑え込まれていた個人的意見の相違も、ここにきて一気に表面化した。カルネーリはアルトゥーアに対していつもはっきりと留保をつけていたが、よりによってそのカルネーリに、彼女は自分たち夫婦の問題をもう二度と説明できなくなった。カルネーリは失明後、数年間生き長らえ、ついに一九〇九年に八八歳で亡くなったが、この女友達はその死をほとんど悼まなかった。

ベルタが公にしたどの発言を見ても、彼女は自分たちの結婚の一点の曇りもない幸福を称え、それは根気強い活動によって心労を重ねる彼女を常に力づける泉であったと述べている。彼女は、アルトゥーアとの関係を疑わせるようなことは決してしなかった。平和運動に関わる男性の仲間たちと接するとき、いつもベルタがどれほど上品に距離を保っていたかを、フリートは後に記した。「彼女はいつも本当の自分に外出着を纏わせていた。それは、きわめて親しい男性の前でも、そして女性の前でも同じだった」。彼がここで言及しているのは、多くの旅で彼女に同行し、旅先では昼も夜もよく彼女の傍らにいたヘートヴィヒ・ペティング伯爵夫人のことである。ズットナーは「みずから日々の付き合いの中で距離を保つことを心得ている。俗物はそれを理解せず、夏の暑い日に襟のあるシャツや上着を着ているような煩わしさを感じる。彼女もその一員であると私が理解しているところの貴族は、上着を纏わない生活を軽蔑する。彼女もその一員であると私が理解しているところの貴族は、より高尚で美的な生活をするために自分を律する」[37]。

ズットナーの結婚生活終盤において問題となったのは、可愛らしくて、ひときわ活発な姪マリー・ルイーゼ・ズットナーだった。彼女は父親の死後、一四歳でハルマンスドルフにやって来たが、その最初の日から愛する「おじさま」アルトゥーアに強く惹かれていた。ベルタもこの少女を愛した。適齢期になっても、「ミッツィ」には自分に十分相応しいと思える崇拝者が一人も現れなかった。つまり、彼女はハルマンスドルフに残るほうを望んだのだった。叔父との関係はより親密になり、家族関係はより難しくなった。なぜなら、あまりにも頻繁に二つの側に分かれた争いが起こるようになり、アルトゥーアは何度も二人の女性のあいだに立たされたからである。するとベルタも、三一歳年少のマリー・ルイーゼも、そのつど、敵の「側」を贔屓し過ぎであると言って彼を責めた。マリー・ルイーゼがそのような不満を書き綴った「私の愛するおじさま」宛の手紙が、ベルタの遺品の中に残されている。「私はただ、あなたがすべてを平和のごたごたに捧げてしてしまい、今日のような攻撃が……私に向けられても、それを防ぐ余力もないことを責めているのです」[38]。

同居生活は苦痛になった。毎日一〇時から一二時まで、二人は散歩に出かけた。ベルタは書き物机に座ったまま、嫉妬心に苛(さいな)まれた。ウィーンへは三人で出かけた。しかしアルトゥーアとマリー・ルイーゼが、彼らによれば、同じときにウィーンに用事があり、ベルタはハルマンスドルフに残り——絶望のあまり眠れないこともあった。「それに加えて、ひっきりなしに出入りする帽子屋、仕立屋、配達人たち。浪費という幽霊」、とベルタは日記の中で嘆いた[39]。マリー・ルイーゼは、ハルマンスドルフ家でただ一人相続した財産を持っており、その金を使っていた。一方、他の者たちは一グルデンも無駄にできなかった。

ベルタは嫉妬心を抑えられず、ときには寛容さを失った。些細なことをきっかけに言い合いが始まり、たとえ言葉にされなくても、その核心には必ずマリー・ルイーゼという大きな問題があった。

もはやアルトゥーアの愛を盲目的に信じられなくなった今、ベルタの楽観主義は影を潜めた。「全体として、自分が幸せとは思えない」、彼女は一八九八年三月の日記にこう告白している。「私の憂慮はあまりに重い……私たちの生き方や人生の希望は、もはや光に満ち、勇気づけてくれる真実の上に打ち立てられてはいない。口に出されていない、そして口では言い表せない多くのことが幽霊のごとく辺りを彷徨(さまよ)っている」[40]。

だが、それからベルタは年齢と闘い始めた。かなり肥満した五〇代の女性だった彼女は、実に粘り強く自転車に乗る練習をした。「城の奉公人の一人が、私の教師に昇進した。彼は、私がその物体の上に乗るのを手伝い、それから私は転んだ。もう一度乗り、もう一度転んだ。それが二〇回ほど続いた。

それが最初の授業だった」。数週間かけて彼女はついに自転車の上で姿勢を保てるようになり、そしてついに操縦して、8の字さえ描けるようになった。「それによって私はとても健康になり、血液が生き返ったように力強く循環した。風を切って進むことはまさに喜びであり、疲労感に襲われることもなくなった。私は以前よりも細くなり、時には若さが血管を流れるような感覚を味わった」[41]。

マリー・ルイーゼはその間に二三歳になり、歌のレッスンと執筆に取り組んでいた。彼女は小説を書き上げ、ベルタは原稿を見ないまま、内容の説明を聞いただけで、『光はいかに生まれたか』という題を与えた。

その本は、ベルタの出版社であるライプツィヒのピアソンから出された。一八九八年五月二八日のベルタの日記には、次のような書き込みがある。「マリー・ルイーゼの本が届く。それは、私に献げられていた。本来は事前に読んでもらうことなく献辞を捧げてはならないが、それは措いておき、この敬意に対して口づけとともに礼を言う。すぐに読み始める。自伝がすでに知っている回心の話になり、気分を害する。その回心は、それから相互の愛へと姿を変え始める。「マリー・ルイーゼは子供のとき厳格なカトリック教徒として育てられ、初めは信仰心のない「おじさま」を回心させようとしたが、その後、彼のリベラルな世界観を受け入れた」。ここで私は一四歳の少女の心酔を知った。それを気に留めることはない。――夜、その先を読む。さらに不快なことになると分かり、眠れない夜を過ごす」。

マリー・ルイーゼは、彼女から見て不幸な結婚に縛られているアルトゥーアへの愛を、その本の中でほとんど包み隠さず描いていた。

一八九八年五月三一日のベルタの日記によれば、彼女はさらにマリー・ルイーゼの本を読み続けていた。「そして戦慄すべきもの、私を深く傷つけるものを見つける」。そのことでアルトゥーアと諍(いさか)いになり、問い詰められた彼は、あくまでも身の潔白を主張した。彼女は二年前の手紙を彼に見せた。それは、「ビロードちゃんには僕と死んでほしい」という言葉で結ばれていた――その同じ文章がマリー・ルイーゼの本の中にあった。「すると彼はしゃくりあげはじめる。私はそのあと手紙をすべて彼の前で燃やす。『これで疑いはどれも、すっかり燃えてなくなったのかい？』と彼が尋ねる。私は、ええ、と答える――しかし、明白な証拠にもかかわらず、いったい信じられるのか？　少なくとも、彼が否定することを彼女は誇示した。彼女はそれを公表したということに、依然として変わりはない」。だがベルタは、彼との関係が修復したことを喜び、「十分苦しんでいる彼を、これ以上不安にさせたくもなかった」。

彼女は信じようとした。そして「これまでと打って変わった寛いだ心持ちとなって戸惑う。三人そろって居心地のよいこの状況は、私には芝居の中にいるような気分よりずっと良い」。だが、彼女は疑念に苛まれ続けた。「回心させる師との関係という事実は変わらない。――それが誰であったのか私たち皆が知っていて、その人はまた肖像画よろしく描写され、その人について彼女自身それが誰であるか認めている――この関係は父子－友人－師弟の関係ではなく、すっかり恋愛関係として描かれていること――彼女が彼に、彼女と家庭を築くことのできない辛さを口にさせたこと、そして彼女が彼にこの箇所を読んで聞かせ、彼が驚きの声をあげなかったこと――そうしたことを公にするのは許されない。それが本当なら、私への配慮から許されない。それが本当でないなら、自分自身への配慮も含め二重に許されない」。いつもは非常に寛容なベルタが、ここでは潔癖だった。「抱擁の情熱的な場面を描く――それはまったく品位に欠けている」。

「その関係は、私たち三人がいつも一緒だったことで、いわば私という旗によって隠されていた――『クローバー』の三枚目の葉は養子のようなもの、人々はそう考えているに違いなかった――そこにこの本が現れ、こう言うのだ。いいや、違う、私たちは愛し合っていた、彼は私の足元で、私の膝に顔をうずめ、僕たちが結ばれることは許されない、と泣いた――私は彼のすべてだった――そして私は彼が立っていた床に激しく口づけをした、と[42]」。

ベルタは日記の相当数にのぼるページを、みずからは最も親しい友人にさえ打ち明けられなかった苦悩で埋め尽くした。「私のひとがこうしたすべてを許したことが、私をとても苦しめる」。彼女はこのように書いても、すぐにまた彼を弁護しようとした。「彼女がとても強情で、説得したところで何も諦めさせられないのは本当だ。そして、彼はきっと彼女の魔力に捕らえられているのだ」。

マリー・ルイーゼの本を気に入ったフリートが平和雑誌に書評を書こうとしたとき、ベルタは抗議した。「『光はいかにして生まれたのか』の書評は、私が取り消しました……あなたが他の新聞か雑誌でその本を推奨するのはかまいませんが、私の雑誌ではだめです。家族としての遠慮のようなものからそうするのではなく――私がその本を好きではないからです。マリー・ルイーゼは私に原稿を読ませることなく、私への献辞を載せました。もし私が意見を求められていたなら、私の庇護にありながら母親や祖父母等に対するこのようなあてこすりを表に出すことは許しませんでした。実在の人物と創作された事件の混在は混乱も呼び起こし、それはあまりに多くの誤解を読者に与えるきっかけとなる可能性がありますー―要するに、私にとってこの本はひどい悩みの種なのです[43]」。

この幻滅を、ベルタは生涯乗り越えられなかった。「そう、高価な花瓶が割れてしまっとき（とっくに亀裂が入っていたにせよ、私はそれをまだ誇らしい財産として大事にしていた）――それは無傷だと、もう一度自分に信じ込ませることは可能だ。破片がそこに散らばっていても！[44]」。「それは私だ――あなたではない、この本は数え切れないほど何回もそう語っている」。「私がもう一度幸せになれるとすれば、ただ一つの場合だけ。私のひとと水いらずに暮らし、昔のように二人だけで満足できたなら」[45]。

彼女は繰り返し自分を責めた。アルトゥーアは「まったく盲目だった。そう、愛は盲目なのだ。その愛がただ私の方にだけ向き続けるようにできなかったことは、やはりもしかすると私の責任かもしれない」[46]。「自分自身がこんなに欠点だらけなのに、他の人たちを非難することが私に許されるだろうか？怠惰——乱雑——軽薄——弱さ——能力不足、一つの心を持ち続けたこと——この心を満足させたこと」。自分がこれらすべてを書き留めるのは、心を軽くするためである。「いつの日か私のひとはこれを読んで、私の心の隅々まで知ることができる。話したところで、残念だけれど、うまくいかない。彼は私の悩みを理解しないから、理解できないから。私が死んだとき、彼はこれを読んで知るだろう」[47]。

一八九八年の夏、ツァーリの平和のマニフェストは彼女を苦悩から救い出し、気持ちを高まらせた。しかし、世間の冷ややかな反応によって現実に引き戻された彼女は、秋にはいっそう深刻な抑鬱状態に陥った。「私はよく考える、もしも自分が病気になって永遠の眠りについてしまえたら、いとも簡単に解決するだろうに。平和運動のために、私は十分なことをした。そして私のひとの幸せのためには、私はもうとっくに必要ではなくなっている——もしかしたら逆なのかもしれないが。多くのこと、素晴らしいこと、幸せなことを体験し、役立つことも沢山した。この先に続くのは、もしかしたら辛いものになるかもしれない、締めくくりの時を逸するなら？」。

彼女には、大きな希望がまだ三つあった。「そう、ノーベル賞、ダリオ宮殿「これは彼女がアルトゥーアと二人だけで暮らす新居を指した」、マリー・ルイーゼの結婚。そうなったら、もちろん素晴らしい」[48]。

マリー・ルイーゼの崇拝者は何人か現れたが、ベルタは求愛された姪に劣らず批判的だった。たとえば、ある非常に裕福な婿候補については日記にこう書いた。「（私たち三人がもう一度二人に戻るために！）ミッツィの結婚を切に望めば望むほど、彼が一〇〇万フランを持っているとはいえ、彼女にこのような夫を望むことはできない[49]」。

彼女は当時、何度も死を考えていた。「死にたいと思うこと、いつか彼は私の日記に苦悩の記録を見つけるだろうということを、私のひとに告げた[50]」。フリートには別れの手紙を書き、それについて日記にこう記した。「お別れに、彼に祝福の言葉を述べる。自分がどれほど疲れているか伝える――自分はこの運動のためにもう十分なことをした――自分がいなくなっても困ることはないだろう。彼は言う――いいえ、平和愛好家にはまだあなたが必要です[51]」。

このような状況の中、対立を収めようとしたアルトゥーアは手紙を書き、マリー・ルイーゼとの関係は精神的なものだと誓った。「彼の言葉によれば、彼はただの助言者……友人であり拠り所、ただ一つの拠り所だった。彼がそのような愛慕の情を抱かせたことを、私はむしろ誇りに思うべきだったのだ。ああ、不安に押しつぶされた彼の人生に、喜びの光を注ぐことができていたなら――だが、彼はすっかりあの本のことを忘れている、あの本を！[52]」。

彼女は返事として、理解と愛情に満ちた手紙を彼に送った。「かわいそうな、年老いて、苦悩に押しつぶされた私のひと！」。彼女は、最初にハルマンスドルフの問題に精神を集中し、それを解決したあと――どういう結果になろうとも――「この件〈l'affaire〉」に取り組むことを提案した。「私があなた方を愛していること、何にもまして愛していること――私が『咎める』にしても節度はいつも守るということ、私には最も奥深いところにある心の襞まで理解できるということ、私が人生で、思いがけず与えられるかもしれない幸福で、自分の力で、愛のすべてで（私にはこの世界に他の誰もいません）与えることのできるものは、あなたたちだけに捧げられ、そして捧げ続けられること」を、彼女は彼に断言した。

経済的不安を私に隠さないで欲しい、「私をあなたたちの助言者と慰め手に――共に砂漠を行く気安い仲間にさせて下さい[53]」。

ロシア公使ムラヴィヨフとの会談への招待は、彼女を家庭の苦しみから救い出した。しかし二週間後には、この家族劇はすっかり元通りに再開した。アルトゥーアとマリー・ルイーゼはウィーンで密会し、ベルタは彼らの後を追った。

家族間の日々の争いはその後も続き、ついにマリー・ルイーゼ、彼女の祖母、叔母の間の激しい遺産争いによって頂点に達した。マリー・ルイーゼは裁判を主張した。こうしたことはベルタを悲嘆に暮れさせた。「家族の中から戦争の精神を払いのける力すらない私だというのに、ヨーロッパとアメリカの平和を築こうというのか？[54]」。

彼女が苦悩を打ち明けられたのは日記だけだった。アルトゥーアとは諍いが繰り返された。「ここの雰囲気は耐え難い……裁判は私たちの家に残された最後の威厳のかけらも脅かす。家族は苦しめられ、私のひとは『彼女』と共に身内（母親と妹）と対立しているという致命的な疑いをかけられ、破滅は速まり、万が一の救済も難しくなる。それでも、彼女は動じない[55]」。「ああ、この崩壊した家族生活から抜け出さねばならないのに[56]」。

彼女は再びフリートに向かって嘆いた。「私にとって必ずしも嫌ではないことがあります。それは死です」。さらに彼女は、この手紙を燃やすように頼んだ。「前述の深い嘆息は、私の伝記の資料には入れないで下さい[57]」。

それから彼女は、おおいに苦労しながら七年間も報酬なしで続けてきた雑誌『武器を捨てよ！』の編集から退いた。しかしフリートは、引き続き自分の雑誌『平和の守り』への協力を取り付けることに成功した。

一八九八年の終わり、遺稿整理に取り掛かっていたとおぼしきベルタは、フリートに指示を与え、「自分の原稿がどれほど未整理なままか、知らないうちにどれほど郵便物が消えてしまったか」を説明した。彼女は幾通かの手紙を、「興味深い手紙」というラベルを貼った封筒にまとめた。「これらはつまり保管され、遺稿から発見されるでしょう[58]」。

ハーグ平和会議に失望した後の一八九九年七月二四日、彼女は遺書を認めた。包括相続人として彼女は夫を指名したが、それはもちろん彼女の原稿の使用に関するものだけだった。なぜなら、「当時、私にはまったく財産がなかった」からである。マリー・ルイーゼは、ベルタがいつも結婚指輪の隣に嵌めていたダイヤの指輪を相続することとした。「結婚指輪は、遺された夫がいつも指に嵌めていてほしい――たとえ再婚したとしても」。それから彼女は、「実現に支障がなければ」当時のオーストリアではまだ禁止されていた火葬に付されることを望んだ。(火葬のためには、遺体は国境を越えてドイツに、たいていはゴータの火葬場に運ぶ必要があった。) 遺言の最後の文は、「かけがえのない『私のひと』に不滅の愛を[59]」だった。

絶え間なく続いた家族の争いについて、詳細は知られていない。それはベルタが何度も日記を処分したためである。一九〇〇年一月、再び日記が始まると、財政難、アルトゥーアとマリー・ルイーゼについての嘆き、嫉妬という相も変わらぬ問題があった。しかしベルタが以前より寛大になったがゆえに、緊張はいくらか和らいでいた。彼女が寛大になったのは、アルトゥーアが明らかに病気で、いずれにせよますます衰弱していたことも理由だった。彼女は、病人がマリー・ルイーゼの傍らで過ごす残り少ない幸せな時間を奪うつもりはなかった。「それは、私のひとにとって、生きる喜びと生きる力の一つ。

かわいそうな人！　病気になって！　彼に可能な限り多くの喜びが与えられますように。私が彼に与えられないものを、少なくとも私は彼から奪ってはならない[60]」。

長い葛藤の後、彼女は譲歩を決意した。「私が彼にとってすべてでないことは、十分過ぎるほど分かっている……今日久しぶりに、もう一度勇気を出して鏡を間近で見た。白髪で、老いている、すっかり老いている。多くのことを終わらせ、残された数年のために向きを変えるには、これもまた十分な理由だ[61]」。ベルタはこのとき五七歳、アルトゥーアは五〇歳、そしてマリー・ルイーゼは二六歳だった。

しかしながら、どんなに良き意図があったにしても——嫉妬は消えなかった。「旅行でのどんな喜びも、彼女がいれば台無しになった」、と彼女は日記で嘆いた。そして、「もし私が死んだら、彼らはおそらく結婚するだろう[62]」。「……私が抱いていた……幸せな老夫婦の夢——それが消えてゆく。私の年齢のうたい文句があてはまりそうだ。孤独に貧しく*3[63]」。

ハルマンスドルフはかろうじて持ちこたえていた。借金返済の期限延長、差し押さえ、装飾品の売却を経て、今は再び小康を保っていた。

アルトゥーアは療養に赴かねばならなかった。そのための金は、マリー・ルイーゼが提供した。療養地（クレムス近郊のヘルテンシュタイン）まではわずか四〇キロしか離れていなかったが、ベルタが彼を訪問できたのは一度きりだった。それ以上は旅費を工面できなかった。彼女は毎日彼に手紙を書き、中欧諸国がハーグ決議を「黙殺しようとしていること、そして批准しようとしないこと」について、またその他の政治的困難について、不満を述べた。「反動の波は今や世界に押し寄せ、その中で溺れまいと私は必死にもがいていています。ああ、後戻りができたら——もう一切に耳を傾けず、かつて自分のものだった穏やかな愛に生きることができたら！　それはもちろん利己的です——そして利己主義者などではありませんから、そんなことはできません。進歩は殉教者を必要とします――それゆえ私たちは貧乏くじを引いて、その役割を甘んじて引き受けるのです」。彼女は彼に愛を誓い、夫婦生活の問題には触れなかった。[64]

この数年間のベルタの日記は、諍い、嫉妬、財政難といった、まさに意気消沈させるような悲哀に満ちている。彼女がこの時代、成功も収め、数々の講演をこなし、幾冊もの本や多数の新聞記事を執筆していたという事実は、この痛ましい日記の記述からはほとんど想像できない。それは間違いなく、彼女の人生の最も悲惨な時代だった。

彼らの銀婚式の年に当たる一九〇一年六月から一九〇二年六月までの一年は、またしても記録がそっくり欠落している。遺棄を免れた日記には、アルトゥーアの死からかなり経ってからの次のようなベルタの書き込みがある。「日記を読む――過去一〇年から一二年に渡る仕事への嫌気、そして家庭の心配ごとへの嘆き――こうした記憶は燃やさなくてはならない[65]」。

こうした理由で、最悪の事柄は隠されたままである。しかし隠されなかった事柄も、十分に惨めだった。一九〇二年も諍いと財政難は続いた。そこにアルトゥーアの病状悪化が加わった。復活祭の時期、ベルタは重苦しい気持ちを抱えたまま、初めて一人で国際会議（モナコ）への旅を成し遂げなければならなかった。アルトゥーアからの心のこもった三通の手紙は、彼女が受け取った彼の最後の手紙となり――自分たちの幸せな結婚の歴史を裏づけるため――後に彼女はそれを誇らしげに『回想録』で引用した。

一〇月になると、病状が和らぐかもしれないという望みを抱いて、夫妻はアッバツィア[*4]へ旅行した。ベルタは一人で――すなわちマリー・ルイーゼを伴わず――病人に付き添うといって譲らず、夫をもう一度完全に自分の側へ引き寄せようとした。彼女は彼にテオドーア・ヘルツルの新しい小説『古く新しい国』を読み聞かせた。「シオニズムの未来小説。壮大なものです。そうなのです、来るべきまったく画期的な文化が、もういたるところで見事に芽生え始めています[66]」。彼の気をそらそうと、彼女はできるだけマリー・ルイーゼについて語らないようにした。しかし、アルトゥーアの心は落ち着かなかった。彼はひそかに姪に手紙を書き、帰宅を望んだ。

そうしておよそ四週間後に、彼らは再びハルマンスドルフに戻った。アルトゥーアはこの間にとても衰弱し、階段を上るには担がれなければならなかった。マリー・ルイーゼは、病人の部屋で寝泊まりしながら看病することを許してほしいと願い出て、ベルタはそれを許した。マリー・ルイーゼが医師への支払いをした。彼女はアルトゥーアの運命を良い方に向けようと、あらゆることをした。アッバツィアのヌスバウム博士とも絶えず連絡を取り、この医師はアルトゥーアの見込みのない病状を彼女に送った。ベルタはヌスバウム博士に手紙を書いた。「何のために隠しているのでしょう——私はもう覚悟を決めています——私は、彼女に心構えをさせました[67]」。

そして、再び嫉妬がわき起こった。医師はマリー・ルイーゼに「あなたの優しい看病で」という常套句を用いたが、ベルタはそのことで、「私は看病から閉め出されたのか?」と記した[68]。

しかしながら、マリー・ルイーゼとアルトゥーアを結び付けていたものが本当の愛であることは、彼女ですら認めざるを得なかった。そして、彼女は日記に書いた。「マリー・ルイーゼは叔父を治癒させるために、どんな犠牲でも払う覚悟なのかもしれない。シュヴァルツシルト［負債を背負った農場を再建することになっていた、例の裕福な崇拝者］との結婚も。——彼女は彼を本当に愛していた[69]」。

そのうえマリー・ルイーゼは、ヌスバウム博士をアッバツィアからハルマンスドルフに呼び寄せた。病人が大きな信頼を置いていたのは、まさにこの医師だった。

臨終の床で司祭を呼ぶべきかどうか、家族会議が開かれた。ベルタは反対した。「私たちは、臨終の床で礼拝儀式が無理強いされるのを拒むよう、互いに約束を交わしました」。かかりつけの医師は、「信仰心の篤い親類のために」それをしなければならないと主張し、「なぜなら彼らはけっして自らを慰めることはできない、もしも……」と理由を示した。ベルタは次のように言った。「私は他の人たちの信仰心には敬意を払います――しかし私には、彼らのためにではなく、彼のために行動する義務がありま す。私は、彼に死の不安を与えたくありません」。アルトゥーアの妹はそれに対して言った。「でもよく考えて――彼のためにも、これは永遠の至福に関わることなのよ」。ベルタは言った。「公平な神様は、私が行うことや行わせることの責任を、彼に負わせたりしないわ」。司祭は来なかった[70]。

一九〇二年一二月一〇日、アルトゥーア・フォン・ズットナー男爵は死んだ。五二歳だった。彼の遺体は火葬のため、国境を越えてゴータに運ばれた。遺灰を納めた骨壺は、ベルタがハルマンスドルフへ持ち帰った。

すっかり打ちひしがれた未亡人を慰め、唯一彼女を人生に繋ぎ止めていた活動に何とかして心を向けさせようと、平和愛好家たちは皆苦労した。たとえば古い友人のシェルツァーはこう書いた。「しかしあなたには、御夫君の人生の目的でもあったあの気高い、偉大な運動にいっそう専念される以上に、御夫君の思い出を尊ぶことはできません」。彼が彼女に思い出させたのは、彼が一年前に妻を失ったあと、彼女自身が語った言葉だった。「奉仕する者に、家族を理由にして逃げ出す権利はありません。倒れる時まで、自分の持ち場を離れてはいけないのです！[71]」。

最も大きな慰めは、もちろんアルトゥーアが「レーヴォス」に遺した言葉だった。そしてベルタはそれを『回想録』に引用した。「ありがとう。君は僕を幸せにしてくれた。君は、僕が人生の最も美しい面を見出し、人生を楽しめるように支えてくれた。僕らの間に不満な時は一瞬たりともなかった。そして、それは君の大きな理解、君の大きな心、君の大きな愛のおかげなのだ！」。

これに続くのは、以降ベルタを絶えず活動へと向かわせた、あの励ましだった。「君も知っているように、僕らは、この世界を良くするためにささやかな貢献をし、善のため、真実の光を絶やさぬために働き、闘う義務があると感じている。僕がいなくなっても、君の果たすべきこの義務が消えることはない。君の伴侶が遺す良き思い出が、君を支えるに違いない。僕らの考えたとおりに働き続けてほしい、良き理想のために活動を続けてほしい、君もまた束の間の人生の終着点にたどり着くその時まで。さあ、勇気を出して！　弱気になってはいけない。僕らは、成し遂げるものにおいて一つになるのだ。だからもっと多くのことを成し遂げられるよう、君は努力しなくてはならない！」[72]。

アルトゥーアが死んで一週間後、早くもハルマンスドルフに破局が訪れた。差し押さえは家主の重病のために猶予されていたが、今となっては、もはや容赦なかった。城は債務超過のため競売にかけられた。ズットナー一家は、住み慣れた家を離れねばならなかった。動物たち、なかでも数の多かった雌牛は売られ、家財道具はまとめて積み出された。ベルタは日記に書いた。「壊れた、もうとうに壊れていた家族、それが解体するときが来た。完全な崩壊。家を立ち退かねばならない八六歳の老婦人［アルトゥーアの母親］。動物を連れた妹。そして私は、どこへ？」[73]。マリー・ルイーゼも、今では貧しくなっていた。彼女は全財産をハルマンスドルフとアルトゥーアの病気で使い果たしてしまっていた。

一家のこの悲しい解体によって、生まれてからずっと傅（かしず）かれて暮らしてきた四人の女性（アルトゥーアの母親、妹、マリー・ルイーゼ、ベルタ）は、突如奉公人を失った。ベルタはやっとのことで、ウィーンのホイガッセ二〇番地の小さな住居に移り住んだ。

これを最後にズットナー家の城から立ち去るまえ、女性たちはアルトゥーアのために最後の務めを果たした。視界のきかない吹雪の中、彼女たちは遺灰の入った骨壺を近くの山ゾンヴェントベルクに運び、埋葬した。ベルタは次のように書いた。「誰が──数年前に──このような未来を想像しただろう。私たち三人が雪を衝き──黒い布に包んだかけがえのない荷物を抱きながら進む姿を。それから地中に埋めた──すべてを、まだこの世に残されていた彼のすべてを[74]」。

彼女はヌスバウム博士に手紙を書いた。「これで彼の最後の望みが叶えられました。彼の遺灰は、指示された山の頂に眠っています。昨日、私たちは──雪と嵐の中──（私が胸に抱いて）骨壺を運びました。またしても辛い──しかしながらとても厳粛な──時間でした。そして、再びの別れ──再度の別れ。心がひどく痛みます[75]」。

マリー・ルイーゼは絶望し、自殺を考えた。一方ベルタは奇妙な混乱に陥り、神経が高ぶっていた。日記の筆跡は落ち着きがなく、もつれており、日付を間違えている。むろん外見から彼女の状態について何か気づく者はほとんどいなかった。彼女は毎日手紙を数十通書き、その中でアルトゥーアの死を嘆いたが、ハルマンスドルフの苦境については何も漏らさなかった。たとえば火葬から一週間経つか経たないときにはもう、アルトゥーアの遺した小説『トラストの時代』の出版社を見つけられないか、フリートに訊ねている[76]。この数週間の彼女の精神的混乱を見て取ることができるのは、ただ日記の中だけである。

また、このように混乱した彼女は──絶望と突如見舞った孤独のどん底で──人生にすがりついた。この人生は、突然、アルトゥーアの主治医アルベルト・ヌスバウム博士の姿となった。彼はかつて、彼女が絶望の淵にいたとき、その手を優しくさすったことがあった。その振る舞いを彼女は愛情の徴（しるし）と受けとめ、はるかに年下のこの医師に自分からも率直に好意を示した。彼女は長文の、熱に浮かされたような手紙を何通も彼に送り、期待を抱いた。「彼はもう一度ハルマンスドルフに来ることを約束した。それを切望しているように思える。二人とも、奇妙な、不思議な感覚。自分が――老婦人であることは、一瞬も忘れない。だが、それは感じない。人を敬う心と子供のような優しさに満ちた彼。その体験は――それは……別れの体験だったが――私にとって価値あるもの。私の思考は、ここでは休らうことができる、恐ろしい苦悩から離れて」。「本当は、もっと平和運動や仕事のことを考えなければならない。ならない――ならない――なぜ、一番喜ばしいものを求めては、苦しみを和らげる麻酔をすすってはならないのだろう？　人間が生きて、善良で、人を愛している――敬いながら愛している――、これは得がたいことではないだろうか？[77]」。

　彼女は手紙で彼を招いた――彼は自制し、手紙を書くことは彼女よりずっと少なかったが、彼女はいつも彼からの手紙を待っていた。「私たちが窓を開けたとき流れ込んできた新鮮な空気は、心地よくありませんでしたか？　命あるかのように吹きつける、力強い風でした」。そして、「人生で最も辛かったとき、私があなたにどれほど元気づけられたか決して忘れないことを、あなたはご存知です――そしてまた、私自身が母親のような愛情であなたという愛しい存在に喜びを感じていることも、あなたはご存知です[78]」。

　それでも、最後の細々（こまごま）した荷物を持った彼女がウィーンの仮住まいに入居した日、心配した彼は駅で出迎えた。ベルタは立ち退きのためハルマンスドルフに戻った。「私の字は震えていますね――私は再び古い原稿やその類（たぐい）を整理していました。そうしていると、決まってひどく心が掻き乱されます。天才医師がもう一度、その優しいやり方で、少し落ち着いた気持ちにさせてくれると良いのですが」。そして数日後には次のように書いた。「今日は寂しさと人恋しさで、叫び声をあげたくなるほどです。忘れることのできる数分間は幸せです[79]」。

その後二人は、医師がアッバツィアへ戻る前、もう一度ウィーンで顔を合わせた。ベルタはヌスバウムに、「美しさに包まれた別れでした[80]」と書いた。ただし日記では、彼女の気持ちはもっと明快だった。この別れによって、「いくらか正気を取り戻す。これは夕日というより、夕靄（ゆうもや）だったのだ[81]」。

二人での最後の食事を終え、ヌスバウムはついに旅立った。「こうして、この日没の一章は穏やかに幕を閉じた……これから夜がやってくる。そして夜はずっと続く」。もちろん、再び自責の念にも襲われた。「私は苦しみ抜かねばならなかった。またしても『ならない』――一瞬現れる亡霊のようだ」。ある新聞で、彼女は「高名な平和の使徒〈apostolo della pace〉として称賛され」た。「冷静を取り戻させてくれる。他のことを私は望んでいた……[82]」。

彼女が自分の願いをアルベルト・ヌスバウムの前で隠し立てすることはなかった。モナコのアルベール大公から客として六週間滞在するよう招かれると、彼女はヌスバウムに手紙を書いた。「アルベール〈Albert〉一世から親切な、長文の手紙を受け取りました。彼は明らかに、私を歓待するつもりです。もし、もう一人のアルベルト〈Albert〉がそうしてくれることがあるなら――優しくさすってくれたあの人が――[83]」。

この医師に対して、彼女は自分の悲嘆を率直に打ち明けることができた。「このように深く、責め苛むような苦痛に耐えなくてはならない私に、何が言えるでしょうか？　この苦痛を和らげようとして、うまくいく時もありました。お追従（ついしょう）を言う声で、今では私の宿命になった、重苦しい孤独の声をかき消したのです。私には何千人もの友人と数え切れない支持者がいますが――それでも私は独りぼっちです。その傍らにいれば安らぐことのできた愛しい人が、私をとても愛してくれた愛しい人が――灰となってしまってからは！」[84]。

ベルタ・フォン・ズットナーとモナコのアルベール一世の文通が始まったのは一九〇〇年だった。その二年後、彼女はモナコの平和会議で彼と直接知り合っていた。そして今、彼は三ページに及ぶ自筆の手紙で、彼女をみずからの城に招待したのである。アルベールは、モンテカルロに平和運動の文献収集室を備えた平和研究所を開設しようとしていた。ベルタはフリートに書いた。「アカデミーの開所式に出席し、いわばその代母となるよう依頼されました。これは大公の歓迎すべき名案ではありませんか？素晴らしい自然のなか、胸の張り裂けるような当地の思い出から逃れ、彼の地の平和主義者（その頂点にいるのはアルベール一世）と交流しながら、少しは苦痛をまぎらわせるのではないかと期待しています。思いがけないことは、よくあるものです」[85]。

彼女は長い間、モナコへ向かう途中にフィウメの「ヌッスィ」[*5]を訪ねるべきか悩んでいたが、結局、寄り道はしないことにした。「夜明けに、その旅行計画を取り消す決断をした。厚かまし過ぎる、贅沢過ぎる、品位を欠き、喪にふさわしくない。断りの手紙を書く。少し辛い。しかし、そうせざるをえない」[86]、彼女は日記にこう書き、ヌスバウム博士には次のように手紙を書いた。「美しさに包まれて終わったものは、終わったままにしておきたいのです。そして未来のために約束したこと、互いを慰め支え合うことは――未来のために守られなくてはなりません」[87]。

マリー・ルイーゼからある女性歌手とヌッスィの関係を聞いたあと、彼女は次のように書いた。「この挿話について考えるのを止めることにしなければ。それは終わったのだ。……もし自分の心に愛情のぬくもりが欲しくなったときは、愛する私のひとの思い出のなかで求めねばならない。彼への敬愛を神聖なものにしなければ。彼の面影、彼の思い出――そして一緒に過ごした大切な時間の記憶すべてを[88]」。

モナコからの帰途フィウメに立ち寄ってほしい、というヌスバウムの願いに対して、彼女はまたしても非常に丁重で、そっけない返事をした。「帰り道に滞在させようというのですか？――そこまで考えることは、今の私にはまったくできません。それにその時、どういう気分になっているでしょう？　自転を続ける私たちの地球では、すべては間断なく変化しています。一度、空の雲では形象がどのように移り変わっているか、ご覧になって下さい――そして太陽の光や嵐にも影響される私たちの魂の奥底では、感情の形はもっと落ち着きなく変化しているのです。……一体どうしてこのような長い手紙を書かれたのでしょうか？　ところで、これがずっとこのまま続くことはないでしょう。この病気、死、慰めと宥め、苦しみと『美しさ』と心からの感動の中で共有した感情、それは激しい雷雨でした。そして雷雨の後は、しばらく稲妻が地平線を走りました。初めは次から次へと、それから次第に長い間を置くようになり――そのあとは、止むのです[89]」。

翌日、彼女はこれらの言葉を少し和らげた。「『そのあとは、止むのです』というのは、無分別に書きなぐったことを引き合いに出したのです――友情のことではありません[90]」。もちろん彼女はその後の数週間、依然として何通もの手紙を書いたが、それらは次第に冷静で事務的なものへと変化していった。

平和活動と数え切れないほどの責務は、彼女の気持ちをいっそう晴れ晴れとさせていった。誇らしげに彼女は日記に書いた。「スヴェン・ヘディンから手紙。そう、私は有名なのだ――これからは、それに相応しくならなければ[91]」。

それから彼女はモナコへと旅立った。寒さと喪に服する家の陰鬱な環境から、彼女は春の中へやって来た。「果樹はどれも花盛り。駅で豪華な馬車の筆頭執事に出迎えられ、城に案内されました――階段の下で大公の挨拶を受け――客間に案内されました。一〇人は使える部屋。近侍と侍女を一人ずつ、それに豪華な馬車をあてがわれました」。こう彼女は嬉しそうに、ヌスバウム博士に宛て、「モナコ宮殿」と浮き彫りの入った便箋に書いた。そして翌日には次のように書いた。「早起きをして、専用の庭を散歩しました。心に想い描きうる、最高に美しい華麗な花々！　そして家ほどの高さのシュロ、それに芝生は――浅緑色のビロードのように短く刈られています。そこに差すのは暖かい陽光。美、美があふれています。一二時半に朝食（七品）、たくさんの客人。今度はアルベール一世の左に着席しました」。午後は自分の馬車でモンテカルロへ出かけた。「軍服を着た人は皆、私に挨拶します。（宮廷馬車への尊敬の念からです。）ゆえに、軍縮はありません。かくも偉大な『大元帥』が、恭順の意を示す軍隊と参謀本部に向き合う際に感じるものを、少しだけ、一〇〇〇分の一に薄めてではありますが、実感できました。それを彼らが放棄することはありません[92]」。

「今あらゆることが私のためにモスリンのカーテンのうしろで行われているのが、不思議[93]」。「美に関しては、ここではあらゆるものが過剰です。それによって、すべての憧れが満たされるのでしょうか？ああ――二人でいなければ、美は満喫できません。でも、もう一人の私は――灰となったのです[94]」。

大公と並んだ彼女の物腰は、きわめて高貴な優雅さにあふれていた。ここでみずからが放つあらゆる威厳と気品の輝きに包まれた彼女を見た人は、その当人が置かれていた、経済的に貧しく、精神的に悲痛な状況には、思いが及ばなかっただろう。彼女は、みずから好んで揶揄していたはずの「上流」社会の生活に、青春時代とまったく同じく、抗することができなかった。

彼女はアルベルト・ヌスバウムに様子を伝えた。夕刻、自分は「筆頭執事からサロンに案内されました。大公はそこで晩餐前の半時間、私と歓談することを望まれたのです。この半時間が過ぎたあと大広間に赴くと、その他の住人や客人がすでに集まっていました。その中にいたのは、フランスの作曲家マスネともう一人の作曲家……アルベール一世は、当地にある自分の劇場でその作曲家の作品を上演させます。ほかに、フランスの伯爵夫妻、海軍将校、スペインの公爵夫人——私が覚えているのはそれだけです、私は彼ら全員を記憶に留められませんでした。アルベール一世は私に腕を差し出し、テーブルの彼の右の席にエスコートしてくれました。——丸テーブルを囲んで、会話が弾みました。(もちろんフランス語です。)とりわけマスネは機知に富み、才気が溢れています。大公は少し憂鬱質でしたが、話し好きでもあり、学問と芸術の両方に情熱を注がれています。彼は今、海洋学博物館(数百万の建物)の隣に、自分が発見した人骨のための小さな人類学博物館を建設しています。彼が発見した頭蓋骨はフランスの科学アカデミーで調査されて、彼が言うには、人類の進化の歴史における革命を起こすことになるそうです[95]」。

平和研究所の開設について、ズットナーは大いに誇らしげに日記に書いた。「最初にモックが話す、それからアルベール一世、それから私。アルベールは言った。『私たちには、幸運にも、ズットナー男爵夫人がついています。彼女は平和運動の魂であり、その最も偉大な促進者です』……博物館の見学。豪華な建物。だが骨が折れ、最後には疲労困憊(こんぱい)……不思議だ、王侯貴族たちに今さらどんな魅力があるのか、たとえ民主主義的思考の貴族であるにせよ[96]」。

彼女の感情は再び混乱に陥った、今度は大公その人によって。彼は「健康、若々しさ、しなやかさを備え、それは五四歳の、背の高い、細身の彼を四〇代のように見せている」、と彼女は熱っぽく記した。「一風変わった人、この大公は――酒を飲まない、たばこを吸わない……自転車に乗り、そのため健康で、若くて、しなやか。それに、この才知！」。そしてアルベールの不幸な二度の結婚について、ほのめかした。「このような男性から二匹のガチョウが去ったなんて……奇妙な、耳新しいエピソード。これはどういうことになるのだろう？[97]」。

もっとも、そのあと彼女は再び仕事に向かった。「私は仕事をすべきだ、しなければならない、するのだ。ただ仕事によってのみ、私は今日のような機会を得た――ただ仕事によってのみ、私はそれを守っていられる、『束の間の人生』がまだ続くかぎりは」。

モナコでの社交的な義務をすべて果たしながら、引き続き彼女は毎日執筆の仕事をした。朝一〇時から一二時まで、そしてときには午後と夕方、しばしば真夜中を過ぎることもあった。

アルトゥーアの誕生日に、彼女は自分の不幸のすべてをはっきりと理解した。「私を愛してくれる人、私を本当に愛せる人は、一人もいない……そして、それは幸福なこと。人は常に、贅沢ができなければ贅沢を幸福と思う。今それは私の周りにあるから、私にはとてもよく分かる――いいえ、贅沢も幸福ではない。愛だけ、ただ愛だけ[98]」。

しかしながら豪奢な暮らしの眩さは、すぐにまた彼女を魅了した。晩餐後にはビリヤードに興じた。「ビリヤードをするアルベール一世の姿は、なんとしなやかに若々しく、優雅なことか！」。

彼女は平和協会の後援者を見つけたいと思っていた。「二八日、ロチルドを待ち受ける、四〇年前にホンブルクで知り合った人。これは有望だ。彼を利用しよう[99]」。実際に、彼女はロチルド男爵に平和協会への寄付を依頼した。かなりの額を期待していた彼女はすっかり失望させられたが――何度かかなり気まずい要望をした後――五〇〇グルデンを受け取ることができた。それは彼女のモナコへの鉄道代とちょうど同じだった。

彼女はくりかえし抑鬱に苦しめられた。「憂鬱……ああ、家からの知らせは嫌なことばかり。哀れな私のひとがしたことは、およそ正しかった。万象の中へと消えていったのだから。同じように消えてなくなることを、恐れもなく待ち受ける」[100]。

この頃、ドイツ語に翻訳されたアルベール大公の著作『ある航海士の生涯』の最初のゲラ刷りがモナコに届いた。この翻訳を引き受けていたのは、アルフレート・フリートだった。ベルタは誤りだらけの、きわめていい加減な仕事に驚愕した。フリートの評判を守り、大公を怒らせないために、彼女は早速校正に取りかかった。それはとても時間のかかる、面倒な仕事となったが、そのために彼女は常に大公と連絡を取り合うことにもなった。彼女は再び希望を抱いた。「昨日、翻訳の仕事の後、一瞬考えがよぎる。自分はアルベール一世と、より親しくなったのかもしれない、彼にとって必要な存在になるかもしれない。しかし、晩にはこの考えは消えた」[101]。

ズットナーとモナコ大公アルベール1世。1902年のモナコの平和研究所開所式にて。United Nations Archives at Geneva

非常に多くの修正が必要だったため、すでに刷り上がっていた印刷用紙は廃棄してパルプに戻さねばならなかった。落胆したフリートを彼女は慰めた。「遅かれ早かれ、どれほど突拍子もない誤りが紛れ込んでいたかを大公は聞き知っていたでしょう。そうなれば、彼はひどく不快になり、あなたの仕事が……手直しされて世に出るより一〇倍も、あなたに対して憤慨したでしょう。問題となっているのが些細なことではなく、ときには意味の取り違えであることをあなたに理解してもらうため、一部を抜き出して同封しようと思います――私があら探しをしていると思わないでください」。フリートを元気づけるため、彼女はあらゆることをした。「おかしなことです。モンテカルロのオペラ座で歌うテノール歌手に、大公はひと晩で一万も使います。著作の翻訳に六カ月間の集中的な仕事を要しても、あなたは何を受け取ったのですか？　他の仕事をすべて断念し、ひたすらそれに打ち込み、いざとなれば助手を雇えるほど十分な額ではなかったに違いありません。あなたはこの仕事を兼業しなくてはなりませんでした、毎日、副業とはいえ定められた期限の内に仕上げねばならない仕事として[102]」。

モナコでの滞在が長引くにつれ、ベルタはますます憂鬱になっていった。「ああ、少しだけ愛情を恋しく思う」、と彼女は日記で嘆いた。さらに、「景色が美しくなるほどに、オレンジが黄金色になるほどに、海が青くなるほどに、私はいっそう悲しくなる。私のひとはそれを見られないのだから[103]」。どんな贅沢にも、もはや喜びを感じなかった。「ちがう、これも幸福ではない。これは簡単に手放せる。でも、独立した財産は欲しい、つまり、私は本当は何も望んでいない……私の時代は終わった[104]」。

このとき、彼女はマリー・ルイーゼさえも恋しく思っていた。「思い出とともにマリー・ルイーゼと暮らす、それが最も現実的なのかもしれない」。「マリー・ルイーゼはよく、やさしい手紙をくれる。私の中に、彼女を懐かしく思う気持ちが生まれる。彼女と一緒ならば、いちばん心置きなく泣けるだろうから。それにしても、故郷が恋しい。でも、私には故郷はない！」。「わが家で待っているのは恐ろしいものだけ、それでも、それは私を引き戻す。ひっそりと涙を流すことは、ここでは許されない。だが、私は栄華の虚しさを知って、とても満足だ[105]」。

仰々しく人前に登場することを常に楽しみにしていた彼女が、今では社交の場に出ることを苦痛に感じた。「おかしくはないだろうか。素晴らしいオペラに行くことができる、桟敷席——興味深い人々——心地よい音楽、それでも、何よりも外出しないほうを選ぶ。どうしてこうなるのだろう？　私にそういう可能性がなかったとき、それはどれほど羨ましく思われたことか。そして、今はそれがあるから——持てる者たちは、妬んでいる人々が思っているのとは違って、手に入れたものによって喜びを得られはしない、こうしてこの世は釣り合いが取れている[106]」。

ロチルド夫人の妹で、アルベールの美しい恋人であるコーン夫人が現れると、彼女の関心はすぐこの女性に向けられた。「アルベールは彼女のことを、パリで最も美しい女性で、才知に富み、誠実だ、と私に語った——彼女は、彼の愛人らしい……私を嫉妬させるだろう」。彼女は「この小さなコーン」にも、おおいに個性的な魅力を感じた。「ダイヤモンドと真珠、そして誰よりも美しい目を持っている」。しかしベルタが見せたアルベールの本の翻訳に対して、彼女は「とりたてて理解を示さなかった[107]」。

晩餐は苦痛になった。「大公と社会哲学に関する長い会話……曰く、二年後に重大な行動を計画している、その際には科学運動と平和運動を同時に告知し、その祝祭を催すことになる——ヴィルヘルム二世と協力して。協力——結構なこと……互いに会話を持て余す雰囲気がますます濃くなる」。アルベールが彼女に「不死と霊を信じる」よう求めると、彼女の不満は高まった。「後者は、証明しようにも一致しがたい」。一カ月後には、彼女は滞在の終わりが来ることを願っていた[108]。

「ヌッスィ」のことでも彼女は腹を立てていた。「とにかく手紙を書くことが、彼にはできない」。「彼は、私を慰めるどころか、怒らせてばかりだ[109]」。

三月二五日、彼女はついにモナコを出発した。「モナコ、さようなら。素晴らしいものではなかったけれど、それでも貴重な思い出……特に私が持ち帰るのは、幸福と比べれば贅沢はゼロであるという教訓。愛することだけが幸福……それからアルベール一世とのお別れ。彼は、それを悲しんで――それとも悲しむふりをして？――いる。私の手に口付けをする。ここのサロンと部屋はずっと私のものだった」[110]。

自分の名声はこのモナコ訪問によって高まった、と彼女は考えた。彼女は満足そうに新聞の報道を記録した。「『インテレサンテス・ブラット』には、モナコ大公の客人ズットナー男爵夫人の立派な肖像と記事[111]」。

旅の帰途、さらに彼女はフィウメとアッバツィアにも立ち寄った。列車の中では、同乗者が彼女のことに気づいた。「おそろしいほど有名。もはやこの世界に逃げ場はない[112]」。「ヌッスィ」との再会後、彼女は日記にこう記した。「私たちが作るのは人生の最後の花束――私を愛してくれる、いとしい人。理解し合う〈Entendons nous〉、それは子供のような愛。後にこの日記を読むとき、年相応の威厳を忘れていた――無邪気とはちがう感情を抱かせることができたと自惚れるほど愚かだった、そう自分を誤解したくはなかった。誇りと虚栄心の満足を彼は感じている。ヨーロッパで最も有名な女性――偉大な貴婦人――つまり、これは特別な刺激、見せかけの物語、激情の閃光をも愛情に添える[113]」。

彼女は「ヌスバウムの全家族が文通の内容に通じていた」こと、彼が明らかに家族の前で彼女の手紙を読み聞かせていたことを知り、不快感を抱いた。「最後に物語を汚された[114]」。

それからも数通の手紙が交わされたが、「とても面倒な、内容のない、冷ややかな物だった。そうだ、このような文通を続けるのはやめよう。つまり、この挿話も終わったのだ[115]」。

その二年後、再びアッバツィア訪問が話題に上ると、彼女は彼に書いた。「アッバツィアへ行く？ いいえ。あの悲しい思い出を、いっそう深く掘り返すことになるだけです。夫を失った直後、私は苦しみの重圧から気を紛らそうとして平常心を失った時期がありました。その状態はおさまりましたが――ありとあらゆるものに対する諦めを伴った、いっそう深い悲しみが私の心を満たしたのです[116]」。

その少し後に、彼女はすっかり不機嫌になった。「またヌッスィが来る――彼の訪問が私には煩わしいことに、まだ気づかないのだろうか？[117]」。

今や彼女は、すっかりアルトゥーアの思い出に浸りきっていた。それどころか、彼をまぎれもなく崇拝していた。彼の等身大の肖像画は、このときから彼女が亡くなるまで彼女の仕事机の横にあり、その前には平和のシュロをあしらった一種の花の祭壇が設けられた。「そして、何があったにせよ、私への愛の誠実さは変わらなかった、最期まで。今際（いまわ）の際（きわ）に呼ばれたのは、太っちょさん〈ブロト〉だった――マリー・ルイーゼではなかった。そのことが私に慰めと満足を与えてくれる[118]」。

彼女は何度も気力を奮い起して、果たすべき務めと仕事に取り組んだ。「そうだ、私はまだ老け込む年ではない。パシー、デュコマン、パウル・ハイゼ、マリー・エーブナーは――これからずっと年を重ねたとしても――まだやれることを、まだ勝利を収められることを証明している。まだ役に**たてる**のだ[119]」。

平和協会は惨憺（さんたん）たる財政状況を少しでも改善するために、ヘートヴィヒ・ペティング伯爵夫人指揮の下、寄付活動を呼びかけた。その「名誉の贈り物」は、一九〇三年六月、ベルタの六〇回目の誕生日に手渡されることになった。この名誉を受け取った彼女は、外国人も活動に加わったことを知って喜んだ。『名誉の贈り物』のために、フランス、イギリス、そしてドイツに下部組織が結成された――そこから何が実現するか、興味をそそる[120]」。

まさにその数週間後、『ベルリーナー・タークブラット』は、現代の最もすぐれた女性五人を選んだアンケートの結果を発表した。

ベルタ・フォン・ズットナー――一五六票、
カルメン・シルヴァ――一四二票、
サラ・ベルナール――一三九票、
エレオノーラ・ドゥーゼ――一三二票、
マリー・フォン・エーブナー＝エッシェンバッハ――七一票。[121]

「これは活動にとって本当に素晴らしいことだ」、とベルタは書いた。[122]

彼女は熱心に寄付リストに目を通した。「キンスキーとシュヴァルツェンベルクが協力者であったことが嬉しい」。アドルフ・ヨーゼフ・シュヴァルツェンベルク侯爵はわずか五〇クローネ、キンスキー侯爵家の家長は一〇〇クローネを寄付して、リストに掲載されていた。[123] しかし、彼らが――ビョルンソン、アンリ・デュナン、ノヴィコフ、エーブナー＝エッシェンバッハ等、ズットナーの古い友人と同じく――そもそも評判のよくない「赤いベルタ」に関心を持ったということは、彼女が珍しく正当に評価された出来事だった。

最も多額の寄付をした人物は、もちろん石炭産業を経営するユダヤ系一族グートマン家から現れた。マクス・フォン・グートマンは二〇〇〇クローネを、そしてベルタの支持者イダ・フォン・グートマンは一〇〇〇クローネを寄付した。アルベール・フォン・モナコも、世界各国の平和協会と女性協会、ベルリンのフリーメーソン組織、コンコルディア作家協会と並んで寄付者の中にいた。

ベルタは希望を膨らませて日記に書き込んだ。「その成果としては、もちろん債務の弁済を果たす以外は望んでいない――だが、それもおおいに大切なこと。私のひとを思い出す――君には清廉な人でいてほしい！　名声はほとんど幸せとは関係がない――すべての新聞が、フランスやイギリスの新聞でさえも、最も著名な女性を選んだアンケート結果を繰り返し報じている。それなのに、私のひとが愛に満ちた言葉を語ってくれたときのような喜びの感情は起こらない[124]」。

一九〇三年六月九日の六〇回目の誕生日に、ベルタは世界中の平和愛好家から正当な、真心こもる評価を受けた。

「そうだ、ついに私の努力は世界中で尊敬を得たのだ」。数え切れないほどの祝福が、彼女を勇気づけた。「あと一〇年仕事を頑張れば、最後に勝利を見られるかもしれない。今日の生活は進むのが早いから、一〇年という歳月は予想外に偉大なものをもたらすかもしれない[125]」。

名誉の贈り物は、彼女を「ノーベル賞まで安心」させた[126]。集まった約二万クローネは、生活費を賄うには十分だった。彼女の残りの人生には、懸命に働くに値する目標があった。「私は村の年寄り年金生活者ではない。世界に意見を述べるのだ[127]」。

彼女は最終的に、リング通りに近いツェドリッツガッセ七番に新居を見つけ、ここが彼女の終の住処となった。分不相応な生活を送ることへの躊躇いを、彼女はすぐに払いのけた。

「不安定……本当にそうだ――私たちはいつもそのように生きてきたし、それでも上品に、優雅に生きてきた。これはきっとこのまま、束の間の『人生』においては続くのだろう。とにかく稼がねばならない。私の名前の評判をもってすれば、それは難しいことではないはず[128]」。

しかしながら、あるときまたも家具、洗濯物、小物のために――出費が嵩むと、彼女は節約を心に決め、たとえば鉄道で、使い慣れた一等車のかわりに二等車に乗車した。だが、この節約の試みは長くは続かなかった。「とても窮屈に、とても変な人たちと座る――私は好きになれない。いつも一等車にしか乗らない私のひとは実に正しかった。もしかしたら、それは弱さの一つかもしれないが――彼のすべての弱さと同様、いとおしい[129]」。

二人の結婚記念日に、彼女は新しい本を書き始めた。『亡き夫への手紙』である。「自分を苦しめ、そして満たしているものすべてを、私はここに書き下ろすことができる。それによって、ようやく創造の泉が再び湧き出すかもしれない[130]」。この本はアルトゥーアとの対話であり、彼の肖像画だった。「私がここに呼び覚ました姿は、後世に伝えられるだろう」。「この本では、私の心の中にある多くのことを書き、亡き夫には厳かな敬意を示し――私自身には再び喜びをもたらすことを願う。ただ仕事だけが、私の存在を満たし、つくり出し、神聖にすることができる[131]」。

実際、彼女は必死に働いた。自分はジャーナリストではないと常に公言していたにもかかわらず、一九〇三年のウィーンにおける列国議会同盟会議の開幕のため、彼女は二五ページの論説を一日で書き上げた。パリでは戦争と仲裁裁判所について講演を行い、盛大な拍手を得たが、彼女は自分に満足しなかった。「この政治的な事柄について本当に説得力を持たせるのは、『老婦人』一人の手には余る。それでは文学作品は――それなら私は、自分の気弱な姿を晒すよりも一〇〇倍役に立てる。五年、六年も経ったら、どうなるだろう？　まだ素晴らしい本を書くことはできる、だが素晴らしい印象を与えることは――無理。文学を私の安息所とするべきだ。この世界から逃れる。私のひとのことを沢山考える。そして、偉大なものを送り出すことを願う[132]」。かつてみずから「磁力」と呼んでいた、人を惹きつける力への自信は、彼女から失われていた。「自分が気に入らない。話すことも、魅了することもできない[133]」。

ハルマンスドルフをめぐる悩みから解放されるのは、まだまだ先のことだった。さまざまな債権者との話し合いが続いた。ハルマンスドルフに用事があると、彼女は毎回人気のない家で、こうした訪問客たちによって気持ちを乱された。「あそこにいると、気が滅入って恐くなります」、と彼女はヌスバウムに向かって嘆いた。「私にとっては、すっかり終わったことです！　ああ、かわいそうな、かわいそうな私のひと！――そしてあの地での耐え難い事々！　現世のしがらみからとても沢山の埃が舞い上がり、息を詰まらせます――ときおり、そこを抜け出して永遠の泉から一飲み（あるいは、せめてひとすすり）する、それがどれほど辛いというのでしょう」[134]。そして「腑抜けのようなもの。虫の抜け殻」と彼女は書いた[135]。

マリー・ルイーゼの裕福な崇拝者シュヴァルツシルトはこの城を購入していたが、それによって幸福になることはなかった。一九〇五年、彼は城内の庭でピストル自殺をした。「またしても犠牲者が、ひっそりと声も上げぬままハルマンスドルフの復讐の手に落ちた」[136]。

彼女はマリー・ルイーゼと和解した。「彼は彼女をとても愛していた、そして彼女は彼を。その責は私にある」、と彼女は日記に書いた。「彼女は形見なのだ。彼は彼女を愛し、守ろうとした。私は同じことをしなければならないのか？……彼女も彼を愛していた。彼女のように彼の死を悼んでいる人は、私のほかには誰もいない。そのことも、彼女をかけがえなく感じさせるにちがいない」[137]。

彼女は包み隠さず、老いの姿を記録した。「大切な体型が、もう醜くなり始めている……二重顎……あまりに時間をかけて滅びていくよりも、私には良いのかもしれない」。「ショーウインドウのガラスに、のろまな六十女が映っている」。「鏡の中には今からもうはっきりと、女性の、典型的なおばあさんの姿が、近視にもかかわらず見えている。これは講演旅行には相応しくない」[138]。

「常に誇りにしてきた美しさも、私はもう失った。この両手。人は手によって品定めされる。今、私の手は、赤く、太く、品のない手になり始めているが、これは私の評価を誤らせるだろう」。「自分が醜くなるのを、自分が衰えるのを、世間に見せてはならない。そう、実際、大臣や政治家や学者ならば七〇過ぎまで仕事をしている。だが、それは普通のこと。その一方で、女性が公的な活動を始めたのはまだ最近――それに『老婆』という概念が問題だ。これは『老人』とまったく違うものを言い表し、断じてそれと等価ではないのだから[139]」。

一九〇五年の夏、マリー・ルイーゼはヘーブラーという男爵と婚約した。ベルタは最も近い親戚として夫婦財産契約を取りまとめた。彼女はマリー・ルイーゼの結婚をとても喜ぶ一方で、心配もしていた。たとえば結婚式の当日、突然ヘーブラーの元夫人が三人の子供を連れて現れ、スキャンダルになりかけたことがあった。その後、マリー・ルイーゼは外国で暮らした。

ベルタの生活は――ハルマンスドルフを去り、マリー・ルイーゼもいなくなって――著しく平穏になっていた。彼女の懐(ふところ)は相変わらず豊かではなかったものの、差し迫った金銭上の不安はなくなっていた。彼女は熱心に新聞の論説を書き、それでまずまずの報酬を得ていた。

そこで彼女は、かねてからの夢であった自分のサロンを実現させようとした。一九〇五年一〇月、彼女はプレーナー、ラマシュ、クーンヴァルト、フリート、グロラー等の平和愛好家、歴史家ハインリヒ・フリートユング、ジャーナリスト、翻訳家、それにアメリカの平和主義者デイヴィスを、みずからの政治的ティーパーティーに招いた。

パーティーの後、彼女は意気消沈して日記に書き込んだ。「殿方たちは退屈し、内心では嘲っている」。しかし翌日の新聞諸紙を読むと、ベルタの失望感は消えた。新聞の小記事は、彼女にとって「昨晩の本当の成果」だった。「これによって瞬く間に国境を越えて政治サロンが生まれ、平和思想が拡大する」[140]。

いくら有名になっても、彼女には生涯ずっと叶えられないことが一つあった。それは親族から認められることである。家族は、「私の仕事にわずかな関心も示さない。送った『平和の守り』を一度も読まない。革新者が闘わねばならない無知と無関心の集団がいかなるものか、私はこうした境遇で知った。彼らは人を狂人か、少なくとも邪魔者のように扱う。自分たちに都合のよい現状の平静を乱す者と思っている。彼らは、自らその一部である普遍的制度の抵抗力を認識している。だが、進歩的なものの力については何も知らない――すでに達成されたものについて、想像すら及ばない[141]」。

彼女はたびたびそうしてきたように、この時も自分自身に非を見出そうとした。「私の境遇では、関心を呼び覚ませないということだろうか？[142]」。

ベルタは、ますます空想に生きるようになった。「現実の『世界』は、書物や劇場や想像の世界と比べると、とても退屈だ。癒しの場所、心ときめく話はどこにもない。すべてがあまりに無味乾燥。雑誌や仕立屋、舞台で見かける晴れ着をまとった美人や偉人も、たいていは見栄えのしない人物の空疎な輝きでしかない。魅力ない面々――私自身、会話では魚のように小心……孤独だ。それでも、人が来れば私は退屈する。ならば、私は何を望んでいるのだろう？　だれもが周囲に望むもの、すなわち、家族の絆、愛。それはもう過去のもの[143]」。

唯一ウィーンの芸術家たちとの交流にだけ、彼女は魅力を感じた。彼女はシュニッツラーの芝居の初演に出かけ、彼の小説を読んだ。「今晩、『広い国』*6を読み、心地よい気分にひたる。ユダヤ人の不倫をめぐる出来事――だが、斬新で、濃厚なラブシーンがある。シュニッツラーは創作家だ・[144]」。『間奏曲』*7についていては、彼女は「奇妙な妄想」とみなした。

ズットナーは、シュニッツラー夫妻との社交的な付き合いも絶やさなかった。「シュニッツラーのところで、興味深い午後。夫人も高い見識を備える。――彼は機知に富む。――自分は『平和の守り』の読者だ、と彼は言う。意見が一致。ただ、ようやく一〇万年後のことだ、と彼は思っている[145]」。これに対応する書き込みが、シュニッツラーの日記にある。「午後、ベルタ・ズットナー……平和の問題について。彼女は、一〇〇年後にはもはや戦争はない、と思っている。私は、一〇万年後だと思う。彼女は賢く、そして善良だった[146]」。

ベルタは歌手や俳優とも交際し、その中には、かつて非常に若かりし頃のルドルフ皇太子に愛を打ち明けた――それからすでに三〇年が過ぎていた――ブスカもいた。依然として美しいブスカについて、ズットナーは次のように書いた。「彼女の容姿、化粧は美的な楽しみであり、彼女の芝居は芸術的な楽しみである[147]」。

彼女が称賛していたのは、女優のシュテラ・ホーエンフェルスと、なかんずくオペレッタのテノール歌手ルイス・トロイマンだった。『メリー・ウィドー』*8を鑑賞したあと、彼女は日記に書いた。「このダニロ役のトロイマンにはエロティックな毒がある。大衆がこのオペレッタを鑑賞するのは、鞭打苦行者*9や机移動*10流の、一種の集団妄想だ[148]」。

青春時代と変わらず、彼女はオペラを愛し、新しい演出については、いつもすべて詳しく知っていた。彼女はリヒャルト・シュトラウスと直接面識があり、彼のあらゆる作品に関心を抱いていた。「夜、『エレクトラ』*11。神経を刺激する体験。眠れず、カティ［小間使いのカティ・ブーヒンガーのこと］の前で自らエレクトラを演じてみせた。常に新しいものを世界はもたらす」。一九一一年には『薔薇の騎士』が初演された。ズットナーは「華麗。極上の楽しみ[149]」と書いた。

この間にウィーンに移り住んでいたアルフレート・ヘルマン・フリートは、ズットナーとの個人的な関わりをますます深めた。彼は最も親密かつ積極的な協力者として、毎日彼女と連絡を取り合っていた。彼女は彼を後継者と見なし、自分の基準に則って「教育」し、平和運動の道徳原理を教え込もうとした。「真実、真実、つねに真実です！　何かの利益になると考えて妥協するようなことがあってはいけませんし、沈黙するのも、でっち上げをするのもだめです……手段は一つしかありません、敵意を抱かず、衝突を避け、威厳を持って、巧妙に、運動を粘り強く続けることです。それが自分自身と真実に対して忠実であり続けることなのです――こうした手段の原則を都合よく曲げては絶対にいけません――『実利的』なもののために冒すべからざる理想を放棄してはなりません――なぜなら、この理想を最終的に『実利的』にするためには、何事にも揺らぐことなくそれを実現させようとする人々が必要だからです――もし妥協するようなことがあれば、それによって敵から得るより多くのものを、無名の支持者から失うことになります[150]」。

フリートは多くのもめごとを引き起こしたが、彼女はまたもその一つを仲裁しなければならなくなったとき、次のように書いた。「もしもあなたに一つ助言をさせてもらえるならば、私たちの運動では、政治や諸々の陣営で普通に用いられているような武器で戦ってはいけないのです。怒ってはなりません――掲げられた目的を別の目的とすり替えてはいけません――暴力も、現実的政策もいけません。……私たちのような者に必要なのは、和解を生むための情熱であって、不和を生むための情熱ではありません[151]」。

彼女は、彼に長い手紙を幾通も書いた。その中で彼女は、波風を立てず、他人に対してもっと寛容に、もっと友好的に振る舞い、特に、礼儀作法にもっと気をつけて、そうすることでさまざまな摩擦を解消させるよう訴えた。「あなたは控えめな人間には見えません――むしろその反対です。まるで『傲慢』と呼ばれる人のようです。あなたがそうでないことを、私は知っています。しかし、外見はそうなのです。自制して、最高に世慣れた男性らしい社交儀礼を守るよう努めて下さい。お追従（ついしょう）や自意識の欠如と取られるのでは、と恐れてはいけません。人は高みに立つほど、いっそう礼儀作法を尊重し、気を配るものなのです[152]」。

フリートは「親愛なる男爵夫人」をこの上なく尊敬していたが、彼女に対して素っ気ない、感情を傷つけるような態度をとることもしばしばだった。しかし彼女は、いくつかの彼の批判に関しては、その正しさを認めるという寛大さを示した。たとえば、彼が彼女の平和協会を「茶飲み会」と呼び、その理事に加わることを拒んだとき、彼女はそれに同意したのだった[153]。

ベルタはフリートを、望ましい「世慣れた男性」にしようと大いに苦労したが、それは完全に失敗した。フリートは自分に課せられた多くの仕事にかまけて、勉強はなおざりだった。とりわけ、彼は外国語を使いこなせなかった。かろうじてフランス語は話せたが、アルベールの本やノヴィコフの作品の翻訳は、彼にはまったく荷が重すぎた。

誤りを犯す彼を、ベルタはしばしば生徒を相手にするかのように強く叱りつけた。「恐ろしいほどの軽率さで、あなたはこの仕事をしたのです」。ノヴィコフの翻訳を読み終えた彼女は彼宛ての手紙にこう書くと、その翻訳を「突貫作業」と呼んだ。彼女は次のように言い放った。「あなたにもう一度、フランス語をかみ砕いて教えなければなりません。平和主義者として成功するためには必要だからです。私が言っているのは、正しく、優雅なフランス語のことです[154]」。

「国際的な平和活動家として、あなたは英語をものにしなければなりません。英語の勉強を、空き時間の一番の楽しみにして下さい。まるで私たち平和を運ぶ哀れなラクダにも、空き時間があるかのように[155]」。五年後、彼女は再び自分の要求を持ち出して、それをさらにイタリア語にまで広げた。「平和主義のためには、三つの言語を使いこなすことが必要です。それが使いこなせなかったら、私はどうなっていたでしょう？[156]」。

フリートが手紙の中で誤りを犯して笑いものになることがないように、ベルタは重要なフランス語と英語の手紙にはすべて、時にはドイツ語の手紙にまで、手本を書いて見せた。

さらに彼は、話し方の練習もしなければならなかった。彼女は友人のヘートヴィヒ・ペティングをフリートの講演に行かせたが、それは話しぶりがいかに上達したかを確かめるためだった。「あなたには即興の演説ができないのではないかと、心配しています。しかし、あなたが練習をしているならば、それでもよしとしましょう。きっとできるようになります」。

一九〇六年、フリートが列国議会同盟の会議のためにロンドンへ向かう前、ベルタは彼に一通の長い手紙を送った。その会議に、二人は平和主義に関連して非常に多くの期待を寄せていた。「イギリスに行くからには、私はあなたにいくつかのテーブル・マナーを伝えておきたいのです――なぜなら、イギリス人はこの点について恐ろしいほど厳しく、オーストリア人はだらしないからです。ナイフを絶対に口に運んではならないことは、あなたはもう守っています。しかし、食事の際に決してテーブルに肘をついてはならないというマナーを、あなたが何度か破るのを見ました――そもそもテーブルに着いているときに横を向くような、だらしない姿勢をとってはいけません――真正面を向き、背筋を伸ばしていなさい。スプーンの柄は、書き物をするときのペンのように、中指の上に載せなさい。フォークも野菜を取るときは同じように使います。肉を刺すときは、それとは逆に三本の指は使わずに、人差し指を柄の上に伸ばして置きます。絶対に指を四本並べて柄を握ってはいけません。それにたとえば小指が人差し指よりも皿の端に近づいてはいけません。そう、これが練習規則のすべてです」[157]。

ズットナーは、正しい服装にも常に重きを置いていた。立派な振る舞いは、彼女にとって全体の印象に関わることで、少しも表面的なことではなかった。この点については、フリートは必ずしも彼女に従うことができなかった。

彼女は経済的にどんなに窮乏していても、常に最高の礼儀作法をそなえた伯爵令嬢であり、男爵夫人であり続けた。それゆえ、ある平和主義者が彼女の宛名の前に「良き生まれの」と書き添えたとき、彼女は二度も激しく抗議した。彼はこの宛名書きによって彼女に敬意を示したつもりであり、初めズットナーの抗議を謙遜と理解していた。しかし、事実はまったく反対だった。ベルタはフリートに向かって、はっきりとこう述べた。「それに、この不幸なシュタインは、『良き生まれの』を立派な肩書だと言うのでしょうか？　いったい彼は、私を逆上させたいのでしょうか？　私がレーヴォスであるならば——荒野の王です。あるいは完成した人間と見なされるならば——肩書は不要です。あるいは慣習としての対応ならば、伯爵令嬢の生まれには少なくとも『高き生まれの』が、そして男爵夫人としては『高く良き生まれの』が相応しいはずです。結局どれもまっぴらごめんです！」[158]。

複雑極まる外交儀礼に関しても彼女は完璧な知識を持っていたので、彼女の出版社は、「サロン行儀作法入門」の執筆さえ彼女に依頼するほどだった。しかし、彼女は断った。「このテーマは私に縁遠いものではありません、なぜなら私自身十分に及第点の作法を心得ているからです、しかし、それが重要だとは思えません」[159]。

一九〇二年、四〇歳の誕生日を迎えたフリートが作業能力の低下を嘆くと、ベルタは元気づける返事を送った。「ですが、四〇歳はまだルビコン川[*12]ではありません！ もしもパシー、ビスマルク、イプセン、トルストイらが四〇歳で終わりだと思っていたなら、あるいは、私がそう思っていたなら？ 私が『武器を捨てよ！』を書いたのは、四七歳のときでした。そして、それは最初の一歩でした[160]」。

フリートは倦まず弛まず働いた。彼の文献目録は、すでに新聞記事が一〇〇〇本をはるかに超えるほど膨れ上がっていた。一九〇八年と一九〇九年、彼は短期間に相前後して三冊の本を書いた。『革命的平和主義』『汎アメリカ』、そして最後がヴィルヘルム二世への平和アピール『皇帝と世界平和』である。ズットナーは日記に書いた。「フリートの皇帝の本、貪るように読む、大当たり[161]」。さらに、こうも書いた。「汎アメリカ連合の本に、私は啓示を与えられたような感銘を受けました。ああ、この世界はなんと不思議な世界でしょう、それをこの老婦人は分かっていないのです！[162]」。「フリートは、私が役に立てるよりも、はるかに多く役立つだろう[163]」。

もちろんこれは、彼女が常にフリートと同じ考えであったという意味ではない。彼が理解する平和主義は、彼女が理解するそれとは異なっていた。ズットナーの「道徳的」平和主義に彼が対置したのは、きわめて冷静な「科学的」平和主義だった。「フリートの『革命的平和主義』を読んだ。倫理の欠如が、私には気に入らない[164]」。彼女は、彼が冷静すぎる、冷たすぎると考えていた。その一方で、こうしたフリートの平和主義の方が自分の平和主義よりも人々に人気があることを認め、それはそれで運動にとって良いことだと考えた。「あなたの本の中で感情の要素が除かれているところが、本当は嬉しいのです」、と彼女はフリートに書いた。「それによって、さらに多くの効果が生まれます[165]」。

ズットナーは平和運動における個人の行動の重要性をフリートよりも信じていたが、彼はこの運動の、いわゆる唯物論的な、必然的にもたらされる勝利を予期していた。たとえばベルタが批判したのは、フリートが「自然発生的な組織については十分過ぎるほど『認識』しているが、個人的な自発性や慣習については認識が十分でない」ことだった。「もしも私たちが列国議会同盟の団体を創設していなかったら――もしもブロッホの本がツァーリに――もしもズットナーがノーベルに影響を与えていなかったら、私たちはここまで来られたでしょうか？[166]」。

晩年のベルタにとって、フリートは最も重要な人物だった。彼女が意気沮喪したときは、彼は彼女を鼓舞し、厳格な締め切りを設けて仕事を急き立てた。彼がいなければ、彼女ははるかに早い時期に講演と執筆をやめていただろう。

彼女の疲労は計り知れなかった。「役に立つこと、必要とされること――それはもう私には当てはまりません。この運動は目標に向かって、大きく確かな歴史的歩みを進めています。老け込んでいることが世間に知れ渡っている私がなおも世界に公憤を向けられたとしても、それは力になるよりも、むしろ邪魔でしょう[167]」。

しかしフリートは、「彼女にしか」できない、急を要する大きな仕事を何度も彼女に与えた。さらに彼女は、『平和の守り』のために毎週「時評」を書かねばならなかった――特筆すべきは、それが手書きだったことである。なぜならベルタはフリートの助言によって購入したタイプライターに、まったく馴染めなかったからである。

アルトゥーアが没したあとの最後の一二年間、彼女はフリートに励まされながら、みずからの平和活動に完全に専念した。ハルマンスドルフの苦境と家族のもめごとから解放された彼女は、自分の心の中でますます理想的かつ魅力的になっていた愛するアルトゥーアの死を、一人さみしく悲しんだ。彼女は自分自身のことはよく心得ており、課せられた使命を疑うことはなかった。

10

ノーベル平和賞

アルフレッド・ノーベルとの関係は、ベルタ・フォン・ズットナーの伝記にとっても平和運動にとっても非常に重要な意味があり、これは別個に取り上げる必要がある。ただし、そのためにはもう一度九〇年代に遡らなければならない。

ズットナーとノーベルの二人は、平和のために、そして戦争をなくすために活動した。しかし、この目標を達成するために彼らが取った方法は、まったく正反対のものだった。ノーベルは抑止力に頼ろうとしたが――それは常設の軍備によるのではなく、戦争に対する不安を激しくかき立て、もはや権力者に戦争を始める気持ちを起こさせないような、新しい戦争兵器の恐ろしい力によるものだった。ベルタは次のように書いている。「これは当初から、諸国民の平和を実現するために彼が想い描いていた唯一の、いわばまったく間接的な方法でもあった。一方では、芸術と知識によって人間の愚かさと野蛮を一掃し、財を生み出す技術の進歩によって貧困を克服する、もう一方では、発達した戦争がもたらす地獄によって戦争そのものの矛盾を証明するのである」[1]。

彼女は、ノーベルに自分の考えを納得させようと試みた。すなわち、戦争を抑止力によって不可能にするのではなく、それとは反対に、国際協定、戦争原因の排除、敵という観念の放棄、きわめて広範な国際協調と連携、すべての国の住民に対する大規模な宣伝活動によって不可能にする、という考えである。

正反対な二人の立場のあいだでベルタは妥協点を模索し、そして見つけ出した。現時点ではまだノーベルの手段のほうが有効であるが、将来は彼女の方法で戦争を阻止する方が適当である、という考えである。彼女は一八九六年にノーベルに書いた。「あなたの兵器は、まだ戦争を阻止するための一つの手段（しかし、少し歪んだものです）であるかもしれません。なぜなら今日にいたるまで策略家たちは、攻撃が最も良い方策だと信じているからです」[2]。

ズットナーは繰り返し、この抑止論に直面した。彼女の友人カルネーリは——ノーベルが賛同しなかった——強力な軍備さえも肯定した。「しかし、軍縮によって戦争の危険は高まります。今、平和が保たれているのは、どうすれば統率し、食料補給ができるか誰にも分からない軍隊を動かすことに、尻込みしているからです」[3]。

相互の威嚇によってのみ守ることのできる平和を、ズットナーはもちろん平和とは見なさなかった。そして、この種の異議に対してはこう答えた。「来る年も来る年も今の仕組みが平和を『守ってくれる』と勘違いされていますが、この不道徳で破壊的な平和の『維持』を、私たち平和愛好家が望んでいるというのは誤解です。——火花が一つ飛ぶだけで、安全保障をまるごと吹き飛ばすには十分です。講じる必要があるのは、平和の準備[*1]〈para pacem〉です。それが運動全体の意味であり、目的なのです」[4]。カルネーリは懐疑的なままだった。「もしもヨーロッパがすでに軍縮を成し遂げていたなら、世界戦争はとっくに勃発していたでしょう」[5]。

それに対して、ノーベルの態度はそれほど明確ではなかった。彼は自分の方法が正しいものかどうか、逡巡していた。新しい爆薬を開発する傍ら、相当の金額を払って平和運動を支援し、常にその進展について情報を提供させていた。またベルタの方も、晩年には平和運動の乏しい成果に失望し、ときおりノーベルの論拠を自分のものとした。「あらゆる軍備の努力を無に帰すような発明がなされるかもしれません——すでに流動性を持つ気体［毒ガスのこと］となったある物質が、私たちに目配せしています。たとえ労働者階級の民衆から調達し得た一〇億の大金で艦隊が二倍に強化されても、それを丸ごと吹き飛ばすのに車一台分の積み荷もあれば事足りるような物質です」[6]。

二人の友人の路線はしばしば衝突することもあったが、決してその意見が鋭く対立しているわけではなかった。二人が望んでいたのは――そしてそれは唯一の目標であるが――平和を守るために尽力することだった。この目標への道のりがいかに険しく複雑であるかを、二人は身をもって知っていた。二人は相手に対して自分に過ちがあればそれを認める用意はできていたし、同じ目標に向かうにせよ、道は一つではなくいくつもあるに違いないと、はっきり認識していた。

ノーベルは、ベルタの本『武器を捨てよ！』に熱狂したといっても、最初は彼女の協会の平和活動に懐疑的だった。「残念なことに私にはとてもよく分かるのですが、協会にも、会議にも、実際に戦争の廃絶を決定づける力はありません。そうしたところで話題となるのは、参加国のすべてにおいて同時に世論の示威行動を行うかどうかということだけです[7]」。

一八九二年の会議のとき、ノーベルは参加を保留していたにもかかわらず、正式な参加者ではなく、私的なオブザーバーとしてベルンにやって来た。彼は「非常に懐疑的な態度を示したが、自分の疑念が晴れるのを熱望しているように見えた[8]」。会議のあと、彼はズットナー夫妻を二日間チューリヒのホテル「ボー・オー・ラック」へ招待した。（ベルタが後に誇らしげに語ったところによれば、彼女が滞在したのは皇妃エリザベートが立ち去ったばかりの部屋であり、鏡台の上にはまだ、「一本の萎びた、色褪せたバラ」が残されていた。）

夕食時、ベルタは会議の経過について報告したに違いない。ノーベルは二〇〇〇フランを寄付し、オーストリア平和協会の会員になった。ベルタは語った。「あなたはこれを私にお与えになり、私はそれに対してあなたに感謝しましたが、あなたがそうされたのは信念からというよりも親切心からですね。あなたはつい数日前、ベルンでこの運動についての疑念を口にされたのですから……[9]」。

これに対してノーベルは言った。「その目標と正当性についてはーもちろん、私はまったく疑いを抱いてはいません。ただ疑問なのは、その目標が達成されうるのかどうかです——それに、あなたの協会と会議がその仕事にどのように取り組もうとしているのか、私はまだ知らないのです」。「それでは、その仕事がうまくゆくことが分かれば、お力を貸して頂けますか?」。

「ええ、そうしましょう。私に教えて下さい、私を納得させて下さい——そうしていただければ、私はこの運動のために何か大きな事をしたいと思います」、とノーベルは言った。

ベルタは、彼に最新の情報を送って「夢中にさせる」ことを約束した。「わかりました、そうしてみて下さい——夢中になれるということほど、素晴らしいことはありません。それは私の人生経験と私の同胞においては、ひどく希薄なものだったのです」。

同じくズットナーによって語られたもう一つの説明では、ノーベルは次のように言ったとされている。「この平和運動に本当に確信が持てたなら、私もそのために何かをするつもりです。つまり、それに貢献できる人々には少しばかりの財産を——約二〇万フランですが、手渡したいと思います。その人たちが、それに専念しながら生活できるようにするためです。あるいは、この運動で何かを成し遂げた人に、同じ金額を報酬として支払いましょう」[10]。

ベルタがダイナマイト工場のことでノーベルを咎(とが)めたとき、彼は答えた。「私の工場の方が、ひょっとするとあなたの会議よりも早く戦争を終結させられるかもしれません。向き合う軍隊がお互いを一瞬にして消滅させうるような日が訪れたら、文明化した国はすべて、おそらく恐怖に震えてみずからの軍隊を撤廃するでしょう」[11]。彼は科学技術のポジティブな影響力を固く信じていた。

ノーベルはズットナー夫妻を自分のモーターボートに招き、チューリヒ湖を舟航(しゅうこう)した。「そして私たち三人は、戦争と平和について話した。そしてまた、幾人もの胸中に燃えさかり、幾人もの頭脳の内で輝きながら、今はまだ無知と野蛮による重圧に押さえ込まれている神々しさが一度（ひとたび）その抑圧を突き破れば、この素晴らしい世界はどれほど美しくなるだろうか、とも」。ノーベルとベルタは共同で一冊の本を書くことを決め、「あらゆる卑劣と闘う本として、すでに題名についても相談した」が、この計画は実現しなかった[12]。

依然として最も関心を引くテーマは、いかにすればノーベルは彼のお金を平和のために最も有効に使うことができるか、ということだった。平和賞の最初の具体的な計画が話題となったのは、このチューリヒの湖上であった。

「ノーベルの考えは、かなり社会主義に傾いていた。それゆえ彼は、裕福な人々が自分の財産を親族に遺すのは許されない、と言った。高額の遺産は人間から気力を奪うゆえに一つの不幸である、と彼は見なしていた。蓄積された多額の財産は、公共に、そして公共の目的のために還元されねばならない、金持ちの子供たち［ノーベルには子供がいなかった］が受け取るのは、良い教育を受けられる分と貧乏に陥らない分だけであり、しかもそれは労働への意欲と労働によって世界をさらに豊かにする意欲を失わせない程度の額でなければならない、というのが彼の考えだった[13]」。

一八九三年、ノーベルは新年の手紙に――ベルタへの祝福と「あなたが無知と愚鈍に対抗するこのような力で進める偉大な運動」への祝福を添えて――次のように書いた。「私は遺言によって、自分の財産の一部を五年ごとに授与する賞のために用いるよう定めたいと思います。（全体として六度の授賞を考えています。なぜなら三〇年を要しても現在の制度が変革されなければ、まさに野蛮に後戻りすることは避けられないからです。）この賞は、ヨーロッパの平和に向けてきわめて大きな貢献をした男性、または女性のため〈à celui ou celle〉のものです」[14]。

その他の手紙と同様、彼はここでも事態をはっきりさせることに重きを置いた。「私は軍縮を口にはしません、なぜならそれを成功させるには、慎重に長い時間をかけて進めるしかなく、制約を受けず、強制力のある仲裁裁判所でさえまだ一度もそれを成功させていません。しかし、すべての国々が連帯し、攻撃を最初に仕掛けた国に対抗するという結論に至ることは可能であり、間もなくそうなるでしょう。それは戦争を不可能にする力となり、最も暴力的で無分別な国家に対してさえも、仲裁裁判に加わるか、冷静を保つよう強いるでしょう。三国同盟が、三つの国家ではなくすべての国家を包容するとき、平和は数世紀にわたって守られ続けるでしょう」[15]。

ベルタは賞を授与するという考えに対して、非常に懐疑的な返答をした。「あなたが考えられている、（二〇年後から）五年ごとの善意の人への表彰が最も効果的であるとは、私には思えません。その理由はとりわけ、平和のために活動する人々が必要としているのは賞ではなく、活動資金だからです」。その例として彼女が再び持ち出したのは、オーストリア平和協会誕生に決定的な役割を果たしたローマの平和会議だった。そして、ノーベルの援助がなければ自分は当時そこへ行くことができず、したがって国際的平和運動とつながりを持つこともなかった、と述べた。彼女は、ロチルド、ヒルシュ、ノーベルのような金持ちが平和運動家の活動に資金援助する方が望ましい、と考えていた[16]。

ノーベルが軍縮と仲裁裁判所は目標として遠すぎると言うたびに、ベルタはいつも反論した。「私たちの平和計画を夢だと言い続けるのは、やめてください。正義への進歩は、決して夢ではありません。それは文明の法則です。野蛮と無知は確かにまだ世界に溢れていますが、善意と穏健さ、そして理性は、日に日に広がっています」[17]。

自分の主張が正しいと確信していた彼女は、この裕福な友人をまさしく平和運動の情報で責めたてたが、ときには弁解することもあった。あるときは、ゲーテの言葉を引用した。「誰であろうと、『自分には何か良きことができるという実感を抱いている者は、うるさ型にならざるを得ない。追い払われても彼はきっと気にもとめぬだろう。彼はホメロスが英雄として讃えるものに違いなく、追い払われても繰り返しまた違う側から人間にまとわりつく、蠅のようなものに違いない』*2」[18]。

そして案の定、彼女はそのすぐ後、次のような言葉を枕にオーストリア平和協会への寄付を彼に求めた。「また、あれがやってきました、ゲーテの蠅です！」。彼女は、公表される寄付人名簿に彼の名前を加えたいと主張した。「この模範が、とても良いことなのです。あなたにはわずかな額であっても、時々一フランを出して満足している他の人々にとっては、大切な、勇気を与える模範となります」。それに続けて、彼が彼女を喜ばせられる日として、彼女は自分の五〇歳の誕生日を示唆した[19]。

ノーベルはためらうことなく、ベルタがいたずらっぽく提案した二〇フランを遥かに超える額を寄付した[20]。しかし、その結果として新聞に名前が掲載されることは、彼にとってまったく受け入れがたいことだった。「自分の名前が新聞に掲載されるのは、あなたには不愉快なことなのですか？　しかし芸術家、学者、発明家、政治家、その他、何かしら同時代人に影響力のある人々であれば、それは避けられません。平和運動の繋がりであるなら、どんな名前でもそれを新聞が取り上げるのは、私には喜ばしいことです。なぜなら、それが今の時代の最も重要な関心事だからであり、これに役立つものはすべて、いかなる個人的配慮にも優先するからです。新聞があなたの名前を平和愛好家として挙げたことに、私は大いに満足しました――それゆえ私は、気取った「年老いた」人たちがあなたのことをどう思ってもかまいません[21]」。

彼女は何度も平和運動の意義を信じるようノーベルに訴えた。「運動は著しく進展しています――。すべてが、とくに『ダイナマイト政治屋たち』が、私たちに協力しています。なぜなら、列強は無政府主義者に対抗する国際同盟を結ぶでしょうが、みずから拳を見せ、牙をむいている間は、テロ行為に対して同盟を結べないことに気づくからです[22]」。

彼女はハドスン・プラットの論文を、次のような所見を添えて彼に送った。「私は、この考えは明快だと思います。何が戦争を不可能にするのか？　それは爆薬である。したがって、ダイナマイトの発明者は同時に平和のための闘士である、等々――この結論をこれ以上詳しく説明する必要はないでしょう……[23]」。

ベルタはこの友人を持ち上げて、ウィーンに招いたが、平和会議のすべてに招くことは成功しなかった。「ああ、もしもあなたが私たちに仲間入りし、ここに少しでも光を持ちこもうとされれば――勝利はどれほど近づくことでしょう！[24]」。「あなたは私が必要としていたものをご存知です。それは、精魂を傾けてこの活動に取り組み――そして同時に必要なことを完遂する資金も備えた、あなたのような協力者です。こうすることは素晴らしい務めではないでしょうか？　旅ができなければいけません――パリに、ベルリンに、サンクトペテルブルクに運動を強化するセンターを設置するのです――ウィーンももっと立派にしなくてはなりません」。

彼女は楽観的な考えをばらまいた。「途方もない軍備が始まらないまま、あと二年か三年が過ぎれば、その間に集中的、加速的に活動することで目標は達成可能です――間違いなく法が整備され、法廷が設置されるでしょう……[25]」。「私は、昨日はトルストイから、そして少し前にはビョルンソンから手紙を受け取りました。今世紀の偉人は、みな私たちに賛同しています――若きツァーリ［ニコライ二世］、教皇［レオ一三世は折しも今一度、キリスト教徒の目標として平和を強調していた］、フリーメーソンのすべて、社会主義者、生きることと愛することを欲する若者たち……皆が私たちの呼びかけに応えようとしています。ああ、私の友よ、私を信じて下さい、この地上には、戦争という重圧に対する闘い以上に、偉大なこと、大切なこと、神聖なことはありません。私たち哀れな人類は、まさにそれを払いのけようとしているのです」。そのあとで彼女は根本に立ち返り、次のように述べた。「しかし正確に考えれば、あなたがとても寛大に今日までして下さったことは、私への友情からなされたことであり、運動への抑えがたい熱狂からなされたことではありません。そして私はどうしたら、あなたの変わらぬ友情を当てにすることができるのでしょう？　そして、もしも私がいなくなったら？――いいえ、それはありません、私は死が近いとは感じていません、その反対に、私はブタペストの勝利以来、生命力が回復したように感じています。ですが、これはどのくらい続くのでしょうか――私の年齢で？」。（彼女は当時五三歳だった。）

　彼女は友に向かって、この手紙では現下の関心事について持ち出すことはないと請け合った。「私はただ、あなたにすべてを言わなかったと、それがいかにわずかなものであろうとも可能性の扉を、すなわち、あなたが自発的にこの活動を盛り上げて下さる可能性の扉を開かなかったと、自分を責めることだけはしたくないのです」。「イプセンが奇跡と呼んだもの――それは起こりうるのです[26]」。「奇跡」が何を意味するのか、ノーベルはとてもよく理解していた。彼はこの友人との関係に関わりなく、しかも二人が死んだ後もなお――遺言において――平和運動を財政的に保障することになった。

　財政的に彼ほど力のない他の友人に対しても、彼女は同じような努力をしたが、ルドルフ・ホヨス伯爵の場合もそうであった。たとえば一八九五年、彼女は自分の雑誌の中で、「喜ばしくも今なおご健勝であられる理事会員ルドルフ・ホヨス伯爵から二五〇〇フローリンの遺贈の確約」を得たことに言及した[27]。当時七一歳であった老友カルネーリに対しても、彼女はこう率直に求めた。「遺言の中で、オーストリア平和協会に少しばかりの金額を遺贈すると認めるのを忘れないで下さい――大きな額でなくていいのです、ただ模範を示して頂くためです……私はいつも聖ペトロ献金[*3]を腹立たしく思っています、もっと平和献金が増えてほしいのです[28]」。

カルネーリが拒絶するとズットナーは失望し、苛立ちも露な手紙を書いた。「あなたが平和協会の有用性を信じていないことは、はっきりしました。これでは、どうしようもありません。私が願うのはただ一つ、あなたが勝利を体験すること――すなわちデンマークとイギリスの国会で始まった活動（それは平和協会にのみ由来しています）によって国家元首の会議が実現し、そこで諸国家の連合が実現することです。そうなったときは、私はあなたの耳をつかんで揺さぶることにします[29]」。

遺贈がどうにか平和運動への共感を表明してくれる程度のものであれば、ノーベルの遺産が生じたときは数年先まで援助を期待できた。それゆえベルタは執拗に、何度もこの遺言による保証を話題に上らせた。「もしも私たちが知り合うことがなかったのなら！　もしも私たちがこれからも長く友情を保つなら!!　あなたはかつて私に、平和活動のために少なからぬ遺贈を定めることにしている、と書かれました。ええ、そうなさって下さい、是非とも、それをあなたにお願いします。そのとき私が生きていようとなかろうと、私たちが、あなたと私が始めたことは、生き続けるのです[30]」。

アルフレッド・ノーベルとベルタ・フォン・ズットナーの関係は、けっして平和主義とそのための財政支援に関する議論だけに限られることはなく、その点で、後のベルタとアンドリュー・カーネギーの関係とは異なっていた。二人は互いに遠く離れてはいたが、その関係はとても親密で、私的なものだった。ノーベルの没年である一八九六年の日付では、ベルタからの手紙は、たいていはかなり長文の二四通が残されているだけだが、それらはこのことを十分に証明している。彼女はあらん限りの思いやりを込めて、この孤独なふさぎ屋の問題に耳を傾け、彼の趣味に関心を示し、彼が悲観的になり抑鬱状態にあったときは、勇気づけた。

残念ながらノーベルの手紙は部分的にしか残されておらず、彼が書き送った内容はベルタの手紙を通して推測することしかできない。たとえば、一八九六年三月、普段は非常に内気で無口なノーベルは、友人にベアトリーチェ・チェンチを扱った劇作の執筆に取りかかろうとしていると伝えたようだ。（ノーベルが文学的模範としていたシェリーも、父親殺しの罪で一五九九年に処刑されたこのローマ人女性について、戯曲を書いていた。）

ベルタは答えた。「ベアトリーチェ・チェンチ？　このテーマはドラマチックです。私はとても『わくわく』しています。それが巧みに書かれるということについては、特別の確信があります。あなたがパリで私に見せて下さった詩の美しさと力強さを、私は忘れてはいません」。彼女は、その作品をウィーンの劇場に採用してもらうことや、彼が望むならば一緒に仕事をすること、またその作品を翻訳することを提案した。彼女はいち早く配役の案を練り、ウィーンの最も有名な女優たちを選び出した。「ベアトリーチェは、もしかしたらホーエンフェルスかザンドロックが適役かもしれません」。それから、彼女は原稿を送ってくれるよう彼に頼んだ。[31]

アルフレッド・ノーベル

ノーベルがフランス語ではなく、彼女に理解できないスウェーデン語で書いたと聞くと、もちろん彼女はがっかりした。そのうえ、この作品は反教権主義的な特徴をそなえていた。ベルタは書いた。「ええ、残念なことです。ウィーンでは、あえて反教権主義的傾向の作品が取り上げられることはないでしょう[32]」。

彼女は時おり陽気な手紙を書いて、彼を深い抑鬱から救い出そうとあらゆる手を尽くしたが、それは彼が手紙でも自分の状態を彼女に漏らさずにいられなかったからだった。「あなたには手が付けられません。お願いですから、鳴き声を上げるのではなく、励まし力づけ、いくらか陽気で、朗らかな愛がこもった文章を私に書いて下さい——それから私のためにシェークスピアを引用して、人生の盛りを過ぎた者は誰でも（あなたは私の年齢をご存知です）、恒常的な石化状態にあるのだと言って下さい。それが本当の友情というものです！ もしも私が直に相談する相手がカラスの大将だったなら、あえて『カー！ カー！』と陰気な鳴き声をあげたりはしなかったでしょう[33]」。

彼女は救いと慰めを差し出した。「私は封筒にあなたの筆跡を見つけると、喜びで胸をときめかせながら封を切ります。というのも、私はいつもあなたがこう言ってくれる日を待っているのです。『友よ、私はあなたと一緒に活動しましょう』、あるいは『友よ、私は幸せです、私と幸せを共にしてほしいのです』、あるいはまた『友よ、私は悲しいのです、私と苦痛を共にしてほしいのです』と」。その代わりにノーベルから届いたのは、憂鬱と悲観に満ちた「カラスの鳴き声の手紙」だった[34]。

彼女はノーベルの手紙を待ちわび、彼の健康を心配して、どうかすぐに知らせを送ってくれるよう繰り返し頼んだが——彼がそうしないと、がっかりした。一八九六年一一月もそうだった。彼は重病だったが、彼女はそのことを知らず、彼にいくらか不機嫌そうな手紙を書いた。「終わりです！ 『愛の強要はできません』。そして私は、あまりにも強引にあなたの愛を求め過ぎたのです——私という取るに足らぬ個人のためではなく、私が奉仕し、あなたが、社会の進歩という偉大な理念をおおいに好まれるあなたが愛するに相応しい、偉大な理想のために！　新しい世紀が近づきつつある今は、ヨーロッパ諸国民の協定、国家連合、そして常設仲裁裁判所を実現する好機ではないでしょうか。ジュネーヴ条約は——自分の持てる精力と僅かな財産を捧げた、たった一人の男性の努力によるものですが——赤十字*4の設立をもたらしました。同じように精力的に活動すれば、私たちは白い旗印を掲げられるかもしれません[35]」。

彼が一一月五日付けでパリから送った手紙を彼女がまだ受け取っていなかったのは、明らかである。彼はそのなかで、自分が「病に臥して」いること、それでも彼女から要望のあったスウェーデンの女友だちとの連絡を取り付けるつもりでいることを書いていた。彼は手紙をこう締めくくった。「戦争に対する厳粛な恐怖を呼び覚ますこと、それは最善の宗教を創造することを意味します。そしてあなたは気高く、注意深く、そのために貢献をされました。愛する友よ、私が最も深き心からの愛情をあなたに捧げていることを、信じてください。アルフレッド・ノーベル[36]」。

数日後、彼女は一つの成功を報告できた。それはアメリカ合衆国とイギリスのあいだで結ばれた、ベネズエラ問題についての仲裁協定である。ズットナーはノーベルに宛てて書いた。「なんと輝かしい知らせでしょう。そして私には、これが私たちの連盟の成果であることは分かっています。これで模範が示されました。次の段階は、統合されたヨーロッパを構成する諸国のために高等仲裁裁判所を設置することです。精力的に活動すれば、新しい世紀が到来するまでの三年間で私たちは目標を達成できます」。彼女は自分が当然この成功に関わったものと自負していた。「イギリスとアメリカで発行された五

○万部の『武器を捨てよ！』がかなりの影響を与えた、と言われています。目下進捗中、ということです」[37]。

一一月二一日、ノーベルはこの女友だちに宛てた最後の手紙を書いた。「そして象徴的な意味で言えばハート〈心〉を持たない私ですが、器官としてのハート〈心臓〉ならば持っていて、それは私を苦しめています。しかし、私のことや私の小さな悩みごとはもういいでしょう。大衆の文明化、そしてとりわけ偏見や無知と戦う闘士たちのおかげで平和運動が根付いたことを知り、私はとても喜んでいます。あなたは、その闘士たちの中で傑出した立場にある人です。こうしたことがあなたの貴族の称号です。心をこめて、あなたのA・ノーベルより」[38]。

ベルタは折り返し書き送った返信のなかで、彼が心臓病であることを悲しんだ。「こうしたことをそのようにあっさりと話すためには、あなたの哲学のすべてが必要です。でも、心を持たない？　それは私に対してのことではないかもしれません——ですが、ここでも私はいくつか反対の例を挙げましょう。そのとおり、あなたの心が特定の人物に対して閉ざされていることを、私は認めましょう……ですが、あなたが冷酷で意地悪であることは認めません」。

もう一度、彼女は多額の資金によって平和運動を援助してくれるよう彼に迫った。彼女は自分の功績を並べ立てた。「私はあらゆることに貢献してきました。私の尽力によって、ローマの会議という脆い建物を破壊していたかもしれないあの問題［アルザス＝ロレーヌを指す］が、議論から外されました。私の尽力によって、ベルンのビューローは最初の財政支援を受け、その設立が可能となりました。私の尽力によって、この運動はオーストリアとドイツに根付きました、私の尽力によって、この協会はブダペストに設立されました……ですが、この究明をさらに続ければ、私はこう言わざるをえません。もしもあなたがこれまで私に与えて下さり、そして私たちの仕事が終わる日まであなたが引き続き与えて下さる援助がなければ、私はそれらを何ひとつ、何ひとつできなかったでしょう。お金の力がどうしても必要なのです……私たちのビューローに一〇〇万ください。そのお金は世界を高めるでしょう。もしも私が、目下のところ文学と政治の分野で得ている名声と同時に、ロシア、ベルリン、パリへ行くための資金を手にしたなら――もしも私たちが数十万の人々にパンフレットや新聞記事を配布できたなら、もしも私たちが国会への請願書を準備できたなら、そのとき私たちは、到来する二〇世紀のために決定的な機関を誕生させることができる、私は堅くそう信じています。そしてまたそのためにも、私は両手を合わせてあなたにお願いします、あなたの支援を絶対に打ち切らないで下さい――私たちの誰もが免れない死の後においても、絶対に」[39]。

アルフレッド・ノーベルが死の床に臥していたという事実、そしてこの手紙を受け取ってから約一週間後の一二月一〇日に六三歳で亡くなったという事実を考えれば、この言葉の露骨さは度を超していた。そのうえ自分の言葉が不要であることを、ベルタは知りえなかった。ノーベルはすでに一八九五年一一月二七日に遺書を認め、そこで平和運動への多額の遺贈を約束していたのである。

もちろん遺書のこうした内容が明らかになるまでの数週間は、神経を高ぶらせながら待ち続けねばならなかった。一八九六年一二月一七日、ベルタはフリートに宛てて書いた。「ノーベルが今月一〇日にサン・レモで亡くなったことは、私にとって手痛い損失です。彼はいくらでも――約一万フラン――私たちの協会に寄付してくれました。彼が協会に何か遺してくれたのかどうか、私にはまだ知らせがありません」。

一八九七年の元日、彼女は日記に書いた。「ノーベルが平和運動を忘れてしまったのは、侮辱」。

数日後に各紙が報じたところによると、ノーベルは三五〇〇万クローネを超える遺産を残し、それを家族には――ノーベルは未婚で子供がなく、彼の甥や姪は皆とても裕福だった――遺贈しなかった。その代わりに彼は賞の授与を指示し、ベルタが嬉しそうに日記に書いたように、それは「平和運動のために、最も良く、そして最も多く貢献した人たちに与えられる。運動に対するこのような輝かしい報償と助成が、私には最高に嬉しい。さらに、いくらかは私に与えられるに違いないだろうが、もちろん、それも非常に嬉しい……家中が私を祝福する。興奮のあまり、よく眠れない[40]」。

翌日の日記。「ノーベルのことで興奮が続く。手紙を数多く受け取る。とりわけ叔母は我を忘れ――私はすぐにウィーンへ行って、権利を主張しなければいけない、と書いている。スウェーデン公使に手紙を書く[41]」。

友人カルネーリからは、早くも祝福が届いた。「もしも私がノーベル委員会の委員長だったら、マルタは『武器を捨てよ！』に対して一〇万グルデンを得たでしょう。他の人々をすべてあわせても、それだけ多くの貢献はしていません[42]」。

しかし、そうこうするうちに報道内容が再び変化した。複数の大学に授与されるということであり、したがってノーベル賞は以降、さまざまな学問分野に与えられると思われた。平和の促進が話題に上ることは、ほとんどなくなった。ベルタは失望した。「落胆が続く。この理想に対する喜びは変わりない。だが私自身は、活動のこと、それに憂慮によって気持ちが滅入る。どうしても励ましと現実的支援が必要なのに[43]」。この頃、差し押さえ人の集団がいくつもハルマンスドルフに出入りしていた。

その後、再び新たな希望が生まれた。請求権を実証し、積極的に働きかけ、友人たちに仲介してもらわねばならない、ということだった。ベルタは慌ただしくノーベルの手紙を探し始めた。二人の手紙は数十年来、未整理なままだった。彼女は大切な手紙も分類しないまま保管していた。それでもともかく彼女は見つけ出し、嬉々として日記に書き込んだ。「ゴミ箱の中、最後の、二重の意味で貴重なノーベルの手紙を捜し、それを見つける。これは嬉しい[44]」。

遺言の正確な文面が、ついに知られるところとなった。遺贈分を差し引いた残りの財産（三五〇〇万クローネ）で基金を創設し、その利子から毎年五つの賞が、国籍に関係なく、人類の幸福のために功績をあげた人に、物理学、化学、医学、文学の分野と「人類の友好、軍隊の縮小、平和会議の支援のために最善の働きのあった男性、または女性のために」与えられるというものであった[45]。これらの言葉を、ベルタはもちろん自分と結び付けた。とりわけ「男性、または女性のために〈à celui ou celle〉」という表現は異例だった。なぜなら、公的、学術的活動に従事する女性はまだ皆無に近く、通例、このような文脈では言及されなかったからである。

最初の四人の受賞者はストックホルムの学術機関によって選考されることになったが、平和賞受賞者についてはノルウェー議会、すなわちクリスチャニア（オスロ）のストーティングによって選考されることになった。ノーベルは同君連合で結ばれたスウェーデンとノルウェー両国の良好な関係をずっと支持しており、明らかにノルウェーを手ぶらにさせることは望まず、そして政治的により攻撃的なスウェーデン人に対してノルウェー人の平和愛を評価しようとしたのである。

それによって平和賞は、学者ではなく政治家、まさにノルウェーの国会議員が審査員を務めるという特殊な地位を占めることにもなった。

遺書が公表された後、ズットナーはフリートに書いた。「ノーベル基金？　ええ、これは本当に偉大な、素晴らしいことだと思います。それにノーベルをこの運動に導き、そのために何か重要なことをするように示唆したのは私ですから、いっそう誇らしくこのことを喜んでいます。この七〇〇万の寄付金と平和思想のこのように輝かしい奨励の精神的生みの親である自分には、当然最初の支払いを要求する権利があるということも、十分自覚しています――私のスローガンには永続的な影響力があること、そして自分がそうしたお金を手に入れれば再び平和の成果をあげられると分かっていることは、まったく別にしても。私があらゆる方面から祝福を受けたのも、また不思議です[46]」。

一八九七年一月一二日、早くも『ノイエ・フライエ・プレッセ』の文化欄に、ベルタ・フォン・ズットナーによるノーベルと彼の遺言に関する記事が掲載された。彼女はその中でノーベルの重要な手紙を数通引用し、平和賞実現へのみずからの貢献を強調した。

一月二二日、ベルタは日記に書き留めた。「ノーベルの件で新たな段階。デュコマンが大きな分割計画を描く。それによれば、個人は候補からすべて外れる。これには、もちろん皆が賛成するとは限らないだろう――私も賛成しない――そして平和陣営の美しい協調が脅かされる。遺産がジャガイモのように扱われている」。

そこで彼女は午前中ずっと腰を据えて、ベルンの平和ビューローの事務局長デュコマンに「ノーベルの遺志に払うべき敬意について」長い手紙を書いた。この手紙の写しは、平和賞の候補者たち、なかんずくフレデリック・パシーに届けられた[47]。立腹した彼女は、フリートに宛てて書いた。「結局、各々の団体は（紳士たちの考えによれば）三五〇マルク七五プフェニヒをもらい、自分たちの事務所にもう一つ石油ランプを灯すことができるでしょう。私の友人ノーベルが望んでいたのは、そんなことではありません！――分かるでしょう、誰かが実際に大金を受け取り、それによって自主的に活動することを、彼らは喜ばしく思わないのです[48]」。

彼女は日記の中で絶望感を吐露した。「ミツェントナー[*5]のために良く眠れない。私の活動、私のひと と家についての気がかり、そしてヨーロッパについての気がかり。一度には少し多過ぎる。ああ、ノーベルが他の人たちを差し置いてでも私を助けてくれなかったなんて！」[49]。

一八九七年八月、最初の平和賞は画家ヴェレシチャーギンが受賞する、という憶測記事が新聞に載ると、ベルタはあらためて困惑した。「ヴェレシチャーギンなら――彼もまた平和のために描いた人だから――私も受賞を喜ばしく思う。そうして一年後に私が受賞することは、考えられなくもない――むしろヴェレシチャーギンの戴冠によって、その方向性が示される」。「しかし、自分の受賞を私はそもそも望んでいるわけではない――ゆえに失望はしないだろう」[50]。

レフ・トルストイさえ最初のノーベル賞授与をめぐる議論に加わり、スウェーデンの新聞社に宛てた書簡の中で提案をした。それは、あらゆる兵役を拒否し、その結果、非常に重い刑罰を受けたロシアの宗派、ドゥホボール派[*6]を平和賞によって称えるというものだった。「ドゥホボール派は……戦争を不可能にする手段を見出した。なぜなら、もしも住民たちがみずからの意志に反する兵役や武装訓練に抵抗すれば、軍隊を編成して戦争を実行することは不可能になるからである」。その一方で、トルストイは平和賞を平和主義者に授与するのは適切ではないと考えていた。「平和という理想のために活動するとき、人間は間違いなく、神に奉仕したいという願望に満たされてそれを行う。それゆえ、彼らは金銭の報酬を必要としないし、恐らくそのようなものをまったく受け取りもしないだろう」[51]。

しかしながら、単独であろうが共同であろうが、まもなくノーベル平和賞の受賞者に関する推測はすべて不要となった。ノーベルの遺産相続人が遺言に異議を申し立て、法廷に持ち込んだのだ。「これはやはり致命的です。友人であったノーベルが私に賞を与えようと考えていたことを、私はよく知っています――それをもっと簡潔に、そしてもっと明白に示してくれさえしたらよかったのに。これではエス・レーヴォスの手には何も入りません」[52]。

一八九八年八月になって、再びノーベル賞が動き始めた。ズットナーは日記に書いた。「ノーベルの遺産相続人が納得、ようやく配分に至りつつある。三つに分配される見込み。抗議文を書く」。「ノーベル賞についていろいろと考える」[53]。彼女はそのお金をどのように使うことが可能なのか、すでに考えていた。

この頃、スウェーデンとノルウェーの関係は悪化の一途をたどっていた。同君連合で結ばれた両国に、ノルウェーの離脱と軍事的対立が迫っていた。それゆえスウェーデンから授与される賞といわば競合関係にあったノルウェーの平和賞は、不利な条件を抱えていた。こうしたすべての状況によって、賞の授与は先延ばしされた。

ツァーリの平和のマニフェストの後、ズットナーの名前が多く挙げられるようになると、ベルタは、少なくとも平和雑誌のなかでは用心して彼女の名前を頻繁に出し過ぎないよう、フリートに強く訴えた。「最近、私の名前が広告に載っているかのごとくに世界を飛び交って、そのことが多くの人の感情を害しているに違いないと感じています――。私が自分の功績をひけらかしている、一緒に宣伝活動をしていると疑われれば、最初にロシアが――そしてストーティングが私に腹を立てるでしょう」[54]。

今まで以上に彼女は、人前では外見で非難されることがないように留意した。ある平和会議の際、はなはだ優雅に四頭立て馬車で乗り付けたマリー・ルイーゼを新聞社が見逃すはずもなく、あたかもズットナー家が金持ちであるかのような印象が広がった。このときベルタが真っ先に考えたのは、またしてもノーベル賞のことだった。彼女は、マリー・ルイーゼが「無神経な四頭立て馬車でノーベル賞を駄目にしてしまった」、と日記の中で嘆いた。[55]

その一方で、エマヌエル・ノーベルがハルマンスドルフを訪れたときの彼女の喜びは大きかった。彼は叔父の遺言に対する親族の異議申し立てに同調せず、叔父の慈善行為を支持していた。彼自身はバクー[*7]の巨大な石油会社を相続し、ほとんどロシアで過ごしていた。ベルタは日記の中で伝えている。「ノーベル。叔父に似ている。いっそう好感が持てる。スウェーデン国王が彼を引見し、平和運動は危険だからと、遺言に異議を申し立てるよう勧めた様子について、興味深いことを多く語る。ベーベルのような人が賞を授与されるかもしれない、そもそもストーティングはスウェーデンに対抗するためにお金を使うかもしれない、と。しかしエマヌエル・ノーベルは屈しなかった。アルフレッド・ノーベルの意志を尊重するため、数百万を放棄した……国王は、私と私の『武器を捨てよ！』についても語った――ノーベルは『捨てる』活動をしたのではなく、大砲を工場で製造したのだ、と。度重なる訴訟。大きな障害。ノーベルの最期について。彼は何としても仕事机に向かおうとした。召使いは彼を押し留めた。暴力の跡。そもそも召使いはしらふとは思えなかった――ノーベルは一度、彼に私の手紙を読んで聞かせた。彼は結婚していなかった。ストーティングは、ニコライ皇帝が平和賞を受け取るかどうか、エマヌエルに探りを入れるよう依頼した……。ヴェレシチャーギンは自分の展覧会でツァーリを案内したとき、こう言った。『陛下、あなたと私はノーベル賞の有力な候補です』。『私はあなたに権利を譲ります』、とニコライは答えた……興味深く、心地よい、嬉しい訪問だった」。

ただし彼女はそのあと、彼をオーストリア平和協会の会員に勧誘しなかった自分を責めた。「私ほどひどい会長、勧誘者はいない！」[56]。もちろん、ベルタ・フォン・ズットナーともあろう人物が、次の機会にもその話を持ち出さないはずはなかった。一年後、彼女は喜びに満ちて、「エマヌエル・ノーベルがノーベル家最年長の一員としてオーストリア協会に加入したこと、彼が六〇〇クローネを寄付してくれた」ことを、フリートに報告できた[57]。

ノーベル平和賞を得ようと彼女は力の限り闘い続けた。帝国科学アカデミーの会長であり平和愛好家でもあるエドゥアルト・ズュース教授には、自分のことをクリスチャニアに執りなしてくれるよう依頼する手紙を書いたが、期待は裏切られた[58]。ズュースは平和賞を文学賞と取り違え、介入する資格がないと表明したのだった。

ズットナーは、ノーベルの意志が歪められることをいつも恐れていた。彼女の考えによれば、彼が遺贈の相手として考えていたのは平和運動だけだった。それゆえ彼女は、選出がどのような観点からなされ、誰が平和賞の共同決定権を持つことになるのか、非常にこと細かく注視していた。彼女の考えでは、受賞者を決定する権利と義務を有するのはストーティングだけだった。しかしノルウェーの国会は、ベルタが聞き知ったように「あらゆる政府、国会、列国議会同盟、ベルンの平和ビューロー、ノーベル賞受賞者、あらゆる大学の歴史学、哲学、国際法の教授」という、非常に広範囲の人々に推薦権を与えていた。「もしもそのようにして票が数えられるならば、推薦を求められた人に知られていない、あるいは嫌われているような運動を実際に推進している人物に集まる票はいかに少なくなるか、想像がつきます。シュテンゲルももちろん意見を求められます、同様にチェンバレンも……この不適切な情報源に基づくアンケート形式を、私はとても腹立たしく思っています。ストーティングはみずから判定しなければなりません。今日来た回状には、『協会も授与の対象となりうる』とも書かれていました。そうすることで拓かれるのは、最も差し障りのない道です。——教授たちは皆それに嵌(はま)ります[59]」。

一九〇一年の初め、ズットナーはノーベル委員会から、ノーベル平和賞の候補者推薦を依頼する手紙を受け取った。それによって、この賞はようやく現実のものとなった。「もちろん」自分はパシーを推薦した、とベルタは日記に書いた。「今後の成り行きは興味深い。きっといつかは自分も受賞する、と思う。それについていくつか計画を立てる。分与ということになるだろう――つまり、取り分は少ない。老後の保障には足りる。それも仕方ない[60]」。

アルフレート・H・フリートは、この賞にズットナーを推薦した。彼に向かって、ベルタはパシーの功績を称えた。「彼は、私たちの最古参者です――それに彼が成し遂げたこと、そして今も為していること――あの半盲の、家族を心配してひどく苦しんでいる人が……それは価値においても、力においても、唱道者としても、あなたの候補者の権利を数百倍上回っています……。あなたの候補者が唯一他の人々より勝っているのは、そもそもノーベル平和基金のすべてを提案し、それを実現したことです。しかし、それは人目を引く、遺言で触れられた功績ではありません。私は、場違いの遠慮をするつもりなのではありません。自分が運動のために行ったことは、十分過ぎるほど自覚しています。そしてノーベルが私を真っ先に念頭に置いていたことも――それでもFr・パシーが先なのです。プラットもクリーマーも多大な功績のある先達です、そして『会議の実現』のために最も多くのことを為したのは、まちがいなくデュコマンです[61]」。

推薦権を持つ世界中の人々が、今や活発に動き始めた。ペーター・フォン・ピルケを会長とするオーストリア列国議会同盟団は、長々と続いた議論の後、ツァーリのニコライに名誉ノーベル賞を献じることで一致した。(「なぜなら私たちは君主に賞金を贈与するのは適法でないと考えるからだ」。)同盟団によれば、平和のマニフェストを公布し、ハーグ平和会議を招集したニコライは、常備軍の撤廃および縮小の最大の功労者だった。しかし賞金については、四人の候補者に分与されるべきである、と提案された。

その四人とは、列国議会同盟の主導者であるパリのフレデリック・パシーとロンドンのランダル・クリーマー、ベルタ・フォン・ズットナー（「彼女の主たる功績の一つは、A・B・ノーベル氏に平和問題への関心を抱かせ、平和のための宣伝活動に多額の資金援助をするよう働きかけたことである」）、そしてベルギーの国際法の教授リッター・フォン・デカンであった[62]。

こうしたあらゆる取り組みに、平和主義者のうちで最有力候補だったフレデリック・パシーは疲労困憊していた。ズットナーは長文の、真心こもる手紙を書いて彼を慰めた。「違います、あなたはこの世界で一人きりではありません。あなたの隣にいる平和主義者は皆、あなたの家族です、そしてあなたを愛しています」。彼女はまた、候補者として彼の名前を挙げたこと、そして引き続き賞の分与にも機関への授与にも反対して闘うことを書き記した。「もしも最初の授与がある機関に対して行われたら、完全な失敗です。そうなれば存命中の候補者は皆一挙に排除されるでしょう。なぜなら、それは彼らの中に受賞に値する者はいないという判定を示すことになるからです」。彼女は、機関への授与は個人の候補者が見つからなかった場合に限る、というノーベルの指定に固執した。パシーの表彰であれば「世界中の平和主義者から何の嫉妬を受けることもなく、喜びとともに」迎えられる、と彼女は書いた[63]。

彼女はノーベル平和賞が運動にもたらした宣伝効果を喜び、フリートに宛てて書いた。「全体として最も良いことは、平和問題を巡って再び新聞雑誌が騒ぎたてていることです。パリではもうどこもパシーが候補に挙がったという話題で持ち切りです、もしかしたら、それもパシーがソルボンヌで学生に講演を行うよう招聘された理由の一つなのかもしれません。講演は見事な成功を収めました――学生は深い感銘を受けました。一二月、あるいはそれ以前から、新聞はすべてノーベルと彼の基金のことで持ち切りになるでしょう。ノーベル研究所も有益なことを成し遂げるでしょう[64]」。ノーベルの死から最初の授賞までのあいだに溜まった利息は、クリスチャニアにノーベル研究所を設置するために、とりわけ国際法の研究と発展のための中央研究所を設置するために使われた。また、それ以降の年も金利の四分の一が、この研究所の資金として留保された。

ベルタは、これほど急を要する広報活動が、今後は毎年、賞の授与の時期に運動に利益をもたらすことを期待した。「この遺言が伝えられただけで世間の耳目が集まった。そして毎年、賞が授与される時期には、このセンセーションが繰り返される。そのとき全世界に向けて――常軌を逸した夢想家によってではなく、天才的な発明家によって――そこには軍需品の発明も依然含まれてはいるが――諸国民の親交、軍隊の削減、平和会議の促進は人類の幸福にとって最も大きな意味を持つものの中に数えられることが、公に示されるのだ[65]」。

彼女はこれまでにも増してノーベルの遺言に、「計り知れない影響を持つ精神の産物」に、夢中になった。それは、「彼が数百万を遺贈したからではなく、そこから科学的発見に対する報奨金が出されるからでもなく、まったく新しい慈善の考えがそれによって示されたからである。それは現在と未来の悲惨に手を差し伸べる代わりに、将来起こりうる悲惨を防ぐよう要求し、その努力を促進することだった。気高い遺言者の脳裏に浮かんでいたのは、人間の社会を高貴にすることであった。新しい知識、新しい発見、理想的な芸術作品が世界を豊かにし、美しくさせるのである。そして、これらの財産すべてを守り、あらゆる繁栄の根本条件となるもの、それが平和である[66]」。

しかし、この賞を平和活動にではなく、一般的な人道の功績に対して与えようとする動きが繰り返し起こった。ズットナーは、これに激しく抗議した。「ノーベルの遺言は、『人道』的活動に一言も触れていません。そういうことになれば、最終的に平和賞は『慈悲の修道士会修道士』にも与えられるかもしれません……平和主義者は、こうした慈善的努力には激しく抗わねばならないでしょう[67]」。

　この「人道」的な賞の最有力候補は、赤十字の創設者アンリ・デュナンだった。「スウェーデンの新聞がノーベル賞候補の一一人の紹介を掲載しました。パシー、バイエル、デュコマン、ズットナーなどです。ですが、その頂点にいるのはデュナン。もしも平和運動において最も功績ある人物として、再び赤十字の人が、つまり戦争をやり易くする人物が挙げられるとしたら、それは（私がこの気高い老人のことを認めるのにやぶさかではないにせよ）この運動にとって不幸なことだと思います[68]」。


　第一回のノーベル平和賞は、一九〇一年、フレデリック・パシーとアンリ・デュナンに贈られた。もはや変えられることは何もなかったズットナーは、デュナンは平和主義者である、と主張しようとした。「デュナンの受賞は、もっぱら彼が平和愛好家だったからであり、赤十字の功績によるのではありません。それを私はこれから世界に立証します」、彼女はフリートにこう書いた[69]。また彼女は彼に働きかけた。「デュナンについて何か好意的なことを語るのです。つまり、第一に、彼は白旗の下についたということです。このことを世間のほとんどは知りませんが、ノーベル委員会はひょっとすると分かっているでしょう。第二は、彼は道を拓いたということです。一つは国境を越えた同情への道――もう一つは戦争遂行に関して国際協定を結ぶ可能性への道です……――戦争を行わないという協定の可能性へ通じる道における、第一歩です[70]」。

　デュナン自身は、平和思想の促進者として顕彰されたのだという意見に与して、次のように書いた。「奥様、私はあなたに私の敬意を表さずにはいられません。というのも、私に届いたクリスチャニアからの公電によれば、私はノーベル平和賞を授与されるとのことだからです。この賞は、奥様、あなたの業績です。なぜなら、ノーベル氏を平和運動へと導いたのはあなたであり、またあなたの説得に応えて彼はその支援者となったのですから。私も五〇年以上にもわたる断固とした国際平和の支持者であり、白旗の下で闘う闘士でした。民族宥和の実現は、はるか以前から私の目標でした[71]」。

可能な限りの機会を捉えてズットナーはこの手紙を引用した。デュナンがこの手紙を書いたのは、みずから望んでではなく、彼女のたっての願いを受け入れてであることは言うまでもない。「どうかお願い致します。私宛てに二、三行書いてください。そしてそこで、あなたが白旗の担い手であると表明して頂きたいのです。一般には、あなたは戦争の負担を軽くする機関の設立者としてしか認知されておりません。ノーベル賞受賞者に推挙された後の日付で私宛てに書かれたあなたの一言を、私はどうしても公にできるようにしたいのです。それはあなたが（戦争の負担が軽くなった後に）戦争廃絶を求める人々のうちの一人であることを、証明するのです[72]」。

さらにデュナンは、手紙に加えてかなりの額をオーストリア平和協会に寄付し、ベルタは折り返し会員証を送付した。

赤十字を背景に退かせ、デュナンを平和主義者として賛美しようとなされたあらゆる試みは、失敗に終わった。誰もが彼を赤十字創設者としか見なさなかった——そしてほとんど誰もフレデリック・パシーのことは知らず、平和運動に興味を抱かなかった。ウィーンのある新聞は、「デュナンがこの賞をフランスの語学教師と分け合わねばならないこと」に、大きな驚きを示した。ベルタの敬慕する手本フレデリック・パシー、近代平和運動の生みの親が、「フランスの語学教師」呼ばわりされるなんて！　それゆえズットナーはいっそうパシーの功績を賞讃し、少なくとも彼が祖国フランスでは相応に評価されたことを喜んだ。「大手新聞は——『タン』を筆頭に——パシーのインタビューで埋め尽くされています」、彼女は誇らしげにフリートに報告した。「そして偉人たる彼は、あらゆる公共図書館やその他の場所で講演をします――彼は現在超売れっ子なのです[73]」。

しかしながら彼女は、ストックホルムにおける科学分野のノーベル賞について批判的に言及せずにはいられなかった。「ストックホルムでの祝典は素晴らしいものであったに違いありません。平和賞がそこから分離されているのは残念ですが――王侯貴族階級はそこでは平和賞を断固授与させなかったのです。授与させるとすれば、せいぜいのところデュナン一人、来年はクルップです[*8][74]」。

金銭の心配と差し押さえに悩まされていたベルタは、「彼女の」賞が自分から遠ざかって行くのを、なす術もなく見ているしかなかった。ノーベル委員会によってこのように無視されたのには、間違いなく理由がいくつもあった。一つには、平和主義に対する反対派の示威行動が一役演じていた。しかしもう一つは個人的な理由だった。ズットナーはノーベルの死後、あまりに独りよがりで挑発的な振る舞いをしたせいで、ノルウェーに大勢の敵対者を作っていた。彼女に対するあからさまな反感は、ノーベルの伝記本においてさえ、今なお影響を残し続けている。彼女はノーベル賞成立における自分の決定的役割りを、あまりにはっきりと、そして声高に口にし過ぎていた。その反動は、彼女の功績の過小評価となって現れた。ズットナーをノーベルの遺言の守護者とは認めず、遠慮なく要求を並べてきたこの夫人に対し、今、機関が力を見せつけようとしているのは、一目瞭然だった。

しかしベルタは諦めなかった。ときに気落ちすることはあっても、彼女は毎年、希望と不安を抱きつつ、ノーベルの命日でありアルトゥーアの命日でもある日を待ち受けていた。一二月一〇日、この日は平和賞受賞者が決まる日だった。

一九〇二年、この賞はベルンの平和ビューロー事務局長でありベルタの近しい協力者エリー・デュコマンと、ベルンの列国議会同盟ビューロー事務総長シャルル・ゴバに授与された。またもズットナーは空振りに終わった。

一九〇三年のノーベル平和賞に、平和ビューローは内々にベルタ・フォン・ズットナーを推薦した。ベルタが深く尊敬するフランスの平和主義者エストゥールネルも彼女を推したが、それについて彼女は日記で次のように言及した。「エストゥールネルのことは……むろん私はうれしい――素晴らしい成功を収めた彼の活動、私に対する公正さ。ドイツの教授連とは何と違うことか。彼はノーベル委員会に手紙を書いた。あの恐ろしい日に、この香油の効き目が出れば良いが。それがさらに幾度も役立てば良いのだが」[75]。「新聞に、スウェーデンの四つの婦人協会が私をノーベル賞に推挙したというニュース。うまくいってもいかなくても、うれしい知らせ」[76]。その後には、またもや疑念が生じている。「賞を受賞しない方が都合のいいことがあるのも、本当だ」[77]。ここで彼女が触れているのは、とりわけ彼女に対する請求を放棄していた債権者たちのことだった。もし彼女からいくらかでも回収できるなら、むろん彼らはすぐに古い借金の返済を求めてくると予想された。

非常にすっきりした心持ちで、彼女はヌスバウム博士に手紙を書いた。「いよいよノーベル賞の決定が目前になりました。私の期待は僅かなものです。それというのも、私の受賞は今年はないだろうという情報を、伝えてくれる人がいたからです。なるがままを、私は静かに受け止めます。『おいらにゃあ何も起こりっこない』という石割り人夫の立場に私も立っています。一九〇二年一二月一〇日［アルトゥーアの死］より後、一〇〇年分のカレンダーには、もう私にとって悪い日はありえないのです」[78]。

一二月一〇日、受賞者決定の日がやって来た。ズットナーの日記にはこう書いてある。「パシーはとても素晴らしいことを書いた。もし私が受賞しなければそれは著しく不当なことだ、と……友人たちが全員集まる――ピルケももう一度。クリーマーの名前が挙がる……一〇時に来たマイアーによれば、クリーマーが単独受賞。すなわち、これで終わり……さあ、勤勉に働いて、やりくりしていこう[79]」。

このときベルタは、度を超した失望はしなかった――というのも、世間で彼女の功績は大いに喧伝(けんでん)されていたからである。彼女はストーティングから不当に扱われた犠牲者と見なされ、いたる所に彼女の権利を擁護する人物がいて、たとえば『フレムデンブラット』はピルケやラマシュ、フリードリヒ・シェーンボルン伯爵等々のインタビューを載せ、彼女を支援していた[80]。

『ベルリーナー・タークブラット』に、ノーベル文学賞に選ばれたばかりのビョルンスティエルネ・ビョルンソンが、ストーティングの決定に反対する長文の声明を寄稿した。彼によれば、委員会の名誉のためには、ズットナーに最初の平和賞を与えることが必要なはずだった。彼は証拠としてノーベルの甥エマヌエルの言葉を引いた。ほかでもないズットナーが「平和問題についてノーベルの関心を呼び起こしたのだ。彼女が彼に、このことについて考えるよう促し、その結果、それに関係する指示も遺言に盛り込まれることになった」。エマヌエルはこうしたことを、ノーベルの遺品にあったおよそ三〇通のズットナーの手紙からだけでなく、あるとき叔父がズットナーの手紙を読みながら口にした言葉を直接耳にして知る。「私はベルタ・フォン・ズットナーと平和問題のために、何がしかの行動を取ることにした」。イタリアで自分、すなわちビョルンソンはノーベルの遺言のもう一人の証人と会ったが、その人物は自分にこのことを請け合ったばかりでなく、ズットナー男爵夫人が最初の受賞者でなかったことはノーベルを失望させただろうし――そして今日に至るまで彼女にまったく何も与えられていないことはさらに大きな失望を与えただろう、と断言した。ビョルンソンはストーティングの同僚たちに訴えた。「我々が知っている彼の「ノーベルの」意志を実行に移すことなしに、我々は前進を続けられない」。

自分は今年イタリアに滞在していたため決定に関与できず、それゆえ委員会の決定への抗議を公にするより他に自分には方法がなかった[81]。

周囲の憤激をよそに、ズットナーはインタビューで懐の深いところを見せ、ランダル・クリーマーの功績をたたえた。激高した友人たちに宛てた私信の中でも彼女は彼を弁護した。たとえば、ヨーハン・フォン・クルメキー男爵には次のように書いた。「ランダル・クリーマーのことはよく知っていますし、功績ある人物です――彼はすでに私より何年も前から平和問題に取り組んで成果を上げています。アメリカに渡り、そこでイギリスとの仲裁裁判条約（これは三票差で否決されましたが、それでものちの仲裁裁判所の活動の基礎となっています）を作成したのは、彼なのです。彼はパシーに協力して列国議会同盟設立に関わりました。ボーア戦争のときには、勇敢にも議会において帝国主義的政策に抗議しました。要するに、ストーティングはふさわしい人物に栄誉を与えたのです。もし私が忠実な友人たちを持ち続ければ、ひょっとすると私の順番も来るでしょう[82]」。

あれこれとあったにもかかわらず、一九〇三年は良い一年であったと彼女は振り返ることができた。「確かにノーベル賞は貰えなかった。しかし、世論一般からは認められたので、来年はそうとう見込みがあると踏んでよさそうだ[83]」。

そして実際に、候補者ズットナーを支える人々についてのニュースが幾度も届いた。たとえば、オーストリア貴族院の議員四〇人や、スウェーデン議会にできた一つのグループがそうだった。

一九〇四年三月のパリ滞在中、彼女はエストゥールネルから、ノーベル賞は「完全に確実[84]」である、と聞かされた。パリに居合わせていた他の平和主義者たちも、彼女の確信を強めさせた。「これは疑いの余地がなくなったかに思える。もし確実でなければ、誰も私にこんなにも多くの肯定的な希望を抱かせたりはしない。それでも、私にはまだ少しの疑念が残る。一二月に至るまでに、いったいどんなことが起こるのだろう?」[85]。

ノーベルの甥エマヌエルはズットナーに対して、今やまさに衆人に見せつけるかのように親近感を示していた。このことは彼女に大きな夢を抱かせた。待望する、良質で大がかりな新聞のために、彼は融資してくれないだろうか? そのうえ彼は、バクーに所有する巨大油田によってロシア産業界に多大な影響力があり、政界に有力な友人たちがいる。その一人は財務大臣ヴィッテなのだ。

だがマリーエンバートでのある会合の席上、彼女はノーベルに、そうした新聞への助成について見解を求めたが、反応はそっけなかった。「彼は……疑念を示しました。私はそのせいで死ぬほど働き詰めて衰弱するだろうと、彼は思っています」[86]。

エマヌエル・ノーベルが新聞の計画に取り合わなかったので、ベルタは別のテーマを持ち出してみた。「新聞の代わりに私は今、アメリカについて話しています。それには彼

「ノーベル賞」
彼女：そして私はそれをほとんど財布にいれたも同然だったのですよ。
彼：力を落としてはいけません。ベルタ。私の財布も……空なんです。　United Nations Archives at Geneva
【訳注】「彼女」とはベルタ・フォン・ズットナー、「彼」とはニコライ２世である。

も理解を示しています」。これはつまり、彼女がボストンの平和会議に赴くための旅費と、さらに彼女の初めてのアメリカ旅行の費用を彼が払うことを意味したが、このことは彼女を少しばかり驚かせた。「この突然の展開で私の眠りはいくらか邪魔されている、アメリカ[87]」。しかし彼女はすぐに気を落ち着けると、もう四日後には期待に胸を膨らませてフリートに手紙を書いた。「世界一美しい船（『ヴィルヘルム大帝号』）の一等船室に乗っての大西洋横断は、それだけできらびやかなことでしょうし、興味深い文芸記事の素材になるでしょう[88]」。彼女はまた、いかに彼の地で自分が有名であるか新聞を通して知っていたので、アメリカを楽しみにしていた。「そこでは本当にウィーンでより有名らしい[89]」。

彼女はアメリカで、おおいに誉めたたえられながら、いくつもの講演を行った。一度は教会で行われたこともあった。（「すばらしい演出。音楽、聖歌、高揚し敬虔になった感情」、彼女は日記にこう書き込んだ[90]。）彼女はルーズベルト大統領にホワイト・ハウスで迎えられ、次のように言われた。「私は三つのことを決心しています。まず一つは、できるだけ早く日本とロシアを調停して、文明の真の逆行である戦争を終わらせるよう努めるつもりです。二つ目に、あらゆる国家、つまりイギリス、フランス、ドイツ、そしてまたあなたのお国オーストリアに、合衆国と仲裁裁判条約を締結するよう提案するつもりでいます。この条約は、目下有効の条約より制限が少ないものになるよう、努めることにしています。三つ目に、私は新たなハーグ会議を招集するつもりです」。ルーズベルトは平和運動に対する信頼を表明した。「私の言うことを信じて頂きたいのです。世界平和はやって来ます。なぜならそれは来なければならないからです。しかしそれは一歩一歩やって来るのです[91]」。

アメリカには国家的栄誉だけでなく国際的栄誉も存在していること、それゆえアメリカ人は自国の安寧のためだけではなく普遍的安寧のためにも尽くすことを、ズットナーは褒めそやした。

彼女は、平和運動を支援していた新聞『ザ・ワールド』の所有者である新聞王ピューリッツァー、そしてカール・シュルツを訪問した。なぜこの「フォーティエイターズ」[*9]はアメリカで尊敬を受けているのか、という彼女の問いに対しては、シュルツから次のような返答を得た。自分は奴隷問題を特別な観点から考えている、すなわち「この問題が黒人にとって何を意味するのかではなく、この国にとって何を意味するのか、ということを考えて」いる[92]。ベルタは深い感銘を受けた。

この時からアメリカは、彼女にとって平和運動の希望の星となった。彼女が感じたのは、ヨーロッパはこの新世界の長所を過小評価している、ということだった。小説『ハイ・ライフ』の中で、彼女は一人のアメリカ人に次のように嘆かせている。「ああ、我が星条旗の国よ、我が偉大な、行動力に富み、理性的な自由の反逆児である国よ――お前はヨーロッパ人からいくらか誤解されているのではないか？　カテドラルや騎士の城、王宮を持たぬお前は、浅薄で詩趣に欠けていると言われていないか？　『昨日』の威厳がないゆえに、お前の活発な『今日』が『明日』の栄華を用意していることは、見過ごされているのではあるまいか？[93]」。

一九〇四年のノーベル平和賞はガン[*10]の国際法研究所に与えられた。平和主義者たちは憤慨した。フレデリック・パシーは激高し、友人であるズットナーに手紙を書いた。この研究所が非常に有益なのは確かだ、と彼は書いた。しかし、その受賞はノーベルの遺書に記された規定に合致しない。「戦争を阻んだことがありますか？　会議を招集したことがありますか？　軍縮を実現させたことはありますか？　遺志を実行する義務を負う者たちが自分の空想を追いかけるだけなら、実際、遺書を書くために苦労する必要などありません[94]」。

ベルタはモナコ大公アルベールに、今回は賞金を得られるものと確信していたので、とても失望している、と書いた。「とりわけ私の協会は予算が大いに気掛かりですから……しかし、それより問題なことがあります。個人ではなく機関に賞を与えることは、遺言者の遺志とは相容れず、審査委員会はふさわしい個人を見つけられなかったということになります。これは推薦されていた候補者たちの心情を傷つけます[95]」。

スウェーデンとノルウェーのあいだの政治的空気は改善されていなかった。表向きの問題は外国領事館[*11]だったが、実際の問題はノルウェーが求めていた独立だった。ノーベル平和賞は、スウェーデンでなくノルウェーによって授与される唯一のノーベル賞であったがために、こうした紛争に巻き込まれていた。授与とは反対に賞金はスウェーデンだけが管理していた。賞を授与するにあたって必要な両国間の連携は、やがて政治的関係とまったく同様に滞(とどこお)った。ズットナーは次のように書いた。「ノルウェーとスウェーデンのあいだの紛争は、大いに頭の痛い話です。私はこの場合、ノルウェーの弁護人として振る舞うことはできません。いくつもの理由で無理です[96]」。

一九〇五年六月七日、ストーティングはスウェーデンからの分離を宣言した。デンマークのカルル王子が国王に選ばれ、ホーコン七世となった。政治状況は緊張し、戦争の危機が高まった。しかしその後、軍事的衝突なしに平和的分離が実現したことで、ベルタはスウェーデンをおおいに評価した。彼女はモナコ大公アルベールに次のように書いた。「何という素晴らしい教訓をスウェーデンは世界に示したことでしょう！　姉妹国の決定を尊重し、武力抜きに分離したのです[97]」。

しかしながら、このような混乱した状況下ではノーベル平和賞の授与は行われないのではないか、と彼女は思った。「ノルウェーのことは気掛かりです。今年は誰にも授与されないのは確かでしょう。委員会は五万クローネという固定収入があり――今では豪邸にも引っ越しました。これが主な理由です。これ以上をノーベルは、おそらく求めていませんでした[98]」。

一九〇五年秋、ズットナーはドイツ諸都市をめぐる大がかりな講演旅行に出ていた。仲介業者によって企画された旅行は、名声だけでなく、とりわけ収入をももたらした。彼女の講演はいたる所でおおいに人を集めた。彼女はブレスラウからフリートに手紙を書いたが、そこで彼女はドイツ人にあまり共感を抱けないことを否定しなかった。「ごろつきとプロイセン流の高慢な軍人気質に毒された土地で、これほど敬意を込めた歓迎を受けるとは、思ってもいませんでした[99]」。

ベルリンでの大舞台が終わると、彼女はフリートに報告した。「決戦で勝利を収めました。喝采を博したのです……今、世界で進行していることは、私の詳述する内容にとって、恐ろしくも効果的な背景となっています……よい効果がたくさんあらわれました[100]」。よい効果があらわれたもっぱらの理由は、非常に多くの聴衆がそれまで平和運動についてまったく何も知らなかったからであった。「平和運動について知っている人があまりにわずかなことに、ぞっとします。いつも彼らは、まるで雲の中から私が伝える事実の上に落ちてきたようでした[101]」。とりわけ彼女が誇らしく感じたのは、ベルリンでの講演後、八九人の聴衆がベルリンの平和団体に加入したことだった。

攻撃的な国家主義を始めとする政治状況は、繰り返し彼女の怒りを呼び起こした。彼女は次のように批判した。「狂信的愛国主義の中でなされる仕事の、なんと計画的なことか……艦隊、艦隊、艦隊、これは猛威をふるう疫病だ[102]」。

今や六二歳になっていたズットナーは、この講演旅行の辛労を驚くほど順調に乗り切っていた。たしかに、諦めに沈んだ数カ月は過ぎて、フリートに宛てた手紙には新たな高揚すらうかがえた。たとえばゲッティンゲンでは、六時間の鉄道移動ののち、駅から演壇に直行しなければならなかったが——講演に際して疲れを感じなかった。「精神には肉体を支配する力がある。たとえば私は服を試着するのに五分立っていると退屈してしまう。今、そこに立ち、講演し、そして終わっても——たとえそれが二時間続いていたにせよ——疲れを感じないのだ[103]」。

この旅は、アルトゥーアと二人連れだったそれ以前の旅とは根本的に異なっていた。以前なら、友人たちとの交際や社交に多くの時間を割いていた。市内観光も常に日程に組まれていた。アルトゥーアを亡くした今、彼女は仕事のためだけに生きていた。一つの講演から次の講演へ行き、つぎつぎとインタビューに応じ、しばしば夜になっても新聞記事を書いていた。彼女は自分と仕事だけに集中していたが、それでも、今では彼女を包むようになった名声を明らかに楽しんでいた。かつてはアルトゥーアのことを配慮して、彼女はこの点においても控えていたのだった。

しかし自分の名声をおおいにうれしく思っていても、彼女は繰り返し呵責の念にさいなまれ、それを日記の中で吐露していた。「自分の名声、平和運動内部での地位に、押しつぶされそうだ。なぜなら、私に優れた功績はないのだから。少なすぎる賞讃を耐える方が、それが多すぎるより、たやすい[104]」。

ノーベル賞に関しては、もちろん彼女は以前ほど確信がなかった。一九〇五年一一月になっても、彼女は楽観的なフリートに宛てて次のように書いた。「あなたは今回、たいそう一二月一〇日について信じているようですね。私は違います。今ノルウェー人たちの頭の中は、彼らのH・コーン［このように書いて、彼女はノルウェーのホーコン新国王をほのめかした］しかありませんし、この賞はスウェーデンからの分離成功を記念する基金に使われるでしょう。ノーベルはスウェーデン人だったのですから、確かにこれは実に無神経ですが、彼の地からは奇妙な出来事が常に予想されるのです[105]」。

Blatt Nr. 7.
Leitung Nr.
Telegramm Nr.

frau baronin bertha von suttner
hotel quisisana wiesbaden =

Collection Suttner-Fried

Telegraphie des Deutschen Reiches.
Amt Wiesbaden.

Aufgenommen von
den ... um ... Uhr ... M.
durch

Telegramm aus v christiania 2329 65 1=45 n = ... um ... Uhr ... Min.

das nobekomite des norwegischen stortings hat die ehre ihnen zu melden dass es ihnen den nobelschen friedenspreis fuer 1905 zuerkannt hat . das komite fuegt seinen herzlichen glueckwunsch und den ausdruck seiner hochachtung hinzu und ersucht sie baldigst mitzuteilen an welche adresse es die anweisung auf den preisbetrag sowie die medaille und diplom senden soll =

j . loevland praesident .+

1905年、ノーベル賞を知らせる電報。United Nations Archives at Geneva

ちょうどヴィースバーデンに滞在していたとき、彼女は——予想より一〇日早く——クリスチャニア[*12]からの電報を受け取った。「追加支払いがあったので受理したくなかった。しかしそれでも受け取る。その甲斐はあった」。彼女はこう簡潔に日記に書き込んだ。「眠れぬ夜。——奇妙だ。これは喜びの代わりに心労ももたらす。しかし、それでもすばらしい」[106]。

最も親密な友人、アルフレート・フリートとヘートヴィヒ・ペティング（「ヘクス」）を、彼女は驚かせようと考えた。はじめ彼らにはこの吉報については伏せて、公式の期日である一二月一〇日まで待たせた。「それでは親愛なるフリート——ヘートヴィヒ・ペティングと一〇日に私の夫の絵の前でコーヒーを飲むのを忘れないでくださいね。きっとですよ」。彼らはベルタの留守中、彼女の住居で知らせを待つよう言いつかった[107]。

一二月一〇日のために彼女は一通の手紙を用意し、それがちょうどお茶の時間に二人に手渡されるようにした。「親愛なるヘクスとフリート。これがお茶の時間のお知らせです。私はすでに一日から知っていたのですが、――しかし、ごく内々に伝えられたものですから、言うことができなかったのです――……私は受賞しました。説明は余計ですね。では、召し上がれ！　レーヴォス」。追伸が書き加えられていた。「カティに教えてあげてください！」。これは忠実な小間使いカティ・ブーヒンガーのことである[108]。

残りの講演は、ノーベル平和賞受賞者にとって、まさに凱旋行進となった。「依然、街路上では万歳の歓声」、彼女はヴィースバーデンでこう書き記し、ケルンでは、「あらゆる者のうちで最も栄光に満ちた者の講演。――ギュルツェニヒ・ホールは満席……あらゆる期待を上回る[109]」。

ウィーンに帰った彼女を待っていたのは、「素晴らしい祝いの贈り物。銀の月桂冠」だった。

ノルウェーから届いた驚きは盛大な歓呼で迎えられた。賞金の一部をズットナーは銀行に預け、毎年一万二〇〇〇クローネの利子収入――教授の給料の二倍から三倍――が入るよう取り計らった。しかし新たな財産を手にした高揚感で、彼女の手は支出に際しておおいに緩んだ。クリスマスに、彼女はアルトゥーアの妹たちにまとまった金額をプレゼントした。彼女たちは「たいへん喜んだ。同時に私も、良い心地になった」、彼女は日記にこう書き込んだ。マリー・ルイーゼも金を求める手紙を書いてきた。「金持ちの叔母さんになるとは。ひどい気分！　あげないですませられたら――先に別の使い方をしておいて本当によかった」、とベルタは罵った[110]。

家族だけでなく、まったく見知らぬ人たちからも無心の手紙が届き、ベルタは鷹揚に送金した。「今では金は指の間からこぼれ落ちて行く。多少の不自由も、結構」。そう彼女はため息をついた[111]。

昔の債権者たちも名乗り出て、返済を要求した。「今や、昔のハルマンスドルフの負債をすべて支払わされる。こうして、金が飛んで行く！　ノーベル賞が……厭わしくなり始めた」。仕舞いには、「亡き母のせいで、いまだに私には九〇〇〇グルデンの借金がある[112]」という手紙まで来た。ともあれベルタの母が死んでから、すでに三〇年が経っていた。

　賞金を受け取ってから一週間も経たぬうちに、ズットナーは日記に書いた。「私を苦労から完全に解放してくれることは……ノーベル賞であっても、なかった。ウィーンではとてもお金がかかる……トルコくじで当たりを引く必要になおも迫られそう」[113]。数十年来、彼女は買うことのできる宝くじをすべて買って、大当たりを狙っていた。

　昔、未払いのままだったハルマンスドルフの屋根瓦の請求書が急に現れ、アルトゥーアの妹たちは再び一万一〇〇〇グルデン以上の金額が必要になり、またもやそれを手に入れた。

　こうした金銭の無心は、続く数カ月間、要求が大きくなり続けた。義妹たちはベルタから了解と金を得て、アムシュテッテン近郊に一軒の家、弓形の館を建てていたが、それはまもなく、ハルマンスドルフに次ぐ新たな災厄となった。

　しまいには、もう三五年以上会ったことがない兄アルトゥーアも援助を求めてきた。彼は重病にかかり、金がなかった。「それゆえいくらか金を送ることにしたが、行きはしない」、ベルタは日記にこう書いた。「私たちは三五年間会ったことがないし、情愛こもった兄妹の関係はないのだから、そのような旅は無意味だろう」[114]。それでも結局、もっと切迫した知らせを受けたあと、彼女はスプリト*13への旅に赴いたが、すでにその道中でアルトゥーアの死を知ることになった。「最期の時を迎えたアルトゥーアに対して、もっと優しくし、もっと心遣いをしなかったことを後悔。私は彼の身になって考えてあげなかった。人の身になって考えれば、誰に対してであれ親切になれるのに」[115]。

　葬儀の後、彼女は遺産整理に立ち会う必要があった。「召使いたちが争う……必要な物が何もない、箪笥（たんす）は空……ベッドには藁布団。悲惨な状況……医師は……アルトゥーアの常軌を逸した人となりを語る。頭脳の働きはすでに滞っていた――そう、彼はもう救えなかったのだろう[116]」。

一九〇六年の最初の六カ月、ベルタは二万クローネを支出したが、そのうちの五〇〇〇は人に贈った金額だった。[117] ノーベル賞も財政的危機の救いにはならないことが、だんだんと明らかになっていた。しかし、数十年にわたって金銭に悩み続けてきた彼女は、ようやく今、気前よく金を使えるという高揚感に浸っていた。授賞式があるクリスチャニアへの旅と、一九〇六年四月に国王臨席のもと厳粛に執り行なう平和演説に備えて、彼女は優雅な衣装一式を買い込んだ。

『エスターライヒッシェ・ルントシャウ』の読者に、彼女は誇らしげに初めての体験を報告した。自分は、「今まであらゆる真剣な政治の視界に入ることがなく、なかんずく宮中では御法度と見なされてきたテーマについて、非常に公的な場で、政府首脳たちに囲まれ、『君主』立ち会いのもと演説することになった。アルフレッド・ノーベルが、みずから設立した財団によって実現させたのは、北の国々で毎年行われる賞の授与を政府の仕事にすることだった[118]」。そして事実、彼女の講演ではホーコン国王が最前列に腰を下ろしていた。

「ビョルンソンが私を先導。その後、私が歩み出て、全員立ち上がる。演説は成功し、喝采を得る。ビョルンソンとルンドは、私の言葉は非常に説得力がある、と夢中になる……祝宴……ルンドはノーベルとスウェーデンをたたえる……スウェーデンの大臣はノルウェーをたたえる――同盟分裂以来、初めての友好的言葉[119]」。

『平和運動の発展』をテーマとする講演で、彼女は当然、アルフレッド・ノーベルの担った役割を評価した。「アルフレッド・ノーベルは、この運動が雲をつかむような宗教的理論から実現可能で実際的に構想された目標の理論へと移り変わったことを、次第に確信するようになり、このことを彼は遺書の中で証明しました。文化の促進に役立つと彼が認めたもの、すなわち科学と理想主義的文学のとなりに、彼は平和会議の目標、すなわち国際司法の確立とそこから導き出される兵力削減を加えました[120]」。

続いて彼女は、列国議会同盟の会議への協力やベルンの平和ビューローへの助成といった、平和運動におけるノルウェーの功績を強調した。「アルフレッド・ノーベルには、自分が平和のために残した遺産の管理を他ならぬストーティングに委ねた理由が、十分にあったのです」。

平和運動の歴史と課題について概観したあと、次のような告白が続いた。「平和主義の信奉者は、自分たち一人ひとりの及ぼす影響力が些細なものであることを自覚し、数の上でも、名声でも、自分たちがまだいかに心もとないかを弁(わきま)えています。しかし彼らは、自分自身のことは謙虚に考えても、自分たちが奉仕している事柄について謙虚に考えてはいません。その事柄は、そもそも奉仕しうる、最も偉大な事柄であると思っています」。

ノーベル賞受賞の頃。寡婦として喪服に身を包むベルタ。彼女がしばしば用いた献呈の言葉「未来は善意のものである——とりわけ、それは青年のものである」が添えられている（Eugen Schöfer 撮影）。ÖNB/Wien

翌日はノルウェー国王への謁見があったが、この国王はスウェーデンに対してさほど友好的な態度を示さなかった。「残念なことに国王は戦争大臣の考えに乗って、要塞を再建しようとしている」[121]、ベルタは日記にこう書き記したが、『エスターライヒッシェ・ルントシャウ』の読者には、この告知に対して自分がどう反応したかを知らせた。「陛下、私の不躾（ぶしつけ）さをお許しください。しかし、平和賞を受賞した私には声を大にして言う権利があります。どうかお願いです——要塞を再建してはなりません、友好国の周縁で石と鉄で不信と威嚇の身振りをしないで下さい！」。この警告に対する国王の返答は、むろん伝えられていない。

　クリスチャニア滞在のさらなるクライマックスは、ノーベル平和賞を受賞した初の女性をたたえる婦人たちの盛大な祝賀会だった。女声合唱と女性オーケストラ、平和讃歌、賓客をたたえる幾編もの長編詩、たくさんの祝賀演説、花束に月桂冠。「これらすべてを私は傾聴する必要があった。舞台の中央で玉座のごときものに座って——そして、それなりに利口そうな顔をしていなければならなかった」。

　続いてまたも祝宴。「デザートのとき、一人ずつ一枚の紙が渡された。そこには『韻文のメルヒェン』で私の経歴が詩に詠（よ）まれていた」。一人の歌い手が、「リュートをさげて」、その歌を披露した。「私の隣りにいた外務大臣、もう一人隣りにいたロシア大使、私の向かいの首相は、勇敢にも声を合わせて歌った……このようなことは中央ヨーロッパでは想像できない。そう、私は『エスターライヒッシェ・ルントシャウ』の読者の皆さんにお願いしたい。一度、ゴルホフスキ伯爵やエーレンタール伯爵、ガウチュ氏、あるいはベック氏、それに加えて当地の宮廷に勤める大使二、三人が、平和グシュタンツル[*14]とズットナー・シュナーダーヒュプフェル[*15]を歌うのを想像してほしい。そうすると、シュテファン大聖堂の尖塔はマリア・テレジア記念碑と一緒にポルカを踊り出すだろう！」。平和運動の名声は、まさにこの「二大軍事国家」（ここで彼女が言っているのはドイツ帝国とオーストリア＝ハンガリーのことである）においては他国におけるほど高くはない、のだった。

　続いてベルタはスウェーデンへと旅を続け、ストックホルム、ヨーテボリ、ウプサラで講演を行った。スウェーデン女性協会もベルタ・フォン・ズットナーをたたえる独自の祝宴を開くと言って譲らなかった。「次から次と歓呼を浴びながら打ち続く凱旋行進」、彼女はストックホルムから誇らしげにフリートに書き送った。[122]

穏健な国王を非難し、ノルウェーを平和的に分離するよりも戦争による対決を選ぼうとしていたスウェーデンの世論に対しては、彼女は遺憾の意を示した。彼女はフリートに書いた。「ところであなたは次のことをどう思いますか？　国王はもはやここではまったく人気がありません。なぜなら彼は、戦争を望まなかったからです。なぜならスウェーデンはこのことによって面目を、とりわけヴィルヘルム*16に対しての面目を失ったからです[123]」。

次に旅はコペンハーゲンへと続き、そこで彼女はデンマーク国王夫妻に迎えられた。「平和運動を理解している王。ルーズベルトを賞讃。フレデリック・バイエル［デンマークの平和主義者］に言及。新聞は好戦的気分に責任がある、と言う。私の『並外れた功績』を評価。もっと他のデンマークの都市でも講演して欲しかった、と発言。最後に私をドアへと導きながら、『あなたの素晴らしい行いの上に、神の最も豊かな恵みが与えられますように。これからも働き、影響を与え続けて下さい！』。私、『それならば、権力者にできるのは協力です――陛下、どうかお力を貸して下さい！』――『力の及ぶ限り、私はそうしますよ[124]』」。

コペンハーゲンでも女性協会は盛大な祝賀会を用意した。外国で経験した数多くの成功に力づけられて、ベルタはウィーンに帰還した。

続く数年間、彼女は大きな関心とともに平和賞の授与を見守り、毎年候補者を推薦できる権利を無駄にすることなく行使した。

一九〇六年はアメリカ大統領セオドア・ルーズベルトが、仲裁裁判所と間近に迫った第二回ハーグ平和会議における功績により、ノーベル平和賞を授与された――これは重大な革新だった。というのも、彼によって初めて政治家がこの賞を受賞したからである。このときから、ルーズベルトはズットナーにとって常に憤懣の種となった。それは彼が、平和主義者たちとは異なり、軍縮を実現させる気が少しもなく――その正反対だったからである。「それでは私の同僚ルーズベルトは、五月にクリスチャニアで演説するのですね。ひょっとすると、彼はそこで平和運動が何たるか、学ぶのかもしれません[125]」。

ルーズベルトはまた、躊躇なく、ノーベル平和賞受賞者という自分の尊厳にもおかまいなしに、軍拡計画を推進し、威勢のいい演説をしたが、それについてズットナーは、『平和の守り』の中で悲しみつつ論評した。一九一〇年五月のベルリン訪問の際、彼はベルリン大学講堂において次のように発言した。「不正義の戦争」はたしかに忌むべきである、「しかし哀れむべきは、不正に対し武器を取らぬ国であり、三倍哀れむべきは、男たちが戦意を、戦士の精神をなくした国である[126]」。

これに続くウィーン遊説で、彼は平和主義者たちを同じようにひどく失望させ、そのうえＩＰＵや平和協会を軽蔑する発言をした。ズットナーは激怒してフリートに書いた。「私たちの敵対者は、これを利用して金貨を鋳造するでしょう――これは彼らにとって純金です。ここでルーズベルトは忌むべきことをしました。どんな平和主義者をあの男が思い描いているのか、私は知りません。クリスチャニアで彼は、臆病な者たち、あるいは偽善者について話しました――私たちはこれには当たりません――しかし彼が嘲った愚かしい夢想家たち、これはまさしく平和協会と、とりわけ平和のベルタのような人たちのことを言っています[127]」。

しかしまた、彼女に続く他のノーベル平和賞受賞者のことでも、ズットナーは喜びを感じなかった。一九〇七年、彼女はバイエルル、エストゥールネル、モネータ、ステッドをふさわしい候補者として推薦した。ノーベル賞委員会はエルネスト・テオドロ・モネータに賞を半分だけ与え、残りの半分は別の人物に与えたが、その人物は「私の知る平和主義とは関係がありません」、とベルタはこき下ろした。ルイ・ルノーは「ハーグでは法による戦争規制についての通信員」に過ぎなかった。「常に平和運動は、他の、まさしく正反対の典礼儀式書が混入して毒されます……こうした流れに乗って行けば、そのうちに……戦争ですらこの賞を受賞するかもしれません[128]」。

しかし、ヴィットーリオ・エマヌエーレ国王がみずから新しいノーベル賞受賞者モネータを祝福したとき、彼女はこれを「じつに素晴らしい」と思った。「私はたいへん嬉しかったです。なんと高位の方々に、この理念は浸透していることか！　そしてなんと多くの下々の者たちに、それが感銘を与えることか！　やはり良いアイデアです、ノーベル賞は」。もちろん彼女は、すぐにヴィットーリオ・エマヌエーレをフランツ・ヨーゼフと比較し、諦め気味に書いた。「私には、プロハスカ［皇帝のあだ名］はお祝いを言ってくれませんでしたけど[129]」。

11

有力者たちへの期待

平和問題はベルタ・フォン・ズットナーにとって「上」と「下」の問題、すなわち支配者と被支配者、有力者と大衆の問題ではなかった。彼女は両者を相手にし、大衆には啓蒙を行い、支配者たちは味方に付けようとしていた。「私たちが望んでいるのは、この良き理念を指導者層の間に持ち込むことです。下の方の階層はとっくの昔から味方でした。これはつまり、一部の社会民主主義のことです。一部の大衆には、まだ好戦的な者もいます。大衆以外のいったい誰が、ビスマルクの煽る騒ぎや反ユダヤ主義的『ホイリゲ』[*1]政談に加わるのでしょう? 文化大同盟――これを上へも下へもすべての人々に行き渡らせねばなりません、そしてそれを広めるのは、教養を備え、思考する気高い人間です。――実際のところ、今日、権力を手中にしているのは国家元首と大臣たちです。こうした人々が平和と法治の状態をもたらすことに賛成するなら、私たちは求めるものを――平和愛好家として求めるものを、獲得することになります。私たちのその他の目標は、それでも無関係なままですが[1]」。

しかしながら、この「気高い人間」が平和のための活動で十分な成果を収められるようにするには、二つのことを必要としていた。一つは、宣伝活動に用いるための資金を経済的有力者から得ること、もう一つは、戦争か平和かを左右する政治的有力者と、社会的あるいは他の諸々の関係を結ぶことだった。

ズットナーがことのほか成功を収められたのは、彼女が二つの手段――「下」に向けて宣伝することと「上」に向けて個人的な影響力を行使すること――を同等に講じていたから、つまり正真正銘の競争をお膳立てしていたからに他ならない。「いったい何が私たちの理想を先に実現させるでしょう? 理性が解き放たれた権力者たちか、それとも、声を一つに揃える大衆か。当ててみませんか?[2]」。

大衆に広がる好戦的心情との戦いは、「勇敢な心」と金を必要とした。宣伝が不足しているために、

「依然としてあの無理解と誤解が支配的なのであり、それこそが平和主義の願いとその実現の間に高く積み上がっている障害物の一つなのである」[3]。

彼女は繰り返し次のように嘆いた。「私たちに影響力がなく、望まれる成功が収められないのは、資金に事欠いているためである」[4]。アルフレッド・ノーベルの死は、とりわけこの点において、ベルタにとって手痛い損失だった。多額の寄付金や不断の支援という形となって現れた、この密接な個人的友情は一つの僥倖(ぎょうこう)であり、ベルタの人生においてもう二度と繰り返されなかった。しかし金の持つ力とその必要性を知る彼女は、ノーベルの死後、新たな資金提供者と後援者を見つけるべく、あらゆることをした。

一九〇一年には、ロシアの鉄道経営者であり平和主義者だったイヴァン・ブロッホも死んだ。彼は、第一回ハーグ会議において平和を宣伝するため多額の資金を提供し、みずからも講演と新聞記事によって積極的に関わり、金銭的余裕があまりない平和主義の同僚たちに旅費を補助し、ルツェルンには平和博物館を準備していた。ズットナーはブロッホの死をいたく嘆いた。「彼が始めたことを、せめて家族が続けてくれるなら――少なくとも博物館を。その他のこと、つまり講演、記事は、彼以外には誰もできません。彼はこの運動の目的のために何かを残したでしょうか？　私が思うに、否です。彼は、救済を自分一人だけで背負っていたことを、あまりにはっきりと意識していました」。

しかし数日後、彼女は満足してフリートに報告することができた。「ブロッホは個別の指示をもうけて、自由に使える資金として五万ルーブルをベルンのビューローに寄付しました……さらに……息子にルツェルンの博物館実現の全権を委ねました」[5]。

博物館は一九〇二年六月、著名な平和主義者臨席のもと、厳かに開館した。ズットナーはテオドーア・ヘルツルに宛てて次のように書いた。「この博物館は平和運動にとって、一〇の会議よりも大きな意味を持っています」[6]。

ズットナーは、運良くオーストリアの企業家の中から支援者を見つけられまいかと、倦むことなく試み続けた。金を得ようという試みは、彼女が金持ちから示されたものがたいていは友情ではなかったため、おおいに不快で気まずいものとなった。それどころか、このような社会的野心を抱いた女性にとって、社会的に自分と同等であると見なしていた金持ち連中に「おねだり」をしなければならない事実は屈辱的だった。

金持ちが他の目的に対して気前のいい寄付をすると、彼女はひどく機嫌を損ね、羨望をあらわにした。たとえば一九〇五年、彼女はフリートに向かって次のように憤った。「そうなのです。ロチルドはまたもや二〇〇〇万を慈善目的で使おうと決めたのです。精神病者（ひょっとすると一〇〇人）が介護されることになります。でも、一〇万の破壊、破滅、苦痛、そして早すぎる死を防ぐ、そのためにいくらか支出する思慮深い慈善家は一人もいません」[7]。

しかしその後、世紀転換期に一つの大きな希望が浮上した。アンドリュー・カーネギーである。スコットランドに生まれた彼は、一二歳のとき両親に連れられてアメリカへ移民した。彼は鉄道会社で懸命に働き、出世した。寝台列車を使った彼の事業は瞬く間に莫大な富をもたらし、それを資本に彼は石油会社と鉄鋼会社を買い取り、ついにはアメリカの「鉄鋼王」と称されるまでになった。高齢になると、彼は財産を慈善目的に費やすことに人生の意味を見いだした。一八九二年にドイツ語でも出版された冊子『富の福音』の中で、彼は「裕福な人間の義務」として次のことを主張した。「その生活はつましく、華美を控え、大言壮語や愚行があってはならない。自分の下で働く者たちの正当な欲求を適度に満たす用意を怠らず、みずからの所得の余剰分を、その賢明な管理運営だけを任された一種の基金と見なさねばならない」。金持ちは「自分より財産の少ない兄弟たちの代理人であるに過ぎず、みずからの秀でた判断、経験、管理能力を彼らのために役立て、彼らが自分自身で達成しようと望み、実現できたであろう結果より良い結果を、彼らのために達成しなければならない」[8]。

彼は自分の金をまずは教育と科学のために支出したが、それは人類の進歩に寄せる堅固な信頼にもとづいていた。およそ一〇〇〇の図書館とその建物が、カーネギーの金によって設置された。その後、確信的無神論者である彼は、少なくとも四〇〇〇以上のオルガンを教会に寄贈したが、それというのも彼は、「音楽の荘厳さ」、とりわけオルガンの響きの持つ荘厳さが、魂を高めると考えていたからだった。一五〇〇万ドルの資金を元に「英雄基金」を設立したが、それは戦争の英雄のためではなく、生命の救済者のためだった。「この人たちは文明の英雄であり、同胞を打ち殺した野蛮の英雄とは反対である」[9]。この基金だけでもう、いかに彼が平和運動の近くにいたか――そして、平和主義者がほかでもない彼に期待するのももっともなことであったということが分かる。

すでに世紀転換期に、彼は平和主義者と接触を持っていた。ハーグにおけるアメリカ代表アンドリュー・ホワイトは彼を国際仲裁裁判所に夢中にさせた。カーネギーは国際法図書館をハーグに寄贈する計画を持っていたが、さらにホワイトは、同じくこの裁判所のために「平和宮」を寄贈するよう、説き伏せた。

カーネギーが一九〇一年にグラスゴーの平和会議に参加する意向でいることを知ったベルタは、自分自身はこの会議に参加できなかったが、一計をめぐらし、フリートにカーネギーの近くにいるよう命じた。「グラスゴーには同じ時、カーネギーもいるでしょう。あの百万長者は私たちの支援者になってくれるかもしれません――しかし彼はすでにモシェレズに断っていますね。でも分かりませんよ。ひょっとすると今度は折れてくれるかもしれません。もしあの人物がこの活動に資金提供するなら、どんな宣伝活動が行えることか[10]」。

一〇日後、彼女はフリートに書いた。「平和会議開会の日、カーネギーはグラスゴーの市民権を得ました……カーネギーは、なかんずくアングロサクソン人種の文化的使命について語り、裏ページにあることを述べましたが、私はそれをいくつかの新聞に送りますし、『平和の守り』に掲載するかもしれません……[11]」。特筆すべきは、グラスゴーにいるわけでもないズットナーが、『ヘラルド・トリビューン』からカーネギーのこの演説の文面を手に入れ、それについてフリートに知らせていることである。

つまり彼女は用意周到に糸を張り巡らせ、隔絶したハルマンスドルフにいながら、活発に動き回っていたフリートよりも情報を得ていた。彼は現場にいても、重要な出来事をしばしば取り逃がしていた。

彼女はカーネギーの平和主義的スピーチについて論評した。「どうしてカーネギーがこうした考え方を寄付によって証明しないということになるでしょう？……平和の宣伝書のために数百億、この方が図書館のために寄付するより良くはないですか？　どうせ図書館は古い戦争賛美の文献でいっぱいになるのですから」。

この時から彼女はカーネギーへの攻勢を開始し、気に入ってもらえるに違いない記事を送り、絶えず自分のことを思い出させた。「またカーネギーに手紙を書きました……ついに大富豪たち――この最新参の地上の支配者たち――は、私たちの側につくでしょう[12]」。

一九〇三年、ついに成功の知らせが届いた。「カーネギーが一五〇万［ドル］をハーグの平和寺院のために払ったのは、すばらしい」。「……彼がエストゥールネルを招待したのは、私たちにとって喜ばしい限りです。そして［一九〇三年の列国議会同盟会議のための］セントルイスへの旅費を支払うつもりでいるのも、すばらしい。気前よくやってもらいたいものです――航海の費用だけでおしまいにするのは、やめてほしい」[13]。

ボストンでの平和会議の折り、ズットナーはカーネギーを探しても見つけられず、落胆してフリートに宛てて書いた。「カーネギー現れず。そもそも大富豪を一人も見かけず」[14]。

新作小説『人類の崇高な思想』の主人公を、彼女は裕福なアメリカ人にした。主人公は自分の金で盛大な国際平和祭を開催し、人類を悪との戦い、戦争との戦いへと駆り立てる――カーネギーに期待された姿である。

そしてカーネギーは、国際的平和主義との接触をますます密にし、みずからの新たな使命に夢中になり、本当に気前のいい寄付をした。彼はハーグに平和宮と大きな国際法図書館を建設したのみならず、彼みずから第二回ハーグ平和会議の期間中に姿を現し、出席者をもてなすためだけに一〇〇万（おそらくドル）を支払った。驚愕したベルタはフリートに書いた。「しかし、やはり残念なままなのは、カーネギーの念頭に私たちがいないことです。平和のことはいずれにせよ相当に考えているので、願わくば、図書館設立ではなく今度は新しい使い道に彼の数百万をまわしてほしいものです。――しかし、啓発が必要なのはアメリカではないでしょう。それを必要としているのはドイツと、とどまる所のない軍備拡張の風潮を作っている……人々です」[15]。たくさんの陣営から金をせがまれていたカーネギーは、あらゆる請願を詳細に吟味しており、それは始めのうちベルタを失望させた。「カーネギーは漠然としたものと関わり合いません。『その一〇〇億を与えるから、それで何か自分に有益と思えることをやりたまえ』とは言わずに、彼は具体的なことを聞きたがります」[16]。

まず手始めに、ズットナーはカーネギーを動かし、資産のないフリートがようやく金の心配なしに平和活動にいそしむことができるよう、彼に一定額の年金を払わせようとした。一九〇八年、彼女はロンドンの平和会議の席からスコットランドのスキボ城にカーネギーを訪ね、フリートに次のように報告した。「例の件ですが、結果はかんばしくありませんでした……客として、私は二人分の気まずい思いをしました。でもそれは仕方ありません。これが北へ旅行した目的なのですから。――結果は、気休め程度の基金です」。フリートは一体いくら必要としているのかというカーネギーの問いに対して、「年二〇〇〇マルクと言いました。ろくでなしだけが遠慮します――そして私はろくでなしです。――どうか、この手紙は破り捨てるように！」[17]。

日記の中でも、彼女はカーネギーに金を頼んだことを心底後悔した。「スキボではぞっとするほど愚かだった。友情を築くという機会を、こんな風にふいにするなんて！」[18]。

他方では、そのすぐ後で本当に金がフリートの元に届いたとき、彼女は喜んだ。「これでフリートから今年はいくつかの憂慮が取り除かれる」。この知らせによって彼女は、「一日中、（仕事ではなく）喜びで」満たされた[19]。

ところで、フリートは二〇〇〇マルクを受け取った、とベルタは繰り返し述べているが、これは間違いである。カーネギーの秘書の手紙によれば、それは二〇〇〇ポンドであった[20]。

彼女は今やカーネギーに、手紙でフリートの目下の活動を報告していた。「私がこのことについてあなたにお伝えするのは、あなたがご親切にもその仕事を支援しておられるこの人物が、その支援に見事に応え、実際に勤勉に、真面目に働いていると聞けば、あなたが満足されるということを知っているからです」。彼女はカーネギーに、平和主義者の希望はアメリカであると請け合った。「ヨーロッパの健全化はアメリカによってもたらされます」[21]。当然のことながら、彼女はこの新たな後援者について新聞記事を書き、講演で言及し、フリートに代わり英文でカーネギーに宛てて丁重な感謝の手紙を認めた。

アンドリュー・カーネギーは「存命している平和主義者の中で最も活動的で、最も実行力があり[22]」、ある年のキール週間*9には、ヴィルヘルム皇帝と対話することすらあった。彼は皇帝に、平和のために尽力するよう要請した。「自分はいずれにせよ平和の守護者として力を尽くしている、――ただ、手法はいくらか違っているが」。これに対してカーネギーは、「手法が問題なのです、閣下」と言い、いくつかの例を引き合いに出したが、その一つは次のようなものだった。「私が両手をこうする（祈りの身振り）のと、あるいはこうする（鼻であざ笑う身振り）のとでは、大きな違いがあるのですよ」。皇帝は笑った[23]。

一九一〇年、ベルタは満足して書いた。「カーネギーは、今やすっかり平和主義に染まっています――これはおおいに役立つでしょう。戦争を忌み嫌うべき野蛮と理解する彼の立場に、私は共感します。彼が唯一の人物であってはなりませんが、彼を欠くことはできません。彼は実に巧みにタフトの言質を取りました。カーネギーはタフトをリーダーに指名したのです[24]」。

カーネギーは一九一〇年、アメリカ大統領タフトを、彼の新しい「平和基金」機関の名誉総裁に就けたのだが、この基金にカーネギーは一〇〇〇万ドルを寄付した。これは平和主義にとって大勝利を意味した。

一九一〇年四月、ズットナーは喜びに心躍らせてフリートに書いた。「このことをどう思います？　タフトが平和協会の総会に出席したのですよ！　そして彼の語ったことといったら！……アメリカから押し寄せる私たちの雪崩のすごさといったら！　これはすごい、すごいことです！」。これとは反対に、彼女はまたもやドイツの派遣団を批判した。「それにしても、この人たちは今、アメリカで起こっている前代未聞のことについて、学ぶ必要がありますね。平和協会に国家元首が出席しているのです。私たちの国では、どの小役人たちも妥協を恐れています――そしてプレーナー父子やラマシュはタフトのように腰を低くすることがありません。かの地でまた起こったことの影響がどこまで及ぶのか、あの人たちは予感していません。あらゆる新聞でそれは報じられています」[25]。

今やカーネギーとタフトは共同で仲裁裁判所の強化、国際的軍縮の同意、そしてとりわけ、「啓蒙された国家による平和同盟」のために尽力していた。この同盟は国家間の平和を保証し、しかしまた万一平和を乱す国家が現れたときは、必要とあれば同盟軍をもってそれと戦うものだった。カーネギーは平和同盟の先駆けとして「汎アメリカ・ビューロー」に一〇〇万ドルの資金援助をしたが、これは南アメリカと中央アメリカ、それにアメリカ合衆国の二一の共和国間の貿易と友好の促進を目的としていた。タフト大統領は一九一〇年四月にこのビューローを開設し、汎アメリカを例に、平和維持のための調停というみずからの考えについて説明した。「私たち二一の共和国は、その中の二カ国あるいは三カ国が互いに衝突するのを許すことはできません。私たちはそれに終止符を打たねばならず、カーネギー氏と私は、私たちのうち一九カ国が、いずれかの他の二国間の争いを押し留めるため、正しい方針によって仲裁する能力を持つまで、休むことはありません」。ズットナーはこの文を『平和の守り』に引用し、論評を加えた。「同様のものを――さしあたりヨーロッパは措くとして――バルカンに設立する努力はできないものだろうか？」[26]。

カーネギーの平和基金は戦争廃絶に寄与し、人々が「より高みへと進歩向上する」のを可能にするはずだった。彼の言葉は、ズットナーの次のような確信を強く思い起こさせる。「というのも私たちは今、人間には本質的法則として完全なものになろうという意志と能力が内在していることを、知っているのである。この完全化には、ひょっとすると限界は存在しない――ましてや、この地上には存在しない」[27]。

カーネギーとアメリカ大統領タフトの平和への取り組みに対し、ズットナーは惜しみなく賛辞を贈った。「あなたとタフト氏によってもたらされた衝撃が非常に強烈であることは、間違いありません。そして私は、偉大なことが成し遂げられるのだと、はっきりと感じております。最大の障害は、人々の軍人精神だけでしょう。これは人々の無知と無関心に支えられて中部ヨーロッパを支配しています。多くの、そして徹底的な宣伝が、ここでは必要とされています」[28]。宣伝については、カーネギーは気前のいい資金援助をした。彼はベルンの平和ビューローだけでも毎年一二万五〇〇〇フランの助成金を支出し、このことをズットナーは一九一一年、誇らしげにモナコ大公アルベールに手紙で知らせた[29]。

ズットナーと百万長者のアメリカ人カーネギーとの個人的繋がりは、間もなくウィーンの人々の知るところとなった――そしてすぐに仲介の依頼が来るようになった。ある時は、あまつさえ帝位継承者フランツ・フェルディナントの継母で大公妃のマリア・テレジアが平和のベルタを招いたが、ベルタはこれを「気味悪く」感じた。それまで皇帝家では、誰も彼女のために骨を折ることはなかった。「何を彼女が私に求めているか？　まったく滑稽なことに、カーネギーへの紹介状。一部は病院のため、一部はポルトガルのため。――［マリア・テレジアの生まれはポルトガルの王家ブラガンサの王女だった］。私の回想録を彼女は読んでいた……私の活動は世界に影響を与えるという点で有益だ、と言う」[30]。

金持ちの大公妃がもっと金持ちのアメリカ人から慈善目的の援助を手に入れたいという、かなり風変わりな願いにズットナーは応えた。マリア・テレジアはまた実際に――ズットナーの紹介状（「ヨーロッパで最も魅力的で気高いお妃の一人」[31]）を手に――スコットランドのアンドリュー・カーネギーのもとへ赴いたが、目的は達せられなかった。

カーネギーは平和運動に対して引き続き気前がよかった。しかしながら彼がアメリカ合衆国に力を注ぎ、オーストリアやドイツの平和協会に格段興味を示さなかったことは、ベルタを落胆させた。それゆえ彼女はなおも個人的な後援者、つまりノーベルの後継者を待たねばならなかった。ようやく一九一二年、アメリカ合衆国における大規模な講演旅行の間に、カーネギーは今やほとんど七〇にならんとしていた彼女への終身年金の給付を決めたが、彼女がその恩恵に浴せる時間はもうほんのわずかしかなかった。

一九〇八年、イギリスから一人の百万長者が現れた。マックス・ヴェヒター卿である。ズットナーは期待を込めてフリートに書いた。「彼はすっかり第二のブロッホのごとく振る舞っています。彼はペテルスブルクではマルテンス、ヴィッテらと話しました、……金属会社や、銀や金の会社も、イギリスに五つ、メキシコなどにいくつか所有しています。彼は活動するでしょうし、それが可能です」[32]。フリートは彼を訪ねるよう命じられた。マックス卿は活発に運動に関わり、なかでも自分の大目標、欧州統合のために働いていたが、「平和協会」を気前よく支援するというベルタの期待は叶えなかった。

ズットナーは根気強く、さらなる資金提供者を探し続けた。ベルタ・クルップとその慈善事業についての新聞記事を読んだ彼女は、エッセンにいるこのドイツの大砲王の妻に手紙を書き、平和運動での協働を依頼することさえ考えついた。「ダイナマイト王のアルフレッド・ノーベルが平和理念のために偉大なことを為したように、大砲王夫人は同じ分野で人並み外れた活動をなし得るでしょう」。この手紙に対する反応は、残念ながら分かっていない[33]。

ベルタ・フォン・ズットナーは期待を捨てなかった。彼女は一人の裕福な男性を知っていた。その人物は、平和主義者であると同時に貴族でもあり、しかも、小国ではあるが、専制的支配者でもあった。モナコのアルベール大公である。彼を一九〇三年に訪れたとき、彼女はアルベールを通じてその友人、皇帝ヴィルヘルム二世に影響を与えたいと望んだ。ヴィルヘルム二世は、ヨーロッパにおける戦争か平和かという問題を左右する支配者だった。アルベールは、「ヴィルヘルム二世はディナーの席でメニューの上に平和の旗印のためのスケッチを」描いた、とベルタに語り[34]、この期待を膨らませた。大公はまたある日、「ヴィルヘルム二世は今日また平和問題について」手紙をよこした[35]、と言った。

モナコでは、ベルタはパリのドイツ大使ラドリン侯爵と知り合った。「彼は私と、私の遠大な理念の成就を期して乾杯した。これは些細なことではない。パリのドイツ大使が平和のベルタと乾杯したのだ[36]」。

好意的な新聞記事と手紙によって、ズットナーとアルベールは関係を保ち続けた。彼女はジャーナリストの同僚たちに、彼を褒めそやした。たとえばテオドーア・ヘルツルには次のように言った。「アルベール一世（おそらくは世界で一番誤解されている人物です）は注目すべき人です。最高の意味における気高い人間です。彼の『ある航海士の生涯』［例の、フリートのお粗末なドイツ語訳にベルタがモナコで手を加えた本］については、新聞は文芸記事を載せねばなりませんし、それを書くのには、あなたがうってつけです——この本の基調をなす微かな憂愁は、まさに最近あなたが醸し出す雰囲気に似合っています。この頃のあなたの文芸記事には、常に憂いの気配が感じられます。それにまた、アルベール一世に似た、遥かな水平線や大洋の深淵に向けられているかのような眼差しも。私にはそのような書評は書けません。なぜなら、私がそんなことをすれば（大公の客であり、また勲章拝受者でもあるので）おべっかを使っているように見えるでしょうから[37]」。

彼女はできうる限りアルベールの平和主義的発言のすべてを歓迎し、補強した。彼女は彼の自伝の序文をドイツ語に翻訳し、それについて次のように書いた。「ところで、この序文全体は好戦的政治に対する抗議であり、反マキャヴェリである。ごく簡潔な筆遣いによって書かれた序文が世界に向けて示しているのは、来たるべき時代において切実に求められる君主の姿である――この来たるべき時代が、そもそも君主を必要とするならではあるが[38]」。

ヴィルヘルム二世を軍国主義者として軽蔑していた彼女は、アルベールを介して何とかドイツ皇帝に影響を与えて、彼女の言葉を使えば、彼を「現代化させる」ことを目論んだ――これは、彼に平和主義的思想を理解させる、という意味だった。それゆえ彼女は、大公にその著書をヴィルヘルム二世に献呈するよう提案して、アルベールに対してこう述べた。「私はこの本のドイツ語訳を皇帝ヴィルヘルム二世陛下に献呈します。彼は労働と科学を庇護し、それゆえ人類がその良心の内に抱く最も高貴な願いの実現を用意する君主です。この願いとは、侵すことのできない平和を実現するために、あらゆる文化の力を一つにするということです[39]」。

ドイツ皇帝が一九〇四年に英国王エドワード七世とともにキール週間を訪れるつもりでいると聞いたベルタは、大公に頼んだ。「殿下、今年、キールを欠席されることがないようにお願いします。この伯父と甥*3の出会いには、平和主義的行動への約束が宿っているように思われます。そしてあなたがそこにおられれば、殿下、おおいに有益となり得るでしょう。あなたがそこにおられることは必ずや、あなたが私たちの運動の中で果敢に引き受けておられる役割に、信望を与えることでしょう[40]」。

皇帝の巧言から期待を見出した彼女は、たとえばヴィルヘルムのある演説について、「そこで彼は、気づきにくいほど微かではあるが、諸国民の連帯は不可避であることについて」話した、と日記に書いた[41]。

アルベールは実際、キールで活発に動いた。彼はフランスの平和主義者エストゥールネル男爵を、ドイツ皇帝やイギリス王とともに、自分のヨットでの朝食に招いた。エストゥールネルは、「自分が今まで何年も仕えてきた目的について、皇帝に説明する」機会を得た。ズットナーはフリートに宛てて書いた。「もちろん最初の突撃で独仏条約を期待することはできません。でも独英条約に影響を与えたのは確かです[42]」。

アルベール大公が一九〇七年にベルリンを訪問したときも、平和運動の力になってくれるよう、彼女は懇願した。彼女は、国際的軍縮に尽力するイギリスのヘンリー・キャンベル＝バナマン卿のイニシアチブを引き合いに出し、軍縮についてアルベールに書いた。「これは、あなたを招待した皇帝には確実に共感を得られない理念です。しかし私が考えるに、ひょっとするとあなたの及ぼす影響が、彼の意見を変える可能性があります。ああ、彼がそれを望んでくれるなら――彼には人類を最悪の不幸と最大の重荷から救う力があるでしょう[43]」。

彼女が望んだのは、フランスとドイツの和解のためにアルベールがヴィルヘルムのもとで多少の取り計らいをすることであり、この目的のために彼が惜しまぬ労に対しては、どんなに大仰（おおぎょう）に感謝しても足りないほどだった。

アルベールはその間に――いくらか遅ればせではあったが――『武器を捨てよ！』を読み、作者に賛辞を贈った。ますます彼は国際的平和運動に入り込んで行った。一九〇三年のルアンでの平和会議には、彼と、もちろんベルタが、講演者の中に名を連ねた。その立場にふさわしく、彼は自分のヨットで平和愛好家たちのために晩餐会を催した。

この会議はベルタを喜ばせた。なぜなら、少なくとも二八〇〇人が参加した大集会の議長をフランスの財務大臣が務めたからである。平和理念は前進をした――そして彼女には、自分とパシーが集会後、賓客として自動車でホテルに送られたのは当然と思えた。「この現代的会議のまさに現代的締めくくり」、彼女は満足して日記に書いた。[44]

モナコとの接点は彼女にとって今では重要なものとなり、彼女は一九〇四年、「衣装の心配」があったにもかかわらず、アルベールの招待に応じた。「このような友好関係を受け入れるのは、私の目的と私の信望にとって有利と感じられる」[45]。このとき彼女は、モナコから四本の報告文を送る取り決めを『ノイエ・フライエ・プレッセ』と結んでいた――四八〇クローネという堂々たる報酬だった。旅費はこれで賄われた。

大公の宮殿で、ベルタは今ではローニャイ伯爵と結婚していたルドルフ皇太子未亡人と出会った。オーストリアでは取り立てて人気のなかったシュテファニーについて、ベルタは次のように書いた。「評判とは大違い。生気と精神に満ち……戦争に反対し、決闘に反対し、鳩撃ちに反対。ローニャイは軍国主義に反対」。当然、シュテファニーも平和運動に引き入れられた。「彼女は私にロシア皇妃への手紙をくれると言う」[46]。

さらに彼女はモナコでホーエンツォレルン家の一人と知り合ったが、この人物は一八七〇年の元スペイン国王候補であり、彼女が言うには、「平和運動への敬意」を公言していた。

宮殿ではズットナーについて、ある噂が流れていた。あるオーストリア人の主張によれば、彼女は「国際的規模の諜報活動の首謀者であるという。馬鹿馬鹿しい」、ベルタは日記にこう書き留めた。[47]

彼女はアルベール大公と、「アメリカ、ノーベル賞、アンドリュー・ホワイトについて」話した。そして、庭で「小さなコーンと牧歌の最中だった」アルベールを驚かせてしまったことも、忘れず書き記した。[48] アルベールとの個人的な関係は、自分が夢想していたよりは冷静なものであることが、明らかとなった。「私にとって彼は、男友達と呼べるような存在ではない。たとえばブロッホがそうであったような。そう、彼の愛情のすべては小さなコーンのものだ[49]」。

一九〇四年のアメリカ旅行においても、アルベール大公からの親愛のしるしを期待したが、それは示されないままだった。「一緒に行くよう、誘うこともできたのだろうか[50]」。しかしながら彼は、「平和のベルタ」とは関係なくボストンの平和会議に赴く方を選んだ。

一九〇五年、ベルタ・フォン・ズットナーは、モナコで重要な政治家と知り合う機会を再びとらえた。彼女が会ったのはブルガリアのフェルディナント公で、この人物に彼女は新たな期待を寄せた。彼女はフリートに宛てて書いた。「ブルガリアのフェルディナント公が最も敬意を抱いているのは誰か、知っていますか? ジョレスとフランシス・ド・プレサンスですよ。『この人たちは、真実に至る道を行く男たちです』……理念としての平和主義は今や世界に溢れています。平和協会は時代遅れになりました。完全にあなたの言う通りです[51]」。

もちろん彼女は、フェルディナントのズボンやネクタイピン、ボタン穴に指した淡黄色の花について事細かに『ノイエ・フライエ・プレッセ』の読者に伝えただけでなく、二人の間で交わされた会話についても報告した。「真摯な感動に震える調子で」、彼は彼女に語った。「私は、男爵夫人、あなたの考えに添って働いております――私の努力はすべて、バルカンでの戦争を防ぐことに向けられています。このことを信じる者はどこにもいません。私は札付きの難癖屋、陰謀家、自己中心的な野心家と見なされています」。――しかし自分が求めているのはただ祖国にとって最良のもの、教養、良き作法、豊かさのみである。「重要なのはこれらであり、国土の切れ端があの国に属すか、この国に属すかではありません。政治活動の目標と見なされるべきものは、己自身の利益や他の人々の抑圧ではなく、連帯のために力を尽くすことだと理解されてさえいたなら！　そして領邦君主は、自分の持つ影響力が大きくなればなるほど、自国の安寧のためではなく隣国の安寧のために働くことも、ますます心がけるべきでしょう」。

「それでは陛下は、『汝自身のごとく汝の隣人を愛せ』というキリスト教の掟を、国家生活にも用いるべきというお考えなのですね？」。

「連帯という社会の掟は、それに違反することが賢明でもなければ道徳的でもない自然の掟である、というのが私の考えです」[52]。

フェルディナントのブルガリアの先代アレクサンダー・フォン・バッテンベルクも当時モナコにいて、平和愛好家を自称していた。ベルタはこの「とてもすてきな少年」についてこう書いた。「私と私の本のことを知っている。そしてエストゥールネルであるかのごとく、平和について語る。この戦争を最後の戦争としなければならない。もはや戦争遂行の権利を持つ者はいない。バッテンベルク公妃は、夫は何年も前からあなたに感嘆していると言う。――彼らはダルムシュタットに暮らしているが、それを覚えておかねばならない。ひょっとすると、講演の援助をしてくれるかもしれない」。バッテンベルクはイタリア王家と良好な関係を持っていた――イタリア王とも平和について話し合うというズットナーの計画にとって、十分なチャンスだった[53]。

その他の、アルベール大公の高位の客人との会話によって、ベルタはあらためて確認した。「お歴々が愚かであると思うのは、何と不当なことか。ヨーロッパ連合が達成されるとすれば、彼らの意に反してではなく、彼らによってであろう」[54]。

この意見は、モナコ大公の交友圏に好んで滞在した他の平和主義者も共有していた。それにはたとえば、ハンガリーの将軍テュルがいた。彼はベルタ同様、イタリア王を動かし、あらゆる君主の同盟を作り出そうとしていた。「アルベール大公も、この方向で活動しています」[55]。

すでにハーグ平和会議の前から、テュルはイタリア王との人脈を利用しており、そしてある謁見の席では、「二国同盟や三国同盟を解消し、ヨーロッパ国家連合を形成する必要性について話した」[56]。しかしながらこの会話は、十分な成果を上げぬままに終わった。「テュルは……未来を悲観的に見ています。なぜならヨーロッパは今、まったく指示を受けないから――君主も政治家もいないからです――すべてが成り行き任せで、破滅に向かっているのです……イタリア王と、彼は平和のことを考えて何かをする必要性について話しました。しかし、イタリア王も必要なエネルギーを持っていなかったそうです」[57]。

失望を経験したのはテュルだけではなかった――先代の、そして在位中のブルガリア君主に対するベルタの熱狂も、まもなく冷めていった。彼らはこれまで実際にヨーロッパで何を成し遂げることができたのか？　平和を誓う決まり文句の空疎さを、モナコ滞在が長くなればなるほど、ベルタはますますはっきりと感じるようになった。「王侯たちは実に興味深い。だが今はもう彼らのことが分かった」、と彼女は控えめに日記に書いた[58]。

彼女は晩餐後の宮廷での会話を、またもや協働への準備と誤解してしまったのだった。

『ノイエ・フライエ・プレッセ』には、むろん彼女は誇らしげなモナコ報告の文芸記事を寄せ、モーターボート競争から気球、深海探査に至るアルベールの道楽について語り、暖炉端で交わされた王侯の客人たちとのおしゃべりを再現した。

そののちカール・クラウスは、『ファッケル』において軽くあしらった。彼は王侯たちの浅薄な発言を、ズットナーが伝えたそのままに引用し――そうすることでそれらを笑いものにしたのだ。「数年前からあらゆる権力者とともに平和のために立ち上がり、ヨーロッパに騒動を引き起こしている婦人が、いかほどに重要な女文士か、一度示しておかねばなるまい[59]」。

だが、ベルタのモナコ滞在は、彼女が新聞記事に描いたほど、曇りないものだったわけではない。アルベール一世への期待は失望に終わった。「平和運動でアルベールと協力? ありえない。彼には、それよりも鯨の方が価値がある。電気に触れたかのような火花が、私たちの間には欠けている」。彼女は日記にそう書いて、自分の「ぎこちなさや、衣装や装飾品の不足が」「年々、華やかさを失わせて」いったことを嘆き、相変わらず「小さなコーン」に少しばかりの嫉妬を見せた[60]。

オーストリアとイタリアの間の衝突を調停するため、アルベールから支援を得てローマに赴くという彼女の試みは失敗した。「私はここでイタリア王妃の妹とそれについて相談し、ローマへと赴くつもりでいた――そのことについてアルベール一世と話をした。彼は私の考えを高く評価した――しかし、以前の、ペテルスブルクへの旅の前とまったく同じく、それだけだった。――平和活動における――ブロッホやノーベルとのような――実効力ある友情は、この場所では見つけられない[61]」。

アルベールの興味の中心にあるのは平和理念ではなく海洋学だということに、ベルタは気づかされた。彼女は非常に敏感に、自分が相手にされていないと感じた。「海洋学王女の隣の灰かぶり*4」、彼女は苦々しい思いでフリートに書いた。「アルベールの良心に訴えることにします[62]」。

モナコの平和研究所も、彼女の過度な期待には応えられなかった。「あらゆる研究所の類いと同じく(そこには精神というものがありません)、まったくの失敗です。深海博物館はおおいに栄えています。研究所は、崩れ果てています」[63]。

財政的支援を求める彼女の遠慮がちな懇願に、アルベールは応えなかった。あるいは、ベルタがどれほど切実に金を必要としているか、彼は理解しなかった。ベルタは失望し、フリートに次のように書いた。「今日、アルベール一世から手紙が来ました。三ページに及ぶオートバイ旅行記、次の航海の楽しみな計画——嘆かわしいのは、戦争を遂行し、私に共感や数々のことを約束しようと考える盲目な権力者たちです。しかし、私が手紙で……ほのめかした憂慮については一言もありません。『友人』と署名するだけでは何にもなりません」[64]。「そう、アルベールの大仰な身振りからは何も期待できません」[64]。フリートもアルベールに感激し始めたとき、彼女は警告した。「アルベールの話は魅力的です。彼の話し振りはいつもそうです——すでに始めから『科学と平和』——しかし平和には金を出しません」[65]。「私の忠実な友人から、私は今なおボンボン一箱も貰ったことがありません」[66]。

モナコの平和研究所がフリートの翻訳に対する謝礼を半減させたとき、彼女は、いかにも不快なことではあったが、大公に助けを乞わなければならなかった。彼女は用心深く、非難に諧謔（かいぎゃく）の衣を纏（まと）わせた。「殿下、海洋学、古生物学、そして平和学の三つの研究所は、あなたの三人娘です。年長の娘二人は望み通りの贅沢をし、宮廷舞踏会に出るためのきらびやかな衣装を持っています。しかし末娘は、少しばかり灰かぶりのようです」。彼女はうまく行くと信じて、最後に王子が結婚するのは、きらびやかな姉たちではなく灰かぶりですね、と付け足した[67]。

一九〇七年の第二回ハーグ会議の前、彼女はアルベールにまたもや資金提供を頼んだ。彼女はフリートとともに、会議における出来事の最新情報を伝える広報誌を準備していた。第一回ハーグ会議で、彼女は身を以て知ったことがあった。「ドイツやオーストリアの新聞にある報告は不正確、不完全、そし必要とされる総額は、印刷代と郵送料込みで、一万二〇〇〇フランである。半額は自分が工面し、残りは何人かのオーストリアの平和主義者に依頼した。「しかし、彼らが金に余裕がないと感じているにせよ、彼らがこのことに興味を抱かなかったにせよ、得られた返答は拒絶だけでした」。彼女は彼に、「この貴重で重要な機会にあたって、友情の証として支援を与える」よう、懇願した。[68]

長い間、彼女が書いてきた手紙の中で、これは「もっとも不快で、心苦しい手紙」だったと、彼女はフリートに宛てて書いた。[69] しかしながら、彼女は成功を収めた。アルベールは電報で承諾を伝え、ハーグへの旅も新聞の仕事同様に保証された。

モナコへの新年の長旅は、ベルタにはだんだんと煩わし過ぎるものとなっていった――仕事における過剰な負担と、アルベールは自分が夢想していたほどの熱狂的平和主義者でもなければ後援者でもなかったということを、彼女は認識していた。一方で、断りを入れた自分を彼女は責めていた。「これで私はすばらしい機会を諦めたのだ。しかし、私はもうこのような場所には似合わない[70]」。彼女はもう自分の魅力が十分ではないと感じ、醜く、退屈で、優雅さを欠き、威厳も失われたと思っていた。

彼女はその後、新聞に載ったモナコからの通信を、わずかな嫉妬を覚えつつ読んだ。そこでは彼女の代わりに、今では時おりフリートが招待されていた。「素晴らしかったことだろう……四日間のお祭りは。どの新聞にも出ている。私の名前を引き立たせ、私の本に読者をもたらしたかもしれない。後悔を感じる。私は一体どうして、まだ生きているのに、もう人生に別れを告げてしまったのだろう？　本当の死は、いつ訪れるのだろう？[71]」。

実際のところ、彼女は一九一一年に小間使いのカティ・ブーヒンガーを伴って、再びモナコに赴いた。慣れない壮麗さに取り囲まれたブーヒンガーは、「驚嘆し続け」た。その反対に、彼女の親愛なる「ベルタ奥様」は、宮廷での会話に退屈していた。「特に晩はたまらない。自分が退屈し、退屈されているのも、私は感じている。闘牛の話題でおおいに盛り上がった」[72]。

三週間グリマルディ城で過ごしたのち、彼女はそこをあとにした。「不満足な滞在。つまり、自分に不満足。いくつもの好機を利用し尽くせなかった」[73]。彼女はあえてもう一度、大公に支援要請を並べようとはしなかったが、結局、後から要請の手紙を書いた。まずオーストリアの平和主義の同志のために、一九一一年、平和会議が開かれるローマに行く旅費の助成を頼むと――彼は一五〇〇フランを送った[74]。次に彼女は、規模の大きな「モナコ基金」への期待について書いた。アメリカのカーネギー基金はアメリカ国内の平和活動に集中していたので、これはヨーロッパにおいてカーネギー基金の代わりとなるものだった。「しかし、まさにここ、戦争の伝統と軍国主義的精神という環境において、私たちの理念のための協会が力強く運営されなければならないでしょう」[75]。だが、何度も強く働きかけたにもかかわらず、この大胆な着想が前進することはなかった。ズットナーはフリートに書いた。「大公は私に平和基金に関する自分の計画を話しました――しかし彼の考えは、まだまだ漠然としています。彼自身は、そのことにまだ気づいていません。研究所をパリに移転させようとしているくらいなものです。でもようやく二年後のことです……彼の人生の三つの課題はこうなのでしょう。第一は海洋学博物館、その次が人類学博物館、そして最後を飾るのが平和のことです」[76]。

もどかしい思いで、彼女はフリートに書いた。「それに、このパリの館の建設は、私には有用とは思えません。これで利益を得るのは、平和活動よりも建築家でしょう。私が思うに、アルベールは彼の三〇〇万を、平和運動のためのヨーロッパの基金の中心に提供すべきだったのです。そうすれば、他の人たちも一緒に基金を出したことでしょう――彼の友人たち、アンリ・ロチルドらが先陣を切ります。――アメリカのカーネギーの代わりとなり、成長し、成長して、一億に届くでしょう。それには図書館を備えた館や評論雑誌ではなく、宣伝が必要です――巡回、広告、ポスター、最も優れた学者たちや最も偉大な芸術家たちの講演です。そして全体のまとめ役は、モックやフリート、ステッドのような、平和主義において高く評価された専門家たちです……私たちは広告の時代に生きています。もし、戦争の代価はいかほどか――国際司法を打ち立てるには何をする必要があるか――をまとめた概説や、タフトやグレイ等々の発言は、ゲルングロスあるいはオドル[*5]のような、大規模で、反復される新聞広告の形になって「現れると」、平和主義は頭の中に入って行くに違いないでしょう」[77]。

この秀逸な計画は実現せず、ベルタは引き続き待たねばならなかった。「ああ、私たちが必要としている、平和主義の若きナポレオンはどこにいるのでしょう？　アメリカにはタフトがいます。ヨーロッパには、まだ現れていません。でも、きっともう生まれています」[78]。

平和広告のために注がれる数百万はなかったが、それでも彼女は挫（くじ）けることなく、上から平和運動を支援するであろう、偉大な平和政治家に期待をかけた。「ひょっとすると議場にも、白旗を手に取れば、そびえ立つ尖塔の上でそれを一気に打ち立てる用意ができている有力者がいるかもしれない。というのも、たとえこの世の偉人たちの偉大さは古い時代に由来し、古い精神の理想から成長したにせよ、彼らも新しい時代の精神に力強くとらえられているのを感じているからだ。彼らもより明るい目標を探し求めている――差し迫る悲惨から世界を守るという願い、それが――そう公言したのなら彼らは欺かない――彼らの心を満たしている。だが、彼らが古い精神を打ち破るには、社会一般の人々、大衆の意思表明、世人からの賛意が必要だ。しかし、世人は怠惰である……」[79]。

「冠を戴く統治者たちに、私は近づくつもりです。戦争という悪魔から力を奪うためだけに。彼らには、それをする力があります。すぐさま行使できる力が。そして急ぎ救いを求めるなら、即刻、救いの手段を今まさに手にしている者に頼るのです」。彼女はこれに対する異論を熟知していたが、反論する。「世界は変わるでしょう。それは確かです。そして現行の情勢、慣行、法律は、ほかに席を譲るでしょう。それは間違いありません。そして新しい秩序は、おそらく、戦争の廃絶をそれ自身のうちに含んでいるでしょう」。これは、資本主義が大敗を喫した後の時代に対して、社会民主主義者が寄せる期待だった。「しかし、私たちにはそれをじっと待っている時間はありません。火の手は上がっていま す。本当に消火栓がある場所へと――駆け足で――向かいましょう」。

「現在、私たちの背後にある歴史的政治的発展の結果として、戦争と平和を決める無制限の権力は国家元首のもとに、ただ彼らのもとにあります。諸国民はどこにおいても、ほんの幾人かの人物たち、すなわち君主、大統領、外交官が――外交官は間接的にですが――号令によって、ペン先によって、まったく思うがままに数百万の人々に死と破滅の決定を下しうるという事実を耐えています。(あなたがこれを耐えることは理解しがたいですが、事実そうなのです。)諸国民はそのような状況にありながら、自分たちには自由が、自治が存在している――『市民の誇り』と、そしてなにより、人間の尊厳が存在しているという幻想を抱いていますが、私には信じ難いことです!」[80]。

ベルタ・フォン・ズットナーのもう一つの戦術は、妻を仲立ちにして有力者に接触するという方法だった。アンリ・デュナンは赤十字創設の際、とりわけ「お歴々の」夫人たちの慈悲に賭け、それによって成功を収めた。ズットナーは彼にこう書いた。「貴族の夫人たち、王妃たち。ああ、なんとかして、私たちが彼女らを味方につけることができたなら、つまり、彼女たちが私たちと同じように考え、感じるようになれば、戦争などもうなくなるでしょうに[81]」。

「女性と諸国民平和」と題した講演においても、彼女はこの期待を口にした。「諸国民の運命を決する大きな力は、今日なお、地上のお歴々の手の中にあります。将来は、どんなところにおいても民主主義がこの力を持つに至るでしょうが、目下のところ、この力はまだたびたび、支配者が行使しています。そしてそれゆえ、移行期である今は、王妃たちと公妃たちが平和主義を支えるために一つの同盟のうちに結びつく、絶好の機会なのです。先陣を切らねばならないのはたった一人の女性だけで、ほとんどすべての女性はその後に続くでしょう。戦争を鎮める、この慈悲深い課題から逃れる女性はもう一人もいません。戦争を妨げるという、この気高い課題は、彼女たちの中にいる知識を得た者たち、理解する者たちを喜びで満たすでしょう[82]」。

彼女が最初に接触を試みた一人に、皇妃エリザベートがいた。一八九四年、ズットナーは皇妃に次のように書いた。「陛下！　世界は大胆な者のものである、と言われております――私がここで為していることは大胆すぎるだけでなく、あるいはまた――非礼なことであることを、私は十分わきまえております。しかし、個人を越えた事柄が問題となる所では、礼儀作法は意味を失います。戦争という制度が破棄される、そういう国際的法治状態を作り上げることをめざす運動の存在を、陛下はご存知であられます。私が全霊を込めてこの運動に加わったこと、私が献身と貧弱な詩才において持てるものをそれに捧げたことをご存知であると、私は予期しているものではありませんが、それはしかし、かような手紙を認める勇気を私に与えています。――

私が懇願いたしますのは、我が皇妃陛下の手による同意のしるしであります。それは私のためではなく、偉大な目的のためでございます！　今の時代に獲得せんと努力されているものに到達するのは、あるいはようやく数世代ののちかもしれません。しかしながら実のところ、高位の人々、高貴な人々の願いや意志がそこにあるときにのみ、到達され得るのでございます。

かような――オーストリア皇妃エリザベートによる――一行が歴史に書き入れられれば、あらゆる文化的理想の中で最も喜ばしいもののための戦いにとって、どのような恵みがそこから萌え出るか、予想できません。

陛下への心よりの畏敬の念とともに、謹んでベルタ・フォン・ズットナー＝キンスキーより[83]」。

この手紙への反応はなかった。

一年後、ベルタは改めて皇妃に自著『武器を捨てよ！』の新版を送ってみた。これに対しては侍従長から礼状が届いた。「皇妃兼王妃陛下はあなたの著書『武器を捨てよ！』第一二版を、恐れ多くも……御みずからの書架にお収めになりました[84]」。

この失敗による失望は、ズットナーがまさに皇妃エリザベートを同志と予想していただけに、とりわけ大きかった――また実際、皇妃はズットナーの同志だった。というのも、一九八四年になって初めて知られるようになった皇妃個人の日記からは、軍国主義に対する強い嫌悪が読み取れるのである[85]。軍隊的気風に染め抜かれたウィーンの皇宮に住み、みずからを何よりも帝国の第一の兵士と見なす皇帝の隣にいるエリザベートは、コスモポリタン的な思考をし、非常に博識で、共和制理念を信奉し、戦争や王侯に楯突くような内容の詩を書いていた。

誰に分かろうか！　王侯がいないのなら、

戦争もないのなら、
戦場や勝利への
犠牲多き渇望もなくなるだろう。[86]

しかしこの頃エリザベートは、すでに病が重く、人嫌いになっていた。彼女は、ベルタ・フォン・ズットナーに対しては興味があったと考えていいだろうが、すでに他の人々と接触を持つだけの力を失っていた。エリザベートが生きていたのは、ウィーンの皇宮から遠く離れた自分の空想の中だった。誰一人、皇帝でさえも、もはや彼女に近づくことは許されなかった。皇妃への期待を、二〇年前であればそれはまだ妥当であったとしても、ベルタは葬らねばならなかった。

フランツ・ヨーゼフ皇帝に直接上奏することは、一八九〇年、『武器を捨てよ！』出版後にカルネーリも提案していたが、ベルタは躊躇した。彼は確かに「心根は善良」だ、とベルタは思っていた。しかし、彼にはほとんど重きを置いていなかった。「アルザス＝ロレーヌという不和の種やロシア貴族の機嫌を無害化する術（すべ）は、彼の手中にありません[87]」。

数年後、彼女はそれでも謁見しようと骨を折り、一八九七年、ヴレーデ侯爵の仲介でその機会を得た。きっかけは、ロンドンで出された「仲裁同盟」の平和アピールだった。すべての国家元首に宛て、イギリスの著名な聖職者一七〇人が署名した、国際仲裁裁判所の提案が送られたのだった。国ごとに著名な平和主義者が選び出され、自分の君主にこの署名入り文書を手渡すことになった。ヴレーデ侯爵に伴われたズットナーは気持ちを高ぶらせ、日記にはこう書いた。「モーザー夫人［彼女の髪結い］は感動しながら私の参内を祝福した。九時四五分に登城。将校でいっぱいの謁見の間でヴレーデと会う。私たちはファルケンハイン、トゥーン、パールの後の四番目に案内されると聞かされる――そして皇帝を隠す衝立の後ろに立つ。広間じゅう将校で溢れている。壁は戦いの絵で覆いつくされている。そうして私たち――平和代表団の出番。ほんの少しだけ待たされ、中へ[88]」。

『回想録』の中で、なぜ自分はたいていの謁見希望者のように長く待たなくてすんだか、ベルタは説明している。「このように優先されたのは、平和協会会長が『仲裁請願書』を持ってきたからという事情が効いたからではなく、単に付添人が侯爵だったからである――宮廷ではすべて、階級と称号が物を言うのだ[89]」。

「皇帝は数歩、歩み寄る。『よくいらっしゃいました――わざわざお越し下さり、感謝しております』。それに対し、私は自分の台詞を言う――彼は文書と本を手に取り机上に置く。『じっくり読むことにしましょう。でも、これが成功しますかどうかは?』――『恐れながら成功とは、陛下がこのことに注意を向けてくださることでございます』。皇帝はもう一度礼を述べる――宮廷式お辞儀。そして私たちは退出[90]」。

この行動が成功を収めたと言うには無理があろう。しかしベルタは、もう当てにしてはいなかった。「撒き散らされたこのような言葉は穀種、あるいはもっと良い比喩を使えば――ハンマーの打撃だ。新しい理念とは釘のような物で――古い状況と制度は分厚い壁のような物である。そこでは、尖った釘をあて一度打ち付けても十分ではない――何百回も釘は打ち付けられねばならず、しかも、びくとも動かないようにするには、釘の真芯を捉えねばならない[91]」。

のちになると彼女は、フランツ・ヨーゼフの「心根は善良」であるという意見を変えた。彼女はヴィルヘルム二世を「レーマン」と呼ぶのと同じように、フランツ・ヨーゼフを「プロハスカ」と呼んでいたが、彼について次のように書いた。「ああ、私はプロハスカを正しく評価しています。あらゆる坊主の保護者――ハーグ国際会議の敵、情熱的軍国主義者[92]」。

自分が平和のために尽くしてきた努力のすべては、いったい何の意味があるのだろう。「国父は射撃祭の場で、射撃について、射撃の名人芸について、『これが最も大事なのである』と言うのだ。ああ、何という理解力か[93]」。

公式訪問の折りは常に使い古した美辞麗句が用いられ、一方で現実の争いについては細心に忌避されたままであることに、彼女は腹を立てた。その一例は、一九〇三年のエドワード七世によるウィーン訪問だった。これがオーストリアとイギリスの接近に繋がるのを彼女は望んだが、それは裏切られた。「昨日、皇帝が供した宴席の挨拶は味気なかった――いつもと同じだ。フランツ・ヨーゼフが強調するのは、利害の対立がないこと――それゆえ関係悪化も望まぬ、ということだ。隣人を客として迎えた私人が、このように話すのなら想像もつく。返答としてエドワード七世は、フランツ・ヨーゼフをその軍勢の元帥と持ち上げる。フランツ・ヨーゼフがどれだけ兵隊ごっこが好きかは、分かりきったこと。道化芝居。――さらに献立だが、それを世間は新聞を読んで事細かに知るに違いないが、甘いお菓子シュマンケルルのスフレだ[94]」。

数日後ヴィルヘルム二世が訪問したとき、彼女は罵倒した。「ヴィルヘルム到着。リング通りは通行禁止。それを人々は喜び、歓声まで上げる！[95]」。ヴィルヘルム二世とフランツ・ヨーゼフは、平和のべルタにとって面白いことではなかったが、軍隊への愛で一致していた。「大きな、大きな喜びが約束されている。民衆よ、歓呼の声を上げよ！」、彼女は日記の中で嘲笑した。「プロハスカがレーマンを訪ねれば、新しい野戦砲を見せてもらえるだろう！[96]」。

フリートは一九〇三年、オーストリア＝ハンガリーとフランスを取り成して和親協商を結ばせようと試みた。これはすでに八〇年代、ルドルフ皇太子がクレマンソーと共に試み、失敗に終わっていたことだった。ズットナーはフリートの善意の計画に対し、次のような反応をした。「私が思うに、もうオーストリアには為す術がありません[97]」。

彼女はまた折に触れ、「オーストリアの口やかましい将官」について罵ったが、フランツ・ヨーゼフはしばしば、まさにこのような人物と見なされていた[98]。

兵士二人が行軍の途中に熱射病で命を落とし、多くの馬が暑さと乾きで倒れたとハルマンスドルフの演習宿舎で聞いたとき、彼女は次のように述べた。「フランスでは、暑さと日照りを理由に演習は中止されます――しかしプロハスカは、そうはしません[99]」。

イタリアに対してオーストリアが抱えている難題を、彼女は当てこすった。「イタリアの宥和が必要であるだろうに、プロハスカは何を考えているのでしょう？　オーストリア＝ハンガリーの新しい国土防衛用大砲のことです！……今、平和運動に立ちはだかっているのは何か、あなたにはっきり言っておきます。それはとりわけプロハスカとレーマンの二人組です[100]」。

もっとも二人の皇帝は、みずからのことを好んで「平和の皇帝」と呼んでいた。「この称号は『大元帥』と一緒に使えるのだろうか？　平和の皇帝がヨーロッパには二人いるが、彼らはハーグ会議が平和会議になるのを邪魔したのだ[101]」。

小説『苦悩に王手』の中で架空の平和の君主に語らせたあと、彼女は諦めがちに書いた。「しかし、どれだけ長く待てば成就するのだろう？　私が冠を戴いた議長に語らせた意見と考えは、それらがあの領域で習慣的思考になりうるまでに、希望の向かう所となりうるまでに、どれだけ長い時が必要なのだろう？　軍人精神の中で育て上げられ、あらゆる現代的理念を拒否する者たちの作る壁に囲まれ、疲弊させ消耗させる統治の仕事に忙しく、そして――気晴らしで――仕留めた三万三〇〇〇の野獣を載せた一覧の作成に忙しい。そんな状況では、民衆の魂の中で、世紀の精神の中で何が発酵しているか、どうすれば知ることができるというのだろう？[102]」。

しかしながら当然ベルタは熱心に、フランツ・ヨーゼフ皇帝の私生活について、特にかつての皇太子妃シュテファニーとその新しい夫ローニャイ伯爵の客としてルソヴツェに滞在中、あらゆる情報を記録した。彼女が日記に書き込んだように、そこでは誰も「プロハスカについて良い話はしない」。「皇帝には心がないそうだ。彼が愚かであるのは彼のせいではないが、彼には情もない[103]」。オーストリア＝ハンガリーの政治的将来に、ローニャイ伯爵は高い望みを持ってはいなかった。彼はズットナーに、王家に反対する記事の載ったハンガリーの新聞を見せた。「かの地の人々はこのように感じている。オーストリアは国ではなく、一つの政府なのだ[104]」。

シュテファニーは平和運動に興味があるように見え、それどころか、「どうすれば手伝いができるか[105]」とも尋ねた。もっとも、こうしたことに関する期待は、早くもベルタが次に訪問したときには砕け散った。晩餐の際、彼女の隣に座ったのは、よりにもよって反ユダヤ主義の若い聖職者であり、この男は平和に反対する考えを述べ立てた。ベルタは日記の中に怒りを書き込んだ。「ああ、心配なことに、この家も坊主に毒されている。これは貴族と宮廷の疫病だ。どうすることもできない」。「この家のカトリシズムとは（残念なことに！　二、三人プロテスタントがいる！）、ルソヴツェは小さなワイマール[*6]には決してなれない、という意味だ。よそとまったく同じように、信心に凝り固まってできている[106]」。ここで彼女が言っているのは、とりわけ皇位継承者フランツ・フェルディナント一家のことであり、ズットナーの日記の言葉によれば、この一家は「教会と兵営」を体現していた[107]。

もうほとんどルソヴツェでは平和主義への関心を得られなかったので、彼女は噂話、もちろんとりわけルドルフ皇太子とマイヤーリング事件について、耳を傾けた。ローニャイ伯爵は、「皇太子には殺人者の素質があり、しばしば妻の命を脅かした」といったことを語った[108]。それに続けて、女官ガーゲルン男爵夫人は皇太子の悲劇についてきわめて巧みな解釈を披露した。「皇帝が死んで五〇年経てば、この悲劇は歴史に委ねられるだろう。コーブルク公子、バルタッツィ、ヴォルケンシュタイン、ヴェッツェラたちと酒盛り。あの夜、皇太子はヴェッツェラに、皇帝は離婚を許さないと話す。そこで彼女は彼が寝ている間に、短刀で復讐した。彼は目を覚ますとまず彼女を撃ち殺し、次に自分を撃った」。こうした暴露話は、ローニャイ家の夜のまどいにうってつけだった。「晩、テーブルが動く*7。小さなテーブルが本当に動く[109]」。

ベルタが招待されたのは、彼女が望んでいたような平和運動への参加ではなく、別の理由からだった。女官が「文芸記事を……注文する。お望みは、世間に家庭の幸福と壮麗さを知ってもらうこと[110]」。

ウィーンに帰るとすぐに、ズットナーは仕事に取りかかった。この記事は一九〇七年一月初めに『ノイエ・フライエ・プレッセ』に掲載された。彼女は自分の記事にまったく誇りが持てず、日記にはこう書いた。「私は少しばかり恥ずかしい。これは広告だ……ベルタ・ズットナーという人間にはふさわしくない[111]」。

この自己批評はおそらく正しかった。カール・クラウスは即座に反応し、『ファッケル』に「腰元」という表題で記事を載せた。「蒙昧な新聞が聖なる祭りに際して我々に与えてくれた文芸記事『ルソヴツェのシュテファニー王女のもとでのクリスマス』は、きわめて考え抜かれていても食欲はそそらないものの一つだ」。彼はこの記事を「伯爵の奉公人部屋の中でこしらえられた最も哀れむべきお喋り」と呼んだ。「ほろ酔い機嫌のローニャイ伯爵夫人について二三行！　これは多過ぎる！　最も偉大な詩人たちが『ノイエ・フライエ・プレッセ』ではお粗末な失敗をしてきた」、そして「もし神が強靭な精神を備えた女性たちから我らを守りたまうなら、高きにいます神に栄光あれ！」。（このようにベルタ・フォン・ズットナーは呼ばれることがあった。）だが嘲笑はきっかけをはるかに通り越し、ズットナーの平和活動にも浴びせられた。こうしてクラウスは、「日露戦争を合衆国大統領への至急電で終わらせよう……という功名心[112]」を揶揄した。

翌年、ベルタはもうシュテファニーの招待を受けず、日記にはこう書いた。「ルソヴツェへ断りの手紙を書いた。そう、私にはもう領主を訪ねる余力はない。それにこの寒さ。まずは毛皮を買わねばならなかったろう[113]」。二年後、それでも再び出向いて行ったが、この訪問から大きな喜びは得られなかった。「主人夫妻は社会主義者風に、共和主義者風に振る舞っている……それでもしかし、この社会主義は救貧院設立程度に、寛容は『ユダヤ人を除き、宗派による差別はない』といった程度に限られる――『それはさておき、ユダヤ人も人間ではあるがね[114]』」。

確かにベルタは称号と位階を偏愛しており、とりわけ、それらが政治的権力と結びついていたときにその偏愛は顕著だった。しかし彼女は同時にこの権力に対して非常に批判的に向き合い、そして、しばしば諸国民すべてにとって重要な政治的決定がどのように下されたのかについて、戦慄していた。彼女の小説に登場する女性の一人は、次のように言う。「私は……陰口と陰謀の料理にひどい吐き気を催しました。その料理では、何も知らない諸国民の運命というスープが料理されています。そう、世界史を作り出す偉大な紳士連がどんな小業（こわざ）を弄（ろう）し、どんなつまらぬ目的を追求しているか、諸国民は気づいていません。個人的な嫉妬と名誉欲が問題なのです。欺瞞、誤謬、偶然が現実となり、その結果、由々しい事態が持ち上がっても、それは神の御意志、あるいは自然法則に基づく世界の成り行きが現れたのだと説明されます。それは逆です。上の方にいる偉大な紳士連は、民衆のことについて何も知りません。民衆の苦しみや希望を理解する能力が、彼らには欠けています。民衆が目醒め、手足を伸ばしているのを、彼らは感じ取っていません[115]」。

「最高位の人々の」楽しみと関心を目の当たりにして、彼女は意気消沈して嘆いた。「ああ、さまざまな君主たちが、ここで危険に晒されていることに対し、もっと大きい関心を抱いてくれたなら! しかし、彼らの関心事について、新聞はどんな報道をしているだろうか? 彼らは射撃練習に立ち会い、射撃祭には臨席の栄を浴させている。その上、もうすでに抜かりなく、来る秋の演習の手配にいそしんでいる[116]」。「このような人たちが、私たちの白旗を掲げる力を持っているのに、それを行使しない――それを試みさえしない――ということを考えると、心底慄然とします[117]」。

「高等政治――それはつまり、五、六〇人と新聞各紙の従業員が、人々が平穏を得られぬように、内面の健全化や人間社会の向上に決して取り組み得ないように、計らうことである。平和の闘士にとっては困難な状況だ[118]」。

平和主義者にとって最大の問題は、もちろんドイツ皇帝だった。彼が戴冠したその日から、彼によってヨーロッパの平和が著しく脅かされることを平和主義者は恐れていたが、それほどに彼の行動と演説は軍国主義的だった。「彼が口を開くごとに、私は軽い憤怒に駆られました[119]」、ベルタは若き日のヴィルヘルムについてこう書いて憤慨した。「近頃、我がヴィルヘルムはまたもトルコ兵について麗しき言葉を口にしました。『良質な人的資源』だと言うのです。そうだとすれば、獅子は吠え声を上げながら壁をよじ登るべきではないでしょうか？」[120]。

特に彼女が腹を立てたのは、彼が演説の中でしばしば軍国主義とキリスト教信仰を結びつけたことであり、これは彼女には非常に冒瀆的に思えた。「そうこうしている間に、我が心のヴィルヘルムは、彼がその地上の神として君臨する世の人々に、こんな秀逸な説教を垂れました、……同時に良きキリスト教徒でなければ、良き兵士にはなれぬ[121]」。

たとえカルネーリの提案であっても、かような人間に自分の反戦本は献呈できない、と彼女は言った。「本を受け取ったところで、それが読む保証になるとはとても言えません」、と彼女は主張した。「そしてこの『謹んでお願い』が、私には不愉快です。私がどれほど、あなたや他の人たちに我がヴィルヘルムとその振顫譫妄（しんせんせんもう）等々について意見を述べ立ててきたか、考えてみて下さい。それでも今、私は彼に本を『謹んで捧げる』べきだと言うのですね。それにこの落ち着きのないホーエンツォレルンに活気を与えている神秘的かつ錯乱的なもの、好戦的かつ冒険的なものに、私は言及せずにはいられないでしょう。彼は自分を半神と思っています。『皇帝の言葉に屁理屈言うべからず』、これが彼の究極的に重要な表明です。しかし私たちは屁理屈を禁じさせるつもりなどありません――そもそも私たちはどんな権力者を前にしても、頭を下げ過ぎて何も見えなくなるほど平身低頭する気はないのです[122]」。

ベルリンの厳しい反リベラルの路線は、ズットナーの長年の同志たちを裁判にかけ、逮捕し、懲役刑に処した。その中にはたとえば、ルートヴィヒ・クヴィデ教授やフリードリヒ・ヴィルヘルム・フェルスターがいた。「今やドイツのリベラル紙は、輝かしいドイツ統一のもとで実に多くの不正がまかり通っているのを嘆いています。あたかも血と鉄の上に打ち立てられたような政権から、光と自由が芽吹くことはありえません。そうなのです、大砲と芸術を同時に花咲かせるのは不可能です」[123]。一九〇〇年、ヴィルヘルムとイタリア王がヴィクトリア女王にボーア戦争終結に祝意を送ったとき、ベルタは怒りに駆られた。「惨殺されたこの国の精鋭に対する祝意。ああ、この玉座の怪物たちめ！『歴史』教育は、彼らの少しは気高い道徳感情をどれも窒息させてしまった」[124]。

しかし悲嘆に暮れるのはベルタの流儀ではなかった。彼女は行動しようとした、あるいは、行動しようと試みた。それはこの場合、どうにかして皇帝に働きかけるということだった。それというのも、彼女は「お歴々」の決定的な力をあまりに堅く信じ込んでいたからであり、そのことについてフリートにこう書いた。「ヴィルヘルム二世は船を望み、求めていましたが、今はそれらを手にしています。もし彼が同じくらい熱心に平和会議と軍縮を望んでいたなら——彼はそれらを手にしていたでしょう。というのも経済的に見れば、間違いなく船より平和会議と軍縮の方が得なのですから」[125]。

カーネギーやモナコのアルベールと並び、ヴィルヘルムの四男ヴィルヘルム・アウグストは仲介者としてうってつけだと彼女には思われた。彼女は彼について、自分の「理念の味方に付けられる——彼が愛するのは芸術と科学だけで、戦争と軍隊を憎み、労働者の集会に顔を出している」[126]、という話を耳にしていた。

また彼女は、皇帝の他の縁戚を通して接触を持とうと模索していたが、たとえばその中には、ドイツ皇妃の弟、すなわちヴィルヘルムの義理の弟、エルンスト・ギュンター・フォン・シュレースヴィヒ＝ホルシュタイン王子がいた。彼女は彼とモナコで出会い、「彼が社会問題に多大な関心を抱き——帝国議会におけるベーベルの演説に関心を持って注目し、ゾラの『ジェルミナール』[*8]にいたく感嘆している」[127]、ということをいぶかりつつも確認した。またも叶うことのない期待だった。

それゆえ一九〇五年のベルリン滞在では、彼女はドイツ皇帝との謁見を申請し、フリートに次のように書いた。「ヴィルヘルム二世は仲裁裁判所という考えを憎んでいます。彼はこの法廷を邪魔しようとしましたし、軍備の凍結を邪魔しました。条約をほとんど無価値にする留保条項は、彼の筆になります。将来の会議に彼が同意するのは、そのプログラムに戦争に関する項目があるときだけでしょう。国際協約は彼には厭わしいものです。それゆえ、英仏の協定に加わることも同様です――たとえそれが戦争を招くことになろうとも。さて、この男を現代化させるのは困難なことでしょう。私が思うに、彼が私を迎えることはまずないでしょうし、もし迎えるにしても、おそらく肩を叩かれるのが関の山です」[128]。

謁見は許可されず、ズットナーは腹を立て続けた。「ヴィルヘルムはびっくりするような演説をした」、彼女は一九一〇年頃、日記に書いた。「軍備のみが平和の保証。王権神授説。女性への敵意。戦争の美徳」[129]。

ヴィルヘルム二世に対するベルタの考えは、モナコのアルベールとアルフレート・フリートからすればあまりにも否定的で、彼らはそれを和らげようと力を尽くした。時に彼女は譲歩することもあり、たとえば一九一三年にはゲルハルト・ハウプトマンに宛ててこう書いた。「平和の君主は――ひょっとして君主ではないかもしれぬにせよ――生れ出るのでしょうが、依然ヨーロッパは身ごもったままです。あるいは自分で望んだなら、ヴィルヘルム二世はこの役割を引き受けることができたのでしょうけれど。あるいは彼は銃剣に取り囲まれた囚われ人なのです、たとえ人々が出してやったとしても」[130]。それでも頻繁に出るのは深いため息だった。「そうです、王たちは何がしかを悟り始めました――しかしその中には、決定的な人物がいません」[131]――ここで彼女が言っているのは、当然のことながらヴィルヘルム二世のことだった。

彼女はヴィルヘルムが表向き見せていた平和への愛を信じなかった。「ヴィルヘルム二世は銀婚式の祝いの席で、常に陸と海の戦力について考えていると語った……彼は実際、実にはっきりと本性を露にマルス気取りの顔つきをしてみせるが、相変わらずドイツ人は彼を平和の君主と褒め称えている[132]」。「しかしヴィルヘルム二世が本当に平和的になるとは、決して思えません。孤立したドイツから発せられる主張は、新たな軋轢を生むことになります。もし和解した二つの国がドイツもそれに加わるよう促せば――ドイツは冷たく、行動を共にせず、と言い放ち、『我、孤立させられし』と憤激します。真実はこうです。ドイツはあらゆる国際的な友好と法治の政治から、すすんで孤立しているのです。ドイツは国家主義的に振る舞おうとし、ただ自分の力を誇示しようとするのみです[133]」。「どこかで和解や協調がもたらされることになると、このドイツ人たちはどれほどそれを非常に危険で有害と見なすことか[134]」。「かつての詩人と思索家の国が、今やユンカーと近習の国となって新しい精神に抗う様は、一つの醜態です[135]」。

彼女は一度フリートに、怒りとともに打ち明けた。「ドイツ人の傲慢な鼻っぱしが戦争によってへし折られるよう自分が願っていることに、時おり気づきます[136]」。「ドイツは平和運動における黒点であり弱点だ[137]」。

あらゆる反動にもかかわらず、彼女は諦めなかった。自分のお手本であるデュナンに、彼女はこう書いた。「あなたもご自分の活動で成功を収められましたが、それはあなたが世界のお歴々の力を借りたからです。ところでこれは当然のことでもあります。お歴々は同時に実力者でもあります。下から成功を得るには、まず大衆を動かさねばなりませんが、これはかなり困難なことです[138]」。

実力者たちのどんな会談にも平和主義者は期待を寄せた。権力者同士の個人的結びつきは、ひょっとすると諸国民間の関係も改善し、戦争の敷居を高くするかもしれなかった。この理由から、平和主義者は君主一族の訪問、狩猟、婚礼、葬式を熱心かつ期待たっぷりに観察し、支配階級の血縁関係の意味を過大評価していた。こうしたことで社会主義者たちから嘲られたベルタは、次のように嘆いた。「国家間の訪問の意味を低く見積もろうと人々が努力しているのは、本当に愚の骨頂です。狂信的愛国主義者にとって、これは自明のことです。社会主義者にとっては、言語道断なのです[139]」。

イギリスの新王エドワード七世に対する期待は、早くも彼の即位演説によってくすんでしまったようだった。フレデリック・パシーに宛て、ベルタはこう書いた。「本当に（ニコライ二世を除けば）一度もこうした高位の人物が高潔な演説をするのを聞いたことがありません。これは悲しいことです。諸国民が持つべきは、君主ではなく哲学者と詩人でしょう。しかし彼らは、兵士や怠け者で満足していま す[140]」。そしてフリートにはこう書いた。「さて、あなたはイギリス王の即位演説が気に入りましたか？戦争熱に荒れ狂い、軍国主義を賛美する者たちに何かが起こり、解き放たれたマルスが取り押さえられるという期待は、すべて裏切られました。これでは死したイギリス女王［ヴィクトリア］や結婚するオランダ女王［ウィルヘルミナ］、王位の交替も何の役にも立ちません――どんなことだって役に立ちはしません[141]」。

のちになると、最初は低く評価されていたエドワード七世は平和主義者たちの希望となり、彼は「調停者エドワード」という称号を得た。ズットナーは二度、謁見を申請したが、それは叶わなかった。彼女は信頼と批判の間で揺れ動いた。エドワードは、自分が「働くのは、いつか遠い未来にそれがすっかり消え去るまで、この世界における殺人行為を減らすため」だと言った。ベルタは日記にこう論評した。「なぜ遠い未来なのか――王たちがその気になりさえすれば、しかし、まさしくそう、彼らはその気にはならない」[142]。

一九〇七年、エドワードがヴィルヘルム皇帝とフランツ・ヨーゼフ皇帝を訪問したとき、ヨーロッパの同盟体制の切迫する対立を背景に、平和主義者はおおいなる共感と期待を込めて注視した。ベルタは『平和の守り』に書いた。「エドワード七世は日本、フランス、スペイン、イタリアと友好を結んだが、今は同じくドイツとオーストリアに手を差し出している。囲い込みや統一をめざしての旅ではない」。この会談は、「イギリスとドイツの上空を覆う、両国の狂信的愛国主義者と大砲愛好家たちのインク壺から立ちのぼった、忌まわしい雲を吹き払う」かに見える[143]。だが、エドワードと友好を結ぶ相手はいなかった――ヴィルヘルムもフランツ・ヨーゼフも、取り付く島がなかった。

一九〇八年の平和会議の際、ついにズットナーはイギリス国王夫妻と顔を合わせた。彼女は会議の代表団とともにバッキンガム宮殿に迎えられた。エドワード七世は接見の際に読み上げられた文書の中で、「調停者」と呼びかけられた。「エドワードの返答と、それを朗読するときの口調は、会議に完全な成功を与えたかのようだった。これ以上の話し合いは必要ない――国王はこの会議を、全世界を前に調停者という称号を受け、彼の目標が我々の目標を助け、我々の仕事が彼の仕事を助けることを表明する場に選んだのだ」[144]。

ベルタはベルギーやオランダ、それにスカンジナビア三カ国の君主と会ったが、同じような、おざなりの平和の美辞麗句以上は引き出せなかった。同様に、詩人としてカルメン・シルヴァと名乗り、第一回ハーグ会議の折りは婦人平和宣言に署名した一人でもあったルーマニア王妃エリサベタからの招待も、失望に終わった。

ベルタはシナヤ近郊のペレシュ城[*9]に招待された。王妃は「白い衣装を纏うと言うより、むしろ着飾り、ヴェールを巻き付けたバラ色の顔は精神の輝きを放っていた」。食卓では、日露戦争を始めとした戦争が話題に上った。カロル国王は次のように言った、「彼らはまだ旅順の前日までは平和を望んでいた、ツァーリも心から平和を愛している……私はカーネギーについて話す……その後、私は国王夫妻に城内を案内された——絵画、工芸品、ムリリョ、ルネサンス——仕事部屋はあらゆる物が見事。王妃は私に彼女の手芸を見せる。もし自分が私と知り合わなかったなら、自分の人生には何かが欠けていただろう、と言う[145]」。

この訪問で受けた印象は二様だった。ベルタは一方でおおいに尊ばれたと感じ、おもねられた気がした。もう一方では、彼女の有力者への期待はすでに大きな懐疑に取って代わられていた。彼女はブカレストからヘルマン・バールに宛てて書いた。「明日、私はカロル国王とカルメン・シルヴァのもとに招かれています——しかし、あのような人たちによって私たちに文化的平和が訪れることはありません。それなら労働者のデモの方が……もっと期待が持てます[146]」。

12

同盟相手

一九世紀後半は古い秩序が崩壊し、新しい秩序を創造しようとするさまざまな試みが行われた時代であった。社会主義、キリスト教社会運動、女性運動、シオニズム、平和運動、そして規模が比較的小さな無数の新種の協会が、より良い未来へ導くための諸々の原理を発展させていた。

ベルタ・フォン・ズットナーは、この新しい運動の多くに積極的に取り組んだ。彼女は、女性差別、性に関して過度に潔癖な青少年教育、階級社会、保護貿易、人種憎悪と民族主義、宗教的不寛容、死刑と決闘、動物実験など多くのものと闘い、そして自由の拡大、寛容、「真実」、「正義」、そして「宥和」のために力を尽くした。彼女は率直に――小説の中でも――多様な「現代の」運動について喜びを示し、その精神の覚醒を歓迎した。「つまり至る所で、あらゆる陣営から、文化の歩みをそれぞれの軌道へ導くことになる理念を宣伝するために力を集めようという欲望――その手段は同様でありながら、目標はなんとさまざまなことか！」[1]。

彼女は、自分と同じ考えの人々との強い結び付きを感じていた。「やはり、私たちはますます近づいています。トルストイ、エギディ、ヘルツル、ピカール［傑出したドレフュス支持者の一人］、ニコライ二世。男たちは皆、一つの理念に心を奪われ、じっとしてはいられません――それは、その考えが真実だからです！」[2]。

彼女には、「気高い人間」が公の場で尽力しなければならない、という固い信念があった。というのも、悪に対抗し、人類をより高い、より高貴な段階に引き上げるにはそれしかない、と彼女は考えていたからだ。「この世界の一〇〇〇人に一人はテロを拡大する、ならず者の煽動家、一〇兆人に一人は自分の勇敢さを公然と示す勇敢な人々です。その他は、沈黙を続ける臆病者しかいません。誰も言葉を発する勇気がないのです」、と彼女はテオドーア・ヘルツルに嘆いた[3]。

列国議会同盟

平和運動と深い結び付きを持ち、一時期その一翼を担っていたのが、列国議会同盟（ＩＰＵ）である。ベルタ・フォン・ズットナーは、その歴史の初期においては少なからぬ役割を演じていた。（一八二頁参照。）ＩＰＵは、将来の欧州議会、さらには世界議会の萌芽のごときもの、国際的連帯が国家のエゴイズムに優先する場となるはずだった。そこには、ほとんどのヨーロッパ諸国から国会議員が参加していた。世紀の変わり目には、自分の国会で国際仲裁裁判所と軍縮を支持すると誓約したのは、約一五〇〇名であった。社会主義者は一貫してＩＰＵをボイコットしていた。

当初、同盟は国際的平和運動を強い拠り所として、同じ時に同じ場所で、しかし二つの別個の催しとして、それぞれの会議を開いた。ズットナーは断固として会議の共同開催を要求した。「二つの機関は、根本的には同じ運動が二つの異なる形態をとったに過ぎず、互いに緊密な関係を持っており、一方はもう一方から生まれたものである。いわば同じ国会の下院と上院である」[4]。ベルタは力を込めて、ＩＰＵの意義を強調した。「要するに、これらの催しは、平和運動からとても重要な枝が分かれ出たことを示しています」[5]。

新聞の論説や講演でたびたび同盟の諸原則を説明しようとしていた彼女にとって、一九〇三年のウィーンにおけるＩＰＵ会議開催は絶好の機会だった。彼女は大いに誇ってフリートに書いた。「この機関は、わずか一二年の間にどれほど発展したことでしょう。素晴らしいことです。――もちろん、それに対してオーストリアのグループを一八九一年に誕生させたのは私だったなどと言っているのではありません。このように高貴な偉人たちに、そんな些細な由来を思い出させてはいけません――それは良くないことです」。「会議には六三〇名が参加を申し込みました。これらすべては、何という成長を遂げたことでしょう――そして私たちの敵はいまだそれに気がつかないのです！[6]」。

ズットナーは、諸国会においてＩＰＵが果たす働きにとうてい満足していなかった。彼女の考えによれば、ＩＰＵの議員は仲裁裁判所と軍縮のためにほとんど尽力せず、会議を「むしろ行楽旅行」と見なしていた。「同盟は次第に、本当に同盟のことを考えて働き、行動する人だけに――仲裁裁判所の思想に言及すらしないまま、あらゆる大砲の調達に熱狂して賛成することのない人に、限らなければならないでしょう。それでも同盟のこの発展は、やはり嬉しいことです。そうです、私たち平和主義者は、皆、草のように成長しています。しかし、人々が草の成長に気づくことはありません。でも、茎である私たちは、それを感じるのです！[7]」。

しかし同盟が国際的組織であることが、ズットナーの怒りを招くこともしばしばだった。「列国議会同盟。あなたは、あのドイツのグループのことを言いますが――ああ、ひどい話ですが、他のグループはそれよりましなのですか？　列国議会の人たちは、ボーア戦争のとき、何をしましたか？　彼らは口を開きませんでした[8]」。そして別の機会には、「せめてこんな臆病者がいなければよいのに！」と書いた[9]。その二年後には再びこう記した。「代表議員たち……に激怒。良心を欠いた、臆病な連中が――列国議会同盟にいる、そして変わらなければいけないこと、このような状態が続くわけがないことを、一言も口にしない[10]」。

年を重ねるにつれてＩＰＵは意識的に平和協会から離れ、自主性を強調し、自分たちの方が平和協会よりも優位にあると感じるようになった。彼女の友人でありオーストリアＩＰＵ議長でもあるピルケが亡くなると、ベルタは国会議員に、とりわけ新しい団長エルンスト・フォン・プレーナーに露骨なよそよそしさを感じた。彼女は、彼を「政治家として高慢」と見なし、彼が自分を「蔑んでいる」と思った。[11] 彼があまりにも平和主義に関心がなく、IPUの活動に対して不熱心で投げやりであることに、彼女は気づいた。彼女は幾度かプレーナーに重要な出来事について注意を促す手紙を書き、「他の地域ではどれほど目覚めているかを、惰眠を貪る私たちのグループは知る必要がある」と日記に書いた。[12] フリートに向かっては、彼女はこう嘆いた。「プレーナーについては、私もひどく腹を立てています。オーストリアは、平和主義に関してはホッテントット[*1]の住む土地です[13]」。そして、「その男とは、私たちの列国議会同盟団の団長です。列国議会同盟の委員は、彼に口をはさむべきでした。軍拡を焚きつける人は、上にへつらう政治家の中にはいるかもしれません、しかし同盟の団員であれば――そのようなことはまさに裏切りです[14]」と。

IPUという純粋な男性社会の中で、女性であるズットナーは自分がまともに相手にされていないと感じていた。彼女は小説『人類の崇高な思想』の中で、平和運動に敵対する一人のIPUの団員に次のように語らせる。「私はもちろん平和愛好家で、列国議会同盟に所属していますが、そのような協会に入会することは、政治家の威厳とうまく折り合いません。なぜなら、そこに――あなたはご存知でしょうが――一人の女が――年増のブルーストッキングがいて――これは失礼、お嬢さん、私はもちろん女性を大いに尊敬しております、ただ女性は自分の持ち場を離れてはいけませんな[15]」。

ベルタはオーストリアと同様、ドイツの国会議員からも明らかにそれと分かる傲慢な扱いを受けた。それはIPUの会議に顔を見せたときでさえ同じだった。とりわけ彼女にとって屈辱的だったのは、一九〇八年のベルリンにおける列国議会同盟の会議の折だった。開会式で彼女のための主賓席が用意されなかったのである。IPUのためにあれほど多くをなしたノーベル賞受賞者のことを気にかける者はいなかった。彼女は誇らしい態度で、他の客に混じり、舞台の上で席を探した。フリートはこのことについて次のように書いた。「列国議会同盟の会議をベルリンで開催することができ、それが帝国当局に十分な好意を持って受け入れられたという事実に、彼女は満足した。しかし、彼女自身がよく理解していたように、この事態の変化を数十年間の準備によってようやく可能にした人物は彼女だった。そしてベルリンでは、開拓者を桟敷席に座らせることがいつも好まれるのである」[16]。

一九一〇年、IPUは国際法学者ラマシュの栄誉を称える公式の祝宴に、「女性抜きで男性」だけを招待するという口実をもうけて、彼女を招待しなかった。このとき彼女は不当な差別待遇を嘆いた。「他に出席する女性がいないから『女性』は認めないというのは、十分な根拠ではありません。ノーベル平和賞受賞者として、私の席は用意できたのです。パリで開かれる学者の祝宴で――たとえ代表の方々が夫人同伴でなくても――女性であるという理由で、キュリー夫人が締め出されることがあるでしょうか？[17]」。

IPU議員による平和協会への中傷に対して、ベルタは新聞の論説で幾度も反論しなくてはならなかった。彼女は根気強く、それでも共通の目標をより効果的に支持できるようにしようと、諸々の共通点、共通の起源、共同作業の必要性を指摘した。ハンガリーの列国議会同盟団の団長であり、ハーグ仲裁裁判所判事でもあるアルベルト・アポニュイ伯爵は、一九一一年の平和の日をブダペスト平和協会と共に祝福したとき、ベルリンの国会議員の横柄な態度を例に挙げて、二つの団体の親近性を否定することに強い警告を発した。ベルタはそれを喜んだ。「平和運動一般と列国議会同盟間の対立を生み出そうとするのは、一本の木のこちらの枝やあちらの枝を、その木から独立し、はるかに凌駕した対立物と見なすのと同じく不当なことである」。彼女は、「平和主義者の準備作業と共同作業がなければ、列国議会同盟は存在しない」という平和主義者の功績を、何度も想起させる必要を感じていた[18]。

　彼女はＩＰＵの成功を自分自身の成功のように喜んだ。一九〇六年、ロンドンで会議を開催していた列国議会同盟団の代表をイギリスの内閣が会談に招いたとき、感激したズットナーはフリートに手紙を書いた。「大きな、大きなニュースです……今、突然、この団体が全世界の政治活動の前面に躍り出ました」。彼女はロンドンへ向かおうとしたが、それはようやく軍縮問題がイギリス政府とＩＰＵによって話し合われることになると期待したからだった。「私は、そこにいなければなりません……そこで起きていることを、愚かなオーストリア人に報告しなければなりません。それはきっと平和主義の凱旋行進における最も大きな一歩となるでしょう。内閣によって会議が**招待**されたのです！　はじめに大臣たちに、二、三言の慈悲の言葉を懇願する必要は**ありません**。総理大臣みずからによる召集なのです。もちろん国王の接見があります[19]」。

　彼女は、平和運動に対してＩＰＵに優位な点がいくつもあることをはっきり認めた。「同盟は政府の目の前で後援を受けて活動する、公的な、いわば政治家の団体である。それはほとんど経験豊かで実務的な政治家によって構成されており、活動はさほど自由ではないものの、平和運動よりもはるかに確実な成果をあげている。それは彼らが賢明にも、最初に達成しうるもの、そして段階的にのみ獲得しうる譲歩だけに向けて努力し、その際、自国や他国の内政干渉となりうるものをすべて彼らの討論から除外したからである」。

　だからといって平和運動が過小評価されてよいというのではない。平和運動には、もう一つの意味があるからである。「それに対して、この協会の会議はより自由である——もしかしたら、より素朴でもあるかもしれない。それはより遠い目標を視野に入れることができ、ごく手近な段階だけに留まる必要はなく、もっと遠くにある問題——関税免除や宗教的寛容などもプログラムに取り入れることができる」。平和会議は、「目覚めた『文化の良心』の代弁者へと成長した」のであり、「残虐な暴力的行為に対して抗議すること」を厭わない。いずれにせよ、平和会議は「無力であるがゆえに、いっそう大胆なのである」。IPUは「平和の実務家」として、時が経つにつれ一歩ずつ平和運動の掲げる大きな目標に近づくだろう、と彼女は考えていた[20]。

社会主義

「社会の弊害を生み出したのは、防ぎようのない自然法則ではなく、社会制度のまずさである。我々はまさに異なった制度を作らなければならない」、とズットナーはすでに『機械時代』の中で要求していた[21]。彼女はときおり「知識人」や「教養人」と同じ意味で「気高い人間」という言葉を用いた。彼女によれば、「気高い人間」には、まさに社会的闘争における、ある特別な責務が課せられていた。というのも、彼らは自分自身のためではなく——人間性に奉仕しつつ——これまでわずかな権利しか与えられなかった人々のために、すべてを求めようと努めるからだ。「私たちの時代は著しく重要な社会問題に満ち、その解決が迫られています——それは誰にも否定できませんね？　労働者である国民は苦しむことに疲れ、私たちの中には、彼らが苦しむ姿を見ることに疲れた人々がいます。私としては、自分の同胞がこれらすべての無用の痛み、負担、危険に苦しむのを、もうこれ以上黙って見てはいられません[22]」。

このような立場をとるズットナー夫妻は、自分の家族や周囲の社会の人々と対立していた。彼らの社会問題に対する態度を、ベルタはこう描写した。「彼らが恐れていたのは、自分たちの財産が強引に奪い取られ、貧しい者たちに分配されること、そして富にサヨナラし――快適な生活のすべてともサヨナラすることである、なぜなら、もしもあの貧しい連中がいなければ、誰がこの快適な生活を作り出すのだろう？[23]」。

彼女はまた、「保守主義者」がいかに社会問題を解決するつもりでいたかについても引用した。「いい気味だ、ならず者はきっと片付けられるだろう。本当に厳格な教育、厳しい法律、国外追放、軍の介入を用いるだけのこと。労働者がストライキを起こせば、兵士たちは工場や鉱山に駆けつけなければならない――必要とあらば発砲しなければならない。その間に国家傷害保険や老齢年金による何らかの対策を施し――同時に、節度や宗教への帰依、堅固な信仰と臣民にふさわしい恭順を粘り強く仕込むのだ。これらすべてによって事は収まるだろう[24]」。

当事者たち、とりわけ労働者には――自分勝手という非難を浴びる可能性があることから――独自に自分たちの権利のために闘う力はない、とベルタは考えた。彼らには有産階級と知識階級の援助と介入が必要だった。それゆえ彼女は「労働者と知識人の共同活動」のための宣伝をした。彼女は、二つの使命を等しく担う新しい「国民大学」を要求した。その第一の使命は、民衆を教育することであり、自由主義者とズットナーにとっては「高貴化」に相当するものであった。第二は、上流階級を「社会意識を持ち、人間の連帯を理解できるように」養成することであった[25]。ズットナーによれば、より良い未来に至るためには、これまで特権を与えられてきた階級の社会的な理解力、それに下層階級の教育と教養という両方が必要であり、すべての人が等しく進歩のために努力しなければならなかった。彼女は小説『雷雨の前』の中でこう述べた。「政治的な権利を大衆に？　まったくそのとおりです。しかし、それにはまず大衆を教育し、道徳を身に付けさせねばなりません。粗野な言動を真っ先に止めさせなければなりません」。そして「第一、第二、第三の身分ではなおも悪と無知とが支配しているゆえに、おそらくあなた方社会主義者は、正義と英知を浸透させるには第四の身分に力を与えれば十分だと思っているのでしょう？[26]」。

社会主義は労働者階級のことしか考えていないという見解を、ズットナーはいつも精力的に論駁した。彼女はこの小説で市民階級の主人公の一人にはっきりと言わせている。「私は社会民主主義者です。そして私の仲間はあらゆる身分の中にいます。私たちが支持するのは、階級の権利ではなく、人間の権利です。たまたま人の大部分が労働者とプロレタリアであるために、まるで社会民主主義運動は労働者の運動でしかないように見えるのです。──そして、たまたま労働者とプロレタリアが現代社会の無秩序に最も苦しんでいるために、当然、私たちはあの階級の利益をとりわけ主張するのです。そして彼らが非常に多数であり、そして特に──非常に不幸であること、そのことが運動に原動力を与えているのです」。

しかしながら偏狭な党の精神に馴染めなかった彼女は、純粋な自由主義者として個人の行為を擁護した。小説の中では次のように語られる。社会民主主義は、「個人の権利を脅かしています。それは暴政です、多数派による絶対的な独裁です……今、大衆を脅かし、暴力で押さえつけているのは少数派です──しかし、大衆が少数派を暴力で押さえつけたらどうなるでしょうか？……個人の自由です、個人の自由なのです！　この大切な宝を、彼らの社会主義の『教義』がどれほど危険に晒すのか、あなたは分からないのですか？[27]」。

それに対して社会主義者はこう答える。「まるで今日の状況では──二、三〇人を除いて──個人の自由があるかのようですね」。彼は、主人公が社会主義と闘うのを非難する。それに対する答えはこうである。「私は社会主義と闘ってはいません」。しかも彼は、「それがいかに他の暴政を取り除こうとするのか見守ることに同意します。しかし、それが政権の座につくことになれば――支持者が増えることによって、まったく遠くない将来にこれは可能ですが――ひとたびあらゆる生産手段の公営化が行われ、生産の計画的な調整が実行されれば、この調整に対して個人の自由という精神が革命を起こすでしょう。個人も野蛮化されることは望みません[28]」。

彼女は民族闘争や宗教闘争と同様に「階級闘争」を忌み嫌い、社会主義者には繰り返しみずからの理想である「友愛〈Brüderlichkeit〉」をもって対抗した。この理想は階級闘争を許さない、と彼女は考えていた。

一九〇三年、彼女は社会主義者であり、富豪でもあるアメリカ人ゲイロード・ウィルシャーの言葉に深い感銘を受け、賛同を露(あらわ)にしつつ引用した。「理想的な社会主義の根拠が何であるのか、あなたは知っていますか?――友愛です」。これは平和運動の根底にもある「同じ呪文」だ、と彼女は指摘する。次に、「昨今幅をきかしている社会主義は、あまりに利己的で、あまりに憎悪に満ちている[29]」というアメリカ人の批判を紹介して、ベルタはこう述べる。「階級の偏見には――上に対してであれ、下に対してであれ――人種の偏見と同じく用心しなくてはならない。一般的な文化の問題において、人は国や身分の所属によってではなく、その考えによって、心の道徳的な成熟の度合いによってグループ分けされる[30]」。

しかしベルタの社会主義者への批判は、彼女がこの運動の理想に対して常に表明していた深い共感を弱めることはなかった。社会民主主義と同様に平和主義の根底にもある国際主義は、協力によってもたらされる成果を保証しているように思えた。彼女は熱心に、ヨーロッパの著名な社会主義者による平和問題についての発言を観察し、たとえばリープクネヒトとベーベルが示したような明確な態度表明を大いに喜んだ。一八九二年、いつもはたいていカルネーリ宛ての手紙でドイツの民族主義について嘆いていた彼女はこう書いた。「ホールの中で唯一分別があったのは、リープクネヒトとベーベルでした。前者は演壇から『武器を捨てよ!』と叫び、後者はフランスとの『協調』を実現させるのは適切なことだと述べました」[31]。そして、こうも記した。「社会民主主義者と彼らに対する恐怖感は、世界を前進させるでしょう……平和問題において、彼らはきっぱりした態度をとります」[32]。

彼女の反戦小説『それは美しい思い出にちがいない』をリープクネヒトが社会主義政党の機関紙『フォーアヴェルツ』に掲載し、それが選挙の間も続くと、彼女は満更でもなさそうにカルネーリに書いた。「それゆえ『ドイチェス・フォルクスブラット』は、私を『赤いベルタ』と呼ぶのです」[33]。カルネーリはそれに答えた。「あなたは情熱的な急進派で、私は冷静な自由主義者です」と答えた[34]。

一八九五年、社会主義者とヴィルヘルム二世が対立したとき、彼女はほとんどの平和主義者と同じく完全に前者の側に立った。というのも、ベルタによれば、皇帝はセダンの戦い*2を記念する式典を「勝利と歓呼の祭り」に仕立て、フランスをあからさまに武力で威嚇したからである。露骨に軍国主義を誇示されて、ドイツの社会主義者は怒り、「戦争と狂信的愛国主義に対する抗議」をこめて、一通の電報をフランスの同志に送った。そこには「国民主権万歳」と書かれていた。これに苛立ったヴィルヘルムは、公然と次のように述べた。帝国には「祖国のない連中」がいる、「彼らはドイツ人の名前に値せず、国民は彼らから身を守るべし、それがうまくいかなければ、自分は精鋭を招集し、かような分子を根絶やしにしてくれよう」[35]。

これらの言葉のあとに、憤激が荒れ狂った。リープクネヒトは逮捕され、直後には、平和主義者で雑誌『道徳文化』の発行者であるベルリンのフリードリヒ・ヴィルヘルム・フェルスターも逮捕された。彼は、「自国の大政党について、世界史上、内戦勃発の直前にしか聞いたことがない言葉を言い放った」ヴィルヘルム二世を非難したのだった。法廷の弁論でフェルスターは、労働者階級を煽動することに反対の声を上げるのは自分の義務と考える、と申し立てた。自分は「一切の政党、一切の宗派から独立して」活動しており、社会民主主義政党の党員ではない。しかし、不当に扱われている人々に加担することは道徳の問題である。誤った情報を持つ皇帝に自分が言いたいのは、「社会民主主義の同胞は、国家の権力によって危険、あるいは非難すべきと呼ばれねばならない人たちではないこと」である。[36]フェルスターには三カ月の禁固刑が言い渡された。ベルタはこのことについてフリートに書いた。「しかし、私にはドイツが一つになると酷い圧制の時代が訪れる予感がします。すべて没収され、すべて投獄されます」。「こんなことってあるでしょうか！　私たちの番はいつなのでしょう？」[37]。

三カ月後、彼女が憤慨する新たな事情が生じた。今度はミュンヘンの平和主義者、倫理学者、そして歴史学者である教授ルートヴィヒ・クヴィッデ博士だった。彼女はフリートに尋ねた。「クヴィデは不敬罪で有罪判決を受けました。これは平和講演のせいで起きたのでしょうか？」[38]。クヴィデの有罪判決の根拠となったのは、彼がカリグラ[*3]について書いた小冊子だった。彼はその中で、古代の暴君とヴィルヘルム二世の類似を明らかにし過ぎたのだった。ドイツの平和主義者と社会主義者は激しい風に晒された。

「国父と国民の間に存在するこの恐ろしい誤解を、誰が払いのけるのだろう？　国民の中で、平和のため、高貴化のため、知の自由のため、そして悲惨からの救済のために闘う、まさにあのすべての人々が『内なる敵』だというのだろうか？[39]」。

有罪判決を受けたフリードリヒ・ヴィルヘルム・フェルスターの父で、同じく平和主義者、倫理学者であったヴィルヘルム・フェルスター教授は、深い同情のこもったズットナーの手紙にこう答えた。「あなたの言われるとおりです。今は、とりわけドイツ人にとって悲しい時代です。私たちは実に不名誉な隷従と、善と悪をないまぜにした危険な統治のもとで生活しており、その結果、すでにドイツ国民の大半は善悪の彼岸で本物の朦朧状態に陥っているのです[40]」。

一八九六年、ベーベルとリープクネヒトがリール*4における社会主義者の会合の際に、フランスやドイツの国家主義者から口を揃えて「祖国のない」者として侮辱されたとき、ズットナーは自分の雑誌の中で公然と二人に対する共感を表明した。ベルタは書いた。「国際的な思想と闘うとき、国家主義者が結束して国際的に行動する様は、見ものである[41]」。

当時、彼女がまだ期待を寄せていたのは――それどころか確実で自明のことと思っていたのは――社会主義者と共同して平和のために闘うということだった。彼女の期待は、彼女の著作に対するリープクネヒトの態度によってだけでなく、一時期ウィーン平和協会に加わっていたオーストリアの社会主義者エンゲルベルト・ペルネルシュトルファーによっても強められた。「ペルネルシュトルファーはとにかく素晴らしいです――彼は、私がウィーンの協会を設立したとき、最も熱のこもった話をした一人です[42]」。「ブルジョア」平和運動と社会主義的平和運動の協力は絶対に可能であるということは、スイスの例が示していた。そこでは、社会民主主義は足並みを揃えて「ブルジョアの人々」によって設立された国際平和ビューローに賛同したのである。このビューローの副局長、ベルギー人のアンリ・ラフォンテーヌは、ベルギーの労働運動の指導者の一人だった[43]。

しかし「ブルジョア」平和主義者と社会主義的平和主義者による国際的な協力への期待は、現実の政治に打ち砕かれた。一八九一年と一八九三年にブリュッセルで開かれた社会民主主義者の二度の国際会議において伝達されたのは、次のような指針だった。「社会主義的社会秩序を創造することによってのみ諸国民の間に平和をもたらすことができる、戦争の欲求に対するプロレタリアの断固とした抵抗が世界戦争という恐ろしい破局を避けるための唯一の手段である、そして世界平和は資本主義の崩壊によってのみ打ち立てられうる」[44]。

ズットナーとフリートは、この見解には「根拠がない」と考えた。平和への道は、「たった一つ」ではなく、いくつもある。そして平和のために活動する市民運動は、すべて例外なく歓迎される。平和を求める人は皆で協力すべきであり、党派の利益を平和の利益に優先させてはいけない。しかし階級闘争の原理は、「ブルジョア」平和主義者には残念なことであったが、社会民主主義者にとって平和の理想よりも上にあった。

一八九六年にロンドンで開催された社会主義組織の国際会議は、「戦争の主要な原因に」帰せられるのは「宗教的対立や国家的対立ではなく、経済的対立」であると全会一致で決議した。すべての国の労働者階級は、まず「政治的な力を獲得し、資本主義的な生産形態を排除し、すべての国で一斉に、資本家階級の手先たる政府に対して現状維持に役立つ手段となることを拒否しなければならない」。「武器を捨てよ」という呼びかけは、労働運動では「資本家階級の人道的感情に向けた他のすべてのアピールと同様に」忘れられていく。「世界平和を創造する意志を真剣に抱き、その力を獲得できるのは、労働者階級だけである」[45]。

この表明は国際的平和運動の陣営に憤激を呼び起こした。フリードリヒ・ヴィルヘルム・フェルスターは、プロレタリア以外の人々に対するこの「軽蔑的文言」を批判した。「これらは選民による太古の発言の繰り返し以外の何物でもなく、他の人々との協力を同じように尊重するために、誠実な謙虚さを関係者一人ひとりに求める平和運動の理念とは、まったく関係ないものである」。労働者がみずから「このように甚だしく戦闘的な本能」に頼る限り、彼らには「自分を世界平和の中心地と喧伝する」権利はない[46]。

ズットナーは生涯にわたって根気強く、彼女からすれば余りに一面的な唯物論的歴史解釈を論駁し続けた。戦争と平和という問題においても――社会階級に限らず――個々の人間が重要なカギになると、彼女は疑わなかった。「私は、アメリカの戦争が人道的な動機だけから起きたとは、またロシアの戦争がキリスト教徒を解放するという動機だけから起きたとは思っていません、そして同様に経済的利害をめぐる暴力だけが存在するとも思っていません。このシステム全体は、大小数千の歯車から成り立っています。そして、その歯車を回しているのは、政治家、外交官、領主、軍人です。スコベレフのような人間が『私は有名な男になるために戦争がしたい』と言ったり、ビスマルクのような人間があのエムスの電報*5を偽装したり、それ以前にウジェニーが「小競り合い」を仕組んだりすれば、戦争の勃発は資本家の利益とまったく関係ないか、あるいはほとんど関係ありません[47]」。ベルタは信念をもって政治における人物の価値について議論を続け、社会主義的な階級闘争の原理に対して辛抱強く論難を加えた。

社会主義の『フォーアヴェルツ』がキューバをめぐる一八九八年の米西戦争を「砂糖戦争」と呼ぶと、ズットナーはフリートに手紙を書いた。おそらくこの新聞は「戦争が砂糖工場に利益をもたらしたという点では正しいです、しかし戦争がこの利益のためだけに行われたとはまったく証明されていません。社会民主主義者（階級政党の人たち）も、このように一面的になるのです。教権主義者がすべての悪の責任をいつも信仰心の低下に負わせるように、あの党の人々は一切の原因をブルジョアの経済利益に求めようとします。砂糖の利益のほかに――狂信的な愛国主義、それにアメリカの戦争においては、キューバ人の苦しみに対する人道的な憤慨等々も、きっと戦争の勃発に関与しています[48]」。

平和運動は「白旗をふちどる赤い帯」を必要としないが、「世界の変革には、道徳的、精神的、宗教的（すなわち熱狂的）要因が経済的要因と同時に働かなければなりません。今の経済秩序のもとでは、平和は存在しません――しかし、今の軍国主義や力という規範のもとでも、公正な経済秩序は存在しません。一方が他方を待っていては、どちらも成功しないのです。一緒にやるのです！[49]」。

しかしズットナーの考えによれば、この協力が意味しているのは、けっして一方の運動が他方の運動に吸収されるということではなく、それとは正反対に、各々は自分の特性を維持しなければならなかった。ズットナーは、社会民主主義者を「誰もが知る唯一の平和愛好家」と呼んだ。「だからといって、私たちは彼らと融合してはいけません。そうしたところで私たちは彼らの助けにはなりません。もう一つ、私たちが社会民主主義者を迎え入れるということも可能です。しかし、あの『徒党』とは違うほかの『連中』も戦争と狂信的愛国主義に抵抗している、しかもそれは、党綱領の一項目に従ったからでも、『秩序』の番人に対する恐怖からでもなく、正真正銘、戦争と狂信的愛国主義に嫌悪を抱いているからである、こうしたことを示すところに私たちの存在理由はあるのです[50]」。

社会主義の平和運動との重要な違いを、彼女は兵士に対する考え方の中に見ていた。「私たちの会議に提案された兵士のストライキに、私は賛同できません。これは社会主義者の会議にかけるべきものです。私たちが欲しているのは新しい法秩序なのであり、法律違反ではありません。私たちは上の方から軍国主義が放棄され、不要なものとなることを望んでいるのです。それはニコライも望んでいたことです、もしかしたら彼は今も自分の仲間をそうさせようとしているのかもしれません」。

社会主義者は、自分たちが望んだように行えばよい。しかし「あなたの[*6]」平和主義は、その方針を守らなければならない、ということだった。すなわち「平和愛好家と兵士にとって必要なのは、憎み合い、滅ぼし合うことではなく、一丸となってより気高い部隊、すなわち国際的な権利を守る兵力となることです[51]」。

フリートが、一八九八年の皇妃エリザベート殺害の原因は犯人のイタリア人無政府主義者ルケーニに対する軍国主義教育にあるとしたとき、ズットナーは彼の論説を容赦なく切り詰め、フリートに説明した。「つまりルケーニの犯行を兵舎の教育のせいにするのは、正しい闘い方ではないと思うのです。それは誰かが何か悪いことをしたときに、いつも『現代派』――あるいは『社会主義による堕落』――あるいは『ユダヤ化』のせいだと叫ぶ保守主義者のようなものです。私たちの誌面は、筋道の通らないことを無定見に述べることがあってはならないということを、肝に銘じておかなければなりません。兵士も、高貴な兵士も、私たちのものを読んでいます。ルケーニが皇妃を殺害したのは彼が騎兵だったから・・だと私たちが言えば、彼らはそれを間違っていると思うでしょう。兵舎が彼を高貴化させなかった、それは正しいことです――それは論文の中にも残してあります[52]」。

ズットナーが次のように主張したとき、キンスキー家の兵士の伝統に関する考察も一つの役割を演じていたのは確かである。「そもそも将来も、戦士に名誉の冠を授けることはなくならないでしょう。それゆえに過去の戦士の名誉を傷つけてはならないのです[53]」。

彼女が兵士を十把一からげに攻撃しなかったのは、彼ら自身が騙されていると考えていたからである。「そして忠実な愛国的熱狂、真の犠牲心が、興奮させられた大衆と個人を共に闘い、耐え抜くようさらに仕向けるのです。もしも戦争が解き放たれた悪徳だけを、憎しみと殺人願望、人間狩りという気晴らしと強欲という野蛮な本能だけを戦争の遂行に利用するのであれば、高度に発展した道徳的かつ宗教的な理想をもつ今日の人類は、とっくに戦争を払い落としていたでしょう。しかし残念なことに、戦争はその苦役において人間の美徳、すなわち献身、忠誠、勇敢、雄々しさ、さらには敬虔さまでも無理強いします――それというのも軍人のあらゆる行為が聖職者の祝福を受けるからです。……戦争はまさにこのような不正が積み重なったものであり、その結果、戦争を指揮する者が不正を働くだけでなく、兵士にも不正が降りかかるのです[54]」。

「ブルジョア」平和運動は自分たちのあらゆる不正でもって世界を元のままにしようと望んでいる、そして戦争の危機を意味するという理由から一切の変化を敵視している、という社会主義者からの非難に対しズットナーは断固として異を唱えた。「私たちが現状維持を望んでいるという社会民主主義者の非難は、確かに間違っていません」、と彼女はフリートに書いた。「しかし、私たちは暴力的変化に対しては現状維持を望みますが――合法的、組織的な変更に対しては現状維持を望んではいません、そこに誤解があります[55]」。

しかし、彼女が理解されることはなかった。社会主義の政党は平和運動を受け付けず、IPUをボイコットし、同時にこの機関の失敗を宣言した。彼らはハーグ平和会議と同様にツァーリの平和のマニフェストを嘲笑(あざわら)った。

ベルタは、ますます緊張度を増す国際状況に直面して、社会主義者との協力が行われないことによって生じた損失を嘆いた。とりわけハーグ平和会議の拒否に対して、彼女は腹を立てた。「ハーグは茶番劇であり、ツァーリは危険な戦争首謀者である――こうしたドグマを、ドイツでは何も考えぬまま執拗に口まねしています。この点では、社会民主主義者はどれほど狂信的愛国主義者の罠にはまってしまったことでしょう！　もちろん私は、戦争に反対する大規模なストライキが起これば喜ぶでしょう。しかし、またしてもこの『たった一つの道』という党の予断に直面するのです[56]」。

社会主義側の攻撃は、いつも彼女に大きなショックを与えた。「ドイツの社会主義者が、彼らの理想に協力する市民を常に攻撃するというのは、実にけしからぬことです……イギリスの社会主義者とは、何という違いでしょう！」。そして別の機会には、「まるで今では労働者だけが人間のようです！」と彼女はため息をついた[57]。

しかし社会主義の理想である国際的連帯が持つ魅力は薄れなかった——また同様に、世紀が改まった後、社会主義者がますます国家主義的な考えに染まり、論争では最初から国際的でなく国家主義的であることに、失望感も弱まらなかった。「それに私はベーベルのことを怒っているのです。これらドイツの社会主義者が、熱狂的な祖国防衛者や好戦的な兵士であるように見られたがるなんて前代未聞です。彼らはフランスの社会主義者（彼らはドイツの同胞への発砲を喜びはしないでしょう）と一緒にされたくはないのです」。ベルタの見解によれば、彼らはこの態度によって間違った陣営から喝采（かっさい）を浴びることになってしまった。そしてフランスの新聞諸紙は、即座にフランスの平和主義者と社会主義者に「ドイツの社会主義者は完全に異なる連中で、彼らの強さの本質はその国民感情にあるということ」に注意するよう促した[58]。彼女は、「ドイツの社会民主主義者は、まさに全ドイツ主義の人々と同じくらい愛国的だ。それによって彼らは、自分たちが思っている以上に保守派を助けている」と非難した[59]。

戦争予算を審議する国会では、社会主義者が特別な意味を持っていた。ベルタの期待は、この点に関してはすべて彼らにかかっていたが、彼女は何度も失望させられた。「大砲を賛美する社会民主主義者には腹が立ちます。彼ら自身の陣営で、このことに関する嵐が巻き起こらないものでしょうか。撃ち殺されるのを大砲で防ぐという、このとても愚かな動機――いつも上から暗示されていること――それをこの人々は今受け入れています――理解できません！『万国の労働者』等々は、いったいどこに残っているのでしょうか？　結局、私たち平和愛好家の党派だけが、唯一首尾一貫しているのです[60]」。彼女は一八九七年にこのように書き、一〇年後、同じようにドイツ帝国議会の軍事法案の審議について書いた。「しかし、国会全体で私たちの運動に賛成する声は一つもない。ベーベルも声を上げていない。すっかり染まってしまった、愚か者！[61]」。

しかし、彼女は何度もすぐに和解し、社会民主主義への希望をけっして捨てなかった。一九〇六年、ブリュッセルで開かれた国際社会主義ビューローの会合では、ドイツとフランスの社会主義者がジョレスとベーベルのもと、全力で平和を維持することで一致した。ズットナーはこれを、「新しい精神の始まりを約束する、非常に重要な兆候」と述べた。もちろん、この平和のための闘いは「党のスローガン」と結びつけてはならない、というのも、「もしも火災が今にも広がろうとしていたら、その炎に自分の財産や大切な人が呑み込まれてしまいそうな者は、皆、急いで消火に向かうべきだからである。救い出せ！　という叫び以外、上げてはいけない[62]」。

彼女はジョレスをとても尊敬してはいたが、彼があまりに党に偏りすぎていると思われたときは異議を唱えた。「すばらしい、ジョレス。ただ、またしても彼の振る舞いは、まるで社会民主主義者だけがこの目標を達成できるかのようです。もしかしたら、彼らはその唯一の人々かもしれません、なぜなら他にいるのは、あまりに多くの臆病者ばかりだからです[63]」。

彼女は、オーストリア平和協会でほとんど支持を得られず、仕事が遅々として進まないとき、社会民主主義者の考えに同調することもあった。「私には、まるでこの協会全体が潰れてしまったかのようだ」、と彼女は一九〇四年に嘆いた。「もしも万一、本当に社会民主主義者しか［軍事法案に対して］抗議しないなら、ブルジョアには何も期待できないという彼らが正しいことになるだろう[64]」。

ベルタが作家のアプトン・シンクレアに熱中した理由には、彼の社会主義への関与も挙げられる。一九一一年の日記に彼女は書いた。「夜もアプトン・シンクレアを読む。彼の社会主義は正しい[65]」。「晩に『ジャングル』*7を読む。ここにも一つの世界が現れている。苦悩の世界！――アプトン・シンクレアは――彼みずから私にこの本を送ってくれた――偉大な作家だ……その夜、私の夢はすっかりジャングルの中にあった」。「傑出した芸術作品であり、偉大な社会的作品[66]」。

一九〇九年、彼女はフリートに次のように薦めた。「アプトン・シンクレアの呼びかけをお読みなさい。――すばらしいです。――そして将来はこうなるのでしょう。社会改良主義の、革命的な、欠くべからざる平和主義者である私たちは、堂々たる蝸牛として先頭を進むのです。私たちの背後では軽薄な連中が先を争うでしょうが、彼らはそこでこう言うだけでしょう。『私たちはもうこれ以上望まない[67]』」。

ベルタ・フォン・ズットナーは、社会改革、選挙権拡大のために尽力した。社会主義者は相変わらず「男爵夫人」をひどく嘲弄し、「自分の」階級である中産階級と貴族階級も、彼女を「赤いベルタ」と罵った。

道徳文化協会

一九世紀のカトリック教会は、とりわけピウス九世のもとできわめて教条的かつ反科学的だった。この保守主義に対抗して、いくつかの宗教的改革運動が起こった。すなわちドグマと強権的教会から離反し、新たな内面化、宗派を離れた原始キリスト教の宗教性へと向かったのである。

言うまでもなく不可知論者の側に立っていたズットナー夫妻は、みずからの宗教性を教会から遥かに遠いところ、(「気高い人間」を志向する)ヒューマニズムのうちにのみ見出していた。他の人々、すなわちモーリッツ・フォン・エギディとレフ・トルストイは、教会は拒否したものの、キリスト教の信仰に救済への道を求めた。ズットナー夫妻は徹底的にこれらの思潮と取り組み、共通の目標(平和と人間の尊厳)を見出し、こうした傾向の代表的人物と親密に接触を続けた。

一八九〇年、ベルタはあるスキャンダルを通じてモーリッツ・フォン・エギディのことを知り、その事件について友人のカルネーリに報告した。「エギディというザクセンの大佐が罷免されました、『真面目な思考』という題名の反教会的な著作が原因です。――とても啓発的です――軍服がいかに窮屈であるかが示されており、あえて真面目に思考し、自由に発言するには、それを脱がなければならないのです。私は、この著作を読まねばなりません――あなたもです――そして私たちは、この勇敢な大佐と手を握ろうではありませんか[68]」。

エギディの著作を読んだ彼女は深い感銘を受け、それまで知らなかったこの人物との連帯を表明した。カルネーリは恩着せがましくではあるが、それを支持した。「あなたがエギディに自分の本を贈ろうとしたことに、私も同感です――私も同じことを思いつきました。この男性は、思考法においては私たち『現代人』にかなり遅れを取っていますが、敬意を表するに値し、信頼感を抱かせます。もしも彼が科学的研究というものを知ってさえいたならば、現代的な思考もできたでしょう。とりわけ、彼は真面目です――そして、このような人には、いつだって手を差し出したくなります[69]」。

こうしてズットナー夫妻とエギディとの間に熱心な手紙のやり取りが始まり――そこにはお互いへの賛辞があふれていた。エギディはベルタに書いた。「あなたの名前は人類を『上へ』、キリスト教精神を実現する方向へ導く運動の推進者の一人として挙げられています……あふれる尊敬と共にあなたに近づくこと、そして最も価値ある努力を全力で支持する人々の一人と私を見なして下さるようあなたにお願いすることは、私の義務であると思います。私の存在のすべては、『地上における神の国の建設』、『キリスト教精神の生成』に捧げられております。これは善き人たちの努力をすべて包含しているのです。私は理想主義に燃えていますが、夢想家ではありません」[70]。そして、「もしもイエス・キリストが今日生きていたならば、平和協会の会員になったでしょう」とも述べた[71]。

ベルタは次のように書いた。「彼が要求したのは、教会が時代意識と矛盾する教義の強制を止めること、そして窮屈な宗派の代わりに広く大きく一つになったキリスト教精神が、厳粛な人生を必要と感じ、神を信仰してキリスト教的理想を心に抱くすべての人々を包み込むことだった」。その目標は「純粋で内的な宗教性の備わる神聖さを、外的な虚偽という鎖から解放すること」だった[72]。

キリスト教を基盤とする平和と人間の連帯が実現された、より良い世界のための闘いは、まさに発展の法則という意味において、エギディの関心事であった。彼は支持者を自分のまわりに集め、講演を行い、『ディ・フェアゼーヌング〈宥和〉』という雑誌を発行した、そして不成功に終わりはしたが、超党派の議員として帝国議会に立候補した。

エギディはズットナー夫妻に書いた。「私たちは一貫した原理に従って行動しなくてはなりません。個人によるものであれ集団によるものであれ、ゲリラ戦は、一貫した理念に従うすべての人間による、計画的かつ合目的的な行動に取って代わられねばなりません。……私たちの理念とは、古い世界観を

〈それと戦うだけでなく〉打ち破ることです――この新しい世界観を、私は『キリスト教精神』と呼びます――あなたは『人間性』と呼んでおられます。しかし、そのことで私たちが引き裂かれてはいけません、互いに補い合うのです[73]」。

ズットナー夫妻の心は燃え上がった。ベルタはエギディに書いた。「あなたが……戦争と平和についてお書きになられたことは、これまでこのテーマについて書かれた、最も美しく最も偉大なものの一つです[74]」。もちろん彼女は、彼に平和雑誌のためにも書いてほしいと付け加えた。

彼女はエギディによって創設されたオーストリアの「道徳文化協会」を、フリートに宛てて書いた言葉によれば、「まさに私たちの目的のために捧げられた[75]」協会であると宣伝した。そしてエギディにはこう書いた。「あなたの福音がこの世界にもたらした進歩を、私は心から喜んでいます。真面目で堅固な意志が（もちろんそこには常に才能もともないます）成し遂げるものは、やはり良きものです。道徳協会、一つになったキリスト教精神、平和運動、社会民主主義、これらはすべて真面目に――道筋はいくらか異なっていても、同じ目標をめざしており、それは達成されるのです！[76]」。

こうしたありうる限りの熱狂にもかかわらず、友人のカルネーリは懐疑的だった。「軍人としてのエギディの態度は本当に素晴らしいものでした。……しかし、この『一つになったキリスト教精神』を読むと……私は我慢なりません。……エギディはもうすっかり自分をイエスであると感じています。そのようなことで得られる支持者は、そこに社会主義に対する防波堤を見出す人たちです。民衆にはそうしたことは理解されません[77]」。

ベルタは答えた。「道徳協会は『クロイツツァイトゥング〈十字架新聞〉』と『フォルクスブラット〈民族新聞〉』を憤慨させました――ということは、何かしら良いものだったに違いない、ということです。もちろん——そこにはあなたが忌み嫌う新しい宗教性、すなわちエギディ的なものが入り込んでいます。しかし、それは何でもないことです——今は、野蛮と迷信に反対するすべての部隊が行進するときです。ついに彼らが集結するのです[78]」。「道徳協会」が望んでいるのは、「まさに私たちの名前であり、『ドグマから離れた人類の高貴化』です。それを、私たちももちろん望んでいます[79]」。

いかにすれば平和は最もうまく達成されうるか、その考え方はさまざまであった。「あなたにとって、とりわけ忌まわしいのは、流血でしょう——私にとっては、憎しみです。戦争に先だち、戦争のあとも続き、二〇年前から常にあり続け、遥かに恐ろしいものになった憎しみです」。自分は唯一可能な道を歩んでいると信じるエギディは、次のように書いた。「唯一であり——また完全に確実なこと、すなわち、キリスト教精神——一つになったキリスト教精神——無私の愛は、二人の人間の交流におけるのとまったく同じように、向かい合う二つの国民の振る舞い（政治）のうちに示されねばなりません——そうすれば本当に戦争は廃絶されるのです」。「隣人に対して、そしてまったく同様に隣国の国民に対しても、愛から生じる『正義』に私たちが満たされるとき、はじめて私たちは『地上の平和』について語ることができるでしょう」。

彼はズットナーの目標について、あからさまに論駁した。「私たちがなおも仲裁裁判所を必要とするかぎり、一人ひとりがみずからおのれに相応しくないものを放棄しない限り、すなわち無私無欲とならないかぎり——平和は保障されません」。平和会議が「この立場をとらない」ならば、その働きは「無益」である、とエギディは考えた。「『一つになったキリスト教精神』に根ざすならば、それは人間を至福へと導くでしょう[80]」。

ズットナーは、自分の小説『雷雨の前』の中で、彼の教えを宣伝した。「道徳協会」は、「今ある信仰の仕組みと縁を切った一部の人々、また半分しかそれに満足していない一部の人々にとって」宗教の代わりとなる。連帯と結束は、宗教間においても国家間においてと同様に、より善い「道徳的」人間を育てるために維持されねばならない。「連帯と結束です。あらゆる所から――国家的、宗教的、社会的動機を口実に――分断がもたらされていようとも」。この運動の目標は、「正義と真実、人間性と相互の尊敬が行き渡っている状態」である。この目標を達成するには、次のものによらなければならない。これまでとは違う青少年教育、講演、「きわめて広範囲の国民に行き渡る、学問と芸術の厳かな影響力の確保――言い換えれば、国民劇場や『ウラニア』*8のような機関の設立、国民の貧困層の生活状態向上への協力――ありとあらゆる不幸と不正に苦しむすべての人々の保護と支援[81]」。

　現実的な哲学者だったカルネーリは、ベルタが再びエギディについてある賛美歌風のエッセイを書きあげたまさにそのとき、彼女を制止しようとした。「あなたは、あの勇敢な中佐が創ろうとしている人間が、可能な代物だと思うのですね！　私は、そこまでは思っていませんでした、なぜなら私に想像できるのは彼の目標に近づくことだけで、それを実現するなど絶対に考えられないからです[82]」。

　これほど尊敬していたエギディに、ズットナーは一度だけ抗議をした。彼の雑誌『ディ・フェアゼーヌング』に、ドイツ民族主義的な論説が掲載されたからである。「『ドイツ精神の論説』には……ぞっとします」、と彼女は編集責任者に宛てて書いた。これらの「国民性の現れは、私たちに魂を吹き込む連帯の理想にまったく合わないと思います」。それに加えて、一つひとつの文章は、「例の曖昧な単語と概念の捻じ曲げ、例の不明瞭さで書かれており、ある種のドイツ哲学者の立場にはあるものの、幸いなことにすでに時代遅れとなっています……現実は人種が混ざり合い、理念が浸透していく流れが支配的であるにもかかわらず……あらゆる文化民族にとって、国民性に酔いしれるのは、前や上への運動ではなく、後戻りの運動です」[83]。

一八九七年にハンブルクで平和会議が開かれた際、エギディは「戦争のない時代に向けての教育」というテーマで講演を行った。ベルタはそれについて述べた。「このたった一人の男性の、この頑健なプロイセン軽騎兵中佐の側から寄せられた平和理想への支持、これ自体が運動の勝利を意味しているのであり、それは一〇の協会を設立するよりも重要である」。彼の声は、「本物の号令の声である。『善良であれ』という戒めは、普通は穏やかに囁かれるか、あるいは口先でもったいぶって言われるかである。エギディは、それを命令のごとく轟くように発するのだ[84]」。

エギディが要求したのは、同権と自決だった。「その上で、国民同胞すべてと諸国民すべての同等が拡充しなければならない。この同等は国民一人ひとりの、そして全体としての各国民の自決の権利に行き着くが、また一方で、一人ひとりが全体に対して持つ諸々の義務によって制限される[85]」。言うまでもなくエギディは、ズットナー夫妻と同様、反ユダヤ主義、植民地主義、死刑、さらに動物実験とも精力的に闘った。一貫して「同等」の原則を主張しながら、彼は社会改革と女性の同権のためにも働いた。

彼は、平和主義者ではなく「倫理家」としての立場をはっきりさせて話したが、その際、ズットナーも常にそうしたように、平和を求めるすべての人々が協力する必要性を強調した。「私たちは個々の努力を、人から人へという形でも、ますます密接に結びつけなければならない。会議はそれに相応しい機会である。前を向き、より一層の良俗をめざして努力する私たちはすべて、たとえ今日はまだ――各人をその舞台へと導いた知識に従って――別々の領域で活動していても、日毎にいっそう接近し、大衆の後押しを受け、ついには国民の中に成長する敵対分子を打ち破らなければならない[86]」。

ベルタはヘルツルと協力したようにエギディとも密接に協力して活動したが、その際、各々が自分の一線を越えることはなかった。しかし、共同で立てた計画もあった。「万国の貴族よ、団結せよ」との呼びかけによって、彼らは生まれとしての貴族ではなく、教養のある道徳的に優れた現代的人間、ベルタがよく言っていた「気高い人間」を目覚めさせようとした。「万国の労働者よ、団結せよ」という呼びかけは、労働者階級の「魔法の言葉」だ、とベルタは言った。「どうして、『あらゆる階級の貴族よ、一切の苦悩と闘うために団結せよ』、と一度も言われないのか。力に、富に、名声に、能力に、性格に――傑出したという意味での『貴族』である」。「協会」において一つになるのではなく、「同じ確信を抱く者たちのように、同じ責務の誓約を結んだ者たちのように――一つになるのだ。ここにあるのは、地上の地獄を地上の楽園へと変えることができるという確信、そして最善の知識と良心に従い、常にあらゆる場所で、みずからと他者のため、この変革の仕事に就くという義務である……あらゆるところにいる千の顔を持った怪物、すなわち苦悩に、正面から『とどめ』を刺すには、人の一生、財産、個々の力では及ばないことは、よく分かっているにしても[87]」。

エギディがこの活動に参加することで、ベルタは「想像もつかない成功の結果」を期待した。「それを感じた他の人々も協力するだろう。意志と能力を備えた大勢の気高い人間を呼び集めることになるかもしれない」。それは実現されなかった多くの計画の一つだった[88]。

一八九九年一二月のエギディの突然の死は、ベルタに大きな衝撃を与えた。彼女は数編の、きわめて心のこもった追悼文を彼に捧げ、数年経った後も彼の死を平和運動にとっての損失であると嘆き悲しんだ。「そうです、もしもエギディやパシーのような人々が国会にいたならば！　それに今日はエギディの命日です！　私が生きている限り、この日は私が喪に服する日なのです！[89]」。そして他のところではこう記した。「善意の教師として行動した人物で私が知っているのは、同時代ではただ二人、トルストイとエギディだけです[90]」。

レフ・トルストイ

レフ・トルストイとの意見の一致も多岐にわたった。世俗権力と教会のドグマに対する彼の反感は、ズットナーとエギディにも見出すことができる。すなわち、人間の善意への呼びかけ、国家主義、反ユダヤ主義、そして特に、誤って理解された愛国主義に対する彼の断固たる闘いである。ズットナーは『回想録』の中で、トルストイの著作『愛国主義とキリスト教』に完全に賛同し、次の箇所を引用している。「しかし、愛国主義が私たちに要求するものが、私たちの宗教や道徳が理想とする平等と友愛とはまさに正反対の理想、すなわち、一つの国の他の国々すべてに対する優位であるならば、今日いかにして愛国主義は一つの美徳となり得ようか？ 私たちの時代において、この感情は美徳でないばかりか悪徳でもあることは明らかである。それどころか真の愛国主義というものはもはや存在しえない。なぜならそれが存在することに、物質的理由も道徳的理由も今はないからである[91]」。

トルストイによれば、殺人の禁止を無条件に守ることでしか平和は達成されず、それは兵役の拒否を意味した。（この点において、彼は将校エギディの対極にあった。）

平和愛好家の活動にはほとんど効果がない、とトルストイは見ていた。一八九六年の『ノイエ・フライエ・プレッセ』のインタビューの中で、彼はベルタ・フォン・ズットナーにも言及して『武器を捨てよ！』を称賛し、この本が「さらにいっそう広まること」を望んだ。しかし彼はそのあとで、この本の結論には同意できない、と異議を唱えた。「戦争を防ぐヨーロッパの平和裁判所、この計画は鳥を捕まえるために鳥の尾に塩を撒こうとする子供の計画を想い起こさせます。[*9] 平和裁判所は、平和を好む人々の危険を高めるにすぎないでしょう。なぜならナポレオンやビスマルクのような人物は常に存在するでしょうし、その軍隊に喜んで従う愛国主義者も常に存在するでしょうから。それではいけません。戦争に対する戦争は、違ったやり方で行われなければならないのです」。そして彼は、無条件の兵役拒否を求める主張を繰り返した。[92]

しかし、すでにこのインタビューの前から、ベルタはトルストイと自分の平和理解のあいだにある重大な相違をはっきり認識していた。彼女は彼に向かって「自分の」組織を弁護した。「あなたは大きな信頼を寄せていませんが、それは時代精神の進歩を際立たせている組織の中の一つです」[93]。

一九〇一年、彼は自分の考えを詳しく彼女に説明した。「もう何度も本の中で書き、あなたにも語ったであろうことを繰り返してあなたを退屈させることになったとしても、私はあなたにもう一度言わずにはいられません。私は年を取れば取るほど、そして戦争について考えれば考えるほど、この問題は市民が兵士になることを拒否する以外に解決できないと、いっそう強く確信するのです。二〇歳や二一歳の男が皆、宗教を捨てている限り――それもキリスト教だけでなく、**汝殺すことなかれ**というモーゼの戒律までも捨てて、指導者が殺すように命じたすべての人々を殺す用意がある、それどころか、ドイツ皇帝と呼ばれるこの口数の多い愚かな人非人があらゆる機会に求めるとおりに自分の姉妹や両親さえをも殺す用意があると言明する限り――戦争は起こり続けるでしょう、しかもそれは今日よりもいっそう残酷な戦争です。

戦争を根絶させるのに、会議と平和協会は必要ありません。比類ない真実の宗教の復活と存続、人間の尊厳の復活だけが必要なのです。

現在、平和会議や平和協会の論説、美しい弁論に向けられている熱意の少しでも、学校や国民の間で、誤った宗教を取り除き真実の宗教を広めることに注がれたならば――戦争はじきに不可能になるでしょう。あなたの傑出した本が大きな影響力を持つのは、戦争の残酷さを誰にでも分かるように描写したからです。これからは、戦争のあらゆる悲惨を引き起こすのは、神よりも人間に従う自分たち自身であることを、人々に指摘しなければなりません。あなたが追い求める目標を達成するための唯一の方法として、この務めを引き受けられますよう、私はあなたにあえて助言いたします」[94]。

ベルタは、このあとアルフレート・フリートに報告した。「昨日、トルストイから四ページに及ぶ興味深い手紙を受け取りました。唯一の道は兵役の拒否である、という彼の立場は変わっていません。――私が考えているのは、唯一の道ではありません――常に多くの道が選ばれなければならないのです、そして私たちは自分たちの道を離れるわけにはいきません。私たちの後ろには、すでにツァーリも続いておられるのです。社会民主主義者が戦争に反対するストライキをするつもりであれば――それはなおさら結構なことです。私たちが彼らの邪魔をすることはありません」[95]。

兵役拒否は、オーストリア＝ハンガリーでは徹底的に処罰された。たとえば一八九五年、医師のベラ・スカルヴァ博士はまさにトルストイの教えを引き合いに、兵役義務の遂行を拒否した。そのあと軍法会議は彼に対して、軍の位階の抹消と兵卒として兵役義務を履行するだけでなく、三カ月間の重禁錮と博士の学位記の剝奪も命じる判決を下した[96]。

ズットナーの考えでは、これほどまでの犠牲を一般人に望むことはできず、彼らを無意味な苦難へと追いやってはならなかった。彼女はまず法律改正の支援に、より重きを置いたが、それによって躓いて――無駄な躓きをして――目的を果たせなくなるようにはしたくなかった。彼女は、この論争における

「より筋の通った論理は、いずれにしてもヤースナヤ・ポリャーナの賢人の側に」あることを、あっさりと認めた。「彼が提案した道は、もっと真っ直ぐな道です、しかし――それはまだ通れません。その行き着く先は――今日ではまだ――危険な落とし穴、すなわち法律を無視することなのです」。

時が経つにつれ、トルストイと少なからぬ社会主義者によって説かれた大衆による兵役拒否に対し、彼女はより寛容になった。彼女がここにより大きな好機を見出したのは、国家が数千人に有罪の判決を下すことはできないと考えたからだった。

しかし、彼女にとって最も重要なことは変わらなかった。「一〇〇の動機――これが平和協会と、世界で最も筋を通す平和愛好家――トルストイ――とが分かれる点です。後者はただ一つの土台によって自分の説を支えようとしています――私たちは一〇〇の土台によっています。戦争という制度を生み出す動機もまた一〇〇通りあるのです[97]」。

ズットナーはトルストイの教義の厳格さに馴染めなかった。トルストイによってなされた肉体的な愛の弾劾と、夫婦はともに兄弟姉妹のごとく生きねばならぬという要求に、彼女はとりわけ激しく、いや、むしろ怒りを込めて反応した。トルストイの『クロイツェルソナタ』[*11]が発表されたあと、彼女はトルストイを「半分愚か者」と呼んでいたカルネーリに向かって陰口を言った。「私が思うに、残念ながらもう四分の三です。残念ながらまたしても、天才と狂気は近い親類という言葉の一つの証拠です」。そして、それからほどなくして、こうも述べている。「トルストイのことは、残念です！　彼は少々気が変になってしまったというのは本当のようです。――愛を一掃するなんて！[98]」。六年後になっても彼女の怒りはおさまらず、ある新聞がトルストイを「時代に逆行した、文化の敵」と呼んだ、とフリートに宛てて書いた。その理由として彼女に想像できたのは、次のことだけだった。「そうです、彼は愛を抹消しようとしたからです。それが彼の誤りです。人類が必要としているのは厳かな三つのF、すなわち、平和〈Frieden〉、自由〈Freiheit〉、そして喜び〈Freude〉です。これだけは間違いありません」[99]。

平和会議をまったく評価しなかったトルストイだが、彼はツァーリのマニフェストを攻撃者から擁護した。ベルタは彼の論説を誇らしげに自分の雑誌に転載した。「私たちのツァーリの提案を、実際に成果をもたらしえない不可能な夢とみなすのは、私たちにとっては価値のない卑しいことである。それは、ロシアの農奴制を廃止しようとしたアレクサンドル二世の計画を時期尚早で実現不可能とみなすことに価値がなかったのと同じだ……これは未来の道である。人類の歴史には、三つの発展段階がある。すなわち、戦争の段階、進歩の段階、そしてキリスト教的愛の段階である。現在は、最初の段階から次の段階への移行が始まった時であり、そこからはもう第三の段階が見えている」。世間の嘲笑に直面したトルストイは、自分の君主を称賛する義務があると感じていた。そして今、「真っ先にこの恐ろしい無意味な災いに気づき、それを暴き始めている私たちの鋭敏なロシア政府は、その根絶の手段と方法について、よく考えるよう国民に呼びかける。今、この行動に感激し、それを心の底から歓迎して、私たちの皇帝の提案がユートピアやつまらない夢ではなく、偉大な国際的啓蒙時代の始まりであるという揺るぎない確信を抱き続けるべきではないだろうか？」[100]。

ハーグ会議が開催されると、トルストイの別の発言も伝えられた。そこで彼は成功への疑問を呈し、兵役拒否だけが平和への道であるという自説に固執していた。諸国民は、「みずから進んで他者の奴隷となって法の保護を失うことと、軍紀と呼ばれるあの動物的訓練に従うこと」を止めなくてはならない。戦争を終わらせることができるのは「政府の意志の力ではなく、こうした意志によって唱えられた異議」である、そう彼は主張していた[101]。

一九〇四年にロシアが日本と戦争を始めたとき、彼は有名な「平和のマニフェスト」の中で、ロシア人に殺人を拒否するよう呼びかけた。その中で彼はすべての反戦主義者に、キリスト教が殺人を禁じていることを思い出すよう求めた。「自分の敵を愛すること――日本人、中国人、これらの黄色い人々を……愛すること、それが意味するのは彼らを殺したり、彼らをアヘンで毒する権利を持つことではない……それが意味するのは、フランス人やロシア人、ドイツ人によって行われたように、彼らを殺してその国を奪うことではない」。キリスト教徒には、隣人を愛し、敬うよりほかに選択肢はない。「たとえ私の境遇がどうであろうと、戦争が始まったのであろうとなかろうと、ロシア人と日本人が数千人殺されようと、旅順港だけでなく、ペテルスブルクとモスクワも奪われようと――神が私に望まれる以外の振る舞いは、私にはできない[102]」。

ベルタはフリートに次のように述べた。「トルストイのマニフェストは――そのキリスト教精神にもかかわらず――またしても素晴らしい、有益なものです。きっと少なからぬ良心を目覚めさせます[103]」。そして彼女はある新聞の論説でこう書いた。トルストイは日露戦争に有罪の判決を下すことで平和愛好家の気持ちを代弁した、「なぜなら戦争は大衆の不幸であるのと同様に大衆の犯罪行為であるという考えに同意しない人は、彼らの中に一人もいないからである」。そのあとで彼女は異議を挟む。「しかし、戦争の担い手を犯罪人呼ばわりすることには、ためらいがある」。犯罪者が戦争派や煽動新聞の中にいるのは間違いない。「しかし、義務感や献身、あるいは無思考に蝕まれた強制意識だけから戦争という制度に奉仕するそのほか数百万の人々のために、私たちはトルストイにも福音書の言葉を差し出したい。『主よ、彼らをお許し下さい、彼らは自分が何を行っているのか分からないのです[104]』」。

ズットナーは自分の運動の成功に対する自信が揺らぎ、うちひしがれたときは、トルストイの唱える兵役拒否と社会主義者の唱えるゼネストに期待を寄せた。「私の考えでは、トルストイは成功しなかったわけではありません」と、一九〇九年、一新された空軍に怒りを抱いた彼女はフリートに書いた。「彼は戦争を憎むすべての人々の中で、実際に最も一貫しています。彼は、『そのようなことをするものではない』と言っています。――そしてサンディカリズム[*12]を信奉する労働者たちは、宣戦布告の際には再びストライキをすると宣言しました。彼らは、私たちに先んずるでしょう。それならば、いっそう結構なことです。平和を愛する君主と権力者がいかなるものであるか、はっきりしました。『次なる戦争における空の武器』のことです。これについては、私も憤りを覚えます。それらは可能な限り、病み衰えた戦争を元気づけ――そして薬剤師の請求書で私たちを破滅させるのです[105]」。

彼女は、トルストイの見解を始めとした異なる見解の重要さを認識するよう、アルフレート・フリートに必死に説いた。「トルストイが働きかけているのは、またしても『革命的』で『教条的』な平和主義とは別の範疇です。――どうか、平和運動にはたった一つの観点しかないという偏った見解にだけは陥らないで下さい。そこには人間の精神や心と同じくらい多くの観点があります。もったいぶった英雄のポーズをとりながら同じく感情に頼っている軍国主義もそうです。――そしてトルストイが望んでいるのは、各人がついには『私はその罪を犯したくない、犯すことはできない、犯すつもりはない』と口にすることです。そのときは、きっといつか訪れるでしょう。もしも私が男だったら――もうとっくにそれを述べていたでしょう[106]」。

トルストイが没した後の一九一〇年一一月二一日、ズットナーは『平和の守り』[*13]に「平和思想の大司祭」への追悼文を書き、諸国会における典型的な反応について指摘をした。「ロシア帝国議会、ドイツ帝国議会、そしてオーストリア帝国議会では、彼の平和愛と人間愛に言及し、詩人であり使徒であった故人の栄誉を称えることを自由主義者と社会主義者が支持したが、その一方で『真のロシア人男性たち』、教権支持者、反動主義者はそれに反対するか沈黙した」。オーストリアでは、公式にトルストイの栄誉が称えられることはなかった。というのも、「おそらく彼が破門された人間だったからである。それゆえ、信仰心篤い政府はあえて敬意を表することはせず、次の真実を認めることもなかった。トルストイはヨーロッパで最も透徹した――おそらくただ一人の――キリスト教徒だったのである[107]」。

欧州統合

欧州統合という理念も平和会議で議論され、運動の目標に設定された。一八九二年のベルンにおける平和会議で、ズットナーはイタリア人モネータとイギリス人カッパーとともに「ヨーロッパの国家連合」という題目で提案を行った。ズットナーは後に語っている。「当時はまだ、まったく理解されていない思想だった。一般には、北アメリカを範とする『合衆国[*14]』と混同され、それをヨーロッパに当てはめるのはタブーとされていた。その厳しさは、スイスの『レゼタジュニデュロプ〈ヨーロッパ合衆国〉』という名の雑誌をオーストリアに持ち込むことが禁じられたほどであった[108]」。

提案では、戦争の危機の「原因は、ヨーロッパのさまざまな国家が対立し合う無法状態にある」と述べられた。これに対してヨーロッパの国家連合は、「あらゆる国の貿易関係の利害にとっても望ましく」、「内政に関して、それゆえまた統治形態に関しても、各国の自主性を……侵害すること」なく、「ヨーロッパに継続的な法治状況を築くだろう」。ヨーロッパの平和協会には、「彼らの宣伝活動の最も高い目標として、彼らの利害の連帯に基づいて国家連合をめざすこと」が呼びかけられた。

こうしてヨーロッパ諸国民の間の平和は、世界平和に向かう道程の最初の大きな一歩となり、アメリカ合衆国と中南米とで「汎アメリカ」を創設するというカーネギーの努力によって補完されることになる、とされていた。ズットナーは、一九一三年にルートヴィヒ・フルダに宛ててこう書いた。「私たちは、分別のある人間を結集する必要があります。私たちは一つの旗印のもとで一つになり、カムロ[*15]や汎スラブ主義者、全ドイツ主義者のように声を大きくして、自分たちが汎ヨーロッパを望んでいることを外に向かって叫ばなければなりません[109]」。後に汎ヨーロッパ運動の創始者となるクーデンホーフ゠カレルギー伯爵[*16]は、ごく若い頃、その最初の示唆を「平和のベルタ」から得たのだった。

彼女が夢見た欧州統合は、当然ながら関税や通商障壁の撤廃も含んでいた。ズットナーは何度も国家主義的な経済政策を論駁した。「関税についてのこの議論！――世界がいかに乏しい理性によって統治されているかを、ここでも目にします。規範を垂れ、決定を下す人々は、（「国家的エゴイズム」のほかに）普遍的な観点を一つも持ち合わせていません。社会民主主義者だけが良い話をしましたが、徹底しているとは到底言えないものでした。――ヨーロッパ関税同盟とヨーロッパ国家連合を作る代わりに、新しい要塞が建てられ、関税戦争が始められ、新しい大砲が導入され、ポーランドの子供たちが殴られ、カトリック教徒の教授が採用され……ああ！――この反動はどれくらい続くのでしょう？[110]」。

そして新しい新聞『エロペー〈ヨーロッパ人〉』に、一つになったヨーロッパのための情熱的な論説を執筆したフリートに、彼女は書いた。「キリスト教精神はキリスト生誕から四〇年たって生まれました。それと同じように、ヨーロッパ精神は生まれます。これはつまり、私たちがその勝利を生きて迎えることはほとんどないということです。まずは一〇〇の小国が自己主張をしようとするでしょう。これが、私たちの時代の病です[111]」。

一九〇八年、ベルタはロンドンの自由貿易会議の開会式に出席し、「平和会議とまったく同じ」、と日記に書いた。「平和と善意も演壇に立つ。ウィンストン・チャーチルが話す」[112]。

一九一三年五月、ズットナーは希望の喜びに浸って『平和の守り』に書いた。「ヨーロッパ連邦——平和運動の昔からの要求——は成長しつつある」。彼女は、それまでの活動を概観した。「パンドルフィが一八九一年のローマの平和会議でそれを唱え、それに関する一連の論説を評論雑誌『武器を捨てよ!』に発表した。エミール・アルノーは、彼の雑誌を『レゼタジュニデュロプ〈ヨーロッパ合衆国〉』と名づけた。ノヴィコフは、第一級の本『ヨーロッパ連邦』を発表した……」。イギリスの平和主義者マックス・ヴェヒター卿が新たな活動を開始し、「ヨーロッパ連邦」の設立を計画していることを『平和の守り』は報告し、それを支持する人が問い合わせのできる住所を掲載した。ズットナーは、この活動を「ヨーロッパ同盟が生成する過程の——未発達ではあるが、すでに生命が脈打っている——兆候」であると見なした[113]。

ヨーロッパの戦争の危機が大きくなればなるほど、ズットナーはいっそう強い調子で自分の理想を訴え、そして書いた。「『ヨーロッパ』はすでに地理的な概念以上のものである、それは——言うなれば——潜在的な人格となった」。しかし、それにはまだ実在が欠けている。「それはまだ——政治的な意味では敵対するグループから成り立っており、互いに均衡を保ちながら脅威を与えようと努め、その各々がみずから経済的破滅へと突き進んでいる。『統一され、連合したヨーロッパ』、今後はこれが純化された平和主義の合言葉とならなければならない。それは何度繰り返し語っても、十分過ぎることはないのである」[114]。

13 女性問題

女性問題はベルタ・フォン・ズットナーにとって決して独立した問題ではなく、常に「機械時代」の普遍的進歩と関連があった。「そうです、人間は大人になりました。この文は闘う者たちすべてに、私たちの時代を動かしているあらゆる闘争を解き明かす鍵を示しています。子供であったとき、政府は私たちを、聖職者が子供を扱うように扱おうとしました。『お行儀よくしなさい』『聞き分けよくしなさい』。こうした道徳に、もはや大人になった人間は満足しません。そして女性問題ですが、この問題とは、社会と法によって子供扱いされている女性が目を覚ましたということ以外の、何なのでしょうか?」[1]。

男性と女性は、偉大な目標に向かって同じように教育されねばならない、と彼女は考えた。その目標とはすなわち、自由で自覚ある協力関係の中で、それぞれが自分の能力に応じて、教育と政治および個人の権利は条件を同じくし、異なる道徳や過度の上品ぶりもない、「気高い人間〈Edelmensch〉」になることである。変わらなければならないのは女性だけではなく、彼女の考えによれば、男性もまったく同じだった。「一つの性をかくも長きにわたって縛りつけ」ていた「鎖が解かれることによって」「この性だけでなく、もう一方の性も人間の尊厳のより高い段階へと」上昇するだろう。女性は「粗暴な男性的欠点を」身につけず、男性は「女性的女々しさ」に陥らず、「そうではなく、両者は一つになって——彼らの中の最上で、最強の、最も才能と知力に恵まれた者たちは」——「いっそう高度な種のひな形へと」成長していくことになるだろう、と彼女は考えた[2]。

ズットナーの平和イデオロギーに従えば、二つの性も敵対関係にあってはならなかった。「男たち」に対し攻撃的な物言いをしようという気は、彼女にはまったくなかった。

ある新聞が「女性の道徳的使命について」尋ねたとき、彼女は躊躇い(ためらい)がちに回答した。「第一に、私は使命――すなわち、あらかじめ示された目的――というものの存在を信じない。第二に、道徳文化というテーマでは人間に課された任務を性によって区別するべきではない、と私には思われる。生理学的相違は道徳的相違の前提とはならない。いささか散文的な比喩を許してほしい。競争路での牝馬、狩猟での雌犬の任務は、いかなる任務だろう？　やはりそれは、他の競走馬、他の猟犬たちとまったく同じである。――人間の道徳的任務、すなわち精神、魂、品行の高貴化と醇化において、両性は等しい成果を上げねばならない」。

もちろんこれは、「現今の文化および社会の状況では本当はまだ不可能」である。「今日、女性にだけ守ることが委ねられた徳がある。すなわち、純潔、節度、柔和である。男性が自分だけの領分であると見なしている属性がある。すなわち、勇気、知力、行動力だ」。

こうした状況は「もう変わらなければ」ならない、と彼女は書き、次のように要求した。「今日、依然として一方の半分と、もう一方の半分とに許容されているとおぼしき欠点と悪徳のすべてを根絶やしにすること。その欠点と悪徳とは、すなわち闘争心、放埒、非情――一言で言うなら男性の野蛮、――媚態、無知、依存――一言で言うなら女性の空疎さである」。「女性たちは、女性特有と見なされている徳をしっかりと保持しながら、男性特有と見なされている徳を会得しなければならない。そうすれば女性は高い道徳的理想に達するので、男性も自分たちが特権的に許された悪徳を捨て去るより他なくなるであろう（その結果、こうした悪徳に支えられている制度も崩れ落ちるだろう）」。そのようにして偉大な目標の達成は可能となろう。すなわちそれは、「完全な人間〈Vollmensch〉という、より高い類型である――こうした人間たちのもとでは、男か女か、という問題は考慮の対象とならないだろう[3]」。

さまざまな表現で、彼女はお気に入りのこのテーマについて書き記した。「これまで社会の姿を決定づけていたのは、ただ男性的感性だけだった。女性的感性が男性的感性と同じだけの活動領域を得たとき、一方が正反対にあるもう一方と釣り合ったとき、男性が女性の度を超したか弱さによって、女性が男性の度を超した非情によって中庸を得たとき、そのとき初めて社会は、父性と母性とによって社会のあらゆる子らの当然の要求に真に応え得るようになる。しかし、もし女性の穏やかな感情が萎縮するなら――そのとき我々は、女性が活躍を始める前の段階へと逆戻りすることになる」。女性は、「男性が優位に立つところでは男性から進んで学ぶ」ことが必要だ。「その際、女性の弱みに対する男性の嘲り、優位に立とうとする男性の要求に惑わされ、本来女性のものではない男性の強みを手に入れようとしてはいけない」。というのも、そうすることで女性は「自分のものにしていた強みを失うだけではない」かもしれないのだ。[4]

理想はこうだった。「男性と女性は、並び合い、対等で、同じ権利を持ちます――女性は力強く、男性は柔和になります。両性は完全な人間に向かって成長していく存在へと高貴化されます[5]」。

この理想は自分とアルトゥーアとの結婚生活において達成された、彼女はこう堅く信じて疑わなかった。

自分自身が女性として嘗めさせられた苦悩に満ちた体験について、彼女はほとんど伝えていない。女権拡張の運動に身を投じた同時代の女性の多くが、絶望的な個人的状況を通り抜けて女性の権利のための戦いに至ったのとは異なり、彼女がそれに至ったのは――平和運動に至ったのとまったく同様に――読書を通して、そして自分を取り囲む貴族階級の現実を批判的に分析することを通してだった。「高位の娘たち」と既婚の貴族女性たちの生活を、ズットナーはいくつかの小説の中で実にまざまざと、そして実に多くの類型的細部とともに描写した。我々にとってこれらの小説は、一九世紀ウィーンにおける上流階級の女性たちが送った日常生活を伝える重要な情報源となっている。

一人の伯爵と現代的女主人公ダニエラ・ドルメスとの対話において、ズットナーは上流社会の伝統的女性像を描き出す。伯爵は、あくまで次のように固執する。女性は「せんさく好きで、少々見栄っ張りでなければならず、さらに……」。

これに対してダニエラは言う。「『さあどうぞ！　あなたが女性について抱いておられる理想は、どんな罪過によってでき上がっているのか、全部お唱えになって下さい！』。『分かりました、すっかり想像がつきました！　さらに色気があり――理屈っぽくなく――気まぐれで――移り気で――神経が過敏』。『さらに色気があり――理屈っぽくなく――気まぐれで――移り気で――神経が過敏』。『分かりました、すっかり想像がつきました！』。震える神経と鳥並の頭脳を持ったお人形ですね――つまみ食い好きで臆病、見栄っ張りで軟弱――つまり、気取った薄のろです』。『それにこれは魅力的ではありますまいか？　とりわけ、こうした可愛らしい欠点と同時に、好ましい特性を挙げてみるならば。気品があり穏やか、心やさしく敬虔、貞潔でつつましやか、穏やかさ、思いやり、優雅、明朗、繊細』」[6]。

別なとき、この典型的保守主義者は激昂する。「同権を求めるこの女たちは、なんという馬鹿者どもであることか！　彼女たちが真っ先に失うのは、私たちからの崇拝だ。彼女たちは、自分らを見下ろすのを私たちにやめさせ、同時に私たちを見上げる習慣をやめようとしている。彼女たちは私たちと対等でないことに不満で、あろうことか自分たちを祀る台座から降りている。彼女たちが求めているのは、私たちが自分らと戦うことであって、さすればもうこれから私たちは彼女たちの前で跪くことはできん。彼女らは髪の毛を短くし、眼鏡をかけ、三重底のブーツを履き、埃っぽい書類の臭いを漂わせるだろうし、私たちには、美というものが存在していることを忘れさせるだろう……」。

それでも女性は、彼が考えるに、どれだけ学んだところで真の高みには到達し得ないだろう。「女性がなれるのは、せいぜい平凡な医者、無気力な商人、たいしたことのない学者だ……これまでニュートンのような、デカルトのような女性は……いなかったではないか」。

これにベルタの主人公は反論する。「もしこの事実を証拠として持ち出されるのなら、あなたは単純な計算間違いをしておられます。学問をして精神的創造性を備えた数百億の男性から、ニュートンはたった一人しか……現れないのです。精神活動に従事している女性の数は今に至るまで非常に僅かなので、同じ割合である証明はできませんし、比較可能な比率も示せません」。

ダニエラ・ドルメスは、尊大で不寛容なこの伯爵との婚約を最終的に破棄し、単に女性としてではなく平等な人間として彼女を受け入れるユダヤ人家庭教師と結婚して、周囲の人々を驚愕させる。彼女はもう一つの違う世界に入って行く。「そこではスポーツや上流同士の結婚やアブラナ収穫に最重要の関心が向けられるのではなく、文学や科学の刊行物、現下の出来事に多大な関心が向けられるのだった」[7]。

この小説の女主人公は一つのタブーを破る。というのも、自意識、自立、それに知的労働は、一九世紀の女性の理想像とは相容れなかったからである。これらは「男性的」な徳だった。「それに対し、臆病、優柔不断、無思慮といったいくつかの性格的欠点は、男性においては軽蔑すべきものである一方で、女性においては、魅力的ではないにせよ、許され得るものだった。女性がこれら愛すべき欠点を克服することを望み、行動力と自信を示すならば、おそらく幾人かは彼女の男性的性格を讃えるだろうが、他の人々はすぐさま、女性的悪徳の克服によって女性的徳が台無しにされるに違いないといった危惧を表明するに違いないだろう」[8]。

こうした考え方に変化をもたらすのは難しいとズットナーは考えていたが、その最大の理由は、女性の多くがこうした変化をまったく望んでいないことにあった。「しかるに女性たちの中に、女性の隷属を最も熱心に擁護する者や、解放に対して最も雄弁に異を唱える者がいる——それはまさに、かつて黒人が奴隷の番人に最も適していたのと似ている。母親は自分の娘にこうした考えで説教をした。社交婦人のお喋りや、あまつさえ女流作家の執筆もこうした考えでなされたが、その目的は、最も確実に一番卑近な目的を達成するため、すなわち、男性に媚を売って気に入られるためである」[9]。「少女たちを最も厳しく抑圧し監視しているのは誰か？　自分自身抑圧されている女性たちである。ただ解放された者だけが、惜しむことなく自由を与えるのである」[10]。

少女たちは、自分自身には何の値打ちもなく、すべては将来の、できるだけ金持ちで身分の高い夫にかかっており、そういう夫を得ることが肝要だった。ただ「玉の輿」に乗ってのみ、彼女たちは人生で一廉のものになれた。それゆえ彼女たちは、熱心な母親に助けられながら、こうした夢の男性が望む女性を演じていた。それは、美しく、愚かで、貞潔な女性だった。貞潔さを育て上げたのは、伝統的修道院教育と厳格この上ない監視だった。「不道徳な」という言葉が意味するのは、女性にそれが用いられるならば、「真実を見極める感覚に反する考え、誠実さに反する考え、慈悲に反する考えなどではなかった」。それが言い表しているのは、「その人物が色事に耽っていること」だけである。「『不道徳な読み物』とは、民族的憎悪を煽動したり、あるいは理性を抑圧しようとする書物のことなどではなく、愛の喜びを語りながらそれを断罪しない書物のことだった」[11]。

「玉の輿」のための第二の条件は、美貌だった。これは金のかかる、きわめて時間を浪費させる崇拝であり、ズットナーが嘆いたように、（ピアノ演奏や語学を除いた）教養を身につける時間を奪った。髪型や衣装、多種多様な装身具に気をつかうことに、少女たちは日々を費やした。ベルタは次のように述べた。「文明の歩みと、そしてまた人間の礼節と福祉の発展は、知性の歩んできた発展の過程にかかっていることを考えれば、それに加えて、どれだけの熟考、どれだけの精神的努力、どれだけの才能を、人間の半分が衣服の問題に向けているかを見積もれば、人類の幸福の訪れが、いわゆる美しき性の美人願望によって、どれだけ先延ばしさせられているか、計り知ることができる」[12]。

このような生活様式は真剣な修業や厳しい職業と相容れ難い、と彼女は言う。「どうすれば、この浅薄な女たちに重要な官職を司ることができると言えるだろう――それにモード雑誌の隣りの書類の山、白粉箱（おしろい）の隣りの外科器具、裁断用型紙図の隣りの数学図形よりも滑稽なものはあるだろうか？　忍耐力と判断力を要する職業は、こうした皮相な考え、恋がたきの間の嫉妬が絡んだ嫌がらせ、のべつ幕ない自分の魅力についての関心――のべつ幕ない媚諂い（こびへつら）と……いったいどうすれば両立するのだろう？」[13]。

「上流階級」の年若い乙女たちの話題は、因襲によって女性好みとされてきた話題だけに限定されており、たとえばズットナーが描いた小説の女性登場人物の一人は次のように嘆いた。「私は晩餐のあと、部屋の一角へ引き下がることができたならいいのにと、どれほど熱望したことでしょう。そこでは、諸国で見聞を広めてきた外交官や雄弁な帝国顧問官、その他の影響力ある人たちが、重要な事柄について意見を交わしていたのです――しかし、私が彼らに加わるのは無理なことでした。私は結局、若い女性たちの輪にとどまり、次の大舞踏会のために用意しているドレスについて話をしなければならないのです。それにもし、私が要人たちの輪に割り込もうものなら、その時まで続いていた国家経済についての議論、あるいはバイロンの詩、シュトラウスやルナンの学説についての会話は沈黙し、私はこう声を掛けられたでしょう。『おや、ドッキー伯爵夫人！……昨日の御婦人方の遠足では、魅力的な装いでしたぞ……それで、明日はやはりロシア大使館での歓迎会に、出席されますのかな？』[14]」。

因襲と社会からの圧力によって維持されてきた女性の無教養は、ズットナーにとって最も重要な問題だった。「束縛はいずこにおいても無教養と密接に結びついているために、繋がれた者たちを固く縛り続ける最良の方法が、でき得る限り多く彼らを無知の中に置き続けることであるのは、常に変わらない。女性が知識を持つことに対して男性が、下層階級の教養に対して上流階級が、啓蒙一般に対して理性の獄吏(ごくり)である僧侶が本能的反感を示すのは、それゆえなのである」[15]。

生まれながらに女性は「愚か」だという偏見に対して、彼女は倦むことなく論駁し続けた。「愚かな男性がいるのとまったく同じように、ひどく愚かな女性がいます。おそらく男より数も多いでしょうが、それはとかく言われているような『女の生理学的知的障害』……のせいではなく、今日なおも一般的である女子教育の結果なのです」[16]。

女性的な仕事とされている刺繍、鉤針(かぎばり)編み、棒編みを、彼女は純粋な時間の無駄と見なした。アメリカ旅行の途上では、ピッツバーグの工業王ケネディーの娘たちが「手仕事の幻想に自分たちの関心を限定させず、監獄制度を研究し、案内のもと刑務所を訪問して、刑罰制度の改革に協力していること」を知り、彼女はおおいに満足した。「人間社会の向上のために何がしかを為すこと、それはアメリカの人々の間では、身分の高きも低きも、老いも若きも、男も女も、いわば礼節上の義務なのである」[17]。

平和問題と同じように、ズットナーは女性問題についてもアメリカを先行者と見なしていた。彼女によれば、教育を受けたアメリカ人少女は教育を受けたヨーロッパの少女より、まさしく先んじていた。道徳規則の皮をかぶったヨーロッパの少女たちに対する妨害は、ヨーロッパに多く見られる時代遅れの一つに他ならない。アメリカで広く行き渡っているのは媚を売る関係よりも協力し合う関係だ、そうズットナーは考えていた。

長編小説『ハイ・ライフ』の中に彼女が登場させたアメリカ人は、ヨーロッパには「年若い少女」という類いの人間がまったくいないことを確認し、驚く。「ここにいるのは大人になった女性の子供であり、子供部屋から出るやいなや、彼女たちは何もしないまま、戸籍役場に連れて行かれ、そこで妻へと変身する。その後は妻として世間の飾り物となり、そして――媚を売るのだ[18]」。

人生の目標を達成した女性は、よく言われたように「夫の冠」、つまり一つの装飾品となる。カルネーリが一度世間と同じようにこの決まり文句を使ったとき、ベルタは彼に対し闘争心をむき出しにして次のように書いた。「しかし、それは大間違いです。あなたはおそらく、こうしたイメージを使うことで私を喜ばせようと考えたのでしょう。しかし、それは大間違いです。「女性についてのこのイメージは、慇懃で好意的に語られているものではありますが、私からすれば間違っています。なぜならこれはまたしても、男性を補い完全にさせるものとして女性を描いているからです。冠を――戴く者たち！　そもそも私たちには生涯、冠はないのですか？　ひょっとするとあなたは、冠を戴くのは男である、とお考えなのですか？　断じてそうではありません！[19]」。

しかし既婚女性の生活においても、そもそも教養は求められていなかった。『ハイ・ライフ』の中でズットナーは、乗馬教室、買い物、遠出、「ファイブ・オクロック・ティー〈五時のお茶〉」、ディナー、舞踏会、芝居見物が続く上流婦人たちの日課を描き、次のように問いかけた。「このように一日を埋め尽くされた人間に、精神的なことに関心を抱く余裕、家庭のことを心配したり喜んだりする余裕が、どこにあるのだろう？……熱に浮かされたように忙しく、楽しむための苦労は骨が折れ、時間を奪い、享楽できる能力を超えている。精神を集中させ、みずからの心中を静かに省み、魂に平和と平静をもたらすための時間は残されていない」。この「享楽過剰」から生じるのは「いわゆる世紀の病、すなわち高慢、神経症、貧血である。軽度であれば、これらの症状は、上品、神経過敏、繊細と名づけられ――そしてその状態は、現代的と呼ばれる[*1][20]」。

第一階級の婦人たちは、自分の子供と実に希薄な関わりしか持っていない。なぜなら子供たちは、幼年学校、あるいは修道院付属学校で教育されたからである。社交生活に気苦労が多く、絶え間なく旅が続けば、子供たちと密に考えを述べ合うことも難しかっただろう。それにもかかわらず親たちは愛情を演じて見せたが、ズットナーはそれを批判した。「父母の愛情は、上流階級においては非常に受けがいい感情である。子供たちそのものは可能な限り遠ざけられてはいても、彼らが両親にとって、最高で、かけがえのない喜びであるのは言うまでもないこととされている。彼らは家宝と同じように、なんらかの徳も鍵をかけた入れ物に仕舞い込んでいる。その徳とは、敬虔、慈悲心、親としての情愛、等々である。特別なきっかけがあると、これらの徳は取り出される。つまり、それらを持っていることを声を大にして告げるのである[21]」。

子供がいないことは、この階層の女性にとって一つの破局を意味していた。夫に「子供を贈る」より他に、女性にはなんの使命もなかった。ズットナーは、子供がいない女性でも充実した人生を送ることができると常日頃から誇らしげに表明することで、一つのタブーを犯した。「私たちは子供がいないままであった――こうした私たちの運命を、おそらく人々の多くは哀れんでいた。それというのも、子宝に恵まれることは最高の幸福とされているからである」。もっとも自分とアルトゥーアは、「一度として、このようなことを嘆いたりはしなかった。もし私たちがこの幸福を知っていたなら、子供がいないのに苦痛を感じないということを、ひょっとするとまるで理解できなかったかもしれない。――しかし事実は――子供がいないからといって私たちから溜息一つ出ることはなかった」。彼女はこう振り返りつつ、彼女の時代にあっては普通ではなかったこの考え方を説明している。自分たち二人は「お互い相手にすっかり満足していた」のであり、そしてまた「未来へ命を繋ぐという例の欲求は」、自分たちの場合、みずから共同で行っていた仕事を通して満たされていた。その仕事とは、「未来をも志向し、いまだ小さくとも成長するもの、栄えるものを楽しむ」ことだった。そしてさらに、「文学的創造」も「一種の父性」なのだ[22]。

女性にとって真の悲劇が始まるのは、「玉の輿」に乗れなかったときだった。二〇代も半ばになると、早くも「オールドミス」と見なされた。何の職業訓練も受けていないため、彼女は独力でみずからの生計を立てられなかった。それゆえ、まずは両親、その死後は兄弟姉妹に依存することになり、彼らのもとで暮らしたが、常に良い扱いを受けられたわけではなかった。

ベルタはこの問題について知り抜いていたが、自分を取り囲むハルマンスドルフの田舎貴族たちの中で未婚女性が送る退屈で哀れな生活を目の当たりにすると、しばしば戦慄した。「美しさはゆっくりと盛りを過ぎて、何の体験もない。絹の衣きれの中で散ってゆくようだ[23]」。

本来の、より公正な社会秩序においては、「どの女性もみずからの財産、あるいはみずからの生計能力によって世間に出て行くようにならねばならない。そうすることで、女性はみずからの心の求めに従って選択する自由を得、そしてまた、その選択を誤ったときも、人生の戦いを新たに自力で始める自由を得る[24]」。この当時、オーストリアは非常にカトリック色が濃く、国家も婚姻の解消を許していなかった。彼女がさらに要求していたのは、こうしたオーストリアにとって言語道断なこと、すなわち離婚を法的に可能にすることだったが、それは彼女が離婚を女性の経済的自立と密接に結びつけて見ていたからだった。だが、それによって助けられるのは女性だけではなかった。「そう、男性の解放も、それと歩調を揃えて進むだろう。男性もまた、かつて自分にとってかけがえのない存在だった伴侶を、路上へと、飢え死にへと、あるいは――もっと過酷な運命へと委ねるというぞっとするような責任を負わずに、憎むべき、あるいは軽蔑すべき対象となった女性と別れることが可能となる」[25]。

より自由で、より自覚的な人生へと通じる王道は常に教育である、とズットナーは考えた。なぜならそれによって女性たちは、職業教育、自立的思考、それに公的生活への参画が可能になるはずだったからだ。彼女の小説の女主人公フランカ・ガーレットは年若い少女たちに向かって呼びかける。「あなた方はみな、ゲーテのイフィゲーニエにある美しい箴言をご存知です。『共に憎むためでなく――共に愛するために、私たちは生きています[*2]』。しかし現代においては、みなさん、私たちにはもう一つの掟が課せられています。共に考えるために、私たちは生きているのです！」。

女性は教養がないという理由で、「最高度の公共的利害がかかっているところで、みずからすすんで脇に退いている」ようではいけない。選挙権や被選挙権、そしてその他の重要な権利はいまだ獲得されていないとはいえ、「今日すでに女性たち、それに少女たちも影響力を行使することができる。しかし、もしみずから無知にとどまって、社会的、政治的、それに経済的生活の仕組みを操るあらゆる物事から距離をとったままでいるのなら、いかにして彼女たちは自分の意見と感情を有効かつ有益に活用するというのか？　それにまた、もし、幸福か不幸か、戦争か平和かに関わるきわめて重要な問題で、意見を差し挟むことを禁じられているなら？　なぜなら彼女たちは、『こうしたことは、君には分からない』と常に言われる定めであり、おそらくまた自分でもそう言うのだから」[26]。

ここでもまた、彼女が訴えを最初に向けた相手は、国家ではなかった。彼女は一人ひとりの人間に対し、まずは考えを改め、おのれの能力を発揮し、社会的抑圧からみずからを解放しなければならない、と訴えた。彼女のリベラルな個人主義、すなわち一九世紀の偉大なスローガン、「世界は能力ある人のものである」は、彼女のどのような考察にも影響を与えた。

彼女によれば、国家による「解放」の前に、女性たちは「公共における不利益と引き換えに」持っている古い特権を手放さねばならない。「虚栄心を持つこと、鳥なみの頭脳を持つこと、公共の利益についての憂慮に頬被りすること、自分は論理的思考の努力をしなくても許されると思うこと、そしてこのようにして、人類が意のままに用いることのできる精神的労働力のうち、まるごと半分を奪うことである」[27]。

男性の教養と女性の教養との極端な相違は、文学にも影響を及ぼしていた。「女性文学」は、なかんずく男性の読者にとって、二流文学を意味していた。というのも、「女性文学と少女文学」は、当然のごとく、男性より低い女性読者の教養水準に合わせてあり、その上、――どの出版社もとりわけ留意していたように――「無垢」な年若い乙女のための厳しい道徳規範を顧慮しなければならなかった。ズットナーは次のように皮肉った。「私たちが必要としているのは、罪がなく、特定の傾向もなく、思想もなく、高揚もない物語で、その展開ははらはらさせても、最後は大団円で締めくくられる」。「そしてこの欲求は満足させられた。それは大満足だったので、現代ドイツの文壇は丸ごと不評を買ってしまった」[28]。

同業者の中にあっても、女性作家は、ほとんど重きを置かれることがなかった。それゆえベルタは、マックス・ノルダウのある言葉に腹を立てた。「女性に書くことができるのはただ一つだけ、つまり子供についてだということ。いつもなら思索家であるノルダウのこの言葉に、私は驚かされました。あらゆることにおいて自由で、先入観がないのに――この問題一つにおいては、こうも狭量なのです。どうしたらこうなるのでしょう？[29]」。

　この時代の女性作家、たとえばマリー・フォン・エーブナー＝エッシェンバッハ、マリー・デレ・グラツィエ、それに彼女自身は大成功を収めていたにもかかわらず、作者の名前が女性であると、その本は価値の低い「女性文学」と決めつけられる、ズットナーはそう信じていた。それゆえ彼女は、知的野心に満ちた著作『機械時代』を書いたとき、自分の女性名のせいで「真面目な」読者に相手にされなくなることを恐れた。そうして彼女は、この本を「ある人」という匿名で出版する方策を思いついた。『回想録』においても彼女は、依然として次のように自己弁護する必要があると信じていた。「この匿名を使ったのは、臆病だったからではない……『機械時代』において縦横無尽に扱われていたのは完全に科学的、哲学的テーマであったので、この書物に女性名が記されていた場合、私が期待する読者に相手にされないのではと恐れたのである。というのも、科学の領域では女性の思考能力に対する多くの先入観がはびこっているので、女性名が記された書物は、本来その読者として想定していた人々に読まれないままに終わる可能性があったのだ[30]」。

　このときベルタが匿名を用いる決断をしたのは確かに無理もないことで、彼女の名前は浅薄な雑誌小説によって広く先入観を持たれていただけに、それはなおさらだった。それに加えてこの書物は、痛烈に教会を批判する章（『宗教』）と、あからさまに当時の道徳規範に反し、そして徹底的に一九世紀の性道徳を扱う二つの節（『女性』と『愛』）を含んでいた——これらの章は、もっぱら男性に向けて書かれていた。

　きわめて真剣に、ベルタは次のように批判した。愛は「二つに分割されている。一つは……形而上的領域へと高められ、もう一つは汚辱にまみれさせられている。狂信的プラトン主義が一方にあり、浅ましい放埒がもう一方にある。こうして半分ずつ二つに分かたれ、一つは神聖さを汚し、もう一つは――至福を奪っていた」[31]。「ああ、あなた方の唱える二元論、あなた方の愚かしい自然嫌悪の無思慮ぶりときたことには。この嫌悪から生じうるのは、あなた方自身の苦痛に他ならず、それによってあなた方は偽善者に、そして暗殺者になる！……高貴で『純粋な』愛が肉体の合一を求めることを、あなた方は拒絶する。そして感情が気高くなればなるほど、純粋になればなるほど、あなた方はますますそれが根を下ろしている現世の即物性から、その感情が引き離されていることを求める。そのような愛を抱かせるにふさわしいと言われているのは、肌を許すよりはむしろ死んでしまうような女性だけか、あるいは……『無垢』であらねばならぬがゆえに、結婚生活において自分たちに間近に迫っているのが何か、知ることさえ許されない女性である。あなた方が理解していないのは、自分たちは精神的愛を歪めることで、まず猥褻（わいせつ）という悪徳を世間に広めたということだ。というのもこの悪徳は、愛のない、消し去りがたい本能を充足させることに他ならないからである」[32]。

この二重道徳は女性に恐るべき結果をもたらす、と彼女は言う。「つまり愛と結婚において、女性に対する見せかけの崇拝と現実の抑圧が、最もはっきりと表われていた。愛において男性には権利と歓びがあり、女性には義務と――罪があった。一般的に、あらゆる本能のうちで最も至福に満ちたこの本能には、厳しい罪の呪いと深い用心が向けられていた。しかしすべての呪いが課せられていたのは女性たちの頭上であり、あらゆる用心を払うのは弱き性だった」。

一九世紀において、愛は王女ではなく、「埃にまみれ、鎖で繋がれ、厚い覆いに隠され、悪し様に言われ、否定され、苦しめられ、誹（そし）られ、権利を奪われた奴隷女である！」[33]。

ドン・ファンが征服した一〇〇三人のリストは感嘆を呼び起こす、とズットナーは腹立たしげに書いた。「愛の本能を満足させる行為につきものの非難は、もっぱら女性の当事者にのみ向けられた。あまねく名声を得るために、一〇〇〇と三の犠牲者が罪と悲嘆に突き落とされねばならなかった。それはまさしく、野蛮な酋長の栄誉を飾るために、打ち殺した敵の頭蓋骨をこれこれの数だけ必要としたのと同じである」[34]。

「犯罪者にされるのは、犯罪と称される行為へと誘惑した男ではなく、誘惑された女だった。彼女だけが罰を受けねばならなかった――彼女は堕落した女にされた。弱者たる彼女を陥れた強者たる彼は、ほくそ笑みながら我が道を行くことが許され、たいていは彼女を蔑む人たちの急先鋒となった」[35]。

このような「堕罪」のもたらす結果は、女性にとって仮借ないものだった。「縁組」の可能性は、それ以降、女性には閉ざされた。軽蔑と社会的転落は、免れようがなかった。売春婦へと身を持ち崩すのは――シュニッツラーの有名な「可愛い娘」[*3]を思い出してほしい――いとも簡単だった。「女性たちのある一つの階級まるごとが――軽蔑的な同情を込めて、彼女たちは『持ち崩した女』と呼ばれた――、困窮、不運、あるいは軽率さによって堕落し、このような恥辱にまみれつつ破滅の道を行くことを必然づけられた。奴隷女たちの一群が就いたのは、快楽に仕える卑しい勤めだった。社会から、女性たることから弾き出されたこの不幸な者たちは、そもそも人間であるとさえ見なされなかった。というのも、人間の尊厳、あるいは人間の権利や理想という概念が存在するのは、彼女たちの領域の外だったのだ。彼女たちの存在は、道徳律が要求するものすべての否定だった」[36]。「たとえ自分はひそかに健康を害するほど官能の歓び（ただの言葉であるこの一言を口にすることさえ、許されていなかった）に耽っているとしても、あなた方は下劣で動物的な性衝動としてそれを心底から軽蔑している。あらゆる愛の苦しみは、あなた方には高貴なものと思われ、散文や詩文では哀れみを呼び起こすにふさわしい。愛のもたらす快楽だけが、恥辱なのだ。この快楽は肉にまつわるものである、とあなた方は軽蔑するように言う。それはどんな獣も感じるものだ、それは汚辱の範疇、野蛮な自然に含まれ、人間がその似姿として創造された神性とは対極にあるのだ、と[37]」。

こうした文脈においても彼女は自然と真実を支持した。愛と性欲は、切り離してはならない一つのものなのであった。彼女によれば、女性は過度に潔癖に振る舞うことなく、しかし他者への敬意を払いつつ、男性と同様、この能力を生かしきらねばならないのである。愛とは「歓びであり、それは人間的であるものすべてと同じく肉体性に根ざしてはいるが、精神のあらゆる純化と歩を合わせ、純化し、精神化するのである[38]」。

彼女によれば、本当の罪とは誤った道徳規範に触れることではなく、生命そのものに対する犯罪、すなわち戦争であった。そして戦争は決して悪し様に言われることがない。「それより高貴なものを知らぬかのように、あなた方は死と、そのうえ殺人を賛美し、そして戦いの栄誉を最も声高に告げ知らせているのに、あなた方の間で何よりも不名誉なこと、何よりも隠されたままにされなければならないのは、生命を生み出すことなのである[39]」。

『機械時代』は成功を収め、まもなく作者は誰か憶測が飛び交った。『人類の偽りの文化』の著者マックス・ノルダウは、彼がこの本を書いたという推測を否定した。進歩的なカルネーリも疑われると、ベルタは満更でもない様子で彼に打ち明けた。「でも親愛な、親愛なるお友だちであるあなたは、私をお見捨てにならないで下さいね。世間の女性に対する先入観は依然としてあまりに大きいのです。たかが女ごときが書いたと知られるやいなや、この本はまともに取り合ってもらえなくなるでしょう」。カルネーリが『ノイエ・フライエ・プレッセ』に書評を書こうとすると、そこでも「誰もこれが女性の筆による作品だと察しない」ようにしてほしいと、彼女は抜かりなく言い添えた。[40]

この本の初版から九年後の第三版になって初めて、ズットナーは誇らしげに自分の秘密を明かした。彼女のかくれんぼは目的を達成した。この本は「まじめな」読者を獲得し、誰も著者が女性であるとは推測しなかった。これもまた彼女にとっては、「女性特有の執筆法や思考法が存在するわけではない[41]」という証明となった。

『作家小説』において彼女は、不幸な結婚をしたある男性の一人の若い女性への愛を描く。この女性は彼を――当時の道徳規範に従って――無論のこと、拒絶しなければならない。「ああ、私たちは何という馬鹿げた世界に生きているのだろう！　ここでは愛が不名誉となり得るのだ」、このように言う作中人物の作家に、ズットナーは後ろめたげに付け加えさせる。「私たちは――同業者と私は――あらゆる自分たちの本の中で、常に同じ説教を繰り返していたのではないだろうか？　人生の中では、何かが違う、心を止めたままにはできない――不幸な結婚をした人々でも、幸福と、愛する権利を求めるのだ。私たち本を書く人間は、世間一般に広がる暴圧を自分たちが関与までして強化する代わりに、むしろこの抑圧された権利を擁護するべきだったのではなかろうか？　私たちには、解放するという使命があるのではなかろうか？[42]」。

女性と平和

心の底から女性と男性の平等を信じていたベルタ・フォン・ズットナーは、女性に対する誹謗と断固として闘った。しかし彼女はまた、女性解放を唱える女性たちの、女性には特別な資質が備わっているという行き過ぎた主張とも闘った。この対立は、とりわけ「女性と平和」というテーマにおいて当てはまった。少なからぬ女性解放論者たちが——そしてこれは今日も同様だが——、「好戦的な」男性とは反対に女性は平和を愛する温和な性質を備えており、したがって生まれながらの平和主義者である、と考えていた。ドイツの女性解放論者リーダ・グスタファ・ハイマンは、この頃、次の標語を作り出した。「すなわち女性の本質、女性の本能は、平和主義と一致しているのだ[43]」。

この意見にベルタ・フォン・ズットナーは常に決然と立ち向かい、好戦的な心情について槍玉に挙げるのを男性だけに限らなかった。一八九五年、彼女は自分の雑誌『武器を捨てよ！』の論説記事において、次のように書いた。「私の個人的経験の及ぶ限りでは、平和問題に対する態度に関して、男性か女性、どちらに属するかによる違いはない。戦争行為や戦争の英雄に対する感激は、男性の場合と同じように女性にも見うけられる。平和運動に対する感激や献身を示すのは女性も男性も同じであり、そして結局のところ、大きな無関心、決まりきったことへの執着、新たな時代思想に対する無理解は、すべての人々に等しく共有されているのである」。

平和運動を女性に典型的な運動とし、戦争という男性的原理にそれを対置させようという試みのすべてに対し、彼女はきっぱりと異議を唱えた。「平和運動をみずからの責務と捉えること、そのようなことを女性たちに期待しても無駄である。もし男性たちとは対照的に女性たちがそこに自分の立場を置いたとしても、彼女たちは何も達成できないだろう。人間の漸進的高貴化という課題は、同じように感じ、同じ権利を持った両性の共同作業によってのみ、達成可能なのである[44]」。

彼女は相手がカルネーリであっても、彼女の仕事を女性特有であると言った際には、厳しく咎めた。「私の政策をあらゆる女性の政策へと一般化することは、またしてもエス・レーヴォスを激怒させました――たてがみの一本一本が逆立っています！――女性たちの中には、男性たちの中とまったく同じように実にさまざまな人間がいます。そして男性政治家の中に仕立屋［彼女はこの言葉で、カルネーリがとりわけ嫌悪していた反ユダヤ主義的帝国議会議員のことを言っている］のような人物とカルネーリのような人物がいることがあり得るように、女性たちの中にもズットナーばかりがいることにはならないでしょう[45]」。

社会民主主義者との論争においてと同様に女性問題においても、彼女は徹底した個人主義的姿勢を示した。

平和運動は女性向きの（そしてそれは同時に、男性向きでない！）テーマであるというのは、「世間に広まった誤解の一つです」、と彼女はフリートに宛てて書いた。この誤解は単純な事実に由来している、「なぜなら女性たちも平和運動に加わっているからです、とりわけベルタ夫人が[46]」。

「女性的」な平和を愛する心、「男性的」な戦争という先入観は、彼女の考えによれば、臆病や利己主義という非難を内に含んでいた。「嘆き悲しみながら、『戦争をやめて下さい、私たちはそのために苦しんでいるのです、私たちは最も愛する者たちをそれによって失うかもしれないのです！』と叫ぶ女性たちは……『私たちの悲惨が何ほどのものか。優先するのは公の繁栄です！』と口にした君たちよりも、あるいは、『勝者として祖国に帰るか、さもなくば死を！』と自分の息子たちに向かって呼びかけた人々よりも、間違いなくはるかに切実だった。個別の利害関係――それが一つの身分、一つの階級、あるいは一つの性の利害関係であるにせよ――から生じた敵対は、どれも倫理的理由付けを欠き、それゆえに倫理的影響力を持たない」。

彼女にとってもっと価値があるように思われたのは、女性が抱く次のような動機だった。すなわち、

「自分の家が脅かされるがゆえではなく、戦争が人類全体にとって一つの災厄であることを理解したがゆえに、激しく戦争に抗う女性である。現代女性は、自分が娘であり、妻であり、母であるがゆえに『戦争』という制度を揺さぶろうとしているのではない。彼女たちがそうするのは、自分たちが理性的になった人類の理性的な半分となったからであり、戦争が文化発展を妨げ、あらゆる観点——道徳的、あるいは経済的、宗教的、哲学的観点——からして有害かつ非難すべきものであると悟ったからである」[47]。平和のための戦いはあまねく人間的な関心事であり、男性と女性は等しくそれを支持しなければならない、彼女はそう主張した。

　彼女の「姉妹たち」の中には平和という問題における女性の優越性について多弁を弄しすぎる者がいたが、そういう女性たちに彼女は次のことをよく考えるよう促した。「魚雷艇のための募金を始め、またたく間に八〇万クローネをこの目的のためにかき集めたのは、同じく女性グループであること。侯爵夫人たちは連隊長になることを最高の栄誉と見なしていること、現在その地位にある王妃たちのうち、戦争に反対する言葉を一つでも発するような、いわんやそれを行動に移すような者は、ただの一人もいなかったということ、母親たちはブリキの兵隊工場一番の御得意様であるということ、ビスマルクは自分に忠誠を誓う婦人代表団に向かって全幅の信頼を寄せつつ、女性たちが次の時代を担う世代の心情を愛国的で軍人にふさわしいものへと育て上げている、と言いえたということ」[48]。

　女性の政治行動が男性より好戦性が小さい訳ではない例として、彼女はスペイン王妃マリア・クリスティーナを挙げた。彼女は一八九五年、スペインによる統治に対抗してキューバで起こった反乱を鎮圧し、「女性は男性とまったく同様に、力強く王笏を振るう能力があること」を示した。「というのも、この女君主が自国民を戦場に送ることに一瞬でも躊躇した、あるいは、反乱を起こした民衆の不満を除くには大砲以外にも方法があるかもしれないという馬鹿げて非現実的な妄想に囚われたとは、ついぞ耳に入って来なかったからである」[49]。

平和運動に加わる母親が実にわずかしかいなかったことは、ベルタを失望させた。「母親たち？ さて、彼女たちの多くは無関心であるか、息子たちが幼年学校生であることを自慢しています」[50]。彼女は、伝統的教育を受けた女性たちは二つの方法で戦争を煽っている、と非難した。「戦争の英雄への感嘆と制服に対して抱く好意によって、暗黙のうちに。戦いを直接けしかけることによって、声高に」[51]。「そしてとりわけ、——信じられることだろうか？——とりわけ女性たちが、戦争からきわめて美しい側面を見いだすことに長け、そして自分たちの息子がもはや祖国のために死ぬ必要がなく、ただ祖国のために生きねばならないという状況を考えることがまったくできず、それを考えようともしないのである」[52]。

ほかでもない女性たちの間で平和活動がいかに困難であったかを示す一例がある。一八九五年、キールマンスエグ伯爵夫人が設立した婦人委員会は、新造の戦艦に栄誉旗を寄贈しようとして寄付金を募った。ズットナーはこれを、対抗行動に出る絶好の機会として捉えた。「よろしい、と私は考えた。『古き風習』はこの呼びかけによって正当性を与えられる、しからば、今、空気を満たしている新しき思想にもその象徴を与えようではないか」。そこで彼女は同じように女性たちに向けて、平和協会の白旗のための寄付金を呼びかけた。「そしていつか——ひょっとすると早くも世紀の変わり目頃——公式に発足した平和同盟の式典にさまざまな旗が掲げられるなら（これはおそらく、我々がその到来を阻止しようとしている『戦いの重大な時』より、もっと望ましい時だろう）、その中ではオーストリアの女性たちによる旗もはためいて、祝福をもたらすこの素晴らしい成果への自分たちの協力を証明しなければならない」[53]。彼女は少なくとも一クローネの寄付を、「文化目標、つまり法による諸国連合の達成」を早めたいと望んでいる女性たちに募った。一週間後、戦旗のためには有り余るほどの寄付金が集まったのに引き換え、平和の旗のために届いたのは三人の寄付者によるわずか五クローネに過ぎなかった。むろんのこと、風刺画家たちはすぐさま「平和のベルタ」が喫した新たな敗北に飛びつき、落胆した彼女をまたもや世間の笑い物にした。

それだけに彼女は、ますます喜んで女性による平和のためのあらゆる行動を手がけ、それを広く一般に知らしめようと全力を尽くした。そうして彼女は「イギリス女性たちがフランスの姉妹たちに寄せた」一八九五年四月二八日付けの手紙を引用した。その中では連帯のための共闘と、戦闘的精神への対抗が呼びかけられ、それにフランスの女性委員会は友好的な返答を寄せていた。ズットナーは次のように書いた。「日々広がりを見せている女性運動の担い手たちが、あらゆる場所で戦争廃絶という課題を自分たちの行動計画に載せているのなら、いずれにせよこれは、平和運動にとって格段の進歩を意味している[54]」。

イギリスとフランスの女性たちによる平和アピールには、リーナ・モルゲンシュテルンの音頭によって、まもなくドイツの女性たちも加わった。ベルタもまたこのアピールに署名したが、それに関して自分の雑誌では次のように述べた。「『これらフランス女性たち』、『これらドイツ女性たち』といった表現はあまりに十把一絡げに響く。だがこれは、五、六人の女性による声明に過ぎない」。

彼女は倦むことなく制服崇拝を非難したが、それは、いとも容易く女性は制服に魅惑されると、彼女が考えていたからである。女性は今までとは違う基準に従って愛を与えられねばならない、と彼女は主張した。「いつか男性たちに戦争の英雄行為ではなく平和の英雄行為に対して、より高貴な愛の報酬が与えられるようになるなら、そしてまた、男性たちが公正という新しい理想を支持することでのみ女性たちのうちで最良の人の賛嘆を勝ち得ることができ、逆に残虐な制度を支持すれば気高い女性たちの嫌悪を呼び覚ますのだと知るようになれば、そのとき、今日兵士となるように若者たちをきわめて激しく駆り立てている理由の一つは、意味を失うだろう」[55]。

政治家はさまざまな手を用いて、女性に国家主義的高慢を植え付け、なによりも闘争能力にすぐれ国民意識に目覚めた兵士を育てる使命を割り当てようとしたが、彼女はそうした試みを槍玉に挙げた。たとえばそうした彼女の批判の一つは、「ビスマルク婦人暦」に向けられた。そこにはドイツ女性の五つの主要な才能が列挙されていた。「喜びをもたらす、食事を用意する、衣服を仕立てる、整理整頓をする、教える」。それに加えて「健全な国家的利己主義」が要請され、「国際的熱狂」を避けるように求められていたことは、とりわけズットナーを苛立たせた[56]。

もちろんベルタは女性運動と協働し、女性の地位向上のために戦った偉大な先駆者たちと個人的接触をもった。一八九一年のオーストリア平和協会設立に寄せられた最初の賛同の中には、オーストリアの女権活動家アウグステ・フィッケルトの熱烈な手紙もあった。ベルタの努力は仲間からは「歓呼の声とともに」受け止められている、と彼女は書き、「私たちの祖国で一人の女性が、みずからの真に女性的な心情の切実な求めに従い、人類を野蛮な時代の残滓（ざんし）から解き放つことになる一つの運動の先頭に就いたということ」を喜んだ[57]。彼女は「平和連盟」での女性の協力を約束し、婦人参政権を求める戦いにズットナーが協力するよう熱心に求めた。

この要請を、しかしながらベルタは拒絶した。一八九二年、彼女は「心より尊敬する同志」アウグステ・フィッケルトに次のように書いた。「私は原則的に、私が取りかかり、途方もなく私の労力を要求している活動の領域に、とどまらねばなりません。平和協会、自分の専門冊子の出版、関連記事の執筆等々に関わる仕事が、どれほどの重荷を私に負わせているか、あなたはご存知ではありません。――どうすればそれを片付けられるのか、今の私にはもうほとんど見当もつかないのです」。

自分はそれゆえ個人的に女性運動に参加することはできない。「しかし、私は共感の表明をお送りすることにします……それは、あなたの目標への私の同意を表明するという目的を果たすでしょう」。

彼女は心から理解を求めた。「そのほかに私はまた文学の仕事もこなさなければなりませんが、私たち女性の同権獲得を支持する考えに沿ってそれに取り組むことで、私の姉妹たちはみな、私を許してくれるでしょう……」[58]。

みずから賞讃していた（「深く敬愛する勇敢な女性」）マリアンネ・ハイニシュに対してさえも、彼女は拒絶を伝えねばならなかった。

「それゆえ、私は上品ぶって性病との戦いに協力しないのではありません――そうではなくて、それが妊産婦保護、児童保護、婚姻改革、反アルコール、結核、国民宿泊所等々、他の数多くのこととまったく同じくらい重要だからなのです。そうなのです、私はそれらすべてに関わることはできないのです」[59]。

彼女は拒絶する際、女権活動家たちに道徳的支援を請け合うのを決して忘れなかった。ポーランドのフェミニスト、ミレナ・ヴロツィミルスカを彼女は激励し、女性平和連盟を結成させた。「しかし、平和〈Friede〉、自由〈Freiheit〉、歓喜〈Freude〉という小さな三つのF――そしてさらにそれに加わる四番目の小さなF、女権〈Frauenrecht〉――の崇高な目的を追求する連盟は、どれも私から全幅の同意を期待しても間違いはありません[60]」。もちろん、彼女は繰り返し女性の集会で講演をした。折に触れ、女権活動家と平和運動家は互いに悩みを訴えることがあった。つまり、アメリカの同志とは反対に、自分たちが収めることができるのは、ごくごくささやかな成果に過ぎない――それはオーストリア＝ハンガリーにおいてもドイツにおいても何ら変わらない、ということだった。しかし彼らは毅然として努力を続け、アウグステ・フィッケルトはベルタに行動を共にするよう呼びかけた。「私たちがウィーンで多くを費やしながら達成できないこと――私たちの土地では公的事柄に対する関心がどれほど薄弱か、男爵夫人はご承知でしょう――それを私たちは巧みな主張によって取り戻さなければなりません[61]」。

あらんかぎりの羨望と尊敬の念を込めて、彼女たちは英米の偉大な女性運動に目を向けていた。アメリカのフェミニストはヨーロッパのフェミニストに先んじていることを、もちろんベルタは認めていた。一九〇四年、世界女性連盟の議長になるように要請されたとき、彼女は――非常に名誉に感じてはいたが――それを辞退し、自分が心酔するアメリカ人シューアルへの完全な支持を表明した。「偉大な女性です。私の目からすれば、いずれにせよ平和のベルタよりも遥かに偉大です」。「なにはともあれ、世界女性連盟の議長を引き受けなくて、よかったと思っています。そのようなことは、私たちの国ではまだ無理です。こうしたことはアメリカやイギリスにふさわしいのですから。シューアル女史は、みずからの同盟に三〇〇万の男性も加わったことを報告することができました[62]」。

アメリカの女権活動家の政治活動について、彼女は感嘆しながら小説や新聞記事に書き記し、講演では中央ヨーロッパにおける平和運動の手本として賞讃した。彼女はアメリカ滞在中、いたる所で成功を収めていた女性による広報活動をつぶさに観察し、そこから自分の平和協会の組織に生かせるものを学びとった。アメリカで彼女は日記にこう書いた。「世界情勢は大規模な平和主義者の活動に適しているのだろう。私にはしかし、いかに（それを私は女性運動の組織を通して知った）一つのことを進めねばならないかが分かっている。理念はそれ自身の力で動くのではない、それが動くのは宣伝活動と『資金』によってだ[63]」。

全幅の共感を抱くと同時に、時としてズットナーは女性運動を競争相手と感じ、もちろん励ましとも感じていた。

一九〇二年に刊行されたブロックハウス事典[*4]の新版は、女性運動を記載したにもかかわらず平和運動はそこから外れ、ベルタを落胆させた。彼女はフリートに宛てて書いた。「さて――女性運動は平和運動より一〇年ほど長い歴史があります。一〇年前のこの事典に載った女性問題についての文章は、二〇行もありませんでした。ブロックハウスに宛てて、さまざまな方面から苦情や提言を書き送るべきでしょう[64]」。まったく同様の内容を、彼女はフリートに宛てた別の手紙でも書いた。「『ディ・ヴォッヘ』[*5]は今、定期的に段の半分を割いて『女性史』を載せています。このように、新聞雑誌ではじきにまた平和史も掲載されることでしょう。回数を増やしている列国議会同盟の会議、仲裁裁判所の提案等々は、こうした記事に素材を提供するでしょう[65]」。

女性問題における前進を、彼女は常日頃から日記に記録していた。たとえば一九〇七年一一月には次のような書き込みがある。「オーストラリアで女性が選挙権と被選挙権を獲得[66]」。彼女は一九一一年、ノルウェーで初の女性国会議員が議会に入場したことを知り、満足と心からの誇りを覚えた。すでにその就任演説において、国会議員ログスタッドは平和愛好家であるということを表明し、仲裁裁判所を支持した。おおいなる期待を込めて、ズットナーは『平和の守り』に書き記した。「次のことは興味深く、また書き記す価値がある。つまり、国会議員の職務を担う初の女性が、その最初の言葉で将来の国際司法組織を支持したのだ[67]」。

　また一九一一年にウィーンで行われた女性選挙権のための大規模な示威行動の際、有名なフェミニストであり社会主義者でもあるアーデルハイド・ポップは、自分が平和運動の目標を信じていることを明かし、こう述べた。「しかしまた私たちは、殺人目的と内戦のために数百万が無駄に費やされることに対しても、戦いを挑むつもりです。私たちは、殺人のための軍備を終わらせ、この数百万を国民の要望のために用いるつもりです」。ベルタは満足感を露（あらわ）にこの言葉を『平和の守り』へ引用すると、楽観しきって次のように言い添えた。「女性的政治？　否、人間的政治である。そして人間の福祉と権利が最上位の政治指針と見なされるであろう時代が近づきつつある。これまで権利を奪われていた人類の半分が協力を始めたことは、その徴候の一つに過ぎない[68]」。

　一九〇四年、ズットナーはベルリンにおける国際女性会議に、主要人物の一人として参加した。だが、初日からいきなり一人のオーストラリア人が軍備に賛成する発言をした。「忠誠も行き過ぎ。弾丸をも溶かすかもしれない等々」、とベルタは非難を込めて日記に書き留めた。この会議のクライマックスは、フィルハーモニー*6における、女性たちによる大規模な平和示威行動であり、そこではズットナーも講演をした。「完璧なまでの勝利……アバディーン夫人は素晴らしかった……私はおおいに讃えられる。通りでも[69]」。

　ベルリンの新聞はこの大成功を裏づけ、講演内容の概要を掲載した。テーマは平和運動における女性の役割だった。このときもまたズットナーは、平和の訴えを「感動し、感激しながら聞いたとしても」、その後再び「子供たちに兵隊のおもちゃ」を買ってやり、「息子のために幼年学校入学」を申し込むことがないよう、女性たちに注意を促した。彼女によれば、現代の女性は「これまで女性にあてがわれていた領分から出て行く」ことが必要だった。というのも新たなタイプの人間として、男性の新たな理想像が求められているのとまったく同様に、新たなタイプの女性も求められているからだった。「女性は理性的な人類の、理性的な半分となるだろう。女性の弱点とされる論理の欠如、愚かしい媚態、それに行き過ぎた化粧願望と虚栄心を大目に見るのは、お終いにしなければならない。論理的思考力、教養、善意を備えた理性的な性を教え育てること、それを私たちは望んでいる」。

男性もまた変わらねばならない、というのが彼女の主張であった。「求められているのは、もはや大酒や闘争心などといった悪徳が高く評価される『勇猛な』男性ではなく、勇気と精神性に寛容と柔和さを調和させた男性である[70]」。

これらの力強い発言は異論を招いた。たとえば『ポーゼナー・タークブラット』はズットナーの描く女性像に異議を唱えた。「我々の時代がこれまで以上に必要としているのは、武器を手に戦う用意を整え、思考力も備えた男性と、心温かく、細やかで柔和な女性である。男のようになった女や精神に異常を来した老婆は御免被りたい。しかし見たところ残念ながら、こうした女達は今回の国際会議に大挙して集まっているようだ[71]」。

『ライプツィガー・ノイエステ・ナッハリヒテン』は平和主義の理想に反論した。「戦いのないところでは意気も揚がらない――男性の本質にあるこの第一原理を、他の何よりも男を男たらしめているこの言葉を、ベルタ・フォン・ズットナー女史は決して理解しないであろう」。もし彼女の努力が成果を収めるのであれば、「人類は去勢され」「これまで価値を置いてきた……ものをすべて奪われるであろう[72]」。

あらゆる嘲笑がズットナーに浴びせられたにもかかわらず、そうした嘲笑を浴びせた新聞の一つ『ライプツィガー・タークブラット』は、次のように認めざるを得なかった。「この女性の勇気には感嘆を禁じ得ない。彼女はあらゆる嘲笑や哄笑を物ともせず、世界平和というみずからの理想を掲げ、まるで平和への侮蔑そのものであるかのような時代において、それを貫き通している。彼女は、ドイツ同様に軍隊が非常に大きな役割を演じている国にあって、次のように言っている。いつか女性が、もはや戦争の英雄ではなく、もっと偉大な平和の英雄を賛美するようになる日が訪れる！　と」。

フェーリクス・ダーンのよく知られた詩句「剣は男(おのこ)だけのもの――男たちが戦うところ、女は口をつぐむべし」に対し、ズットナーは挑むように答えた。「口をつぐむことはありません、教授殿！」。そして『ライプツィガー・タークブラット』は、諦めたようにこう書いた。「しかり、もはやこの女性が平和問題について口をつぐむことはない[73]」。

翌日の女性会議の前、ベルタは始まったばかりの日露戦争について講演した。彼女が強調したのは、この戦争が「平和運動への信頼を揺るがせる」ことは決してできない、ということだった。今後も戦争防止のための国際的連帯は必要である、と彼女は言った。このときも彼女は怒りを買う発言をした。たとえば、「国民は戦地へ赴けば、神に祈り、そうして戦争を敬虔さと結び合わせる」という主張を槍玉に挙げ、「戦争と敬虔さは互いに相容れない概念です。それゆえ、戦争という怪物から敬虔さという仮面を引き剝がす必要があります[74]」と語った。こうした発言をする彼女の念頭には、決して日本人やロシア人だけではなく、明らかに、神の名を戦争行為と結びつけて口にするのを大いに好むヴィルヘルム皇帝もあった。

女性として初めて受賞したノーベル平和賞は、彼女になお一層の誇りを与え、またそれによって彼女は、国際的女性運動の模範となった。一九一二年の第二回アメリカ旅行の際も、とりわけ女性から賞讃と熱狂的歓迎を受けた。これまで以上に彼女は、戦争に反対する行動を起こすよう女性たちに訴えた。「悲惨さを直視することが必要です。しかしその目的は、不幸を嘆くためではなく、その悪を告発するためです。というのも、それは自然災害ではないからです――それは人間の妄信と人間の無感覚の結果だからです。それゆえ私たちは、『感傷的だ』という非難にひるんではいけません。私たちには権利があります。私たち女性には、みずからの感情を明らかにする権利があるのです」。まさに女性が忘れてはならないのは、「平和主義の活動は、国際法の研究や社会経済学的検討、それに政治行動だけではないということです。それは辛酸を嘗め尽くした善良さと、心の底からの敬虔さに満ちた活動なのです」[75]。

死を前にした彼女の最後の原稿の一つは、「ドイツ平和協会女性部会」のために書かれたものだった。彼女は「尊敬する女性の同志たち」に、「忍耐、忍耐、さらにもう一度、忍耐」を呼びかけた。自分に可能なあらゆる領域において戦争と闘うよう、彼女は女性たちに求めた。「それというのも、今日いかなる社会的考究も私たちを拒むことはなく、日々ますます多くの公職が私たちには開かれているからです」。戦争に対しては理性を持って抗わねばならない、「しかし、それだからといって私たちの心にある憤りを抑え込んではいけないのです」[76]。

14 大戦争を前に

世界で最も有名な女性、ノーベル平和賞受賞者、国際的に人気のある講演者となったベルタ・フォン・ズットナーには、世間からの尊敬が足りないと嘆く理由はなかった。とはいえそれは外国での話であり、母国オーストリアにおける彼女の評判は、さほど芳しい状況にはなかった。信奉者や賛嘆者は非常に狭いサークルに限られ、一方、広範な一般の人々は「太っちょベルタ」を嘲笑し、彼女の「平和馬鹿ぶり」をからかって面白がるようになっていた。

国際的な名声と国内の不評とのあいだのこの隔たりについて、当時多くの読者を持ち、ジュネーヴの会議で「平和のベルタ」を目の当たりにしたドイツ系女流作家エーディット・ザールブルク伯爵夫人は、次のように述べている。「ジュネーヴ……ここは世界平和への陶酔に包まれ、平和に酔った国王や人類に恩恵を与える人々が集い、有意義な理念をそれが空虚で幾分か滑稽になるほどまでに高く掲げる才能を持ったベルタ・ズットナーが活躍し……そしてこのジュネーヴ……革命的な理念、破綻した人物たちの居場所、きわめて不健康な種類のフランスかぶれ、フリーメーソンの、世界煽動の中心地であるこの街は、伯爵であることと女性冒険家であることが強く結びついていた、この太って美しいオーストリア女性に敬意を表しつつ仕えていた……懐疑的なオーストリアは、キンスキー＝ズットナーに決して好意を寄せなかった。彼女は、軍隊ではボイコットされる喜劇的人物だった。ここジュネーヴでは、今や私たちは彼女を聖女として見ていた、そして王侯たちは……彼女に賛歌を捧げていた」。

この引用から、オーストリアでベルタを不人気にした多くの理由のいくつかが明らかとなる。一方には世界観上の理由――彼女の反教権主義、自由思想家ぶり、反ユダヤ主義に対する闘い――があり、他方には彼女の国際主義があった。その国際主義は、民族主義者たち、ウィーンでは特にドイツ民族主義者たちによって是認されなかった。注意すべきなのは、彼女が「オーストリア的ではない」として批判されたのではなく、「ドイツ的ではない」として、時にはまた——彼女の生誕地がプラハである故に——「民族や故郷という観念を持たないチェコ女」として批判されたことである。この点について彼女自身は、「それは本当のこと」と日記に記していた。[2]

この時代のドイツ語圏を代表する二人の平和主義者、ズットナーとフリートがオーストリア人であったことは、おそらく偶然ではない。しかし故国が彼女の平和主義者への発展に影響を与えたかもしれないとすれば、それが調和的に機能する多民族国家としてでないことは確かであり、事実はまったくその正反対だった。この国家における民族主義の破局的な力が痛ましく感じられるところは、他にどこもなかったからである。そこでは諸民族が憎しみと敵意の中で対立し合い、互いに争い合い、そうして国家を滅ぼしたのである。

時おりズットナーは、オーストリア＝ハンガリーの内政と世界政治のあいだに平行関係を見て取っていた。たとえば、バデーニ言語令[*1]をきっかけとした街頭での暴力沙汰に際して、彼女は次のように述べた。ここでは「内政と外交の関連性が表れている。同じ方法、つまり強制、争い、抑圧、民族主義的熱狂、暴力による脅し、粗暴さ、言語・文化・独自性の名の下の闘争——これら同じ方法によって国家間の戦争状態と国内の不和——場合によってはまた崩壊状態——が引き起こされる。そしてそれらの困難を解決し、その反目を調停するための同じ手段が、あそこでもここでも合図を送っている、すなわちそれは連邦制である」[3]。

民族を超越するというズットナーの信念は、国内政治に関しても首尾一貫していた。この信念は本来ならばオーストリア＝ハンガリーにおいて普遍的な規範となるべきものだったが、むしろ彼女は例外だった。すなわち、彼女は常に自分自身を「オーストリア人」として理解し、そうすることによって民族を超越するという国家原理を承認していた。彼女は「ドイツ人」と見なされることを、ウィーンにおいてと同様に出生地プラハを訪問する際にも、ますます激しく拒絶した。（彼女はキンスキー家の伝統に従って、ここでは常に民族性とは別の「ボヘミア性」を前面に打ち出していた。）

すでにコーカサスにいた時代、彼女はある「ドイツ・オーストリア」事典への協力を拒んだことがあった。「問題は……狂信的愛国主義という傾向を持つ……『ドイツ主義』への回帰を目的としたあの政治的傾向である……それは平和運動の不可欠な部分をなす同権と寛容という原則に反する」[4]。二四年後、彼女は「祖国ドイツのための」文学選集の計画を冷淡に拒絶する文章を書いた。「私の居場所は、『祖国ドイツのための』協会のために寄稿する『ドイツ人』女性作家たちの文学選集にはありません。私はドイツ人ではなく、オーストリア人だからです」。しかしまたこうも付け加えた。「ところで『祖国』オーストリアのための企画があったとしても、そこに私が寄稿することはないでしょう、私の努力と仕事のすべては世界市民主義に奉仕することにあるからです」[5]。

この引用が示しているように、ズットナーを民族意識のある「オーストリア人」とも誤解するべきではないだろう。彼女は如何なる種類の民族主義からも距離を置いていた。「ああ、『至高』とみなされるこの民族感情ほど思考を歪めるものは、何もありません」。「民族とは別の基準で人々を分類するべき時が来ているのです」[6]。

フランスやドイツ帝国のような民族国家において平和主義者に向けられた主な非難は、彼らが民族主義者として不十分であり、したがって愛国主義者ではないというものだったが、それがオーストリア＝ハンガリーの平和主義者に向けられることは、はるかに少なかった。なぜなら、ここでの理想は民族を超えた国家だったからである。平和主義的信念は、ほかでもないオーストリア＝ハンガリーにおいては、多民族国家統合のための政治的意義をも持ち得たはずだった。この場合、民族を超えた理念は、民族的な愛国主義を脅かすのではなく、国家を脅かす民族主義的な諸潮流を克服することで愛国主義を強めるのにまさにうってつけであったろう。もちろん、オーストリア＝ハンガリーにとって有利な、平和主義のこの特性を認識していた政治家は皆無だった。そして、いずれにしてもたいていの国民は、みずからを「オーストリア人」ではなく、ドイツ人、チェコ人、イタリア人、ハンガリー人、ルーマニア人、ポーランド人等々と感じていた。

ベルタ・フォン・ズットナーは、平和主義の中に彼女の故国にとって大きな和解の契機を見出していた。「というのは、この国の原則はすべての民族の権利を尊重し、完全に承認することだからである。その権利とは、それぞれが自由に行動し、しかもすべての人々の道徳的発展と『平和』を本質とする至高の利益のために、他の人々との友情と共同の中で働くという権利である」[7]。「平和主義は、まさに民族的な狂信的愛国主義を克服するものである」。

「平和愛好家たちもまた、国籍が意味するものをもちろん知っている――それは、個人が持つべきであるのと同様に集団も持つべき権利、つまり自決権である。しかし、文明社会の個人にこの権利が許されているのとは異なり、暴力によって、抑圧によって、高慢な自己過大評価と他の人々への誹謗によって、それは民族においてはほとんど尊重されないこととなっている」[8]。

一九〇九年九月には、カトリックの日[*2]さえもウィーンでは取りやめにされなければならなかった、「なぜならスラブ人とドイツ人が、自分たちの信仰にさえ民族的対立を鎮めるための十分な統合力を見出せないと判明したからである」、とズットナーは嘆いている。「『オーストリア精神』という概念も、すべての民族主義的論客から失われてしまったように見える。というのもドイツ系オーストリア人たちは黒赤金の旗の下、ビスマルクの歌と『ラインの守り』を歌いながらみずからの愛国主義を実行に移しているからである」。

平和主義者たちはここで敵か味方になることはできなくとも、立場を明確にすることはできよう。「正義と自由に立脚するという彼らの原則は、それが守られるならば、まさに国際的平和と同じく国内的平和をもたらすだろう。あらゆる障害と抑圧をはねのけ――しかしまたあらゆる暴力行為と粗野な行為をも廃して。さまざまな民族の、より高い理想によって結びついた人々が、その中心で共に民族的平和のための仕事に貢献できるよう、平和協会は手を貸すだろう」[9]。

ドイツ民族系の新聞諸紙は、平和主義者をきわめて野卑なやり方で嘲笑した。ウィーンの煽動された民族的雰囲気の中で、「平和のベルタ」に対するこの憎しみの感情がいつ行動となって爆発するかは、ただ時間の問題だった。一九〇三年一一月に立ち至った状況について、ズットナーは日記で報告している。「学生組合（同盟）で話すため準備する……ドイツ民族系の学生たちが会場を占拠してしまった。集会は中止される。パニックの瞬間――呼びかけ人たちのひどい狼狽。私は事態を興味深く思う」[10]。彼女を威嚇しようとするこのような試みは、彼女の問題意識をより強めただけだった。

世紀が改まった後、彼女が最も危険であると見なしていたのは、イタリア系オーストリア人との対立だった。というのもこの対立は、公式的には三国同盟[*3]のパートナーであるイタリア王国への大きな憎悪と結びついていたからであった。「イタリアとのこの対立を、今や我が国の好戦派は組織的に煽っています」、と彼女は一九〇六年、フリートに宛てて書いた[11]。ズットナーがイタリアの平和主義者や友人のモネータと共にイタリア・オーストリア友好委員会を設立し、両国間の憎悪に満ちた雰囲気を和らげるために働くべきだという考えを、フリートは一九〇八年に抱いていた。この新しい委員会についての報告は、両国の外務大臣に伝えられた。オーストリア＝ハンガリー外相エーレンタールは二人の署名者ズットナーとモネータに対し、自分は「両国民の友好関係を促進することを使命としたすべての企画を……支持する所存である」と答えた。同様のことをイタリア外相ティットーニも書いて寄こした。

そしてこれらの両外相の手紙をズットナーは新聞に手渡した。この行動の目的の一つ、すなわちイタリアの隣人たちとオーストリア国民との平和な共存のための宣伝は、このようにして達せられた。そして、「数年前なら大臣たちは私たちの急報をどう扱ったでしょう？ ゴミ箱に捨てていたことでしょう」[12]、とズットナーは喜んだ。

しかし、いったい大臣たちの若干の友好的美辞麗句が、民族主義に対して何をなすことができただろう？ この民族主義は、特にオーストリアの諸大学で悪意に満ちた闘争を呼び起こしていた。オーストリア・イタリア友好運動がまだ盛んに行われていた一九〇八年九月に、ズットナーはフリートに宛ててこう書いた。「この民族狂気はオーストリアを滅亡させる毒です。大学のこの『ゲルマン人』は、『ラインの守り』を歌うことを許されていながら、イタリア系の学友や同国民がイタリアの民族歌を歌うという理由で、彼らを外国人扱いし、追放を要求するのです。イタリア系の大学を求める要求はまったく正当です。ドイツ系の学友たちは、それを援助すべきなのです――『ちくしょう』という不満の叫びを上げるかわりに。私たちは野蛮人に囲まれて暮らしているのです[13]」。

ヘルマン・バールの懐疑的な記事に対し、彼女は『ノイエ・フライエ・プレッセ』で非常に明確に答え、友好委員会の課題として次のことを挙げた。両国の側で「断絶という恐ろしい不幸をなんとしても避けようと決意している人々の輪を互いに近づけ、前面に押し出すこと。第二に、両国民が互いによりよく知り合えるように、偏見や無関心を克服するために働くこと。この偏見と無関心は、あちら側ではオーストリア人が抑圧的な警官の典型、私たちの側ではイタリア人が狡猾な『イタ公』と見なされていた古い時代に根ざすものである。さらに、集団ハイキングの催し、教授や児童の交流、ローマへのオーストリア男声合唱団の巡業、イタリアの学者のウィーン訪問などなど。実際に危機的な突発事件が発生した際、最終的には和解を求める大衆集会のために精力的な手段を講じなければならない[14]」。

しかし、ますます頻繁に起こる新しい民族闘争に直面すると、その希望は消えていった。「今オーストリアで実際に勃発してしまった民族戦争に際しては、民族間の連帯のために国際的な催しを実現することは困難です[15]」。

大学においてだけでなくオーストリアとイタリアの大衆のあいだでも、平和主義者による善意の和解の試みは、完全な失敗に終わった。すでに一九〇八年一一月、ズットナーはフリートにこう報告しなければならなかった。「モネータは今やイタリアの新聞雑誌からも、オーストリアとの友好活動のために非難されています[16]」。

ボヘミアの諸地方においても、このあいだに民族闘争はますます荒々しい様相を呈するようになった。流血の市街戦が起こっていた。一九〇八年九月の日記に、ズットナーはこう書いた。「新聞はスロヴェニア人とボヘミア人による民族衝突の記事であふれている。何たる民族狂気！[17]」。

フランツ・ヨーゼフ皇帝の在位六〇周年を記念する祝賀行事でさえ、粗野な闘争の影に覆われていた。「大学やボヘミアにおける殴り合いの争いが、祝賀行列のためのひどい前奏曲を奏でています。もちろん祝賀行列もまたさまざまな殴り合いの争いを賛美しています。宗教的および民族的な馬鹿者たちが一般に忌避されない限り、文明化された人間は指折り数えられるほどしか見出せません」[18]。こうした言葉で、彼女はこの「皇帝表敬行列」の中の歴史行列を示唆している。すなわち、ルドルフ・フォン・ハプスブルク[*4]からイタリア革命の平定者ラデツキーまで、ここではとりわけ戦争の英雄たちが民族的理想として示されたのである。「この祝賀行列に私は激しい怒りを覚えます。武器を高く掲げよ、という大騒ぎ。近代的な精神に敵対する硬直した盲目さ。あらゆる野蛮行為の賛美[19]」。

フランツ・ヨーゼフ皇帝にかけた彼女の希望は、今では失望へと変わっていた。「一〇年前の在位五〇周年に際して、かつて私は、ヨーロッパ全体の同盟とそれを通しての軍備軽減をもたらすために皇帝はその祝賀行事を利用すべきである、と書きました。私は当時、皇帝はそのような考えを理解しうる、とまだ信じていました。今日、私はもはやそれを信じていません」[20]。こうした状況の中で、彼女は腹立たしげにフリートに書いた。「私たちはそもそも社会主義者どもなのです。あるいはそれ以下。私は少なくともエルヴェ支持に強く傾いています」。（フランス人グスタフ・エルヴェはゼネストと兵役拒否のために全力を傾けていた。）しかし追伸として、ベルタは次のように付け加えている。「ただしその際、暴力の行使を私は厳禁します[21]」。

しかし豪華な祝賀行列は在位記念祭の一部にすぎなかった。八月には「皇帝誕生日」がひときわ壮麗に祝われ、ベルタは改めて苛立ちを込めてこう書いた。「ぞっとさせられるのは、皇帝誕生日の祝賀について一〇日間にもわたって君主国のあらゆる隅々から寄せられる報告です――今日はゼーボーデン[*5]とシュルダーバッハ[*6]から。阿諛追従（あゆついしょう）の精神は私たちの国の一つの毒です――そしてもう一つの毒は、ラデツキー精神[*7]です。後者は私たちのイタリア＝オーストリア〈Italo-Austoro〉行動を困難にするでしょう[22]」。

事態はさらに悪化した。めったにない在位記念をきっかけにして、帝国が拡張されることになった。

一九〇八年一〇月五日、オーストリア＝ハンガリーはすでに一八七八年に占領していたオスマン帝国のボスニアとヘルツェゴビナ両地方の併合を宣言した。この政策は南スラブ人たちをドナウ君主国の支配の下に統一し、それによってセルビアが狙っていた同種の計画に先手を打とうとしたものだった。しかし、すでに占領していた地域の武力によらない領地化と考えられたこの併合は、予想されたよりもずっと困難なものとなった。ヨーロッパが戦争の瀬戸際に立つ重大な外交上の危機が生じたのである。

ロシアは出し抜かれたと感じ、西側諸国はあまりにも情報を知らされていなかった。セルビアとモンテネグロは脅威を感じ、弱体化したトルコはオーストリア商品のボイコットで抵抗するしかなかった。すでに数十年来くすぶっていたバルカン危機が、今や赤々と燃え上がった。

ベルタは一〇月五日の日記に不安を書き記した。「このすべてが戦争にならずに過ぎ去ればよいが――平和主義にとって大きな試練」。一〇月八日、「オリエントにおける事態はセルビア戦争に向かって先鋭化している……そしてフランツ・フェルディナントにとってセルビアへの進駐は無上の喜びとなるだろう」。一〇月一一日、「セルビアは宣戦布告を諦める。いつまでか、誰も分からない。この危険をあの強引な行為は呼び覚ましてしまったのだから。これが七八歳の『平和皇帝』が在位記念の年にとった行動なのか――新聞の論調は、賛成、断固、偉大。［外相］エーレンタールに存在感なし……実に腹立たしい。ヨーロッパ人である代わりに、この人々は軍隊の飾りになり下がっている」。

大いに称賛された「帝国の拡張」は、ズットナーの見たところ、「国際的な諸条約の違反であり、近い将来に戦争が勃発する危険……をもたらした。また戦争準備態勢を作り上げるには……幾百万の費用を要し、それと共に――オーストリア＝ハンガリーだけではなく、すべてのヨーロッパ諸国に――さらなる軍備増強の新たなきっかけを与えたことも……この行為の結果と見なされなければならない」[23]。

無力な平和主義者たちに対する新たな嘲りに、ズットナーはこう答えた。「たとえばウィーンかベルンで私たちが抗議集会でも開けば、セルビアの向こう見ずな連中が部隊を武装させるのを阻止できるとでも言うのだろうか。今日なお秩序が維持されている、というよりは維持されていない私たちのヨーロッパでは、いつ何時大火災が勃発しても不思議ではない」。文明世界が必要としているのは、「火災に対して安全な建物だ。しかし藁屋根に固執し、その上さらに床に石油を撒いている限り、火災の発生を覚悟しなければならない。そして炎がめらめらと燃え上がりはじめれば、もうその時は安全技術者を呼んで助けを求めても手遅れなのだ。そしてその時になって、彼らの手段は役に立たない、と嘲る権利は人々にはない——その手段を採用しなかったのだから[24]」。

戦争の危機を目前にし、民族主義的な不穏分子の群れも再び勢いづいた。トリエステ大学ではドイツ系の学生とイタリア系の学生のあいだで乱闘騒ぎが起こり、ライバッハ、ツィリ、マールブルクではスロヴェニア人がドイツ人に乱暴をはたらき、プラハでは街頭暴動さえ発生し、「セルビア万歳」とチェコ人が叫ぶ事態にまで至った。さらに、このプラハの暴動では「オーストリアの国旗が引き裂かれ、モルダウに投げ捨て」られた、とズットナーは日記に記している[25]。ドイツ系の学生は再びチェコ系の学生に対して学生食堂を封鎖し、その際に「お前たちは飢え死にするがいい」と叫び、もちろん『ラインの守り』が歌われた。また即位記念日の一九〇八年一二月二日にも、プラハでは大規模な暴動が発生し、戒厳令が布告されねばならなかった。

それにもかかわらず、ズットナーはなおも戦争の危機が平和的に終結する望みを捨てなかった。「ところでオーストリアは非常に態度を軟化させています。フランツ・フェルディナントとコンラート・フォン・ヘッツェンドルフの一派がなおも主導権を握るのでなければ、私たちは危機を脱します[26]」。

（オーストリア＝ハンガリー帝国兼王国軍の参謀総長コンラート・フォン・ヘッツェンドルフは戦争の主唱者だった。）

オーストリア＝ハンガリーはベルリンから支援を得た、つまり、ドイツ帝国宰相がドイツからの完全な支持を約束したのである。危機が続いたこの数週間、ドイツ・オーストリア同盟の効果によって戦争が妨げられるという幸運について、新聞には多くの記事が掲載された。ズットナーの見方はこうだった。「ドイツがオーストリアに味方するから平和を当てにできるとは、なんと馬鹿げたこと[27]」。

ロシアは援助を求めるセルビアを落胆させた。このことは、ベルリンでは「ドイツの銃剣」、すなわちドイツの強固な軍備に対する恐れが原因とみなされた。——この見解をズットナーは容認しなかった。「もしも彼［ツァーリ］が本当に平和を愛さず、ただ怖じ気づいていただけならば、それは彼が敵より弱体であると感じたからであり、内的および外的な破局を乗り越えたために戦争の準備ができていなかったから、言い換えれば、軍備が不十分だったからである。強固な軍備だけが平和を守ると主張する余地は、どこにあるのだろうか。ここでは……ほかでもない、ある一国の軍備不足が、戦争が回避された原因だったのではなかろうか[28]」。

戦争が回避できたことを、ズットナーは平和のための努力の成果と見ていた。「現在支配しつつあるような状況では、もし平和運動の種がすでに力強く芽吹いていなかったら、もし平和への諸国民の欲求がすでにこんなにも拡がっていなかったら、もしすでにヨーロッパが一体となろうとしていなかったら、すでにずっと以前に戦争が勃発していただろう。バルカン半島における暗雲が最も暗黒の様相を呈したとき、このようなヨーロッパが戦争勃発を先延ばしさせることに成功したのであり、確定力ある合意を可能にしたのである[29]」。

この機会を捉えた彼女は、この大きな国際的な危機の中で平和のための宣伝を強めることができるよう、『ノイエ・ヴィーナー・タークブラット』紙上で募金を呼びかけた。結果は恥ずべきものだった。三人の募金者が送ってきたのは、それぞれ二〇クローネずつだった。二度目の呼びかけに対しては、たった一クローネが寄せられただけだった。風刺画家たちは、またもや格好の材料を見つけた。「一度目の記事には六〇クローネ、二度目には一クローネという結果は、私の呼びかけがいかに無力かを示した[30]」。

しかし、たとえ金銭の問題でなかったとしても、共感を寄せる者の姿はほとんど見られなかった。「昨日の集会は、またしてもオーストリア平和協会の無力、その『消滅』を示しました――本来は市民の示威集会として、幅広く、力強く上げられた声によって世間の耳目を集めるためのものとして、企図されました。しかしその代わりに実現したのは、空っぽの講演の夕べ、四人の善意の人による仲間うちの集まりでした。私を含めて五人です[31]」。

最終的にこの危機は、一九〇九年二月のオーストリア＝ハンガリーとトルコ間の協定およびトルコへの高額の示談金支払いによって収められた。しかし危機を生むかまどは依然としてくすぶり続け、そして戦争の煽動はこちらでも向こうでも、ますます攻撃性を強めながら続いていた。ズットナーは一九〇九年、フリートに宛てて書いた。「依然として、セルビア人とフランツ・フェルディナントだけは脅威のままです。好戦欲に駆られた彼らは、次の機会を衝突に利用するつもりでしょう[32]」。モナコ公に彼女は打ち明けた。「私は震えました、なぜなら私は、いかに軍人たちがこの戦争を望んでいたかを知る、目撃者となったからです[33]」。

しかし、込み入った諸事情を知るズットナーは、ボスニアとヘルツェゴビナの問題を民族自決権のみによって解決するというイギリスの提案を承認しなかった。「我々のイギリスの友人たちは、バルカン問題について少し杓子定規すぎます。ヘルツェゴビナとボスニアの人々は、自分たちがどこに向かいたいのか、今すぐ態度を明らかにすることはできません。彼らを構成しているのはセルビア人とトルコ人、それにこの三〇年来あそこに移住したオーストリア人です。もし今それぞれの民族構成員に国民投票が呼びかけられるとすれば、オーストリアは安心して眺めているのではないでしょうか[34]」。そしてさらに、「私は今でも、戦争になると思っています……こんなにも巻き上げられた独楽は、ついにはうなりを上げながら回り始めてしまうのです[35]」。

一九〇九年四月、フランツ・ヨーゼフ皇帝のために「平和の誓い」が催された時も、彼女は懐疑的だった。「昨日の平和の誓いがもたらしたのは、平和主義の思想ではありません、『正義にかなった避けられない戦争と戦闘準備のできた軍隊』の賛美でした[36]」。

この「平和の誓い」に対する返答として、ベルタは一九〇九年四月、「軍備と過剰軍備」を弾劾する小冊子を著した。それは軍備を中断し国際的な協定を結ぶように促す、支配者たちへのアピールだった。「盲目的に、真っ逆さまに、ただひたすら今日から明日へ、結果を考えることなく、手元の資金も顧慮せず、未来の保障もなく、いたずらに年を経て、議会のおしゃべりを繰り返し、偶然の思いつきを積み重ね、ますます拡大し、さらに拡大し——無計画に、無方式に、あてもなく。これは奈落に向けての競争である[37]」。

彼女は、住民の貧困化をもたらす法外な軍備支出を激しく非難した。「しかし問題点は費用だけではない。軍備については、それが作り出す道徳的環境という点からも考察しなければならない。諸国民の提携や、国際的な正義の形成（ましてや友愛の感情など）が成り立たないような雰囲気。歯をむきながら微笑んだり、握り固められた拳で握手することは、不可能だ。本来ならば理解できることではないのだ。そもそもこうしたあらゆる殲滅の威嚇のただ中で生活し、行き来することは。地雷の敷かれた上や、至るところで大砲が大きく口を開いている前を、落ち着いて逍遥することは。互いに敵対してできうる限り……相手の肉を食いちぎろうと準備している一方で、上品な、それどころか好意的な礼儀作法を保ち続けるということは[38]」。

しかし支配者たちだけでなく幅広い住民たちも、絶え間ない軍備増強は将来の平和を保証すると見なしていた。軍備はさらに増強されるべきか否かを問う新聞アンケートの結果を、ベルタはフリートに報告している。「すべての回答者が軍備増強に賛成でした。誰もが、今みごとに維持されているよりも巧みに平和を確保することを求めており、その結果、軍備増強、軍備増強こそが最も幸福をもたらすという『見解へと、住民は次第に、ますます達しつつある』のです。パッタイ［ハンガリーの政治家］はこう言っています。『ベルタ・ズットナーでは、戦争は回避できない[39]』」。

アンドリュー・カーネギーが一九〇九年六月に平和の呼びかけを『タイムズ』に送ったとき、ズットナーは彼に感謝を述べたが、自分の悲観的見通しを隠すことはなかった。「イギリス政府と国王はあなたの提案に従う用意があると、私は推測します。しかし、中央ヨーロッパは？――昨年イシュルで、あなた方の高貴な国王［エドワード七世］がこれ以上の海軍増強の停止をフランツ・ヨーゼフに提案し、私たちの皇帝がこれを拒絶したのを、ご存知ですか？　そしてなお悪いことに、私たちの国のすべての新聞は公然とこの拒絶を称賛したということを、あなたはご存じでしょうか？　オーストリアは軍国主義の砦です。私たちの国では大公はみな兵士で、新聞は戦争省の手先であるかのようです。ドイツとオーストリアにおける世論の教育は、私たちの運動の最も緊急を要する課題の一つです[40]」。

もはや君主が独断で行う戦争などはなく、政治的大物たちにも力はほとんどない（「今では、戦争を欲し、みずからの最も神聖な利益を望むのは民衆である、等々」）という主張に、彼女は激しく反論した。「それが真実でないのは明らかだ。政府の独断による戦争遂行を可能にする諸条件と諸前提は取り除かれていない。そして民衆の憎悪は、適当な時に戦争を遂行するだけでなく戦争責任を取らせるためにも利用できるような下地作りとして、煽り立てられ、掻き立てられているだけである」[41]。

彼女の悲観主義は、とりわけセルビアに対する予防戦争の必要性が絶えず語られていることによって育まれた。「彼が将来脅威とならぬよう、取り押さえるのです。その患者が数年後に病気を再発せぬよう、すぐに殴り殺すのです。そしてこの愚かな民衆は言いなりになっています……軍新聞が推奨しているのは、セルビア系住民（女性、子供等）を大至急かき集め、そして我が国の収容所に入れることです（トランスヴァール戦争の教訓）[42]」。

予防戦争はイタリア（同盟の相手！）と決着をつけるのにふさわしい手段でもあると示唆したのは、新聞だけではなかった。さらに『軍新聞』は、一九〇九年にメッシーナで起こった恐ろしい地震を、今イタリアは地震で弱体化しているからという理由で、彼らの見解によれば不可避である対イタリア戦争をただちに要求する契機と捉えた。このときズットナーは、公衆に向かって新たな呼びかけをする必要を感じた。きわめて短期間に、彼女は意見を同じくする人々を見出した。署名者リストには哲学者エルンスト・マッハとフリードリヒ・ヨードゥル、ブルク劇場支配人マックス・ブルクハルト、歴史家ハインリヒ・フリートユング、作家アルトゥーア・シュニッツラー、ラウール・アウエルンハイマー、そしてバルドゥイン・グロラー、指揮者で作曲家のフェーリックス・ヴァインガルトナーらが他の人々とともに名を連ねていた。ヘルマン・バールもまた同意署名の要請に応じた[43]。バールは「隣国イタリアとの耐えがたい関係」を嘆いた。「煽動者と戦争産業の仲間によって煽られたオーストリアとイタリアの間のこの戦争は、ただ単に回避しうるというだけではない、そうなのだ、この両国間の友好は可能であり、必要であり、そして両国の幸福な将来の前提条件であることを、今ようやく我々も理解するのではなかろうか。私は最近トリエステで、あるイタリアの友人に提案した。イタリアと我々との間に横たわっているすべての問題が、両国の議会によって選ばれた共通の元老院に提出され解決されるように、我々は働きかけるべきである、と。一度はスケールの大きな野心を抱いてみようという政治家は、我々の国にはいないのだろうか？」[44]。

オーストリア＝イタリア委員会と並行して、チェコとドイツ系オーストリアの知識人が数名で、またもヘルマン・バールを筆頭に、「チェコ＝ドイツ文化委員会」を設立した。「この委員会は、両民族の傍若無人ぶりに公に反対し、あらゆる機会を捉えて、我々は一体であり、互いに争うのではなく理解し合う意志を持ち、相手民族へのどのような抑圧もみずからを損なうものと見なすことを、繰り返し公に表明せねばならない」、ヘルマン・バールは同志ズットナーに宛ててこう書いた[45]。ズットナーは答えた。「喜んで、私は計画されているチェコ＝ドイツ文化委員会に加わります。議会における最近の事態によって、まさに必要とされているのは、両民族の文化人たち――ジェントルマンたち――に民族主義的な傍若無人や誤謬に反対して一つになれる場を提供することです。私は今日すでにプラハの友人の何人かに手紙を書きました。それゆえ必要とあれば、協力する用意のある人物の名前をいくつかお伝えできます」[46]。この行動は、ドナウ君主国内部における民族宥和をめざす、他の善意の努力と同様にほとんど成果を見なかった。

絶え間ない軍備拡張に反対する試みが、一九一一年、幾人かの自然科学者によって行われた。そこにはズットナーの同志ヴィルヘルム・エクスナー教授も加わっていた。技術的および科学的な観点から、大戦艦、つまり「ドレッドノート型戦艦」[*8]の建造続行は認められない、と彼らは主張した。

しかしこの行動の気力に欠けた進展に、ズットナーはフリートに宛てて次のようなため息をついた。「実際このオーストリア人たちは韋駄天ではなく、亀のごとき鈍足です！」[47]

彼女がより大きな希望をかけたのは、社会民主主義者だった。「『アルバイター・ツァイトゥング〈労働者新聞〉』は、イタリア問題にしっかり取り組んでいます。そして、示威行動は立派なものになるでしょう。私たちの委員会は彼らに大きく遅れを取っています」[48]。

それに対し、彼女によれば、新聞はまたしても役に立っていなかった。「労働者はモロクに抗して立派に示威行進をし、ブルジョアの新聞はそれを完全に黙殺する。これは新聞が公衆に対して持っている情報提供義務に違反する罪ではないですか？」[49]。またズットナーは、『ノイエ・フライエ・プレッセ〈新自由新聞〉』が社会主義者のドイツ＝フランス合同党大会についても言及していないことに気づくとおおいに憤り、党大会が滞りなく進行していることを強調した[50]。

同時に彼女は、民族主義者の狂気がヨーロッパのいたる所で増大しつつあるのを見て、次のような結論を導いた。「ヨーロッパの好戦派はすべて、今や本格的に破局へと進んでいます。ひょっとすると、この低劣な文明は、それが掃き捨てられることによってしか、より高い文明に席を譲ることができないのかもしれません。こんなに多くの爆薬が集められたら、ついには爆発するしかありません。愚者の塔[*9]です、惨めな」[51]。

一九一一年七月の手紙で、ズットナーは次のように述べた。大抵のヨーロッパ諸国の国民は復讐心に燃え戦争を恐れないと言われているが、本当は恐れている。平和への意志は最も高いところから、たとえば議会開会の皇帝の式辞において強調されはするが、同時に剣も引き抜かれる。「私たちの帝国の象徴は剣です。それは再びしっかりと議会開会セレモニーの皇帝の式辞においても示されました。皇帝の背後には剣——彼の横には引き抜かれて突き刺す用意のできたサーベル、それでも『平和の恵みが維持されることを望む』と言うのです。三分の一はアジア、三分の一は中世、そして三分の一は道化たちの遊園地——それが私たちです[52]」。

彼女はあらゆる機会を捉えてジャーナリストたちの良心に語りかけ、平和のための活動に協力してくれるよう呼びかけた。一九〇四年にウィーンで開かれた国際ジャーナリスト会議で彼女は講演を行い、それは『ノイエス・ヴィーナー・タークブラット』のドイツ語版とフランス語版の一面を飾った。「新聞は戦争と平和に決定的な影響を持つ諸力の一つ——今日ではおそらく最も強力な力——です。戦争が回避されるとき、あるいは勃発するとき、それは新聞の影響力によっているのです……ジャーナリストの皆さん、私の同僚である皆さん、仕事に対する責任感に貫かれ、みずからの力を自覚しているあなたたちには、人類が前進し、幸福への道をたどるようその力を用いてもらいたいのです[53]」。彼女の呼びかけには、何の反響もなかった。

一九〇八年以後、国際的危機が度重なるにつれて、国際的な新聞の論調はますます攻撃的になっていった。一九一一年八月、憂慮したズットナーはフリートへの手紙にこう書いた。「この騒々しく忌まわしいドイツ＝オーストリアの新聞連中が、私たちを世界大火災の中へと追い立てなければよいのですが[54]」。ベルタの意見によれば、独英関係が引き続き悪化していることに、民族主義的新聞も大いに加担していた。「『イギリスとドイツの間の戦争は避けられない』。すでにこのような無責任な言葉が発せられている。犯罪的な言葉だ……今こそみずから考える人々、正義の感覚を持つ人々も同じくらい声を大にして告げるべき時である、そのような戦争を始める必要はない――それだけでなく――、このような戦争を始めることは許されないのだ、と。民族的にも文化的にも近親関係にある高度に発達した二つの国家の、そのような狂気じみた心中行為は阻止されねばならない」。

再び彼女は力の限り戦争への煽動に立ち向かおうと努力した。しかしながら彼女は、今では平和協会の力を信じられなくなっていた。「協会はいつも、会員数に乏しく、外への影響力に乏しい」。彼女が必要と考えていたのは他のもっと大きな運動、「平和の軍勢」であり――それは協会とは別に、平和を望む人々が怒りとともに立ち上がることを意味した。

彼女のイギリスにおける平和主義の仲間トマス・バークレイ卿は、諸民族友好運動の支持者すべてのための印（しるし）を提案した。それは、青い地に金色で書かれた三つの文字F.I.G.である。それは、"Fraternitas inter gentes"つまり「諸民族間の友好」を意味するラテン語だった。言うまでもなく、この短縮形"fig"は不運だった。それは英語で価値のないもの、取るに足らないものを意味するのである。つまらない駄洒落ができ上がるのに、さして時間はかからなかった。"I don't care a fig for Sir Thomas' league"――「トマス卿の連盟には一文の値打ちもない[55]」。

併合危機の三年後、イタリアはトルコの弱みを徹底的に利用して、略奪を行った。そして北アフリカ最後のトルコの領地を併合したが、その中にはトリポリ[*10]があった。トルコには有効な自衛ができなかった。ズットナーはヘルマン・バールに宛てて次のように書いた。「イタリア政府の振る舞いは残忍で、これほどの露骨さはもう長いことありませんでした。しかし、それを行ったのは『イタリア』ではありません。かの地の『好戦派』です――その仲間は世界の他の地域でも同じ原則を持っています。暴力と野蛮と殺害の原理が今やいたる所で急速に台頭しているのには、ぞっとします！ もっとひどい時代が来るのでは、と私は恐れています。しかし耐え抜くことが必要です」。「トルコは『悪に逆らわない』、これはトルストイが主張した通りです。そしてこのことは戦争終結の可能性にとって唯一の希望の光です。ただ一方だけが遂行する奇妙な戦争。そこに見えるのは二人の敵対者ではありません。略奪者と犠牲者、そして何もしない傍観者たちです。他の列強諸国は共犯者で、彼らは皆、略奪を行った過去があります。（ただ、多少はもっと体裁を整えていましたが。）それゆえ、『新しいページを繰る』必要があるのです。中世にまかり通った略奪騎士道は、国際的法秩序の支配する時代に席を譲らねばなりません。さもないと、すべてが破滅してしまいます」[56]。

またもしても他の列強諸国は調停を試みようとしなかった。ズットナーは失望した。「トリポリにおける振る舞いは、単にトルコを謀殺したのみならず、ハーグを謀殺した。そしてヨーロッパのあらゆる政府がとった態度は、この暗殺行為に対する消極的な加担である」。この戦争が示したのは、

「哀れな平和」
ベルタ：ああ、哀れな若者！　彼らがこの若者にこんな物をもっと背負わせたら、この若者はきっとつぶれてしまうに違いないわ！
United Nations Archives at Geneva
【訳注】背中の荷物には、下から順に、三国同盟、日英同盟、スペイン・イギリス・フランス、中央ヨーロッパ、奥には、日本・フランスと書かれている。

「一つには、軍備は防衛と秩序維持の目的に限られるという、諸国政府が何度も繰り返す保証は意識的な虚偽であるということだ。というのも、私たちが見ているように、陸軍や艦隊は今日においてもなお――アレクサンダーの時代と同じく――征服目的で用いられているのである」。さらに明らかになったのは、「政治家や外交官たちは、マキャヴェリの時代と同じく、意識的に偽りの保証をするということである……、というのも、トリポリ戦争のわずか数週間前にトルコの皇位継承者は礼の限りを尽くしてローマで歓待された、そしてイタリアは北アフリカの領地を奪取するなどという意図はまったく抱いていないと彼に誓ったが、そのとき、トルコの皇位継承者の両頬に接吻しながら、ひそかに、驚くべき綿密さで遠征の準備をしていたのである[57]」。

オーストリア平和協会は、「イタリア政府の残忍な行動」に対する抗議集会を催した。「イタリアに対して私は今、嫌悪を覚えています」、とズットナーはフリートに宛てて書いた。「あの国がやっている戦争は十分にひどいものです――しかしその千倍もひどいのは、この戦争が煽り立てた熱狂です[58]」。

こうした愛国主義的熱狂に、イタリアの平和主義者も巻き込まれずにはいられなかった。古くから一緒に闘ってきたノーベル平和賞受賞者モネータがこの戦争を是認し、同じくノーベル平和賞受賞者であるセオドア・ルーズベルトも一層の軍備増強を確信したのを見たベルタは、はなはだ落胆した。「ルーズベルトから、そして残念ながらモネータからも、ほんとうはノーベル平和賞を剥奪しなければならないでしょう」、と彼女は失望してフリートに宛てて書いた。「これらはあの呪わしい『愛国主義』から来ています。愛国主義を平和運動の側へ救い出そうとすれば（そしてモネータはいつもそうしていますが）、戦争の奈落へと滑り落ちてしまうのです[59]」。

愛国主義と平和主義のはざまで引き裂かれたモネータは言った。「戦争は悪です――しかしより大きな悪が存在します——それならむしろ好ましいのは、戦争なのです」。ズットナーはこう批評した。「そうです、イタリアでも分離派が結成されることでしょう。深く悲しむべきこととして残るのは、イタリアの平和主義の指導者が……出撃を告げるラッパの最初の一吹きを聞くと年老いた軍馬のごとく感激に嘶(いなな)く、ということだけです。私たちはみな、彼のことをとても好いていたのに！[60]」。

そのうえモネータは、イタリアを敵にした国際的陰謀をフリーメーソンが企てているとさえ信じた。「そのようなことを信じるのは、憤激によって誠実さや人間らしさを損ねたからだとしか考えられないのに、あの陶酔した人々にはそれが思い浮かばないのです[61]」。

モネータの問題に、ズットナーは長い時間取り組んだ。というのも、平和主義は外部の敵から脅かされていただけでなく、運動の著名な指導者たちによってさえ具体的状況においては実現不可能と見なされたということを、この問題は如実に示したからだった。ベルタはイタリアの平和主義者たちのことを嘆いた。「あの人たちを私たちは失ってしまいました」。「今日イタリアでは戦争に反対してたった一言でも発すれば、リンチに遭うのです[62]」。

トリポリ戦争に対して最も激しく闘ったのは、イギリスの平和主義者ステッドだった。彼は火の出るような声明を新聞に寄せ、「マカロニには血がへばりついている！」と、特にイタリアのパスタ製品ボイコットを要求した。フリートに宛てた手紙の中でズットナーはこう評した。「しかしある種の気迫、ある種まことの将軍の才が、このステッドにはあります、想像がつかないほどに！……彼はただ、余りに激しいのです[63]」。

一九一二年四月のタイタニック号沈没事件によるステッドの死は、国際的平和運動に大きな打撃を与えた。ベルタは書いた。「哀れなステッド……自然は何と見境もないことをするのでしょう！　最良の人々、最も必要とされる人々を奪い去って行くなんて」[64]。

トリポリ戦争によって、イタリアに対する予防戦争を行うには状況はかつてないほど有利である、という見方がオーストリア＝ハンガリー帝国軍の内部で強まった。この見解を代表した人物は、参謀総長フランツ・コンラート・フォン・ヘッツェンドルフ伯爵であり、一九一一年一二月の彼の突然の罷免は激しい憶測を呼び起こした。「コンラート・ヘッツェンドルフは、地位を去らねばならなかった。皇帝は戦争を望まない。皇位継承者は望んでいる。――どうなるのだろうか？　全ヨーロッパが戦火に巻き込まれるのだろうか？」。「ヘッツェンドルフについての新聞の論調は恐ろしい。国民は完全に軍国主義者の手中にあることが分かる」[65]。新聞は軍と同様にコンラートの計画を擁護しようとしていた。ほとんど一年も経たないうちに、彼は再び元の地位に返り咲いた。

戦争を煽る大規模なプロパガンダを前に、平和主義者にはほとんどなす術(すべ)がなかった。ビラやパンフレットのための資金さえなかった。

トリポリ戦争はボスニア併合とまったく同様に、バルカン諸国の領土獲得欲に火を付けた。ベオグラードのロシア使節団は、まだトリポリ戦争が進行中だった一九一二年二月にセルビア、ブルガリア、ギリシャ、モンテネグロのバルカン四カ国と同盟を成立させた。同盟締結諸国によって表明された目標は、トルコのヨーロッパ領土をバルカン諸国家によって分割することだった。これによって次の戦争の土台が据えられた。あらゆる所で軍備増強が熱を帯びていった。ベルタは日記にこう書いた。「ああ、私たちはこの軍隊という泥沼に嵌(はま)っている」[66]。

オーストリア＝ハンガリーの軍備増強熱は、言うまでもなく他のヨーロッパ諸国よりさして高いわけではなかった。「ソルボンヌではクレマンソー（彼はいつも狂信的愛国主義者でした）臨席の下、空軍部隊創設募金のために宣伝活動が行われました。そしてただちにある企業家が一〇万フランの募金に署名しています。——誰が平和目的の募金に署名するのでしょう？　たとえば、軍用飛行船に反対する請願のために。人間の頑迷さは奈落のように深いのです！」[67]。

できる限り早く強力な空軍を創設しようという熱望をヨーロッパ列強諸国が突如抱いたのも、トリポリ戦争のもたらした結果の一つだった。この戦争では史上初めて飛行機から爆弾が投下された。この「実験」の成果は、新しいこの兵器技術が将来において戦争の勝敗を決定づける、という軍人たちの確信を強めた。

数世紀このかた広く用いられてきた戦争遂行の二つの形態——つまり陸上と海上——に加えて、今や息もつかせぬ速さで三つ目の、これまで想像もできなかった次元が加わった。空軍である。ズットナーはフリートにこう書いた。「あらゆる国々でこの第三の軍隊が誕生したことによって、軍備増強という狂犬病は、国家か民衆のどちらかが壊滅してしまうほどの発作を引き起こします」[68]。

飛行技術の最初の発明、つまり操縦可能な気球の発明に際して、ズットナーは、まだ希望を抱いていた。そして、この新しい偉業によって戦争が不可能になるのでは、と夢見た。「国境による分断はなくなるでしょう、というのも空には遮断機や税関、それに要塞は造れないのですから。容易に、そして一〇倍もすばやくなる交通は、もうすでに鉄道や蒸気船によって実現しているよりも、なおいっそう諸国民同士を近づけるはずです。そしてこのように近づきあうことで敵対関係は消え失せるでしょう、とりわけこの輝かしい偉業が広く呼び起こす歓喜の声によって、人々は狭量な憎悪と嫉妬の念を乗り越えることになるでしょう」[69]。フランスの雑誌『ジュルナール』は平和主義者の喝采を浴びながら、「飛行機、それは平和の道具」というモットーのもと、首都から首都へと巡る空の旅を計画した。(パリ、ベルリン、ロンドン、ブリュッセル、パリ。)しかしフランスの民族主義者たちがこの「非愛国的な」アイデアに反対し、中止させてしまった。[70]

遅くともトリポリ戦争以降、「航空機」の軍事的意義は明白だった。全世界の平和主義者たちは力の限りこの新しい武器の恐怖を強烈な色使いで描き出し、その禁止を勝ち取ろうと努力した。イギリスでは科学や芸術界の三〇〇人もの名士たちが武装飛行船の使用に抗議し、国際的な取り決めを結ぶよう求めた。ズットナーは『空の野蛮化』と題する文書を著した。「進軍途中や兵舎にいる部隊の上には、雲から雨あられと死が降りかかる。鉄道の橋は上空から破壊され、騎兵集団は殲滅(せんめつ)されるが、――境界がなく、さえぎる物もない空中では、攻め落とせる陣地もなく、それゆえ決着はつきようがない」。この新しい武器は、まるで二人のチェスプレーヤーが盤の前に着席して次のように宣言するかのごとく作用する。「我々は古い競技ルールを用いよう。ポーンは常に一枡(ます)ずつ進み、ナイトは以前のごとく跳躍する、クィーンは最強のままで、キングはキャスリング[*11]で安全な隅に引っ込ませることができる、しかし、新しいルールを我々は付け加えよう。我々のどちらも、上から何かを盤上に落とし、すべての駒をひっくり返しても良いのだ。素晴らしい遊戯だ――これにはチェスの王者も感謝するだろう[71]」。

恐ろしい未来の見通しに対する同時代の人々の無関心を、ズットナーは憂慮しながら見ていた。「火花を待つばかりのこの導火線が火薬庫の扉の前に置かれているのを見ても、彼らが気に留めることは微塵もなかった」。

自分と同じ考えを持ち、偽りの安全保障を描いたイギリスの作家H・G・ウェルズを、彼女は詳細に引用した。「空の戦争の前夜までは、まさしく比類ない進歩の姿を見せていた。世界中に安定が行き渡り、見事に組織化された産業と秩序正しい住民は壮大な景観を作り出して、途方もなく広がる巨大都市が存在していた。大海には船が行き交い、陸地には鉄道と道路の網が張りめぐらされていた。それが突然、思いもかけず飛行機が舞台を一転させ、私たちは終わりの始まりに立っているのである[72]」。

そして、「社会全体の崩壊は、世界大戦の当然の結果だった。人口の多い地域では、大量の人々が職を失い、お金がなく、生計を維持できなかった」。飢餓と疫病がその後に続いた。「大国や帝国は、人々の口の端に上るだけの、ただの名前と化してしまった。どこを見ても、廃墟、埋葬されることのない死体、ぼろぼろの服を纏(まと)い、死人のように無表情な青ざめた生存者ばかりだ」。「しかし、戦争は止まることを知らない。旗は、今なお翻っている。新しい航空機や新型の飛行船が誕生している。そして、それらが空を飛び交う戦闘の下で、世界の闇はいっそう濃くなっている……美しい秩序も地上の豊かさも、すべてははじけ散る気泡のように消えていった[73]」。

「こうしたことは、おそらくは起こらないであろう。しかしそれでもこれは、英知ある幾人もの人々が追い求め、勤勉な準備作業によって少なくともあり得ることとなった出来事を描いた未来図なのである[74]」。

「大戦争」を阻止するという、ますます絶望的になっていく努力を続けていたフリートは、一九一四年の国際平和会議をウィーンで開催しようと思いついた。その計画を聞いたベルタ・フォン・ズットナーは弱音を吐いた。自分の老齢、組織としてほとんど当てにできない平和協会の情けない現状を指摘し、他にも一〇〇の理由を並べた。それにもかかわらず、まもなく彼女はプロジェクトへの支援を求める手紙を書き始めた。自分にはともかく「カーネギー、バトラー、ジン（裕福なアメリカの平和主義者）、モナコ公のような友人たちが」いる、「彼らの誰かが、ひょっとして何か友情を示すようなことをする可能性はなかろうか？」[75]。彼女はしばしば深夜まで手紙を書いた。「むろんこうしたことを行っていても、いささか自分で自分の体面を損なっているのかもしれない、得ることよりも失うことの方が多いかもしれない、という疑念は拭いようがない。しかし一方で、もし誰も行動しない場合。どうなるか、見てみるとしよう。私の義務は何がしかをやり遂げることなのだから。それに私にあのように友情を誓ってくれた有力者たちが、助力しないことなどあるだろうか」[76]。二週間後、合衆国のバトラーから一〇〇〇ドルが送られてきた。

オーストリア政府からの支援は期待できなかった。ズットナーはフリートに、そのような会議に対する「ウィーンの不適性」を嘆いた。「政界、学界、産業界、そして文壇から、ただの一人も支援者が現れないのです。それに加えて、宮廷、貴族社会、教会には、このような敵意があります。（他方、ロンドンではこの三者すべてが平和運動に協力しています。）そして、ジャーナリズムにおけるこの論調——そして蔓延するこの病的な軍国主義！　泳ごうにも、一メートルも凍っている池——私が思うに、平和会議にとってのウィーンはそういう池と同じです」[77]。

かつてないほど孤立し嘲笑されていたオーストリア平和協会は、実際、国際会議を開くのに適した条件を備えてはいなかった。「当地で公的な地位にある人の中で、女性が率いる協会で働く人物を見つけるのは、まったく不可能でしょう。（この女性は実際、会議招待者なのですから。）そして反ユダヤ主義的なキリスト教社会主義者の中には——こういう連中とあなたはいつも妥協しようとしますが——ユダヤ人と関わり合う者はいないでしょう」、彼女はこのように非難を交えつつ、フリートに書いた。「私たちは二人きりなのです——金もなく、新聞の手助けもなく、代表できる委員会もありません。ようするに、こうしたことは平和運動にとって手痛い打撃となるでしょう――イギリス人やアメリカ人の前では恥さらしなのです……軍国主義と教権主義の牙城であるオーストリアは。この真実を世界に伝えてもかまいません。そして平和主義者たちを招聘して彼らを当局の軽蔑に晒すことなど不可能だと、世界に説明してもかまいません」[78]。

彼女がもっとも期待を寄せ、そしてもっとも失望を嘗めさせられたのは、いつものように「上流階級」だった。彼らは平和運動のような事柄に興味はなかった。「スポーツ、狩り、商売、カード遊び、そして狭い関心。これが私たちの上流階級の特徴です。政治においては、階級の利益を頑なに守ることが、最も重要な義務と見なされています」[79]。

ウィーン会議の準備における数々の不首尾をすべて外国の平和主義者に告白するのは、つらいことだった。しかしズットナーはフリートに、ベルンの平和ビューローを訪問する際、この惨めな状況を包み隠さず伝えるよう促した。「オーストリアの大臣は、この会議を支援するつもりはないと表明したことを、どうかビューローに正直に話してください」[80]。

彼女は自分の体力が失われてゆくのを、一日ごとに感じていた。視力は衰え、歩行はより困難になり、気の張る仕事のあとでは以前よりも多くの休息が必要だった。七〇歳の誕生日が迫っていた。そして平和運動の失敗を目の当たりにした彼女は、しばしば引退という考えに傾いていた。

アルフレート・フリートは彼女に、新たな仕事をいくつも、繰り返し依頼した。彼女が笑いの種にしたように、彼は彼女を「老馬のごとくに鞭打った」。時に嘆くことはあったとしても、彼女には仕事が必要であることを、フリートは分かっていた。仕事を強制されることに感謝していたズットナーは、大いに親しみを込めてフリートを揶揄した。ほとんど九〇歳になろうかというフレデリック・パシーが

「近々ソルボンヌで――トルストイをテーマに――講演をします。するとあなたは私を元気づける例として、この驚くべき老人をまた引き合いに出すのでしょうね[81]」。

老いたズットナーは、二人の活動においてフリートが見せた能力と尽力にすっかり感嘆していた。「あなたは実際のところ、中央ヨーロッパにおいて平和主義を代表し、出版を通してそれを活気づけている、唯一の人です」、彼女はこのように書いてフリートを讃えた[82]。そしてドイツでもオーストリア＝ハンガリーでもフリートが得ていた敬意はあまりに少なかったが、それでも国外でその業績は高く評価されていた。一九一一年、彼はノーベル賞の候補として検討された。ベルタはすでにその数年前から彼を候補として推薦していたが、まだ彼にその機会は与えられていなかった。一二月、彼女は日記に次のように書いた。「フリートが来る――私の胸に泣き崩れる。私は彼の妻が死んだと思う――そうではなかった、その『不幸』を彼はこう告げる。『ノーベル賞を受賞しました*12』……フリートと夫人は最悪の心配を乗り越える……彼はまだ出世する、という私の予言が実現した[83]」。

フリートのノーベル賞受賞に対するオーストリア＝ハンガリーの反応は、控えめというよりむしろ冷淡だった。

この時期のベルタ・フォン・ズットナーの講演、新聞記事、そして書籍は、どれも「同時代人すべてを脅かし、あるいは抑圧している大きな不幸」によって引き起こされた激しい痛みを表現している。「現在の、そしてこれから訪れる悲劇的状況にあらためて目を向けるなら、人は何度も恐怖で身震いするより他に何もできない。そして、せめてこれから訪れる不幸を避けたい――何としても間に合ううちに避けたいという、切実な願いに身を焦がすのである。このような不安を一気に振り払う方法は存在しない」[84]。

予期され、危惧された世界戦争を防ごうと、休みなく、ますます忙しく働くズットナーは、ますます不安に、そしてますます悲観的になっていった。この使命に完全に忙殺された彼女には、ほかの事に割く時間はほとんどなかった。

仕事を中断させるという、このきわめて稀な出来事の一つが、カール・マイのウィーン訪問だった。熱烈なズットナー崇拝者であったマイは、一九〇五年、ベルリンにおける彼女の講演の一つを聞いたあと、彼女に次のような内容の手紙を送っていた。自分は妻と共に最前列に座り、「心の奥底まで震撼させられながら」聞き入っていた。「善良な妻は涙を流し、私も涙を抑えきれませんでした」。彼は自分を「女性大家」の弟子と表現し、平和の理念に捧げた彼の新作『そして地上に平和を』を、「その証」として彼女に送った。「私たちは安心して、あなたが私たちを導いてくださる道を歩いて行きます。すでに私たちにはめざす場所が見えています。私たちはそこに到達するでしょう。あなたに神の祝福がありますように[85]」。（さらにズットナーは、カール・マイの著作にも登場していた。すなわち、男性と完全に対等に渡り合い、とりわけ教養と賢明さで際立つ女性として、彼女は『アパッチの酋長ヴィネトゥー』に登場するタルジャと年上のアシュタのモデルとなっている）。

マイはズットナーから「気高い人間」という概念を受け継ぎ、彼の死の一〇日前にウィーンで行った大きな講演にあたって、『気高い人間の国の高みへ！』というまさにズットナー風の題目を選んだ。今度はズットナーが最前列に座った――そしてはるか後方のいずこかには、当時二三歳のアドルフ・ヒトラーの感激した姿があったという[86]。

七〇歳の、すでに病んでいたカール・マイは、講演のクライマックスでズットナーの最後の長編小説

『人類の崇高な思想』の一部を朗読した。彼女みずから、次の言葉を添えて、あらかじめ彼に適切な引用箇所を示していたのだった。「人類が、高みへと上昇する『気高い人類』が使うことになる梯子を、私たち精神労働者は支えています。私たちは互いに助け合わなければいけませんね」。

カール・マイが偽証と詐欺の罪状で長い裁判沙汰にあったとき、ズットナーは彼を擁護した。そして『ノイエス・ヴィーナー・タークブラット』に、次のように書いた。「私の知る限り、カール・マイに対して行われた訴訟は、中傷と瑣末な詮索のごった煮であり、訴訟の結末もまた、不当に攻撃された人の名誉を完全に回復するものであった。マイ作品の文学的価値に関して言えば、スリルに満ち、想像力豊かな物語で青少年世代をまるごと魅了する術を心得る一人の作家として、いずれにしても彼は尊敬に値する地位を占めている。そして、カール・マイは自分で一度も訪れていない国々を描いた、という非難に対しては次のように反論できる。ジュール・ヴェルヌも月や一万マイルの海底に行ったことはなかったし、シラーもまた、テルの舞台として用いたスイスの山々を訪れたことはなかったのである」[87]。[*13]

もちろん彼女は、この「平和思想の同志」のために追悼の辞も書いた。それはカール・マイ愛読者によって、以降しばしば引用された。カール・マイが「二時間ずっと、厳粛に、感激に満ち、思想の最高の領域に到ろうと努めながら」話すのを聞いたことがある者は、「感慨に浸らざるを得なかった。この魂の内では善意の炎が燃え上がっている、と」。三〇〇〇人の聴衆による喝采は「悪意と中傷のキャンペーンに対する抗議」であった[88]。

しかし大戦争への不安は、こうした出来事に時間を割くあいだも、彼女から離れることはなかった。この時期、いくつもの重大な危機に直面し、自分の仕事の意義を疑っていた彼女は、友人たちに公的な生活から身を引くつもりであると表明した。フリートによれば、「そう述べる彼女は、どんな反論も許さなかった」。しかし友人たちは、ほんの少しだけ待てばよかった。「合図のラッパを聞いた白い軍馬のごとく、平和の危機を知らせる警告が響けば彼女が再び持ち場に着くことを、友人たちは知っていたのだ。その気質からいって、彼女は小さな隠居部屋で送る余生を受け入れる人間とは思えない。むしろ彼女に相応しいのは、いつの日か、仕事に取り組むさなかに死ぬことである[89]」。

バルカン紛争、空軍、そして戦争熱への憂慮がほとんど克服しがたいほど深まると、フリートはアメリカで講演旅行を行うことを提案した。同様の旅行は、すでにエストゥールネルとシュテファン・テュルが行い、平和主義にとって多大な宣伝効果を挙げていた。アメリカ合衆国では、ズットナーは有名で、おおいに尊敬されていた。彼女自身はアメリカを、より良い、より進歩した世界と見なし、アメリカの平和主義者に敬意を抱いていた。

時あたかも一九一一年には英米仲裁条約が締結され、世界中の平和主義者はこの勝利を賛美していた。英国とアメリカ合衆国はその中で、万一争いが生じた場合でも戦争に訴えることを放棄し、仲裁判決に従うことをみずから義務づけていた。アンドリュー・カーネギーはこう評した。「これは、かつて人類の歴史において為された中で、最も恵み豊かな知らせである。なぜなら、これは戦争の葬送を告げる鐘の音だからである[90]」。彼は、他の諸国家も間もなくこの例に従うだろうと考えた。

オーストリアの作家ヘルマン・バールを始めとする懐疑家たちも、この出来事を称賛した。「私も常に忍耐力に欠ける一人であり、国際仲裁裁判所を信じる勇気を持っていなかったことを告白しなければならない。私に言わせれば、いわば商売上の利益を戦争から得ている大臣や外交官、それに将軍が、あまりに多くいたからである。アメリカ合衆国と大英帝国の合意は、私に初めて考えを改めさせた。これは私の経験した最大の世界史的出来事であり、まさに私たちの時代全体における最大の政治的行為である[91]」。この条約は、よりよき将来をアメリカが保証する、というズットナーの希望を裏づけた。

彼女がこの旅に赴くことを決心したとき、何と言っても、彼女はすでに六九歳だった。すでに健康には不安を抱え、身体を動かすにも大いに難儀していた。旅行を企画したのは、アメリカの出版者で平和主義者であるエドウィン・ジンの友人、アンドレア・ホーファー＝プラウドフット（アンドレアス・ホーファーのアメリカに移住した親族の子孫）だった。プラウドフット女史は七カ月にわたる旅行のために、合衆国の大都市や大学での講演を手配した。

「あなたには、全米旅行は少し恐ろしくありませんか？」、とベルタは不安気に友人アルフレート・フリートに尋ねた[92]。するとまたしても、フリートはあれこれと気を配った。「渡航に蒸気貨物船を選び、聖霊降誕祭の土曜日に二等船室で出発しては、豪華で快適な旅行にはなりそうもありません。これが予感させるのは、貧相な、何かと不自由の多い計画で、あなたはそれに身を委ねる必要などまったくありません……そんなことをするのは軽率です、男爵夫人……この旅行では……一等切符が保証されなければなりません。そうでなければ、あなたはわざわざこの企画を引き受けてはいけません。……蒸気貨物船でニューヨークに到着するようなことがあれば、あなたはご自分の評判を貶（おとし）めることになるでしょう[93]」。

ズットナーはこれに対し、勇敢に答えた。「軽率――たしかに、そうでしょう。でも少々の軽率さなしに大胆な企画は実行できません。私は物見遊山の旅に出るのではなくて、理想のための最後の戦いに出向くのですから[94]」。港湾労働者のストライキのために、結局彼女は客船で旅に出た。

ニューヨーク到着後、彼女はパシフィック鉄道でサンフランシスコへ向かった。そこでは盛大な歓迎が彼女を待ち受けていた。「各紙はまるで女王が到着したかのごとく私の到着を祝福。夕方、教会で講演。入り口の上には電飾文字で『武器を捨てよ〈Lay down your arms〉』。私を紹介した牧師は、彼がその本について説教したことを語る。喝采[95]」。

彼女はとりわけアメリカの女性諸団体から称賛を受け、シカゴでは教育会議、フィラデルフィアでは女性参政権会議に参加した。彼女は「組織され連携したアメリカの女性たちに」、ヨーロッパの平和活動を支援してくれるよう訴えた。そして、彼女の祖国オーストリア＝ハンガリーが「虐殺と敵意の惨劇へと引きずり込まれる」危険に晒され、しかしまた同様の危険は他のヨーロッパ諸国にも存在していると説明した。

未亡人のヴェール、喪の飾り、革の手袋、高価なドレスを纏ってズットナーは（外国で）多数の聴衆の前に姿を見せた。United Nations Archives at Geneva

「私たち平和協会には、頼みとするところがありません。国家権力は、たとえハーグの裁判所が世間公認の私たちの守護者であったところで、本気で私たちに敬意を払うことはないのです」。彼女は、道徳的、精神的な、しかしまた財政的な援助も必要としている、と語った。「社会の注目を集めるために、耳を傾けてくれる人々を獲得するために、検閲されたヨーロッパが沈黙している真実を公表するために、私たちには基金が必要です。目下のところ大部分の新聞は軍国主義を、それどころか戦争を支持しています。私たちは、そうした新聞を通して真実を知らしめることができるようになる必要があります」[96]。

彼女は、学校や教会、そしてアメリカでも最大級の講堂を埋め尽くす聴衆を前に語った。

老ズットナーの登場を、フリートは次のように描いている。「彼女はゆっくりと、にぶい身のこなしで、急いで手助けしようとやって来る友人たちに支えられながら、演壇へと登る。そうして壇上に立った彼女は、上背が高く、白髪がカールする頭部からは未亡人の黒いヴェールが長く波立つように垂れ下がり、それによって肥満が隠されて、ほとんどすらりとした姿に見える。頭は誇り高く後ろにそらしている。彼女は群衆を軽蔑し、視線をそらしているかのようだ。これはもちろん、男爵夫人が極度の近視であることによって引き起こされた錯覚である。その目はまさに何物にも焦点を結ぶことがないため、彼女は視線を『そらして』いるのだ。彼女が話し始めるまでに長い時間がかかる。彼女は言葉を探しているかのようだ。それから彼女は静かに、非常に静かに、そしてゆっくりと、一語一語、間を置いて区切るように話す。手は決して動かさず、身振りをすることも決してない。強調して話そうとするところでは、語気を強め、すばやく頭をのけぞらせる。そうした姿全体は、崇高な印象を呼び起こす。もしも後ろに玉座が置かれていたならば、人は女王を前にしていることを一瞬たりとも疑わなかっただろう」。

こうした印象は、ズットナー自身も正直に告白していたように、彼女が「本来、話し下手」であることを聴衆に忘れさせる。彼女は「あまりに静かに……、あまりにゆっくりと……あまりに弱々しく——あまりにも弱々しく、そしてあまりに苦しげに」話す。彼女の話し方は「第二帝政[*14]」のもので、つまり古風で非常に上品である。聴衆を魅了するのは「人格の力」である。フリートはこのように考えた[97]。

彼女は時には日中にいくつも講演をこなし、それに歓迎会やインタビュー、講演地から講演地への夜汽車による長い移動が加わった。これらすべての辛労にもかかわらず、彼女の健康状態は注目すべき程に安定し、それどころか高揚した彼女は、ウィーンにいたときよりも、はるかに活発に働いた。彼女には、フリートに手紙を書く暇もほとんどなかった。「この熱狂！　こんなにも遠く離れればなれでなければ、どんなによいことでしょう――まるで別の星にいるかのような心持ちです。そしてあなたにだけ打ち明けますが、この見事な壮大さと素晴らしさにもかかわらず――私は小さくて狭い故郷の地が懐かしい。根があります、古い木々があります。私もその一本です……私はここにいて引き裂かれています[98]」。

アメリカの女性団体から称賛を浴びる。中央にズットナー、その隣は新聞王ハースト夫人。二人の間に立っているのは、1913年のアメリカ旅行の世話人アンドレア・ホーファー＝プラウドフット。　United Nations Archives at Geneva

彼女は引き続き、政治的な「時代観察」を『平和の守り』のために書いていた。しかし郵便のやり取りには長い時間がかかった。自分のリズムから引き離され、愛読する新聞は入手できないか非常に遅れてしか手に入らず、ベルタは不安になった。アメリカ到着から四週間も経たぬうちに、彼女は早くもフリートに宛てて次のように書いた。「ヨーロッパから離れていることが、私の神経にこたえます。アメリカの新聞は、ほとんどまったくヨーロッパについて伝えてくれません。自分が関心を寄せている事柄がどうなっているか、知ることができません――そして文通はこんなに時間がかかり……魂が追放されたかのようです。元気に家に帰り、私の愛する人々、そして私を愛してくれる人々と再会することだけを、願っています」[99]。
アメリカの優れた平和主義者をもとにして自分が思い描いていたほど、アメリカの平和熱は高まっていない、彼女にはそう思えた。「軍需産業のシンジケートは世界中でさかんに活動しているようです……そしてここでは国家収入の七〇パーセントもが軍事目的に支出されています」。そして彼女はフリートに重ねて教えた。「アメリカの平和主義は、とうてい私たちが信じているほど進歩的ではありません。大多数の民衆は、私たちの国々と同様、この問題に対して鈍感で無知です。そして（ルーズベルトを始めとする）政治家たちも、本当の平和主義についてなにも知ろうとしません」[100]。

フィラデルフィアで彼女は選挙戦を体験した。彼女はのちに勝利するウッドロウ・ウィルソンを支持し、彼に大きな期待をかけていた。しかし彼の対立候補、すなわち自分と同じノーベル賞受賞者のセオドア・ルーズベルトは、あまり評価していなかった。そして敵対するルーズベルトの演説について彼女は、「失望しただけではなく、憤慨しました……タフト条約*15を犯罪的で愚かであると呼び——平和にいたる最良の手段として戦艦建造を称えるなんて！——これはノーベル賞受賞者としてはスキャンダルです」[101]。

ベヴァリーでは、彼女はとあるゴルフ場で尊敬する大統領ウィリアム・H・タフトと遭遇した。フリートに宛てて彼女は書いた。「タフトは、秘書が私たちに語ったところでは、アメリカ全土で平和演説を一五〇〇回も行ったそうです。おそらくそのようなことを、フランツ・フェルディナントは決してしないでしょう……そうです、ハプスブルク家は銃剣と無知に支えられて王座に君臨していればよいのです！　それだけが、この支配者たちの目に映る歴史の意味なのです」。それでも彼女はこう付け加えた。「外国へ移住しなければならなくなる、とあなたは言うでしょうか？　それでも私は帰ります。なんといっても、そこは『我が家』なのですから[102]」。

彼女は諸種の社会問題について存分に報告する機会を得た。「労働連盟の会合」では、彼女の語るところによれば、「社会主義的なスピーチ」をおこなった。「精神が私を動かす。私は実際、自分の使命にふさわしい存在となるよう成長してきた。これは注目に値する現象の一つ」。先に弁士を勤めた一人の労働者は「アジ演説」を行い、次に彼女が「すべての階級の共同作業のために」語った。「誰か一人の勝利を期待してはいけない。拍手喝采。――起立による賛同表明[103]」。

少し後のボルチモアでは、彼女はあまりに「外交的な」振る舞いをせざるを得ず、大いに居心地の悪さを感じた。「だが本当に、社会主義者と一緒にいる方がくつろげるし――その方が目標への近道だ[104]」。

彼女は生まれて初めてアメリカン・フットボールの試合を見物し、日記にこう書き込んだ。「コロンビア、アメリカン・フットボールの試合、ミズーリは二九対〇で敗れる。私は賓客として、手摺壁(てすりかべ)の上に立てられた白い縁取りの旗と共に、観覧席に座る[105]」。

彼女は好意的に、次のように事細かく日記に書き記した。「バークレイ……市長は……五月一八日に市庁舎から撤去されてバラの下に隠された大砲を、私たちに指し示す[106]」。

平和のベルタ（「平和の天使〈The angel of peace〉」と新聞は彼女を呼んだ）は、新聞王ハーストの大農場へ招待され、ピッツバーグではケネディー家の「豪邸」を訪れた。やがてこうした大歓迎は、彼女には煩わしくなった。「有名であることにすっかり飽き飽きしているし、似つかわしくもない[107]」。

故郷ヨーロッパで一九一二年一〇月から再び戦争が始まったという知らせを受けると、彼女はフリートに宛てて痛罵(つうば)の手紙を書いた。「ああ、国王に祭り上げられた、この老いぼれの山豚飼い！[108]」。彼女がここで罵ったのは、一九一〇年に国王の称号を受けたモンテネグロのニコラ一世だった。彼は、四国同盟（セルビア、ブルガリア、ギリシャ、モンテネグロ）がトルコに対して仕掛けたバルカン戦争の推進力となっていた。「アメリカにいるすべてのギリシャ人、ブルガリア人、そしてセルビア人はお金をそれぞれの国に寄付し、屠殺祭り[*16]に加わるため『祖国』へと急いでいます。この人たちは、彼らのために苦労するのが時に厭（いと）わしくなるほどの愚か者です。それなのに、今の私は毎日平和講演をしなければなりません……エストゥールネルがモンテネグロのニコラに宛てて、単刀直入な非難の手紙を書きました。お見事」[109]。

彼女は講演で、ことのほか現下の政治状況を取り上げるようになった。「この戦争はバルカン半島のキリスト教徒を解放するには必要であり、トルコ人をヨーロッパから追い出せばおそらく好都合な結果が得られるだろう、アメリカ公衆の大部分が捕われているこの見解に、私は反対します。今日やむをえない戦争は一つもない、そしてどのような戦争も好都合な結果などもたらさない、私はそう主張します。戦闘沙汰と宗教問題を結びつけるのは時代錯誤であり、偽善であり、冒瀆なのです」[110]。

オーストリア＝ハンガリーがこの戦争に巻き込まれることを彼女はきわめて憂慮し、日記にこう書いた。「オーストリアは、すべてを承認できるわけではない、と表明。良心のない悪党一味！」[111]。「オーストリアからの知らせに憤慨。列強各国はすべて、合意を結ぼうという善意に満ちている。ロシアでさえ平和的。セルビアもまた列強の発言に従うと表明。ただオーストリアの態度のみ、『我、何も放棄せず』」[112]。

この危機的な数週間、「平和主義者と社会主義者を除く」すべての人々を、彼女はアメリカから罵り続けた。「セルビアには海港を与えない、これが、オーストリアにとって最大の人類的関心事です。コレラ、破産、混乱、飢餓、荒廃――これらはすべて、枝葉末節と捉えられています」。彼女はカーネギーに訴えた。「中央ヨーロッパは援助を必要としています。ヨーロッパで戦争が勃発するようなことがあれば、このガラクタはすべて破滅します……ウィーンで私は何を見るのでしょう？　セルビア人とロシア人？　ああ、フランツ・フェルディナント！　すべてはこの男が悪いのです[113]」。

　しかし、「社会主義者はどこでもしっかりしている。お見事、ジョレス――お見事、ウィーンの人々も。私は『アルバイター・ツァイトゥング』を受け取った。それ以外のウィーンの新聞には虫酸(むしず)が走る[114]」。ウィーンの女性たちによる平和の示威行動も、彼女は称賛した。「女性たちも立派です。もちろん私もウィーンにいたなら、それに加わらずにはいられなかったでしょう[115]」。

　アメリカにはあらゆる気晴らしがあったにもかかわらず、彼女の思考はすべてオーストリアに向けられていた。ズットナーの盛大な送別会にタフト大統領その人を招待するかについて主催者の間に議論がおこったとき、彼女は苦々しい思いで次のように書いた。「これがウィーンであれば、国家元首が挨拶者の候補に上ることさえ、ほとんどないでしょう[116]」。しかし、それでも――彼女は郷愁に駆られていた。「私たちの理念が花開き、そしてまた故郷と感じられる国は、どこにあるのでしょう？――そう、自分の土地にいるという思い。この国にいる私には、それがなんと欠けていることか！　土星にいたとしても、ここにいるのとさほど違わない気持ちでしょう[117]」。

　このような嘆きを読んで心配になったフリートは、ベルタの家政婦カティ・ブーヒンガーをアメリカに送ろうとしたが、ズットナーはそれに抗議した。「そうした考え！　私の所にカティを送って寄こすとは！　こんなにも遠く離れているから、何が可能で何が不可能か、分からないのです……私が四カ月持ちこたえるかどうか、あなたには疑問なのですか？――何ということです、四カ月間監禁される人もいるのですから……[118]」。「全体としては、私はやはりさまざまな経験をし、いろいろな印象を受けることになるでしょう。そしてそれは、たとえばシュトッカーン［ズットナー一族が所有する城］に滞在するより、私の晩年を豊かにするでしょう[119]」。

七カ月に及ぶアメリカ滞在の終盤、彼女は一週間にわたりニューヨークで講演を行った。そのうちの一回はコロンビア大学で開催された。アンドリュー・カーネギーは彼女に敬意を表して祝宴を催し、少し後に送った手紙で、彼女に終身年金を約束した。「これでいま本当に、カーネギーによって、私の老後は安心が保証されることになったのか？」、とベルタは希望に満ちて日記に記した[120]。

一九一二年一二月一四日、彼女は「アメリカにさようなら〈America goodbye〉」を言った。「アメリカ旅行によって、私には素晴らしい地平が示され、多くの表敬を受け、そしてひょっとすると私の快適な老後がもたらされた。ともかく約二万クローネの臨時収入。［比較のために：当時の小学校教員の月給は一二〇クローネだった］。そして自国で起こった恐ろしく不愉快な種々の出来事を回避……この恥ずべき中世国家の状況を、私はどう見なせば良いのか？――ここではまったく違っていた。この豊かさ、この豪華さ、この可能性の数々――そして最高の理念のために生きている沢山の人々――青少年たちはこうした道筋へと導かれている。もちろんヨーロッパから多くの悪しき例が持ち込まれているが[121]」。

ズットナーのこの旅行は、ウィーンの新聞でも反響を呼んだ。『ノイエ・フライエ・プレッセ』が掲載したインタビューの中で、敏腕で鳴らすホーファー＝プラウドフット夫人は、この講演旅行がオーストリアにもたらした利益について説明した。「あらゆる公的な集会で、オーストリアからの賓客に敬意を表し、アメリカ国旗と並んでオーストリア国旗が掲げられました。アメリカにおける、この意図的ではないオーストリア＝ハンガリーの大宣伝は、観光客の統計にもその効果を現すものと期待できます[122]」。

一九一二年のクリスマス前日にウィーンに到着したベルタは、新たな希望を抱いた。「地平線が明るくなった——そしてバーゼルでは社会主義者が反戦集会を開催するに至った……路面電車では、四人の男が『武器を捨てよ！』と記された大きな本を持っていた、これらは希望を抱かせる[123]」。しかし状況は緊迫したままだった。「今日を刻印するのは、きわめて高い可能性を孕んだ不確かさである」、と彼女は『平和の守り』に書いた。「バイオリンの響きに満ちていないだけではない、垂れ込める空にはダモクレスの剣が一面に吊るされているのだ。そして人はこれを『平和』と呼び、力の均衡、威嚇、虚勢や似たようなやり方によって維持しようと苦心している[124]」。

そうこうしているあいだに、バルカン諸国はトルコに勝利していた。オーストリアでは、この「バルカン一味」に敵対する世論が煽られ、セルビアに対する予防戦争が宣伝された。「トルコ（哀れな弱虫）は譲歩するように見えます。戦争を望む者たちの期待通りには行きません——ひょっとして、今の『危機』によって本当に健全化がもたらされるかもしれませんよ！　私があと、もう五〇年生きることができたなら！……世界はそんなにも興味深いのです！[125]」。

彼女は常日頃と同じく、あまりにも拙速に、この平和も平和主義者の活動のおかげであると見なそうとした。そして、フリートに宛てて誇らしげに書いた。「今日私がサロンで出会ったある人物が話したところによると、コンラート・フォン・ヘッツェンドルフが、軍人は自分たちだけで決められないので、とても多くの人々が口を挟む——さもなければとっくの昔に望み通りの戦争ができたのに、と嘆いていたそうです[126]」。

しかし依然として彼女は、最大限慎重に事を進めるよう忠告した。「ええ、私たちは前進していきます。確実に、でも歩くような速さで——しかし他の人は残念なことに急行列車並みの速さ——さもなくば嵐のような速さです。戦争はいつ始まってもおかしくありません」。さらにこう念を押した。「私たちが踊り、書き、計画している場所は、むろんのこと、火山の上なのです」[127]。

彼女が繰り返し批判の矛先を向けたのは、もっぱらオーストリアの政策だった。「ロシアは、ヨーロッパ戦争の危険を呼び起こすつもりはない、と表明しています。他の国々もすべてそう表明しています。ただオーストリアの側からだけ、一度もこの声が聞かれません。ヨーロッパが戦火に包まれるという危険は、セルビアやルーマニアの紛争を考慮するとき、重要ではないのです。ハインリヒ（私たちの政府とその新聞をハインリヒと呼ぼうと思います、そう言えるとすればですが）、私はあなたが恐ろしい」*17[128]。

ズットナーにとって同じくらい腹立たしかったのは、むろん同盟国ドイツの政策だった。「世界は何と混沌としていることでしょうか。それでも、まるでこの混沌は一つの『ヨーロッパ』を産み出すつもりであるかのようです。ドイツの（保守的な）新聞は軍備増強の一時中断というチャーチルの提案を拒否していますが、これぞまさにドイツ的で保守的です。軍備縮小を欲せず、制限を欲せず――そして今や中断すらも欲しないのです」[129]。

一九一三年春、バルカン危機が再び先鋭化した。四人の勝者*18は分捕り品の分け前に合意できなかったのだ。「オーストリアは戦争をしようとしている」、ベルタはこのような印象を持った。そしていつものように、王位継承者フランツ・フェルディナントを名指しして、それと結びつけた[130]。

一九一三年三月二五日の日記。「世界情勢と世間の噂が指し示しているのは、戦争、そして私たちの真実告知人のどうしようもない愚かさ。その中へと自分の声を響かせなかったことで、私は自分を責める」。

一九一三年四月一日の日記。「ヨーロッパ情勢はますます悪化。そして私はこのナイアガラの滝のような殺人の轟音の中に向かって叫びたいのに、それに相応しい言葉が見つからない……全体として、ヨーロッパの大崩壊が準備されていると私には思える。どうすれば、こんなにたくさん蒔かれた雑草が芽吹かないようにできるのか、こんなにたくさん積み上げられた火薬が爆発しないようにできるのか。怠惰、無関心、成り行きに任せる鈍感さ、これらは愚かな悪人どもが煽っている熱狂の共犯者だ」。

一九一三年四月三日、彼女はある海軍中将の発言を書き留めた。「オーストリアは踏み出そうとしている――死を前にした不安――そして何人かのユダヤ人が株式市場で損をしないようにするために」。ベルタは次のように見解を記した。「そう、これが今、軍全体で目覚めてきた危険だ」。

「上流社会」の声を、彼女はまもなく親戚のところで耳にした。「ここシュトッカーンの素人政談では、セルビアの豚どもの挑発に対してオーストリアは最大級の平和愛を立証した、と気炎が上がっている」[131]。そして数カ月後。「ここでは誰も私の言葉を理解しない――ここでの意見はただ一つ。責任はすべてロシア人にあり、彼らとの戦争は不可避となるだろう!」[132]。

一九一三年四月、彼女はフリートに宛てて書いた。「世界は今日再び最後通牒に満ちています。セルビアがあんなにも早く屈したので、(イタリアに支持された)オーストリア=ハンガリーは今や有無を言わせぬ命令でギリシャを脅(おど)そうとしています。オーストリア=ハンガリーはヨーロッパのくびきから完全に解放されることを望み、好き勝手に歯を剝き出し、拳を振り上げようとしています」[133]。

平和主義者の小さな一群は、軍縮のために、少なくとも軍備を制限するために、闘い続けた。一九一三年、ドイツとフランスの平和愛好家たちは共同で、それぞれの政府に対し軍備拡張競争を中止するよう呼びかけた。「一個の政府、一個の議会、一個の国民は前進できない。しかしそこに善意があれば、同時の、そして共同の行動に相互理解への道が開ける。中立国家は、それによって協調が容易となるならば、仲介を引き受けることができる」[134]。

成果が上がっていないという非難に対し、平和主義者は再三再四、弁明しなければならなかった。ベルタはこのような懐疑家の一人に対して次のように説明した。バルカン戦争は、「国家を超えた無法システムによってもたらされました。私たちの闘いにもかかわらず、それは今なお支配的です。トルコによる暴力的抑圧が先に存在していなかったなら、そのくびきを暴力的に振り払う必要はなかったでしょう。国際的に法支配の状態が確立すれば、好ましくない支配からの解放も戦争なしで可能となるはずです」。ベルタによれば、バルカン戦争が示しているのは次のような点であった。

「一、現代の戦争が敗者および勝者にもたらす無限の荒廃と損失は、どのようなものか――この損失は、もはや予測される戦果とは、まったく比較にならない。

二、どのような危険が新たな衝突や新たな戦争によってもたらされ、この荒廃と損失に結びつくのか。

三、今日の世界は経済その他の利害において密接に結びついているため、一国が――それがいかに遠く、いかに小さくとも――被った損失は他のどの国にも損失と苦しみを引き起こすこと。

四、現代の戦争は、その武器装備と軍隊の規模によって前代未聞の恐怖、疫病、荒廃をもたらし、その結果、すでに戦争は人間が耐え忍ぶことのできる限界を超えてしまっていること。

五、しかし、バルカン半島でこうした混乱が起こったにもかかわらず、長きに渡って予言されてきたヨーロッパ大戦争が勃発せず、その代わり思いもしなかったような外交その他のあらゆる努力によってその予防が試みられているのは、すでに強固な平和への意志と徹底的な平和への希求が世界に広がっているからに他ならないということ。

つまり結論として、あらゆる国々の平和運動によって切り開かれ、そしてさまざまな機関や制度

（ハーグ仲裁裁判所、種々の条約等）によってすでに形を取りつつある世界組織を実現し、国家間の諸関係を法の支配という堅固な基礎の上に置くには、今をおいて他にはないということ」[135]。

このような非常に危うい政治状況のもと、ズットナーは一九一三年四月にグラーツのオーストリア女性協会第七回総会で、「平和問題報告」を行うことになっていた。求めに応じてあらかじめ準備された報告の原稿は、憤激を呼び起こした。オーストリア女性協会会長マリアンネ・ハイニシュは、次のような文面の電報を受け取った。「グラーツ地方委員会は、高度に政治的であり、したがって規約違反であるズットナーの報告を、断固拒否せざるを得ない。そもそも現下の状況ではいかなる平和問題報告も完全に不可能であり、それは女性運動に予測不能な損害をもたらすだろう」。

抗議の手紙が届いた。一人の女性は次のように書いた。「平和の宣伝は、それが学術的問題として理論的に検討され追究される限り、その本質からして非政治的であるのは間違いありません。しかしオーストリアが剣の柄（つか）に手を掛けて身構えている今日では……一般聴衆も参加可能な開かれた集会において、この問題を討論課題とするのは不可能です」。別の女性は、「流されている多くの血と、一般に広がる戦時ムードを鑑（かんが）みて」、平和問題報告を「排除すること」について言及した。「軍の関係筋やその他当局の関係筋が、完全に集会から手を引くことが予想されます。ズットナーという名前はまさに一つの綱領であり、今の時代においては高度に政治的な一つの……」。

「歓迎の夕べの実現に尽力してきた市長夫人には、グラーツにズットナーがいることによってきわめて大きな不愉快事が生じるでしょう。市長夫人は本当に苦境におかれています」。これは、この催しが軍の将校集会所で開かれることになっていたからだった。

さらに他の女性は次のように強調した。ズットナーの影響は、「その名前だけで、雄牛に対する赤い布のようなものです。そして、バルカン諸国に対するオーストリアの屈辱をあらゆる立場の人々が痛感している今、朝は平和への憎しみが語られている将校集会所を、晩に貸し出すことを軍が望まないのは理解できます」[136]。

ベルタは日記でこの事件を——これはこの頃に起こった多くの事件の一つに過ぎなかったので——簡潔に取り上げた。「赤い布と私の名は同じ。もちろん私は引き下がる。問題の手紙を手に入れる。興味深い手紙。後になってハイニシュ自身がやって来る。すっかり消耗している」[137]。ベルタと完全に連帯していたマリアンネ・ハイニシュはグラーツの女性の日をまるまる費やして、降板させられた講演者にともかく友情の込もった手紙を書き、それは『ノイエ・フライエ・プレッセ』に掲載された。かくして、この不愉快な事件は片付いた。

一九一三年五月、帝国兼王国軍情報局長アルフレート・レードル大佐が、ロシアのスパイであることを証明され、自殺した。このことでは多くのことが隠蔽されはしたが、事件を完全に秘匿(ひとく)しておくことはできなかった。当時三二歳のシュテファン・ツヴァイクはレードルについて次のように書いた。「驚愕の戦慄が全軍を走った。戦争が起こっていれば、この一人の男によって数十万の人命が奪われ、君主国は彼によって破滅の淵へと追いやられていたかもしれないということを、皆が知っていた。オーストリアにいる我々はこの時になってようやく、自分たちが去年すでに世界戦争まであと一息のところにいたことを、理解したのである」。

この作家は偶然その数日後ベルタ・フォン・ズットナーに出会い、次のようにそれを伝えている。「彼女はすっかり興奮して私めがけて歩いてきた。『人々は何が起きているのかわかっていません』、と彼女は路上でたいへんな大声を出して叫んだ。普段はとても静かに、とてもやさしく話す人なのに。

『これはすでに戦争です、そして彼らはまたすべてを私たちの前から隠し、秘密にしてしまったのです。なぜあなた方は何もしないのですか、あなた方、若い人たちは？　これは誰よりもあなた方の問題なのですよ！　抵抗するのです、団結するのです！　いつもすべてを、ほんの数人の、誰にも耳を傾けてもらえない老婆に任せていてはいけません。』」。ツヴァイクは彼女に、自分は「もしかしたら『実際に共同声明を出してみるため』パリへ赴くかもしれない」と語った。「なぜ、もしかしたら、としか言えないのです？」と彼女は迫った。彼女は言った。「以前より状況は悪くなっています。機械はもう動き始めているのです」。ツヴァイクはこう書いている。「私は、自分自身も動揺しながら、彼女を落ち着かせようと苦労した」[138]。

こうした興奮のさなか、一九一三年六月にベルタの七〇回目の誕生日がめぐってきた。ペティング伯爵夫人はこの機会に合わせ、「表敬の贈り物」を募った。贈呈者の中には、今回も大公が一人いた。ルートヴィヒ・ザルヴァトールは数千クローネを贈り、そのほかに非常に親愛の情の込もった手紙をフリートに送った。ベルタはフリートに書いた。「ルートヴィヒ・ザルヴァトールのことは大変嬉しく思いました。あの方が公然と平和主義者の陣営に身を置き、あんなにも敬意を込めてあなたの業績を認めたのは、本当に素晴らしいことです」。だが締念をにじませながら、彼女はこう付け加えた、「あの方が、私たちの宮廷のお歴々から狂人扱いされているのも、うなずけます！」[139]。ハプスブルク家傍流のトスカーナ出身であるルートヴィヒ大公は、ウィーンには住まず、スペインのバレアル諸島に、（むろん参内資格のない）現地出身の女性とともに暮らしていた。彼は旅行記を書き、時々ウィーンを訪れては、およそ宮廷風とは呼べない振る舞いによって追従家の廷臣たちを驚かせ、それをおおいに楽しんでいた。間違いなく彼は一九〇〇年頃のハプスブルク一族で最も知性豊かな一人だったが、その挑発的な振る舞いによって宮廷では極端なアウトサイダーだった。彼が平和主義的活動を支持したのは、この独特な非宮廷的路線の延長だったのであり、たとえば皇帝の宮廷において平和運動が地歩を築いたことを意味するものでは決してなかった――そんなことは、いつもは実に楽観的なベルタでさえ、微塵も考えてはいなかった。

「私の七〇歳の誕生日に」と題する記事を、彼女は『ノイエ・フライエ・プレッセ』にみずから執筆し、確信と楽観主義を持つよう呼びかけた。「生きることは悦びです……そしてすでに人生の果てに立っていることは悲しむべきことです」。「かつて、異端審判による最後の火刑、最後の奴隷市場、最後の魔女裁判がありました。同じように、バルカン戦争は最後のヨーロッパ戦争だったことになるかもしれません」。「未来の戦争全般」を阻止するために必要なのは、自分がしばしば非難されたような「感傷や夢想」ではなく、「精力的な取り組み」と「感激に支えられた……頑強な意志の力」なのだった。[140]

世界中の平和愛好家も、「我らの」ズットナーの誕生日を心から祝った――一方、オーストリア世論の示す態度はとても失望させるものであり、それは変わることがなかった。公的な栄誉は、彼女に一つも与えられなかった。

フリートは彼女の誕生日に慰めの手紙を書いた。「あなたの祖国は戦争資金を融資する銀行家に爵位を与えていますが、あなたを顕彰しません。また、あなたが住み、あなたが輝きを添えている市は機械工シュナイダー［最も過激なキリスト教社会主義的反ユダヤ主義者の一人］や他のその手のならず者たちを名誉市民にしましたが、あなたに名誉を与えません。今という時代においてあなたを顕彰しているのは、こうした事実です……しかし、あなたには次のことを確信していただきたいのです。ウィーンにも、いつかベルタ＝フォン＝ズットナー通りが誕生し、ズットナー記念碑が建てられることになります［不当なことではあるが、記念碑についてフリートは結局一九八六年まで待たねばならないこととなった］。平和主義者のために花冠を編むのは——少なくともバルカン問題においては——後世だけなのです」[141]。

『平和の守り』によれば、ウィーンとは対照的にベルタの生まれ故郷プラハは、「彼女がドイツ系であるにもかかわらず……町の偉大な娘として」[142]この平和運動家を言祝いだ。

記念の祝いを受けたベルタは、誕生日を機に新しい遺言を書いた。そこで彼女は義理の妹ルイーゼ・フォン・ズットナー男爵夫人を単独相続人に指名した。そして奉公人たち、もちろん中でもカティ・ブーヒンガーには、気前良い財産贈与を指示した。もっとも、本当の相続人はアルフレート・フリートであった。彼は遺稿、日記、書簡、それに蔵書を受け取ることになっていた。「平和主義者およびジャーナリストとして、彼はそれら資料を活用する方法を最もよく心得ているだろう」。彼女は、アルトゥーアのようにゴータで火葬に付されることを望んでいた[*19]。「葬儀に際する宗教儀式は、厭うこともなければ望むこともない。私は私が生きてきたように死を迎える——どのような教義教条も信ずることなしに」[143]。

一九一三年五月に第一次バルカン戦争を終結させたロンドン条約は、長続きしなかった。すでに六月になるとブルガリアはセルビアを攻撃した。第一次バルカン戦争に引き続き、第二次バルカン戦争が始まったのである。今回はセルビア、ギリシャ、ルーマニア、トルコが手を組み、ブルガリアと戦った。ズットナーは一九一三年七月九日の日記にこう記した。「全ヨーロッパで猛威をふるう戦争熱。ドイツの戦争議案[*20]に対する熱狂。フランスでは三年兵役制が採用。ここではロシアに対する煽動。まるで、

『未来の戦争』は反論もされないまま始まるのが必然であるかのよう。暗示の勝利」。

数週間後、彼女は次のように書いた。「ところで情況は、戦争によって腐食したヨーロッパの崩壊を十分に予測させるほど、憂慮すべき段階にあります[144]」。彼女がフリートに書いたように、「バルカン半島におけるこうした魔女の乱痴気騒ぎは」、しかしながらいかなる思考の転換ももたらさなかった。「彼の地の戦争がもたらした教訓の明白さは、早くも我々の主義を騒がせ、血を流させ、地獄に落とすかのようです。この教訓を理解せず、反対にますます邪悪な軍国主義に陥っていく同時代人や新聞雑誌に、私たちは戦慄の叫びを上げそうになります」。彼女は、戦争主導者たちが「互いに相手の虐殺と残虐行為を訴えていること」を嘆いた。「ブルガリア人、ギリシャ人、セルビア人、トルコ人のいずれが最も悪く、最も野蛮な鬼畜であるかを言い争っている輩は、鬼畜は戦争そのものであることに気づかないのです」。「そして次のハーグ国際平和会議は（それが仮に開かれるとして）、鬼畜の爪を磨くさまざまな方法を再び議題に乗せることでしょう[145]」。

ブルガリア人は壊滅的に打ちのめされ、新たな国境の線引きについての論争が始まった。「そして世間は、どれだけこのさまざまな国境線に頭を悩ますことか――まるで本当に、一筋の細長い土地の帰属がそちらなのか、あちらなのかに、人類の幸福がかかっているかのようです。勢力均衡こそ、新しい物神です！[146]」。

それゆえ一層粘り強く、フリートとズットナーは国際平和会議を準備するために働き続けた。資金調達のために売り出された宝くじは、かつてないような、それどころか恥ずべきほどの失敗に終わった。もはや要求に応える力は失われた、とベルタは感じた。「再び安楽椅子に何時間も座り続ける、愚かな亀のように。――『老年における肉体的、精神的怠惰は生理学的法則である』と今日読んだ。まったく正しい」[147]。

年老いて体型が崩れたズットナーについて、かつてないほど悪意に満ちた戯画が描かれるようになった。怒ったフリートは、一度、際立って低劣な戯画を掲載した雑誌を発売禁止にさせようとした。しかし諦めの境地にあったズットナーは、それが今さら何の役に立つのかと言って、彼を思いとどまらせた。彼女にとって大事なのは、もうとっくの昔から個人的な自尊心ではなく、もっぱら平和の問題だった――そしてそれをとりまく状況は、これまでより悪化していた。

ドイツ国家主義の女性作家エーディット・ザールブルク伯爵夫人は煽動的な記事を書き、こう嘲った。「私たちも長生きをすればいつしか老婆になり――そういう老婆たちは戦争を恐れ、平穏を望む、これはむろん自然なことだ――しかし、まだ人生の盛りにいる者が求めるのは、活動と戦いであることは自明である」。ズットナーは次のように評した。「なんというご明察でしょう――数千の社会制度に対して戦いを挑み、世界の半分を旅して回ることが、まるで年寄り女が求める平穏にふさわしいかのごとく考えるとは……このご婦人とちょっとした論争をしてみるのも、面白いかもしれません[148]」。

ズットナーをおおいに悩ませていたのは、平和主義者には、あまりに強力な戦争プロパガンダに対抗する術がないことだった。一九一四年春、スヴェン・ヘディンによるパンフレット（『第二の警告』）が配布された。その中で、この作家はスウェーデンの中立政策を論難し、三国同盟、特にドイツ帝国の政策に従うよう要求した。ズットナーは次のように述べた。「数百万部の出版と配布の費用を誰が負担しているかを突き止めるのは、興味深いことだろう。中立に賛成し、戦争勃発という万一の事態の防止を求めるパンフレットであるならば、そもそもそれを出版し、数百部を郵送するのがどれだけ困難なことか、私たち平和主義者には分かっている――しかし戦争に役立つことのためなら何にでも、数百万の巨額がいつでも自由に使えるのだ」[149]。

それでも平和のベルタは諦めなかった。彼女は国際平和会議の宣伝効果に望みをかけ、フリートを鼓舞した。「多くの一般大衆向けに何か」が必要である、それどころか場合によっては米国からタフト大統領に来てもらう、その他の有名な演説家にも来てもらう、と彼女は書いた。「ユダヤ人のためにはイスラエル・ザングウィル、イギリス人のためにはラドヤード・キップリング――あるいは同等の有名人……女性のための大集会」。著名なアメリカの平和主義者ブライアンに平和講演の巡業をしてもらっては、と彼女は提案した。「彼はすべての大都市を歴訪し、ウィーンである種の勝利の行進を終えるでしょう。彼は現在、存命する最も偉大な平和主義者です……ウィーンでの国際会議は一つの大事件となることでしょう……多くの人々が魅了されるに違いありません」[150]。

彼女は、そうでなくても完全に働き過ぎだったフリートに、絶えず新しい計画を持ち出して驚かせた。「注目を呼ぶ人物を外国から呼ばなければならないでしょう。平和協会外部の有名人、しかも世界的有名人でなければなりません。たとえばアナトール・フランス、バーナード・ショー――ゲルハルト・ハウプトマンのような人たちです。私はたくさん手紙を書いて、彼らを根負けさせてみましょうか。平和主義のために、彼らは語らねばなりません――文学は必要ありません。そして新聞雑誌向けには、大量に、周到に準備された資料が要ります」[151]。

ベルタの意気込みは――あらゆる難題を物ともせず、何度も道を切り開く彼女の楽観主義とまったく同じく――驚くべきものだった。作家モーリッツ・ネッカーはツェドリッツガッセ訪問の後、こう述べた。「このように、七〇歳のこの婦人を訪れた人は、普通なら若者しか持たないような感情、すなわち、この世界に対する喜び、人類の未来への信頼を抱いて帰ってくる。この信頼を、時代のいくつもの体験が激しく揺さぶろうとしているかに見えたとしても」[152]。

平和主義に注目を集めようと、アルフレート・フリートはみずからの力以上に働き、それによって健康を損なっていった。「フリートは……神経を病んでいると感じている。ニコチン中毒、閉所恐怖症」、とズットナーは日記に記し、さらに次のように書き継いだ。「今やバルカン半島全体が崩壊。次に崩壊するのは、おそらくオーストリアだろう」[153]。

一九一三年八月、各国の平和主義者がハーグの新しい平和宮殿の完成と列国議会同盟の会議に集まった。ズットナーは、再びいくつかの講演を行った。

一方オーストリアでは、ライプツィヒ近郊の諸国民の戦い[*21]百年祭が催された。「皇帝がシュヴァルツェンベルク記念碑[*22]に花輪を捧げる。最高の名誉、最高の功績、最高の地位――それは相変わらず戦士。ビーネルト男爵夫人は空軍の愛国主義的活動のために委員会を作る。タンゴ・ティー[*23]に集まる人々から支援されるだろう」[154]。

一九一三年一〇月一八日、「オーストリアはセルビアに最後通牒を突きつける。フリートは言う、このオーストリアの軍国主義を一掃するにはもう戦争しかない」。これは、平和主義者としては驚くべき意見と言える。

一〇月二一日、「セルビアが譲歩。それでこの危機も再び回避された。ヨーロッパの地域警察の必要性がますます明白になる」。

戦争の危機の回避は、平和会議の主宰者たちには吉兆のように思えた。フリートは書いた。「バルカン騒動の結果として、憂慮されていたヨーロッパ戦争が我々の君主の英断によって阻止されたがゆえに」「今回のウィーン世界平和会議を、この白髪の平和君主に対して国際的に敬意を表する機会とする」

可能性が提示された[155]。フランツ・ヨーゼフ皇帝は、この会議の後援者を引き受けることになった。

一九一三年一一月、ドイツの社会主義者の党大会が開かれた。それについての報告をきわめて興味深く見守っていたベルタ・フォン・ズットナーは、夢中になってフリートに語った。「本当に、社会主義者の党大会は素晴らしいものでした。私はすべて読みました。ロイトナーの演説は、平和主義者の素晴らしいパンフレットです[156]」。ローザ・ルクセンブルクの反戦演説も、彼女はひときわ称賛した。「あなたはローザ・ルクセンブルクについてどう思いますか。彼女と同じことを言う人は、どの国にも一〇万人はいるに違いないでしょう――そうすると、牢獄はどうなることか、見てみたいものです[157]」。

バルカン半島の政治状況は相変わらず危険で、一般の人々には見通し難かった。ズットナーはフリートに宛てて、ブルガリアのフェルディナントによるウィーン訪問について書いた。「プロハスカと「外相」ベルヒトルトを訪ねたフェルディナントは、私には信用なりません。あらゆる政治を企てられるのは、支配者と幾人かの大臣だけなのですよ」。「興味深いのは、オーストリアの公式談話から世界平和の展望や関心を示す言葉が一言も聞かれない、ということです。イギリス人は常軌を逸した軍備拡張を嘆いている――ベルトーはヨーロッパの平和を最大の関心事としている――ロシアはササノウを介してそれに賛意を示している、ただオーストリアだけが最大の関心事をセルビアの港*24と結びつけているのです[158]」。

一九一三年一二月のツァーベルン事件*25は、フランスとドイツの間に重大な危機を引き起こした。対立はまもなく沈静化したが、この時代の他のすべての国際的な危機と同様、戦闘がいかに迫っていたかが示された。ズットナーは日記にこう記した。「プロイセンの軍靴が中欧にのしかかっている」。「新聞にはツァーベルンの事が多く書かれている。明白な軍国主義。そして国会において唯一それに反対しているのは社会主義者。皇帝は完全に『真正なる兵士の精神』に心を奪われている。祖国と軍隊の混同[159]」。

バルカン紛争は、こうする間も鎮まることなく進行していた。世論が求めていたのは、「懲らしめてやれ」「秩序を取り戻せ」だった。「新聞や雑誌はオーストリアとロシアの戦争を煽動する記事にあふれている。ひょっとすると戦争が勃発し、それによって国際会議は不可能になる」。そして、「新聞は軍備増強と戦争のことばかり[160]」。

一九一三年二月、ベルタは『平和の守り』で次のように嘆いた。「そして最悪なのは、将校たちの間では、来たるべき戦争の勃発は不可避で、間近に迫り、そしてなおかつ望ましいと明言されていることである。いくつかの新聞は戦争気分を煽り、最上流の社会層はこの考え方は愛国的義務であるという意識を持っている」。「私たちの国は平和主義的宣伝が最も必要な社会でありながら、残念なことに、最も大きな困難と戦わねばならない国である[161]」。

世界平和の理念の先駆者ズットナー。1914年撮影（„Wiener Bilder"）。 United Nations Archives at Geneva

一九一四年四月、新たな煽動を目の当たりにした彼女は書いた。「来るべき（『あるひとつの』ではなく）『その』世界戦争について、あらゆる方面からの示唆が止む気配はない」。「爆発寸前になっているヨーロッパの火薬樽にとって好都合な導火線」は、つぎつぎと発見されている[162]。

驚くべきは、こうしたあらゆる好ましから

ざる事態にもかかわらず、ベルタが楽観主義を抱き続けたことである。「それというのも戦争が、こんなにも認識され、正体を暴かれながら、進歩しつつある人類でさえもそれを廃絶しない、などということはありえないからです……そしてこの軍需産業の正体を暴いた功績は、それがもし組織化された平和主義者のものでないなら、誰のものでしょう」[163]。

ほとんど子供のような素朴さで、彼女は最後の望みをツァーリの平和愛に賭け、まさしく呪文を唱えるようにして、それを呼び起こした。「ところで、密かに何かが進行しているようです。つまり、ツァーリによる平和の陰謀です」、と彼女は共謀者めかしてフリートに書いた。「彼がそうしても、私は驚きません。彼はドイツのヴィルヘルム皇帝、そしてオランダのヴィルヘルミナ女王と書簡を交わしています。彼は第三回の「ハーグ平和」会議を、再びみずから招集しようとしています――何が起こるか、興味をそそります」[164]。

ベルタは、とりわけ一人になると、体の不調を感じるようになった。肥満のため脚が思うように動かなかった。しばしば疲労を感じ、今なお時には夜半まで書き物をし、講演旅行もこなしていたにもかかわらず、十分に働かない自分を責めた。

これに加えて、いつも金に事欠いている家族への財政的な心配があった。さらに税務署との問題も。「税務署は、私が新聞に書いた記事を積み上げていた」、と彼女は落胆気味に日記に記した[165]。衝動的に、見もしないまま、彼女は隠居所にしようと南シュタイアーマルクの一軒家を買った。生涯を通じてきわめて金銭の扱いに疎かった彼女は、またも税金で憤慨しなければならなかった。「ローヒッチュの税務署が嗅ぎ回り、悩ませる」[166]。

彼女の体力は目に見えて失われていった。一九一四年三月に彼女は記した。「私は……すでに引退を始めた、ハーグのステッド記念碑除幕式[*26]に行かない、ベルンの総会に行かない——本来なら明らかな義務の怠慢。しかし、いつか終わりにしなければならない。そして私は肉体的にこれ以上できない。それに自分にはもう人を引きつける十分な力はなく、私の引退はおそらく平和にとって大きな損失にはならないと分かっている[167]」。

今や彼女が心から願っていたのは休息だった。「ああ、どこか静かで緑に包まれたところで、花咲く自然を心から楽しむことが許されたなら！　総会なしで、国際会議なしで！　それに見たところ、あんなにも熱烈に準備されている次の戦争は、どれだけその勃発を防ごうと運動をしても、役に立たない。未来のためには、おそらく役に立つ、世界を違ったあり方にするためには貢献する。しかし今のところは、まだ違ったあり方ではなく、強盗、殺人、熱狂者たちが力を持ち過ぎている——ことあるごとに民族の名を借りて[168]」。

しかし彼女は、ありとあらゆる戦争の危険があったにもかかわらず、なおも希望を捨てなかった。「私が待ち続けているのは奇跡だ。偉大な使徒だ。——今、一六年前のニコライ二世が現れたら、それは何よりも素晴らしいことだったろう——だが、この逆行」。

同じ日、「最も高い命（めい）」を受けた一人の政府顧問官が、平和会議議長職を辞退するというフランツ・ヨーゼフ皇帝の意向を伝えるため、彼女のもとにやって来た。ベルタは日記に書いた。「あっさりとした拒否——どのような名誉議長も引き受けない。年を取り過ぎ——すべての任から身を引いている。ああ、後援者よ、平和の後援者よ、感激した後援者よ、あなたたちはどこにいるのか？——私のいなくなったあと、彼らは生まれるのだろう——おそらくは数多くの人たちが。今のところは私たち、つまりフリートと私がここで百万倍も大きな力を相手に闘っている[169]」。

近づきつつあったウィーンの世界平和会議に際して、あるノルウェーの映画会社が小説『武器を捨てよ！』を映画化し、差しせまる戦争への警告を発しようと計画した。ベルタはこの計画におおいに夢中になったが、一つのことだけが気がかりだった。「オーストリアの映画館では、おそらく『武器を捨てよ！』は検閲を通らないでしょう。平和へと煽動することは国家反逆罪なのです[170]」。

一九一四年四月二〇日、書き物机に向かう有名な女性作家をフィルムに収めるべく、撮影隊が彼女の住居に現れた。その映画は実際に完成し、ズットナーの栄誉を讃える平和会議の大きな山場で上映されるはずだった。カール・テオドア・ドライヤーの脚本によるこの映画の記念上映は、結局、戦争勃発によって実現されなかった。ようやく二〇年代になってから、映画は——その間に時代遅れとなっていたものの——上映されたが、反響を呼ぶことはなかった。今日その映画はフィルム・アルヒーフ[171]に保管され、死の二カ月前、七〇歳のズットナーの姿を記録した数場面を、私たちに伝えている——髪はやや乱れ、書類の山を前にして机に向かい、あれこれの書類を取り上げながら、明らかにカメラの前で緊張しているが、全体としてはおおいに自負心をそなえた優れた婦人という印象であり、決して老婆の類型に収まってはいない。

四月になると日記には、すでにかなり長く続いているひどい疲労感と並んで、吐き気と激しい胃の不快感についての記述が現れる。彼女は長時間の眠りを必要とし、それゆえみずからを責めた。「このような怠惰が許されるのか？　病気か、悪徳か？[172]」。徐々に明らかになったのは、それが実際に病気であるということだった。

一九一四年五月末の大規模な女性会議への参加を、彼女は取り消さなければならなかった。「勇敢なハイニシュ！　私はそれほど勇敢ではない。私の行動力は失われた」、と彼女は口惜しさを滲ませながら日記に書いた。[173]公式の謝罪と「親愛なる姉妹たちへの心からの挨拶」を認めた手紙に、彼女はマリアンネ・ハイニシュにだけ、次のような言葉を内密に付け加えた。「そして個人的にあなたに言おうと思います。私は正真正銘みじめなのです……――何も食べられません。五分間も立っていられません――痛みと吐き気ばかりです。ああ、私にはもう、あなたが持っているような抵抗力はありません。私はあなたへの賛嘆と敬意でいっぱいです……[174]」。

一九一四年五月一三日付けで、彼女は次のように書いた。「現在のような、これほどたくさんの悲しみと不快感を、私は長い間持ったことはない。国際会議と宝くじの心配！　そして今の社会の空気を満たしている行き過ぎた軍国主義と、戦うことができない。大戦争を避ける希望を唯一託せるのは――彼らも一つの権力だから――社会民主主義者たちだ。私たちの国の『ブルジョア』平和運動は、同類でかたまって実にだらしない。でも仕方ない。天辺にいるのは老婆なのだから！　若く、力強く、感激して躍り込む人間は、どこにいるのだろう?」。

五月二二日、彼女はなおも集会に参加した。「そして演説さえしたが、悪くなかった……家で床に就く」。気晴らしのため彼女は、二三日に、カティ・ブーヒンガーを伴い南方のシュタイアーマルクにある彼女の新しい家を見る目的で遠出をした。その辛苦はまさに失望と同じくらい大きかった。「場所は素晴らしい、しかしあらゆる文化から遠く離れている」。ここで自分は暮らせないだろう。「もう決して訪れることのない私の所有地に、別れの挨拶。別荘の怒りを鎮める」、こう日記に書き記す彼女の筆跡は、すでによろめくようにおぼつかなかった。死への思いがますます差し迫ってくる。「ああ、とにもかくにも――多分、終わりなのだ――もう苦しみをたくさん味わわないですめばよいのだが！[175]」。

五月二六日、彼女はシュタイアーマルクからフリートに宛てて、自分の体調が良くないと書いた。

「刻々と体力が失われて行きます」。しかし、もちろんそれは新たな指示を与える妨げにはならなかった。「カーネギーの名において国際会議に協力する人物がアメリカから来るべきでしょう——どうかその人を快く迎え、訴えてください。私たちには資金が必要だということを、宣伝のために、宣伝のために、そしてまた宣伝のために！」。

五月二九日、フリートに宛てた約五〇〇〇通にのぼる手紙の最後の一通を、彼女はグラーツから書き送った。それは、彼女の精神的相続人であり後継者、そして数十年来共に戦った忠実な同志である彼に宛てた、励ますような、まさしく心のこもった別れの手紙だった。そのフリートは、平和会議のための名誉委員会結成を彼女に伝えたばかりだった。委員長としてフリートがともかく口説き落としたのは、オーストリア＝ハンガリーの外相レーオポルト・ベルヒトルト伯爵だった。そして首相シュテュルク伯爵とオーストリア＝ハンガリーの蔵相レオン・リッター・フォン・ビリンスキーも、その会議に名を連ねていた——つまり予期に反した大成功であり、ベルタはそれをたいへん喜んだ。「私の親愛な人」——彼女がフリートを名前で呼びかけなかったのは、これが初めてだった。「これは魔法のように素晴らしいプログラムです。私はこの成功に対して、大いなる敬意を表します。大臣への皇帝の言葉は隠されていないでしょうか。事はすべて正式に衆人環視となりました！　しかし、あなたの活力とあなたの信念なしでは、何も実現しなかったでしょう。私は、私たちと平和主義にお祝いの挨拶を送ります——これはもっとも輝かしい会議となります」。

五月三〇日に彼女はウィーンに帰ると、すぐさま床につかねばならなかった。「死ぬことについて多く考える。カティもそう、というのも彼女は声を上げて泣いているから[176]」。「たくさんの郵便と新聞——しかし読めない[177]」。彼女は六月二日の日記に、カーネギーは本来一〇〇〇〇ドルをこの会議のために寄付するつもりだった、しかし今はアメリカ・メキシコ紛争のためにそれをしない、という知らせを書き記した。それから、彼女がさらにしなければならないことすべてについていくつかの注釈――これが日記の最後の記述となった。

別の医者にも診てもらうようにというフリートの提案を、彼女は頑強に拒否した。フリートはのちに次のように書いた。「ほとんど侮辱的な頑固さで」、彼女は病気――診断書によると胃癌――の成り行きに任せることに固執した。「それはまたどうして?」、と彼女はフリートに尋ねた。「私はじゅうぶん長く生きました。私は人生において、いくらかのことを成し遂げました。私の時間が尽きようとしているなら、それに任せなければいけません。私は生命に執着しません[178]」。

六月二〇日まで彼女は意識がはっきりしていて、日々の出来事について報告させていた。意識が混濁した状態でも、彼女は叫んだ。「武器を捨てよ、それを皆に言って!」。理解可能な最後の言葉は、「私はドゥラスへ行く」だった。アルバニアに属していた領地ドゥラスをめぐり、新たなバルカン紛争が生じていた。アルバニアの紛争は、担当医グスタフ・ゲルトナー医師の証言によれば、病気そのものよりも彼女に衝撃を与えた。その後、彼女は意識を失い、「疲れた人が晩に眠りに落ちるがごとく、永遠の眠りについた[179]」。記録には、一九一四年六月二一日と記された。

七日後の一九一四年六月二八日、サラエボでオーストリア=ハンガリーの皇位継承者フランツ・フェルディナントとその妃が、銃撃によって暗殺された。

七月二八日、オーストリア=ハンガリーはセルビアに宣戦を布告した。七月三一日にはパリで、フランスの社会主義者、平和主義者、そしてドイツとフランスの相互理解のための闘士であったジャン・ジョレスが殺害された。ドイツ帝国は、八月一日にロシアに対して、八月三日にはフランスとベルギーに対しても、宣戦布告をした。同時に、ハーグ会議を呼びかけたアメリカ大統領ウィルソンの仲裁の試みが挫折した。多くの宣戦布告がなおも続き――ついには、ほとんど全世界がこの大戦争に巻き込まれた。この戦争は四年間続き、一〇〇〇万の死者をもたらすことになった。

一九一四年九月の大規模な国際平和会議と、ほとんど同時期に計画されていた社会主義者会議は、開催されなかった。年老いたベルタ・フォン・ズットナーの最後の希望だった社会主義者たちも、今や国際的ではなく国家主義的な行動をとるようになった。

オーストリア平和協会は官憲によってあらゆる活動を禁止され、『平和の守り』は発行中止を余儀なくされた。フリートはスイスへ亡命した。『世界戦争を回避するための闘い』と題され、一九一七年にチューリヒで出版されたベルタ・フォン・ズットナーの二巻本政治論説集は、むろんオーストリアとドイツではただちに発禁となった。

古い世界が崩壊したのち、人々はようやく二回のハーグ平和会議が用意していた仕事を思い出した。そうして国際連盟が創設され、それは平和を傷つける行為に対抗するための相互援助と、ハーグの常設国際司法裁判所による仲裁判決の承諾を、加盟国に義務づけた。

ベルタ・フォン・ズットナーが死ぬまで闘って求め続けた世界平和は、それでも実現することがなかった。

訳者あとがき

本書は、ウィーンの歴史研究家ブリギッテ・ハーマンによるベルタ・フォン・ズットナーの伝記である。*Brigitte Hamann: Bertha von Suttner. Ein Leben für den Frieden.* Piper Verlag, Müünchen 2009, 4. Auflage の全訳である。同書の初版は一九八六年で、二〇一三年にはウィーンの Christian Brandstätter Verlag から新版が出版された（新版の文庫版は二〇一五年に Piper Verlag から出版）。この新版は主として旧版を短く編集した内容であり、今回の翻訳ではズットナーをより詳しく紹介したいとの思いから、あえて旧版を採用した。本書は、日本初の本格的なズットナー伝の出版となる。

ベルタ・フォン・ズットナーは、ヨーロッパ平和運動の母とも言われるオーストリアの作家、平和運動家である。一八四三年にプラハで伯爵令嬢として生まれ、一八八九年に発表した反戦小説『武器を捨てよ！』によって一躍世界的名声を得た。その後、オーストリアに平和協会を設立して自ら会長に就任し、軍縮や仲裁裁判所設立を目指す国際会議への参加やロビイストとしての活動、執筆・講演活動を続け、ヨーロッパに迫りつつあった大戦争を防ごうと尽力した。また、彼女はアルフレッド・ノーベルと生涯に渡って親交を保ち、ノーベル平和賞の設立にも大きな影響を与え、一九〇五年には自ら女性として初めてこの賞を受賞した。彼女は今日なお、祖国オーストリアでは「平和のベルタ」として親しまれ、同国の二ユーロ硬貨にその肖像が刻まれている。また彼女の名がつけられた学校や広場、通りは、オーストリアだけでなくドイツの各地にも見受けられる。

ズットナーが活躍したウィーンは、日本人にとっても芸術の都、音楽の都として大変なじみ深い。

一九世紀の半ば、ハプスブルク帝国のフランツ・ヨーゼフ皇帝のもと、この帝都を取り囲む中世以来の城壁が撤去され、跡地にはリングシュトラーセ（環状道路）が建設された。そしてその周辺にはオペラ座や市庁舎、ブルク劇場など目を見張るような公共建築物や高級アパートが建てられて、今日の美しい街並みが誕生した。一九世紀から二〇世紀への世紀転換期には、鉄道網や上下水道など近代都市としての環境も整えられ、ウィーンはその文化的繁栄の頂点にあった。

しかし華やかなリングシュトラーセとは対照的に、この時代は一三世紀から中央ヨーロッパに君臨してきた多民族国家ハプスブルク帝国が崩壊への道を突き進んだ時代でもあった。イタリア独立戦争（一八五九）や普墺戦争（一八六六）における敗北、ハンガリーの独立運動への妥協であるオーストリア＝ハンガリー二重帝国の成立（一八六七）など、帝国の内外に対する力は衰退し、皇室においても皇太子ルドルフの心中事件（一八八九）や皇妃エリザベートの暗殺事件（一八九八）など、衝撃的な出来事が続いた。また過酷な労働条件や悲惨な住環境に苦しむ大衆は自らの権利を求めて声を上げ、社会主義、あるいは民族主義の主張が勢いを強め、それまで社会の安定を支えてきた貴族階級や裕福な市民階級の地盤は揺らぎつつあった。

この激動の時代、社会の変化を敏感に嗅ぎ取り、人間の真実の姿を捉え、新しい世紀へのメッセージを発する芸術家や科学者たちが次々と登場した。精神分析学者フロイト、音楽家マーラー、画家クリムトやシーレ、作家シュニッツラーなどである。作家としても平和運動家としても素朴な進歩主義者であったズットナーは、この「世紀末ウィーン」の文脈から顧みられることはなかったが、先の見えない時代の中で、彼女もまた新しい世紀に向けて人類の普遍的な価値実現のために闘った一人といえよう。

チャールズ・ダーウィンの進化論をはじめ、当時最新の学問に触れたズットナーは、人間の文化も「自然の法則」によって進歩し、人類は戦争のない平和な社会に到達する、という結論を導き出していた。但し、その社会は近い将来に自ずとやって来るものではなく、平和を求める「気高い人間(Edelmensch)」たちの努力によって可能となり、実現が早められる、と彼女は考えた。このことは、「未来は善意のものである」(四三九頁写真参照)という彼女の言葉にも明らかである。螺旋を描くような人類の進歩には後退の時期もあるが、平和は必ず人間の善の力によって達成される、と彼女は信じて疑わなかった。この、人間に寄せる信頼、人間性に対する信頼こそ、あらゆる逆境の中にあっても平和のための行動を貫き通した、彼女の不撓不屈の精神、未来志向、楽観主義の源であった。そうして彼女は、軍拡競争が過熱するヨーロッパにおいて、「汝平和を欲するなら、戦の備えをせよ」との格言に象徴的な、武力という抑止力に依拠した平和を真っ向から否定し、戦争そのものの廃絶による真の平和実現に取り組んでいった。その際ズットナーは、戦争のない状態をもって平和とする消極的な立場はとらなかった。彼女は平和状態の前提として、あらゆる人々の人権の保護を求めたが、これは現代の著名な平和学者ヨハン・ガルトゥングの唱える、構造的暴力のない「積極的平和」(positive peace)という概念をも先取りしている。

一九一四年、ズットナーはウィーンでの平和会議開催を準備していた。しかし六月二一日、彼女は癌によって、栄光と中傷、成功と苦難に満ちた七一年の生涯を閉じた。第一次世界大戦の勃発は、彼女の死からわずか一月余り(ひとつき)のちのことである。世界はその後、第二次世界大戦、冷戦等、戦争と争いの絶えることはなかったが、ドイツ語圏では『武器を捨てよ!』や『回想録』などのズットナーの著作は、折に触れて顧みられ、新たな版となって世に送り出されてきた。それは彼女の伝記やその他の作品のアンソロジーについても同様である。それらの代表的な著者・編集者としては、Beatrix Kempf (1964)、

Gisela Brinker-Gabler（1982）、Marianne Wintersteiner（1984）、Ilse Kleberger（1985）、Harald Steffahn（1998）、Edelgard Biedermann（2001）、Arthur Eyffinger（2013 英語版）などが挙げられる。ここに挙げた出版が二〇世紀終盤に集中しているのは、「戦争の二〇世紀」を反省し、新たな世紀への展望を開くにあたり、彼女の業績と思想の再評価が始まったことを示している。そして世紀が明けた二〇〇五年、ズットナーのノーベル平和賞受賞一〇〇周年の折には、ズットナー家のかつての居城ハルマンスドルフ城に近いエッゲンブルクで、国際記念シンポジウムが開催された。それをきっかけに、あらためて彼女の著作や新しい研究書も出版された。ズットナーの死と第一次世界大戦勃発から数えて一〇〇周年となる二〇一四年には、ヨーロッパを中心に彼女を取り上げるシンポジウムが開催されるなど、再評価の機運はますます高まっている（フランスでは行事の一環として本書のフランス語版が出版され、ドイツ語圏ではオーストリアのテレビ局が制作したズットナーとノーベルを主人公とするテレビ映画 Eine Liebe für den Frieden も放映された。またウィーンの女優マクシー・ブラハ氏によるズットナーを主人公とする一人芝居『情熱に燃える魂』は、オーストリアをはじめ各国で上演され、日本でもオーストリア文化フォーラムの後援により各地で上演された）。

数あるズットナー伝の中で、ブリギッテ・ハーマンによる本書は内容的に最も詳細なものである。ここにはズットナーの生涯のみならず、当時のヨーロッパにおける初期平和運動、政治、国際関係、オーストリア貴族社会、女性の社会的地位、文学など、さまざまな主題が描きこまれている。また、ズットナーと交流のあったA・ノーベルやトルストイをはじめとした多種多様な知識人、文化人からの書簡等も数多く引用され、資料としての価値も非常に高い。さらに本書では、膨大な量におよぶズットナーの著作に加え、彼女の貴重な書簡・日記からの引用が充実しており、華やかな表舞台の姿からは想像もつかない、『回想録』には決して記されなかった、一個の人間としての深い苦悩までも描かれている。そうした彼女の全貌が明らかになる中で、あらためて読者は彼女の思想、そして信念を貫く生き様に、一層の共感を覚えるであろう。

二〇一四年に続き、昨年もまた第二次世界大戦終戦七〇周年という節目の年であった。ＩＳ（Islamic State）やウクライナの問題、頻発する野蛮なテロ事件などの世界情勢を見ても、戦争と平和に関する議論は今後一層高まらざるをえないだろう。そうした中で、近代戦争および近代兵器がもたらす未曾有の悲惨を予見して警告を発し、国家間、民族間の宥和と共存を訴え続けたベルタ・フォン・ズットナーの生涯を紹介する意義は非常に大きい。この出版が平和学研究、あるいは平和運動へのささやかな貢献となり、日本においてズットナーが正当に評価されるきっかけとなることを、願ってやまない。

本書は、オーストリア大使館／オーストリア文化フォーラムより出版助成をいただいた。オーストリア大使館と、そのための労を取って下さった前文化担当公使ペーター・シュトーラー氏、現在の文化担当公使コンスタンティン・ザウペ氏、文化部の曽我晶子氏に深く感謝を申し上げげたい。

本書を翻訳するきっかけを訳者に与えて下さったのは、安斎科学・平和事務所所長の安斎育郎先生と、今春まで立命館大学で教鞭をとられていた山根和代先生であった。安斎先生と山根先生、安斎先生の秘書島野由利子さん、そして元ブラッドフォード大学講師で「平和のための博物館国際ネットワーク（ＩＮＭＰ）」代表でもあるピーター・ヴァン・デン・デュンゲン先生は、途中幾度も困難に直面した訳業の過程で、常に私たちに温かな励ましとご助力を与えて下さった。そうした励まし抜きに、この翻訳が完成を見ることはなかった。その他のお名前をここに逐一挙げることはできないが、私たちに助言、励ましを与えて下さったすべての方々に、この場を借りて心より感謝を申し上げたい。そしてもちろん、本書の価値を認めていただき、出版実現への道を拓いて下さった明石書店の大野祐子さん、また編集でお世話になった松本徹二さんにも感謝を申し上げる。

最後に一つ、触れておかねばならないことがある。本書の訳者の一人である南守夫氏は、二〇一四年一月に逝去された。経験豊かな独文学者であり、確かな知性と広範な知識を備えた平和学者、さらには平和運動の実践家でもあられた南氏を訳業の半ばで失うことは、残された訳者にとって手痛い損失だった。生前氏が担当されたのは、死を間近にしたズットナーが迫りくる大戦争を防ごうと命を削りながら闘うさまを描いた第一四章だった。戦後平和主義の転換点を迎えた昨今の日本の状況にあって、南氏はズットナーと同じように、時代への危機感を感じつつ、文字どおり命を削りながらこの訳業に取り組まれた。ご遺族によれば、氏はお孫さんである瑠璃也君に自らの最後の仕事を捧げる意向を持っておられたとのことである。本書を世に送り出すにあたり、南氏の遺志に従って共訳者も、未来の世代の一人である瑠璃也君に第一四章の翻訳を捧げたい。

二〇一六年四月

糸井川修
中村実生

andere Glocke, Kommentar zu Graf Bülows Flottenrede, Dresden 1900
『マルタの子供たち』(『武器を捨てよ！』の続編） *Marthas Kinder* (Fortsetzung zu *Die Waffen nieder!*), Dresden 1903
『亡き夫への手紙』 *Briefe an einen Toten*, Dresden1904
『鎖と連鎖、ドナ・ゾル』 *Ketten und Verkettungen, Donna Sol*, Leipzig 1904
『フランツルとミルツル』 *Franzl und Mirzl*, Leipzig 1905
『現代史への傍注　一九〇五年』 *Randglossen zur Zeitgeschichte. Das Jahr 1905*, Kattowitz 1906
『現代史への傍注　一九〇六年』 *Randglossen zur Zeitgeschichte. Das Jahr 1906*, Leipzig 1907
『声と姿』 *Stimmen und Gestalten*, Leipzig 1908
『回想録』 *Memoiren*, Stuttgart 1909
『軍備と過剰軍備』 *Rüstung und Überrüstung*, Berlin 1910
『人類の崇高な思想』 *Der Menschheit Hochgedanken*, Berlin 1911
『平和主義の工房から』 *Aus der Werkstatt des Pazifismus*, Leipzig 1912
『空の野蛮化』 *Die Barbarisierung der Luft*, Berlin 1912（邦訳：『空の野蛮化』糸井川修・中村実生訳、愛知学院大学『教養部紀要』第 60 巻第 3 号、2013 年）

講演の記録、および非常に多数の新聞論説は、この一覧に収録されていない。ズットナーの著作の多さは並はずれており、書名の完全な網羅は保証できない。

翻訳：

フェルディナンド・フォンターナ著『ナブッコ』四幕の劇詩 Ferdinando Fontana, Nabucco. Dramat. Gedicht in vier Aufzügen, Dresden 1896
F. A. フォークス著『ヨーロッパの皇帝』 F. A. Fawkes, Der Kaiser von Europa, Stuttgart 189
シャルル・リシェ博士著『過去の戦争と未来の平和』 Prof. Dr. Charles Richet, Die Vergangenheit des Krieges und die Zukunft des Friedens, Leipzig 1909

ベルタ・フォン・ズットナーの著作一覧

『ハンナ』 *Hanna*, 1882

『ある魂の財産目録』 *Inventarium einer Seele*, Leipzig 1883

『ある原稿』 *Ein Manuskript*, Leipzig 1884

『悪人』 *Ein schlechter Mensch*, München 1885

『ダニエラ・ドルメス』 *Daniela Dormes*, München 1886

『ハイ・ライフ』 *High Life*, München 1886

『連鎖』 *Verkettungen*, Leipzig 1887

『作家小説』 *Schriftsteller-Roman*, Dresden 1888

『機械時代――私たちの時代に関する「ある人」による未来の講義』 *Das Maschinenzeitalter, Zukunftsvorlesungen über unsere Zeit von »Jemand«*, Zürich 1888

『語られた喜劇――ハイ・ライフからの新作』 *Erzählte Lustspiele. Neues aus dem High Life*, Dresden 1889

『武器を捨てよ！――ある人生の物語』 *Die Waffen nieder! Eine Lebensgeschichte*, Dresden 1889
（邦訳：『武器を捨てよ！』〈上〉〈下〉、ズットナー研究会訳、新日本出版社、2011年）

『短篇と考察』 *Erzählungen und Betrachtungen*, Wien 1890

『ヘルムート博士の木曜日』 *Doctor Helemuts Donnerstage*, Dresden 1892

『リヴィエラにて』 *An der Riviera*, Mannheim 1892

『エーファ・ズィーベク』 *Eva Siebeck*, Dresden 1892

『山小屋で』 *Im Berghause*, Berlin 1893

『ゴータ幻想』 *Phantasien über den „Gotha“*, Dresden 1893

『最も心深き人たち』 *Die Tiefinnersten*, Dresden 1893

『トラント・エ・カラント！』 *Trente et quarante !*, Dresden 1893

『エス・レーヴォス――あるモノグラフ』 *Es Löwos. Eine Monographie,* Dresden 1894

『雷雨の前』 *Vor dem Gewitter*, Wien 1894

『どこへ？　一八九五年における諸段階』 *Wohin? Die Etappen des Jahres 1895*, Berlin 1896

『孤独に貧しく』 *Einsam und arm,* Dresden 1896

『蝶、短篇と断片』 *Schmetterlinge*, Novellen und Skizzen, Dresden 1897

『ク・イ・クク』 *Ku-i-kuk. Niemals eine Zweite*, 1899

『苦悩に王手――幻想小説』 *Schach der Qual. Ein Phantasiestück*, Dresden 1899

『男爵カール・フォン・シュテンゲル博士とその他の人による戦争賛否の論拠集』、B.v. ズットナー編 *Herrn Dr. Carl Freiherr v. Stengels u. andere Argumente für und wider den Krieg*, hg. von B. v. S., Wien 1899

『ハーグ平和会議、日報』 *Die Haager Friedenskonferenz, Tagebuchblätter*, Dresden 1900

（匿名）『もうひとつの鐘、ビューロフ伯爵の艦隊講演についての注釈』(anonym) ― *Die*

StBM	Stadtbibliothek München　ミュンヘン市立図書館
StBW	Stadtbibliothek Wien, Handschriftensammlung　ウィーン市立図書館、手稿集
StLB	Stadt- und Landesbibliothek　市立および州立図書館
StUB	Stadt- und Universitätsbibliothek　市立および大学図書館
UB	Universitätsbibliothek 大学図書館
Tgb.	Tagebuch BvS, bei UNO, Collection Suttner-Fried　ベルタ・フォン・ズットナーの日記、ジュネーヴ国連図書館ズットナー＝フリート・コレクション
ThS	Theatersammlung 戯曲集
ÜLuM	*Über Land und Meer*（Zeitschrift）『ユーバー・ラント・ウント・メーア』（雑誌）
UNO	UNO Genf, Bibliothek, Collection Suttner-Fried ジュネーヴ国連図書館ズットナー＝フリート・コレクション

公文書館一覧

Berlin, Staatsbibliothek Preußischer Kulturbesitz, Hss, Nachlaß, G. Hauptmann
Brno Státni oblastní archiv, Nachlaß Chlumecky
Genf, Bibliothek der UNO, Collection Suttner-Fried
Genf, Stadt- und Universitätsbibliothek, Nachlaß Dunant
Graz, Steiermärkisches Landesmuseum Joanneum, Nachlaß Rosegger
Jerusalem, Herzl-Archiv, Nachlaß Herzl
den Haag, Palais de la Paix, Archiv
Laasphe, Fürstliches Archiv Sayn-Wittgenstein-Hohenstein
Marbach am Neckar, Deutsches Literaturarchiv
Monaco, Fürstl. Archiv, Nachlaß Albert I.
München, Stadtbibliothek Hss., Nachlaß Conrad
Münster, Universitätsbibliothek Hss.
Stockholm, Rijksarkivet, Nachlaß Nobel
Washington, Carnegie Endowment for International Peace
Library Lowenthal
Wien, Haus -, Hof - und Staatsarchiv, Nachlaß Merey
Wien, Österreichische Nationalbibliothek, Hss. Nachlaß Arthur v. Suttner
Wien, Österreichische Nationalbibliothek, Theatersammlung, Nachlaß Bahr
Wien, Stadtarchiv
Wien, Stadtbibliothek Hss.
Zaischi / Georgien, Meunargia-Museum
Zugdidi / Georgien, Historisch-ethnographisches Museum

附録

略語一覧

an Carneri	Briefe Bertha von Suttners an Bartolomeus von Carneri, bei UNO, Collection Suttner-Fried　ベルタ・フォン・ズットナーのカルネーリ宛の手紙、ジュネーヴ国連図書館ズットナー＝フリート・コレクション
an Fried	Briefe Bertha von Suttners an Alfred H. Fried, bei UNO, Collection Suttner-Fried ベルタ・フォン・ズットナーのフリート宛の手紙、ジュネーヴ国連図書館ズットナー＝フリート・コレクション
AvS	Arthur von Suttner　アルトゥーア・フォン・ズットナー
BvS	Bertha von Suttner　ベルタ・フォン・ズットナー
DWN	*Die Waffen nieder !* (Zeitschrift)　『武器を捨てよ！』(雑誌)
HAJ	Herzl - Archiv Jerusalem, Nachlaß Theodor Herzl エルサレム、ヘルツル文庫　テオドーア・ヘルツルの遺稿
HHStA	Haus -, Hof - und Staatsarchiv Wien ウィーン王家、王宮、国家公文書館
Hss.	Handschriftensammlung　手稿集
Kampf	BvS, *Der Kampf um die Vermeidung des Weltkrieges*, Bd. I und II., hg. von Alfred H. Fried, Zürich 1917　ベルタ・フォン・ズットナー著、A. フリート編『世界戦争を回避するための闘い』全2巻
Man.	Manuskript　原稿
Memoiren	BvS, *Memoiren*, Stuttgart 1909　ベルタ・フォン・ズットナー著『回想録』
Monaco	Archiv des Fürstentums Monaco, Briefe BvS an Fürst Albert I　モナコ公国公文書館、ベルタ・フォン・ズットナーのアルベール・モナコ大公宛の手紙
MZA	BvS, *Das Maschinenzeitalter*, 3. Aufl. Dresden 1899　ベルタ・フォン・ズットナー著『機械時代』第3版
N.	Nachlaß 遺稿
NFP	*Neue Freie Presse*　『ノイエ・フライエ・プレッセ』(新聞)
NIZ	*Neue Illustrierte Zeitung*　『ノイエ・イルストゥリールテ・ツァイトゥング』(新聞)
NWT	*Neues Wiener Tagblatt*　『ノイエス・ヴィーナー・タークブラット』(新聞)
ÖNB	Österreichische Nationalbibliothek　オーストリア国立図書館
RASt	Riksarkivet Stockholm, Nachlaß Alfred Nobel　ストックホルム国立公文書館、アルフレッド・ノーベルの遺稿

21 「ライプツィヒの戦い」とも呼ばれる。1813年にナポレオン軍をオーストリア、プロイセン、ロシアの連合軍が破った闘い。この百年祭は大規模に挙行された。

22 諸国民の戦いの総司令官カール・フィリップ・シュヴァルツェンベルクが皇帝に勝利を伝えたライプツィヒ近郊の丘に1838年に建立された戦勝記念碑。

23 紅茶を飲みながらタンゴを踊るという当時上層階級の人々の間で流行していたパーティー。

24 アドリア海に面する港町ドゥラスのこと（現アルバニア）。第1次バルカン戦争時にはセルビアが、第1次世界大戦時にはイタリア、オーストリアが占領した。

25 アルザス地方の町ツァーベルンで、プロイセン軍将校が地元住民に対し侮蔑的発言を行ったことから生じた軍と住民の衝突事件。

26 1912年のタイタニック号沈没事件で死亡した平和運動家ウィリアム・ステッドを記念する胸像の除幕式がハーグの平和宮殿で行われた。

6 ベルリン・フィルハーモニー管弦楽団が本拠地とする演奏会場。第二次世界大戦中、空爆により消失。現在のフィルハーモニーは戦後に再建された。

14 大戦争を前に

1 1987年4月15日にオーストリア首相バデーニによって発せられた言語令で、ボヘミア地方に限ってチェコ語を公用語として認めるものだったが、ドイツ系住民の激しい反発を呼び起こした。

2 「カトリックの日」は19世紀以来ドイツ、オーストリア、スイスで行われている民間由来の宗教行事。集会やパレードなどが数日にわたって催される。

3 ドイツ・イタリア・オーストリア間で1882年から1915年まで結ばれていた同盟。

4 Rudolf I（1218-1291)。ハプスブルグ家最初のドイツ王。ハプスブルグ家繁栄の基礎を築く。

5 現在のオーストリア南部ケルンテン州にある地名。

6 現在のイタリア北部ボルツァーノ自治県（当時はオーストリア領)、一般には南チロルとも呼ばれる地方にある地名。

7 ヨーゼフ・ラデツキー将軍（1766-1858）に象徴される軍国主義精神のこと。

8 ドレッドノートは1906年に進水したイギリス海軍の戦艦名で、従来の艦に比較して圧倒的に強力な戦艦となり、その後建造された類似艦はド級艦と呼ばれ、更にこれを超える規模の戦艦は「超ド級（超弩級)」と呼ばれた。

9 1784年にウィーンに設置されたヨーロッパ最古の精神科病院の名称。

10 北アフリカの港湾都市。現在はリビアの首都。

11 キングを安全な盤の端へ、ルークを活躍しやすい中央へ同時に移動させる手。

12 フリートのノーベル平和賞受賞理由は、ドイツ平和協会の創設と活動および平和に関するすぐれた刊行物の出版など。

13 フリードリヒ・シラーの劇『ヴィルヘルム・テル』(1804）のこと。

14 ナポレオン1世統治下のフランスで存続した第1帝政（1804-1814/1815）に対し、ナポレオン3世のもとで存在した政治体制（1852-1870）のこと。

15 アメリカ大統領タフトが1911年に英国およびフランスとの間に結んだ国際仲裁裁判条約のこと。

16 本来は、冬越しの準備のために大量の家畜を屠殺した後で行われる祝祭のこと。

17 ゲーテの『ファウスト』からの引用（第8章の訳注20参照)。

18 ギリシャ、セルビア、ブルガリア、モンテネグロのこと。

19 ベルタは1914年の死後、遺言に従ってゴータで火葬され、そこに墓がある。また、市中には彼女の名を冠した広場や通りがある。

20 1913年に帝国宰相ベートマン・ホルヴェークの下で陸軍を10万人以上増強する決定がなされた。これは近代ドイツが成立した1871年以後最大の軍拡政策。

Germanicus。

4 フランドル地方 Nord 県の県庁所在地。

5 1870 年 7 月、スペイン王位継承問題をめぐりドイツのエムスでプロイセン王ヴィルヘルムⅠ世とフランス大使との会談が行われたが、ビスマルクは王の電報を修正して発表し、普仏戦争のきっかけを作った。

6 フリートをさす。

7 シンクレアを一躍有名にした作品（1960）。シカゴの缶詰工場で働く労働者の悲惨な生活を描き、アメリカのプロレタリア小説の傑作と評価されている。

8 現代の科学的知識を分かりやすく世に普及するために、1888 年にベルリンに設立された学会。

9 鳥の尾に塩を撒くとは、鳥を手で捕まえることをいう表現。

10 モスクワから 190 キロほど南にあるトルストイの故郷。

11 1890 年に発表されたトルストイの小説。バイオリニストに愛情を寄せる妻を殺した夫の告白という形式で、絶対の純潔の必要性を説いた。

12 「労働組合主義」の意味で、労働組合のゼネストによる革命を目指す。

13 トルストイはリャザン＝ウラル鉄道の小駅アスターポヴォ（現在のレフ・トルストイ駅）の駅長官舎で、1910 年 11 月 20 日に没した。

14 合衆国は本来ならば州の連合体を意味し、それをヨーロッパに当てはめることは国家の否定と誤解されていた。

15 フランスの愛国主義的行動組織（Camelots du roi）。

16 Richard Coudenhove-Karergi（1894-1972）。汎ヨーロッパ主義を提唱し、運動を展開したオーストリアの政治活動家。母親は日本人。今日の EU（欧州連合）に発展するヨーロッパ統合の基礎を築いた人として、「EU の父」とも呼ばれる。

13　女性問題

1 政治・社会状況が大きく変化した世紀転換期ウィーンの上層社会では、社会から距離を置き、内面に向かう傾向が強く見られた。「現代」とは「流動する時代」であり、そこで自我を捉えるには研ぎ澄まされた「感覚」と「神経」が必要で、それは独特であるほど美しいものとされた。

2 「ゲーテのイフィゲーニエ」というのはズットナーの思い違いで、この台詞はソフォクレスの『アンティゴネー』に由来する。

3 「可愛い娘（süßes Mädel）」は、シュニッツラーの文学作品に登場する、世紀末ウィーンの女性の典型の一つ。裕福な男たちが気楽に付き合うことのできた、代償を求めることなくすべてを捧げる低い層の女性たちを指す。

4 1809 年に初版が刊行されたドイツの代表的百科事典。

5 1899-1944 年にベルリンで発行された週刊のイラスト入り新聞。

7 今日のアゼルバイジャン共和国の首都で、カスピ海西岸のアブシェロン半島に位置する。

8 クルップはドイツの重工業企業、あるいはそれを営む創業者一族。軍事産業で多大な利益を上げた。

9 1848年、フランスの二月革命が飛び火してドイツ各地で起こった革命（三月革命）の敗北後、アメリカやオーストラリアに亡命した革命家たちのこと。

10 ベルギー北西部の都市。

11 ノルウェーは、スウェーデンによって任命された領事とは別に、独自に領事を置くことを求めていた.

12 ノルウェーの首都オスロの旧名。

13 アドリア海に面するクロアチアの都市、当時はオーストリア＝ハンガリー帝国領。

14 バイエルン地方やオーストリアで即興で歌われる4行の歌。滑稽、卑俗な内容。

15 バイエルン地方やオーストリアで歌われる、滑稽で挑発的な4行歌。

16 ドイツ皇帝ヴィルヘルム2世のこと。

11　有力者たちへの期待

1 ウィーン近郊で自家製ワインの新酒を飲ませる酒場。

2 1882年から毎年6月に北ドイツのキールで催されるヨットレースと船の祭典。

3 ドイツ皇帝ヴィルヘルム2世の母ヴィクトリア・アデレイド・メアリー・ルイーズは、エドワード7世の姉にあたる。

4 グリム童話『灰かぶり』の主人公。「シンデレラ」とも呼ばれる。

5 ゲルングロスはオーストリアの百貨店、オドルは口腔ケア用品の商標。

6 ドイツ中東部の小都市。かつてのワイマール公国の首都。開明的な君主のもと、ゲーテ、シラーなど多くの知識人が集まり、ドイツ文化の中心となった。

7 心霊の力によってテーブルが動く現象。

8 炭坑労働者の実態と労働運動を描いた作品で、ゾラの代表作の一つ（1885）。

9 ルーマニア中部の町。

12　同盟相手

1 アフリカ南西部のナミビアに住む遊牧民族、コイ族の俗称。

2 普仏戦争（1870-1871）の勝敗を決することになった戦い。1870年9月、プロイセン軍がフランス北部のセダンで圧倒的勝利をおさめ、フランス軍は皇帝ナポレオン3世が捕虜となり、降伏した。

3 Caligula（AD. 12-41）。残虐性と暴政で知られ、暗殺されたローマ帝国第3代の皇帝。カリグラは「小さな軍靴」を意味するあだ名で、本名はGaius Julius Caesar

18　フランツ・ヨーゼフ皇帝のこと。

19　1905年6月にロシア海軍の戦艦ポチョムキンで反乱が起こり、その反乱軍を迎えようとした港町オデッサでは市民が虐殺された。

20　ゲーテの『ファウスト』(第1部) で、牢獄につながれたグレートヒェンが恋人ファウストに向かって言う台詞「ハインリヒ、私はあなたが恐ろしい」のもじり（ハインリヒとは悪魔に魂を売った彼女の恋人ファウストのこと)。

21　ロシア議会の呼び名。

22　アドリア海に臨む港湾都市で、現在はリエカ（クロアチア共和国領）と呼ばれる。

9　人間的な、あまりに人間的な

1　妻の過去が露見し、写真家の一家が崩壊していく5幕の戯曲（1884)。

2　作者自身の結婚と離婚を赤裸々に描いた自伝的小説（1895)。

3　ズットナーは1896年に同名の小説『孤独に貧しく』を発表している。

4　アドリア海沿岸の都市で、現在はオパティヤ（クロアチア共和国領）と呼ばれる。

5　ヌスバウムのこと。

6　シュニッツラーの悲喜劇。1911年初演、初版。

7　シュニッツラーの3幕の喜劇。1905年初演、1906年初版。

8　フランツ・レハール（1870-1940）の作曲によるオペレッタ、1905年初演。

9　宗教上の修業として自己に鞭打つ人。

10　質問に対して机が動いて答えが与えられるという心霊現象。

11　ホーフマンスタールの台本によるリヒャルト・シュトラウスのオペラ、1903年初演。『薔薇の騎士』も同様。

12　イタリア中部を流れ、アドリア海に注ぐ小さな川。紀元前49年、カエサルは元老院の命にそむいてこの川を渡って進撃し、独裁への道を開いた。

10　ノーベル平和賞

1　ラテン語の格言「汝平和を欲するならば、戦の備えをせよ」(Si vis pacem, para bellum）のもじり。

2　ゲーテの歌唱劇『リラ』(1777）からの引用。

3　教皇の活動を助けるため8世紀ごろのイギリスで始まった信者による献金。

4　アンリ・デュナンのこと。

5　ツェントナーは重量単位。1ツェントナーはオーストリア、スイスでは100キログラム。ここでは3ツェントナーは「三つの重荷」の比喩と思われる。

6　ロシア、ウクライナに起源をもつとされるキリスト教の教派。平和主義に基づいて兵役を拒否したため、ロシア政府から迫害を受けた。

11 ユダヤ民族国家建設の理論書として多大な影響を及ぼした著作（1896）。
12 ユダヤ教の教えによれば、神はユダヤ人にパレスチナの地を与えると約束した。
13 旧約聖書によると、古代エジプトにおいて奴隷状態にあったユダヤ人は、神の手引きによってエジプトを脱出することに成功した。
14 1894年にフランス軍のユダヤ系大尉ドレフュスがスパイ容疑で有罪の判決を受けた冤罪事件（ドレフュス事件）。ゾラは質問書『私は弾劾する』(1898）を公開し、世論を二分する大論争が繰り広げられた。1906年、ドレフュスは復権が決定。一方、94年当時特派員としてパリ滞在中のヘルツルは、この事件によってユダヤ人同化の不可能性を痛感し、シオニズムに傾倒することとなる。
15 南米フランス領ギアナにある島。かつて監獄が置かれ、ドレフュスも服役した。

8 ハーグ平和会議

1 ドイツ中部にある都市。
2 ニコライ2世のこと。
3 ロシア北西部の川。河口にはサンクトペテルブルク市街が広がる。
4 空想された理想社会や理想的政治体制を意味するこの語は、ギリシャ語の「どこにもない場所」という表現に由来する。
5 フランス国歌。もとは愛国歌であり、非常に好戦的な内容。
6 19世紀におけるフランスとの対立を背景として普仏戦争から第1次世界大戦にかけて盛んに歌われたドイツ愛国歌の代表的作品。
7 イエス・キリスト生誕の地。
8 着弾すると変形し、大きな殺傷力を持つ銃弾。
9 オランダ系移民の子孫ボーア人（アフリカーナー）の国であるオレンジ自由国およびトランスヴァール共和国とイギリスとの戦争（1899-1902)。南アフリカ戦争ともいう。
10 ボーア戦争のこと。
11 ヨーロッパ諸国のほとんどの王族は、血縁関係で結びついていた。
12 スターリングはイギリスの通貨単位の別称。
13 清朝末期、1900年に華北地域の農民の間に起こった排外運動。義和団事件。
14 竜の牙とは、不和の種を意味する。ギリシャ神話でカドモスが竜（大蛇）を退治し、その牙を大地に蒔くと、そこから武装した兵士たちが生まれてきた。
15 ギリシャの伝説で、王の幸福を羨んだダモクレスは、髪の毛1本でつるされた剣の下の王座に座らされた。
16 ベネズエラが内戦によって被害を受けた外国人資産の賠償を拒否したことから、1902年にイギリス・ドイツ・イタリアが同国の港を封鎖する事件が起こった。
17 グリムに収録されている童話で、「眠れる森の美女」の類話。

9　椰子と白鳩は共に平和の象徴。

10　19世紀末のウィーン・オペレッタは「金のウィーン・オペレッタ」、20世紀初頭のウィーン・オペレッタは「銀のウィーン・オペレッタ」と称される。1895年に没したズッペは、通常は「金のウィーン・オペレッタ」に分類される。

11　「駱駝の背骨を折るのは最後に積まれた麦藁である（わずかでも度を超せば大事に至る）」という諺から。

12　フランス国旗（青・白・赤）のこと。

13　ドイツ民族主義を象徴する三色旗「黒・赤・金」のこと、後のドイツ国旗。

14　ゲルマン民族の1部族であるが、ゲルマン系諸民族の総称としても用いられる。

15　ブタペストはドナウ川を挟んで、ブタ地区とペスト地区に分かれる。

16　オーストリア＝ハンガリー二重帝国の、ハンガリー王国領を除いたオーストリア帝冠領のこと。

17　イタリア統一の英雄ジュゼッペ・ガリバルディ（Giuseppe Garibaldi 1807-1882）が率いた約1000人の兵士からなる義勇軍団。別名「赤シャツ隊」。

18　スペイン領キューバの解放運動をきっかけに、アメリカとスペインの間で行われた戦争。アメリカが勝利し、スペインと入れ替わりに勢力を拡大させた。

7　反ユダヤ主義との闘い

1　19世紀末以降、ロシアを中心にユダヤ人に対する大規模な迫害、虐殺が多発、ユダヤ人は避難民となって西ヨーロッパやアメリカへ大量に移住した。

2　迫害や虐殺を意味するロシア語。とりわけ19世紀末から20世紀にかけ、ロシア、ウクライナ等で頻発したユダヤ人の迫害、虐殺を表す。この語は、ナチ政権下のドイツでもユダヤ人虐殺を表す言葉として用いられた。

3　ポーランド南東部からウクライナ北部にわたる地方。

4　イエス・キリストが隣人愛について語った譬え。瀕死の旅人が同胞であるユダヤ人には見捨てられたが、憎まれていたサマリア人に助けられたという内容。

5　インド・ヨーロッパ語族に属する諸語を使う民族の総称。反ユダヤ主義的人種理論では、ユダヤ民族との対照において優越性を強調されたゲルマン人を指す。

6　中世以降、迫害を逃れ西ヨーロッパから東ヨーロッパへ移住したユダヤ人の子孫。西ヨーロッパのユダヤ人は啓蒙思想によって解放、同化の道を歩んだが、解放が遅れた東ヨーロッパのユダヤ人はユダヤ教正統派の信仰を頑に守り続けた。

7　イラン系の民族で、その名称はイラン神話の登場人物トゥールに由来する。

8　ユダヤ教の律法についての口伝・解説等を集成した、聖書に次いで重要な聖典。

9　ユダヤ人には金貸しのイメージがあり、ズットナーとユダヤ人の間の関係をあてこすっている。

10　キリスト教の祝日で、復活祭後の第七日曜日。5月初旬から6月初旬。

た戦争画の従来の常識を覆し、戦争の悲惨を写実的に描いた反戦的戦場画で知られる。日露戦争取材のため旅順に赴いた際、乗船した軍艦が日本軍の機雷に触れて沈没し命を落とす。

13 ギリシャ神話に登場する好戦的な女人族。

14 原著ではカール・リープクネヒト（社会主義者 1871-1919）と記されているが、その父で『フォーアヴェルツ』の主筆を務めていたヴィルヘルム・リープクネヒト（1826-1900）の誤りと思われる。

15 『武器を捨てよ！』2 巻本のこと。

16 自伝的小説の書名で、ズットナー自身を指す（91 頁参照）。

17 現在の北イタリアに起源を持つ、オーストリアの高位貴族の一族。

18 キリストが弟子たちの足を洗ったという聖書の記述に由来する儀式。オーストリア帝国では、皇帝夫妻が貧しい老人たちの足を洗う儀式が執り行われた。

19 大運河の意。ヴェニスを二分するように走り、幹線道路の役割を果たす。

20 Interparlamentarische Union（ドイツ語）の略称（英語では Inter-Parliamentary Union）。詳しくは、第 12 章参照。

21 Theodor Herzl（1860-1904）。ジャーナリスト、シオニスト。ブダペストの同化ユダヤ人家庭に生まれる。1894 年、記者としてパリ駐在中ドレフュス事件（ユダヤ系将校のスパイ冤罪事件）に遭遇。ユダヤ人のヨーロッパ同化の不可能性を痛感し、ユダヤ人国家建設をめざすシオニズム運動を創始。

6　平和協会の設立

1 ピクリン酸と硝酸アンモニウムから作られる爆発物。1889 年に発明。

2 ローマ七丘の一つ。古代ローマ時代、元老院があった。

3 イングランド北東部の州。

4 ドイツ語の一方言アルザス語を話す住民が暮らすアルザス＝ロレーヌ（ドイツ語名エルザス＝ロートリンゲン）地方は、ライン川西岸の独仏国境地帯に位置し、その領有をめぐって両国は度々争いを繰り返した。普仏戦争（1870-71）におけるプロイセン勝利後は、第 1 次世界大戦終了までドイツ領だった。領有権争いは第 2 次世界大戦まで続き、ナチス・ドイツ敗北以降はフランス領となる。

5 自国領の外にある自国語話者居住地域を自国に統合しようとする民族統一運動、特にオーストリアの領地奪還を目指したイタリア民族統一運動を指す。

6 ゲーテの『ファウスト』(第 1 部）の中で、主人公ファウストに誘惑された少女グレートヒェンが口にする言葉。シューベルトによって曲を付けられ、歌曲（『糸を紡ぐグレートヒェン』）としても有名な一節。

7 ドイツ語の Stolz（シュトルツ）には、「誇り」や「自慢」等の意味がある。

8 pax はラテン語で「平和」。

11 Verein（協会）というドイツ語は「一致」や「協同」といった意味も含む。

12 フランス、ボルドーで最も古いワイン生産者。独特で厳格な方針によって生産される希少なワインは、高く評価されている。

13 ドイツ、ラインガウにある世界的にも有名なワイン醸造所。

14 貴石や建築材として用いられる鉱物。その模様から孔雀石とも呼ばれる。

15 1887年4月20日、フランスの税関吏シュネーベレが公務中ドイツ領内でスパイ容疑により逮捕され、独仏間の緊張が高まる。4月30日、ビスマルクの指示によりシュネーベレは釈放され、この危機は回避された。

5 武器を捨てよ

1 Hodgson Pratt（1824-1907）。イギリスの平和主義者、International Arbitration and Peace Association（国際仲裁裁判と平和の会）代表。

2 Frédéric Passy（1822-1912）。フランスの政治家、列国議会同盟提唱者。1901年、アンリ・デュナンと同時に第1回ノーベル平和賞受賞。

3 “Si vis pacem, para bellum.” ラテン語の警句。

4 ピクリン酸を原料に、19世紀末、フランスで開発された爆薬。

5 Friedlich Ⅲ（1831-1888）。ドイツ帝国初代皇帝ヴィルヘルム1世の子、ドイツ帝国第2代皇帝。自由主義者で国民の支持も高かったが、喉頭癌により即位わずか99日後に死去。

6 Kronprinz Rudolf（1858-1889）。オーストリア皇帝フランツ・ヨーゼフの子。自由主義的な思想により保守的な父と対立、ウィーン郊外のマイヤーリングで謎の死を遂げる。

7 1853-56。ロシアの南下を拒もうとするイギリス等がクリミア半島に出兵、ロシアが敗北を喫する。

8 チェコ人の権利をめぐるオーストリア＝ハンガリーとチェコとの間の和協（アウスグライヒ）についての問題。

9 第2次イタリア独立戦争。イタリアのサルデーニャ王国とフランスの連合軍が、当時北イタリアを支配下に置いていたオーストリアと戦った戦争。連合軍側が勝利を収め、オーストリアはロンバルディア地方を失う。

10 オーストリアとプロイセンがドイツの主導権をめぐって戦った戦争。この戦争に敗北したオーストリアはドイツ統一のプログラムから排除され、以降プロイセンを中心とした「小ドイツ主義」に基づいて統一が進められる。

11 1870、71年の普仏戦争では、プロイセンを中心とするドイツ軍は勝利を重ねてパリに迫り、フランスは敗北。この戦勝を契機にプロイセンを盟主とするドイツ帝国が誕生した。

12 Wassili Wassiljewitsch Wereschtschagin（1842-1904）。ロシアの画家。戦争を美化してき

教的には寛容。

22 『ヨーロッパ通信』(Vestnik Evropy) は1866年から1918年までペテルスブルクで発行されていた月刊誌。ブルジョア自由主義と反マルキシズムを標榜した。

23 バラの品種。その名前の由来となったフランスのリュエイユ=マルメゾンにある城は様々な植物を集めた庭園、とりわけバラ園で名高い。

24 スロヴェニアとの国境に接する北イタリアの町。1884年当時はオーストリア領。ドイツ語名ゲルツ(Görz)。

25 ニースはフランス南東部、地中海に臨む保養地、ヤルタはクリミア半島南部、黒海に臨む港湾都市で、保養地としても発展。1945年2月、第二次世界大戦の戦後処理等を話し合ったヤルタ会談の場としても有名。

26 1853-56年、帝政ロシアと、イギリス、フランス、トルコが交えた戦争。ロシアの敗北により、その南下政策が阻まれた。

27 クリミア半島南西部の港湾都市。帝政ロシアの支配下に入った18世紀末以降、軍港および商業港として発展した。

28 ボスポロス王国は紀元前に黒海南岸地域に存在した王国で、黒海とアゾフ海を結ぶケルチ海峡に面した都市ケルチは王国の首都だった。ポントス王ミトリダテス6世エウパトル(紀元前132-63)は、ボスポロス王国を支配下に置いた。

4 作家生活

1 正しいドイツ語であればgernの比較級はlieberになる。

2 ここは本来「両親」とするべき箇所だが、おそらくズットナーは義理の両親の反動性を皮肉る意図で「祖父母」と書いている。

3 勲章を身につける綬(じゅ)(ひも)の最も大きいもの。

4 ナス科の有毒植物。イタリア語で「美しい女性」を意味し、古くは瞳孔を開かせて女性の目を美しく見せる薬として用いられた。

5 近代の古典主義以降、イタリアに旅行して直接古典文化に触れることは、知識人や芸術家にとって教養形成上必要と見なされるようになっていた。

6 現実や実用に背を向け、美に最高の価値を置き、その追求を唯一無二の目的とする芸術思潮。19世紀末、終焉の予感と頽廃の意識を背景としてヨーロッパで流行。

7 芸術のための芸術(ラール・プール・ラール)を標榜し、芸術それ自体の自立性と価値を主張する、19世紀末ヨーロッパで盛んだった芸術思潮。

8 Harriet Elizabeth Beecher-Stowe(1811-1896)。アメリカの作家、奴隷制廃止論者。代表作『アンクル・トムの小屋』(1852)は奴隷制を廃止に導く原動力となった。

9 独特なアフォリズム形式を確立したドイツの哲学者ニーチェ中期の著作(1878)。

10 民衆の娯楽と教養に資することを目的に刊行された挿絵入り雑誌(1853-1938)。1875年には発行部数318万部以上に達する。のちに娯楽色と保守色を強めた。

3　コーカサスにて

1　ギリシャ神話によると、コルキス（現在のジョージア西部）にある黄金の羊の毛皮（金羊毛皮）を要求された王子イアーソーンは、アルゴ船に乗り、数々の冒険を経て、それを持ち帰ることに成功する。

2　ドナウ河畔にあるルーマニア東部の町。

3　黒海沿岸に位置する、当時はロシア、今日はウクライナの都市。

4　黒海に面したジョージア最大の港湾都市。

5　ギリシャ神話に登場する魔女で、コルキス王の娘。イアーソーンに恋をし、竜に守られている金羊毛皮を手に入れようとする彼を、魔術の力によって助ける。

6　アムール川は中国とロシアの間を東流しオホーツク海に注ぐ大河。ウスリー川はユーラシア大陸極東部を北流しアムール川に注ぐ。

7　トルキスタンは中央アジア南部から中国にかけての地方。サマルカンドはウズベキスタン共和国東部の都市、交易の要地。タシュケントはウズベキスタンの首都で、古代から交易で栄えたオアシス都市。

8　バトゥミ北方に位置する黒海の港町。1872 年トビリシとの間に鉄道が開通。

9　前開きの服。

10　ウール製頭巾。

11　8 分の 6 拍子で踊られるコーカサス地方の舞踊の総称。

12　ジョージア東部の州。

13　名人芸的効果を狙い、高度な技巧が要求されるアリア。

14　フランスの作曲家オーベルのオペラ『マノン・レスコー』（1856）の 1 曲、L'éclat de rire のこと。

15　病人や貧者の世話に献身するカトリック教会の修道女のこと。

16　1878 年 3 月にコンスタンチノープル（現イスタンブール）西方に位置する村サン・ステファノ（現イェシルキョイ）において結ばれた露土戦争の講和条約。

17　カルス、アルダハンはトルコ東部の地域。

18　「靴踊り」は手のひらで腿や膝、靴底などを叩いて踊るアルプス地方の民族舞踊。「レントラー」は南ドイツやオーストリアなどの 3 拍子の舞踊および舞曲で、ワルツの原形。

19　トランシルヴァニア（今日のルーマニアのおよそ 3 分の 1 にあたる地域）のドイツ語名。当時はオーストリア＝ハンガリー帝国のハンガリー領。中世以来ドイツ系住民が少数民族として暮らしていたが、第二次世界大戦後、多くが追放される。

20　ローマ・カトリック教会のみがキリスト教の意に適い、救いをもたらしうる、という考え。今日、この表現はネガティブな評価を受けている。

21　18 世紀初頭、啓蒙主義を背景に誕生した結社。人道主義と世界主義を信奉し、宗

25　ロシア皇帝を指す称号。
26　ジョージアの首都トビリシの当時の呼び名。
27　黒海とカスピ海に挟まれた、ジョージアやミングレリアを含む地域。
28　普墺戦争（1866）最大の激戦ケーニヒグレーツの戦い（サドワの戦い）において、オーストリアはプロイセンに大敗北を喫する。この敗北により、オーストリアの敗戦、戦後の国際的地位低下が決定づけられる。
29　エカチェリーナ・ダディアニのこと。
30　フランス皇帝ナポレオン・ボナパルトに連なる一族。
31　ポーリーヌ・ガルシアのこと。
32　Wilhelm I（1797-1888）。プロイセン王として他のドイツ諸侯を率いて 1871 年に普仏戦争に勝利し、ドイツ帝国を樹立、その初代皇帝となる。
33　エゼキエル書 12：2。
34　パリ中心部にある、宝飾店などの高級品店が並ぶ通り。
35　14 世紀にまで遡るドイツの名門貴族ザイン・ヴィトゲンシュタイン一族に連なる家系。
36　Mayer Alphonse James Rothschild（1827-1905）。フランスの銀行家。ユダヤ系の世界的金融財閥ロスチャイルド（ロチルドの英語読み、ドイツ語ではロートシルト）家の一員。

2　家庭教師と秘書

1　美術史博物館と自然史博物館のこと。
2　ハルマンスドルフの北西約 5 キロにある地名。
3　オレンジなど南方植物を栽培するための温室。
4　1873 年 5 月 1 日から 10 月 31 日までウィーンで開催。
5　普仏戦争の勝利（1871）で賠償金を得たドイツ帝国や、その隣国オーストリア＝ハンガリー帝国は空前の好景気に湧いた。この時期はグリュンダーツァイト（泡沫会社乱立期）と呼ばれる。
6　1873 年 5 月 9 日、ウィーン証券取引所において株価が暴落。グリュンダーツァイトを終わらせ、世界中に長期的不景気をもたらした。
7　フランス語 boulotte。
8　演劇ジャンルの一つ、内容は厳粛だがハッピーエンドに終わる。
9　1813 年から 1918 年にかけてロシア帝国の支配下にあり、豊富な石油資源の開発などで急成長を遂げる。現在はアゼルバイジャンの首都。
10　グンポルツキルヒェンはウィーン市外南方に位置する地名、グンペンドルフはウィーン市 6 区にある地名。
11　オーストリア＝ハンガリー二重帝国のこと。

9 モラヴィア地方の古都、現在チェコ第2の都市。

10 Franz Josef I（1830-1916）。オーストリア帝国（1867年以降はオーストリア＝ハンガリー二重帝国）の皇帝。1848年の3月革命のときに若くして即位し、第1次大戦中の1916年に没するまで68年間皇帝の座にあった。皇妃エリザベートと共に国民からの人気は高かったが、ズットナーの生涯とほぼ重なる彼の在位期間に、オーストリアは帝都ウィーンの大改造、民族紛争や諸外国との戦争、大衆の台頭など激動の時代を迎える。

11 Josef Wenzel Radetzky von Radetz（1766-1858）。オーストリアの軍人、元帥。イタリア独立戦争（1848-49）などで活躍。ヨーハン・シュトラウス（1世）作曲『ラデツキー行進曲』にその名をとどめる。

12 クロアチア西部、アドリア海沿岸地方。

13 18世紀中盤、ロンドンの教養ある婦人たちによって組織された青鞜会に由来。教養はあるが女らしくないと見なされた女性に対する蔑称。

14 第2次イタリア独立戦争（1859）において、オーストリアはフランス・サルデーニャ連合軍とイタリアのソルフェリーノで会戦、敗北を喫する。この戦いに遭遇し、その惨状に衝撃を受けたスイス人商人アンリ・デュナンは『ソルフェリーノの思い出』(1862）を出版、それがのちの赤十字社発足へとつながる。

15 クロアチアの港町、当時はオーストリア帝国領。

16 旧約聖書に登場するセム族の残忍な神。人身御供として子供を焼き殺す。

17 ハーレムに仕える女奴隷。

18 Christian Johann Heinrich Heine（1797-1856）。19世紀ドイツにおける最も重要な詩人の一人。ユダヤ系の生まれだが青年期にキリスト教に改宗。体制に対する批判的姿勢により当局から監視され、後半生はフランスのパリで過ごす。

19 1848年2月、フランスで革命が起こり、王政は崩壊、共和制に移行する。3月に入り革命はヨーロッパ各国へ伝播、オーストリアでは宰相メッテルニヒが失脚し、ウィーン体制が崩壊する。

20 リング通りはウィーン旧市街を取り囲む中世以来の市壁が19世紀半ばに撤去され、その跡地に建設された環状道路。19世紀後半以降、そのリング通りにそってオペラ座、市庁舎などの公共建築物が次々と建てら、ウィーンの近代化と発展の象徴となる。フランツ・ヨーゼフ統治下のこの時代をリング通り時代と呼ぶ。

21 1918年、ハプスブルク家最後の皇帝カール1世が退位、オーストリア＝ハンガリー二重帝国は崩壊し、共和制に移行する。

22 ドイツやオーストリアの中等教育機関。

23 デンマーク戦争。シュレースヴィヒ＝ホルシュタインの領有をめぐり、プロイセン・オーストリア連合軍がデンマークと戦い勝利を収める。

24 今日のジョージア西部地域。16世紀から独立していたが、19世紀にロシアの支配下に入る。

訳注

まえがき

1 『武器を捨てよ！』はズットナーの代表作であり、世界的大ベストセラーとなった小説（1889）の題名。この成功をきっかけに彼女は平和運動への精力的な関わりを始める。のちに彼女は小説と同じ名前で平和雑誌を発行した。

2 当時、嘲笑的に用いられていたズットナーのあだ名。

3 Friedrich Wilhelm Viktor Albert（1859-1941）。ドイツ帝国（1871-1918）の第3代皇帝（在位1888-1918）。彼の野心的政策は第1次世界大戦を招く一因となる。

4 Stefan Zweig（1881-1942）。オーストリアのユダヤ系の作家、平和主義者。第1次世界大戦開戦当初は軍務につくも、次第に戦争への疑問を深め、反戦平和と戦後の和解に向けた活動に従事。第2次世界大戦時に亡命先のブラジルで自殺。

5 ハプスブルク家が統治していたオーストリア＝ハンガリー二重帝国のこと。

6 Alfred Hermann Fried（1864-1921）。オーストリア生まれの平和運動家。ズットナーに協力し、平和雑誌『武器を捨てよ！』などを刊行。1911年、ノーベル平和賞受賞。

7 西アジアの黒海東岸にある国。かつてはグルジアという呼称が用いられていた。

1 キンスキー伯爵令嬢

1 プラハは当時ボヘミア王国の首都であると同時に、オーストリア帝国の支配下にあった。

2 神聖ローマ帝国領を中心に、宗教対立から列強の覇権争いに発展した戦争（1618-1648）。

3 Albrecht von Wallenstein（1583-1634）。ボヘミアの貴族。三十年戦争では皇帝軍の有力な将軍として活躍するが、独断で講和を結ぼうとしたため暗殺される。

4 「フォン」は貴族であることを表す称号。

5 Theodor Körner（1791-1813）。ドレスデン生まれの詩人、劇作家。ウィーンに移り住み祖国愛をテーマに作品を書いたが、ナポレオン軍との戦いで若くして戦死。

6 ドイツ語の2人称親称代名詞「ドゥー」(du) は家族、恋人、友人など親しい間柄で用いる。それ以外で用いるのは敬称の「ズィー」(Sie)。

7 イタリアの作曲家ヴィンチェンツォ・ベリーニによる、1831年初演のオペラ。

8 古代ケルトの宗教。

162 同上 160

163 an Fried 15. 4. 1914

164 an Fried 8. 3. 1914

165 Tgb. 1. 2. 1914

166 Tgb. 1. 3. 1914

167 Tgb. 5. 3. 1914

168 Tgb. 4. 4. 1914

169 Tgb. 23. 2. 1914

170 an Fried 21. 1. 1913

171 Kopie im Österr. Filmarchiv Wien

172 Tgb. 28. 4. 1914

173 Tgb. 23. 4. 1914

174 StBW an Hainisch 21. 5. 1914

175 Tgb. 27. 5. 1914

176 Tgb. 31. 5. 1914

177 Tgb. 1. 6. 1914

178 NFP 23. 6. 1914

179 NFP 22. 6. 1914

(1911)
92 an Fried 12. 4. 1912
93 UNO 19. 5. 1912
94 an Fried 20. 5. 1912
95 Tgb. 27. 6. 1912
96 UNO Man.
97 注 89, 14 参照。
98 an Fried 13. 7. 1912
99 an Fried 16. 7. 1912
100 an Fried 20. 8. 1912
101 an Fried 9. 8. 1912
102 an Fried 2. 10. 1912
103 Tgb. 3. 11. 1912
104 Tgb. 5. 12. 1912
105 Tgb. 19. 10. 1912
106 Tgb. 1. 7. 1912
107 Tgb. 11. 7. 1912
108 Tgb. 16. 8. 1912
109 an Fried 11. 10. 1912
110 *Friedenswarte* 1913, 17f.
111 Tgb. 19. 11. 1912
112 Tgb. 12. 12. 1912
113 an Fried 23. 11. 1912
114 Tgb. 26. 11. 1912
115 an Fried 29. 11. 1912
116 an Fried 24. 7. 1912
117 an Fried 14. 8. 1912
118 an Fried 20. 8. 1912
119 an Fried 27. 8. 1912
120 Tgb. 11. 11. 1912
121 Tgb. 14. 12. 1912
122 NFP 29. 12. 1912
123 Tgb. 25. 12. 1912
124 *Friedenswarte* 1913, 19
125 an Fried 22. 1. 1913
126 an Fried 26. 1. 1913
127 an Fried 28. und 29. 1. 1913
128 an Fried 29. 1. 1913
129 an Fried 28. 3. 1913
130 Tgb. 22. 3. 1913
131 Tgb. 9. 7. 1913
132 an Fried 10. 7. 1913
133 an Fried 4. 4. 1913
134 *Friedenswarte* 1913, 190f.
135 StBW 1. 3. 1913
136 Diese Briefe bei UNO
137 Tgb. 14. 4. 1913
138 Stefan Zweig, Die Welt von gestern, Hamburg 1965, 194f.
139 an Fried 5. 1. 1913
140 NFP 9. 6. 1913
141 UNO 9. 6. 1913
142 *Friedenswarte* 1913, 269f.
143 Stadtarchiv Wien, Verlassenschaftsakten BvS, Testament vom 4. 6. 1913
144 an Fried 22. 7. 1913
145 an Fried 26. 7. 1913
146 an Fried 4. 8. 1913
147 Tgb. 20. 1. 1914
148 an Fried 4. 8. 1913
149 Kampf II, 564
150 an Fried 9. 9. 1913
151 an Fried 21 9. 1913
152 NWT 7. 6. 1913
153 Tgb. 4. 7. 1913
154 Tgb. 16. 10. 1913
155 NWT 23. 6. 1914, Alfred H. Fried, Das Lebenswerk Bertha von Suttners
156 an Fried 8. 11. 1913
157 an Fried 22. 2. 1914
158 an Fried 8. und 22. 11. 1913
159 Tgb. 15. und 24. 1. 1914
160 Tgb. 12. und 14. 2. 1914
161 Kampf II, 465

1909, 69f.
29 NWT 7. 12. 1908
30 Tgb. 10. 12. 1908
31 an Fried 日付の記載なし (März 1909)
32 an Fried 13. 1. 1909
33 Monaco 7. 9. 1909, 原文フランス語
34 an Fried 1. 3. 1909
35 an Fried 20. 3. 1909
36 Tgb. 19. 4. 1909
37 Rüstung und Überrüstung 17
38 同上 38
39 an Fried 31. 5. 1909
40 Carnegie Endowment... Washington 30. 6. 1909, 原文英語 .
41 BvS, Wohin?, Berlin 1896, 104
42 an Fried 23. 3. 1909
43 ÖNB ThS. an Bahr 21. 6. 1910
44 UNO Bahr an BvS 日付の記載なし
45 UNO Bahr an BvS 7. 2. 1909
46 ÖNB ThS. an Bahr 8. 2. 1909
47 an Fried 15. 1. 1911
48 an Fried 21. 2. 1911
49 an Fried 9. 11. 1911
50 an Fried 3. 4. 1911
51 an Fried 24. 1. 1911
52 an Fried 19. 7. 1911
53 NWT 13. 9. 1904
54 an Fried 29. 8. 1911
55 *Deutsche Revue* Bd. 1. 1906, 43. BvS, Friedensheer
56 ÖNB ThS. 5. 10. 1910
57 *Friedenswarte* 1911, 316, BvS, Der Tripoliskrieg und die Friedensbewegung
58 an Fried 27. 8. 1912
59 an Fried 24. 10. 1911
60 an Fried 28. 10. 1911
61 an Fried 17. 11. 1911
62 an Fried 8. 11. 1911
63 an Fried 30. 11. 1911
64 an Fried 19. 4. 1912
65 Tgb. 1. und 2. 12. 1911
66 Tgb. 22. 3. 1912
67 an Fried 13. 2. 1912
68 an Fried 3. 9. 1908
69 BvS, Die Barbarisierung der Luft, Berlin 1912, 1
70 同上 22f.
71 同上 7
72 同上 10
73 同上 12f.
74 同上 18
75 Tgb. 25. 5. 1911
76 Tgb. 29. 5. 1911
77 an Fried 22. 5. 1909
78 an Fried 12. 7. 1909
79 an Fried 16. 7. 1909
80 an Fried 31. 8. 1911
81 an Fried 5. 3. 1911
82 an Fried 10. 9. 1912
83 Tgb. 6. 12. 1911
84 UNO Man. Erinnerungen 1909, 9
85 Hansotto Hatzig, BvS und Karl May, Jahrbuch der Karl-May-Gesellschaft 1971, 249
86 Ekkehart Bartsch, Karl Mays Wiener Rede. Jb. der Karl-May-Gesellschaft 1970, 50f.
87 NWT 2. 4. 1912
88 *Die Zeit* 5. 4. 1912, BvS, Einige Worte über Karl May
89 A. H. Fried, Persönlichkeiten: Bertha von Suttner, Berlin 年の記載なし 20f.
90 *Friedenswarte* 1911, 257
91 UNO Bahr an BvS 日付の記載なし

48 DWN 1895, 254ff.
49 BvS, Wohin?, Berlin 1896, 75
50 an Fried 28. 1. 1893
51 BvS, Haager Friedenskonferenz 107f.
52 Memoiren 229
53 *Freies Blatt*, Juni 1895
54 DWN 1895 417
55 BvS, Haager Friedenskonferenz 109
56 DWN April 1896, 179
57 UNO, Fickert an BvS 20. 10. 1891
58 StBW, BvS an Fickert 13. 4. 1892
59 StBW, BvS an Hainisch 14. 3. 1907
60 ÖNB Hss 124/4, 5. 11. 1901
61 UNO, Fickert an BvS 24. 12. 1901
62 an Fried 8. 4. und 18. 6. 1904
63 Tgb. 28. 11. 1912
64 an Fried 日付の記載なし (Juni 1902)
65 an Fried 9. 7.1902
66 Tgb. 26. 11. 1907
67 Kampf II, 318f.
68 Kampf II, 319
69 Tgb. 6. 6. 1904
70 *Berliner Morgenpost*, 11. 6. 1904
71 UNO, *Tägl. Rundschau Berlin* 15. 6. 1904
72 UNO, *Deutsche Volkszeitung Reichenberg* 15. 6. 1904
73 UNO, *Leipziger Tagblatt* 13. 6. 1904
74 UNO, *Volkszeitung Berlin* 14. 6. 1904
75 *Neues Wiener Journal* 8. 6. 1913, BvS, Die Friedensfrage und die Frauen
76 Gisela Brinker-Gabler, Frauen gegen den Krieg, Hamburug 1980, 51-54

14　大戦争を前に

1 Edith Gräfin Salburg, Erinnerungen einer Respektlosen, 3. Bd., Leipzig 1928, 81f.
2 Tgb. 30. 12. 1908
3 Kampf I, 399
4 Katalog Dorotheum Wien, 470. Kunstversteigerung, 24. 1. 1984 における引用。
5 Dt. Literaturarchiv Marbach, BvS an Beuttenmüller 29. 8. 1908
6 an Fried 28. 6. 1909 und 15. 4. 1911
7 NWT 7. 12. 1908, BvS, Ein Sammelruf
8 Kampf I, 428
9 Kampf II, 197f.
10 Tgb. 27. 11. 1903
11 an Fried 7. 12. 1906
12 an Fried 5. 8. 1908
13 an Fried 24. 9. 1908
14 NFP 28. 8. 1908, S. 5
15 an Fried 30. 10. 1908
16 an Fried 24. 11. 1908
17 Tgb. 27. 9. 1908
18 an Fried 20. 5. 1908
19 an Fried 9. 6. 1908
20 an Fried 日付の記載なし (1908)
21 an Fried 22. 10. 1908
22 an Fried 27. 8. 1908
23 Kampf II, 399
24 同上 133
25 Tgb. 30. 11. 1908
26 an Fried 12. 12. 1908
27 Tgb. 22. 12. 1908
28 BvS, Rüstung und Überrüstung, Wien

102 NWT 29. 6. 1904
103 an Fried 4. 7. 1904
104 NWT 9. 8. 1904
105 an Fried 4. 9. 1909
106 an Fried 6. 1. 1910
107 Kampf II, 282
108 Memoiren 265
109 StBM 12. 4. 1913
110 an Fried 9. 12. 1901
111 an Fried 29. 12. 1901
112 Tgb. 25. 8. 1908, Nachtrag
113 Kampf II, 481f.
114 Kampf II, 518, Okt. 1913

13　女性問題

1 an Carneri 11. 11. 1889
2 MZA 137
3 *Ethische Kultur* Bd. 2, 1894, 93
4 *Pester Lloyd* 29. 6. 1907, BvS, Eine erwachte Frau
5 NFP 23. 8. 1909, BvS, Offener Brief an Meister Adolph Wilbrandt
6 BvS, Daniela Dormes, Ges. Schriften, 7. Bd., Dresden 発行年の記載なし 47f.
7 同上 191, 193 und 247
8 MZA 136
9 同上 129
10 BvS, Eva Siebeck, Ges. Schriften, 2. Bd., 244
11 MZA 143
12 同上 115
13 同上 116
14 BvS, Die Waffen nieder 65
15 MZA 123
16 注 5 参照。
17 *Friedenswarte* 1913, 18
18 BvS, High Life 152f.
19 an Carneri 12.-14. 6. 1891
20 High Life 73f.
21 同上 183
22 Memoiren 280f.
23 Tgb. 8. 2. 1904
24 BvS, Schriftsteller-Roman, Dresden 1888, 280
25 同上
26 BvS, Der Menschheit Hochgedanken, Berlin 1911, 130f.
27 同上 177
28 MZA 256
29 UNO an Irma Troll-B. 14. 10. 1886
30 Memoiren 170
31 MZA 152f.
32 同上 163f.
33 同上 138 und 139
34 同上 144
35 同上 157
36 同上 145
37 同上 164
38 同上 166
39 同上
40 an Carneri 8. 10. 1889
41 MZA, Vorwort zur 3. Auflage
42 BvS, Schriftsteller-Roman 206f.
43 Gisela Brinker-Gabler, Frauen gegen den Krieg, Hamburug 1980, 66
44 DWN 1895, 254ff.
45 an Carneri 26. 10. 1891
46 an Fried 27. 1. 1903
47 BvS, Die Haager Friedenskonferenz 106f.

38 an Fried 17. 4. 1896
39 BvS, Wohin? 119
40 UNO 15. 2. 1900
41 DWN 1896, 339f.
42 an Fried 15. 11. 1895
43 Werner Simon, BvS, unveröff. Vortrag, 17
44 *Die Zeit* 8. 3. 1902, A. H. Fried, Sozialdemokratie und Friedensbewegung
45 *Ethische Kultur* 4, 1896, 262f.
46 同上
47 an Fried 24. 3. 1898
48 an Fried 16. 8. 1898
49 an Fried 24. 4. 1898
50 an Fried 7. 9. 1895
51 an Fried 29. 8. 1901
52 an Fried 29. 11. 1898
53 an Fried 28. 10. 1898
54 BvS, Krieg und Frieden, Vortrag in München 1909, 39 f.
55 an Fried 8. 11. 1909
56 an Fried 4. 8. 1904
57 an Fried 19. 6. 1911 und 18. 6. 1904
58 an Fried 12. 3. 1904
59 Tgb. 15. 7. 1906
60 an Fried 12. 10. 1897
61 Tgb. 25. 4. 1907
62 BvS, Randglossen zur Zeitgeschichte. Das Jahr 1906, Leipzig 1907, 29
63 an Fried 3. 7. 1905
64 Tgb. 25. 5. 1904
65 Tgb. 29. 4. 1911
66 Tgb. 23. und 26. 12. 1908
67 an Fried 19. 10. 1909
68 an Carneri 2. 11. 1890
69 UNO 15. 11. 1890
70 Memoiren 213, 12. 11. 1891
71 BvS, Stimmen und Gestalten 133, 17. 3. 1897
72 Memoiren 247
73 同上 254
74 Heinz Herz, Alleingang wider die Mächtigen, Leipzig 発行年の記載なし 289
75 an Fried 14. 8. 1897
76 Herz 289f.
77 UNO, Egidy an BvS 6. 2. 1892
78 an Carneri 17. 10. 1892
79 an Carneri 24. 10. 1892
80 UNO 6. 2. 1892
81 BvS, Vor dem Gewitter 75-78
82 UNO, Carneri an BvS 22. 9. 1895
83 Herz 291f. 13.10. 1894
84 BvS, Krieg und Frieden 23
85 Memoiren 385
86 Herz 104
87 同上 242f.
88 同上 297, 8. 3. 1898
89 an Fried 29. 12. 1901
90 BvS, Briefe an einen Toten 39
91 Leo Tolstoi, Patriotismus und Christentum, Berlin 1894, 78f.
92 NFP 29. 5. 1896
93 UNO Kopien 8. 12. 1895, 原文フランス語
94 an Fried 5. 9. 1901
95 同上
96 DWN 1897, 6
97 NWT 9. 8. 1904, BvS, Gleiches Ziel, andere Wege
98 an Carneri 6. 8. und 20. 9. 1890
99 an Fried 28. 4. 1896
100 DWN 1898 395f.
101 *Ethische Kultur* Bd. 7, 1899, 158

128 an Fried 9. 11. 1905
129 Tgb. 27. 8. 1910
130 Staatsbibliothek Preuß. Kulturbesitz Berlin Hss. N. Hauptmann 11. 6. 1913
131 an Fried 3. 5. 1906
132 Tgb. 26. 2. 1906
133 an Fried 23. 6. 1905
134 an Fried 25. 5. 1905
135 an Fried 13. 8. 1905
136 an Fried 15. 5. 1906
137 Tgb. 23. 3. 1905
138 StUB Genf 18. 7. 1896, 原文フランス語
139 an Fried 3. 9. 1906
140 Palais de la Paix den Haag, BvS an Passy 16. 2. 1901, 原文フランス語
141 an Fried 18. 2. 1901
142 Tgb. 20. 6. 1906
143 Kampf II, 43 (August 1907)
144 Tgb. 25. 8. 1908
145 Tgb. 14. 11. 1911
146 ÖNB ThS an Bahr 19. 11. 1911

12 同盟相手

1 BvS, Vor dem Gewitter, Wien 1894, 107
2 HAJ an Herzl 14. 10. 1898
3 HAJ 23. 12. 1897
4 DWN 1. 2. 1892
5 an Egidy 8. 8. 1897. Heinz Herz, Alleingang wider die Mächtigen, Leipzig 発行年の記載なし 297
6 an Fried 18. und 19. 8. 1902
7 an Fried 26. 8. 1902
8 an Fried 29. 12. 1901
9 an Fried 2. 8. 1905
10 Tgb. 17. 1. 1908
11 Tgb. 2. 10. 1906
12 Tgb. 4. 1. 1910
13 an Fried 5. 3. 1910
14 an Fried 25. 6. 1910
15 BvS, Der Menschheit Hochgedanken, Berlin 1911
16 A. H. Fried in *Frankfurter Zeitung* 28. 6. 1914
17 an Fried 24. 11. 1910
18 *Friedenswarte* 1911, 227, BvS, IPU und Pazifismus
19 an Fried 5. 6. 1906
20 NFP 6. 9. 1903, BvS, Die Interparlamentarier in Wien
21 MZA 302f.
22 BvS, Marthas Kinder, Dresden 1903, 210
23 MZA 298f.
24 同上 301
25 BvZ, Stimmen und Gestalten, Leipzig 1908, 83
26 BvS, Vor dem Gewitter 141
27 同上 144
28 同上 148
29 BvS, Briefe an einen Toten, 3. Aufl. Dresden 1904, 158ff.
30 NFP 28. 8. 1908
31 an Carneri 14. 12. 1892
32 an Carneri 18. 7. 1893
33 an Carneri 19. 6. 1893
34 UNO 30. 7. 1893
35 BvS, Wohin? Berlin 1896, 84
36 *Ethische Kultur* 3, 1895, 388ff.
37 an Fried 13. 9. und 1. 12. 1895

63 an Fried 30. 5. 1905
64 an Fried 21. 6. und 5. 8. 1905
65 an Fried 26. 4. 1906
66 an Fried 24. 5. 1905
67 Monaco 12. 6. 1906, 原文フランス語
68 Monaco 13. 4. 1907, 原文フランス語
69 an Fried 13. 4. 1907
70 Tgb. 19. 1. 1909
71 Tgb. 26. 3. 1910
72 Tgb. 28. und 27. 2. 1911
73 Tgb. 14. 3. 1911
74 Monaco 28. 5. und 19. 8. 1911, 原文フランス語
75 Monaco 16. 6. 1911, 原文フランス語
76 an Fried 28. 2. 1911
77 an Fried 18. 6. 1911
78 an Fried 8. 12. 1911
79 DWN 1893, II, 3
80 BvS, Schach der Qual, Dresden 1898, 138f.
81 StUB Genf 18. 7. 1896, 原文フランス語
82 UNO Vortragsmanuskript
83 UNO Konzept 16. 8. 1894
84 UNO 24. 3. 1896
85 Kaiserin Elisabeth, Das poetische Tagebuch, hg. von Brigitte Hamann, Österreichische Akademie der Wissenschaften, Wien 1984
86 同上 479
87 an Carneri 25. 9. 1890
88 Tgb. 3. 6. 1897
89 Memoiren 380
90 Tgb. 3. 6. 1897
91 Memoiren 382
92 an Fried 27. 11. 1903
93 Tgb. 10. 6. 1903
94 Tgb. 1. 9. 1903
95 Tgb. 18. 9. 1903
96 Tgb. 18. 4. 1900
97 Tgb. 26. 11. 1903
98 an Fried 27. 4. 1904
99 an Fried 21. 8. 1904
100 an Fried 14. 11. 1904
101 Tgb. 13. 10. 1907
102 BvS, Schach der Qual, Dresden 1898, 214
103 Tgb. 5. 11. 1906
104 Tgb. 7. 11. 1906
105 Tgb. 9. 11. 1906
106 Tgb. 23. 12. 1906
107 Tgb. 24. 10. 1909
108 Tgb. 24. 12. 1906
109 Tgb. 26. 12. 1906
110 Tgb. 25. 12. 1906
111 Tgb. 9. 1. 1907
112 *Die Fackel* 23. 1. 1907, 14-17
113 Tgb. 3. 1. 1908
114 Tgb. 22. 12. 1910
115 BvS, Der Menschheit Hochgedanken, Berlin 発行年の記載なし 36f.
116 BvS, Die Haager Friedensconferenz, Dresden 1900, 174
117 an Carneri 17. 6. 1892
118 Memoiren 391
119 an Carneri 19. 10. 1889
120 an Carneri 11.11. 1889
121 an Carneri 23. 11. 1890
122 an Carneri 25. 9. 1890
123 an Fried 30. 3. 1895
124 Tgb. 1. 3. 1900
125 an Fried10. 3. 1898
126 Tgb. 20. 8. 1907
127 NFP 15. 5. 1905, BvS, Brief aus Monaco

128 an Fried 11. 12. 1907

129 an Fried 18. 12. 1907

11　有力者たちへの期待

1 Fried 22. 10. 1896
2 an Fried 日付の記載なし (April 1910)
3 UNO BvS, Carnegies Friedensstiftung. Man.
4 NWT 23. 12. 1908
5 an Fried 13. und 17. 1. 1902
6 HAJ 12. 6. 1902
7 an Fried 13. 6. 1905
8 Graz 1892, 27
9 注 3 参照。
10 an Fried 5. 9. 1901
11 an Fried 16. 9. 1901
12 an Fried 25. 10. 1902
13 an Fried 29. 4. und 5. 8. 1903
14 an Fried 6. 10. 1904
15 an Fried 24. 3. 1907
16 Tgb. 23. 8. 1906
17 an Fried 16. 8. 1908
18 Tgb. 25. 8. 1908
19 Tgb. 29. 8. 1908
20 Carnegie Endowment for International Peace, Library Lowenthal Washington, BvS an Carnegie 7. 8. 1909, 原文英語、Marion Powell 女史に感謝する。
21 同上 26. 6. 1910, 原文英語
22 Kampf II, 186
23 注 3 参照。
24 an Fried 9. 6. 1910
25 an Fried April 1910
26 Kampf II, 270
27 注 3 参照。
28 注 20 参照。14. 1. 1911, 原文英語
29 Monaco 25. 5. 1911, fr.
30 Tgb. 23. 4. 1913
31 注 20 参照。May 1913, 原文英語
32 an Fried 日付の記載なし (Jan. 1908)
33 UNO 9. 11. 1910 Konzept
34 Tgb. 25. 2. 1903
35 Tgb. 6. 2. 1903
36 Tgb. 1. 3. 1903
37 HAJ 23. 2. 1903
38 Monaco 30. 4. 1903, 原文フランス語
39 Monaco 1. 6. 1903, 原文フランス語
40 Monaco 20. 8. 1904, 原文フランス語
41 Tgb. 23. 6. 1904
42 NFP 15. 5. 1905
43 Monaco 6. 4. 1907, 原文フランス語
44 Tgb. 27. 9. 1903
45 Tgb. 27. 12. 1903
46 Tgb. 6. und 17. 3. 1904
47 Tgb. 8. 3. 1904
48 Tgb. 15. 3. 1904
49 Tgb. 25. 3. 1904
50 an Fried 1. 9. 1904
51 an Fried 24. 3. 1905
52 NFP 15. 5. 1905, BvS, Brief aus Monaco
53 Tgb. 17. 3. 1905
54 Tgb. 11. 3. 1905
55 an Fried 24. 3. 1904
56 DWN 1899, 6
57 an Fried 18. 6. 1904
58 Tgb. 5. 4. 1905
59 *Die Fackel* 30. 4. 1906, 25-28
60 Tgb. 5. 4. 1905
61 Tgb. 30. 3. 1905
62 an Fried 27. 3. 1905

1901, 原文フランス語

64 an Fried 10. 2. 1901

65 Memoiren 370f.

66 BvS, Stimmen und Gestalten, Leipzig 1908, 140

67 an Fried 20. 11. 1901

68 an Fried 24. 9. 1901

69 an Fried 5. 1. 1902

70 an Fried 14. 12. 1901

71 Memoiren 521f.

72 StUB Genf 11. 12. 1901, 原文フランス語

73 an Fried 29. 12. 1901

74 an Fried 12. 12. 1901

75 Tgb. 11. 8. 1903

76 Tgb. 25. 10. 1903

77 Tgb. 17. 11. 1903

78 StBW 18. 11, 1903

79 Tgb. 10. 12. 1903

80 *Fremdenblatt* 25. 12. 1903

81 UNO Zeitungsausschn. 日付の記載なし

82 Brno Státni oblastní archiv, N. Chlumecky 11. 12. 1903

83 Tgb. 31. 12. 1904

84 Tgb. 26. 3. 1904

85 Tgb. 28. 3. 1904

86 an Fried 26. 8. 1904

87 Tgb. 24. 8. 1904

88 an Fried 28 8. 1904

89 Tgb. 14. 4. 1903

90 Tgb. 9. 10. 1904

91 *Neue Badische Landeszeitung* 2. 12. 1904, Vortragsbericht

92 BvS, Stimmen und Gestalten, Leipzig 1908, 166

93 BvS, High life, Ges. Schriften, 1. Bd., Dresden 発行年の記載なし 215f.

94 UNO 11. 12. 1904

95 Monaco 12. 12. 1904, 原文フランス語

96 an Fried 3. 5. 1905

97 Monaco 22. 6. 1905, 原文フランス語

98 an Fried 27. 7. 1905

99 an Fried 1. 11. 1905

100 an Fried 13. 11. 1905

101 an Fried 8. 11. 1905

102 Tgb. 19. 11. 1905

103 同上

104 Tgb. 17. 5. 1906

105 an Fried 27. 11. 1905

106 Tgb. 1. 12. 1905

107 an Fried 6. 12. 1905

108 an Fried 8. 12. 1905

109 Tgb. 13. und 15. 12. 1905

110 Tgb. 24. und 28. 12. 1905

111 Tgb. 3. 1. 1906

112 Tgb. 14. und 28. 1. 1906

113 Tgb. 15. 2. 1906

114 Tgb. 17. 5. 1906

115 Tgb. 21. 5. 1906

116 Tgb. 23. 5. 1906

117 Tgb. 7. 6. 1906

118 *Österr. Rundschau* 1907, 451, BvS, Erinnerungen an meine skandinavische Reise

119 Tgb. 18. 4. 1906

120 BvS, Stimmen und Gestalten, Leipzig 1908, 87ff.

121 Tgb. 19. 4. 1906

122 an Fried 26. 4. 1906

123 同上

124 Tgb. 1. 5. 1906

125 an Fried 21. 3. 1910

126 Kampf II, 254

127 an Fried 日付の記載なし (Juni 1910)

10　ノーベル平和賞

1 BvS, Stimmen und Gestalten, Leipzig 発行年の記載なし 136
2 RASt 3. 6. 1896, 原文フランス語
3 UNO 13. 3. 1894
4 an Carneri 27. 6. 1894
5 UNO 2. 9. 1897
6 BvS, Krieg und Frieden, Vortrag in München 1909, 43
7 RASt 16. 4. 1892, 原文フランス語
8 Memoiren 267
9 ここ、および次の引用も Memoiren 270
10 UNO Corr. etc. 137 Konzept
11 Memoiren 271
12 NFP 12. 1. 1897
13 Memoiren 271
14 NFP 12. 1. 1897
15 UNO 7. 1. 1893, 原文フランス語
16 RASt 8. 2. 1893, 原文フランス語
17 RASt 15. 2. 1893, 原文英語 .
18 RASt 7. 6. 1893
19 RASt 21. 6. 1893, 原文フランス語
20 RASt 17. 7. 1893, 原文フランス語
21 RASt 1. 12. 1893
22 同上
23 RASt 3. 1. 1894, 原文フランス語
24 RASt 11. 4. 1894, 原文フランス語
25 RASt 11. 1. 発行年の記載なし
26 RASt 12. 1. 1896, 原文フランス語
27 DWN1895, 12
28 an Carneri 20. 4. 1893
29 an Carneri 23. 4. 1893
30 RASt 28. 3. 1896, 原文フランス語
31 RASt 23. 3. 1896, 原文フランス語
32 RASt 6. 4. 1896, 原文フランス語
33 RASt 26. 5. 1894, 原文フランス語
34 RASt 28. 10. 1894, 原文フランス語
35 RASt 12. 11. 1896, 原文フランス語
36 ÖNB Hss. N. AvS, Kt. 733
37 RASt 15. 11. 1896, 原文フランス語
38 Memoiren 369, 原文フランス語
39 RASt 28. 11. 1896, 原文フランス語
40 Tgb. 4. 1. 1897
41 Tgb. 8. 1. 1897
42 UNO 8. 1. 1897
43 Tgb. 8. 1. 1897
44 Tgb. 9. 1. 1897
45 Memoiren 369 f.
46 an Fried 9. 1. 1897
47 Palais de la Paix, den Haag, 23. 1. 1897, 原文フランス語
48 an Fried 27. 3. 1897
49 Tgb. 13. 2. 1897
50 Tgb. 3. 9. 1897
51 *Ethische Kultur* Bd. 5, 1897, 360
52 an Carneri 12. 12. 1897
53 Tgb. 6. und 7. 8. 1898
54 an Fried 15. 11. 1898
55 Tgb. 14. 7. 1900
56 Tgb. 26. 10. 1900
57 an Fried 1. 9. 1901
58 Tgb. 3. 11. 1900
59 an Fried 20. 12. 1901
60 Tgb. 31. 1. 1901
61 an Fried 3. 2. 1901
62 UNO Pirquet an Nobelkomitee 26. 3. 1901
63 Palais de la Paix, den Haag, an Passy 16. 2.

101 Tgb. 24. 2. 1903
102 an Fried 10. 3. 1903
103 Tgb. 26. und 27. 2. 1903
104 Tgb. 2. 3. 1903
105 Tgb. 3.,12. und 13. 3. 1903
106 Tgb. 3. 3. 1903
107 Tgb. 3. 14. und 21. 3. 1903
108 Tgb. 20. 3. 1903
109 Tgb. 9. und 18. 3. 1903
110 Tgb. 25. 3. 1903
111 Tgb. 23. 4. 1903
112 Tgb. 26. 3. 1903
113 Tgb. 28. 3. 1903
114 Tgb. 29. 3. 1903
115 Tgb. 6. 4. 1903
116 StBW 29. 5. 1905
117 Tgb. 10. 3. 1906
118 Tgb. 11. 4. 1903
119 Tgb. 14. 4. 1903
120 Tgb. 14. 5. 1903
121 *Berliner Tagblatt* 7. 5. 1903
122 Tgb. 8. 5. 1903
123 UNO Spendenliste
124 Tgb. 21. 5. 1903
125 Tgb. 10. 6. 1903
126 Tgb. 22. 6. 1903
127 Tgb. 5. 7. 1903
128 Tgb. 27. 6. 1903
129 Tgb. 21. 8. 1903
130 Tgb. 3. 5. 1903
131 Tgb. 12. 6. und 1. 7. 1903
132 Tgb. 28. 3. 1904
133 Tgb. 29. 3. 1904
134 StBW 5. 3. 1903
135 an Fried 3. 9. 1904
136 Tgb. 19. 5. 1905
137 Tgb. 26. und 30. 7. 1903
138 Tgb. 12. 4., 1. 5. u. 13. 6. 1905
139 Tgb. 2. 4. und 18. 10. 1906
140 Tgb. 2. und 3. 10. 1905
141 Tgb. 17. 8. 1906
142 Tgb. 20. 8. 1906
143 Tgb. 25. 2. 1906
144 Tgb. 20. 10. 1911
145 Tgb. 29. 10. 1913
146 Arthur Schnitzler, Tagebuch 1913-1916. Österreichische Akademie der Wissenschaften (Hg.), Wien 1983, 71
147 Tgb. 30. 1. 1906
148 Tgb. 29. 10. 1906
149 Tgb. 24. 5. 1909 und 9. 6. 1911
150 an Fried 7. 3. 1899
151 an Fried 9. 5. 1899
152 an Fried 5. 9. 1901
153 Tgb. 13. 4. 1909
154 an Fried 18. 5. 1901 und 13. 6. 1905
155 an Fried 21. 8. 1900
156 an Fried 3. 10. 1905
157 13. 6. 1906
158 an Fried 23. 10. 1894
159 an Fried 17. 6. 1894
160 an Fried 9. 9. 1902
161 Tgb. 9. 7. 1900
162 an Fried 3. 7. 1911
163 Tgb. 19. 1. 1908
164 Tgb. 5. 9. 1908
165 an Fried 9. 9. 1908
166 an Fried 22. 7. 1910
167 an Fried 29. 8. 1907

29 Tgb. 3. 4. 1897
30 Tgb. 22. 5. 1897
31 UNO an Arthur 17. 5. 1900
32 an Carneri 7. 12. 1891
33 an Carneri 31. 3. 1892
34 UNO 15. 3. und 10. 10. 1896
35 Tgb. 4. 1. 1898
36 an Fried 24. 8. 1905
37 A. H. Fried, Persönlichkeiten: Bertha von Suttner, Berlin 発行年の記載なし 7
38 UNO Familienbriefe 日付の記載なし
39 Tgb. 20. 10. 1898
40 Tgb. 26. 3. 1898
41 Memoiren 499
42 Tgb. 1. 6. 1898
43 an Fried 11. 7. 1898
44 Tgb. 23. 6. 1898
45 Tgb. 1. 7. und 26. 6. 1898
46 Tgb. 5. 7. 1898
47 Tgb. 14. 7. 1898
48 Tgb. 1.-14. 10. 1898
49 Tgb. 18. 6. 1897
50 Tgb. 20. 10. 1898
51 同上
52 Tgb. 21. 10. 1898
53 UNO Familienbriefe 21. 10. 1898
54 Tgb. 17. 11. 1898
55 Tgb. 30. 11. 1898
56 Tgb. 1. 12. 1898
57 Tgb. 23. 11. 1898
58 an Fried 6. 11. 1898
59 UNO Personalia
60 Tgb. 3. 3. 1900
61 Tgb. 9.-16. 5. 1900
62 Tgb. 14. 7. und 15. 8. 1900
63 Tgb. 14. 10. 1900
64 UNO Familienbriefe 16. 5. 1900
65 Tgb. 7. 2. 1902
66 an Fried 28. 10. 1902
67 StBW 5. 12. 1902
68 Tgb. 25. 11. 1902
69 Tgb. 28. 11. 1902
70 BvS, Briefe an einen Toten, 3. Aufl., Dresden 1904, 76
71 UNO 22. 12. 02
72 Memoiren 539
73 Tgb. 22. 12. 1902
74 Tgb. 13. 1. 1903
75 Tgb. 14. 1. 1903
76 an Fried 23. 12. 1902
77 Tgb. 6. 1. 1903
78 StBW 7. und 9. 1. 1903
79 StBW 15. und 19. 1. 1903
80 StBW 2. 1. 1903
81 Tgb. 2. 1. 1903
82 Tgb. 4. und 8. 2. 1903
83 StBW 7. 2. 1903
84 StBW 8. 2. 1903
85 an Fried 2. 2. 1903
86 Tgb. 13. 2. 1903
87 StBW 13. 2. 1903
88 Tgb. 13. 2. 1903
89 StBW 15. 2. 1903
90 StBW 16. 2. 1903
91 Tgb. 18. 2. 1903
92 StBW 20. und 21. 2. 1903
93 Tgb. 21. 2. 1903
94 StBW 21. 2. 1903
95 StBW 20. 2. 1903
96 Tgb. 25. 3. 1903
97 Tgb. 20. 2. 1902
98 Tgb. 21. 2. 1903
99 Tgb. 22. 2. 1903
100 Tgb. 24. 2. 1903

117 NFP 13. 6. 1900
118 an Fried 6. 11. 1900
119 an Fried 13. 10. 1900
120 StBW an Nußbaum 6. 2. 1903
121 Tgb. 9. 2. 1903
122 StBW an Nußbaum 17. 2. 1903
123 Memoiren 535
124 Tgb 21. 8. und 3. 10. 1903
125 BvS, Briefe an einen Toten, 3. Aufl. Dresden 1904, 184f.
126 *Die Wage* 23. 1. 1904
127 *Deutsche Revue* Bd. 3, 1904, 324, BvS, Was haben die Friedensfreunde für einen möglichst raschen Abschluß des russisch-japanischen Krieges getan?
128 UNO Zeitungsausschn. 日付の記載なし
129 UNO Zeitungsausschn. 日付の記載なし
130 NFP 14. 1. 1905, BvS, Die Aktion des Internationalen Friedenbüros
131 Tgb. 17. 4. 1904
132 Tgb. 22. 4. 1904
133 an Fried 28. 8. 1904
134 Tgb 29. 5. 1904
135 同上
136 Tgb 23. 2. 1905
137 Tgb 12. 7. 1905
138 an Fried 30. 7. 1905
139 an Fried 23. 7. 1906
140 6. 4. 1907
141 Tgb 15. 6. 1907
142 Tgb 2. 7. 1907
143 Tgb 7. 7. 1907
144 Tgb 10. 8. 1907
145 HHStA N. Mérey, Karton 3, 27. 8. 1907
146 BvS, Stimmen und Gestalten, Leipzig 1908, 96
147 an Fried 16. 6. 1908
148 Tgb 29. 9. 1907
149 NWT 21. 10. 1907, BvS, Leitartikel

9　人間的な、あまりに人間的な

1 Tgb. 6. 12. 1897
2 an Carneri 7. 8. 1891
3 an Carneri 19. 9. 1891
4 Tgb. 16. 12. 1900
5 an Fried 7. 12. 1896
6 an Carneri 12. 6. 1892
7 5. 12. 1893
8 an Carneri 15. 11. 1893
9 an Carneri 29. 8. 1897
10 an Fried 23. 11. 1898
11 an Carneri 7. 8. 1891
12 an Fried 7. 1. 1899
13 an Fried 1. 12. 1900
14 an Fried 13. 6. 1895
15 an Fried 23. 11. 1898
16 HAJ 5. 11. 1901
17 Tgb. 9. 4. 1900
18 Tgb. 4. 11. 1900
19 RASt 12. 8. 1894, 原文フランス語
20 Tgb. 9. 12. 1900
21 an Carneri 24. 2. 1894
22 Tgb. 22. 7. 1897
23 Tgb. 26. 2. 1898
24 Tgb. 21. 8. 1897
25 RASt 24. 8. 1893
26 UNO 1. 7. 1896
27 Tgb. 20. 10. 1897
28 Tgb. 3. 3. 1897

52 同上
53 an Fried 26. 11. 1898
54 *Deutsche Revue* 1898, 352
55 Memoiren 427f.
56 StUB Genf 9. 5. 1899, 原文フランス語
57 Memoiren 269
58 an Fried 25. 3. 1899
59 BvS, Haager Friedenskonferenz 8
60 BvS(Hg.), Herrn Dr. Carl Freiherr von Stengels und Anderer Argumente für und wider den Krieg, Wien 1899
61 Memoiren 434
62 Memoiren 435
63 an Fried 28. 12. 1898
64 Tgb. 7. 3. 1899
65 BvS, Haager Friedenskonferenz 306
66 an Fried 21. 2. 1900
67 DWN März 1899
68 StUB Genf N. Dunant
69 an Fried 15. 11. 1898
70 an Fried 23. 3. 1898
71 an Fried 7. 11. 1899
72 BvS, Haager Friedenskonferenz 2f.
73 HAJ 27. 3. 1899
74 HAJ 5. 4. 1899
75 HAJ 13. 4. 1899
76 HAJ 28. 4. und 9. 5. 1899
77 ここ、および次の引用も BvS, Haager Friedenskonferenz 14f.
78 ここ、および次の引用も Herzl-Aufsatz in NFP 13. 6. 1900
79 HAJ an Herzl 13. 6. 1900
80 BvS, Haager Friedenskonferenz 300
81 BvS, Zur nächsten Intergouvernementalen Konferenz in Haag, Berlin 1907
82 Andrew D. White, aus meinem Diplomatenleben, Leipzig 1906, 379f.
83 an Fried 4. 9. 1899
84 Tgb 5. 1. 1902
85 an Fried 28. 7. 1903
86 an Fried 22. 8. 1903
87 an Fried 日付の記載なし (1909)
88 an Fried 19. 11. 1911
89 an Fried 19. 2. 1912
90 Tgb. 11.5.1914
91 an Fried 23. 8. 1901
92 an Fried 29. 8. 1901
93 an Fried 31. 10. 1899
94 an Fried 19. 8. 1902
95 an Fried 26. 10. 1899
96 an Fried 29. 8. und 5. 9. 1901
97 an Fried 5. 8. 1903
98 an Fried 14. 8. 1900
99 an Fried 13. 2. 1902
100 *Die Fackel*, Anf. August 1899, 8
101 BvS, Krieg und Frieden, München 発行年の記載なし 33f.
102 an Fried 1. 9. 1899
103 an Fried 5. 4. 1900
104 *Die Wage* 12. 11. 1899, BvS, Der Transvaalkrieg und die Friedensbewegung
105 UNO 25. 2. 1900
106 注 101、36 参照。
107 NFP 23. 8. 1901, BvS, Offener Brief an Meister Adolph Wilbrandt
108 Tgb. 28. 4. 1900
109 an Fried 7. 8. 1900
110 an Fried 26. 9. 1902
111 Tgb. 21. 8. 1900
112 Memoiren 511
113 UNO 23. 4. 1901
114 NFP 22. 6. 1914
115 an Fried 21. 8. 1900
116 an Fried 10. 11. 1901

8　ハーグ平和会議

1 RASt 28. 10. 1894, 原文フランス語
2 RASt 28. 11. 1894, 原文フランス語
3 RASt 12. 1. 1896, 原文フランス語
4 *Ethische Kultur* Bd. 7, 1898 140, BvS, Friedenscommunion
5 NWT 21. 4. 1899, BvS, Offener Brief an Steinbach
6 ここ、および次の引用も DWN 1893, 1, BvS, Was wir wollen
7 BvS, Briefe an einen Toten, 3. Aufl. Dresden 1904, 25f.
8 DWN Febr. 1896
9 DWN 1896, 291
10 BvS, Schach der Qual, zitiert in Memoiren 364f.
11 an Carneri 5. 6. 1891
12 DWN Bd. Ⅲ 458
13 *Die Zeit* 3. 9. 1898, BvS, Das Friedensmanifest des Zaren
14 an Fried 15. 9. 1897
15 MZA Nachtrag 341f.
16 Tgb. 29. 8. 1898
17 an Fried 29. 8. 1898
18 Zusammenfassung in Johann von Bloch, Die wahrscheinlichen politischen und wirtschaftlichen Folgen eines Krieges, Berlin 1901, 25
19 *Die Zeit* 20. 8. 1904, BvS, Die Zwischenfälle im Roten Meere im Lichte der Friedensbewegung
20 *Deutsche Revue* Bd. 4, 1901, 346, BvS, Zur Vorgeschichte der Haager Konferenz
21 Kopie UNO 4. 9. 1898, 原文フランス語
22 Memoiren 402-405
23 an Fried 2. 9. und 30. 8. 1898
24 （訳者注：原著に記載なし）
25 DWN Okt./Nov. 1898, 377
26 an Carneri 14. 9. 1898
27 BvS, Krieg und Frieden, Vortrag in München 1909, 32
28 Tgb. 4. 9. 1898
29 UNO 5. 9. 1898
30 *Deutsche Rundschau* Bd. 97, 1898, 201ff.
31 UNO 8. 9. 1898　ここでの引用は DWN 1898, 441
32 Tgb. 7. und 9. 9. 1898
33 an Fried 4. 9. 1898
34 an Fried 12. 7. 1899
35 *Die Neue Zeit* 1897/98, Bd. 2, 741
36 Memoiren 429f.
37 BvS, Die Haager Friedenskonferenz, Dresden, 1900, 70
38 MZA 344f.
39 Haager Friedenskonferenz 21f.
40 同上 47
41 StLB Frankfurt 17. 11. 1898
42 an Fried 13. 12. 1898
43 an Fried 10. 2. 1899
44 Beatrix Kempf, Bertha von Suttner, Wien 1964, 52
45 DWN 1899, 123
46 Tgb. 23. 10. 1898
47 NFP 25. 10. 1898, BvS, Graf Mourawiew in Wien
48 BvS, Haager Friedenskonferenz IX f.
49 同上 XIV
50 Tgb. 24. 10. 1898
51 an Fried 28. 10. 1898

45 *Freies Blatt* 1891, Nr. 7, Beilage
46 an Carneri 17. 10. 1892
47 UNO 30. 1. 1894
48 UNO 21. 10. 1892
49 Memoiren 326
50 an Carneri 14. 12. 1891
51 BvS, Marthas Kinder, Dresden 1903, 326f.
52 同上 329
53 an Fried 22. 1. 1893
54 *Freies Blatt* 1893, Nr. 45, 4
55 *Freies Blatt* 1894, Nr. 112, 2f.
56 *Freies Blatt* 2. 6. 1895
57 同上
58 RASt Bericht aus dem NWT Abendbl. 14. 4. 1896
59 Herzl-Tagebücher, Bd. 1, 7
60 Memoiren 323, nach Tgb. 22. 1. 1905
61 Memoiren 326
62 RASt 30. 4. 1896, 原文フランス語
63 Tgb. 21. und 28. 8. 1897
64 *Das freie Blatt* 1. 9. 1896
65 Tgb. 3. 6. 1897
66 Nussenblatt 101-7. 3. 1896
67 Theodor Herzl, Der Judenstaat, 1896, 11
68 *Die Welt* 1897 Nr. 3, 6 掲載
69 *Die Welt* 1897 Nr. 2, 4f.
70 Tgb. 21. 6. 1897
71 Nussenblatt 82-85
72 ここ、および次の引用も *Die Welt* 26. 5. 1899, BvS, Nach dem Haag
73 *Die Welt* 14. 7. 1899, BvS, Gespräche über den Zionismus aus dem Haag
74 HAJ 5. 9. 1897
75 NFP 7. 6. 1903
76 an Carneri 30. 12. 1897
77 *Ethische Kultur* Bd. 7, 1898, 140, BvS, Friedenscommunion
78 an Carneri 26. 2. 1898
79 an Carneri 26. 2. 1898
80 an Fried 16. 8. 1898
81 Memoiren 500
82 Tgb. 9. 12. 1905
83 Tgb. 6. 11. 1900
84 UNO 2. 4. 1898
85 MZA 348f.
86 BvS, Briefe an einen Toten, 3. Aufl., Dresden 1904, 138
87 Tgb. 14. 11. 05
88 Theodor Herzl, Tagebücher 16. 1. 1899
89 HAJ 17. 1. 1899
90 UNO 22. 5. 1903
91 Tgb. 22. 5. 1903
92 UNO Konzept 日付の記載なし
93 an Fried 6. 7. 1904
94 HAJ
95 an Fried 7. 7. 1904
96 an Fried 6. 8. 1904
97 an Fried November 1905
98 an Fried November 1905
99 Tgb. 19. 9. 1902
100 Tgb. 30. 3. 1907. NWT 6. 4. 1907, BvS, Es ist stark übertrieben
101 Tgb. 10. 4. 1907
102 BvS, Wohin? Berlin 1896, 80
103 an Fried 10. 2. 1906
104 an Fried 1. 1. 1893
105 UNO 21. 5. 1909
106 UNO 24. 5. 1909
107 an Fried 19. 2. 1906
108 BvS, Der Menschheit Hochgedanken, Berlin 発行年の記載なし (1911)

191

124 DWN Dez. 1905 BvS, Mein Aufenthalt in Prag

125 an Carneri 17. und 21. 12. 1895

126 RASt 12. 1. 1896 原文フランス語

127 an Fried 27. 7. 1904

128 DWN 1896, 364

129 BvS, Wohin? Die Etappen des Jahres 1895. Berlin 1896, 131

130 an Fried 23. 1. 1896

131 20. 2. 1904, abgedruckt in NWT 22. 2. 1904

132 an Fried 28. 10. 1902

133 DWN Mai 1898

134 an Fried 24. 4. 1898

7　反ユダヤ主義との闘い

1 *Freies Blatt* 15. 4. 1894

2 Memoiren 214

3 Man. bei UNO

4 *Freies Blatt* Nr. 45, BvS, Wehrt Euch!

5 Memoiren 214f.

6 MZA 194ff.

7 an Carneri 2. 4. 1891

8 an Carneri 15. 5. 1891

9 BvS, Vor dem Gewitter, Wien 1894, 332f.

10 StBW 14. 2. 1889

11 StBW 16. 1. 1890

12 UNO 17. 1. 1890

13 ここ、および次の引用も *Freies Blatt* 1894, Nr. 112, 3

14 an Carneri 12. 3. 1891

15 Memoiren 215

16 an Carneri 15. 5. 1891

17 an Carneri 21. 5. 1891

18 an Carneri 28. 6. 1891

19 Amos Elon, Theodor Herzl, Wien 1979, 114

20 Kurt Lorber, Friedrich Freiherr von Leitenberger, Wien 1981,143

21 an Carneri 2. 6. 1891

22 an Carneri 5. 6. 1891

23 an Carneri 2. 8. 1891

24 an Carneri 3. und 5. 6. 1891

25 an Carneri 28. 6. 1891

26 Memoiren 216

27 an Carneri 25. 5. 1891

28 BvS, Schach der Qual, Dresden 1898, 100 und 97

29 同上 100

30 an Carneri 15. 4. 1892

31 Memoiren 325

32 ここ、および次の引用も Tulo Nussenblatt, Ein Volk unterwegs zum Frieden, Wien 1933, 56ff.

33 同上 69

34 an Carneri 7. 8. 1891

35 an Carneri 12. 11. 1892

36 UNO 14. 11. 1892

37 an Carneri 8. 12. 1892

38 *Freies Blatt* 11. 12. 1892

39 UNO 11. 12. 1892

40 *Freies Blatt* 9. 10. 1892

41 *Freies Blatt* 23. 10. 1892

42 BvS, Schach der Qual, Dresden 1898, 111f.

43 *Unverfälschte Deutsche Worte* 16. 8. 1891

44 an Carneri 22. 8. 1891

54 an Fried 日付の記載なし (Jan. 1892)
55 an Fried 2. 1. 1892
56 an Fried 12. 6. 1892
57 an Fried 20. 7. 1892
58 an Carneri 11. 2. 1892
59 an Carneri 3. 3. 1892
60 an Carneri 1. 3. 1892
61 an Fried 1. 3. 1892
62 an Carneri 1. 11. 1892
63 an Carneri 9. 3. 1892
64 14. 6. 1892
65 an Carneri 17. 6. 1892
66 19. 6. 1892
67 an Carneri 20. 6. 1892
68 UNO 15. 7. 1892
69 UNO 26. 9. 1892
70 an Carneri 5. 3. 1892
71 StBW 5. 4. 1894
72 UNO 26. 4. 1894
73 an Fried 21. 7. 1892
74 an Carneri 22. 5. 1892
75 Memoiren 394
76 UStB Genf 7. 10. 1895, 原文フランス語
77 UNO 18. 4. 1896
78 StBW 日付の記載なし
79 Steiermärkisches Landesmuseum Joanneum Graz, N. Rosegger, 2. 5. 1892
80 *Mittheilungen der Österreichischen Gesellschaft der Friedensfreunde* 1892, 52f.
81 UNO 2. 6. 1892
82 an Carneri 4. 6. 1892
83 an Carneri 13. 8. 1892
84 RASt 24. 12. 1892
85 an Fried 4. 8. 1892
86 an Fried 19. 9. 1892
87 an Fried 24. 2. 1893
88 an Fried 9. 3. 1893
89 an Fried 2. 1. 1892
90 an Carneri 1. 2. 1892
91 an Carneri 20. 2. 1892
92 an Carneri 1. 3. 1892
93 an Fried 1. 3. 1892
94 an Fried 4. 3. 1892
95 an Fried 9. 3. 1892
96 DWN 1892, I, 2
97 an Fried 4. 4. 1892
98 an Fried 9. 4. 1892
99 an Fried 日付の記載なし (Okt./Nov. 1892)
100 an Fried 16. 12. 1892
101 Memoiren 268
102 an Fried 14. 11. 1892
103 an Fried 5. 11. 1892
104 an Fried 30. 3. 1895
105 an Fried 17. 2. 1895
106 an Fried 5. 4. 1895
107 an Fried 20. 4. 1895
108 an Fried 13. 9. 1895
109 an Fried 21. 5. 1897
110 an Fried 9. 11. 1895
111 an Fried 2. 12. 1896
112 an Fried 22. 11. 1896
113 日付の記載なし (1895)
114 an Fried 18. 11. 1897
115 an Fried 28. 10. 1899
116 an Fried 10. 2. 1901
117 an Fried 21. 10. 1894
118 an Carneri 27. 7. 1892
119 *Das Reich* 19. 6. 1906
120 an Fried 11. 9. 1894
121 RASt 11. 4. 1894, 原文フランス語
122 an Fried 4. 3. 1908
123 BvS, Schach der Qual, Dresden 1898,

77 StBW an Necker 9. 12. 1889
78 Memoiren 193
79 BvS, Stimmen und Gestalten, Leipzig 発行年の記載なし 110
80 Memoiren 195
81 同上 197
82 UNO 16. 1. 1896
83 Felix Salten, Die Suttner (zum 70. Geburtstag), Zeitungsausschnitt, UNO
84 StBW 20. 8. 1890
85 RASt 2. 6. 1892

6 平和協会の設立

1 A. H. Fried, BvS. zum 70. Geburtstag, NFP 9. 6. 1913
2 Memoiren 313
3 RASt 28. 11. 1894, 原文フランス語
4 RASt 6. 2. 1891, 原文フランス語
5 RASt 6. 2. 1891
6 RASt 17. 9. 1892, 原文フランス語
7 Memoiren 200
8 同上
9 an Carneri 28. 6. 1891
10 an Carneri 6. 10. 1891
11 an Carneri 19. 9. 1891
12 Memoiren 238f., 14. 9. 1891
13 an Carneri 6. 9. 1891
14 an Carneri 11. 9. 1891
15 StLM 8. 9. 1891
16 UNO 10. 9. 1891
17 UNO 19. 9. 1891
18 UNO 25. 6. 1892
19 UNO 9. 10. 1891
20 an Carneri 6. 10. 1891
21 an Carneri 2. 10. 1891
22 an Carneri 6. 10. 1891
23 同上
24 an Carneri 日付の記載なし 1892
25 Memoiren 257, 31. 10. 1891
26 UNO 22. 11. 1891
27 an Carneri 2. 10. 1891
28 an Carneri 26. 10. 1891
29 an Carneri 2. 10. 1891
30 Memoiren 221
31 同上 222, 9. 10. 1891
32 an Carneri 13. 10. 1891
33 an Carneri 17. 10. 1891
34 an Carneri 6. 10. 1891
35 RASt 24. 10. 1891
36 Memoiren 239f., 31. 10. 1891, 原文フランス語
37 RASt 4. 11. 1891
38 *Mittheilungen der Österreichischen Gesellschaft der Friedensfreunde* 1892, 12
39 Memoiren 168
40 同上 225
41 an Carneri 12. 11. 1891
42 an Carneri 7. 12. 1891
43 an Carneri 14. 12. 1891
44 注 38、14 参照。
45 同上 17
46 DWN 1. 2. 1892
47 RASt 26. 11. 1891, 原文フランス語
48 RASt 27. 9. 1892, 原文フランス語
49 an Carneri 24. 12. 1891
50 an Carneri 6. 1. 1892
51 an Fried 22. 11. 1891
52 an Fried 7. 12. 1891
53 an Fried 27. 12. 1891

21 StBM 18. 4. 1890
22 StBW 10. 5. 1890
23 Memoiren 180
24 同上
25 BvS, Die Waffen nieder, Ges. Schriften, 11. Bd., Dresden 発行年の記載なし 262
26 同上 308
27 同上 309
28 同上 269
29 同上 345
30 StBW, an Necker 13.4. 1890
31 Die Waffen nieder186
32 Inventarium 122
33 Die Waffen nieder 176
34 同上 248
35 同上 392
36 同上（訳者注：ハーマンの引用は邦訳が利用した初版ではなく、一八九二年の改訂版に依っている）
37 Memoiren 181
38 StBM 31.1. 1890
39 StBW 14.2. 1889
40 UNO, 24. 11. 発行年の記載なし (1889), 原文フランス語
41 Memoiren 183, Paris, 1. 4. 1890, 原文フランス語
42 NFP 15. 3. 1890, S. 1
43 *Die neue Zeit* 1890, Nr. 8, 140ff.
44 オーストリア帝国議会速記録 18. 4. 1890 (Memoiren, 183 の「1891」という記述は誤り）S. 14277
45 StBM 27. 2. 1890
46 an Carneri 2. 6. 1890
47 StBW an Franzos 2. 8. 1890
48 RASt. 24. 12. 1892, 原文英語
49 BvS, Krieg und Frieden, Sonderdruck eines Vortrages in München vom 5. 2. 1900, S. 17
50 an Carneri 15. 4. 1892
51 Memoiren 200f.
52 an Carneri 25. 4. 1890
53 同上
54 an Carneri 27. 3. 1891
55 an Carneri 11. 9. 1890
56 an Carneri 22. 10. 1890
57 an Carneri 18. 11. 1893
58 an Carneri 10. 6. 1891
59 an Carneri 12.-14. 6. 1891
60 Tolstoi-Museum Moskau (Kopie UNO) 16. 10. 1891, 原文フランス語
61 Memoiren 210f.
62 L. N. Tolstoi, Jubiläumsausgabe der Gesammelten Werke »Polnoe sobranie sočinenij«, Bd. 52, Moskva 1952, 24. 10. 1891, S. 56. Jana Starek 女史に感謝する。
63 an Fried 23. 8. 1902
64 この重要な日記の出版を準備している Andreas Gredler-Oxenbauer 博士よりご教示頂いた。
65 an Carneri 11. 9. 1890
66 Memoiren 183
67 DWN 1896, 429. Breslau, 22. 2. 1894
68 DWN 1. Juni 1892, 33f. René Nilke という筆名で。
69 UNO, BvS, Man. Erinnerungen 3
70 an Carneri 6. 1. 1892
71 an Carneri 2. 11. 1890
72 an Carneri 20. 6. 1890
73 Die Waffen nieder 107
74 StBW an Marcel Friedmann 9. 12. 1890
75 StUB Genf an Dunant 18. 7. 1896, 原文フランス語
76 Memoiren 192

26 an Carneri 5. 1. 1890
27 Schriftsteller-R. 196
28 UNO, an Troll-B. 14. 10. 1886
29 Schriftsteller-R. 111f.
30 UNO, 15. 8. 1886
31 Memoiren 179
32 Ill. Öst. Volkskalender 1894, 6
33 Schriftsteller-R. 295f., Memoiren 166
34 Schriftsteller-R. 302f., Memoiren 167
35 Schriftsteller-R. 308
36 同上 312
37 StBM 20. 5. 1886
38 Schriftsteller-R. 313
39 同上 314
40 同上 146f.
41 同上 252f.
42 ÖNB Hss N. AvS, 29. 1. 1895
43 Memoiren 335
44 同上
45 MZA 35
46 同上 245
47 同上 9
48 同上 19
49 同上 24
50 同上 36
51 同上 40
52 同上 49
53 同上 54 f.
54 Memoiren 236
55 同上 171
56 NFP 12.1. 1897, BvS, Erinnerungen an Alfred Nobel
57 Schriftsteller-R. 123f.
58 Memoiren 172
59 同上 171ff.
60 同上 173f.
61 Schriftsteller-R. 169
62 BvS, Die Waffen nieder, Ges. Schriften, 11. Bd. Dresden 発行年の記載なし 64
63 Memoiren 173
64 an Carneri 31. 1. 1891
65 Memoiren 175
66 同上 175
67 BvS, High Life, Ges. Schriften, 1. Bd., Dresden 発行年の記載なし 140f.

5 武器を捨てよ

1 UNO, Man. Erinnerungen 3f.
2 同上 10
3 MZA 277f.
4 同上 279
5 Memoiren 176
6 MZA 316ff.
7 Memoiren 177
8 同上
9 MZA 308
10 同上 309f.
11 同上 311f.
12 Brigitte Hamann, Rudolf - Kronprinz und Rebell, Wien 1978 参照
13 an Carneri 5. 1. 1890
14 MZA 322
15 *Die neue Zeit Nr.* 7, 1889, 520ff.
16 MZA 323
17 A. H. Fried, BvS zum 70. Geburtstag, NFP 9. 6. 1913
18 an Carneri 11.11.1889
19 StBW 25. 3. 1890
20 NFP 17. 4. 1890

66 UNO, 14. 2. 1888

67 UNO, 29. 2. 1888

68 StBW Hss 22. 10./4. 11. 1883

69 StBM AvS an M. G. Conrad 10. 10. 1884

70 StBW Hss. Tiflis, 1./13. 9. 1884

71 ÖNB Hss N. AvS, Kt. 733, 25. 6. 1883

72 *Droeba* 1884, 30. 11., 1., 4., 5., 8., 9. Dezember 1885, 14. März. Iveria 1884 Nr. 11 und 12. (68-102). Schosta-Rustaweli-Institut in Tbilissi を通じて情報をいただいた。こうした見解は同研究所副所長 Zaischwili 教授による。

73 Memoiren 158

74 BvS, Ein Manuskript, Ges. Schriften, 3. Bd., 発行年の記載なし , 7 und 9

75 ÖNB Hss. N. AvS, Kt. 732, 19. 8. 1895 Mahnung von Leo Koscheles

76 ジョージア、ズグジジ近郊ザイシの Meunargia-Museum より情報を提供して頂いた。

77 Museum in Zaischi - Zeitungsausschnitte

78 Staatl. historisch-ethnographisches Museum in Zugdidi, Brief aus Batum, 23. 3. 1885, 原文フランス語

79 同上。地名・日付の記載なし、原文フランス語

80 ÖNB Hss N. AvS, Kt. 732, Tiflis, 9./21. 5. 1885

81 Museum in Zaischi

82 ここ、および次の引用も Memoiren 157

83 NIZ 1885, II. Band, 555f.

84 MZA 297

85 UNO, BvS, Man. Erinnerungen 23

86 DWN 1893, 71

4 作家生活

1 Memoiren 163f.

2 A. H. Fried, Bei Suttners. *Der Friede* 9. 11. 1894

3 UNO 12. 6. 1885

4 Memoiren 233

5 an Carneri 5. 1. 1890

6 an Carneri 8. 4. 1890

7 Tgb. 3. 2. 1897

8 Tgb. 19. 1. 1897

9 UNO, Löwenthal an AvS, 26. 10. 1886

10 StBM, an Conrad 8. 5. 1885

11 MZA 298

12 BvS, Eva Siebeck, Ges. Schriften, 2. Bd., Dresden 発行年の記載なし 212f.

13 BvS, Schriftsteller-Roman, Dresden 1888, 272ff.

14 BvS, Der Menschheit Hochgedanken, Berlin 発行年の記載なし (1911) 58

15 BvS, High Life, Ges. Schriften, 1. Bd., Dresden 発行年の記載なし 210f.

16 同上 212

17 同上 123

18 ここ、および次の引用も、同上 121f.

19 同上 122 f.

20 Illustrirter Österreichischer Volkskalender 1893, BvS, Dienstbotenroman 3

21 Schriftsteller-Roman 253f.

22 Memoiren 391

23 Schriftsteller-R. 255f.

24 同上 257f.

25 MZA 251f.

139 ff.

5 詳細は NIZ 1887 Bd. I, 123. AvS-Fürst Nikolaus von Mingrelien 参照。

6 ÜLuM 1887, 274

7 Memoiren 142

8 ÜLuM 1887, 303

9 Memoiren 143

10 UNO, BvS, Man. Erinnerungen 23

11 Memoiren 14

12 同上 145

13 同上 146

14 Graf Leo Tolstoi, Patriotismus und Christentum, Berlin 1894, 68f.

15 Memoiren 145 f.

16 ÖNB Hss, N. AvS, Brief vom 9./21. 7. 1888

17 Memoiren 147

18 同上 148

19 NIZ. 7. 9. 1884

20 この原稿は UNO-Bibliothek in Genf 所蔵。

21 ÖNB Hss. N. AvS, Kt. 733, 2. 2.1899

22 同上 11./23. 2. 1879

23 BvS, Es Löwos, Ges. Schriften, 1. Bd., Dresden 発行年の記載なし 287

24 同上 290

25 同上 288

26 同上 290

27 同上 288

28 Memoiren 156

29 Inventarium 95f.

30 Memoiren 154

31 BvS, Inventarium einer Seele, Ges. Schriften, 6. Bd., Dresden 発行年の記載なし 138f.

32 Memoiren 155

33 同上

34 BvS, Es Löwos 324

35 StBW Hss. an Moritz Necker 14. 2. 1889

36 NIZ 1881 Nr. 41ff.

37 Es Löwos 317f.

38 同上 294

39 an Irma Troll-Borostyáni 20. 2. 1888

40 an Carneri 11. 11. 1889

41 Memoiren 151

42 HAJ an Th. Herzl 17. 10. 1902

43 Es Löwos 323

44 同上

45 アルトゥーアがフリーメーソンの一員であったことに関しては、彼とフリーメーソン会員 Groller および Conrad 等との文通によってはっきりと証明されている。

46 Inventarium 317

47 同上 368

48 同上 320

49 an Carneri 24. 1. 1890

50 Memoiren 149

51 同上 150

52 Es Löwos 338

53 NIZ 7. 9. 1884

54 Die Gesellschaft, Bd. 1, 1885, 3ff.

55 Inventarium 371

56 同上 69 および 71

57 同上 63f.

58 同上 101f.

59 同上 119f.

60 同上 118

61 同上 107

62 同上 108

63 UNO, 28. 4. 1883, 原文フランス語

64 Brief vom 8. 6. 1884, ここでの引用は *Weg und Ziel*, Nr. 12, 1980, 455

65 UNO, 28. 3. 1883

33 Memoiren 69
34 同上 85
35 同上 89
36 同上 92
37 UNO, Man. Erinnerungen 10
38 ÜLuM 1887, 274
39 UNO, Man. Erinnerungen 10
40 Memoiren 105
41 UNO, Man. Erinnerungen 13f.
42 Memoiren 110
43 UB, Münster, Bertha an Adolf 19. 7. 1872
44 Fürstl. Archiv Sayn-Wittgenstein-Hohenstein, Laasphe. Akte über Adolf SWH, Brief vom 27. 7. 1872
45 Laasphe, 9. 8. 1872
46 UB Münster, 15. und 22. 9. 1872
47 UB Münster, 6. 10. 1872
48 Laasphe, 26. 9. 1872
49 UB Münster, 9. 10. 1872
50 UB Münster, datiert Wiesbaden 15. Oktober
51 an Fried 10. 9. 1908

2 家庭教師と秘書

1 BvS, Schriftsteller-Roman, Dresden 1888, 283
2 High Life 260
3 Sophie Gräfin Kinsky-Körner, Gedichte, 1879, 44
4 Memoiren, 123f.
5 BvS, Die Waffen nieder, Ges. Schriften, 11. Bd, Dresden 年の記載なし 41
6 ここ、および次の引用も Memoiren 124-131
7 Tgb. 14. 7. 1906
8 Memoiren 132
9 H. Schück und R. Sohlman, Nobel, Leipzig 1928, 228
10 Memoiren 132
11 同上 133
12 同上 133
13 同上 133 f.
14 NFP 12. 1. 1897: BvS, Erinnerungen an Alfred Nobel
15 Memoiren 134
16 Schück / Sohlmann 177
17 RASt 29. 10. 1895, 原文フランス語
18 ここ、および次の引用も Memoiren 134
19 ÖNB Hss. N. AvS, Brief. des Rechtsanwalts von Stourzh 21. 12. 1876
20 Memoiren 137
21 an Carneri 27. 7. 1892
22 Beatrix Kempf, Bertha von Suttner, Wien 1964, 16
23 Sophie Gräfin Kinsky-Körner, Gedichte, 1879, 45

3 コーカサスにて

1 Memoiren 137
2 ÜLuM 1887, 274
3 同上 303
4 ここ、および次の引用も Memoiren

原注

まえがき

1 BvS, Ein Testament in: Die Waffen nieder! (Zeitschrift) Bd. II, 3
2 同上
3 BvS, Das Maschinenzeitalter, 3. Aufl. Dresden 1889, 309
4 Stefan Zweig, Briefe an Freunde, hg. von Richard Friedenthal, Hamburg
5 *Neue Freie Presse* 21. 6. 1918

1 キンスキー伯爵令嬢

1 Tgb. 23. 10. 1907
2 Memoiren 15f.
3 BvS, High Life, Gesammelte Werke Bd 1, Dresden 発行年の記載なし 209
4 High Life 214
5 Tgb. 4. 5. 1907
6 Otto Seger, Überblick über die Geschichte des Hauses Kinsky. Band 66 des Jahrbuchs des Historischen Vereins für das Fürstentum Liechtenstein, Vaduz 1967
7 ここ、および次の引用も Memoiren 18 bis 30
8 同上 281
9 同上 25
10 同上 39
11 Sophie Gräfin Kinsky-Körner, Gedichte, 1879, 22
12 Memoiren 29
13 同上 57
14 High Life 150
15 Memoiren 58
16 NIZ 7. 9. 1884
17 MZA 114
18 MZA 140
19 Memoiren 63
20 ここ、および次の引用も BvS, Trente et Quarante, Dresden 1893, 17-21
21 Memoiren 62
22 Tgb. 30. 1. 1898
23 Moritz Smets, Das Jahr 1848, Geschichte der Wiener Revolution, Wien 1872, 539
24 ここ、および次の引用も Memoiren 64-68
25 同上 72
26 同上 114 f.
27 an Carneri 3. 6. 1890
28 an Carneri 7. 8. 1891
29 BvS, Vor dem Gewitter, Wien 1894, 114f.
30 MZA 132
31 Memoiren 76
32 UNO, BvS, Man. Erinnerungen aus meinem Leben vor 1909, 20f. ほぼ同じ内容の記述が ÜLuM 1887, 273f.: BvS, Mingrelische Erinnerungen にある。

ワ

ラ

ヤ

マ

ハ

ナ

タ

サ

カ

人名索引

ア

◉訳者紹介

糸井川　修（いといがわ・おさむ）

1962 年岐阜県生まれ。名古屋大学大学院博士課程（後期課程）満期退学。愛知学院大学教養部准教授。専門はドイツ文学、特に 19 世末ウィーンの文学。翻訳に、ベルタ・フォン・ズットナー『武器を捨てよ！』〈上〉〈下〉（新日本出版社、2011 年、共訳）、同『空の野蛮化』（愛知学院大学『教養部紀要』第 60 巻第 3 号、2013 年、共訳）、論文に「ベルタ・フォン・ズットナーの『武器を捨てよ！』と『マルタの子供たち』」（愛知学院大学『教養部紀要』第 58 巻第 4 号、2011 年）など。

中村　実生（なかむら・みつお）

1965 年東京都生まれ。名古屋大学大学院博士課程（後期課程）満期退学。愛知県立大学、愛知学院大学、その他非常勤講師。専門はドイツ文学。主要著書・翻訳に、『D-Pop で学ぶドイツ語』（同学社、2006 年、共著）、ベルタ・フォン・ズットナー『武器を捨てよ！』〈上〉〈下〉（新日本出版社、2011 年、共訳）、同『平和運動の発展』（愛知学院大学『語研紀要』第 39 巻第 1 号、2014 年、共訳）、シュテファン・ツヴァイク『ベルタ・フォン・ズットナー』（愛知学院大学『教養部紀要』第 61 巻第 3 号、2014 年、共訳）など。

南　守夫（みなみ・もりお）

1951 年和歌山県生まれ。大阪市立大学大学院博士課程（後期課程）満期退学。愛知教育大学元教授。専門はドイツ現代文学・現代史。主要著書・論文に、「バール論―バール像とブレヒト」（『ブレヒト叙事詩的演劇の発展』、クヴェレ会刊、1980 年）、「ナチス強制収容所とスーパーとソ連特別収容所～ベルリン 91 年夏、二つの過去をめぐって」（『世界文学』第 74 号、世界文学会刊、1992 年）、「ドイツにおけるナチズムと戦争の記念碑・記念館一覧」（『季刊 戦争責任研究』、日本の戦争責任資料センター刊、1997 年）、翻訳に、『ベッティーナは野生の水仙を摘む』（『東ドイツ短編集　エルベは流れる』、同学社、1992 年）など。2014 年逝去。

◉著者紹介

ブリギッテ・ハーマン（Brigitte Hamann）
ウィーン在住の歴史研究家。1940年、ドイツ・エッセン生まれ。ミュンスター大学とウィーン大学で歴史学とドイツ文学を学び、博士号を取得。オーストリア史に関する著作が多数あり、19世紀後半のオーストリアとウィーンを最もよく知る一人。著書：『伝記 モーツァルト――その奇跡の生涯』（邦訳：池田香代子訳、偕成社、1991年）『ヒトラーとバイロイト音楽祭　ヴィニフレート・ワーグナーの生涯（上・下）』（邦訳：吉田真監訳・鶴見真理訳、アルファベータ、2010年）、『エリザベート――美しき皇妃の伝説（上・下）』（邦訳：中村康之訳、朝日文庫、2005年）など。

世界人権問題叢書 96
平和のために捧げた生涯　ベルタ・フォン・ズットナー伝

2016年6月15日　初版第1刷発行

著　者　　ブリギッテ・ハーマン
訳　者　　糸井川　修
　　　　　中村実生
　　　　　南　守夫
発行者　　石井昭男
発行所　　株式会社明石書店
〒101–0021 東京都千代田区外神田6-9-5
電話 03（5818）1171
FAX 03（5818）1174
振替　00100-7-24505
http://www.akashi.co.jp/
装丁　明石書店デザイン室
印刷　株式会社文化カラー印刷
製本　本間製本株式会社

（定価はカバーに表示してあります）　ISBN978-4-7503-4357-0